Cinquenta tons de cinza

Cinquenta tons de cinza

TRADUÇÃO DE
ADALGISA CAMPOS DA SILVA

E L James

intrínseca

Copyright © Fifty Shades Ltd 2011

A autora publicou, inicialmente na internet e sob o pseudônimo Snowqueen's Icedragon, uma versão em capítulos desta história, com personagens diferentes e sob o título *Master of the Universe*.

TÍTULO ORIGINAL
Fifty Shades of Grey

PREPARAÇÃO
Cristhiane Ruiz

REVISÃO
Milena Vargas

DIAGRAMAÇÃO
Abreu's System

CAPA
Jennifer McGuire

IMAGEM DE CAPA
© Papuga2006 / Dreamstime.com

CIP-BRASIL. CATALOGAÇÃO-NA-FONTE
SINDICATO NACIONAL DOS EDITORES DE LIVROS, RJ

J81c

James, E L
    Cinquenta tons de cinza / E L James ; tradução de Adalgisa Campos da Silva. - Rio de Janeiro : Intrínseca, 2012.

    480p. : 23 cm (Trilogia cinquenta tons de cinza ; 1)
    Tradução de: Fifty shades of Grey
    ISBN 978-85-8057-218-6

    1. Ficção americana. I. Silva, Adalgisa Campos da. II. Título. III. Série.

12-3531.

                                    CDD: 813
                                    CDU: 821.111(73)-3

[2012]

Todos os direitos desta edição reservados à

EDITORA INTRÍNSECA LTDA.
Rua Marquês de São Vicente, 99, 3º andar
22451-050 – Gávea
Rio de Janeiro – RJ
Tel./Fax: (21) 3206-7400
www.intrinseca.com.br

AGRADECIMENTOS

Por toda a ajuda e o apoio, sou grata às seguintes pessoas:

A meu marido, Niall. Obrigada por tolerar minha obsessão, por ser um deus doméstico e por fazer a primeira revisão do livro.

A minha chefe, Lisa. Obrigada por me aturar no último ano, enquanto eu me entregava a esta loucura.

A CCL. Nunca vou contar, mas obrigada.

Às bunker babes originais. Obrigada pela amizade e pelo apoio permanente.

A SR. Obrigada por todos os conselhos práticos desde o início.

A Sue Malone. Obrigada pela ajuda.

A Amanda e a todas as TWCS. Obrigada pela aposta.

CAPÍTULO UM

Encaro a mim mesma no espelho, frustrada. Maldito cabelo, que simplesmente não me obedece, e maldita Katherine Kavanagh que resolveu ficar doente e me submeter a essa tortura. Eu deveria estar estudando para as provas finais, que são daqui a uma semana, mas estou tentando amansar meu cabelo com a escova. *Não devo dormir com ele molhado. Não devo dormir com ele molhado.* Recitando várias vezes esse mantra, tento, mais uma vez, escová-lo até domá-lo. Reviro os olhos, exasperada, e fito a garota pálida de cabelo castanho e olhos azuis grandes demais para o rosto que me devolve o olhar, e desisto. Minha única opção é prender o cabelo rebelde num rabo de cavalo e torcer que eu esteja mais ou menos apresentável.

Kate é a garota com quem divido a casa, e ela escolheu logo hoje para ser vencida pela gripe. Portanto, não pode fazer a entrevista que conseguiu, com um megamagnata industrial de quem nunca ouvi falar, para o jornal da faculdade. Então ela me convocou como voluntária. Preciso meter a cara para as provas finais, tenho um ensaio para terminar e devia trabalhar hoje à tarde, mas não: vou dirigir duzentos e setenta quilômetros até o centro de Seattle para encontrar o enigmático CEO da Grey Enterprises Holdings, Inc. Como empresário excepcional e principal benemérito de nossa universidade, seu tempo é extraordinariamente precioso — muito mais precioso que o meu —, mas ele concordou em falar com Kate. Uma grande conquista, diz ela. Malditas atividades extracurriculares de Kate.

Ela está encolhida no sofá da sala.

— Ana, me desculpe. Levei nove meses para conseguir essa entrevista. Vou levar mais seis para remarcar, e a essa altura nós duas já estaremos formadas. Como editora, não posso cancelar tudo. Por favor — Kate implora, com a voz rouca por causa da dor de garganta.

Como ela faz isso? Mesmo doente, está graciosa e muito bonita, o cabelo louro-avermelhado no lugar e os olhos verdes luminosos, apesar de um pouco congestionados e lacrimejantes. Ignoro meu sentimento inoportuno de solidariedade.

— Claro que vou, Kate. E você deve voltar para a cama. Quer um remédio para gripe? Ou um Tylenol?

— Um remédio para gripe, por favor. Aqui estão as perguntas e o meu gravador. Basta apertar esse botão. Tome notas, eu transcreverei tudo.

— Não sei nada sobre ele — murmuro, tentando em vão conter meu pânico crescente.

— As perguntas vão ajudá-la. Vá. A viagem é longa. Não quero que se atrase.

— Tudo bem. Estou indo. Volte para a cama. Fiz uma sopa para você esquentar mais tarde. — Olho para ela com carinho. *Só por você, Kate, eu faria isso.*

— Vou esquentar. Boa sorte. E obrigada, Ana. Como sempre você está salvando a minha vida.

Pego minha mochila, lanço-lhe um sorriso irônico e depois saio para pegar o carro. Não posso acreditar que Kate me convenceu a fazer isso. Mas Kate consegue convencer qualquer um a fazer qualquer coisa. Ela vai ser uma jornalista excepcional. É articulada, forte, persuasiva, sabe argumentar bem, é bonita — e é minha melhor e mais querida amiga.

As ruas estão vazias quando saio de Vancouver, Washington, em direção à Rodovia Interestadual 5. É cedo, e não preciso estar em Seattle antes das duas da tarde. Felizmente, Kate me emprestou sua Mercedes esportiva CLK. Não sei bem se com Wanda, meu fusca velho, eu chegaria a tempo. Ah, a Mercedes é gostosa de dirigir, e os quilômetros deslizam à medida que piso fundo no acelerador.

Meu destino é a sede da empresa global do Sr. Grey. Trata-se de um prédio comercial de vinte andares, todo de vidro e aço, um desses projetos arquitetônicos excêntricos, com o nome GREY HOUSE escrito discretamente em aço em cima das portas de vidro da entrada. São quinze para as duas quando chego e, com grande alívio por não estar atrasada, entro no saguão imenso — e, para ser sincera, intimidante —, todo de vidro, aço e arenito.

Atrás da mesa maciça de arenito, uma jovem loura muito atraente e bem-arrumada sorri para mim com simpatia. Está vestida com o mais elegante conjunto de terninho cinza e camisa branca que já vi. Parece imaculada.

— Estou aqui para falar com o Sr. Grey. Anastasia Steele da parte de Katherine Kavanagh.

— Um momento, Srta. Steele.

Ela ergue a sobrancelha ligeiramente quando paro sem jeito à sua frente. Começo a desejar ter pedido emprestado um dos blazers formais de Kate em vez de ter vindo com minha jaqueta azul-marinho. Fiz um esforço, e vesti minha única saia, minhas botas até o joelho e um suéter azul. Na minha opinião, isso já é elegante. Ponho uma das mechas rebeldes do meu cabelo para trás da orelha, fingindo que ela não me intimida.

— A Srta. Kavanagh está sendo aguardada. Assine aqui, por favor, Srta. Steele. É o último elevador à direita, vigésimo andar. — Ela sorri gentilmente para mim, sem dúvida se divertindo, enquanto assino.

Ela me entrega um crachá com a palavra "visitante" estampada com firmeza na frente. Não consigo conter um sorrisinho. Está na cara que só estou de visita. Não me encaixo aqui de jeito nenhum. *É sempre a mesma coisa*, suspiro internamente. Agradecendo-lhe, vou até os elevadores passando por dois seguranças, ambos muito mais bem-vestidos que eu com seus ternos pretos bem-cortados.

O elevador me leva zunindo, em alta velocidade, para o vigésimo andar. As portas se abrem e estou em outro amplo saguão — novamente de vidro, aço e arenito branco. Deparo com outra mesa de arenito e outra jovem loura, dessa vez impecavelmente vestida de preto e branco, que se levanta para me receber.

— Srta. Steele, poderia aguardar aqui, por favor? — diz, apontando para uma área de espera com cadeiras de couro brancas.

Atrás das cadeiras brancas, há uma ampla sala de reuniões com paredes de vidro e uma mesa igualmente ampla de madeira escura que tem ao redor pelo menos vinte cadeiras iguais. Além da mesa, há uma janela que vai do piso ao teto com vista para a cidade de Seattle. É uma paisagem incrível, e fico momentaneamente paralisada com a visão. *Uau!*

Sento-me, pesco as perguntas na mochila e as leio, xingando Kate mentalmente por não ter me fornecido uma breve biografia. Não sei nada sobre o homem que estou prestes a entrevistar. Ele poderia ter noventa anos ou trinta. A incerteza é mortificante, e fico de novo com os nervos à flor da pele, o que me deixa agitada. Nunca me senti à vontade com entrevistas cara a cara, prefiro o anonimato de uma discussão em grupo onde posso me sentar sem ser notada no fundo da sala. Para ser franca, gosto mesmo é de ficar sozinha, lendo um romance inglês clássico, encolhida numa cadeira na biblioteca do campus. Não toda contraída de nervoso sentada num prédio colossal de vidro e pedra.

Reviro os olhos para mim mesma. *Controle-se, Steele.* A julgar pelo prédio, que é asséptico e moderno demais, acho que Grey está na faixa dos quarenta anos: forte, bronzeado e com cabelo claro, para combinar com seus funcionários.

Outra loura elegante e bem-vestida sai de uma grande porta à direita. Qual é a de todas essas louras impecáveis? Parece a reunião das mulheres perfeitas. Respiro fundo e me levanto.

— Srta. Steele? — a última loura me chama.

— Sim — grasno, e pigarreio. — Sim. — Pronto, esse soa mais seguro.

— O Sr. Grey já vai receber a senhorita. Posso guardar sua jaqueta?

— Ah, por favor. — Tiro a jaqueta com dificuldade.

— Já lhe ofereceram algo para beber?

— Hum, não. — Ai meu Deus, será que a Loura Número Dois está ferrada? A Loura Número Três fecha a cara e olha para a jovem à mesa.

— Gostaria de chá, café, água? — pergunta, voltando novamente a atenção para mim.

— Um copo d'água. Obrigada — murmuro.

— Olivia, vá buscar um copo d'água para a Srta. Steele, por favor.

Sua voz é severa. Olivia se levanta depressa e corre para uma porta do outro lado do saguão.

— Peço desculpas, Srta. Steele, Olivia é nossa nova estagiária. Sente-se, por favor. O Sr. Grey a atenderá em cinco minutos.

Olivia volta com um copo de água com gelo.

— Aqui está, Srta. Steele.

— Obrigada.

A Loura Número Três marcha até a grande mesa, o clique dos saltos no chão de arenito ecoando no ambiente. Ela se senta e ambas continuam seu trabalho.

Vai ver o Sr. Grey insiste em só ter funcionárias louras. Estou me perguntando se isso não é ilegal quando a porta do escritório se abre e um negro alto, bem- -vestido e atraente, com *dreads* curtos, sai lá de dentro. Definitivamente, escolhi a roupa errada.

Ele se volta para a porta e diz para o lado de dentro:

— Golfe esta semana, Grey?

Não escuto a resposta. Ele se vira, me vê e sorri, os olhos escuros franzindo nos cantos. Olivia já se levantou e chamou o elevador. Ela parece ser especialista em se levantar de um pulo. Está mais nervosa que eu!

— Boa tarde, senhoras — diz ele ao entrar no elevador.

— O Sr. Grey vai recebê-la agora, Srta. Steele. Pode entrar — diz a Loura Número Três.

Estou imóvel e bastante trêmula, tentando controlar os nervos. Pego a mochi-la, abandono o copo d'água e me encaminho para a porta entreaberta.

— Não precisa bater, basta entrar. — Ela sorri com simpatia.

Empurro a porta, tropeço em meus próprios pés e caio estatelada no escritório. Merda: eu e meus dois pés esquerdos! Caio de quatro no vão da porta da sala do Sr. Grey e mãos delicadas me envolvem, ajudando-me a levantar. Que vergo-nha, maldita falta de jeito! Tenho que me armar de coragem para erguer os olhos. Caramba... ele é muito jovem.

— Srta. Kavanagh. — Ele estende uma mão de dedos longos quando já estou de pé. — Sou Christian Grey. A senhorita está bem? Gostaria de se sentar?

Muito jovem. E atraente, muito atraente. É alto, está vestindo um belo terno cinza, camisa branca e gravata preta, tem o cabelo revolto acobreado e olhos cinzentos vivos que me olham com astúcia. Custo um pouco a conseguir falar.

— Hum. Na verdade... — murmuro.

Se esse cara tiver mais de trinta anos, eu sou um mico de circo. Aturdida, coloco minha mão na dele e nos cumprimentamos. Quando nossos dedos se tocam, sinto um arrepio excitante me percorrer. Retiro a mão rapidamente, envergonhada. Deve ser eletricidade estática. Pisco depressa, no ritmo da minha pulsação.

— A Srta. Kavanagh está indisposta, e me mandou no lugar dela. Espero que não se importe, Sr. Grey.

— E seu nome é?

A voz dele é quente, possivelmente está achando divertido, mas é difícil dizer por sua expressão impassível. Ele parece um pouco interessado, mas acima de tudo educado.

— Anastasia Steele. Estudo Literatura Inglesa com Kate, hum, Katherine... hum... a Srta. Kavanagh, na WSU em Vancouver.

— Entendi — diz ele simplesmente.

Acho que vejo a sombra de um sorriso em sua expressão, mas não tenho certeza.

— Quer se sentar?

Ele me indica um sofá em L de couro branco.

A sala é grande demais para uma pessoa só. Na frente dos janelões que vão do piso ao teto, há uma enorme mesa moderna de madeira escura, ao redor da qual seis pessoas poderiam comer confortavelmente. Ela combina com a mesinha de apoio ao lado do sofá. Todo o resto é branco — teto, chão e paredes —, a não ser a parede ao lado da porta, onde há um mosaico formado por pequenas pinturas, trinta e seis quadrinhos compondo um quadrado. São excepcionais: uma série de objetos corriqueiros pintados com detalhes tão precisos que parecem fotografias. Dispostos juntos, são de tirar o fôlego.

— Um artista local. Trouton — diz Grey ao cruzar com o meu olhar.

— São lindos. Tornam extraordinário um objeto comum — murmuro, distraída com ele e com os quadros. Ele inclina a cabeça e me olha com atenção.

— Concordo plenamente, Srta. Steele — retruca em voz baixa e, por alguma razão inexplicável, me flagro corando.

À parte os quadros, o restante da sala é frio, limpo e asséptico. Pergunto-me se reflete a personalidade do Adônis que afunda graciosamente numa das poltronas brancas de couro à minha frente. Balanço a cabeça, perturbada com o rumo dos meus pensamentos, e retiro as perguntas de Kate da mochila. Em seguida, configuro o gravador digital canhestramente, deixando-o cair duas vezes na mesa de centro diante de mim. O Sr. Grey não diz nada, aguardando com paciência — espero — enquanto fico cada vez mais sem jeito e nervosa. Quando arranjo coragem para olhar para ele, ele está me observando, uma das mãos relaxadas no colo e a outra segurando o queixo, passando o esguio dedo médio nos lábios. Acho que está tentando conter um sorriso.

— Desculpe — gaguejo. — Não estou acostumada com isso.

— Não tenha pressa, Srta. Steele — diz ele.

— O senhor se incomoda se eu gravar a entrevista?

— Depois de todo esse esforço para configurar o gravador, é agora que me pergunta?

Enrubesço. Ele está me provocando? Acho que sim. Pisco para ele, sem saber bem o que dizer, e acho que ele fica com pena de mim, porque cede.

— Não, não me importo.

— Kate, quer dizer, a Srta. Kavanagh, explicou-lhe para o que era a entrevista?

— Sim. Para sair na edição de formatura do jornal da faculdade, já que eu vou entregar os diplomas na cerimônia de graduação deste ano.

Ah! Isso é novidade para mim, e fico temporariamente preocupada com a ideia de que uma pessoa não muito mais velha que eu — ok, talvez mais ou menos uns seis anos mais velha, e ok, muitíssimo bem-sucedida, mas mesmo assim — vai entregar meu diploma. Franzo a testa, direcionando a minha atenção rebelde para a tarefa em questão.

— Ótimo. — Engulo em seco. — Tenho algumas perguntas, Sr. Grey. — Coloco uma mecha de cabelo desgarrada atrás da orelha.

— Achei que poderia ter — diz ele, inexpressivo.

Está debochando de mim. Minhas bochechas ficam vermelhas e eu me empertigo na cadeira, esticando as costas para parecer mais alta e mais intimidadora. Apertando o botão do gravador, tento parecer profissional.

— O senhor é muito jovem para ter construído um império deste porte. A que deve seu sucesso?

Olho para ele. Seu sorriso é enternecedor, mas ele parece vagamente desapontado.

— Os negócios têm a ver com pessoas, Srta. Steele, e sou muito bom em avaliar pessoas. Sei como elas funcionam, o que as faz florescer, o que não faz, o que as inspira e como incentivá-las. Emprego uma equipe excepcional, e recompenso-a bem. — Ele faz uma pausa e me fita com aqueles olhos cinzentos. — Acredito que, para alcançar o sucesso em qualquer projeto, é preciso dominá-lo, entendê-lo por completo, conhecer cada detalhe. Trabalho muito para isso. Tomo decisões com base na lógica e nos fatos. Tenho um instinto natural capaz de detectar e promover uma boa ideia, e boas pessoas. No fim, o fator preponderante sempre se resume a pessoas competentes.

— Quem sabe o senhor simplesmente tenha sorte.

Isso não está na lista de Kate, mas ele é muito arrogante. Uma expressão de surpresa brilha rapidamente em seus olhos.

— Não acredito em sorte ou acaso, Srta. Steele. Quanto mais eu trabalho, mais sorte pareço ter. A questão é realmente contar com as pessoas certas em sua equipe e saber direcionar a energia delas. Acho que foi Harvey Firestone que disse: "O crescimento e o desenvolvimento das pessoas é a maior ambição da liderança."

— O senhor fala como um maníaco por controle. — As palavras saem de minha boca antes que eu possa impedi-las.

— Ah, eu controlo tudo, Srta. Steele — diz ele sem nenhum vestígio de humor no sorriso.

Olho para ele, e ele sustenta meu olhar, impassível. Meu coração bate mais depressa, e meu rosto torna a corar.

Por que ele me deixa tão nervosa? Será pela impressionante aparência física? Pelo olhar inflamado que dirige a mim? Pelo jeito de passar o dedo no lábio inferior? Queria que ele parasse de fazer isso.

— Além do mais, é possível conquistar um imenso poder quando nos convencemos, em nossos devaneios mais secretos, de que nascemos para controlar — prossegue ele, com a voz macia.

— Acha que possui um imenso poder? — Maníaco por controle.

— Emprego mais de quarenta mil pessoas, Srta. Steele. Isso me dá certo senso de responsabilidade, ou poder, se quiser chamar assim. Se eu resolvesse não me interessar mais por telecomunicações e vendesse minha empresa, em um mês, mais ou menos, vinte mil pessoas teriam dificuldade para pagar suas hipotecas.

Meu queixo cai. Estou estarrecida com sua falta de humildade.

— O senhor não tem uma diretoria à qual precise responder? — pergunto, enojada.

— A empresa é minha. Não tenho que responder a uma diretoria. — Ele ergue uma sobrancelha para mim.

É claro que eu saberia disso se tivesse feito alguma pesquisa. Mas, cacete, ele é muito arrogante. Mudo de enfoque.

— E tem algum interesse fora o trabalho?

— Tenho interesses variados, Srta. Steele. — A sombra de um sorriso toca seus lábios. — Muito variados.

E, por alguma razão, fico confusa e excitada com seu olhar constante. Seus olhos estão iluminados com algum pensamento perverso.

— Mas se trabalha tanto, o que faz para relaxar?

— Relaxar? — Ele sorri, revelando dentes brancos perfeitos. Prendo a respiração. Ele é mesmo bonito. Ninguém devia ser tão atraente. — Bem, para "relaxar" como você diz, eu velejo, voo, me entrego a várias atividades físicas. — Ele se mexe na cadeira. — Sou um homem muito rico, Srta. Steele, e tenho hobbies caros e apaixonantes.

Dou uma rápida olhada nas perguntas de Kate, desejando mudar de assunto.

— O senhor investe no setor manufatureiro. Por que, especificamente? — pergunto. Por que ele me deixa tão desconfortável?

— Gosto de construir coisas. Gosto de saber como funcionam: o que faz com que funcionem, como construí-las e desconstruí-las. E tenho adoração por navios. O que mais posso dizer?

— Parece que é o seu coração falando e não a lógica e os fatos.

Ele repuxa o canto da boca, e me avalia com o olhar.

— É possível. Embora muitas pessoas digam que eu não tenho coração.

— Por que diriam isso?

— Porque me conhecem bem. — Ele dá um sorriso irônico.

— Seus amigos diriam que é fácil conhecê-lo? — Arrependo-me da pergunta tão logo a faço. Não está na lista de Kate.

— Sou uma pessoa muito fechada, Srta. Steele. Esforço-me muito para proteger minha privacidade. Não dou muitas entrevistas...

— Por que aceitou dar esta?

— Porque sou benemérito da universidade e, em termos práticos, não consegui me livrar da Srta. Kavanagh. Ela não parou de importunar meu pessoal de relações públicas, e eu admiro esse tipo de tenacidade.

Eu sei quão tenaz Kate pode ser. Por isso estou sentada aqui me contorcendo embaraçosamente sob o olhar penetrante deste homem, quando deveria estar estudando para as provas.

— O senhor também investe em tecnologias agrícolas. Por que se interessa por essa área?

— Não podemos comer dinheiro, Srta. Steele, e há muita gente neste planeta que não tem o que comer.

— Essa justificativa soa muito filantrópica. É algo que o torna passional? Alimentar os pobres do mundo?

Ele dá de ombros, muito evasivo.

— É um negócio inteligente — murmura, embora eu ache que está sendo pouco sincero.

Não faz sentido. Alimentar os pobres do mundo? Não vejo os benefícios financeiros disso, só a virtude do ideal. Dou uma olhada na pergunta seguinte, confusa com a atitude dele.

— O senhor tem uma filosofia? Caso tenha, qual é?

— Não tenho uma filosofia propriamente dita. Talvez alguns princípios orientadores. Como diz Carnegie: "*O homem que adquire a habilidade de tomar posse completa da própria mente, pode tomar posse de qualquer coisa a que tenha direito.*" Sou muito singular, ambicioso. Gosto de controlar, a mim e a quem me cerca.

— Então gosta de possuir coisas? — *Você é um maníaco por controle.*

— Quero merecer possuí-las, mas sim, em resumo, eu gosto.

— O senhor parece ser um consumidor voraz.

— Eu sou. — Ele sorri, mas o sorriso não alcança seus olhos.

De novo, isso não bate com alguém que quer alimentar o mundo, então não posso deixar de pensar que estamos falando de outra coisa, mas não faço a menor ideia do que seja. Engulo em seco. A temperatura da sala está subindo, ou talvez seja só a minha. Quero que a entrevista acabe. Com certeza Kate já tem material suficiente. Olho a pergunta seguinte.

— O senhor foi adotado. Até que ponto acha que isso moldou sua maneira de ser? — Nossa, isso é muito pessoal. Olho para ele, torcendo para que não tenha se ofendido. Ele tem o olhar sombrio.

— Não tenho como saber.

Meu interesse aumenta.

— Quantos anos tinha quando foi adotado?

— Isso é assunto de domínio público, Srta. Steele. — Seu tom é severo.

Droga. Sim, claro, se eu soubesse que iria fazer esta entrevista, teria pesquisado um pouco. Perturbada, prossigo depressa.

— O senhor teve que sacrificar a vida familiar por causa do trabalho.

— Isso não é uma pergunta — afirma ele, contido.

— Peço desculpas — digo, esquiva. Ele me faz parecer uma criança idiota. Tento de novo; — O senhor teve que sacrificar a vida familiar por causa do trabalho?

— Eu tenho família. Tenho um irmão, uma irmã e pais amorosos. Não tenho interesse em expandir minha família além desse ponto.

— O senhor é gay, Sr. Grey?

Ele respira fundo, e eu me encolho, mortificada. *Droga.* Por que não consigo filtrar de alguma forma o que leio? Como posso dizer a ele que estou apenas lendo as perguntas? Maldita Kate e sua curiosidade!

— Não, Anastasia, não sou. — Ele ergue as sobrancelhas, um brilho frio nos olhos. Não parece satisfeito.

— Peço desculpas. Está... hum... escrito aqui.

É a primeira vez que ele diz meu nome. Minha pulsação se acelera, e minhas bochechas estão esquentando de novo. Nervosa, prendo minha mecha de cabelo desgarrada atrás da orelha.

Ele inclina a cabeça.

— Essas perguntas não são suas?

O sangue se esvai do meu cérebro.

— Hum... não. Kate... A Srta. Kavanagh. Ela compilou as perguntas.

— Vocês são colegas no jornal dos alunos?

Ah, não. Não tenho nada a ver com o jornal dos alunos. Essa é uma atividade extracurricular de Kate, não minha. Meu rosto está em brasa.

— Não. Eu divido o apartamento com ela.

Ele esfrega o queixo com calma e deliberação, os olhos cinzentos me avaliando.

— Você se ofereceu para fazer esta entrevista? — pergunta, a voz mortalmente calma.

Espere aí, quem deve entrevistar quem? Os olhos dele me queimam, e sou compelida a dizer a verdade.

— Fui convocada. Ela está passando mal — falo com a voz fraca de quem se desculpa.

— Isso explica muita coisa.

Ouve-se uma batida na porta, e a Loura Número Três entra.

— Sr. Grey, desculpe interromper, mas a próxima reunião é em dois minutos.

— Ainda não terminamos aqui, Andrea. Por favor, cancele a próxima reunião.

Andrea hesita, olhando-o boquiaberta. Parece perdida. Ele vira a cabeça devagar para encará-la e ergue as sobrancelhas. Ela fica toda cor-de-rosa. *Que bom. Não sou só eu.*

— Está bem, Sr. Grey — murmura ela, e sai.

Ele franze a testa e volta a atenção para mim.

— Onde estávamos, Srta. Steele?

Ah, agora voltamos a "Srta. Steele".

— Por favor, não quero incomodá-lo.

— Quero saber sobre você. Acho que é muito justo. — Seus olhos estão acesos de curiosidade.

Merda. Aonde quer chegar com isso? Ele põe os cotovelos nos braços da cadeira e ergue os dedos na frente da boca. Sua boca causa muita... distração. Engulo em seco.

— Não há muito que saber — digo.

— Quais são seus planos para depois que se formar?

Dou de ombros, desconcertada com o interesse dele. *Vir para Seattle com Kate, encontrar um trabalho.* Não pensei muito além das provas finais.

— Não fiz planos, Sr. Grey. Só preciso passar nas provas finais. — Para as quais eu deveria estar estudando agora, em vez de ficar sentada em sua sala palaciana, pomposa e asséptica, sentindo-me desconfortável com seu olhar penetrante.

— Temos um excelente programa de estágios aqui — diz ele calmamente.

Ergo as sobrancelhas, surpresa. Será que ele está me oferecendo um emprego?

— Ah. Vou me lembrar disso — murmuro, completamente confusa. — Apesar de não ter certeza se me encaixaria aqui. — Ah, não. Estou pensando alto de novo.

— Por que diz isso? — Ele inclina a cabeça, intrigado, um esboço de sorriso brincando em seus lábios.

— É óbvio, não é? — *Sou desastrada, malvestida, e não sou loura.*

— Não para mim — murmura ele.

Seu olhar é intenso, agora desprovido de humor, e músculos desconhecidos dentro da minha barriga de repente se contraem. Desvio a vista de seu olhar examinador e encaro cegamente meus dedos entrelaçados. *O que está havendo?* Tenho que ir. Agora. Inclino-me para a frente a fim de pegar o gravador.

— Gostaria que eu a levasse para conhecer a empresa? — pergunta ele.

— Tenho certeza de que o senhor é ocupado demais, Sr. Grey, e tenho uma longa viagem pela frente.

— Vai voltar dirigindo para Vancouver? — Ele parece surpreso, até ansioso. Olha pela janela. Começou a chover. — Bem, seria melhor dirigir com cuidado.

— Seu tom de voz é severo, autoritário. Por que deveria se interessar? — Conseguiu tudo de que precisava? — acrescenta.

— Sim, senhor — respondo, guardando o gravador na mochila.

Seus olhos se estreitam especulativamente.

— Obrigada pela entrevista, Sr. Grey.

— O prazer foi meu — diz ele, educado como sempre.

Quando me levanto, ele fica de pé e estende a mão.

— Até a próxima, Srta. Steele. — E a frase soa como um desafio, ou uma ameaça, não sei bem o quê.

Franzo a testa. Quando nos veríamos de novo? Aperto a mão dele mais uma vez, impressionada com o fato de aquela corrente estranha entre nós continuar presente. Devem ser meus nervos.

— Sr. Grey. — Faço um cumprimento de cabeça para ele.

Encaminhando-se com ágil graça atlética para a porta, ele a abre completamente.

— Só estou garantindo que passe pela porta, Srta. Steele. — Ele me dá um sorrisinho. É óbvio que está se referido à minha entrada nada elegante em sua sala. Fico corada.

— É muita consideração sua, Sr. Grey — digo secamente, e seu sorriso aumenta.

Ainda bem que me acha engraçada. Faço uma cara feia por dentro, enquanto sigo para o saguão. Fico surpresa quando ele vem atrás de mim. Andrea e Olivia olham igualmente surpresas.

— Você veio de casaco? — pergunta Grey.

— De jaqueta.

Olivia levanta-se de um salto e pega a minha jaqueta, que Grey toma de sua mão antes que ela possa entregá-la a mim. Ele a segura e, sentindo-me ridícula e sem jeito, visto-a. Grey põe as mãos por um momento em meus ombros. Suprimo um grito ao sentir o contato. Se ele notou minha reação, não deu bola. Seu comprido dedo indicador aperta o botão do elevador, e ficamos parados esperando: eu, constrangida; ele, tranquilo e dono de si. As portas se abrem, e entro correndo, desesperada para fugir dali. *Eu realmente preciso dar o fora daqui.* Quando olho para ele, está encostado no vão da porta ao lado do elevador com uma das mãos na parede. É realmente muito, muito bonito. É enervante.

— Anastasia — diz ele se despedindo.

— Christian — respondo.

E, felizmente, as portas se fecham.

CAPÍTULO DOIS

Meu coração está palpitando. O elevador chega ao primeiro andar, e saio às pressas tão logo as portas se abrem. Tropeço de novo, mas, felizmente, sem me estatelar no imaculado piso de arenito. Corro para as largas portas de vidro e logo estou livre no ar revigorante, limpo e úmido de Seattle. Erguendo o rosto, recebo com prazer a chuva refrescante. Fecho os olhos e respiro fundo, purificando-me, tentando recuperar o equilíbrio que me resta.

Homem nenhum jamais me afetou como Christian Grey, e não consigo entender por quê. Será sua aparência? Sua educação? Riqueza? Poder? Não entendo minha reação irracional. Dou um imenso suspiro de alívio. O que foi aquilo tudo, pelo amor de Deus? Encostada nos pilares de aço do prédio, tento valentemente me acalmar e organizar meus pensamentos. Balanço a cabeça. O que *foi* isso? Meu coração se estabiliza no ritmo normal, e consigo respirar tranquilamente de novo. Encaminho-me para o carro.

Deixando para trás os limites da cidade, começo a me sentir tola e envergonhada ao repassar mentalmente a entrevista. Com certeza, estou tendo uma reação exagerada a algo imaginário. Tudo bem, então ele é muito atraente, seguro, autoritário, à vontade consigo mesmo — mas, por outro lado, é arrogante e, apesar de todos aqueles modos impecáveis, é autocrático e frio. Bem, superficialmente. Um arrepio involuntário desce pela minha espinha. Ele pode ser arrogante, mas tem o direito de ser — já realizou muita coisa, numa idade muito precoce. Não tem paciência para lidar com idiotas, mas por que deveria? De novo, estou irritada pelo fato de Kate não ter me fornecido uma pequena biografia.

Enquanto vou em direção à Rodovia Interestadual 5, minha mente continua vagando. Estou verdadeiramente perplexa quanto ao que faz alguém ser tão direcionado ao sucesso. Algumas de suas respostas foram muito enigmáticas — como se ele tivesse intenções ocultas. E as perguntas de Kate... Argh! Sobre a adoção e se ele era gay! Estremeço. Não posso acreditar que eu disse aquilo. *Quero me enfiar num buraco!* Toda vez que eu pensar nessa pergunta, vou morrer de vergonha. Maldita Katherine Kavanagh!

Confiro o velocímetro. Estou dirigindo com mais cautela do que estaria em qualquer outra ocasião. E sei que é por causa da lembrança de dois penetrantes olhos cinzentos me encarando e da voz austera me dizendo para dirigir com cuidado. Balançando a cabeça, me dou conta de que Grey parece um homem com o dobro de sua idade.

Esqueça isso, Ana, eu me repreendo. Decido que, no geral, foi uma experiência interessante, mas que não devo ficar pensando nela. *Não pense mais nisso.* Não vou vê-lo nunca mais. Imediatamente, me animo com essa ideia. Ligo o som e aumento o volume, recosto no banco e ouço o rock *indie* retumbante enquanto piso no acelerador. Quando alcanço a Interestadual 5, percebo que posso dirigir na velocidade que eu quiser.

Moramos num pequeno condomínio de apartamentos dúplex em Vancouver, perto do campus da WSU. Tenho sorte — os pais de Kate compraram o apartamento para ela, e eu pago uma ninharia de aluguel. Já é meu lar há quatro anos. Quando estaciono na frente de casa, sei que Kate vai querer um relato detalhado, e ela é tenaz. Bem, pelo menos ela tem o gravador. Espero não ter que elaborar muito além do que foi dito na entrevista.

— Ana! Você voltou.

Kate está sentada na nossa sala de estar, cercada de livros. É óbvio que andou estudando para as provas finais. Está usando o pijama de flanela rosa estampado com coelhinhos fofos que ela reserva para quando rompe com os namorados, para todo o tipo de doenças e para o baixo-astral em geral. Ela se levanta num salto e me dá um abraço apertado.

— Estava começando a ficar preocupada. Esperava que você voltasse antes.

— Ah, achei que fiz um bom tempo, considerando a duração da entrevista. — Aceno para ela com o gravador.

— Ana, muito obrigada. Fico lhe devendo essa. Como foi? Como ele é? — Ah, não, lá vem a Inquisição de Katherine Kavanagh.

Faço um esforço para responder à pergunta dela. O que posso dizer?

— Ainda bem que acabou, e não preciso vê-lo de novo. Ele é bastante intimidador, sabe? — Dou de ombros. — É muito focado, chega a ser intenso... e jovem. Muito jovem.

Kate me olha inocentemente. Lanço um olhar desdenhoso para ela.

— Não faça essa cara de boba. Por que não me deu uma biografia? Ele fez com que eu me sentisse uma idiota por não ter feito sequer uma pesquisa básica.

Kate tapa a boca com a mão.

— Nossa, Ana, desculpe. Eu não pensei nisso.

Bufo de raiva.

— No geral, ele foi educado, formal, ligeiramente antiquado, como se tivesse envelhecido antes do tempo. Ele não fala como um homem de vinte e poucos anos. *Quantos anos* ele tem, afinal?

— Vinte e sete, ou vinte e oito, acho. Nossa, Ana, desculpe. Eu devia ter preparado você, mas estava muito apavorada. Passe o gravador para eu começar a transcrever a entrevista.

— Você parece melhor. Tomou a sopa? — pergunto, querendo mudar de assunto.

— Tomei, e estava uma delícia, como sempre. Estou me sentindo muito melhor. — Ela sorri agradecida para mim.

Olho o relógio.

— Tenho que correr. Ainda dá para eu pegar meu turno na Clayton's.

— Ana, você vai ficar exausta.

— Vou ficar bem. Vejo você mais tarde.

Trabalho na Clayton's desde que entrei na WSU. A Clayton's é a maior loja de material de construção na área de Portland e, nos quatro anos em que trabalho aqui, passei a conhecer um pouco sobre quase tudo o que vendo — embora, por ironia, eu seja um zero à esquerda quando se trata de execução de trabalhos manuais. Deixo isso para meu pai.

Ainda bem que posso trabalhar, pois isso me dá algo em que pensar que não seja Christian Grey. Estamos bastante ocupados — começou a temporada de verão, e as pessoas estão reformando suas casas. A Sra. Clayton fica aliviada em me ver.

— Ana! Pensei que não fosse conseguir vir hoje.

— Minha reunião não demorou tanto quanto eu esperava. Posso trabalhar algumas horas.

— Estou muito feliz em ver você.

Ela me manda para o depósito a fim de começar a reabastecer as prateleiras, e logo a tarefa me absorve.

Mais tarde, quando chego em casa, Katherine está com fones de ouvido e trabalhando em seu laptop. Tem o nariz ainda rosado, mas está totalmente envolvida com o artigo; concentrada, digitando com fúria. Estou esgotada — exausta da longa viagem, da entrevista cansativa e da correria para cima e para baixo na Clayton's. Atiro-me no sofá, pensando no texto que preciso terminar e em tudo que não estudei hoje porque estava entocada com... *ele.*

— Você conseguiu um bom material, Ana. Ótimo trabalho. Não posso acreditar que você não aceitou quando ele quis levá-la para conhecer a sede. Ele obviamente queria passar mais tempo com você. — Ela me lança um olhar rápido e intrigado.

Fico vermelha, e minha pulsação inexplicavelmente se acelera. Com certeza a razão não foi aquela. Ele só queria me mostrar as instalações para eu poder ver que ele era o dono de tudo aquilo. Percebo que estou mordendo o lábio, e espero que Kate não note. Ela parece absorta na transcrição da entrevista.

— Ouvi o que você disse sobre ele ser formal. Anotou alguma coisa? — pergunta ela.

— Hum... não, não anotei.

— Tudo bem. Ainda posso fazer um ótimo artigo com isso aqui. Pena que não temos fotos. O filho da mãe é bonito, não é?

— Acho que sim. — Tento soar desinteressada, e acho que consigo.

— Ah, o que é isso, Ana! Nem você pode ficar imune à beleza dele. — Ela ergue para mim as sobrancelhas perfeitas.

Droga! Sinto minhas bochechas esquentarem, então a distraio com bajulação, sempre um bom estratagema.

— Você provavelmente teria arrancado muito mais dele.

— Duvido, Ana. Qual é! Ele praticamente lhe ofereceu um emprego. Considerando que eu avisei em cima da hora, você se saiu muito bem. — Ela me olha, especulativa. Faço uma retirada apressada para a cozinha.

— Então, o que achou dele realmente?

Droga, ela é inquisitiva. Por que não pode simplesmente deixar isso para lá? *Pense em alguma coisa — rápido.*

— Ele é ambicioso, controlador, arrogante, assustador mesmo, mas muito carismático. Dá para entender o fascínio — acrescento sinceramente, esperando que isso a cale de uma vez por todas.

— Você? Fascinada por um homem? É a primeira vez. — diz ela, com desdém.

Começo a separar os ingredientes de um sanduíche para ela não poder ver meu rosto.

— Por que quis saber se ele era gay? A propósito, essa foi a questão mais embaraçosa. Fiquei mortificada, e ele ficou irritado com a pergunta. — Fecho a cara ao me lembrar.

— Quando aparece nas colunas sociais, ele nunca está acompanhado.

— Foi uma saia justa. A entrevista toda foi uma saia justa. Ainda bem que nunca mais vou ter que olhar para ele.

— Ah, Ana, não pode ter sido tão ruim. Pela voz dele, acho que ficou bastante impressionado com você.

Impressionado comigo? Agora Kate está sendo ridícula.
— Quer um sanduíche?
— Por favor.

Não falamos mais de Christian Grey naquela noite, para meu alívio. Quando acabamos de comer, sento-me à mesa de jantar com Kate e, enquanto ela trabalha em seu artigo, escrevo meu texto sobre *Tess of the d'Urbervilles*. Droga, aquela mulher estava no lugar errado, na hora errada e no século errado. Quando termino, é meia-noite, e Kate já foi se deitar há muito tempo. Vou para o quarto, exausta, mas feliz por ter feito tanta coisa numa segunda-feira.

Encolho-me em minha cama de ferro branca, enrolada na colcha da minha mãe, fecho os olhos e adormeço na mesma hora. Sonho com lugares escuros, desolados, pisos brancos frios e olhos cinzentos.

Pelo resto da semana, dedico-me aos estudos e ao meu trabalho na Clayton's. Kate está ocupada também, compilando sua última edição do jornal antes de ter que cedê-la à nova editora enquanto se esforça para as provas finais. Na quarta-feira, ela está muito melhor, e já não tenho mais que aguentar aquele seu pijama de flanela rosa cheio de coelhos. Ligo para minha mãe na Geórgia a fim de saber como ela está, mas também para ela poder me desejar boa sorte nas provas finais. Ela começa a me contar sobre sua última aventura na fabricação de velas — minha mãe vive experimentando novos negócios. Basicamente, está entediada e quer algo para ocupar o tempo, mas tem a concentração de um peixinho dourado. Na semana que vem será algo diferente. Ela me preocupa. Espero que não tenha hipotecado a casa para financiar esse último projeto. E espero que Bob — seu marido relativamente novo, mas muito mais velho — esteja de olho nela agora que não estou mais lá. Ele parece ser muito mais pé no chão que o Marido Número Três.
— Como você está, Ana?
Por um momento, hesito, e tenho toda a atenção de minha mãe.
— Estou bem.
— Ana? Você conheceu alguém?
Uau... como ela faz isso? A empolgação em sua voz é palpável.
— Não, mãe, não é nada. Você será a primeira a saber se eu conhecer.
— Ana, você precisa realmente sair mais, querida. Você me preocupa.
— Mãe, eu estou bem. Como está Bob? — Como sempre, distrair é a melhor política.
Mais tarde naquela noite, ligo para Ray, meu padrasto, o Marido Número Dois de mamãe, o homem que considero meu pai, e o homem cujo sobrenome eu

carrego. É uma conversa breve. Na verdade, não é muito uma conversa, mas uma série de resmungos em resposta à minha delicada tentativa de persuasão. Ray não é de falar muito. Mas ainda está vivo, ainda assiste a futebol na tevê (e joga boliche e pesca com mosca ou faz móveis quando não está vendo televisão). Ele é um carpinteiro talentoso e a razão de eu saber a diferença entre uma espátula e um serrote. Parece que está tudo bem com ele.

SEXTA-FEIRA À NOITE, Kate e eu estamos discutindo o que fazer — queremos descansar um pouco dos estudos, do trabalho e dos jornais dos alunos —, quando a campainha toca. Parado à nossa porta está meu grande amigo José, segurando uma garrafa de champanhe.

— José! Que bom ver você! — Dou-lhe um abraço rápido. — Entre.

José foi a primeira pessoa que conheci quando entrei para a WSU. Ele parecia tão perdido e solitário quanto eu. Sentimos uma enorme afinidade um pelo outro naquele dia, e somos amigos desde então. Não só temos senso de humor, mas também descobrimos que Ray e o pai de José serviram juntos na mesma unidade do Exército. Consequentemente, nossos pais também se tornaram grandes amigos.

José estuda engenharia e é o primeiro de sua família a chegar à faculdade. Ele é um aluno brilhante, mas sua verdadeira paixão é a fotografia. José tem um ótimo olho para fotografar.

— Tenho novidades. — Ele ri, os olhos escuros brilhando.

— Não me diga. Conseguiu não ser posto para fora por mais uma semana — provoco, e ele fecha a cara para mim de brincadeira.

— A Galeria Portland Place vai expor minhas fotos no mês que vem.

— Que incrível! Parabéns!

Feliz por José, torno a abraçá-lo. Kate também sorri para ele.

— Parabéns, José! Eu devia colocar isso no jornal. Nada como mudanças editoriais de última hora numa sexta-feira à noite. — Ela finge aborrecimento.

— Vamos comemorar. Quero que vá à inauguração. — José me olha fixamente e eu enrubesço. — Vocês duas, claro — acrescenta ele, olhando nervoso para Kate.

José e eu somos muito amigos, mas, no fundo, sei que ele gostaria de ser mais que isso. Ele é bonito e divertido, mas não é para mim. É mais como o irmão que nunca tive. Katherine vive me provocando dizendo que me falta o gene "preciso de um namorado", mas a verdade é que eu simplesmente nunca conheci alguém que... bem, me atraia, embora parte de mim anseie por pernas bambas, coração na boca, frio na barriga, noites em claro.

Às vezes, me pergunto se há algo de errado comigo. Talvez eu tenha passado muito tempo na companhia dos meus heróis literários românticos e, consequentemente, tenha ideais e expectativas elevados demais. Mas, na verdade, ninguém nunca me fez sentir assim.

Até muito recentemente, murmura a inoportuna e ainda fraca voz do meu inconsciente. NÃO! Expulso o pensamento de imediato. Não vou cair nessa, não depois daquela entrevista penosa. *O senhor é gay, Sr. Grey?* Estremeço com a lembrança. Sei que sonhei com ele quase todas as noites desde então, mas isso é só para expurgar do meu corpo a terrível experiência, com certeza.

Observo José abrir a garrafa de champanhe. Ele é alto e, com aquela calça jeans e aquela camiseta, é só ombros e músculos, a pele bronzeada, o cabelo escuro e ardentes olhos negros. Sim, José é bastante atraente, mas acho que, enfim ele está entendendo o recado: somos apenas amigos. A rolha espoca ruidosamente, e ele ergue os olhos e sorri.

SÁBADO NA LOJA é um pesadelo. Somos assediados por amantes da bricolagem querendo consertar suas casas. O Sr. e a Sra. Clayton, John e Patrick — os outros dois funcionários que trabalham meio expediente — e eu corremos de um lado para o outro. Mas há um período de calmaria por volta da hora do almoço, e a Sra. Clayton me pede para conferir algumas encomendas enquanto estou sentada atrás do balcão do caixa comendo discretamente meu bagel. Sou envolvida pela tarefa, comparando números do catálogo com os artigos de que precisamos e a quantidade que encomendamos, os olhos pulando do livro de encomendas para a tela do computador e vice-versa ao conferirem se as entradas batem. Então, por alguma razão, ergo a vista... e sou capturada pelo atrevido olhar cinzento de Christian Grey, que está parado no balcão, encarando-me atentamente.

Parada cardíaca.

— Srta. Steele. Que surpresa agradável. — O olhar dele é firme e intenso.

Droga. Que diabo *ele* está fazendo aqui todo despenteado e esportivo, com um suéter grosso, jeans e botas? Acho que meu queixo caiu, e não consigo encontrar meu cérebro nem minha voz.

— Sr. Grey — murmuro, porque é só o que consigo.

Há a sombra de um sorriso nos lábios dele, e seus olhos estão cheios de humor, como se ele estivesse curtindo uma piada íntima.

— Eu estava pela área — diz ele, à guisa de explicação. — Preciso me abastecer de algumas coisas. É um prazer tornar a vê-la, Srta. Steele. — Sua voz é quente e encorpada como caramelo e chocolate derretido... ou algo assim.

Balanço a cabeça para pôr as ideias em ordem. Meu coração dispara, e, por alguma razão, enrubesço furiosamente sob seu exame minucioso. Fico absolutamente desconcertada com a figura dele parada na minha frente. Minhas lembranças não lhe fazem jus. Ele não é apenas bem-apessoado: é a síntese da beleza masculina, de tirar o fôlego, e está aqui. Aqui na Clayton's. Imagine. Finalmente, minhas funções cognitivas são restauradas e reconectadas ao restante do meu corpo.

— Ana. Meu nome é Ana — murmuro. — Em que posso servi-lo, Sr. Grey?

Ele sorri, e mais uma vez é como se estivesse guardando um grande segredo. É muito desconcertante. Respirando fundo, assumo minha fachada profissional Já Trabalho Nessa Loja Há Anos. *Posso fazer isso.*

— Estou precisando de alguns artigos. Para começar, gostaria de umas braçadeiras de plástico — murmura ele, sua expressão ao mesmo tempo calma e descontraída.

Braçadeiras de plástico?

— Temos de vários tamanhos. Posso lhe mostrar? — digo baixinho, a voz trêmula.

Controle-se, Steele.

Um ligeiro franzido toma a bela testa de Grey.

— Por favor. Vá na frente, Srta. Steele — diz ele.

Tento parecer indiferente ao sair de trás do balcão, mas realmente estou me concentrando muito em não tropeçar em meus próprios pés. Minhas pernas de repente adquirem consistência de gelatina. Ainda bem que hoje de manhã resolvi usar minha melhor calça jeans.

— Estão na seção de artigos de eletricidade, corredor oito. — Minha voz está um pouco alegre demais. Olho para ele e me arrependo disso quase na mesma hora. Droga, ele é bonito.

— Vá na frente — murmura ele, indicando com um gesto de sua mão de dedos esguios muito bem-cuidada.

Com o coração quase me sufocando — porque está na minha garganta, tentando sair pela boca —, encaminho-me por um dos corredores em direção à seção de eletricidade. *Por que ele está em Portland? Por que está aqui na Clayton's?* De uma pequena parte subutilizada do meu cérebro — provavelmente localizada na base do meu bulbo raquidiano, onde mora meu inconsciente — vem a ideia: *Ele está aqui para ver você.* Sem chance! Descarto o pensamento de imediato. Por que esse homem lindo, poderoso e bem-educado haveria de querer me ver? A ideia é absurda, e eu a expulso da cabeça.

— Está em Portland a trabalho? — pergunto, e minha voz está muito aguda, como se eu tivesse prendido o dedo na porta ou algo do tipo. *Droga! Tente ficar calma, Ana!*

— Eu estava visitando a divisão agrícola da WSU. Fica em Vancouver. No momento, estou financiando umas pesquisas em rotação de culturas e ciência do solo — diz ele, impassível.

Está vendo? Ele não está aqui para ver você, diz com desdém o meu inconsciente, alto e bom som, orgulhoso e amargo. Enrubesço diante de minhas tolas ideias impertinentes.

— Tudo parte do seu plano de alimentar o mundo? — provoco.

— Mais ou menos — reconhece ele, e seus lábios se contraem num breve sorriso.

Ele olha a seleção de braçadeiras que temos no estoque. Que diabo ele vai fazer com isso? Não consigo de jeito nenhum imaginá-lo como um praticante de bricolagem. Seus dedos passeiam por vários pacotes expostos e, por alguma razão inexplicável, preciso desviar o olhar. Ele se abaixa e escolhe um pacote.

— Estas vão servir — diz ele com aquele sorriso muito misterioso, e eu enrubesço.

— Mais alguma coisa?

— Eu gostaria de fita adesiva.

Fita adesiva?

— Está fazendo uma reforma? — As palavras saem antes que eu possa detê-las. Com certeza ele contrata operários ou tem gente para ajudá-lo na decoração.

— Não, não estou reformando — diz ele depressa, depois dá um sorriso forçado, e tenho a estranha sensação de que está rindo de mim.

Será que sou tão engraçada? Tenho uma cara engraçada?

— Por aqui — murmuro, embaraçada. — As fitas adesivas ficam no corredor de decoração.

Olho para trás enquanto ele me segue.

— Trabalha aqui há muito tempo? — A voz dele é grave, e ele está me olhando, olhos cinzentos muito concentrados. Enrubesço mais ainda. Por que diabo ele me causa esse efeito? Sinto como se tivesse quatorze anos — canhestra, como sempre, e deslocada. *Olhe para a frente, Steele!*

— Quatro anos — murmuro quando chegamos ao nosso objetivo. Para me distrair, abaixo-me e escolho duas larguras de fita adesiva para pintura que temos em estoque.

— Vou levar essa — Grey diz em voz baixa apontando para a fita mais larga, que passo para ele.

Nossos dedos se encostam muito brevemente, e a corrente se manifesta de novo, percorrendo todo o meu corpo como se eu tivesse encostado num fio desencapado. Reprimo um grito involuntário, bem lá no fundo de mim, num lugar escuro e inexplorado. Desesperada, tateio em volta procurando me equilibrar.

— Mais alguma coisa? — Minha voz é rouca e arfante. Os olhos dele se arregalam ligeiramente.

— Um pedaço de corda, eu acho. — A voz dele espelha a minha, rouca.

— Por aqui. — Abaixo a cabeça para esconder meu rubor recorrente e sigo para o corredor.

— De que tipo procura? Temos cordas de fios naturais e sintéticos... barbantes... cabos... — Emudeço diante da expressão dele, de seus olhos ficando sombrios. *Caramba.*

— Vou levar quatro metros e meio de corda de fios naturais, por favor.

Rapidamente, com dedos trêmulos, meço quatro metros e meio com a régua fixa, consciente de que seu olhar quente e cinzento está sobre mim. Não ouso encará-lo. Nossa, será que eu poderia me sentir mais inibida? Pegando o estilete no bolso traseiro da minha calça, corto a corda e a enrolo antes de amarrá-la com um nó corrediço. Por algum milagre, consigo não amputar um dedo com o estilete.

— Você foi escoteira? — pergunta, os lábios esculturais e sensuais repuxados num sorriso. *Não olhe para a boca dele!*

— Atividades organizadas em grupo não são minha praia, Sr. Grey.

Ele ergue uma sobrancelha.

— Qual é a sua praia, Anastasia? — pergunta ele, de novo com aquela voz suave e o sorriso misterioso. Olho para ele incapaz de me expressar. Estou em placas tectônicas móveis. *Tente ficar calma, Ana*, implora de joelhos meu inconsciente torturado.

— Livros — murmuro, mas, no íntimo, meu inconsciente está gritando: *Você! Você é a minha praia!* Faço-o se calar instantaneamente, aflita com as aspirações exageradas que minha psique está tendo.

— Que tipo de livros? — Ele inclina a cabeça.

Por que está tão interessado?

— Ah, você sabe. O normal. Os clássicos. Literatura inglesa, principalmente.

Ele esfrega o queixo com seus esguios polegar e indicador ao contemplar minha resposta. Ou talvez só esteja muito entediado e esteja tentando disfarçar isso.

— Precisa de mais alguma coisa? — Tenho que me livrar desse assunto; seus dedos naquele rosto são muito sedutores.

— Não sei. O que mais você recomendaria?

O que eu recomendaria? Eu nem sei o que você está fazendo.

— Para um praticante de bricolagem?

Ele balança a cabeça, os olhos cheios de malícia. Enrubesço, e meu olhar desvia espontaneamente para sua calça justa.

— Macacões — respondo, e sei que já perdi o controle do que sai da minha boca.

Ele ergue uma sobrancelha, achando graça de novo.

— Você não ia querer estragar sua roupa. — Faço um gesto vago na direção da sua calça.

— Eu sempre poderia tirá-las. — Ele dá um sorriso afetado.

— Hum.

Sinto meu rosto ficar novamente vermelho. Devo estar da cor do *Manifesto Comunista*. *Pare de falar. Pare de falar* AGORA.

— Vou levar uns macacões. Deus me livre de estragar qualquer roupa — diz ele, secamente.

Tento descartar a imagem inoportuna dele sem jeans.

— Precisa de mais alguma coisa? — dou um grunhido ao lhe entregar os macacões azuis.

Ele ignora minha pergunta.

— Como está o artigo?

Ele finalmente me faz uma pergunta normal, sem insinuações e fora da confusa conversa sem pé nem cabeça... uma pergunta à qual posso responder. Agarro a com unhas e dentes como se fosse uma tábua de salvação, e escolho a honestidade.

— Não o estou redigindo, Katherine é que está. A Srta. Kavanagh. A moça com quem divido a casa, ela é a redatora. Está muito feliz com ele. É a editora do jornal, e ficou arrasada por não ter podido fazer a entrevista pessoalmente. — Sinto como se tivesse subido para respirar. Finalmente, uma conversa normal. — A única preocupação dela é que não tem nenhuma fotografia sua.

— Que tipo de fotografia ela quer?

Tudo bem. Eu não contava com essa resposta. Balanço a cabeça, porque simplesmente não sei.

— Bem, estou por aí. Amanhã, talvez...

— Estaria disposto a fazer uma sessão de fotos?

Minha voz está de novo estridente. Kate ficará no sétimo céu se eu conseguir isso. *E você poderia vê-lo de novo amanhã*, aquele lugar escuro na base do meu cérebro murmura sedutoramente para mim. Descarto a ideia. Que bobagem, é ridículo...

— Kate vai ficar encantada, se a gente conseguir encontrar um fotógrafo.

Estou tão satisfeita que abro um largo sorriso para ele. Ele entreabre os lábios, como se estivesse sugando o ar com força para os pulmões, e pisca. Por uma fração de segundo, ele parece de alguma forma perdido, e a terra se desloca ligeiramente em seu eixo, as placas tectônicas deslizando para uma posição nova. *Minha nossa. Christian Grey parece perdido.*

— Fale comigo amanhã. — Enfiando a mão no bolso traseiro, ele saca a carteira. — Meu cartão. O número do meu celular está aí. Você vai precisar ligar antes das dez da manhã.

— Tudo bem. Sorrio para ele. Kate vai ficar elétrica.

— *Ana!*

Paul surgiu na outra ponta do corredor. Ele é o irmão caçula do Sr. Clayton. Eu tinha ouvido dizer que ele tinha chegado de Princeton, mas não esperava vê-lo hoje.

— Hum... com licença um instante, Sr. Grey.

Grey franze a testa quando me afasto dele.

Paul sempre foi um amigão, e nesse momento estranho que estou tendo com o rico, poderoso, excepcionalmente atraente e maníaco por controle Sr. Grey, é ótimo falar com alguém normal. Paul me dá um abraço apertado e me pega de surpresa.

— Oi, Ana, é muito bom ver você! — derrete-se.

— Olá, Paul, como vai? Veio para o aniversário do seu irmão?

— É. Você está ótima, Ana, ótima mesmo. — Ele sorri enquanto me examina, tomando distância. Então ele me solta, mas mantém um braço possessivo pendurado em meu ombro. Fico trocando de pé, encabulada. É bom ver Paul, mas ele sempre foi muito exagerado.

Quando olho para Christian Grey, ele está nos observando feito um falcão, olhos entreabertos e especulativos, a boca contraída formando uma linha rígida, impassível. Do cliente estranhamente atencioso, ele se transformou em outra pessoa — alguém frio e distante.

— Paul, estou com um cliente. Uma pessoa que você precisa conhecer — digo, tentando desarmar o antagonismo presente na expressão de Grey. Arrasto Paul para conhecê-lo, e eles se avaliam mutuamente. A atmosfera de repente está glacial.

— Ah, Paul, este é Christian Grey. Sr. Grey, este é Paul Clayton. O irmão dele é o proprietário da loja.

E, por alguma razão irracional, sinto que devo explicar melhor.

— Conheço Paul desde que comecei a trabalhar aqui, embora a gente não se veja muito. Ele voltou de Princeton, onde estuda administração de empresas. — Estou balbuciando... *Pare já!*

— Sr. Clayton — Grey estende a mão, o olhar inescrutável.

— Sr. Grey. — Paul retribui o cumprimento. — Espera aí, não é *o* Christian Grey? Da Grey Enterprises Holdings? — Paul passa da arrogância ao assombro numa fração de segundo. Grey lhe dá um sorriso educado, do qual seus olhos não participam.

— Nossa! Há alguma coisa que eu possa lhe trazer?

— Anastasia já me atendeu, Sr. Clayton. Foi muito atenciosa. — A expressão dele é impassível, mas as palavras... é como se ele estivesse dizendo uma coisa totalmente diferente. É desconcertante.

— Legal — responde Paul. — Depois a gente se fala, Ana.

— Claro, Paul. — Vejo-o desaparecer no estoque. — Mais alguma coisa, Sr. Grey?

— Só isso.

Seu tom é entrecortado e frio. Droga... será que eu o ofendi? Respirando fundo, viro as costas e me encaminho para o caixa. *Qual é o problema dele?*

Registro a corda, os macacões, a fita adesiva e as braçadeiras.

— São quarenta e três dólares, por favor. — Olho para Grey, e queria não ter olhado. Ele está me observando com muita atenção. É enervante.

— Quer uma sacola? — pergunto ao pegar seu cartão de crédito.

— Por favor, Anastasia. — Sua língua acaricia meu nome, e meu coração mais uma vez dispara. Mal posso respirar. Apressadamente, coloco suas compras em uma sacola plástica.

— Você me telefona se quiser que eu pose para as fotos? — Ele está sendo profissional de novo. Faço que sim, mais uma vez sem fala, e devolvo seu cartão de crédito.

— Ótimo. Até amanhã, talvez. — Ele se vira para ir embora, depois para. — Ah... e Anastasia, ainda bem que a Srta. Kavanagh não pôde fazer a entrevista. — Sorri, depois sai da loja a passos largos com uma determinação renovada, pendurando a sacola plástica no ombro, deixando-me como uma massa trêmula de hormônios femininos em fúria.

Antes de voltar ao planeta Terra, passo vários minutos contemplando a porta por onde ele acabou de sair.

Tudo bem — gosto dele. Pronto. Confessei a mim mesma. Não posso mais fugir dos meus sentimentos. Nunca me senti assim antes. Acho-o atraente, muito atraente. Mas isso não tem futuro, eu sei, e suspiro com um sentimento de pena entre doce e amargo. Foi só uma coincidência a vinda dele aqui. Mas mesmo assim, posso admirá-lo de longe, com certeza. Não tem mal nenhum. E se eu encontrar um fotógrafo, posso admirá-lo bastante amanhã. Mordo o lábio antevendo isso e me pego rindo como uma colegial. Preciso telefonar para Kate e organizar a sessão de fotos.

CAPÍTULO TRÊS

Kate está em êxtase.

— Mas o que ele estava fazendo na Clayton's? — Sua curiosidade escapa pelo telefone. Estou enfurnada no estoque, tentando manter minha voz num tom normal.

— Ele estava pela área.

— Isso é uma coincidência enorme, Ana. Você não acha que ele foi aí para ver você?

Meu coração palpita com essa perspectiva, mas é uma alegria que dura pouco. A triste e decepcionante realidade é que ele estava aqui a trabalho.

Ele estava visitando o departamento de agricultura da WSU. Está financiando uma pesquisa — murmuro.

— Ah, sim. Ele doou dois milhões e meio de dólares ao departamento. Uau.

— Como você sabe disso?

— Ana, eu sou jornalista, e escrevi um perfil do cara. É meu trabalho saber disso.

— Tudo bem, senhora jornalista, não arranque os cabelos. Então, você quer as fotos?

— Claro que quero. A questão é quem vai fazê-las, e onde.

— Podíamos perguntar onde ele prefere. Disse que estará hospedado na região.

— Você pode entrar em contato com ele?

— Tenho o número do celular dele.

Kate suprime um grito.

— O solteiro mais rico, mais esquivo, mais enigmático do estado de Washington simplesmente deu a você o número do celular dele?

— Hum... deu.

— Ana! Ele gosta de você. Não tenho a menor dúvida. — Seu tom é enfático.

— Kate, ele só estava tentando ser simpático.

No momento em que faço a afirmação, porém, sei que ela não é verdadeira. Christian Grey não faz o tipo *simpático*. Educado, talvez. E uma vozinha murmura dentro de mim: *Talvez Kate tenha razão*. Meu couro cabeludo se arrepia com a ideia de que, talvez, apenas talvez, quem sabe, ele goste de mim. Afinal, ele disse que tinha achado bom o fato de Kate não ter feito a entrevista. Abraço-me numa alegria silenciosa, balançando para um lado e para o outro, considerando a possibilidade de ele talvez gostar de mim. Kate me traz de volta ao presente.

— Não sei quem vamos chamar para fazer as fotos. Levi, nosso fotógrafo de sempre, não pode. Está passando o fim de semana em Idaho Falls. E vai ficar furioso por ter perdido a oportunidade de fotografar um dos principais empresários dos Estados Unidos.

— Hum... Que tal José?

— Grande ideia! Peça a ele, ele faz qualquer coisa por você. Depois ligue para Grey e descubra onde ele prefere nos encontrar.

É irritante como Kate faz pouco de José.

— Acho que você devia ligar para ele.

— Para quem? Para José? — zomba Kate.

— Não, para Grey.

— Ana, é você que tem relação com ele.

— Relação? — dou um chiado, subindo o tom de voz. — Eu mal conheço o cara.

— Pelo menos já esteve com ele — diz ela com amargura. — E parece que ele quer conhecê-la melhor. Ligue para ele, Ana — diz, decidida, e desliga.

Ela é muito autoritária às vezes. Olho de cara feia e mostro a língua para o celular.

Estou deixando um recado para José quando Paul entra no estoque procurando por lixas.

— Estamos meio ocupados aqui, Ana — diz ele sem aspereza.

— Eu sei, desculpe — murmuro, dando meia volta para sair.

— Então, de onde você conhece Christian Grey?

A voz despreocupada de Paul não convence.

— Tive que entrevistá-lo para o jornal da faculdade. Kate não estava passando bem.

Dou de ombros, tentando soar descontraída, e acabo não me saindo melhor que ele.

— Christian Grey na Clayton's. Imagine só. — Paul bufa, achando graça. Balança a cabeça, como se quisesse clarear as ideias. — Enfim, quer sair para beber ou fazer alguma coisa hoje à noite?

Sempre que está por aqui, Paul me convida para sair, e eu sempre digo não. É um ritual. Nunca considerei uma boa ideia sair com o irmão do patrão e, além do

mais, Paul é uma graça com seu jeito de garoto comum, mas não é nenhum príncipe encantado, por mais que a gente tente imaginar. *Grey é?*, pergunta o meu
inconsciente, a sobrancelha metaforicamente arqueada. Faço-o calar a boca.

— Você não tem um jantar de família ou algo assim com seu irmão?

— É amanhã.

— Talvez outra hora, Paul. Preciso estudar hoje à noite. As provas finais são na
semana que vem.

— Ana, um dia desses você vai aceitar. — Ele sorri enquanto corro para a loja.

— MAS EU fotografo paisagens, Ana, não pessoas — reclama José.

— José, por favor? — imploro. Ando de um lado para o outro na sala do
nosso apartamento, agarrada ao celular, observando pela janela a luz do dia que
vai morrendo.

— Dá aqui esse telefone.

Kate toma o aparelho de mim, jogando o sedoso cabelo louro-avermelhado por
cima do ombro.

— Escute aqui, José Rodriguez, se quiser que o nosso jornal faça a cobertura
da inauguração da sua exposição, você vai ter que tirar essas fotos para a gente
amanhã, *capiche*? — Kate pode ser assombrosamente severa. — Ótimo. Ana vai
ligar dizendo o local e a hora da sessão. Vemos você amanhã.

Ela desliga o meu celular.

— Pronto. Tudo que precisamos fazer agora é decidir o local e o horário. Ligue
para ele. — Ela me estende o telefone. Meu estômago revira. — Ligue para Grey,
agora!

Olho de cara feia para ela e pego o cartão dele no bolso. Respiro fundo, acal-
mando-me e, com dedos trêmulos, teclo o número.

Ele atende no segundo toque. Seu tom é seco, calmo e frio.

— Grey.

— Hum... Sr. Grey? É Anastasia Steele.

Não reconheço minha própria voz. Estou muito nervosa. Há uma breve pausa.
Estou tremendo por dentro.

— Srta. Steele. Que bom falar com você.

O tom de voz dele mudou. Está surpreso, eu acho, e parece muito... caloroso
— *sedutor* até. Minha respiração fica entalada, e enrubesço. De repente, tomo
consciência de que Katherine Kavanagh está me olhando boquiaberta, e corro
para a cozinha para evitar sua indesejada avaliação.

— Hum... nós gostaríamos de combinar a sessão de fotos para o artigo. — *Respire, Ana, respire.* Encho um pouco os pulmões, a respiração entrecortada. —
Amanhã, se possível. Onde seria conveniente para o senhor?

Quase consigo ouvir seu sorriso enigmático pelo telefone.

— Estou no Heathman, em Portland. Pode ser amanhã às nove e meia da manhã?

— Tudo bem, nos vemos lá. — Meu tom é completamente efusivo e ofegante. Pareço uma criança, não uma mulher adulta que pode votar e beber legalmente no estado de Washington.

— Estou ansioso para isso, Srta. Steele.

Visualizo o brilho malicioso em seus olhos. *Como ele pode fazer uma promessa tão tentadora com apenas seis palavrinhas?* Desligo. Kate está na cozinha e me encara com um olhar de total e absoluta consternação.

— Anastasia Rose Steele. Você gosta dele! Nunca vi nem ouvi você tão... tão encantada com alguém antes. Está até vermelha.

— Ah, Kate, você sabe que eu vivo corando. É um risco ocupacional comigo. Não seja ridícula — digo secamente.

Ela pisca para mim, surpresa. É muito raro eu dar um chilique, e por um momento acabo cedendo.

— Só acho esse homem... intimidador, só isso.

— Heathman, é claro — murmura Kate. — Vou ligar para o gerente e negociar um espaço para a sessão de fotos.

— Vou fazer o jantar. Depois, preciso estudar.

Não consigo disfarçar minha irritação quando abro um dos armários para preparar a refeição.

TENHO UMA NOITE agitada, revirando-me na cama, sonhando com olhos cinzentos, macacões, pernas compridas, dedos longos e lugares sinistros e inexplorados. Acordo duas vezes, o coração acelerado. *Ah, vou estar com uma cara ótima amanhã se dormir tão pouco*, repreendo a mim mesma. Soco o travesseiro e tento sossegar.

O HEATHMAN FICA na parte central de Portland. O impressionante prédio de pedra marrom foi concluído bem a tempo para a quebra da bolsa de valores no fim dos anos 1920. José, Travis e eu vamos no meu Fusca, e Kate está na Mercedes dela, já que não cabemos todos no meu carro. Travis é amigo de José e também seu assistente, e veio para ajudar com a iluminação. Kate conseguiu que o Heathman cedesse um quarto na parte da manhã em troca de mencionar o hotel nos créditos do artigo. Quando ela informa na recepção que estamos aqui para fotografar Christian Grey, CEO, imediatamente nos dão um *upgrade* para uma suíte melhor. Uma suíte padrão, no entanto, pois aparentemente o Sr. Grey já está ocupando a maior do prédio. Um executivo de marketing exageradamente solícito nos leva até o local — ele é incrivelmente jovem e, por alguma razão, está muito nervoso. Desconfio que a beleza e o jeito autoritário de Kate o desarmem, porque ela faz o que quer com ele. Os quartos são elegantes, sóbrios e equipados com móveis de luxo.

São nove horas. Temos meia hora para nos preparar. Kate está toda animada.

— José, acho que vamos fotografar na frente daquela parede, concorda? — Ela não espera pela resposta. — Travis, tire as cadeiras. Ana, você poderia pedir à camareira para trazer uns refrigerantes? E avise a Grey onde estamos.

Sim, mestra. Ela é muito autoritária. Reviro os olhos, mas faço o que ela manda.

Meia hora depois, Christian Grey aparece na nossa suíte.

Cacete! Ele está usando uma camisa branca aberta no colarinho e calça de flanela cinza de cintura baixa. Seu cabelo bagunçado ainda está molhado do banho. Fico com a boca seca só de olhá-lo... ele é absurdamente *gostoso.* Grey entra na suíte acompanhado por um homem de uns trinta e poucos anos, com a cabeça raspada e a barba por fazer, de terno escuro e gravata, que fica quieto parado no canto. Seus olhos cor de avelã nos observam impassíveis.

— Srta. Steele, tornamos a nos encontrar.

Grey estende a mão, e eu a aperto, piscando sem parar. Nossa... ele é realmente... Quando encosto na mão dele, tomo consciência daquela corrente deliciosa percorrendo meu corpo, arrebatando-me, fazendo-me corar, e estou certa de que minha respiração irregular deve estar audível.

— Sr. Grey, essa é Katherine Kavanagh — murmuro, fazendo um gesto com a mão na direção de Kate, que se adianta, olhando bem nos olhos dele.

— A tenaz Srta. Kavanagh. Como vai? — Ele abre um sorrisinho, parecendo genuinamente divertido. — Creio que deve estar se sentindo melhor. Anastasia disse que esteve indisposta na semana passada.

Estou bem, obrigada, Sr. Grey.

Kate aperta a mão dele firmemente sem pestanejar. Lembro-me de que ela estudou nas melhores escolas particulares de Washington. Sua família tem dinheiro, e ela cresceu confiante e segura do seu lugar no mundo. Não aceita desaforo. Sempre fico impressionada.

— Obrigada por arranjar tempo para fazer estas fotos.

Ela lhe dá um sorriso educado e profissional.

— É um prazer — responde ele, voltando o olhar para mim, e eu torno a corar. Droga.

— Este é José Rodriguez, nosso fotógrafo — digo, forçando um sorriso para José, que retribui afetuosamente. Seus olhos esfriam quando ele olha de mim para Grey.

— Sr. Grey — diz, acenando com a cabeça.

— Sr. Rodriguez.

A expressão de Grey também muda ao avaliar José.

— Onde o senhor quer que eu fique? — pergunta Grey.

Seu tom é vagamente ameaçador, mas Katherine não vai deixar José comandar o show.

— Sr. Grey, se puder se sentar aqui, por favor. Cuidado com os cabos de iluminação. E depois faremos algumas fotos em pé, também. — Ela o guia para a cadeira encostada na parede.

Travis acende as luzes, cegando Grey momentaneamente, e murmura um pedido de desculpas. Travis e eu recuamos e observamos José iniciar os cliques. Ele faz várias fotos com a câmera na mão, pedindo a Grey para virar para um lado, depois para o outro, para mexer o braço, depois tornar a abaixá-lo. Depois, com o tripé, José faz ainda mais fotos, e Grey posa sentado, com paciência e naturalidade, por uns vinte minutos. Meu desejo se realizou: posso ficar parada admirando Grey de perto. Por duas vezes, nossos olhos se encontram, e tenho que me desgrudar de seu olhar cinzento.

— Chega de posar sentado. — Katherine se intromete de novo. — Pode se levantar, Sr. Grey? — ela pede.

Ele se levanta e Travis corre para retirar a cadeira. A Nikon de José recomeça a clicar.

— Acho que já temos o suficiente — anuncia José cinco minutos depois.

— Ótimo — diz Kate. — Obrigada mais uma vez, Sr. Grey. — Ela aperta a mão dele, e José faz o mesmo.

— Estou ansioso para ler o artigo, Srta. Kavanagh — murmura Grey, e se vira para mim, que estou parada à porta. — Você me acompanha, Srta. Steele? — pergunta.

— Claro — digo, completamente desconcertada.

Olho aflita para Kate, que encolhe os ombros. Vejo José franzindo a testa atrás dela.

— Um bom dia para vocês — diz Grey ao abrir a porta, chegando para o lado para me deixar passar primeiro.

Que inferno... o que é isso? O que ele quer? Paro no corredor do hotel, inquieta e nervosa enquanto Grey sai da suíte acompanhado pelo Sr. Cabeça Raspada naquele terno elegante.

— Ligo para você, Taylor — murmura ele para o Cabeça Raspada. Taylor segue pelo corredor, e Grey volta seu ardente olhar cinzento para mim. *Droga... Será que fiz alguma coisa errada?*

— Estava me perguntando se você tomaria um café comigo agora de manhã.

Meu coração quase sai pela boca. Um encontro? *Christian Grey está me convidando para sair.* Ele está perguntando se você quer um café. *Vai ver ele acha que você ainda não acordou,* choraminga o meu inconsciente, novamente com desdém. Engulo em seco, tentando controlar o nervosismo.

— Tenho que levar todo mundo para casa — murmuro num tom de desculpas, torcendo as mãos e os dedos na frente do corpo.

— *Taylor* — chama ele, fazendo com que eu dê um pulo.

Taylor, que estava se retirando, dá meia-volta no corredor e caminha em nossa direção.

— Eles moram na universidade? — pergunta Grey, a voz suave e inquisitiva.

Concordo com a cabeça, desnorteada demais para falar.

— Taylor pode levá-los. Ele é meu motorista. Estamos com um 4x4 grande, então vai dar para levar o equipamento também.

— Sr. Grey? — pergunta Taylor quando nos alcança, a expressão neutra.

— Por favor, pode levar o fotógrafo, o assistente dele e a Srta. Kavanagh em casa?

— Claro, senhor — responde Taylor.

— Pronto. Agora você pode vir tomar um café comigo? — Grey sorri como se fosse um assunto liquidado.

Franzo a testa.

— Hum, Sr. Grey, hã, isso realmente... olhe, Taylor não precisa levá-los em casa. — Olho rapidamente para Taylor, que continua estoicamente impassível. — Eu troco de carro com a Kate, se me der um minutinho.

Grey abre um glorioso sorriso, desarmado e espontâneo, mostrando todos os dentes. *Ai, meu Deus...* Ele abre a porta da suíte para que eu entre. Contorno-o depressa para entrar de novo no quarto, e encontro Kate envolvida numa discussão com José.

— Ana, acho que ele realmente gosta de você — diz ela sem qualquer preâmbulo. José me fuzila com um olhar de desaprovação. — Mas eu não confio nele — acrescenta ela.

Levanto a mão na esperança de que ela pare de falar. Por um milagre, ela para.

— Kate, se você levar o Wanda, posso pegar o seu carro?

— Por quê?

— Christian Grey me convidou para tomar um café com ele.

O queixo dela cai. Kate sem palavras! Saboreio o momento. Ela me agarra pelo braço e me arrasta para o quarto contíguo à sala da suíte.

— Ana, tem algo estranho nele. — A voz de Kate tem um tom de advertência. — Ele é deslumbrante, concordo, mas acho que é perigoso. Especialmente para alguém como você.

— Como assim, alguém como eu? — pergunto, ofendida.

— Uma pessoa inocente como você, Ana. Você sabe o que eu quero dizer — diz ela, um pouco irritada.

Enrubesço.

— Kate, é só um café. Minhas provas começam esta semana e preciso estudar, portanto não vou demorar.

Ela contrai os lábios, como se considerasse meu pedido. Finalmente, pega as chaves do carro no bolso e as entrega a mim. Entrego-lhe as minhas.

— Até mais tarde. Não demore, senão mando uma equipe de busca e resgate.

— Obrigada. — Abraço-a.

Saio da suíte e encontro Christian esperando, encostado na parede, parecendo um modelo posando para uma revista de moda sofisticada.

— Tudo bem, vamos tomar café — murmuro, vermelha como um camarão. Ele sorri.

— Vá na frente, Srta. Steele.

Ele se endireita, estendendo a mão para que eu vá na frente. Vou andando pelo corredor, as pernas bambas, um frio na barriga, e o coração disparado quase saindo pela boca. *Vou tomar café com Christian Grey... e odeio café.*

Andamos juntos pelo largo corredor do hotel até os elevadores. *O que devo dizer a ele?* Meu cérebro está subitamente paralisado de tanta apreensão. Sobre o que vamos conversar? O que diabo tenho em comum com ele? Sua voz suave e quente me desperta do meu devaneio.

— Há quanto tempo conhece Katherine Kavanagh?

Ah, uma pergunta fácil para começar.

— Desde o primeiro ano. Ela é uma boa amiga.

— Hum — responde ele, evasivo.

No que está pensando?

No hall dos elevadores, ele aperta o botão, e a campainha toca quase imediatamente. As portas se abrem, revelando um jovem casal num abraço apaixonado. Surpresos e envergonhados, eles se separam de imediato, olhando com uma expressão culpada para todos os lados, menos para nós. Grey e eu entramos no elevador.

Preciso me esforçar para conter o riso, então fixo os olhos no chão, sentindo minhas bochechas ficarem rosadas. Quando olho disfarçadamente para Grey, ele tem o vestígio de um sorriso nos lábios, mas quase não dá para ver. O jovem casal não diz nada, e vamos até o térreo num silêncio constrangedor. Nem ao menos tem aquela música ambiente suave para nos distrair.

As portas se abrem e, para minha surpresa, Grey pega minha mão, apertando-a com seus longos dedos frios. Sinto a corrente me percorrer, e minha pulsação, que já estava rápida, dispara. Enquanto ele me conduz para fora do elevador, dá para ouvir as risadinhas contidas do casal irrompendo atrás de nós. Grey sorri.

— O que será que os elevadores têm? — murmura ele.

Atravessamos o vasto saguão movimentado do hotel em direção à entrada, mas Grey evita a porta giratória, e me pergunto se é por que ele teria que soltar minha mão.

Lá fora, é um domingo ameno de maio. O sol brilha e há pouco tráfego. Grey vira à esquerda e caminha até a esquina, onde esperamos o sinal abrir. Ele continua segurando minha mão. *Estou na rua e Christian Grey está segurando minha mão.* Ninguém jamais segurou minha mão. Estou tonta e toda formigando. Tento conter o ridículo sorriso que ameaça cortar meu rosto em dois. *Tente ficar calma, Ana,* implora meu inconsciente. O homenzinho verde aparece, e lá vamos nós de novo.

Andamos quatro quarteirões antes de chegar à Portland Coffee House, onde Grey solta minha mão para abrir a porta e eu poder entrar.

— Por que não escolhe uma mesa enquanto pego as bebidas? O que você vai querer? — pergunta ele, mais cortês que nunca.

— Vou querer... hã... um chá preto, com o saquinho à parte.

Ele ergue as sobrancelhas.

— Nada de café?

— Não gosto de café.

Ele sorri.

— Tudo bem, chá com o saquinho à parte. Doce?

Por um momento, fico aturdida, achando que é uma palavra carinhosa, mas felizmente meu inconsciente se manifesta com os lábios contraídos. *Não, burra, você quer seu chá adoçado?*

— Não, obrigada.

Fico olhando para meus dedos entrelaçados.

— Alguma coisa para comer?

— Não, obrigada. — Balanço a cabeça, e ele se encaminha para o balcão.

Discretamente, olho para ele enquanto está na fila aguardando ser atendido. Eu poderia passar o dia inteiro olhando para ele... é alto, tem ombros largos, é esguio, e o jeito que aquelas calças caem nos seus quadris... *Ai, meu Deus.* Uma ou duas vezes, ele passa aqueles longos dedos graciosos pelo cabelo agora seco, mas ainda revolto. *Hum... eu gostaria de fazer isso.* A ideia me vem à cabeça espontaneamente, e fico com o rosto em chamas. Mordo o lábio e torno a olhar para minhas mãos, não gostando do rumo que meus pensamentos rebeldes estão tomando.

— Um centavo pelos seus pensamentos? — Grey volta e me pega de surpresa.

Enrubesço. *Eu estava pensando em passar os dedos pelo seu cabelo e me perguntando se seriam macios.* Balanço a cabeça. Ele está trazendo uma bandeja, que deixa sobre a mesinha redonda de fórmica. Grey me entrega uma xícara com um pires, um pequeno bule de chá e um pratinho com um saquinho solitário com o rótulo TWININGS ENGLISH BREAKFAST — o meu preferido. Para ele, há uma xícara de café com o lindo desenho de uma folha na espuma do leite. *Como eles fazem isso?*, eu me pergunto. Grey também comprou um muffin de blueberry para ele. Deixando a bandeja de lado, ele se senta à minha frente e cruza as pernas compridas. Parece tão confortável, tão à vontade em seu corpo, que o invejo. Aqui estou eu, toda atrapalhada e descoordenada, quase incapaz de dar um passo sem cair de cara no chão.

— Em que está pensando? — pergunta ele.

— Este é o meu chá preferido.

Falo baixo, quase ofegante. Simplesmente não posso acreditar que estou sentada com Christian Grey num café em Portland. Ele franze a testa. Sabe que estou escondendo alguma coisa. Ponho o saquinho de chá no bule e quase imediatamente o retiro com a colher. Enquanto coloco o saquinho usado no prato, ele inclina a cabeça e me olha intrigado.

— Gosto do meu chá puro e fraco — murmuro à guisa de explicação.

— Entendo. Ele é seu namorado?

Que... O quê?

— Quem?

— O fotógrafo. José Rodriguez.

Dou uma risada, nervosa porém curiosa. O que lhe deu essa impressão?

— Não. José é um grande amigo meu, só isso. Por que achou que ele fosse meu namorado?

— Pelo jeito como você sorriu para ele e ele sorriu para você.

Seu olhar prende o meu. É enervante. Quero desviar os olhos mas estou presa, enfeitiçada.

— Ele é mais como uma pessoa da família — murmuro.

Grey assente com a cabeça, aparentemente satisfeito com minha resposta, e olha para seu muffin. Seus dedos esguios puxam com destreza o papel, e observo, fascinada.

— Quer um pedaço? — pergunta, e aquele sorriso divertido e misterioso está de volta.

— Não, obrigada.

Franzo a testa e torno a olhar para minhas mãos.

— E o rapaz que conheci ontem na loja? Ele não é seu namorado?

— Não. Paul é apenas um amigo. Eu lhe disse ontem. — Ah, isso está ficando ridículo. — Por quê?

— Você parece nervosa perto dos homens.

Caramba, isso é pessoal. *Só fico nervosa perto de você, Grey.*

— Você me intimida.

Fico vermelha, mas mentalmente me dou um tapinha nas costas pela sinceridade, e torno a baixar os olhos. Ouço a respiração forte dele.

— Você deve mesmo me achar intimidante. — Ele assente. — É muito honesta. Por favor, não olhe para baixo. Gosto de ver o seu rosto.

Ah. Olho para ele, e ele abre um sorriso encorajador, mas irônico.

— Isso me dá alguma pista do que você poderia estar pensando — suspira ele. — Você é um mistério, Srta. Steele.

Misteriosa? Eu?

— Não tenho nada de misteriosa.

— Acho você muito contida — murmura ele.

Sou? *Nossa. Como consegui isso?* É desconcertante. *Eu, contida? De jeito nenhum.*

— A não ser quando enrubesce, claro, o que acontece com frequência. Eu só gostaria de saber por qual motivo estaria enrubescendo.

Ele põe um pedacinho de muffin na boca e começa a mastigá-lo bem devagar, sem tirar os olhos de mim. E, pegando a deixa, enrubesço. *Droga!*

— Você sempre faz esse tipo de observação pessoal?

— Não tinha me dado conta de que era tão pessoal. Eu a ofendi? — Ele parece surpreso.

— Não — respondo sinceramente.

— Ótimo.

— Mas você é muito arrogante.

Ele ergue as sobrancelhas e, se eu não estou enganada, cora ligeiramente também.

— Estou acostumado a fazer o que quero, Anastasia — murmura ele. — A respeito de tudo.

— Não duvido. Por que não me pediu para chamá-lo pelo primeiro nome?

Fico admirada com minha ousadia. Por que esta conversa ficou tão séria? Isso não está sendo do jeito que eu achava que seria. Não posso acreditar que estou me sentindo tão hostil em relação a ele. É como se ele estivesse tentando me assustar.

— As únicas pessoas que me chamam pelo primeiro nome são meus familiares e alguns amigos íntimos. Prefiro assim.

Ah. Ele ainda não disse "Pode me chamar de Christian". Ele *é* maníaco por controle, não há outra explicação, e uma parte de mim está pensando que talvez tivesse sido melhor se Kate o tivesse entrevistado. Dois maníacos por controle juntos. E, claro, ela é quase loura — bem, tem cabelo louro-avermelhado — como todas as mulheres no escritório dele. *E é linda*, meu inconsciente me lembra. Não gosto da ideia de Christian e Kate. Dou um gole no meu chá, e Grey come outro pedacinho do muffin.

— Você é filha única? — pergunta ele.

Opa... ele continua mudando de rumo.

— Sou.

— Fale de seus pais.

Por que ele quer saber? Isso é muito *chato.*

— Minha mãe mora na Geórgia com o novo marido, Bob. Meu padrasto mora em Montesano.

— E seu pai?

— Meu pai morreu quando eu era bebê.

— Sinto muito — murmura ele, e uma aflição transparece fugazmente em seu olhar.

— Não me lembro dele.

— E sua mãe se casou novamente?

Solto o ar com força.

— Pode-se dizer que sim.

Ele franze a testa para mim.

— Você não está me contando muita coisa, não é? — diz ele secamente, esfregando o queixo, como se estivesse se concentrando em seus pensamentos.

— Nem você.

— Você já me entrevistou uma vez, e me lembro de algumas perguntas bem íntimas. — Ele dá um sorrisinho.

Merda. Ele está se lembrando da pergunta sobre ser gay. Mais uma vez, estou mortificada. Daqui para a frente, sei que vou precisar de terapia intensiva para não me sentir tão envergonhada toda vez que me lembrar desse momento. Começo a tagarelar sobre minha mãe — qualquer coisa para bloquear *aquele* momento.

— Minha mãe é maravilhosa. É uma romântica incurável. Já está no quarto marido.

Christian levanta as sobrancelhas, numa expressão de surpresa.

— Sinto falta dela — continuo. — Ela agora tem o Bob. Só torço para ele conseguir tomar conta dela e ajudá-la a se reerguer quando seus projetos disparatados não saírem como o planejado.

Sorrio carinhosamente. Não vejo minha mãe há muito tempo. Christian está me observando com atenção, dando goles esporádicos no café. Eu realmente não devia olhar para a sua boca. Isso me desestabiliza.

— Você se dá bem com seu padrasto?

— Claro. Fui criada por ele. Ele é o único pai que conheço.

— E como ele é?

— Ray? Ele é... fechado.

— Só isso? — pergunta Grey, admirado.

Dou de ombros. O que esse cara espera? A história da minha vida?

— Fechado como a enteada — provoca Grey.

Esforço-me para não revirar os olhos.

— Ele gosta de futebol, especialmente do futebol europeu, de boliche, de pescar e de fabricar móveis. Ele é marceneiro. Ex-militar. — Suspiro.

— Você morou com ele?

— Morei. Minha mãe conheceu o Marido Número Três quando eu tinha quinze anos. Fiquei com o Ray.

Ele franze a testa como se não entendesse.

— Você não quis morar com sua mãe? — pergunta ele.

Isso realmente não é da conta dele.

— O Marido Número Três morava no Texas. Minha casa era em Montesano. E... você sabe, minha mãe estava recém-casada.

Paro. Minha mãe nunca fala do Marido Número Três. Aonde Grey quer chegar com essa conversa? Isso não é da conta dele. *Agora é a minha vez.*

— E os seus pais? — pergunto.

Ele dá de ombros.

— Meu pai é advogado, minha mãe é pediatra. Eles moram em Seattle.

Ah... ele teve uma educação de alto nível. E eu me pego imaginando um casal bem-sucedido que adota três crianças, e uma delas se transforma num homem que parte para o mundo dos negócios e o conquista sozinho. O que o levou para esse caminho? Os pais dele devem estar orgulhosos.

— O que os seus irmãos fazem?

— Elliot é construtor, e minha irmã caçula está em Paris, estudando culinária com um renomado chef francês.

A irritação cobre os olhos dele. Ele não quer falar de sua família nem dele mesmo.

— Ouvi dizer que Paris é linda — murmuro.

Por que ele não quer falar da família? Será que é por ser adotado?

— É linda. Conhece? — pergunta ele, esquecendo a irritação.

— Eu nunca saí dos Estados Unidos.

Voltamos às banalidades. O que ele está escondendo?

— Gostaria de conhecer?

— Paris? — emito um chiado. A pergunta me desconcerta. Quem não quer conhecer Paris? — Claro — concordo. — Mas eu gostaria de conhecer mesmo a Inglaterra.

Ele inclina a cabeça, passando o dedo indicador no lábio inferior... *ai, meu Deus...*

— Por quê?

Dou várias piscadelas rápidas. *Concentre-se, Steele.*

— É a terra de Shakespeare, Austen, das irmãs Brontë, de Thomas Hardy. Eu gostaria de ver os lugares que inspiraram essas pessoas a escrever tantos livros maravilhosos.

Essa conversa toda sobre expoentes da literatura me lembra que eu devia estar estudando. Dou uma olhada no relógio.

— Preciso ir. Tenho que estudar.

— Para suas provas?

— É. Começam na terça-feira.

— Onde está o carro da Srta. Kavanagh?

— No estacionamento do hotel.

— Acompanho você até lá.

— Obrigada pelo chá, Sr. Grey.

Ele dá aquele sorriso estranho de quem guarda um grande segredo.

— De nada, Anastasia. Foi um prazer. Venha — ordena ele, e estende a mão para mim.

Seguro sua mão, perplexa, e saio do café atrás dele.

Voltamos para o hotel, e posso dizer que num silêncio confortável. Ele pelo menos demonstra a calma e a serenidade de sempre. Quanto a mim, estou tentando desesperadamente avaliar como foi o nosso encontro. Sinto como se tivesse sido entrevistada para um emprego, mas não tenho certeza para qual função.

— Você sempre usa jeans? — pergunta ele do nada.

— Quase sempre.

Ele assente com a cabeça. Estamos de novo no cruzamento em frente ao hotel. Minha cabeça dá voltas. *Que pergunta estranha...* E estou ciente de que nosso tempo juntos é limitado. Acabou. Acabou, e eu o desperdicei totalmente, eu sei. Talvez ele tenha alguém.

— Você tem namorada? — pergunto sem pensar. Droga! *Eu acabei de dizer isso em voz alta?*

Seus lábios se contraem num breve sorriso, e ele me olha de cima.

— Não, Anastasia. Eu não quero saber de namorada — diz ele baixinho.

Ah... *o que quer dizer com isso?* Ele não é gay. Ah, talvez seja! Deve ter mentido para mim na entrevista. E, por um momento, acho que ele vai dar alguma explicação, alguma pista para essa declaração enigmática, mas ele não dá. Tenho que ir embora. Tenho que tentar reorganizar meus pensamentos. Tenho que me afastar dele. Sigo em frente e tropeço, me estatelando no meio da rua.

— Que merda, Ana! — exclama Grey.

Ele puxa tão forte minha mão que caio em cima dele bem na hora em que um ciclista passa a toda na contramão, e por um triz não me atropela.

Tudo acontece muito depressa — de repente estou caindo, e em seguida ele está me apertando com força junto ao peito. Inspiro seu cheiro limpo e agradável. Ele exala um perfume de roupa recém-lavada e algum gel de banho caro. É embriagador, e inspiro profundamente.

— Você está bem? — murmura ele.

Um de seus braços está em volta de mim, prendendo-me a ele, enquanto os dedos da outra mão percorrem meu rosto, sondando-me e me examinando com delicadeza. Seu polegar roça o meu lábio inferior e sua respiração falha. Ele está me olhando nos olhos, e fixo aquele seu olhar ansioso e ardente por um momento, ou talvez para sempre... mas minha atenção é atraída para sua linda boca. E pela primeira vez em vinte e um anos quero ser beijada. Quero sentir sua boca na minha.

CAPÍTULO QUATRO

Beije-me, droga!, imploro a ele, mas não consigo me mexer. Estou paralisada, com uma necessidade estranha e desconhecida, totalmente encantada por ele. Fito a boca de Christian Grey, extasiada, e ele está olhando para mim, as pálpebras caídas, os olhos ficando sombrios. Ele respira com mais força que o normal, enquanto eu paro de respirar completamente. *Estou em seus braços. Beije-me, por favor.* Ele fecha os olhos, respira fundo e balança de leve a cabeça, como se respondesse minha pergunta silenciosa. Quando torna a abrir os olhos, é com uma determinação, um firme propósito.

— Anastasia, você deve ficar longe de mim. Eu não sou homem para você — murmura.

O quê? Por que ele diz isso? Com certeza quem deve decidir sou eu. Franzo a testa, atordoada com a rejeição.

— Respire, Anastasia, respire. Vou levantá-la e soltá-la — diz ele com calma, e delicadamente me afasta.

A adrenalina percorre meu corpo, seja por ter escapado por um triz do ciclista, seja por estar tão próxima de Christian, e fico agitada e fraca. NÃO!, grita o meu inconsciente enquanto Grey se afasta, deixando-me desconsolada. Ele mantém as mãos em meus ombros, mas está distante, observando minhas reações com cuidado. E só consigo pensar que queria ser beijada, deixei isso bastante óbvio, e ele não me beijou. *Ele não me quer.* Ele realmente não me quer. Estraguei nosso encontro de modo magnífico.

— Entendi — respiro, conseguindo falar. — Obrigada — murmuro, coberta de humilhação. Como eu pude interpretar tão mal a situação entre nós? Preciso me afastar dele.

— Pelo quê?

Ele franze a testa. Não tirou as mãos de mim.

— Por me salvar — digo em voz baixa.

— Aquele idiota estava na contramão. Ainda bem que eu estava aqui. Nem quero pensar no que poderia ter acontecido com você. Quer ir ao hotel e se sentar um pouco?

Ele me solta, deixando as mãos caírem ao lado do corpo, e fico parada na sua frente me sentindo uma idiota.

Balançando a cabeça, clareio as ideias. Só quero ir embora. Todas as minhas esperanças vagas e desarticuladas foram destruídas. Ele não me quer. *No que eu estava pensando?*, eu me repreendo. *O que Christian Grey ia querer com você?*, meu inconsciente zomba de mim. Envolvo-me com os braços e, ao me virar para a rua, vejo com alívio que o homenzinho verde está aceso. Atravesso depressa, consciente de que Grey está atrás de mim. Do lado de fora do hotel, viro-me rapidamente para encará-lo, mas não consigo olhar em seus olhos.

— Obrigada pelo chá e por posar para as fotos — murmuro.

— Anastasia... eu...

Ele para, e, como a angústia em sua voz exige a minha atenção, olho de má vontade para ele. Seus olhos cinzentos estão tristes quando ele passa a mão pelo cabelo. Ele parece dividido, frustrado, a expressão fria, sem todo aquele cuidadoso controle.

— O quê, Christian? — digo com irritação depois que ele não diz... nada.

Só quero ir embora. Preciso levar dali o meu frágil orgulho ferido e cuidar para que ele se recupere.

— Boa sorte nas provas — murmura ele.

Hã? É por isso que ele parece tão desolado? Esta é a grande despedida? Só me desejar sorte nas provas?

— Obrigada. — Não consigo disfarçar o sarcasmo na voz. — Até logo, Sr. Grey.

Dou meia-volta, vagamente espantada por não tropeçar, e, sem olhar de novo para ele, sumo na calçada em direção à garagem subterrânea.

Uma vez sob o concreto escuro e frio da garagem com sua triste luz fluorescente, encosto na parede e ponho as mãos na cabeça. No que eu estava pensando? Lágrimas espontâneas e inoportunas se acumulam em meus olhos. *Por que estou chorando?* Vou afundando no chão, irritada comigo mesma por essa reação insensata. Levantando os joelhos, encolho-me toda. Quero me tornar o menor possível. Talvez a dor absurda fique menor se eu diminuir. Encostando a cabeça nos joelhos, deixo as lágrimas caírem à vontade. Estou chorando pela perda de algo que nunca tive. *Que ridículo.* Chorar por algo que nunca existiu — minhas esperanças perdidas, meus sonhos perdidos e minhas expectativas destruídas.

Nunca fui rejeitada. Tudo bem... sempre fui uma das últimas a serem escolhidas para o basquete ou o vôlei, mas eu entendia isso — correr fazendo outra coisa ao mesmo tempo, como pular ou jogar uma bola, não é a minha praia. Sou um sério estorvo em qualquer campo esportivo.

Romanticamente, porém, eu jamais me expus. Uma vida de insegurança — sou muito pálida, muito magra, muito desleixada, descoordenada, minha lista de defeitos é longa. Sempre fui eu a repelir quaisquer possíveis admiradores. Houve aquele cara na aula de química que gostava de mim, mas ninguém jamais despertou meu interesse — ninguém exceto o filho da mãe do Christian Grey. Talvez eu devesse ser mais simpática com os homens, como Paul Clayton e José Rodriguez, embora tenha certeza de que nenhum deles foi encontrado soluçando sozinho em um lugar escuro. Talvez eu só precise de uma boa choradeira.

Pare! Pare agora!, meu inconsciente parece gritar para mim de braços cruzados e batendo o pé de frustração. *Entre no carro, vá para casa, estude. Esqueça-o... Agora!* E chega dessa porcaria de autopiedade lamuriosa.

Respiro fundo para me acalmar e me levanto. *Controle-se, Steele.* Encaminho-me para o carro de Kate, enxugando as lágrimas. Não vou pensar nele de novo. Posso simplesmente assumir este incidente como uma experiência positiva e me concentrar nas provas.

KATE ESTÁ SENTADA à mesa de jantar diante do seu laptop quando chego. Seu sorriso acolhedor murcha quando ela me vê.

— Ana, o que houve?

Ah, não... sem a Inquisição de Katherine Kavanagh. Balanço a cabeça à maneira Kavanagh de pedir para ser deixada em paz. Mas é como se eu estivesse lidando com uma cega, surda e muda.

— Você andou chorando. — Ela tem um talento excepcional para afirmar o óbvio, às vezes. — O que aquele filho da mãe fez com você? — resmunga ela, com uma cara que, nossa, assusta.

— Nada, Kate.

Na verdade, o problema é esse. A ideia me faz dar um sorriso irônico.

— Então por que andou chorando? Você nunca chora — diz ela, num tom mais suave.

Ela se levanta, os olhos verdes cheios de preocupação, e me dá um abraço. Preciso dizer alguma coisa só para que ela me deixe em paz.

— Quase fui atropelada por um ciclista.

É o melhor que consigo dizer, mas isso a distrai momentaneamente... dele.

— Nossa, Ana. Você está bem? Ficou machucada? — Ela faz um rápido exame visual em mim.

— Não. Christian me salvou — murmuro. — Mas fiquei muito abalada.

— Imagino. Como foi o encontro? Sei que você odeia café.

— Tomei chá. Foi ótimo, nada para contar, de fato. Não sei por que ele me convidou.

— Ele gosta de você, Ana.

Ela me larga.

— Não gosta mais. Não vou encontrá-lo de novo.

Sim, consigo falar num tom neutro.

— Como assim?

Droga. Ela está intrigada. Vou para a cozinha para ela não poder ver o meu rosto.

— Pois é... ele é muita areia para o meu caminhãozinho, Kate — digo, no tom mais seco que consigo.

— Como assim?

— Ah, Kate, isso é evidente.

Viro-me e a encaro ali parada na entrada da cozinha.

— Não concordo — diz ela. — Tudo bem, ele tem mais dinheiro que você, mas ele tem mais dinheiro que a maioria das pessoas!

— Kate, ele é... — dou de ombros.

— Ana! Pelo amor de Deus. Quantas vezes preciso repetir? Você é muito inocente — interrompe ela.

Ah, não. Lá vem ela de novo com essa história.

— Kate, por favor. Preciso estudar — digo, cortando a conversa.

Ela franze a testa.

— Quer ver o artigo? Está pronto. José fez fotos ótimas.

Será que preciso de um lembrete visual do lindo Christian Não Te Quero Grey?

— Claro.

Consigo a mágica de estampar um sorriso no rosto e vou até o laptop. E lá está ele, me olhando em preto e branco, encarando a mim e a meus defeitos.

Finjo ler o artigo, o tempo todo examinando aquele firme olhar cinzento, tentando encontrar na foto alguma pista que indique por que ele não é homem para mim — suas próprias palavras. E de repente está na cara. Ele é bonito demais. Somos diametralmente opostos e de dois mundos muito diferentes. Eu me imagino como Ícaro se aproximando demais do Sol e caindo na Terra todo queimado em consequência disso. As palavras dele fazem sentido. Ele não é homem para mim. Foi o que ele quis dizer, e isso torna sua rejeição mais fácil de aceitar... um pouco. Não vou morrer por causa disso. Entendo.

— Muito bom, Kate — consigo dizer. — Vou estudar.

Prometo a mim mesma que não vou pensar nele por ora e, abrindo minhas anotações de aula, começo a ler.

*   *   *

Só QUANDO ESTOU na cama, tentando dormir, que deixo meus pensamentos irem à deriva por aquela manhã estranha. Fico me lembrando da frase *não quero saber de namorada*, e fico com raiva de já não ter pescado essa informação antes de estar nos braços dele implorando mentalmente com todas as fibras do meu ser para que ele me beijasse. Ele disse isso com todas as letras. Não me quer como namorada. Viro-me de lado. Quase dormindo, me pergunto se ele é celibatário. Fecho os olhos e começo a adormecer. Talvez ele esteja se guardando. *Bem, não para você.* Meu inconsciente sonolento tenta me dar um golpe final antes de se soltar nos meus sonhos.

Nessa noite, sonho com olhos cinzentos e folhas desenhadas no leite, e que estou correndo por lugares escuros com uma iluminação assustadora, não sei se estou indo a algum lugar ou fugindo de alguma coisa... não está claro.

Largo a caneta. Terminei. Minha prova final acabou. Um sorriso do gato de Alice se abre no meu rosto. Deve ser o primeiro sorriso que dou a semana toda. É sexta-feira e hoje à noite vai ter uma comemoração de verdade. Talvez eu até tome um porre! Nunca tomei um porre na vida. Olho para Kate do outro lado da sala, e ela ainda está escrevendo furiosamente, faltando cinco minutos para o tempo acabar. Acabou, encerrei minha carreira acadêmica. Nunca mais vou me sentar de novo em fileiras de alunos aflitos. Dentro de mim, estou dando cambalhotas, sabendo muito bem que é só na minha cabeça que consigo dar cambalhotas graciosas. Kate para de escrever e larga a caneta. Olha para mim, e vejo também nela o sorriso do gato de Alice.

Voltamos para casa na Mercedes, recusando-nos a discutir nossa prova final. Kate está mais preocupada com a roupa que vai vestir para ir ao bar hoje à noite. E eu procuro as chaves na bolsa.

— Ana, tem um embrulho para você aqui.

Parada na escada que dá acesso à porta de entrada, Kate segura um pacote embrulhado em papel pardo. *Estranho.* Não encomendei nada na Amazon nos últimos dias. Kate me dá o embrulho e pega as minhas chaves para abrir a porta. O pacote está endereçado à Srta. Anastasia Steele. Não tem endereço nem nome do remetente. Talvez seja da minha mãe ou do Ray.

— Deve ser dos meus pais.

— Abra!

Kate entra na cozinha empolgada para comemorarmos com champanhe o fim das provas.

Abro o embrulho e encontro uma caixa de couro contendo três livros antigos aparentemente idênticos, encadernados com tecido e em perfeito estado, e um cartão branco simples. De um dos lados, em tinta preta numa bela letra cursiva, está escrito:

> *Por que não me disse que havia perigo? Por que não me avisou? As senhoras sabem do que se proteger, porque leem romances que lhes ensinam sobre esses truques...*

Reconheço a citação de *Tess*. Estou estarrecida com a coincidência, já que acabei de passar três horas escrevendo sobre os romances de Thomas Hardy na minha prova final. Talvez não seja coincidência... talvez seja intencional. Examino os livros com atenção, três volumes de *Tess of the d'Urbervilles*. Abro um dos livros. Na folha de rosto, em tipologia antiga, está escrito:

Londres: Jack R. Olgood, McIlvaine and Co., 1891

Puta merda — são as primeiras edições. Devem valer uma fortuna, e imediatamente sei quem as enviou. Kate está ao meu lado olhando os livros. Pega o cartão.

— Primeiras edições — murmuro.

— Não! — Kate arregala os olhos, incrédula. — Grey?

Concordo com a cabeça.

— Não consigo pensar em mais ninguém.

— O que esse cartão significa?

— Não tenho ideia. Acho que é um aviso. Francamente, ele continua me advertindo para ficar longe dele. Não sei por quê. Não é como se eu estivesse arrombando a porta dele. — Franzo a testa.

— Sei que você não quer falar dele, Ana, mas ele está muito a fim de você. Com ou sem advertências.

Não me permiti pensar em Christian Grey nessa última semana. Tudo bem... seus olhos cinzentos continuam me perseguindo em meus sonhos, e sei que vou levar uma eternidade para expurgar do meu cérebro a sensação dos seus braços me envolvendo e do seu perfume maravilhoso. Por que ele me mandou esses livros? Ele me disse que eu não era para ele.

— Encontrei uma primeira edição de *Tess* à venda em Nova York por quatorze mil dólares. Mas a sua está muito mais conservada. Deve ter custado bem mais.

Kate está consultando seu grande amigo Google.

— Essa citação, Tess diz essas palavras para sua mãe depois que Alec d'Urberville tira a virgindade dela.

— Eu sei — reflete Kate. — O que ele está tentando dizer?

— Não sei e nem quero saber. Não posso aceitar esses livros. Vou devolver com outra citação desconcertante de alguma outra parte obscura do livro.

— O trecho em que Angel Clare diz: vá para a puta que pariu? — pergunta Kate com uma expressão totalmente impassível.

— É, esse trecho.

Dou uma risada. Adoro Kate. Ela é fiel e sempre me apoia. Torno a embalar os livros e os deixo sobre a mesa de jantar. Kate me entrega uma taça de champanhe.

— Ao fim das nossas provas e à vida nova em Seattle — ela brinda.

— Ao fim das nossas provas, à vida nova em Seattle e a excelentes resultados.

— Brindamos com nossas taças e bebemos.

O BAR ESTÁ BARULHENTO e agitado, cheio de formandos querendo ficar bêbados. José se junta a nós. Ainda falta um ano para ele se formar, mas está no clima de festa e nos ajuda a comemorar nossa liberdade recém-adquirida pagando uma jarra de margarita para todo mundo. No quinto copo, percebo que não é uma boa ideia depois do champanhe.

— E agora, Ana? — José grita mais alto que o barulho.

— Kate e eu vamos nos mudar para Seattle. Os pais dela compraram um apartamento lá para ela.

— *Dios mío*, vai levar uma vida de pobreza, então? — brinca ele. — Mas você vai voltar para minha exposição?

— Claro, José, eu não perderia isso por nada no mundo.

Sorrio, e ele passa o braço em volta da minha cintura e me puxa mais para perto.

— É muito importante para mim que você esteja presente, Ana — murmura ele no meu ouvido. — Outra margarita?

— José Luis Rodriguez! Está tentando me embebedar? Porque está conseguindo... — Eu rio. — Acho melhor eu tomar uma cerveja. Vou buscar para a gente.

— Mais bebida, Ana! — grita Kate.

Kate tem a resistência de um touro. Está pendurada em Levi, um dos nossos colegas de inglês e seu fotógrafo de praxe no jornal dos alunos. Ele desistiu de fotografar a embriaguez que o cerca. Só tem olhos para Kate. Ela está usando uma batinha, jeans justo e salto alto, o cabelo preso no alto da cabeça com cachinhos soltos emoldurando o rosto, espetacular como sempre. Eu faço mais o estilo All Star e camiseta, mas estou usando a calça jeans que mais me favorece. Desvencilho-me do abraço de José e me levanto da mesa.

Uau. Minha cabeça roda.

Tenho que agarrar o encosto da cadeira. Coquetéis à base de tequila não são uma boa ideia.

No caminho para o bar resolvo ir ao banheiro enquanto ainda estou em pé. *Boa ideia, Ana.* Ando trôpega no meio da multidão. Claro, tem fila, mas pelo menos está calmo e fresco no corredor. Pego o celular para aliviar o tédio da espera. *Humm... Para quem eu liguei por último?* Foi para o José? Antes dele tem um número que não reconheço. Ah, sim. Grey, acho que esse número é dele. Sorrio. Não sei que horas são, talvez eu o acorde. Talvez ele possa me dizer por que me mandou aqueles livros com a mensagem enigmática. Desmancho o sorriso embriagado e aperto a tecla "ligar". Ele atende no segundo toque.

— Anastasia?

Está surpreso com a minha ligação. Bem, francamente, eu estou surpresa com a minha decisão de ligar para ele. Então, meu cérebro atordoado registra... como ele sabe que sou eu?

— Por que me enviou os livros? — pergunto com a voz engrolada.

— Anastasia, você está bem? Está falando de um jeito estranho. — A voz dele parece preocupada.

— A estranha não sou eu, é você.

Pronto, falei. Minha coragem alimentada pelo álcool.

— Anastasia, você andou bebendo?

— O que você tem com isso?

— Estou... curioso. Onde você está?

— Num bar.

— Que bar? — ele parece exasperado.

— Um bar em Portland.

— Como você vai para casa?

— Vou dar um jeito.

Essa conversa não está tomando o rumo que eu esperava.

— Em que bar você está?

— Por que me enviou os livros, Christian?

— Anastasia, onde você está? Diga agora.

O tom dele é muito... muito autoritário, aquela mania de controle de sempre. Imagino-o como um diretor de cinema dos velhos tempos, usando calças de montaria, segurando um megafone antiquado e um chicote. A imagem me faz rir.

— Você é muito... dominador.

Dou uma risadinha.

— Ana, por favor, onde você está, porra?

Christian Grey falando um palavrão. Torno a rir.

— Estou em Portland... bem longe de Seattle.

— Onde em Portland?

— Boa noite, Christian.

— Ana!

Desligo. Rá! Se bem que ele não me falou dos livros. Franzo a testa. Missão não cumprida. Estou muito bêbada mesmo — minha cabeça gira enquanto me arrasto com a fila. Bem, o objetivo era tomar um porre. Consegui. *Provavelmente uma experiência a não ser repetida.* A fila andou, e agora é a minha vez. Olho inexpressivamente para o cartaz atrás da porta do banheiro que exalta as virtudes do sexo seguro. Que droga, eu acabei de ligar para Christian Grey? Merda. Meu telefone toca e me assusta. Solto um grito de surpresa.

— Oi — atendo timidamente. Não contava com isso.

— Estou indo buscar você — diz ele, e desliga. Só Christian Grey poderia soar tão calmo e tão ameaçador ao mesmo tempo.

— *Cacete.* — Puxo as calças. Meu coração acelera. Vindo me buscar? *Ah, não.* Vou vomitar... não... estou bem. Aguente firme. Ele só quer me confundir. Eu não disse onde estava. Ele não pode me encontrar. Além do mais, levaria horas para vir de Seattle até aqui, e a essa altura já vamos ter ido embora há muito tempo. Lavo as mãos e me olho no espelho. Estou vermelha e ligeiramente fora de foco. *Humm... tequila.*

Espero no bar pelo que parece uma eternidade pela caneca de cerveja e acabo voltando para a mesa.

— Você demorou muito — Kate me repreende. — Onde estava?

— Na fila do banheiro.

José e Levi estão tendo uma discussão acalorada sobre o time local de beisebol. José para de falar a fim de servir cerveja para todo mundo, e eu bebo um bom gole.

— Kate, acho melhor ir lá fora tomar um pouco de ar puro.

— Ana, você é muito fraquinha.

— Volto em cinco minutos.

Torno a atravessar a multidão. Começo a ficar enjoada, a cabeça rodando, e estou um pouco desastrada. Um pouco mais que o normal.

Beber no estacionamento, no ar frio da noite, dá a dimensão do quanto estou bêbada. Minha visão foi afetada, e estou realmente vendo tudo duplicado, como nos desenhos antigos de *Tom e Jerry.* Acho que vou vomitar. Por que me permiti ficar desse jeito?

— Ana. — José veio atrás de mim. — Você está bem?

— Acho que bebi além da conta.

Dou um sorriso sem graça para ele.

— Eu também — murmura ele, e me lança um olhar profundo com seus olhos escuros. — Precisa de ajuda? — ele pergunta e chega mais perto, passando o braço em volta de mim.

— José, estou bem. Está tudo sob controle.

Tento afastá-lo com delicadeza.

— Ana, por favor — murmura, e agora está me abraçando e me puxando para ele.

— José, o que você está fazendo?

— Você sabe que gosto de você, Ana, por favor.

Ele tem uma das mãos na altura da minha cintura, segurando-me contra ele, e a outra no meu queixo, inclinando minha cabeça para trás. *Puta merda... ele vai me beijar.*

— Não, José, pare. Não.

Dou um empurrão, mas ele é um muro de músculos, e não consigo movê-lo. Sua mão deslizou para o meu cabelo, e ele está segurando minha cabeça.

— Por favor, Ana, *cariño* — sussurra ele próximo aos meus lábios.

Seu hálito é suave e muito doce — cheira a margarita e cerveja. Ele me beija delicadamente do queixo até o canto da boca. Estou apavorada, bêbada e sem controle. A sensação é sufocante.

— José, não — imploro.

Eu não quero isso. Você é meu amigo e eu acho que vou vomitar.

— Acho que a senhorita disse não — uma voz baixa surge na escuridão.

Puta merda! Christian Grey está aqui. Como? José me larga.

— Grey — diz ele secamente.

Olho aflita para Christian. Ele fuzila José com os olhos, e está furioso. Merda. Estou enjoada, e me encolho, meu corpo não consegue mais tolerar o álcool, e então vomito espetacularmente no chão.

— Uh. *Dios mío*, Ana! — José dá um pulo para trás, enojado. Grey pega o meu cabelo, puxando-o para fora da linha de fogo e delicadamente me conduz até um canteiro elevado no limite do estacionamento. Vejo, com profunda gratidão, que o canteiro está relativamente no escuro.

— Se for vomitar de novo, vomite aqui. Eu seguro você.

Ele está com um braço em volta dos meus ombros — o outro segura meu cabelo para trás num rabo de cavalo improvisado, tirando-o do meu rosto. Tento afastá-lo de modo desajeitado, mas vomito de novo... e de novo. *Ai, merda... quanto tempo isso vai durar?* Mesmo quando meu estômago está vazio e nada sai, continuo sentindo ânsias terríveis. Prometo a mim mesma que nunca mais vou beber. Isso é simplesmente horrível demais para descrever. Finalmente, para.

Minhas mãos estão pousadas na parede de tijolos do canteiro, e eu mal consigo me manter em pé. Vomitar profusamente é exaustivo. Grey me solta e me entrega um lenço. Só ele teria um lenço de linho recém-lavado com um monograma. *CTG.* Eu não sabia que ainda havia desses lenços à venda. Vagamente, me pergunto o que quer dizer o *T* enquanto limpo a boca. Não consigo olhar para ele. Estou morta de vergonha, com nojo de mim. Quero ser engolida pelas azaleias do canteiro e estar em qualquer lugar, menos aqui.

José continua rondando na entrada do bar, nos observando. Gemo e seguro a cabeça com as mãos. Este tem que ser o pior momento da minha vida. Minha cabeça ainda roda enquanto tento me lembrar de algo pior, e só consigo pensar na rejeição de Christian, o que foi muito pior em termos de humilhação. Arrisco olhar para ele. Ele está me observando, o rosto sereno, sem dizer nada. Quando me viro, vejo José, que parece bastante envergonhado e, como eu, intimidado com Grey. Olho furiosa para ele. Tenho algumas palavras adequadas para o meu pseudoamigo, nenhuma das quais posso repetir na frente de Christian Grey, CEO. *Ana, quem você acha que engana? Ele acabou de ver você vomitar por todo o chão e por toda a flora local. Não dá para fingir que você se comporta como uma dama.*

— Eu, hã... vejo você lá dentro — murmura José, mas ambos o ignoramos, e ele volta para o bar com o rabo entre as pernas. Estou sozinha com Grey. Puta que pariu. O que devo dizer a ele? Pedir desculpas pelo telefonema.

— Desculpe — digo baixinho, olhando para o lenço, que torço furiosamente entre os dedos.

É muito macio.

— Por que está pedindo desculpas, Anastasia?

Droga! Ele quer a porra de um reconhecimento.

— Pelo telefonema, principalmente. Por vomitar. Ah, a lista não tem fim — murmuro, sentindo que estou corando.

Por favor, por favor, posso morrer agora?

— Todos já passamos por isso. Talvez não de forma tão dramática quanto você — diz ele secamente. — Tem a ver com conhecer os seus limites, Anastasia. Na verdade, sou favorável a ultrapassar os limites, mas realmente isso é intolerável. Você tem esse tipo de comportamento habitualmente?

Minha cabeça zumbe com o excesso de álcool e de irritação. Que diabo isso tem a ver com ele? Eu não o convidei para vir aqui. Ele parece um homem de meia-idade me repreendendo como se eu fosse uma criança insolente. Parte de mim quer dizer que se eu quiser tomar um porre assim toda noite, a decisão é minha e ele não tem nada a ver com isso. Mas não sou corajosa o bastante. Não agora que vomitei na frente dele. Por que ele continua parado ali?

— Não — digo arrependida. — Eu nunca tinha tomado um porre antes, e não tenho a mínima vontade de fazer isso de novo.

Simplesmente não entendo por que ele está aqui. Começo a me sentir fraca. Ele percebe a minha tonteira e me agarra antes que eu caia, e me abraça para me levantar, segurando-me junto ao peito como se eu fosse uma criança.

— Vamos, vou levar você para casa — murmura ele.

— Preciso avisar a Kate. — *Estou nos braços dele de novo.*

— Meu irmão pode avisar a ela.

— O quê?

— Meu irmão, Elliot, está falando com a Srta. Kavanagh.

— Hã? — Não entendo.

— Ele estava comigo quando você ligou.

— Em Seattle? — Estou confusa.

— Não, estou hospedado no Heathman.

Ainda? Por quê?

— Como me encontrou?

— Rastreei o seu telefone celular, Anastasia.

Ah, claro que rastreou. Como isso é possível? É legal? *Espião*, murmura meu inconsciente através da nuvem de tequila que ainda flutua no meu cérebro, mas, de alguma forma, por ser ele, eu não me importo.

— Você veio com jaqueta ou bolsa?

— Hã... sim. Vim com as duas coisas. Christian, por favor, preciso avisar a Kate. Ela vai ficar preocupada.

Sua boca se contrai e ele suspira forte.

— Se é necessário.

Ele me solta e, pegando a minha mão, me conduz para dentro do bar. Sinto-me fraca, ainda bêbada, envergonhada, exausta, mortificada, e, em algum nível estranho, absolutamente elétrica. Ele está apertando a minha mão — que leque confuso de emoções. Vou precisar de pelo menos uma semana para assimilar tudo isso.

O bar está barulhento, lotado e, como a música começou a tocar, tem uma multidão na pista de dança. Kate não está na mesa, e José desapareceu. Levi parece perdido e abandonado.

— Cadê a Kate? — grito para Levi mais alto que a barulheira. Minha cabeça começa a latejar no ritmo das batidas da música.

— Dançando — grita Levi, e posso dizer que ele está furioso.

Ele olha desconfiado para Christian. Visto a jaqueta preta e passo a alça da minha bolsinha a tiracolo pela cabeça, e ela fica na altura dos meus quadris. Estou pronta para ir, depois que encontrar Kate.

Encosto no braço de Christian e me estico para gritar em seu ouvido:

— Ela está na pista de dança — meu nariz roça o cabelo dele, e sinto o seu cheiro de limpeza. Todos os sentimentos proibidos e desconhecidos que tentei afastar vêm à tona e correm desordenadamente pelo meu corpo esgotado. Enrubesço e bem, bem lá no fundo de mim, meus músculos se contraem deliciosamente.

Ele revira os olhos, torna a pegar minha mão e me conduz para o bar. Imediatamente é atendido. Ninguém deixa o Sr. Maníaco por Controle Grey esperando. Será que tudo é sempre tão fácil para ele? Não consigo ouvir o que ele pede. Ele me entrega um copo bem grande de água com gelo.

— Beba. — Ele grita essa ordem para mim.

O movimento das luzes segue o ritmo da música, lançando no bar e na clientela uma iluminação colorida estranha, alternada com sombras. Christian está ora verde, ora azul, ora branco, ora num tom vermelho demoníaco. Ele me observa atentamente. Dou um gole hesitante.

— Beba tudo — grita.

Ele é muito autoritário. Passa a mão pelo cabelo revolto. Parece frustrado, irritado. Qual é o problema desse cara? Além do fato de uma garota boba de porre ligar para ele no meio da noite e ele achar que ela precisa ser acudida. E no fim ainda precisa se livrar do amigo excessivamente amoroso dela. Depois, vê-la passar muito mal aos seus pés. *Ah, Ana... você algum dia vai esquecer isso?* Meu inconsciente me encara furioso por cima dos óculos de leitura. Cambaleio um pouco, e Grey põe a mão no meu ombro para me equilibrar. Obedeço e bebo tudo, o que faz meu estômago embrulhar. Pegando o copo da minha mão, ele o coloca no bar. Reparo nebulosamente em como está vestido: camisa de linho branca folgada, calça jeans justa, tênis All Star preto e um paletó escuro de risca de giz. A camisa está desabotoada no colarinho, e dá para ver uns pelos esparsos na abertura. Em meu estado de espírito meio grogue, Christian Grey parece apetitoso.

Ele torna a pegar minha mão. *Que droga,* está me levando para a pista de dança. Merda. Eu não danço. Ele pode sentir minha relutância, e, embaixo das luzes coloridas, vejo seu sorriso divertido e sarcástico. Ele dá um puxão firme na minha mão, e estou de novo em seus braços, e ele começa a se movimentar, conduzindo-me. Caramba, ele sabe dançar, e eu não consigo acreditar que o estou seguindo passo a passo. Talvez seja pelo fato de estar bêbada que eu consiga acompanhar. Ele está me segurando colada a si, o corpo contra o meu... se não estivesse me apertando tanto, tenho certeza de que eu iria desmaiar a seus pés. Lá do meu íntimo, lembro o aviso que minha mãe sempre me dá: *Nunca confie em um homem que saiba dançar.*

Ele avança comigo até o outro extremo da pista de dança repleta de gente, e nos aproximamos de Kate e Elliot, o irmão de Christian. A música está martelando, barulhenta, retumbando fora e dentro da minha cabeça. Ah, não. *Kate está dançando daquele jeito.* Está se rebolando toda, e só faz isso quando está a fim de alguém. Isso significa que amanhã seremos três no café da manhã. *Kate!*

Christian se estica e grita no ouvido de Elliot. Não consigo ouvir o que ele diz. Elliot é alto e tem ombros largos, cabelo louro encaracolado e olhos claros com um brilho malicioso. Não dá para ver a cor deles naquele calor pulsante das luzes piscando. Elliot ri e puxa Kate para seus braços, onde ela parece felicíssima de estar... *Kate!* Mesmo com a minha embriaguez fico chocada. Ela acabou de conhecê-lo. Confirma com a cabeça o que quer que Elliot tenha dito, ri para mim e acena. Christian nos leva para fora da pista de dança num passo rápido.

Mas não consegui falar com ela. Ela está bem? Vejo para onde as coisas se encaminham. *Preciso fazer o sermão do sexo seguro.* Na minha cabeça, torço para ela ler um dos cartazes na porta do banheiro. Meus pensamentos invadem meu cérebro, lutando contra a sensação confusa de embriaguez. Está muito quente, muito barulhento, muito colorido — muito claro. Minha cabeça começa a rodar, ah, não... e sinto o chão subindo de encontro ao meu rosto, ou pelo menos é o que parece. A última coisa que ouço antes de desmaiar nos braços de Christian Grey é o seu rude epíteto.

— Merda!

CAPÍTULO CINCO

Está muito silencioso. A luz está apagada. Sinto-me confortável e quentinha nesta cama. *Hum...* Abro os olhos, e, por um momento, curto o ambiente estranho e desconhecido, tranquila e serena. Não tenho ideia de onde estou. A cabeceira atrás de mim tem a forma de um sol imenso. É estranhamente familiar. O quarto é amplo e arejado, mobiliado luxuosamente em tons de marrom, dourado e bege. Já o vi antes. Onde? Meu cérebro atordoado se esforça para examinar a memória visual recente. Puta merda. Estou no Hotel Heathman... em uma suíte. Já estive com Kate em um quarto semelhante. Este parece maior. Ai, merda, é a suíte de Christian Grey. Como vim parar aqui?

Lembranças fragmentadas da noite de ontem voltam lentamente para me assombrar. A bebedeira — *ah não, a bebedeira* — o telefonema — *ah não, o telefonema* — o vômito — *ah não, o vômito.* José e Christian. *Ah, não.* Contraio-me por dentro. Não me lembro de vir para cá. Estou de camiseta, sutiã e calcinha. Sem meias. Sem calça jeans. *Puta merda.*

Olho para a mesa de cabeceira. Nela, há um copo de suco de laranja e dois comprimidos. Advil. Maníaco por controle do jeito que é, ele pensa em tudo. Sento-me na cama e tomo os comprimidos. Na verdade, não me sinto tão mal assim. Provavelmente, estou muito melhor do que mereço. O suco de laranja está divino. Mata a sede e refresca.

Ouço uma batida na porta. Meu coração sobe até a boca e fico sem voz. Ele abre a porta assim mesmo e entra.

Que inferno, ele estava malhando. Está com uma calça de moletom cinza caída daquele jeito nos quadris, e uma camiseta cinza sem manga, escura de suor, assim como seu cabelo. *Suor de Christian Grey. Só a ideia já faz com que eu me sinta esquisita.* Respiro fundo e fecho os olhos. Pareço uma garotinha de dois anos. Se eu fechar os olhos, não estarei realmente aqui.

— Bom dia, Anastasia. Como está se sentindo?

— Melhor do que mereço — resmungo.

Olho para ele. Ele deixa uma grande sacola de compras em uma cadeira e segura as duas pontas da toalha que está em volta do seu pescoço. Está me encarando, os olhos cinzentos sombrios, e, como sempre, não tenho ideia do que está pensando. Ele esconde os pensamentos e os sentimentos muito bem.

— Como vim parar aqui? — Minha voz é baixa, cheia de arrependimento.

Ele se senta na beira da cama. Está perto o suficiente para que eu o toque, para que eu o cheire. Ai, meu Deus... suor, sabonete e Christian. É um coquetel embriagador. Muito melhor que uma margarita, e agora falo por experiência própria.

— Depois que você desmaiou, eu não quis arriscar o estofamento de couro do meu carro levando-a até sua casa. Então a trouxe para cá — diz ele com frieza.

— Você me colocou na cama?

— Sim. — A expressão de seu rosto é imperturbável.

— Eu vomitei de novo? — Minha voz diminui ainda mais.

— Não.

— Você me despiu? — murmuro.

— Sim. — Ele ergue uma sobrancelha para mim enquanto eu enrubeço intensamente.

— A gente não...? — sussurro, a boca seca de aflição ao não conseguir completar a pergunta. Olho para minhas mãos.

— Anastasia, você estava num estado comatoso. Necrofilia não é minha praia. Gosto de mulheres conscientes e receptivas — diz ele secamente.

— Sinto muito.

Seus lábios se repuxam ligeiramente num sorriso irônico.

— Foi uma noite muito divertida. Não vou esquecê-la tão cedo.

Nem eu. Ah, ele está rindo de mim, o filho da mãe. Eu não pedi para ele me buscar. De alguma maneira, é como se eu fosse a vilã da história.

— Você não tinha que rastrear meu paradeiro com seja lá qual for a engenhoca à la James Bond que esteja desenvolvendo para quem pagar mais — digo tudo isso de uma vez só. Ele continua me olhando, surpreso e, se eu não estiver enganada, meio ofendido.

— Em primeiro lugar, a tecnologia para rastrear telefones celulares está disponível na internet. Em segundo, minha empresa não investe nem fabrica qualquer tipo de aparelho de vigilância. E, em terceiro, se eu não tivesse ido buscá-la, você provavelmente agora estaria acordando na cama do fotógrafo, e, pelo que me lembro, não estava muito entusiasmada em vê-lo lhe fazer a corte — ele rebate com azedume.

Fazer a corte! Olho para Christian. Ele está me fuzilando com o olhar, ofendido. Tento morder o lábio, mas não consigo conter o riso.

— De que crônica medieval você escapou? Parece um cavaleiro cortês.

Seu estado de espírito muda visivelmente. Ele fica com um olhar bem mais suave, uma expressão mais calorosa e um vestígio de sorriso aparece em seus lábios.

— Acho que não, Anastasia. Cavaleiro das trevas, talvez. — Seu sorriso é sarcástico, e ele balança a cabeça. — Você comeu ontem à noite?

O tom é acusador. Faço que não com a cabeça. Que enorme transgressão cometi agora? Ele cerra a mandíbula, mas continua com o rosto impassível.

— Você precisa comer. Foi por isso que passou tão mal. Francamente, é a regra número um antes de beber.

Ele passa a mão no cabelo, e sei que é porque está irritado.

— Vai continuar me reprendendo?

— É isso que estou fazendo?

— Acho que sim.

— Você tem sorte por eu só estar reprendendo você.

— Como assim?

— Bem, se fosse minha, você ficaria uma semana sem conseguir sentar depois do que aprontou ontem. Você não comeu, tomou um porre, se arriscou. — Ele fecha os olhos, uma expressão de pavor estampada por um instante em seu rosto, e estremece. Quando abre os olhos, me encara com raiva. — Odeio pensar no que poderia ter acontecido com você.

Olho de cara feia para ele. Qual é o problema desse cara? O que ele tem com isso? Se eu fosse dele... *Bem, eu não sou.* Se bem que talvez uma parte minha gostaria de ser. A ideia atravessa a irritação que sinto com suas palavras autoritárias. Enrubesço diante da imprevisibilidade do meu inconsciente, que está saltitando todo feliz diante da ideia de pertencer a Grey.

— Eu ficaria bem. Estava com Kate.

— E o fotógrafo? — ele me interrompe.

Hum... o jovem José. Vou precisar enfrentá-lo em algum momento.

— José só passou dos limites. — Dou de ombros.

— Bem, da próxima vez que ele passar dos limites, talvez alguém deva ensiná-lo a ter bons modos.

— Você gosta mesmo de disciplina — sibilo.

— Ah, Anastasia, você não tem ideia.

Ele aperta os olhos, e então abre um sorriso malicioso. Isso me desarma. Em um momento, estou confusa e irritada, logo em seguida, derreto-me com seu sorriso deslumbrante. *Uau...* É fascinante, porque o sorriso dele é muito raro. Esqueço completamente o que ele está falando.

— Vou tomar uma chuveirada. A menos que você queira ir primeiro.

Ele inclina a cabeça para o lado, ainda sorrindo. Minha pulsação se acelera, e meu cérebro se esqueceu de ativar quaisquer sinapses para me fazer respirar. O sorriso dele aumenta, e ele estica o braço e passa o polegar pelo meu rosto e pelo meu lábio inferior.

— Respire, Anastasia — murmura, e torna a se levantar. — O café da manhã chegará em quinze minutos. Você deve estar faminta.

Ele entra no banheiro e fecha a porta.

Solto o ar que estava segurando. Por que ele é tão atraente? Agora quero entrar naquele chuveiro com ele. Nunca me senti desse jeito em relação a ninguém. Meus hormônios estão enlouquecidos. A pele do meu rosto e do meu lábio inferior formiga onde ele passou o dedo. Estou me contorcendo com um desconforto, uma carência dolorosa. Não entendo essa reação. *Hum... Desejo.* Isso é desejo. A sensação é essa.

Deito-me nos macios travesseiros de plumas. *Se você fosse minha.* Ai, meu Deus, o que eu faria para ser dele? Ele é o único homem que já fez o sangue disparar nas minhas veias. Mas também é muito antipático. Difícil, complicado e confuso. Uma hora me rejeita, em seguida me manda livros de quatorze mil dólares, depois me segue como um espião. E, apesar de tudo, passei a noite em sua suíte de hotel, e sinto-me em segurança. Protegida. Ele se importa o suficiente para me resgatar de um perigo evidente. Não é um cavaleiro das trevas coisa nenhuma, e sim um cavaleiro romântico numa deslumbrante armadura reluzente, um herói clássico. Sir Gawain ou Sir Lancelot.

Levanto-me da cama, procurando freneticamente minha calça jeans. Ele sai do banheiro com o corpo molhado e brilhando da chuveirada, ainda por se barbear, só com uma toalha na cintura, e lá estou eu: pernas de fora, boquiaberta e toda sem graça. Ele fica surpreso por me ver fora da cama.

— Se estiver procurando sua calça, mandei lavar. — Seu olhar é sombrio. — Estava toda suja de vômito.

— Ah.

Fico rubra. Por que ele sempre me pega desprevenida?

— Mandei Taylor comprar outra calça e um par de sapatos. Estão na sacola em cima da cadeira.

Roupas limpas. Um bônus inesperado.

— Hã... Vou tomar um banho — murmuro. — Obrigada.

O que mais posso dizer? Pego a sacola e sigo veloz para o banheiro, afastando-me da enervante proximidade de Christian nu. O *Davi* de Michelangelo não tem nada para cobri-lo.

O banheiro está quente e cheio de vapor. Tiro a roupa rapidamente e entro no chuveiro, ansiosa para entrar no jorro purificante da água. A pressão da água é forte sobre mim, e viro meu rosto para a torrente acolhedora. Eu quero Christian

Grey. Eu o quero desesperadamente. É fato. Pela primeira vez na vida, quero ir para a cama com um homem. Quero sentir suas mãos e sua boca em meu corpo.

Ele disse que gosta de mulheres conscientes. *Então, não é celibatário.* Mas não deu em cima de mim, diferentemente de Paul e José. Não entendo. Ele me quer? Ele não quis me beijar na semana passada. Será que eu causo repulsa nele? E no entanto estou aqui, ele me trouxe para cá. Simplesmente não sei qual é seu jogo. No que ele está pensando? *Você dormiu a noite inteira na cama dele, e ele não tocou em você, Ana. Pense um pouco.* O fantasma do meu inconsciente volta a se manifestar. Ignoro-o.

A água está quente e relaxante. *Hum...* Eu poderia ficar debaixo desse chuveiro, no banheiro dele, para sempre. Pego o gel de banho, e tem o cheiro dele. É um cheiro delicioso. Esfrego o produto em mim, fantasiando que é ele — ele esfregando seu sabonete divinamente perfumado em meu corpo, meus seios, minha barriga, entre minhas pernas com aquelas mãos de dedos esguios. *Minha nossa.* Minha pulsação se acelera de novo. Isso está tão... gostoso.

— O café da manhã chegou. — Ele bate na porta, e eu me sobressalto.

— T-tudo bem — gaguejo ao ser cruelmente arrancada do meu devaneio erótico.

Saio do chuveiro e pego duas toalhas. Ponho uma na cabeça, fazendo com ela um turbante no estilo Carmem Miranda. Seco-me às pressas, ignorando a prazerosa sensação da toalha esfregando minha pele supersensibilizada.

Inspeciono a sacola. Taylor comprou não apenas uma calça jeans e um novo par de All Stars, mas também uma camisa azul-clara, meias e lingerie. Ai, meu Deus. Sutiã e calcinha novos. Na verdade, descrevê-los dessa forma prosaica e utilitária não lhes faz jus. São peças sofisticadas de uma grife europeia. Chiques, de renda azul-clara. Uau. Estou assombrada e ligeiramente intimidada com esse conjunto de lingerie. E além do mais, cabe em mim direitinho. É claro que cabe. Enrubesço pensando no Cabelo Raspado comprando isso para mim. Pergunto-me que outros tipos de serviço ele presta.

Visto-me depressa. As roupas me servem com perfeição. Seco bruscamente o cabelo na toalha e tento controlá-lo com desespero. Mas, como sempre, ele se recusa a cooperar, e minha única opção é prendê-lo com uma presilha que não tenho. Devo ter uma na bolsa, onde quer que ela esteja. Respiro fundo. É hora de encarar o Sr. Confuso.

Fico aliviada ao encontrar o quarto vazio. Procuro depressa pela minha bolsa — mas ela não está ali. Respirando fundo de novo, entro na sala de estar da suíte. É enorme. Há uma área elegante, com sofás luxuosos e almofadas macias, uma mesa de apoio rebuscada com uma pilha de livros grandes e vistosos, uma área de escritório com um iMac de última geração, e uma enorme tevê de tela plana na parede. Christian está sentado à mesa de jantar do outro lado da sala lendo um jornal. A sala é mais ou menos do tamanho de uma quadra de tênis. Não que eu jogue tênis, mas já observei Kate algumas vezes. *Kate!*

— Merda, Kate — resmungo. Christian me olha.

— Ela sabe que você está aqui e ainda viva. Mandei uma mensagem de texto para o Elliot — diz ele com um leve vestígio de humor.

Ah, não. Lembro-me da dança ardente dela ontem à noite. Todos os seus passos patenteados visando o máximo de efeito para seduzir o irmão de Christian, nada menos! O que ela vai pensar de mim aqui? Nunca dormi fora de casa. Ela ainda está com Elliot. Ela só fez isso duas vezes antes, e, nas duas, eu tive que aguentar o medonho pijama cor-de-rosa por uma semana por causa das consequências. Kate vai achar que eu também transei.

Christian me olha de modo arrogante. Está com uma camisa de linho branco, com o colarinho e os punhos desabotoados.

— Sente-se — ordena, apontando para um lugar à mesa. Atravesso a sala e me sento em frente a ele conforme suas instruções.

A mesa está repleta de comida.

— Eu não sabia do que você gostava, então pedi uma seleção do cardápio de café da manhã.

Ele abre um sorriso torto de desculpas.

— É muita generosidade sua — murmuro, sem saber o que escolher, embora esteja com fome.

— É, sim — ele concorda, parecendo sentir-se culpado.

Opto por panquecas, mel, ovos mexidos e bacon. Christian tenta disfarçar um sorriso ao voltar para seu omelete de claras. A comida é deliciosa.

— Chá? — pergunta ele.

— Sim, por favor.

Ele me passa um pequeno bule de água quente e, no pires, há um saquinho de chá Twinings English Breakfast. Nossa, ele se lembra de como eu gosto do meu chá.

— Seu cabelo está muito molhado — censura ele.

— Não encontrei o secador — murmuro, encabulada.

Não que eu tenha procurado.

A boca de Christian se contrai, mas ele não diz nada.

— Obrigada pelas roupas.

— Foi um prazer, Anastasia. Essa cor fica bem em você.

Enrubesço e baixo os olhos.

— Sabe, você realmente devia aprender a receber elogios. — O tom dele é de repreensão.

— Eu devia lhe pagar por essas roupas.

Ele me fuzila com os olhos, como se eu o tivesse ofendido de algum jeito. Prossigo depressa.

— Você já me deu os livros, os quais, claro, não posso aceitar. Mas essas roupas... por favor, deixe–me pagar por elas.

Sorrio timidamente para ele.

— Anastasia, acredite, eu posso arcar com essa despesa.

— A questão não é essa. Por que você deveria comprar roupas para mim?

— Porque eu posso.

Os olhos dele têm um brilho malicioso.

— Só porque pode não significa que deva — respondo baixinho e ele ergue uma sobrancelha para mim, os olhos piscando, e de repente sinto que estamos falando de outra coisa, mas não sei o que é. O que me lembra...

— Por que me mandou aqueles livros, Christian?

Minha voz é suave. Ele pousa os talheres e me olha atentamente, uma emoção insondável no olhar ardente. Merda. Minha boca fica seca.

— Bem, quando quase foi atropelada pelo ciclista, enquanto eu a segurava e você ficava me olhando, toda "beije-me, beije-me, Christian" — ele faz uma pausa e dá de ombros —, achei que eu lhe devia um pedido de desculpas e um aviso. — Ele passa a mão pelo cabelo. — Anastasia, eu não sou o tipo de homem sentimental... Não curto romance. Meus gostos são muito singulares. Você devia ficar longe de mim. — Ele fecha os olhos parecendo derrotado. — No entanto, por algum motivo, não consigo ficar longe de você. Mas acho que você já notou isso.

Meu apetite some. *Ele não consegue ficar longe de mim!*

— Então não fique — murmuro.

Ele engasga, os olhos arregalados.

— Você não sabe o que está dizendo.

— Dê-me uma luz, então.

Ficamos sentados nos olhando, ambos sem tocar na comida.

— Você não é celibatário, certo? — suspiro.

Seus olhos se iluminam, achando graça.

—Não, Anastasia, não sou celibatário.

Ele faz uma pausa para deixar a informação assentar, e fico vermelha. O filtro da boca para o cérebro parou de funcionar. Não posso acreditar que acabei de dizer isso em voz alta.

— Quais são seus planos para os próximos dias? — pergunta ele, a voz grave.

— Hoje eu trabalho a partir do meio-dia. Que horas são? — de repente me apavoro.

— São dez e pouco. Você tem muito tempo. E amanhã?

Ele está com os cotovelos na mesa, e o queixo apoiado nos dedos esguios.

— Kate e eu vamos começar a empacotar as coisas. Vamos nos mudar para Seattle no próximo fim de semana, e trabalho na Clayton's a semana toda.

— Você já tem onde morar em Seattle?

— Já.

— Onde?

— Não me lembro do endereço. É no Pike Market District.

— Não é longe da minha casa. — Ele sorri. — Então, com o que você vai trabalhar em Seattle?

Aonde ele quer chegar com todas essas perguntas? A Inquisição de Christian Grey é quase tão irritante quanto a Inquisição de Katherine Kavanagh.

— Já me candidatei para alguns estágios. Estou aguardando o resultado.

— Você se candidatou para minha empresa, como sugeri?

Enrubesço... *Claro que não.*

— Hã... não.

— E o que há de errado com minha companhia?

— Sua companhia, ou sua *companhia?* — dou um sorrisinho.

— Você está sendo insolente comigo, Srta. Steele?

Ele inclina a cabeça, e acho que parece estar se divertindo, mas é difícil dizer. Enrubesço e olho para minha refeição inacabada. Não consigo olhar nos seus olhos quando ele usa esse tom de voz.

— Eu gostaria de morder esse lábio — murmura ele num tom sinistro.

Engasgo, totalmente sem perceber que estou mordendo o lábio inferior, e fico boquiaberta. Essa deve ser a coisa mais sensual que alguém já me disse. Minha pulsação se acelera, e acho que estou arfando. Minha nossa, me transformei em uma massa confusa e trêmula, e ele ainda nem tocou em mim. Contorço-me na cadeira e encaro seu olhar sinistro.

— Por que não morde? — desafio baixinho.

— Porque não vou tocar em você, Anastasia. Não até ter seu consentimento por escrito para fazer isso.

Seus lábios sugerem um sorriso.

O quê?

— O que quer dizer com isso?

— Exatamente o que estou dizendo. — Ele suspira e balança a cabeça negativamente para mim, divertido mas exasperado, também. — Preciso lhe mostrar algo, Anastasia. A que horas você sai do trabalho hoje?

— Lá pelas oito.

— Bem, podíamos ir a Seattle hoje à noite ou sábado que vem para jantar na minha casa, e eu apresento você aos fatos, então. A decisão é sua.

— Por que não me mostra agora?

— Porque estou usufruindo do meu café e da sua companhia. Quando entender do que se trata, talvez não queira tornar a me ver.

O que isso quer dizer? Será que ele escraviza criancinhas em alguma parte desolada do planeta? Será que pertence a alguma organização criminosa? Isso explicaria por que é tão rico. Será que ele é extremamente religioso? Impotente? Certamente não — ele poderia me provar isso agora mesmo. Enrubesço pensando nas possibilidades. Isso não está me levando a lugar algum. Eu gostaria de resolver o enigma que é Christian Grey o mais cedo possível. Se isso significar que o segredo dele, seja lá qual for, é tão imoral a ponto de eu não querer saber mais dele, então, sinceramente, será um alívio. *Não minta para si mesma*, grita meu inconsciente, *vai ter que ser muito ruim para fazer você correr da raia.*

— Hoje à noite.

Ele ergue uma sobrancelha.

— Como Eva, você não quer perder tempo para comer o fruto da árvore do conhecimento.

— Está me tratando com insolência, Sr. Grey? — pergunto docemente. *Pretensioso.*

Ele estreita os olhos para mim e pega o BlackBerry. Pressiona um número.

— Taylor. Vou precisar do Charlie Tango.

Charlie Tango! Quem é?

— De Portland, mais ou menos às oito e meia da noite... Não, aguardando no Escala... A noite toda.

A noite toda!

— Sim. De plantão amanhã de manhã. Vou pilotar de Portland para Seattle.

Pilotar?

— Piloto substituto a partir das dez e meia da noite.

Ele desliga o telefone. Nada de por favor nem obrigado.

— As pessoas sempre fazem o que você manda?

— Normalmente, se quiserem manter o emprego — diz ele impassível.

— E se elas não trabalham para você?

— Ah, eu sei ser muito persuasivo, Anastasia. Devia terminar seu café da manhã. Depois deixo você em casa. Passo na Clayton's às oito da noite. Vamos voar para Seattle.

Pisco depressa para ele.

— Voar?

— É, eu tenho um helicóptero.

Olho boquiaberta para ele. Estou no meu segundo encontro com Christian Muito Misterioso Grey. De um café a um voo de helicóptero. Uau.

— Vamos de helicóptero para Seattle?

— Sim.

— Por quê?

Ele sorri com malícia.

— Porque eu posso. Termine seu café da manhã.

Como continuar comendo agora? Vou para Seattle de helicóptero com Christian Grey. E ele quer morder meu lábio... Contorço-me só de pensar nisso.

— Coma — diz ele, mais ríspido. — Anastasia, tenho problemas com desperdício de comida... coma.

— Não consigo comer tudo isso.

Olho boquiaberta para o que ainda há na mesa.

— Coma o que está no seu prato. Se tivesse comido direito ontem, hoje não estaria aqui, e eu não estaria abrindo o jogo tão cedo.

Seus lábios formam uma linha severa. Ele parece zangado.

Franzo a testa e volto para minha comida agora fria. *Estou elétrica demais para comer, Christian. Você não entende?*, explica meu inconsciente. Mas sou muito covarde para verbalizar esses pensamentos em voz alta, especialmente quando ele parece tão emburrado. *Hum*, parece um garotinho. Acho a ideia engraçada.

— Qual é a graça? — pergunta ele.

Balanço a cabeça, sem me atrever a responder, e fico olhando para a comida. Engolindo o último pedaço de panqueca, ergo os olhos para ele. Está me observando com curiosidade.

— Boa garota — diz. — Levo você para casa depois que secar o cabelo. Não quero que fique doente.

Há uma espécie de promessa silenciosa em suas palavras. *O que ele quer dizer?* Deixo a mesa, me perguntando por um momento se eu deveria pedir licença, mas descarto a ideia. Parece um precedente perigoso para se abrir. Volto para o quarto dele. Uma ideia me detém.

— Onde você dormiu ontem à noite?

Viro-me para olhar para ele ainda sentado na cadeira da sala de jantar. Não vejo mantas nem lençóis por aqui — talvez ele tenha mandado guardá-los.

— Na minha cama — diz ele simplesmente, o olhar impassível de novo.

— Ah.

— Sim, foi uma grande novidade para mim também. — Ele sorri.

— Não fazer... sexo. — Pronto, eu disse a palavra. Enrubesço, é claro.

— Não. — Ele balança a cabeça e franze a testa como se estivesse se recordando de algo incômodo. — Dormir com alguém.

Ele pega o jornal e continua a ler.

Pelo amor de Deus, o que isso quer dizer? Ele nunca dormiu com ninguém? É virgem? Por algum motivo, duvido que seja. Fico olhando para ele, incrédula.

É a pessoa mais desconcertante que já conheci. Quando me dou conta de que dormi com Christian Grey quero arrancar os cabelos — o que eu daria para estar consciente e poder observá-lo dormindo? Vê-lo vulnerável. De alguma maneira, acho isso difícil de imaginar. Bem, supostamente, tudo será revelado hoje à noite.

No quarto, procuro em uma cômoda e encontro o secador. Usando os dedos, seco o cabelo da melhor maneira possível. Quando termino, entro no banheiro. Quero escovar os dentes. Olho a escova de Christian. Seria como tê-lo em minha boca. *Hum...* Olhando por cima do ombro para a porta com um sentimento de culpa, sinto as cerdas da escova de dentes. Estão molhadas. Ele já deve ter usado a escova. Pego-a depressa, espremo a pasta nas cerdas e escovo os dentes rapidinho. Sinto-me muito travessa. É muita emoção.

Pego a camiseta, o sutiã e a calcinha usados e coloco tudo na sacola de compras que Taylor trouxe. Volto para a sala de estar à procura da minha bolsa e da jaqueta. Que felicidade! Tenho um prendedor de cabelo na bolsa. Com uma expressão inescrutável, Christian me observa fazer um rabo de cavalo. Sinto seus olhos me seguirem quando me sento para esperá-lo terminar. Ele está no Black-Berry falando com alguém.

— Eles querem dois?... Quanto vai custar isso?... Tudo bem, e que medidas de segurança temos finalizadas?... E eles vão via Suez? Até que ponto Ben Sudan é seguro? E quando chegam em Darfur? Tudo bem, vamos fazer. Mantenha-me a par da evolução.

Ele desliga.

— Pronta para partir?

Balanço a cabeça assentindo. Pergunto-me sobre o que era essa conversa. Ele veste um paletó azul-marinho de risca de giz, pega as chaves do carro e se encaminha para a porta.

— Pode passar, Srta. Steele — murmura ele, abrindo a porta para mim.

Sua elegância é descontraída.

Demoro-me um pouco mais do que deveria, absorvendo sua imagem. E pensar que dormi com ele a noite passada e, depois de toda aquela tequila e de todo aquele vômito, ele continua aqui. E ainda por cima quer me levar para Seattle. Por que eu? Não entendo. Passo pela porta relembrando as palavras dele — *Por algum motivo não consigo ficar longe de você* — bem, o sentimento é absolutamente recíproco, Sr. Grey, e meu objetivo é descobrir o seu segredo.

Caminhamos em silêncio em direção ao elevador. Enquanto esperamos, olho discretamente para ele, e ele me olha de rabo de olho. Sorrio, e os lábios dele se contraem.

O elevador chega. Estamos a sós. De repente, por alguma razão inexplicável, possivelmente a proximidade num espaço tão apertado, o clima fica elétrico, carregado de expectativa e excitação. Minha respiração se altera conforme meu coração dispara. Ele vira a cabeça para mim ligeiramente, os olhos escuros cor de ardósia. Mordo o lábio.

— Ah, foda-se a papelada — resmunga ele.

Ele se atira em cima de mim, empurrando-me contra a parede do elevador. Quando me dou conta, uma das mãos dele já está apertando com força minhas mãos acima da minha cabeça. Puta merda. Sua outra mão agarra meu cabelo e o puxa para baixo, deixando-me com o rosto virado para cima, e seus lábios colam nos meus. Não é exatamente doloroso. Solto um gemido em sua boca, proporcionando uma abertura para sua língua. Ele aproveita inteiramente o espaço, a língua explorando habilmente minha boca. Nunca fui beijada assim. Minha língua afaga timidamente a dele e as duas se unem numa dança lenta e erótica se encostando e se sentindo. Ele levanta a mão para segurar meu queixo e me mantém no lugar. Estou indefesa, as mãos presas, a cabeça imobilizada, e os quadris dele me comprimindo. Sua ereção pressiona minha barriga. *Minha nossa...* Ele me quer. Christian Grey, deus grego, me quer, e eu o quero, aqui, agora, dentro do elevador.

— Você. É. Muito. Gostosa — murmura ele, cada palavra um *staccato*.

O elevador para, a porta se abre, e ele se afasta de mim num piscar de olhos, deixando-me em suspenso. Três executivos de terno nos olham e dão um sorrisinho ao entrar. Minha pulsação está nas alturas, e sinto como se tivesse apostado uma corrida ladeira acima. Quero me encolher e segurar os joelhos... mas isso é simplesmente óbvio demais.

Olho para ele. Parece muito calmo e tranquilo, como se estivesse fazendo as palavras cruzadas do *Seattle Times. Que injustiça.* Será que minha presença não o afeta em nada? Ele me olha de rabo de olho, e delicadamente dá um suspiro profundo. Ah, afeta sim — e minha pequenina deusa interior se agita num delicado samba vitorioso. Os executivos descem no segundo andar. Para nós ainda falta mais um.

— Você escovou os dentes — diz ele, me olhando.

— Usei sua escova.

Seus lábios se contraem num sorrisinho.

— Ah, Anastasia Steele, o que eu vou fazer com você?

A porta abre no primeiro andar, ele pega minha mão e me puxa para fora.

— O que será que os elevadores têm? — murmura, mais para si mesmo do que para mim, ao atravessar o saguão. Esforço-me para acompanhar seu passo, porque meu juízo ficou total e completamente espalhado pelo chão e pelas paredes do elevador três do Hotel Heathman.

CAPÍTULO SEIS

Christian abre a porta do carona do Audi SUV preto para mim. É um carro incrível. Ele não menciona o surto de paixão que explodiu no elevador. Será que eu deveria? Será que eu deveria mencionar isso ou fingir que nada aconteceu? Não parece real, meu primeiro beijo de verdade sem qualquer restrição. Com o passar do tempo, atribuo-lhe um status mítico, de lenda arturiana e Cidade Perdida de Atlântida. Nunca aconteceu, nunca existiu. *Talvez eu tenha imaginado tudo.* Não. Toco meus lábios, inchados pelo beijo. Definitivamente aconteceu. Sou outra mulher. Quero desesperadamente este homem, e ele me quer.

Olho para ele. Christian é o mesmo de sempre, educado e ligeiramente distante. *Que confuso.*

Ele liga o carro e sai de ré da vaga do estacionamento. Liga o som. Uma música mágica e doce, cantada por duas vozes femininas, toma conta do interior do carro. Minha nossa... meus sentidos estão todos bagunçados, por isso a música me afeta em dobro, provocando arrepios deliciosos que sobem pela minha espinha. Christian pega a Avenida Southest Park, e dirige sem pressa, com tranquilidade e segurança.

— O que estamos ouvindo?

— É o "Dueto das Flores", de Delibes, da ópera *Lakmé*. Gosta?

— Christian, é maravilhoso.

— É mesmo, não é? — Ele sorri, olhando para mim.

E, por um instante fugaz, aparenta a idade que tem: jovem, descontraído e lindo de morrer. Será que a chave para desvendá-lo é essa? Música? Fico ouvindo as vozes angelicais me provocando e me seduzindo.

— Posso ouvir de novo?

— Claro. — Christian aperta um botão, e a música volta a me acariciar. É como um afago suave, lento, doce e seguro em meus ouvidos.

— Você gosta de música clássica? — pergunto, torcendo por um raro vislumbre de suas preferências pessoais.

— Sou eclético, Anastasia, gosto de tudo, de Thomas Tallis a Kings of Leon. Depende do meu estado de espírito. E você?

— Eu também. Embora eu não saiba quem é Thomas Tallis.

Ele se vira e me olha rapidamente antes de se concentrar de novo na estrada.

— Vou pôr para você ouvir uma hora dessas. Tallis é um compositor inglês do século XVI. Música coral sacra da época Tudor. — Christian sorri para mim. — Parece muito pouco comum, eu sei, mas também é mágico.

Ele aperta um botão e começa a tocar Kings of Leon. Humm... isso eu conheço. "Sex on Fire". Muito apropriado. A música é interrompida pelo toque de um celular se sobrepondo ao som dos alto-falantes. Christian aperta um botão no volante.

— Grey — diz secamente.

Ele é muito rude.

— Sr. Grey, aqui é Welch. Tenho a informação que o senhor solicitou. — Uma voz áspera, incorpórea, sai dos alto-falantes.

— Ótimo. Envie por e-mail. Alguma coisa a acrescentar?

— Não, senhor.

Ele aperta o botão, a ligação é cortada e a música volta. Nada de até logo nem de obrigado. Ainda bem que nunca cogitei seriamente trabalhar para ele. Estremeço só de pensar nisso. Ele é controlador e frio demais com os funcionários. A música é cortada de novo pelo som do telefone.

— Grey.

— O termo de confidencialidade já foi enviado por e-mail para o senhor, Sr. Grey — diz uma voz de mulher.

— Ótimo. É só isso, Andrea.

— Bom dia, senhor.

Christian desliga apertando um botão no volante. A música acabou de recomeçar quando o telefone volta a tocar. Que inferno, será que a vida dele é sempre assim? Um telefonema chato atrás do outro?

— Grey — ele atende seco.

— Oi, Christian, você transou?

— Oi, Elliot, estou no viva voz, e não estou sozinho no carro. — Christian suspira.

— Quem está com você?

Christian revira os olhos.

— Anastasia Steele.

— Oi, Ana!

Ana!

— Oi, Elliot.

— Ouvi falar muito de você — murmura Elliot, rouco.

Christian franze a testa.

— Não acredite em uma palavra do que Kate diz.

Elliot ri.

— Estou indo deixar Anastasia em casa agora. — Christian enfatiza meu nome inteiro. — Quer que eu pegue você?

— Claro.

— Vejo você daqui a pouco. — Christian desliga, e a música volta.

— Por que você insiste em me chamar de Anastasia?

— Por que é seu nome.

— Prefiro Ana.

— Prefere agora?

Estamos quase diante do meu apartamento. Não demorou muito.

— Anastasia — ele murmura. Olho de cara feia para ele, mas ele nem liga. — O que aconteceu no elevador não vai voltar a acontecer. Bem, não a menos que seja premeditado.

Ele estaciona em frente ao meu apartamento. Só agora me dou conta de que não me perguntou onde eu moro, e, no entanto, ele sabe. Enviou os livros, então, é claro que sabe onde moro. Que espião competente, rastreador de telefone celular e proprietário de helicóptero não saberia?

Por que ele não quer me beijar de novo? Fico chateada diante da ideia. Não entendo. Sinceramente, o sobrenome dele deveria ser Enigmático, não Grey. Ele sai do carro, e, com aquelas pernas compridas que lhe conferem uma graça natural, dá a volta para abrir minha porta, sempre cavalheiro — salvo talvez em momentos raros e preciosos dentro de elevadores. Enrubesço ao me lembrar de sua boca colada na minha, e me ocorre que não consegui tocar nele. Eu queria correr os dedos pelo seu cabelo despenteado, mas não consegui mexer as mãos. Fico frustrada ao pensar nisso.

— Gostei do que aconteceu no elevador — murmuro ao sair do carro. Não tenho certeza se ouvi um suspiro, mas prefiro fingir que não e subo os degraus que levam à porta de entrada.

Kate e Elliot estão sentados à nossa mesa de jantar. Os livros de quatorze mil dólares sumiram. Graças a Deus, tenho planos para eles. Kate está com um sorriso ridículo no rosto, e está despenteada de um jeito sensual. Christian entra na sala comigo e, apesar daquela cara de quem está se divertindo, Kate olha desconfiada para ele.

— Oi, Ana.

Ela se levanta num salto para me dar um abraço, depois se afasta para poder me examinar. Franze a testa e se vira para Christian.

— Bom dia, Christian — diz, num tom um pouco hostil.

— Srta. Kavanagh — diz ele daquele jeito frio e formal.

— Christian, o nome dela é Kate — resmunga Elliot.

— Kate.

Christian a cumprimenta com a cabeça educadamente e olha furioso para Elliot, que ri e se levanta para me abraçar também.

— Oi, Ana. — Ele sorri, os olhos azuis brilhando, e gosto dele na mesma hora. Evidentemente, não tem nada a ver com Christian, mas os dois são irmãos adotivos.

— Oi, Elliot. — Sorrio para ele, e percebo que estou mordendo o lábio.

— Elliot, é melhor a gente ir — diz Christian com suavidade.

— Claro.

Ele toma Kate nos braços e lhe dá um beijo demorado.

Nossa... vão para o quarto. Encaro meus pés, sem jeito. Então, vejo que Christian está me olhando atentamente. Franzo os olhos para ele. Por que não pode me beijar assim? Elliot continua beijando Kate, abraçando-a e abaixando-a teatralmente até fazer seu cabelo encostar no chão, e então a beija ainda mais.

— Até mais, baby — diz ele, sorrindo.

Kate simplesmente se derrete. Eu nunca a vi se derreter antes — as palavras "bela" e "submissa" me ocorrem. Kate submissa. Nossa, Elliot deve ser bom. Christian revira os olhos para mim, a expressão inescrutável, se bem que talvez esteja achando certa graça. Ele põe para trás da minha orelha uma mecha do meu cabelo que se soltou do rabo de cavalo. Perco o fôlego com o toque, e apoio a cabeça em seus dedos. Seu olhar fica mais doce, e ele passa o polegar no meu lábio inferior. Meu sangue ferve nas veias. E, num instante, não o sinto mais.

— Até mais, baby — murmura, e tenho que rir, porque isso não tem nada a ver com ele. Mas, embora eu saiba que ele está brincando, a palavra carinhosa mexe com alguma coisa lá dentro de mim.

— Pego você às oito.

Ele gira nos calcanhares, abre a porta e sai. Elliot o acompanha até o carro, mas se volta e joga mais um beijo para Kate, e sinto uma inoportuna pontada de inveja.

— E aí, você transou? — pergunta Kate enquanto observamos os dois entrarem no carro e se afastarem, a curiosidade ardente perceptível em sua voz.

— Não — retruco com irritação, torcendo para que isso interrompa as perguntas. Voltamos para o apartamento. — Você obviamente sim.

Não consigo conter a inveja. Kate sempre consegue prender os homens. Ela é irresistível, linda, sexy, engraçada, extrovertida... tudo que eu não sou. Mas o sorriso com que ela responde é contagioso.

— E vou sair com ele de novo hoje à noite.

Ela bate palmas e pula como uma criança. Não consegue conter a empolgação e a felicidade, e não posso deixar de me sentir feliz por ela. Kate feliz... isso vai ser muito interessante.

— Christian vai me levar a Seattle hoje à noite.

— Seattle?

— É.

— E aí *talvez* vocês transem?

— Ah, espero que sim.

— Então você gosta dele?

— Gosto.

— O bastante para...?

— Sim.

Ela ergue as sobrancelhas.

— Uau. Ana Steele, finalmente apaixonada por um homem, e ele é Christian Grey: gostoso, sensual e bilionário.

— Ah, é só por causa do dinheiro. — Dou um sorrisinho, e ambas temos um acesso de riso.

— Essa blusa é nova? — quer saber Kate, e então lhe conto todos os detalhes aflitivos da minha noite.

— Ele já beijou você? — pergunta ela ao fazer o café.

Fico vermelha.

— Uma vez.

— Uma vez! — caçoa ela.

Balanço a cabeça confirmando, bastante encabulada.

— Ele é muito reservado.

Ela franze a testa.

— Que estranho.

— Estranho é pouco.

— Precisamos garantir que você esteja simplesmente irresistível hoje à noite — diz ela com determinação.

Ah, não... parece que isso vai ser demorado, humilhante e doloroso.

— Tenho que estar na loja daqui a uma hora.

— Posso trabalhar nesse prazo. Vamos.

Kate me pega pela mão e me leva para seu quarto.

O DIA SE arrasta na Clayton's, apesar do movimento. Como estamos na temporada de verão, tenho que passar duas horas reabastecendo as prateleiras depois que a loja fecha. É um trabalho mecânico, e me dá tempo para pensar. Não tive realmente chance para isso o dia inteiro.

Sob as incansáveis e, francamente, intrusivas instruções de Kate, minhas pernas e axilas estão impecavelmente raspadas, minhas sobrancelhas foram feitas, e eu passei por uma esfoliação completa. Foi uma experiência desagradabilíssima. Mas ela me garante que é isso que os homens esperam atualmente. O que mais ele espera? Preciso convencer Kate de que é isso que quero fazer. Por alguma razão estranha, ela não confia em Christian, talvez por ele ser tão rígido e formal. Ela diz não saber identificar o motivo, mas prometi lhe mandar uma mensagem pelo celular assim que chegar em Seattle. Não lhe contei do helicóptero. Ela ia ter um treco.

Há também o problema José. Ele deixou três mensagens e há sete ligações perdidas no meu celular. Também ligou duas vezes lá para casa. Kate foi muito vaga a respeito de onde estou. Ele vai saber que ela está me dando cobertura. Kate nunca é vaga. Mas resolvi deixá-lo se remoendo. Ainda estou muito zangada com ele.

Christian mencionou uma papelada qualquer, e não sei se ele estava brincando ou se vou ter que assinar alguma coisa. É frustrante tentar adivinhar. E, além de toda a angústia, mal consigo conter a empolgação e o nervosismo. Essa noite é a noite! Depois de todo esse tempo, será que estou pronta para isso? Minha deusa interior me olha furiosa, batendo o pezinho com impaciência. Ela está pronta para isso há anos, e está pronta para qualquer coisa com Christian Grey, mas eu ainda não entendo o que ele vê em mim... a tímida Ana Steele... não faz sentido.

Ele é pontual, claro, e está à minha espera quando saio da loja. Salta da parte traseira do Audi para abrir a porta e me lança um sorriso caloroso.

— Boa noite, Srta. Steele — diz.

— Sr. Grey — cumprimento-o polidamente com um aceno de cabeça ao avançar para o banco de trás do carro. Taylor está na direção.

— Olá, Taylor.

— Boa noite, Srta. Steele — ele fala com educação, num tom profissional. Christian entra pelo outro lado e segura minha mão, dando-lhe um apertãozinho que ecoa por todo o meu corpo.

— Como foi o trabalho? — pergunta.

— Muito demorado — respondo e minha voz é áspera, grave demais e carente.

— É, eu também tive um dia longo.

— O que você fez? — consigo perguntar.

— Fui dar uma caminhada com Elliot.

Seu polegar roça os nós dos meus dedos para lá e para cá, meu coração salta e minha respiração se acelera. Como ele faz isso comigo? Só encostou numa pequena parte do meu corpo, e meus hormônios se descontrolam.

O percurso até o heliporto é curto e, quando vejo, já chegamos. Pergunto-me onde estaria o fabuloso helicóptero. Estamos numa área urbanizada da cidade, e até eu sei que um helicóptero precisa de espaço para decolar e pousar. Taylor estaciona, sai do carro e abre a porta para mim. Christian aparece do meu lado num instante e torna a pegar minha mão.

— Pronta? — pergunta.

Faço que sim com a cabeça e quero dizer *para qualquer coisa*. Mas não consigo articular as palavras, pois estou muito nervosa, muito agitada.

— Taylor. — Ele acena rápido com a cabeça para o motorista, e entramos no prédio, direto para o hall dos elevadores.

Elevador! A lembrança do nosso beijo daquela manhã torna a me assombrar. Não pensei em mais nada o dia inteiro, sonhando acordada no caixa da loja. Por duas vezes o Sr. Clayton precisou gritar meu nome para me trazer de volta à Terra. Dizer que ando distraída seria o mínimo. Christian me olha, um sorrisinho nos lábios. Rá! Ele também está pensando nisso.

— São só três andares — diz secamente, os olhos alegres dançando. Ele tem poderes telepáticos, com certeza. É assustador.

Tento manter a expressão impassível ao entrarmos no elevador. As portas se fecham, e lá está aquela estranha atração elétrica estalando entre nós, escravizando-me. Fecho os olhos, tentando em vão não me importar com isso. Ele aperta minha mão e, cinco segundos depois, as portas se abrem para o telhado do prédio. E lá está, um helicóptero branco com o nome GREY ENTERPRISES HOLDINGS, INC. escrito em azul com o logo da companhia ao lado. *Sem dúvida esse não é um uso adequado dos bens da companhia.*

Ele me conduz a um pequeno escritório onde há um senhor sentado à mesa.

— Aqui está seu plano de voo, Sr. Grey. Todas as verificações externas foram feitas. A aeronave está a postos. O senhor está autorizado a decolar.

— Obrigado, Joe. — Christian sorri calorosamente para ele.

Ah, alguém que merece tratamento cortês por parte de Christian. Talvez não seja um empregado. Encaro o velho homem com respeito.

— Vamos — diz Christian, e nos encaminhamos para o helicóptero.

De perto, é muito maior do que pensava. Eu esperava uma versão esportiva para dois, mas tem pelo menos sete lugares. Christian abre a porta e me encaminha para um dos assentos da frente.

— Sente-se. Não toque em nada — ordena ao embarcar depois de mim.

Ele bate a porta com força. Ainda bem que a área está toda iluminada, do contrário eu teria dificuldade de enxergar o interior da pequena cabine do piloto. Sento no lugar que me foi designado, e ele se agacha a meu lado para prender meu cinto de segurança. É um cinto de quatro pontos com todas as correias ligadas a um ponto central. Ele ajusta as duas correias superiores, e eu mal consigo me mexer. Está muito perto e muito concentrado no que faz. Se pudesse me inclinar para a frente, eu encostaria o nariz em seu cabelo. Ele tem um cheiro limpo, fresco, divino, mas estou amarrada com segurança na minha poltrona e efetivamente imóvel. Ele ergue os olhos e sorri. Como sempre, parece estar curtindo uma piada particular, os olhos brilhando. Está terrivelmente perto. Prendo o fôlego enquanto ele puxa uma das correias superiores.

— Você está segura, sem escapatória — murmura ele. — Respire, Anastasia — acrescenta docemente.

Esticando o braço, acaricia meu rosto, correndo os dedos até meu queixo, que segura entre o polegar e o indicador. Inclina-se para a frente e me dá um beijo rápido e casto, deixando-me tonta e trêmula com o toque inesperado e empolgante de seus lábios.

— Gosto dessa correia — sussurra ele.

O quê?

Ele se senta ao meu lado e se prende em seu assento com o cinto, depois dá início a um prolongado procedimento de checagem de aparelhos, acionamento de botões e comutadores do alucinante leque de mostradores, luzes e interruptores à minha frente. Luzinhas piscam de vários lugares, e o painel de instrumentos se acende.

— Ponha os fones de ouvido — diz ele, apontando para um conjunto de fones. Coloco-os, e as lâminas do rotor dão a partida. É ensurdecedor. Ele coloca seu fone e continua acionando vários comandos.

— Só estou fazendo todas as verificações pré-decolagem.

A voz incorpórea de Christian chega aos meus ouvidos através dos fones. Olho para ele e sorrio.

— Você sabe o que está fazendo? — pergunto.

Ele se vira e sorri para mim.

— Tenho brevê de piloto há quatro anos, Anastasia. Você está segura comigo. — Ele abre um sorriso feroz. — Bem, enquanto estivermos voando — acrescenta, e lança uma piscadinha para mim.

Christian dando uma piscadinha!

— Está pronta?

Indico que sim com a cabeça, os olhos arregalados.

— Tudo bem, torre. PDX, aqui é Charlie Tango Golf-Golf Echo Hotel, autorização para decolar. Favor confirmar, câmbio.

— Charlie Tango, autorizado. PDX falando, prossiga para quatro mil, dirigindo-se à zero um zero, câmbio.

— Ok, torre. Charlie Tango preparado, câmbio e desligo. Lá vamos nós — acrescenta ele para mim, e o helicóptero sobe lenta e suavemente no ar.

Portland some diante de nós à medida que rumamos para o espaço aéreo dos Estados Unidos, embora meu estômago continue firme em Oregon. Caramba! Todas as luzes fortes diminuem até estarem piscando com pouca intensidade abaixo de nós. É como olhar para fora de dentro de um aquário. Quando estamos mais alto, não há realmente nada para ver. É um breu, sem nem um raio de luar para iluminar nossa viagem. Como ele pode ver aonde estamos indo?

— Estranho, não? — A voz de Christian está nos meus ouvidos.

— Como sabe que estamos indo na direção certa?

— Aqui. — Ele aponta para um dos indicadores que mostra uma bússola eletrônica. — Este é um EC135 Eurocopter. Um dos mais seguros de sua classe. É equipado para voo noturno. — Olha para mim e sorri.

— Tem um heliporto no alto do prédio onde moro. É para onde estamos indo.

Claro que tem um heliporto onde ele mora. Isso é realmente muita areia para meu caminhãozinho. O rosto dele está suavemente iluminado pelas luzes do painel de instrumentos. Ele está muito concentrado, e a toda hora olha os vários aparelhos à sua frente. Bebo discretamente com os olhos suas feições. Tem um perfil lindo. Nariz reto, queixo quadrado — eu gostaria de passar a língua na mandíbula dele. Ele não se barbeou, e essa barba por fazer torna a perspectiva duplamente tentadora. Hum... eu queria sentir quão áspera é na minha língua, nos meus dedos, no meu rosto.

— Quando voamos à noite, o voo é cego. Temos que confiar nos instrumentos — diz ele, interrompendo meu devaneio erótico.

— Quanto tempo vai levar o voo? — consigo perguntar, sem fôlego. Não estava pensando absolutamente em sexo, não, de jeito nenhum.

— Menos de uma hora. Estamos a favor do vento.

Hum, menos de uma hora para Seattle... não é uma velocidade ruim. Não é de espantar que estejamos voando.

Tenho menos de uma hora antes da grande revelação. Todos os músculos da minha barriga se contraem, sinto aquele friozinho no estômago. Puta merda, qual é a surpresa que ele tem para mim?

— Você está bem, Anastasia?

— Estou.

Minha resposta é curta, cortada, espremida no meu nervosismo.

Acho que ele sorri, mas é difícil dizer no escuro. Christian aciona mais um botão.

— PDX, aqui é Charlie Tango agora a quatro mil, câmbio.

Ele troca informações com o controle de tráfego aéreo. Tudo soa muito profissional para mim. Acho que estamos passando do espaço aéreo de Portland para o do Aeroporto Internacional de Seattle.

— Compreendido, Sea-Tac, a postos, câmbio e desligo. Olhe ali. — Ele aponta para um ponto de luz ao longe. — É Seattle.

— Você sempre impressiona as mulheres desse jeito? Venha voar no meu helicóptero? — pergunto genuinamente interessada.

— Nunca trouxe nenhuma garota aqui em cima, Anastasia. É outra primeira vez para mim — diz ele baixinho, com voz séria.

Ah, essa é uma resposta inesperada. Outra novidade? Ah, o lance de dormir, talvez.

— Está impressionada?

— Estou apavorada, Christian.

Ele ri.

— Apavorada? — E, por um instante, ele parece de novo ter a idade que tem. Balanço a cabeça, assentindo.

— Você é tão... competente!

— Ora, obrigado, Srta. Steele — diz com educação.

Acho que ele está satisfeito, mas não tenho certeza.

Viajamos calados na noite escura por algum tempo. O ponto de luz que é Seattle aumenta lentamente.

— Torre Sea-Tac para Charlie Tango. Plano de voo para Escala pronto. Favor prosseguir. Aguarde contato, câmbio.

— Aqui é Charlie Tango, compreendido, Sea-Tac. Aguardando, câmbio e desligo.

— Está na cara que você gosta disso — murmuro.

— O quê?

Ele me olha. Parece em dúvida à meia luz dos instrumentos.

— Voar — respondo.

— Isso exige controle e concentração... como eu poderia não gostar? Mas o que eu prefiro é planar.

— Planar?

— É, voar em planador. Planadores e helicópteros, piloto as duas coisas.

— Ah.

Hobbies caros. Lembro-me disso da entrevista. Gosto de ler e ir de vez em quando ao cinema. Isso aqui é muita areia para meu caminhão.

— Charlie Tango, pode seguir, por favor, câmbio.

A voz incorpórea do controle de tráfego aéreo interrompe meus pensamentos. Christian responde, no tom confiante de quem controla a situação.

Seattle se aproxima. Estamos nos arredores da cidade agora. Uau! É absolutamente incrível. Seattle à noite, do céu.

— É bonito, não é? — murmura Christian.

Balanço a cabeça com entusiasmo. Parece do outro mundo, irreal, e eu me sinto num gigantesco *set* de filmagem. Do filme preferido de José, talvez, *Blade Runner*. A lembrança de José tentando me beijar me persegue. Começo a me sentir um pouco cruel por não ter retornado suas ligações. *Ele pode esperar até amanhã... com certeza.*

— Vamos chegar em poucos minutos — avisa Christian, e, de repente, minha cabeça lateja e meu pulso se acelera e tenho uma descarga de adrenalina. Ele volta a se comunicar com o controle aéreo, mas eu já não estou ouvindo. Sinto que vou desmaiar. Meu destino está nas mãos dele.

Estamos agora voando entre os prédios, e dá para ver um arranha-céu com um heliporto em cima. No alto do prédio, lê-se a palavra "Escala" pintada de branco. Vai ficando cada vez mais perto, cada vez maior... como minha ansiedade. *Nossa, tomara que eu não o decepcione.* Ele vai me achar aquém das expectativas, de alguma maneira. Eu devia ter ouvido Kate e pegado emprestado um dos vestidos dela, mas gosto da minha calça jeans preta, e estou com uma blusa verde hortelã e a jaqueta preta de Kate. Estou suficientemente elegante. Agarro a beira da poltrona com cada vez mais força. *Posso fazer isso. Posso fazer isso.* Repito esse mantra enquanto o arranha-céu surge lá embaixo.

O helicóptero reduz a velocidade e flutua. Christian pousa no heliporto no alto do prédio. Sinto o coração na boca. Não consigo decidir se é de nervosismo e ansiedade, de alívio por termos chegado vivos, ou de medo de falhar de alguma forma. Ele desliga o motor e as pás do rotor vão parando até eu só ouvir o som da minha respiração errática. Christian tira seus fones, estica o braço e tira os meus também.

— Chegamos — diz baixinho.

Seu olhar é intenso, meio na sombra e meio na claridade da iluminação para pouso. O cavaleiro das trevas e o herói, essa é uma metáfora adequada para Christian. Ele parece cansado. Tem a mandíbula cerrada e os olhos apertados. Solta o cinto e se aproxima para soltar o meu. Seu rosto está bem próximo.

— Você não precisa fazer nada que não queira. Sabe disso, não é? — O tom dele é muito sincero, desesperado até, o olhar, apaixonado. Ele me pega de surpresa.

— Eu nunca faria nada que não quisesse, Christian.

E, ao dizer isso, não sinto convicção porque, a essa altura, eu talvez faça qualquer coisa por esse homem sentado a meu lado. Mas isso resolve. Ele sossega.

Ele me olha desconfiado por um momento e, de alguma forma, apesar da sua altura, consegue andar com elegância até a porta do helicóptero e abri-la. Salta, esperando que eu o acompanhe, e me ajuda a descer para a pista. Venta muito no alto do prédio, e fico nervosa por estar em pé a uma altura equivalente a pelo menos trinta andares num espaço aberto. Christian passa o braço em volta da minha cintura e me puxa para junto de si.

— Vem — grita acima do ruído do vento.

Ele me arrasta para o elevador, e, depois que digita um número num teclado, as portas se abrem. Está quente no interior todo espelhado do elevador. Vejo Christian ao infinito para qualquer ponto que eu olhe, e o maravilhoso é que ele também está me abraçando ao infinito. Christian digita outro código no teclado, as portas se fecham e o elevador desce.

Logo depois estamos num hall todo branco. No meio, há uma mesa redonda de madeira escura, e, sobre ela, um ramalhete incrivelmente imenso de flores brancas. Há quadros em todas as paredes. Ele abre uma porta dupla, e a cor branca permanece no corredor largo em cuja extremidade fica a entrada de uma sala palaciana. É a sala principal, com pé direito duplo. "Enorme" não é a palavra certa para todo aquele tamanho. A parede do fundo é de vidro e dá para uma varanda que domina Seattle.

À direita, há um imponente sofá em U onde dez pessoas poderiam se sentar confortavelmente. Em frente ao sofá, a lareira mais moderna que se pode imaginar, em aço inoxidável ou talvez platina, acho, e nela arde um fogo suave. À nossa esquerda, ao lado da entrada, fica a cozinha. Toda branca, com as bancadas em madeira escura e um balcão para café da manhã com seis lugares.

Perto da cozinha, diante da parede de vidro, há uma mesa de jantar rodeada de dezesseis cadeiras. E encaixado no canto, um reluzente piano de cauda preto. Ah, sim... ele também deve tocar piano. Há arte de todas as formas e tamanhos nas paredes. Na verdade, o apartamento mais parece uma galeria do que uma casa.

— Posso pegar sua jaqueta? — pergunta Christian.

Balanço a cabeça. Ainda estou com frio por causa do vento do heliporto.

— Quer beber alguma coisa? — pergunta ele.

Pisco. Depois da noite passada! *Será que ele está tentando ser engraçado?* Por um segundo, penso em pedir uma margarita, mas não tenho coragem.

— Vou beber uma taça de vinho branco. Você me acompanha?

— Sim, por favor — murmuro.

Estou parada nesta sala enorme, sentindo-me deslocada. Vou até a parede de vidro e me dou conta de que, na sua metade inferior, há portas sanfonadas que dão para a varanda. Seattle está acesa e animada ao fundo. Volto para a cozinha — levo alguns segundos, é longe da parede de vidro — e Christian está abrindo uma garrafa de vinho. Já tirou o paletó.

— Pouilly Fumé está bom para você?

— Não entendo nada de vinho, Christian. Tenho certeza de que é ótimo.

Minha voz é suave e hesitante. Meu coração está palpitando. Quero fugir. Essa casa é podre de chique. Exorbitantemente chique no padrão Bill Gates. O que estou fazendo aqui? *Você sabe muito bem o que está fazendo aqui*, me diz com desprezo meu inconsciente. Sim, eu quero ir para a cama com Christian Grey.

— Aqui.

Ele me entrega uma taça de vinho. Até as taças são chiques... pesadas, de cristal moderno. Dou um gole, e o vinho é leve, gelado e delicioso.

— Você está muito calada, e nem está corando. Na verdade, acho que nunca vi você tão branca, Anastasia — murmura ele. — Está com fome?

Balanço a cabeça. Não de comida.

— É uma casa muito grande essa aqui.

— Grande?

— Grande.

— É grande — concorda ele, e seus olhos brilham divertidos.

Bebo outro gole de vinho.

— Você toca? — pergunto, indicando o piano com o queixo.

— Toco.

— Bem?

— Sim.

— Claro que toca. Existe alguma coisa que você não saiba fazer bem?

— Sim... algumas coisas.

Ele dá um gole em seu vinho. Não tira os olhos de mim. Sinto-os me seguindo enquanto me viro para olhar a vasta sala. "Sala" é a palavra errada. Isso não é uma sala — é uma declaração de propósito.

— Quer sentar?

Balanço a cabeça assentindo, e ele me dá a mão e me conduz para o grande sofá branco. Ao me sentar, fico impressionada com o fato de me sentir como Tess Durbeyfield olhando para a casa nova que pertence ao notório Alec d'Urberville. Esse pensamento me faz sorrir.

— Qual é a graça? — Ele se senta a meu lado, virado para mim. Apoia a cabeça na mão direita, o cotovelo apoiado no encosto do sofá.

— Por que me deu especificamente o *Tess of the d'Urbervilles?* — pergunto.

Christian me olha por um instante. Acho que minha pergunta o surpreendeu.

— Bem, você disse que gostava de Thomas Hardy.

— Só por isso?

Até eu noto o desapontamento em minha voz. Ele contrai os lábios.

— Pareceu adequado. Eu poderia manter você num ideal elevadíssimo como Angel Clare ou degradá-la completamente como Alec d'Urberville — murmura ele, e seus olhos possuem um brilho sinistro e perigoso.

— Se só houvesse duas opções, eu ficaria com a degradação — digo, olhando para ele.

Meu inconsciente me olha assombrado. Christian engasga.

— Anastasia, pare de morder o lábio, por favor. Isso distrai muito. Você não sabe o que está dizendo.

— Por isso estou aqui.

Ele franze a testa.

— Sim. Você pode me dar licença um minuto?

Ele desaparece por uma porta larga do fundo da sala. Pouco depois, volta com um papel.

— Este é um termo de confidencialidade. — Ele dá de ombros e tem a elegância de parecer meio encabulado. — Minha advogada insiste nisso. — Ele me entrega o documento. Fico completamente desconcertada. — Se você escolher a segunda opção, a degradação, vai precisar assinar isto.

— E se eu não quiser assinar nada?

— Aí são os ideais elevados de Angel Clare, bem, na maior parte do livro, pelo menos.

— O que esse acordo significa?

— Significa que você não pode revelar nada sobre nós. Para ninguém.

Olho para ele descrente. Puta merda. Isso é ruim, muito ruim, e agora estou muito curiosa para saber.

— Tudo bem. Eu assino.

Ele me entrega uma caneta.

— Você nem vai ler?

— Não.

Ele franze a testa.

— Anastasia, você deve sempre ler qualquer coisa que assinar — aconselha.

— Christian, o que você não conseguiu entender é que de qualquer forma eu não contaria a ninguém. Nem a Kate. Portanto, é irrelevante assinar ou não. Se isso é tão importante para você, ou para sua advogada... para quem você obviamente conta, tudo bem. Eu assino.

Ele me olha, e assente solenemente com a cabeça.

— *Touché*, Srta. Steele.

Assino ostensivamente na linha pontilhada de ambas as cópias e devolvo uma a ele. Dobro a outra, guardo-a na bolsa e dou um bom gole no vinho. Estou parecendo muito mais corajosa do que na verdade me sinto.

— Isso quer dizer que você vai fazer amor comigo hoje à noite, Christian?

Puta merda. Será que acabei de dizer isso? Ele fica boquiaberto, mas logo se recupera.

— Não, Anastasia, não quero dizer isso. Em primeiro lugar, eu não faço amor. Eu fodo... com força. Em segundo lugar, ainda tem muita papelada para assinar. E em terceiro, você ainda não sabe onde está se metendo. Ainda pode cair fora. Venha, quero mostrar meu quarto de jogos.

Meu queixo cai. *Foder com força.* Puta merda, isso parece muito excitante. Mas por que estamos indo para um quarto de jogos? Estou perplexa.

— Quer jogar Xbox? — pergunto.

Ele ri alto.

— Não, Anastasia. Nada de Xbox, nada de Playstation. Venha.

Ele se levanta, estendendo a mão. Deixo-o me conduzir pelo corredor. À direita da porta dupla por onde entramos, há outra porta que leva a uma escada. Subimos ao segundo andar e viramos novamente à direita. Tirando uma chave do bolso, ele abre outra porta e respira fundo.

— Você pode ir embora quando quiser. O helicóptero está à espera para levá-la na hora que quiser ir. Ou pode passar a noite aqui e voltar para casa amanhã de manhã. Para mim, o que você decidir está bom.

— Abra o raio da porta, Christian.

Ele abre a porta e recua para me deixar entrar. Olho para ele de novo. Quero muito saber o que há ali. Respiro fundo e entro.

E parece que viajei no tempo para o século XVI e sua Inquisição espanhola. *Puta merda.*

CAPÍTULO SETE

A primeira coisa que noto é o cheiro: couro, madeira, cera com uma leve essência cítrica. É muito agradável e a iluminação é suave, sutil. Na verdade, não consigo ver de onde vem, mas está em toda a volta da cornija do teto, e emite uma luz acolhedora. As paredes e o teto são de um tom de vermelho-escuro bem fechado, dando ao quarto espaçoso uma sensação de aconchego, e o chão é de madeira muito antiga, envernizada. Há uma grande estrutura de madeira em forma de X presa à parede em frente à porta. É feita de mogno muito polido, e tem algemas pendendo das quatro pontas. Acima do X, há uma ampla grade de ferro, pendurada no teto, de no mínimo dois metros quadrados e meio, da qual pende todo tipo de corda, corrente e grilhões reluzentes. Junto à porta, duas varas polidas e ricamente entalhadas que lembram balaústres, porém mais longas, estão presas à parede como paus de cortina, e delas pende uma impressionante variedade de pás, varinhas, chicotes de montaria e divertidos objetos emplumados.

Ao lado da porta, há uma sólida cômoda em mogno, cujas gavetas são estreitas como se planejadas para conter espécimes num antigo museu. Pergunto-me rapidamente o que elas *realmente* contêm. *Será que quero saber?* No fundo, fica um banco estofado de couro vinho, e, preso à parede ao lado dele, está uma estante de madeira polida que parece um porta-tacos de bilhar, porém, de perto, vê-se que guarda bengalas de vários comprimentos e larguras. Há uma robusta mesa de um metro e oitenta de comprimento no canto oposto, em madeira polida com pernas intrincadamente entalhadas e, sob ela, dois tamboretes formando um conjunto.

Mas o que domina o quarto é a cama. É maior do que o tamanho king size, com quatro colunas e entalhes em estilo rococó e dossel plano. Parece do fim do século XIX. Embaixo do dossel, mais correntes e algemas. Não há cobertas... só um colchão de couro vermelho e almofadas de cetim vermelho amontoadas numa extremidade.

A alguns palmos do pé da cama há um amplo sofá estilo Chesterfield verme-lho-escuro, simplesmente largado no meio do quarto de frente para a cama. Uma arrumação estranha... um sofá virado para a cama. Sorrio comigo mesma. Achei o sofá esquisito, quando na verdade é o móvel mais comum do quarto. Ergo os olhos e olho para cima. Há mosquetões por todo o teto, a intervalos disparatados. Questiono-me vagamente para que servem. O estranho é que a madeira, as pare-des escuras, a iluminação instável e o couro vermelho tornam o quarto quase suave e romântico... Sei que é tudo menos isso; é a versão de Christian para suavidade e romantismo.

Viro-me, e ele está me olhando com atenção, como sabia que estaria, a expressão completamente inescrutável. Entro mais um pouco no quarto, e ele me acompanha. O objeto de plumas me intriga. Toco nele timidamente. É de camurça, como um pequeno gato de nove caudas, só que mais felpudo, e tem contas de plástico bem pequenas na ponta.

— Chama-se açoite — diz Christian com a voz baixa e macia.

Açoite... hum. Acho que estou em estado de choque. Meu inconsciente desa-pareceu, ficou mudo ou simplesmente caiu fulminado. Estou paralisada. Posso observar e absorver, mas não consigo articular meus sentimentos, porque estou em estado de choque. Qual é a reação apropriada à descoberta de que um amante em potencial é um completo tarado sadista ou masoquista? *Medo...* sim... esse parece ser o sentimento preponderante. Reconheço agora. Mas, por incrível que pareça, não tenho medo dele. Não acho que ele vá me machucar, bem, não sem meu consentimento. Muitas perguntas confundem minha cabe-ça. Por quê? Como? Quando? Com que frequência? Quem? Vou até a cama e passo as mãos nas colunas ricamente entalhadas. São muito resistentes, e o tra-balho é impressionante.

— Diga alguma coisa — ordena Christian, a voz enganosamente macia.

— Você faz isso com as pessoas ou elas fazem isso com você?

Ele sorri, achando graça ou aliviado.

— As pessoas? — Ele pisca duas vezes ao considerar a resposta. — Faço isso com mulheres que querem que eu faça.

Não entendo.

— Se você tem voluntárias dispostas, por que estou aqui?

— Por que eu quero muito, muito fazer isso com você.

— Ah. — Engulo em seco. *Por quê?*

Vou até o fundo da sala, bato de leve no banco estofado da altura da minha cintura e corro os dedos pelo couro. *Ele gosta de machucar mulheres.* A ideia me deprime.

— Você é sádico?

— Sou dominador. — Seu olhar é abrasador, intenso.

— O que isso quer dizer? — pergunto.

— Quer dizer que quero que você se entregue espontaneamente a mim, em tudo. Franzo a testa para ele, tentando assimilar a ideia.

— Por que eu faria isso?

— Para me satisfazer — ele murmura, inclina a cabeça para o lado e vejo a sombra de um sorriso.

Satisfazer! Ele quer que eu o satisfaça! Acho que estou boquiaberta. *Satisfazer Christian Grey.* E me dou conta, naquele momento, de que, sim, é exatamente isso que eu quero fazer. Quero que ele fique absolutamente satisfeito comigo. É uma revelação.

— Em termos muito simples, quero que você queira me agradar — diz ele baixinho. Sua voz é hipnótica.

— Como?

Minha boca está seca, e queria ter tomado mais vinho. Tudo bem, entendo a parte do agrado, mas estou intrigada com o cenário de tortura elisabetana. Será que quero saber a resposta?

— Eu tenho regras, e quero que você as obedeça. Elas são para o seu bem e para o meu prazer. Se seguir essas regras como eu desejo, eu a recompenso. Se não seguir, eu a castigo, e você aprende — murmura. Ele olha para o armário de bengalas ao dizer isso.

— E como tudo isso se encaixa? — faço um gesto mostrando o quarto todo.

— Isso tudo faz parte do pacote de incentivo. Recompensa e castigo.

— Então você se excita exercendo sua vontade sobre mim.

— Tudo gira em torno de conquistar sua confiança e seu respeito, para você deixar que eu exerça minha vontade sobre você. Quanto mais se submeter, maior minha alegria. É uma equação muito simples.

— Tudo bem, e o que eu ganho com isso?

Ele dá de ombros com uma expressão quase de quem pede desculpas.

— Eu — diz simplesmente.

Ai, meu Deus. Christian passa a mão no cabelo ao me olhar.

— Não tem nada a perder, Anastasia — murmura exasperado. — Vamos voltar lá para baixo, onde consigo me concentrar melhor. Ver você neste quarto me distrai muito.

Ele me estende a mão, e agora eu hesito em pegá-la.

Kate disse que ele era perigoso. Ela estava certíssima. *Como sabia?* Ele é perigoso para minha saúde, porque sei que vou aceitar. E uma parte de mim não quer. Uma parte de mim quer sair correndo aos gritos desse quarto e de tudo o que ele representa. Isso é demais para mim.

— Não vou machucar você, Anastasia.

Sei que está dizendo a verdade. Dou a mão para ele, e saímos do quarto.

— Se você vai querer fazer isso, preciso lhe mostrar uma coisa.

Em vez de descer, ele vira à direita ao sair do *quarto de jogos*, como ele chama, e segue por um corredor. Passamos por várias portas até chegarmos à última. Do outro lado, há um quarto com uma grande cama de casal, todo branco... tudo: mobília, paredes, roupas de cama. É asséptico e frio, mas tem uma vista deslumbrante de Seattle pela parede de vidro.

— Este será seu quarto. Você pode decorá-lo como quiser, ter o que quiser aqui dentro.

— Meu quarto? Espera que eu me mude para cá?

Não consigo disfarçar o tom de pavor na minha voz.

— Não o tempo todo. Só, vamos dizer, de sexta à noite a domingo. Temos que conversar sobre isso tudo, combinar. Se você quiser fazer isso — acrescenta, em tom baixo e tímido.

— Eu vou dormir aqui?

— Sim.

— Não com você.

— Não. Eu já expliquei. Não durmo com ninguém, a não ser com você quando está completamente bêbada. — A voz dele é de censura.

Minha boca se contrai numa linha rígida. Não consigo juntar as duas coisas. O Christian bom e solidário que me resgata da embriaguez e me segura com delicadeza enquanto vomito em cima das azaleias, e o monstro que possui chicotes e correias num quarto especial.

— Onde você dorme?

— Meu quarto é lá embaixo. Venha, você deve estar com fome.

— Por mais estranho que pareça, perdi o apetite — murmuro com petulância.

— Você precisa comer, Anastasia — repreende ele, segurando minha mão e me levando para o andar de baixo.

Ao chegar no imenso salão, fico profundamente inquieta. Estou à beira de um precipício, e tenho que decidir se vou pular.

— Estou perfeitamente ciente de estar levando você para o mau caminho, Anastasia, por isso quero que pense com cuidado. Você deve ter algumas perguntas — diz ele ao entrar na cozinha, soltando minha mão.

Sim, tenho. Mas por onde começar?

— Você já assinou a declaração de confidencialidade. Agora pode me perguntar o que quiser que eu respondo.

Fico parada diante do balcão de café da manhã, observando-o abrir a geladeira e tirar uma bandeja com vários tipos de queijo, dois maços de folhas e uns cachos de uvas roxas. Ele coloca a bandeja na bancada e começa a cortar uma baguete francesa.

— Sente-se. — Aponta para um dos tamboretes diante do balcão, e lhe obedeço. Se vou fazer isso, tenho que me acostumar. De repente me dou conta de que ele é autoritário assim desde que o conheci.

— Você falou em papelada.

— Sim.

— Que tipo de papelada?

— Bem, além da declaração de confidencialidade, um contrato dizendo o que faremos e o que não faremos. Preciso conhecer seus limites, e você precisa conhecer os meus. Isso é consensual, Anastasia.

— E se eu não quiser fazer isso?

— Tudo bem — diz ele cauteloso.

— Mas aí não teremos nenhum tipo de relação? — pergunto.

— Não.

— Por quê?

— Esse é o único tipo de relação no qual estou interessado.

— Por quê?

Ele dá de ombros.

— É assim que eu sou.

— Como você ficou desse jeito?

— Por que uma pessoa é do jeito que é? Essa é uma resposta um pouco difícil. Por que uns gostam de queijo e outros odeiam? Você gosta de queijo? A Sra. Jones, minha governanta, deixou isso para o jantar.

Ele pega uns pratos grandes num armário e os coloca na minha frente.

Estamos falando de queijo... Que merda.

— Quais regras tenho que seguir?

— Tenho todas por escrito. Vamos examiná-las depois que você tiver comido.

Comida. Como posso comer agora?

— Eu realmente não estou com fome — sussurro.

— Você vai comer — diz ele simplesmente. *Christian dominador, isso esclarece muita coisa.* — Quer mais uma taça de vinho?

— Sim, por favor.

Ele serve o vinho em minha taça e se senta a meu lado. Dou um gole apressado.

— Pode se servir de comida, Anastasia.

Pego um cachinho de uva. Isso eu consigo. Ele aperta os olhos.

— Faz tempo que você é assim? — pergunto.

— Sim.

— É fácil encontrar mulheres que queiram fazer isso?

Ele ergue a sobrancelha para mim.

— Você ficaria espantada — diz secamente.

— Então, por que eu? Eu realmente não entendo.

— Anastasia, eu já lhe disse. Há alguma coisa em você. Não consigo deixá-la. — Ele sorri com ironia. — Sou como a mariposa atraída pela chama. — Sua voz fica sombria. — Quero você desesperadamente, sobretudo agora, que está mordendo o lábio de novo.

Ele respira fundo e engole em seco.

Meu estômago dá cambalhotas. Ele me quer... de um jeito esquisito, é verdade, mas esse homem lindo, estranho e pervertido me quer.

— Acho que você inverteu as coisas — resmungo.

Eu sou a mariposa e ele é a chama, e vou me queimar. Eu sei.

— Coma!

— Não. Ainda não assinei nada, então acho que vou me agarrar à minha liberdade mais um pouquinho, se você não se opuser.

Seu olhar fica mais doce, e seus lábios se repuxam num sorriso.

— Como quiser, Srta. Steele.

— Quantas mulheres? — Cuspo a pergunta, estou muito curiosa.

— Quinze.

Oh... menos do que eu pensava.

— Por longos períodos de tempo?

— Algumas delas, sim.

— Já machucou alguém?

— Sim.

Puta merda.

— Muito?

— Não.

— Vai me machucar?

— Como assim?

— Fisicamente, você vai me machucar?

— Vou castigá-la quando for preciso, e vai ser doloroso.

Acho que estou fraca. Tomo outro gole de vinho: isso vai me dar coragem.

— Já apanhou? — pergunto.

— Sim.

Ah... Isso me surpreende. Antes que eu possa questioná-lo mais sobre essa revelação, ele interrompe meu raciocínio.

— Vamos discutir isso no meu escritório. Quero lhe mostrar uma coisa.

É difícil processar. Imaginei tolamente que teria uma noite de amor na cama desse homem, e estamos negociando os termos de um pacto esquisito.

Vou com ele para o escritório, uma sala ampla com outra janela do chão ao teto que dá para a varanda. Ele se senta à mesa, faz um gesto indicando a cadeira de couro onde devo me sentar à sua frente, e me entrega um papel.

— Estas são as regras. Todas elas estão sujeitas a modificações. Elas fazem parte deste contrato, do qual você também pode ter uma cópia. Leia-as agora e vamos discuti-las.

REGRAS

Obediência:

A Submissa obedecerá a quaisquer instruções dadas pelo Dominador imediatamente, sem hesitação ou reserva, e com presteza. A Submissa concordará com qualquer atividade sexual que o Dominador julgar adequada e prazerosa salvo aquelas atividades que estão resumidas em limites rígidos (Apêndice 2). Ela fará isso avidamente e sem hesitação.

Sono:

A Submissa assegurará completar o mínimo de sete horas de sono por noite quando não estiver com o Dominador.

Alimentação:

A submissa consumirá regularmente os alimentos previamente listados (Apêndice 4) para conservar a saúde. A Submissa não comerá nada entre as refeições, com a exceção de frutas.

Roupas:

Durante a Vigência deste contrato, a Submissa só usará roupas aprovadas pelo Dominador. O Dominador fornecerá à Submissa um orçamento para o vestuário, que a Submissa deverá usar. O Dominador acompanhará *ad hoc* a Submissa nas compras de vestuário. Se o Dominador solicitar, a Submissa usará, durante a Vigência deste contrato, quaisquer adornos solicitados pelo Dominador, na presença do Dominador e em qualquer outro momento que o Dominador julgar adequado.

Exercícios:

O Dominador fornecerá à Submissa um personal trainer para sessões de uma hora de exercícios, quatro vezes por semana, em horário a ser combinado de comum acordo entre o personal trainer e a Submissa. O personal trainer reportará ao Dominador o progresso da Submissa.

Higiene Pessoal/Beleza:

A Submissa se manterá sempre limpa e depilada. A Submissa visitará um salão de beleza à escolha do Dominador com frequência a ser decidida pelo Dominador e se submeterá aos tratamentos estéticos que o Dominador julgar adequados.

Segurança Pessoal:
A Submissa não se excederá na bebida, não fumará, não fará uso de drogas recreativas nem se colocará desnecessariamente em qualquer situação de risco.

Qualidades Pessoais:
A Submissa não se envolverá em quaisquer relações sexuais com qualquer outra pessoa senão o Dominador. A Submissa se apresentará sempre de forma respeitosa e recatada. Ela deve reconhecer que seu comportamento se reflete diretamente no Dominador. Será responsabilizada por qualquer transgressão, delito ou má conduta incorridos quando não estiver na presença do Dominador.

O não cumprimento de quaisquer das regras acima resultará em punição imediata, cuja natureza será determinada pelo Dominador.

Puta merda.
— Limites rígidos? — pergunto.
— Sim. O que você não fará, o que eu não farei. Precisamos especificar em nosso contrato.
— Não estou certa quanto a aceitar dinheiro para roupas. Parece errado.
Remexo-me com desconforto, a palavra "prostituta" chocalhando na cabeça.
— Quero gastar dinheiro com você. Deixe-me presenteá-la com algumas roupas. Posso precisar que me acompanhe em eventos, e quero você bem-vestida. Tenho certeza que o seu salário, quando você conseguir de fato um emprego, não cobrirá o tipo de roupa que eu gostaria que você usasse.
— Não preciso usar essas roupas quando não estiver com você?
— Não.
— Ok. — *Considere-as um uniforme.*
— Não quero malhar quatro vezes por semana.
— Anastasia, preciso de você ágil, forte e resistente. Confie em mim, você precisa malhar.
— Mas com certeza não quatro vezes por semana. Que tal três?
— Quero que sejam quatro.
— Achei que isso fosse uma negociação.
Ele contrai os lábios.
— Ok, Srta. Steele, outro ponto para você. Que tal uma hora três dias por semana e meia hora um dia?
— Três dias, três horas. Tenho a impressão que você vai garantir que eu me exercite quando eu estiver aqui.

Ele dá um sorriso malicioso, e seus olhos brilham como se estivesse aliviado.

— É verdade. Ok. Fechado. Tem certeza que não quer estagiar na minha empresa? Você negocia bem.

— Não acho que seja uma boa ideia.

Releio as regras. *Depilar! Depilar o quê? Tudo? Ui.*

— Agora, os limites. Estes são os meus. — Ele me entrega outra folha de papel.

LIMITES RÍGIDOS

Nenhum ato envolverá brincadeiras com fogo.

Nenhum ato envolverá urinar, defecar ou os produtos destas ações.

Nenhum ato envolverá agulhas, facas, perfurações ou sangue.

Nenhum ato envolverá instrumentos médicos ginecológicos.

Nenhum ato envolverá crianças ou animais.

Nenhum ato poderá deixar quaisquer marcas permanentes na pele.

Nenhum ato envolverá controle respiratório.

Não haverá nenhuma atividade que requeira contato direto com corrente
     elétrica (seja alternada ou direta), fogo ou chamas.

Ui. Ele tem mesmo que escrever isso! Claro, parece tudo muito sensato e, francamente, necessário... Nenhuma pessoa sadia iria querer se envolver com esse tipo de coisa, sem dúvida. Mas eu agora me sinto meio incomodada.

— Tem mais alguma coisa que você gostaria de acrescentar? — pergunta ele com gentileza.

Merda. Não tenho ideia. Estou absolutamente perplexa. Ele me olha e franze a testa.

— Tem alguma coisa que você se negue a fazer?

— Não sei.

— Como assim, não sabe?

Retorço-me desconfortavelmente e mordo o lábio.

— Eu nunca fiz nada parecido com isso.

— Bem, mas quando fez sexo, houve alguma coisa que não gostou de fazer?

Pela primeira vez, depois de séculos, enrubesço.

— Pode me dizer, Anastasia. Precisamos ser sinceros um com o outro, ou isso não vai dar certo.

Torno a me retorcer e fico olhando para meus dedos contraídos.

— Conte para mim — ordena ele.

— Bem... Eu nunca fiz sexo antes, então não sei.

Falo baixinho. Dou uma olhada para ele, que está me encarando boquiaberto, paralisado e pálido — pálido mesmo.

— Nunca? — suspira ele.

Faço que não com a cabeça.

— Você é virgem?

Balanço a cabeça, corando de novo. Ele fecha os olhos e parece contar até dez. Quando torna a abri-los, está irritado, e olha para mim com raiva.

— Por que não me contou, porra? — rosna.

CAPÍTULO OITO

Christian está andando de um lado para o outro do escritório e passando as mãos no cabelo. As duas mãos — isso é exasperação em dobro. Seu usual autocontrole absoluto parece ter escorrido pelo ralo.

— Não entendo por que você não me contou — ele me censura.

— Nunca surgiu assunto. Não costumo revelar minha condição sexual a cada pessoa que conheço. Quer dizer, a gente mal se conhece.

Encaro minhas mãos. Por que me sinto culpada? Por que ele está tão irritado? Olho para ele.

— Bem, você agora já sabe bastante a meu respeito — diz ele seco, a boca contraída. — Eu sabia que você era inexperiente, mas *virgem?* — Ele fala como se aquilo fosse mesmo um palavrão. — Que inferno, Ana, eu acabei de mostrar a você... — ele resmunga. — Deus me perdoe. Alguém já beijou você, além de mim?

— Claro que sim.

Faço o possível para parecer ofendida. *Ok... talvez duas vezes.*

— E nenhum cara legal fez você perder a cabeça? Eu simplesmente não entendo. Você tem vinte e um anos, quase vinte e dois. É linda.

Ele torna a passar a mão no cabelo.

Linda. Coro de alegria. Christian Grey me acha linda. Aperto os dedos, olhando fixo para eles, tentando disfarçar o sorriso apatetado. *Vai ver ele é míope.* Meu inconsciente levantou a cabeça de maneira sonâmbula. Onde ele estava quando precisei dele?

— E você está discutindo seriamente o que eu quero fazer, apesar de não ter experiência. — Ele franze o cenho. — Como evitou o sexo? Conte para mim, por favor.

Encolho os ombros.

— Ninguém nunca... você sabe... — Chegou tão perto, só você. E você se revela uma espécie de monstro. — Por que está tão irritado comigo? — murmuro.

— Não estou irritado com você. Estou irritado comigo... — Ele suspira. Olha para mim astutamente e então balança a cabeça. — Quer ir embora? — pergunta, com delicadeza.

— Não, a menos que você queira que eu vá — respondo. *Ah, não... eu não quero ir.*

— Claro que não. Gosto de ter você aqui. — Ele levanta as sobrancelhas ao dizer isso e depois olha o relógio. — Está tarde. — E se vira para mim. — Você está mordendo o lábio.

Sua voz é grave, e ele me olha especulativamente.

— Desculpe.

— Não se desculpe. É só que assim também fico com vontade de morder, só que com força.

Arquejo... como ele pode me dizer esse tipo de coisa e esperar que eu não me abale?

— Venha — murmura ele.

— O quê?

— Vamos resolver esse problema agora mesmo.

— Como assim? Que problema?

— O seu, Ana. Vou fazer amor com você, agora.

— Ah. — O chão desaba sob meus pés. *Eu sou um problema.* Prendo minha respiração.

— Quer dizer, se você quiser. Não quero me meter em encrenca.

— Pensei que você não fizesse amor. Pensei que você fodesse, e com força.

Engulo em seco, a boca de repente sem nenhuma saliva.

Ele abre um sorriso malicioso, que produz efeitos diretos *lá embaixo.*

— Posso abrir uma exceção, ou talvez combinar as duas coisas, vamos ver. Eu quero muito fazer amor com você. Por favor, venha para a cama comigo. Quero que nosso acordo dê certo, mas você realmente precisa ter alguma ideia de onde está se metendo. Podemos começar seu treinamento esta noite, com o básico. Isso não quer dizer que fiquei todo sentimental. Trata-se de um meio para um fim, mas um fim que eu quero, e espero que você também.

O olhar dele é intenso.

Eu coro... *nossa...* desejos se realizam, sim.

— Mas ainda não fiz tudo que você exige nas suas regras — digo ofegante, hesitando.

— Esqueça as regras. Esqueça esses detalhes todos por hoje. Eu quero você. Quis desde que você se estatelou no chão da minha sala, e sei que você me quer. Você não estaria aí sentada calmamente discutindo punições e limites se não quisesse. Por favor, Ana, passe a noite comigo.

Ele me estende a mão, com os olhos brilhando, ardentes... excitados, e seguro a mão dele. Ele me puxa para seus braços e sinto todo o seu corpo colado no meu, e sou pega de surpresa por esse movimento rápido. Christian corre os dedos em volta da minha nuca, enrola meu rabo de cavalo no punho e puxa com delicadeza, forçando-me olhar para ele. Ele olha para mim.

— Você é uma garota corajosa — diz. — Estou impressionado.

As palavras parecem um dispositivo incendiário. Meu sangue arde. Ele se abaixa e beija minha boca delicadamente, depois chupa meu lábio inferior.

— Quero morder esse lábio — murmura junto da minha boca, e a puxa cuidadosamente com os dentes.

Dou um gemido e ele sorri.

— Por favor, Ana, deixe eu fazer amor com você.

— Sim — sussurro, porque é por isso que estou aqui.

O sorriso dele é triunfante quando ele me solta, me dá a mão e me conduz pelo apartamento.

Seu quarto é enorme. As janelas até o teto dão para os arranha-céus iluminados de Seattle. As paredes são brancas, e os móveis, azul-claros. A cama imensa é ultramoderna, feita de uma madeira cinzenta e rústica como galhos secos, tem quatro colunas mas é sem dossel. Na parede acima, há uma paisagem marinha impressionante.

Estou tremendo como vara verde. Pronto. Finalmente, depois desse tempo todo, vou fazer isso, com ninguém menos que Christian Grey. Minha respiração está curta, e não consigo tirar os olhos dele. Ele tira o relógio e o coloca em cima de uma cômoda que combina com a cama, e tira o paletó, colocando-o numa cadeira. Está com aquela camisa de linho branco e calça jeans. É lindo de morrer. Tem o cabelo cor de cobre escuro todo despenteado, a camisa para fora da calça, os olhos cinzentos atrevidos e deslumbrantes. Ele descalça o All Star, se abaixa e tira as meias, uma de cada vez. Os pés de Christian Grey... uau... porque essa atração por pés? Ele se vira para mim com o olhar meigo.

— Presumo que você não tome pílula.

O quê? Merda.

— Achei que não tomasse.

Ele abre a primeira gaveta da cômoda, tira um pacote de camisinhas e me lança um olhar intenso.

— Esteja preparada — murmura. — Quer que eu feche as cortinas?

— Tanto faz — respondo. — Achei que você não deixasse ninguém dormir na sua cama.

— Quem disse que a gente vai dormir? — retruca ele.

— Ah. — Minha nossa.

Ele vem devagarinho na minha direção. Seguro, sensual, olhos em brasa, e meu coração começa a palpitar. O sangue lateja em minhas veias. O desejo, palpável e quente, se concentra em minhas entranhas. Ele está em pé na minha frente, olhando nos meus olhos. *É absurdamente sexy.*

— Vamos tirar essa jaqueta, vamos? — diz baixinho e segura as lapelas para despir delicadamente meus ombros da jaqueta, que coloca na cadeira.

— Tem alguma ideia de quanto a desejo, Ana Steele? — murmura.

Engasgo. Não consigo tirar os olhos dele. Ele estica o braço e corre os dedos devagarinho pelo meu rosto até o queixo.

— Tem alguma ideia do que vou fazer com você? — acrescenta, acariciando meu queixo.

A musculatura da minha parte mais íntima e escondida se comprime da maneira mais deliciosa. A dor é tão gostosa e tão aguda que quero fechar os olhos, mas estou hipnotizada pelo seu olhar ardente. Inclinando-se, ele me beija. Seus lábios são exigentes, firmes e lentos, moldando os meus. Começa a desabotoar minha blusa enquanto vai me dando beijinhos levíssimos pela mandíbula, pelo queixo, terminando nas comissuras da minha boca. Devagarinho, tira minha blusa e a deixa cair no chão. Recua e me olha. Estou com o sutiã de renda azul-clara que me cai como uma luva. *Graças a Deus.*

— Ah, Ana — suspira ele. — Você tem uma pele lindíssima, alva e impecável. Quero beijar cada centímetro dela.

Fico rubra. *Nossa...* Por que ele disse que não fazia amor? Eu farei o que ele quiser. Ele pega a presilha do meu cabelo, solta-a e arqueja quando meu cabelo cai ao redor de meus ombros.

— Gosto de morenas — murmura, com as duas mãos no meu cabelo, uma de cada lado da minha cabeça.

Seu beijo é obstinado, sua língua e seus lábios adulando os meus. Gemo, e minha língua encontra timidamente a dele. Ele me envolve nos braços e me arrasta para junto de si, apertando-me. Mantém uma das mãos no meu cabelo, enquanto a outra desce pela minha coluna até a cintura e depois a bunda. Para ali e aperta delicadamente minhas nádegas, mantendo-me colada a ele, e sinto sua ereção, que ele languidamente pressiona no meu corpo.

Suspiro de novo em sua boca. Mal consigo conter os sentimentos — ou seriam os hormônios? — que me percorrem desenfreados. Quero-o desesperadamente. Segurando seus braços, sinto seus bíceps. Ele é surpreendentemente forte... musculoso. Timidamente, levo as mãos ao seu rosto e afago seu cabelo. É muito macio, desalinhado. Puxo delicadamente, e ele geme. Vai me conduzindo devagarinho para a cama, até eu senti-la atrás dos joelhos. Acho que vai me forçar a deitar, mas não força. Ele me solta, e de repente se ajoelha. Agarra meus quadris com as duas mãos, passa a língua em volta do meu umbigo e vai me mordiscando até um dos lados da cintura, atravessando depois minha barriga para o outro lado.

— Ah — gemo.

Vê-lo ajoelhado na minha frente, sentir sua boca em mim é algo muito inesperado e sensual. Mantenho as mãos em seu cabelo, puxando-o delicadamente ao tentar aquietar minha respiração bastante ruidosa. Ele ergue os olhos para mim através de cílios longuíssimos, o olhar ardente turvo. Então, desabotoa minha calça jeans, puxa sem pressa o zíper. Sem tirar os olhos de mim, passa as mãos por baixo do cós, roçando de leve minha pele e alcançando minha bunda. As mãos vão deslizando devagarinho por ali rumo à parte de trás das minhas coxas, descendo a calça jeans com elas. Não consigo desviar o olhar. Ele para e molha os lábios, sem interromper o contato visual. Inclina-se para a frente, roçando o nariz na minha coxa até chegar no vértice entre minhas pernas. Eu o sinto. *Ali.*

— Você é muito cheirosa — murmura ele, e fecha os olhos, com uma expressão de puro prazer, e eu praticamente me contorço. Ele puxa o edredom da cama, e gentilmente me empurra até que eu caia no colchão.

Ainda ajoelhado, segura meu pé e desamarra meu All Star, tirando o tênis e a meia. Me apoio nos cotovelos para ver o que ele está fazendo. Estou arfando... de desejo. Christian levanta meu calcanhar e corre o polegar pela sola do meu pé. Quase chega a doer, mas sinto o eco do movimento nas minhas entranhas. Suspiro. Sem desviar os olhos dos meus, ele passa a língua, depois os dentes, pela sola do meu pé. *Merda.* Gemo... como posso sentir isso *ali?* Torno a me deitar, gemendo. Ouço sua risadinha.

— Ah, Ana, o que faço com você? — sussurra.

Tira meu outro tênis e minha outra meia, depois se levanta e arranca totalmente minha calça jeans. Estou deitada na cama dele só de sutiã e calcinha, e ele está me olhando.

— Você é muito bonita, Anastasia Steele. Mal posso esperar para estar dentro de você.

Puta merda. As palavras dele. Ele é tão sedutor. Fico sem fôlego.

— Mostre para mim como você se dá prazer.

O quê? Franzo o cenho.

— Não seja tímida, Ana, mostre para mim — murmura ele.

Balanço a cabeça.

— Não sei o que você quer dizer.

Minha voz está rouca. Mal a reconheço, tão cheia de desejo.

— Como você se faz gozar? Quero ver.

Balanço a cabeça.

— Eu não faço — murmuro.

Ele ergue as sobrancelhas, espantado por um instante, com o olhar sombrio e balança a cabeça, incrédulo.

— Bem, vamos ver o que podemos fazer a esse respeito.

Sua voz é macia, provocante, uma ameaça sensual deliciosa. Ele desabotoa sua calça jeans e despe-a devagar, os olhos nos meus o tempo todo. Inclina-se sobre mim, e, me segurando pelos tornozelos, afasta minhas pernas com um gesto rápido e sobe na cama. Ele paira em cima de mim. Eu me retorço de desejo.

— Fique quieta — ordena ele, então se abaixa e me beija, subindo pela parte interna da coxa, prosseguindo por sobre o fino tecido rendado da calcinha.

Ah... não consigo ficar parada. Como posso não me mexer? Contorço-me embaixo dele.

— Vamos ter que trabalhar para manter você imóvel, baby.

Ele beija minha barriga, e enfia a língua em meu umbigo. Continua subindo, beijando meu torso. Minha pele arde. Estou afogueada, com muito calor, muito frio, agarrada ao lençol embaixo de mim. Ele se deita ao meu lado, e sua mão passeia pelo meu quadril, passando pela cintura e subindo até meu seio. Ele me olha, a expressão enigmática, e delicadamente envolve meu seio com a mão.

— Cabe na minha mão perfeitamente, Anastasia — murmura, puxando o bojo do sutiã para baixo com o indicador e liberando meu seio, que, no entanto, continua levantado pela armação e pelo tecido do bojo. Seu dedo passa para o outro seio e repete a operação. Meus seios se intumescem, e meus mamilos endurecem sob seu olhar contínuo. Estou atada pelo meu próprio sutiã.

— Muito bom — sussurra ele em tom de aprovação, e meus mamilos ficam mais duros ainda.

Ele chupa delicadamente um enquanto sua mão vai para o outro seio e ele rodeia com o polegar o bico do mamilo, alongando-o. Gemo, uma sensação doce percorre minhas entranhas. Estou toda molhada. *Ah, por favor*, imploro internamente, agarrando-me com mais força ao lençol. Seus lábios se fecham em volta de meu outro mamilo, e, quando ele puxa, quase tenho espasmos.

— Vamos ver se podemos fazer você gozar assim — sussurra ele, sem interromper o assalto lento e sensual. Meus mamilos suportam o delicioso impacto de seus dedos e seus lábios hábeis, que acendem cada uma de minhas terminações nervosas e fazem meu corpo inteiro cantar com uma doce agonia. Ele simplesmente não para.

— Oh... por favor — imploro, e inclino a cabeça para trás, a boca aberta enquanto gemo, esticando as pernas. Minha nossa, o que está acontecendo comigo?

— Deixe-se levar, baby — murmura ele.

Seus dentes estão cerrados em volta do meu mamilo, e ele puxa, forte, com o polegar e o indicador, e eu desmancho na sua mão, o corpo estremecendo em espasmos e explodindo em mil pedaços. Ele me beija, a língua enfiada na minha boca, absorvendo meus gritos.

Nossa. Isso foi extraordinário. Agora sei por que todo o alvoroço em torno desse assunto. Ele me olha, um sorriso satisfeito nos lábios, enquanto sei que, nos meus, só há gratidão e assombro.

— Você é muito sensível — suspira ele. — Vai ter que aprender a controlar isso, e agora vai ser muito mais divertido ensinar.

Ele volta a me beijar.

Minha respiração ainda está entrecortada enquanto me recupero do orgasmo. Suas mãos descem pela minha cintura até os quadris, e aí ele me envolve intimamente com a mão em concha... *Meu Deus.* Seu dedo escorrega pela renda fina e me rodeia devagarinho — *ali.* Por um instante, ele fecha os olhos, e sua respiração falha.

— Você está deliciosamente molhada. Nossa, eu quero você.

Ele enfia o dedo dentro de mim, e solto um grito quando enfia de novo e de novo. Manipula meu clitóris, e dou outro grito. Ele movimenta o dedo dentro de mim com mais força ainda. Gemo.

De repente, ele se senta na cama, arranca minha calcinha e a joga no chão. Tira a cueca, e a ereção se revela, livre. *Puta merda...* Ele estica o braço e pega um envelopinho de papel laminado, e aí se mete entre as minhas pernas, afastando-as bem. Se ajoelha e coloca uma camisinha em sua extensão avantajada. *Ah não... Será que vai...? Como?*

— Não se preocupe — suspira ele, os olhos nos meus. — Você também dilata.

Debruça-se, apoiando as mãos em ambos os lados da minha cabeça, de modo a pairar sobre mim, olhando-me nos olhos, a mandíbula cerrada, os olhos ardentes. Só agora percebo que ainda está de camisa.

— Quer mesmo fazer isso? — pergunta suavemente.

— Por favor — imploro.

— Levante as pernas — ordena com delicadeza, e obedeço de imediato. — Agora vou começar a foder com você, Srta. Steele — murmura ele, ao posicionar a cabeça de seu pau na entrada do meu sexo. — Com força — murmura, e me penetra.

— Aai! — grito ao sentir um estranho beliscão lá dentro de mim quando ele tira minha virgindade.

Ele fica imóvel, me encarando, os olhos brilhando em êxtase com a vitória. Sua boca está entreaberta, e sua respiração é áspera. Ele geme.

— Você é tão apertada. Está tudo bem?

Faço que sim, olhos arregalados, segurando os antebraços dele. Sinto-me muito plena. Ele continua parado, deixando que eu me acostume à sensação avassaladora e intrusiva de tê-lo dentro de mim.

— Vou me mexer agora, baby — sussurra ele pouco depois, a voz tensa.

Oh.

Ele se movimenta para trás extremamente devagar. Fecha os olhos e geme, e torna a me penetrar. Grito de novo, e ele para.

— Mais? — murmura, a voz rouca.

— Sim — suspiro.

Ele faz de novo, e torna a parar. Gemo, o corpo aceitando-o... Ah, eu quero isso.

— De novo? — sussurra ele.

— Sim. — É uma súplica.

E ele se mexe, mas dessa vez não para. Apoia-se nos cotovelos e posso sentir o seu peso em cima de mim, apertando-me. No início, os movimentos são lentos, metendo e depois se tirando de dentro de mim. E, à medida que me acostumo com a sensação estranha, mexo os quadris timidamente ao encontro dos dele. Ele acelera o ritmo. Eu gemo, e ele continua o vaivém, mais depressa, implacável, num ritmo incessante, e eu acompanho, respondendo aos seus estímulos. Ele pega minha cabeça nas mãos e me beija com força, os dentes de novo puxando meu lábio inferior. Ele se agita ligeiramente, e sinto algo crescendo dentro de mim, como antes. Começo a enrijecer à medida que ele se mexe. Meu corpo estremece, arqueia, coberto de suor. *Meu Deus...* Eu não sabia que a sensação seria essa... não sabia que podia ser tão gostoso. Meus pensamentos estão se dispersando... só existe essa sensação... só ele... só eu... ah, por favor... enrijeço.

— Goze para mim, Ana — murmura ele sem fôlego, e obedeço, explodindo em volta dele ao chegar ao clímax e me dividir em um milhão de pedaços embaixo dele. E, quando goza, ele chama meu nome, se impelindo com força, depois se imobilizando ao se esvaziar em mim.

Continuo arfando, tentando acalmar minha respiração, meu coração disparado e meus pensamentos tumultuados. *Uau... isso foi incrível.* Abro os olhos, e ele está com a testa colada à minha, olhos fechados, a respiração ofegante. Christian abre os olhos e me encara com uma expressão sombria, mas meiga. Ainda está dentro de mim. Inclinando-se, me dá um beijo delicado na testa e sai de dentro de mim devagar.

— Ai. — Contraio o rosto diante da sensação desconhecida.

— Machuquei você? — pergunta Christian deitado ao meu lado, apoiado no cotovelo.

Ele prende atrás da minha orelha uma mecha que se soltou do meu cabelo. E sou obrigada a abrir um enorme sorriso.

— *Você* está me perguntando se me machucou?

— Eu não deixei de reparar na ironia — diz com um sorriso sardônico. — Falando sério, você está bem?

Os olhos dele são intensos, perspicazes, até exigentes.

Espreguiço-me embaixo dele, profundamente relaxada. Sorrio. Não consigo parar de sorrir. Agora entendo todo o estardalhaço. Dois orgasmos... desabar inteira, me sentir como se estivesse dentro de uma máquina de lavar, nossa. Eu não tinha ideia do que meu corpo era capaz, de ser tão contido e liberado com tanta violência, de modo tão gratificante. O prazer foi indescritível.

— Você está mordendo o lábio e não me respondeu.

Ele franze o cenho. Olho para ele, travessa. Está glorioso com aquele cabelo desgrenhado, aqueles ardentes olhos cinzentos apertados, e aquela expressão séria e sombria.

— Eu gostaria de fazer isso de novo — sussurro.

Por um momento, penso ver uma expressão de alívio lhe passar pelo rosto, antes de ele semicerrar as pálpebras e me olhar com os olhos velados.

— Gostaria agora, Srta. Steele? — pergunta secamente.

Inclina-se e me dá um beijinho no canto da boca.

— Você é uma senhorita exigente, não? Vire-se de costas.

Pisco para ele por um instante, e me viro. Ele desabotoa meu sutiã e passa as mãos pelas minhas costas até minha bunda.

— Você tem mesmo uma pele linda — murmura.

Ele faz um movimento, empurrando uma perna entre as minhas, e está deitado nas minhas costas. Sinto a pressão dos botões de sua camisa enquanto ele afasta o cabelo do meu rosto e beija meus ombros nus.

— Por que você está de camisa? — pergunto.

Ele para. Em seguida, tira a camisa, e se deita em cima de mim. Sinto sua pele quente na minha. *Humm...* a sensação é divina. Ele tem pelos dourados no peito que fazem cócegas nas minhas costas.

— Então você quer que eu te coma de novo? — sussurra ele no meu ouvido, e começa a me dar aqueles beijinhos muito de leve em volta da orelha e pelo pescoço.

Sua mão desce, roçando minha cintura, meus quadris e minha coxa até o joelho. Ele levanta mais meu joelho, e me falta ar... *O que ele está fazendo agora?* Se ajeitando entre as minhas pernas, colado nas minhas costas, e sua mão some pela minha coxa na direção da minha bunda. Ele afaga devagarinho meu rosto, e desce os dedos até entre minhas pernas.

— Vou te comer por trás, Anastasia — murmura ele, e, com a outra mão, me agarra pelo cabelo na nuca e puxa de leve, me prendendo. Não consigo mexer a cabeça. Estou imobilizada embaixo dele, sem poder fazer nada.

— Você é minha — sussurra. — Só minha. Não se esqueça disso. — Sua voz é embriagadora, suas palavras, excitantes e sedutoras. Sinto sua ereção crescente na minha coxa.

Seus dedos massageiam delicadamente meu clitóris, em lentos movimentos circulares. Gosto da sua respiração em meu rosto enquanto ele vai mordiscando devagarinho minha mandíbula.

— Você tem um cheiro divino. — Ele esfrega o nariz atrás da minha orelha. Suas mãos me massageiam em movimentos circulares. Num reflexo, meus quadris começam a se mexer, imitando o movimento da mão dele, e uma onda lancinante de prazer corre no meu sangue como adrenalina.

— Fique quieta — ordena ele, a voz meiga mas imperiosa, e enfia o polegar devagarinho dentro de mim, girando e girando, roçando a parede da minha vagina.

O efeito é enlouquecedor — toda a minha energia concentrada naquele pontinho dentro do meu corpo. Gemo.

— Gostou disso? — pergunta ele baixinho, passando os dentes na minha orelha, e começa a flexionar o polegar lentamente, para dentro e para fora... os dedos ainda em movimentos circulares.

Fecho os olhos, tentando manter a respiração sob controle, tentando absorver as sensações caóticas e desordenadas que os dedos dele estão desencadeando em mim, meu corpo pegando fogo. Gemo de novo.

— Você ficou muito molhada, bem depressa. É bastante sensível. Ah, Anastasia, eu gosto disso. Gosto muito disso — murmura.

Quero esticar as pernas, mas não consigo me mexer. Ele está me prendendo, mantendo um ritmo constante, lento e tortuoso. É absolutamente delicioso. Gemo de novo, e ele muda de posição de repente.

— Abra a boca — ordena, e mete o polegar na minha boca.

Arregalo os olhos, pestanejando loucamente.

— Sinta o seu gosto — diz ele baixinho no meu ouvido. — Chupa.

Seu polegar pressiona minha língua, e fecho a boca, chupando-o freneticamente. Provo o gosto salgado do seu polegar e o leve travo metálico do sangue. *Puta merda.* Isso é errado, mas, puta que pariu, é erótico.

— Quero foder a sua boca, Anastasia, e vou fazer isso daqui a pouco — ele fala com uma voz rouca, áspera, a respiração mais irregular.

Foder a minha boca!, gemo, e mordo o lábio. Ele arqueja, e puxa meu cabelo com mais força. Dói, e eu o solto.

— Menina sacana, gostosa — murmura ele, e se estica para pegar um envelope de papel laminado na mesa de cabeceira. — Fique quietinha, sem se mexer — ordena ao soltar meu cabelo.

Abre o envelope enquanto estou respirando forte, o sangue correndo rápido em minhas veias. A expectativa é estimulante. Ele torna a pôr o peso todo em cima de mim, e agarra meu cabelo, imobilizando minha cabeça. Não consigo me mexer. Ele me capturou de uma forma tentadora, e está posicionado, pronto para me comer de novo.

— Vamos muito devagar dessa vez, Anastasia — sussurra ele.

E, lentamente, me penetra, bem devagar, até estar todo dentro de mim. Aumentando e me ocupando, implacável. Solto um gemido alto. Agora a sensação vai mais fundo, deliciosa. Torno a gemer, e ele mexe os quadris deliberadamente num movimento circular e se retira, faz uma pausa e torna a meter. Repete o movimento várias vezes. Está me levando à loucura, aquelas estocadas provocantes, lentas e calculadas, e a sensação intermitente de completude é avassaladora.

— Você é muito gostosa — repete ele, e minhas entranhas começam a estremecer. Ele sai e espera. — Ah não, ainda não — sussurra, e, conforme o estremecimento vai cessando, recomeça todo o processo.

— Oh, por favor — imploro. Não sei ao certo se consigo aguentar muito mais. Meu corpo está todo tenso, implorando pelo relaxamento.

— Quero machucar você, baby — murmura ele, e continua aquele doce tormento, sem pressa, indo e vindo. — Cada vez que você se mexer amanhã, quero que se lembre que estive aí. Só eu. Você é minha.

Gemo.

— Por favor, Christian — sussurro.

— O que você quer, Anastasia? Diga.

Gemo de novo. Ele se retira e torna a me penetrar lentamente, mexendo de novo os quadris em movimentos circulares.

— Diga — ele pede.

— Você, por favor.

Ele aumenta imperceptivelmente o ritmo, e sua respiração fica mais irregular. Começo a sentir espasmos, e Christian acelera.

— Você. É. Muito. Gostosa — murmura ele entre uma estocada e outra. — Eu. Quero. Você. Muito.

Gemo.

— Você. É. Minha. Goza para mim, baby — grunhe ele.

Suas palavras são a minha perdição, empurrando-me no abismo. Meu corpo estremece em volta dele, e eu gozo, ruidosamente, gritando com a boca no colchão uma versão engrolada do nome dele. Christian segue com duas estocadas secas, e para, se derramando dentro de mim ao gozar. Desaba em cima de mim, o rosto no meu cabelo.

— Porra. Ana — sussurra ele, e se retira de mim imediatamente, rolando para o lado da cama.

Puxo os joelhos até o peito, totalmente esgotada, e imediatamente apago ou desmaio, caindo num sono exausto.

Quando acordo, ainda está escuro. Não tenho ideia de quanto tempo dormi. Espreguiço-me embaixo do edredom, e me sinto dolorida, deliciosamente dolorida. Christian não está por perto. Sento-me na cama, observando a silhueta da cidade diante de mim. Há menos luzes acesas nos arranha-céus, e a aurora começa a se anunciar no leste. Ouço música. As notas cadenciadas do piano, um lamento triste e doce. Bach, acho eu, mas não tenho certeza.

Enrolo-me no edredom e vou de mansinho para o salão. Christian está ao piano, completamente absorto na melodia. Tem uma expressão triste e desolada, como a música. Sua interpretação é espantosa. Encosto na parede da entrada, e fico ouvindo, embevecida. Ele é um músico muito talentoso. Está nu, o corpo banhado pela luz quente de uma luminária ao lado do piano. Com o resto da sala às escuras, é como se estivesse em seu pequeno foco de luz isolado, intocável... sozinho dentro de uma bolha.

Vou de mansinho em sua direção, incitada pela música sublime e melancólica. Sinto-me mesmerizada, observando seus dedos esguios e habilidosos encontrarem e pressionarem as teclas com delicadeza, pensando em como esses mesmos dedos lidaram com meu corpo e o acariciaram com destreza. Enrubesço e suspiro com a lembrança, e aperto as coxas. Ele ergue os olhos, aqueles seus insondáveis olhos cinzentos brilhando, a expressão misteriosa.

— Desculpe — murmuro. — Não queria atrapalhar.

Ele franze o cenho.

— Com certeza, eu que devia estar dizendo isso para você — murmura ele.

Ele acaba de tocar e põe as mãos sobre as pernas.

Vejo agora que está vestindo calça de pijama. Corre os dedos pelo cabelo e se levanta. Usa as calças caídas nos quadris, daquele jeito... *minha nossa*. Fico com a boca seca quando ele displicentemente dá a volta no piano e vem na minha direção. Tem ombros largos, quadris estreitos, e seus músculos abdominais ondulam quando anda. Ele é mesmo um espanto.

— Você devia estar na cama — adverte.

— Essa foi uma peça linda. Bach?

— Transcrição de Bach, mas originalmente um concerto para oboé de Alessandro Marcello.

— É deslumbrante, mas bastante triste, uma melodia muito melancólica.
Ele dá um sorrisinho.

— Para a cama — ordena. — Você vai estar exausta de manhã.

— Acordei e você não estava no quarto.

— Tenho dificuldade de dormir, e não estou acostumado a dormir com alguém — murmura ele.

Não consigo entender seu estado de espírito. Ele parece meio abatido, mas é difícil dizer no escuro. Talvez fosse o tom da peça que estava tocando. Passa o braço em volta de mim e me acompanha gentilmente de volta ao quarto.

— Há quanto tempo você pratica? Toca lindamente.

— Desde os seis anos.

— Ah.

Christian com seis anos... visualizo a imagem de um lindo garotinho de cabelo cor de cobre e olhos cinzentos, e meu coração se derrete — um garotinho cabeludo que gosta de música triste.

— Como está se sentindo? — pergunta ele quando chegamos ao quarto. Ele acende a lâmpada de cabeceira.

— Estou bem.

Ambos olhamos ao mesmo tempo para a cama. Há sangue nos lençóis — prova da perda da minha virgindade. Enrubesço, sem jeito, me enrolando mais no edredom.

— Bem, isso vai dar à Sra. Jones o que pensar — murmura Christian parado à minha frente.

Ele segura meu queixo, inclinando minha cabeça para trás, e fica me olhando. Examina meu rosto com um olhar intenso. Percebo que ainda não tinha visto seu peito nu. Instintivamente, estico a mão para passar os dedos nos pelos de seu tórax. Na mesma hora, ele recua, evitando o contato.

— Deite na cama — diz bruscamente. Sua voz fica mais doce. — Vou deitar com você.

Abaixo a mão e franzo o cenho. Acho que ainda não toquei em seu torso. Ele pega uma camisa na gaveta e a veste depressa.

— Para a cama — torna a ordenar.

Volto para a cama, tentando não pensar no sangue. Ele deita ao meu lado e me aconchega, abraçando-me por trás. Beija meu cabelo com delicadeza e funga.

— Durma, doce Anastasia — murmura, e fecho os olhos, mas não posso deixar de sentir uma ponta de melancolia, seja por causa da música, seja pelo comportamento dele. Christian Grey tem um lado triste.

CAPÍTULO NOVE

A luz inunda o quarto, tirando-me de um sono profundo até eu despertar. Espreguiço-me e abro os olhos. É uma linda manhã de maio, Seattle aos meus pés. Uau, que vista. A meu lado, Christian Grey dorme profundamente. Uau, que vista. Estou surpresa que ele ainda esteja na cama. Está de frente para mim, e tenho a oportunidade inédita de estudá-lo. Seu belo rosto parece mais jovem, relaxado pelo sono. Seus lábios carnudos e esculturais estão ligeiramente entreabertos, e seu cabelo limpo e brilhoso está gloriosamente bagunçado. Deveria ser proibido por lei alguém ser tão bonito assim. Penso no quarto lá em cima... talvez ele não ande dentro da lei, mesmo. Balanço a cabeça, tenho muita coisa em que pensar. É tentador esticar o braço e tocar nele, mas, como um bebê, ele é uma graça quando está dormindo. Não tenho que me preocupar com o que eu digo, com o que ele diz, nem com os planos que ele tem, especialmente com os planos que tem para mim.

Eu poderia passar o dia inteiro olhando para ele, mas tenho necessidades — necessidades fisiológicas. Deslizando da cama, encontro a camisa branca dele no chão e visto-a. Saio por uma porta pensando que poderia ser a do banheiro, mas entro num amplo closet, do tamanho do meu quarto. Fileiras e fileiras de ternos, camisas, sapatos e gravatas caros. Como alguém pode precisar de tanta roupa? Dou um suspiro de desaprovação. Na verdade, o guarda-roupa de Kate deve rivalizar com este. Kate! *Ah, não.* Não pensei nela a noite inteira. Era para eu ter lhe mandado uma mensagem. Merda. Vou arranjar problema. Pergunto-me como devem estar as coisas entre ela e Elliot.

Volto para o quarto e Christian continua dormindo. Tento a outra porta. É o banheiro, e é maior que o meu quarto. Por que um homem sozinho precisa de tanto espaço? Duas pias, reparo com ironia. Já que ele não dorme com ninguém, uma delas nunca deve ter sido usada.

Olho-me no espelho gigantesco em cima das pias. Será que estou diferente? Sinto-me diferente. Um pouco dolorida, para dizer a verdade, e meus músculos

— nossa, é como se eu nunca tivesse feito um exercício na vida. *Você nunca fez um exercício na vida.* Meu inconsciente acordou. Está me olhando com os lábios contraídos, batendo o pé. *Então, você acabou de dormir com ele, de entregar sua virgindade a ele, um homem que não a ama. Aliás, ele tem ideias muito estranhas a seu respeito, quer fazer de você uma espécie de submissa.*

ESTÁ MALUCA?, grita comigo.

Faço uma careta ao me olhar no espelho. Vou ter que processar isso tudo. Honestamente, não tem cabimento me apaixonar por um homem deslumbrante, mais rico que Creso, o último rei da Lídia, que tem um Quarto Vermelho da Dor à minha espera. Estremeço. Estou perturbada e confusa. Meu cabelo está rebelde como sempre. Esse cabelo pós-foda não me cai bem. Tento pôr ordem no caos com os dedos, mas falho completamente e desisto — talvez eu encontre uma presilha na bolsa.

Estou faminta. Volto para o quarto. O belo adormecido continua dormindo, então, deixo-o e vou para a cozinha.

Ah, não... Kate. Deixei a bolsa no escritório de Christian. Vou até lá pegá-la e trago o celular. Três mensagens de texto.

Vc tá bem Ana?

Kd vc Ana?

Droga Ana

Ligo para Kate. Quando ela não atende, deixo uma mensagem para lhe dizer que estou viva e não sucumbi ao Barba Azul, bem, não do jeito que a deixaria preocupada — *ou quem sabe eu tenha sucumbido.* Ah, isso é muito confuso. Tenho que tentar avaliar e analisar meus sentimentos por Christian Grey. Trata-se de uma tarefa impossível. Balanço a cabeça, derrotada. Preciso de um tempo sozinha, longe daqui, para pensar.

Encontro duas presilhas na bolsa e rapidamente faço marias-chiquinhas. Sim! Quanto mais eu me parecer com uma garotinha, mais protegida talvez eu fique do Barba Azul. Pego o meu iPod e ponho os fones de ouvido. Não há nada como cozinhar com música. Enfio o aparelho no bolso da camisa de Christian, aumento o volume e começo a dançar.

Caramba, estou com fome.

A cozinha dele é intimidadora. É muito elegante e moderna, e os armários não têm puxadores. Levo alguns segundos para deduzir que tenho que pressionar as portas para abri-las. Talvez eu deva preparar um café da manhã para Christian. Ele estava comendo uma omelete outro dia... hã, ontem, no Heathman. Nossa, tanta coisa aconteceu desde então. Olho a geladeira, onde há vários ovos, e decido fazer panquecas com bacon. Começo a fazer a massa, dançando pela cozinha.

É bom estar ocupada. Há brecha para pensar, mas nada muito profundo. A música alta em meus ouvidos também ajuda a evitar grandes reflexões. Vim aqui para passar a noite na cama de Christian Grey e consegui, embora ele não admita ninguém na cama dele. Sorrio, missão cumprida. Mandei bem. Dou uma risadinha. Mandei muito bem, e me distraio com a lembrança da noite passada. As palavras, o corpo dele, o seu jeito de fazer amor... Fecho os olhos enquanto meu corpo cantarola ao se lembrar, e meus músculos se contraem deliciosamente no fundo do meu ventre. Meu inconsciente me repreende... *Ele fode — não faz amor*, grita para mim como um gavião. Finjo que não ouço, mas, no fundo, sei que ele tem razão. Balanço a cabeça para me concentrar na comida.

Há um fogão de primeiríssima linha. Acho que já peguei a manha dele. Preciso de algum lugar para manter as panquecas aquecidas, e então começo com o bacon. Amy Studt está cantando no meu ouvido sobre os desajustados. Essa canção costumava significar muito para mim. Porque sou uma desajustada. Nunca me encaixei em lugar algum e agora... Tenho uma proposta indecente do Rei dos Desajustados para considerar. Por que ele é assim? Natureza ou criação? Isso é muito diferente de tudo que conheço.

Ponho o bacon no grill e, enquanto ele frita, bato uns ovos. Viro-me e vejo Christian sentado num dos bancos do balcão da cozinha, debruçado ali, o rosto apoiado nas mãos. Ainda está vestindo a camiseta com que dormiu. O cabelo pós-foda fica muito bem nele, assim como a barba por fazer. Ele olha para mim, divertido e perplexo. Fico paralisada, enrubesço, então me recupero e tiro os fones de ouvido, as pernas bambas ao vê-lo.

— Bom dia, Srta. Steele. Você está cheia de energia hoje — diz ele secamente.

— E eu dormi bem — explico, gaguejando.

Seus lábios tentam disfarçar o sorriso.

— Não consigo imaginar por quê. — Ele se cala e franze a testa. — Eu também dormi bem depois que voltei para a cama.

— Está com fome?

— Muita — diz ele com um olhar intenso, e desconfio que não esteja se referindo à comida.

— Panquecas, ovos e bacon?

— Está ótimo.

— Não sei onde você guarda seus descansos de prato.

Dou de ombros, tentando desesperadamente não parecer nervosa.

— Eu faço isso. Você cozinha. Quer que eu ponha uma música para você continuar a sua... hã... dança?

Olho para os meus dedos, sabendo que estou corando.

— Por favor, não pare por minha causa. É muito divertido. — O tom dele é de deboche.

Contraio os lábios. Divertido, é? Meu inconsciente morreu de rir de mim. Dou meia volta e continuo batendo os ovos, provavelmente um pouco mais forte que o necessário. Num instante, ele está ao meu lado. Puxa com delicadeza a minha maria-chiquinha.

— Adoro esse penteado — murmura. — Ele não vai proteger você.

Hum, Barba Azul...

— Como você gosta dos ovos? — pergunto asperamente.

Ele sorri.

— Bem batidos e mexidos — diz com cara de bobo.

Volto ao que eu estava fazendo, tentando disfarçar o sorriso. É difícil ficar com raiva dele. Especialmente quando ele está sendo tão atipicamente brincalhão. Ele abre uma gaveta e tira dois descansos de prato de ardósia preta e os coloca sobre o balcão da cozinha. Ponho a mistura de ovos numa panela, pego o bacon, incorporo-o à mistura, e levo de novo ao grill.

Quando me viro, há suco de laranja na mesa, e ele está fazendo café.

— Quer chá?

— Sim, por favor. Se tiver.

Encontro dois pratos e coloco-os na chapa quente do fogão. Christian abre o armário e pega uma caixa de chá Twinings English Breakfast. Contraio os lábios.

— Fui um problema relativamente fácil de resolver, não?

— Você? Não sei bem se já resolvemos alguma coisa, Srta. Steele — diz ele.

O que ele quer dizer com isso? Nossas negociações? Nosso, hã... relacionamento... seja lá qual for? Ele continua muito enigmático. Sirvo o café em pratos aquecidos e coloco-os sobre os descansos. Procuro na geladeira e encontro *maple syrup*.

Olho para Christian, e ele está esperando que eu me sente.

— Srta. Steele. — Ele indica um dos bancos do balcão.

— Sr. Grey — agradeço com um gesto de cabeça.

Ao me sentar no banco alto, faço uma careta.

— Quão dolorida você está? — pergunta ele ao sentar-se.

Fico vermelha. *Por que ele faz essas perguntas íntimas?*

— Bem, para ser honesta, não tenho com que comparar isso — digo secamente. — Está se desculpando? — pergunto com gentileza demais.

Acho que ele está tentando conter um sorriso, mas não dá para ter certeza.

— Não. Eu me perguntava se devíamos continuar com seu treinamento básico.

— Ah. — Olho perplexa para ele. Paro de respirar e tudo dentro de mim se comprime. *Hum... isso é bom.* Suprimo o gemido.

— Coma, Anastasia.

Meu apetite fica duvidoso de novo... mais... mais sexo... sim, por favor.

— Isso está delicioso, por sinal. — Ele sorri para mim.

Provo uma garfada de omelete, mas quase não consigo sentir o gosto. Treinamento básico! *Quero foder a sua boca.* Será que isso faz parte do treinamento básico?

— Pare de morder o lábio. Isso me distrai muito, e por acaso sei que você não está usando nada por baixo da minha camisa, o que faz com que isso me distraia ainda mais.

Mergulho o saquinho de chá no pequeno bule que Christian providenciou. Estou atordoada.

— Que tipo de treinamento básico você tem em mente? — pergunto, a voz num tom ligeiramente agudo demais, traindo o meu desejo de soar tão natural, desinteressada e calma quanto possível, com os hormônios fazendo estragos pelo meu corpo.

— Bem, já que você está dolorida, pensei que poderíamos nos ater a habilidades orais.

Engasgo com o chá e olho para ele, boquiaberta, olhos arregalados. Ele bate delicadamente nas minhas costas e me passa o suco de laranja. Não faço ideia do que ele está pensando.

— Isto é, se você quiser ficar — acrescenta.

Olho para ele, tentando recuperar o equilíbrio. Sua expressão é misteriosa. Isso é muito frustrante.

— Eu gostaria de ficar por hoje. Se não tiver problema. Tenho que trabalhar amanhã.

— A que horas você tem que estar no trabalho amanhã?

— Às nove.

— Eu deixo você no trabalho amanhã às nove.

Franzo a testa. *Será que ele quer que eu fique mais uma noite?*

— Tenho que ir para casa hoje à noite. Preciso de roupas limpas.

— Podemos lhe arranjar umas aqui.

Não tenho dinheiro sobrando para gastar em roupas. Ele levanta a mão e segura meu queixo, puxando-o e fazendo com que meus dentes soltem meu lábio. Nem percebi que eu estava mordendo-o.

— O que foi? — pergunta ele.

— Preciso estar em casa hoje à noite.

Sua boca está contraída.

— Tudo bem, hoje à noite — ele concorda. — Agora, acabe de comer.

Meus pensamentos e meu estômago estão agitados. Meu apetite desapareceu. Olho para o prato quase intocado. Simplesmente não estou com fome.

— Coma, Anastasia. Você não comeu ontem à noite.

— Eu realmente não estou com fome — sussurro.

Ele estreita os olhos.

— Eu realmente gostaria que você terminasse o que tem no prato.

— Qual seu problema com a comida? — pergunto sem pensar.

Ele faz uma expressão contrariada.

— Eu já disse. Não gosto de desperdício de comida. Coma — diz ele secamente. Seus olhos estão sombrios, aflitos.

Puta merda. O que é isso? Pego o garfo e como lentamente, tentando mastigar. Preciso me lembrar de não encher tanto o prato, para o caso de ele ficar estranho por causa de comida. A expressão dele relaxa à medida que eu vou terminando lentamente o meu café da manhã. Noto que ele não deixa uma migalha no prato. Espera eu terminar, e então retira meu prato.

— Você cozinhou, eu tiro a mesa.

— É muito democrático.

— É. — Ele franze a testa. — Não é meu estilo. Depois que eu fizer isso, vamos tomar um banho de banheira.

— Ah, ok.

Nossa... Eu preferia mil vezes tomar um banho de chuveiro. Meu celular toca, interrompendo meu devaneio. É Kate.

— Oi.

Vou até as portas de vidro da varanda, para longe dele.

— Ana, por que não me mandou uma mensagem ontem à noite? — Ela está zangada.

— Desculpe. Fui surpreendida pelos acontecimentos.

— Você está bem?

— Estou, sim.

— Você transou?

Ela está à cata de informações. Reviro os olhos diante do tom esperançoso da voz dela.

— Kate, não quero falar pelo telefone. — Christian olha para mim.

— Você transou... Já vi tudo.

Como assim ela já viu tudo? Está blefando, e não posso falar desse assunto. Assinei o raio de um pacto.

— Kate, por favor.

— Como foi? Você está bem?

— Já disse que estou bem.

— Ele foi delicado?

— Kate, por favor! — Não consigo disfarçar a exasperação.

— Ana, não me esconda nada. Ando esperando por esse dia há quase quatro anos.

— A gente se vê à noite. — Desligo.

Vai ser difícil resolver isso. Ela é muito tenaz, quer saber detalhes, e não posso lhe contar porque assinei um... como é mesmo o nome? Termo de confidencialidade. Ela vai surtar, com razão, portanto, preciso de um plano. Volto a observar Christian circular com elegância pela cozinha.

— O termo de confidencialidade, será que ele cobre tudo? — pergunto timidamente.

— Por quê?

Ele se vira para mim enquanto guarda a caixa de chá. Fico vermelha.

— Bem, tenho umas perguntas, sabe, sobre sexo. — Fico olhando para meus dedos. — E gostaria de fazê-las a Kate.

— Você pode perguntar para mim.

— Christian, com todo o respeito... — Minha voz falha. *Não posso perguntar a você.* Vou ter como respostas sua visão enviesada, sacana e distorcida do sexo. Quero uma opinião imparcial. — É só sobre a mecânica da coisa. Não vou mencionar o Quarto Vermelho da Dor.

Ele ergue as sobrancelhas.

— Quarto Vermelho da Dor? O quarto tem mais a ver com prazer, Anastasia. Pode acreditar — diz ele. — Além do mais — usa um tom mais áspero —, sua amiga está trepando com meu irmão. Eu realmente acharia melhor que você não perguntasse nada a ela.

— Sua família sabe da sua... hum, predileção?

— Não. Não é da conta deles. — Ele vem andando até parar na minha frente. — O que você quer saber? — pergunta, correndo os dedos de leve no meu rosto até o queixo, inclinando minha cabeça para trás para poder me olhar nos olhos. Fico com vergonha. Não consigo mentir para esse homem.

— Nada de específico no momento — sussurro.

— Bem, podemos começar com: como foi a noite de ontem para você?

Seus olhos ardem de curiosidade. *Ele está louco para saber. Uau.*

— Foi boa — murmuro.

Ele dá um sorrisinho.

— Para mim também — concorda ele. — Eu nunca tinha feito sexo baunilha. Tem suas vantagens. Mas vai ver que é por ser com você.

Ele passa o polegar no meu lábio inferior.

Respiro fundo. *Sexo baunilha?*

— Venha, vamos tomar um banho de banheira.

Ele se inclina e me beija. Meu coração dispara e o desejo se acumula bem... *lá embaixo.*

A BANHEIRA é feita de pedra branca, funda e oval, muito sofisticada. Christian se abaixa e abre a torneira na parede azulejada para enchê-la, e acrescenta à água um óleo de banho que parece caro. A água espuma à medida que a banheira enche, liberando um perfume doce e quente de jasmim. Ele se levanta e me olha, os olhos sombrios, depois tira a camisa e a joga no chão.

— Srta. Steele. — Ele estende a mão.

Estou parada no vão da porta, olhos arregalados e cautelosa, os braços em volta do corpo. Adianto-me, admirando discretamente seu físico. Pego a mão dele, e ele me convida a entrar na banheira enquanto ainda estou com sua camisa. Obedeço. Vou ter que me acostumar a isso quando aceitar sua oferta ultrajante... *se eu aceitar!* A água está bem quentinha.

— Vire-se, olhe para mim — ordena ele com a voz suave.

Obedeço. Ele me observa com atenção.

— Sei que este lábio é delicioso, e já pude comprovar, mas poderia parar de mordê-lo? — diz ele com os dentes cerrados. — Quando você morde, me dá vontade de foder, e você está dolorida, ok?

Automaticamente arquejo, soltando o lábio, chocada.

— Muito bem — provoca ele. — Conseguiu entender?

Ele me fuzila com os olhos. Balanço freneticamente a cabeça, assentindo. *Eu não tinha ideia de que isso o afetava tanto.*

— Ótimo.

Ele estica o braço, tira o iPod do bolso da camisa e o coloca ao lado da pia.

— Água e iPod não é uma combinação inteligente — murmura.

Ele se abaixa, segura a camisa pela parte de baixo, retira-a pela minha cabeça e a joga no chão.

Recua para me olhar. *Estou completamente nua.* Fico vermelha e olho para as mãos na altura do meu baixo ventre, querendo desesperadamente sumir na espuma dentro da água quente, mas sei que ele não vai querer isso.

— Ei — ele me chama. Olho para ele, que está com a cabeça inclinada para o lado. — Anastasia, você é uma mulher muito bonita. Não abaixe a cabeça como se estivesse envergonhada. Você não tem do que se envergonhar, e é uma verdadeira alegria estar aqui olhando para você.

Ele segura meu queixo e levanta minha cabeça para eu encará-lo. Os olhos de Christian estão meigos e carinhosos, até excitados. Ele está muito perto. Bastaria eu esticar o braço para tocar nele.

— Pode se sentar agora.

Ele interrompe meus pensamentos dispersos, e entro correndo na água quente e convidativa. Aah... a água pinica e isso me pega de surpresa, mas tem um perfume divino, também. A dor inicial logo passa. Deito-me e fecho os olhos por um instante, relaxando naquela quentura calmante. Quando os abro, ele está me olhando.

— Por que não se junta a mim? — pergunto, corajosamente, acho eu, a voz rouca.

— Acho que vou fazer isso. Chegue para a frente — ordena.

Ele retira a calça do pijama e entra atrás de mim. A água sobe quando ele se senta e me puxa contra o peito. Coloca as pernas compridas sobre as minhas, os joelhos dobrados e os tornozelos na altura dos meus, e afasta os pés, abrindo minhas pernas. Arquejo, espantada. Seu nariz está no meu cabelo e aspira profundamente.

— Você é muito cheirosa, Anastasia.

Um tremor percorre todo o meu corpo. *Estou nua numa banheira com Christian Grey. Ele está nu.* Se alguém me dissesse que eu faria isso quando acordei na suíte dele no hotel ontem, eu não acreditaria.

Ele pega um vidro de sabonete líquido da pratcleira embutida ao lado da banheira e espreme uma quantidade na mão. Esfrega uma mão na outra, fazendo uma espuma macia, encosta as duas mãos no meu pescoço e começa a me ensaboar até os ombros com seus dedos longos e fortes. Suspiro. O toque de suas mãos faz eu me sentir muito bem.

— Está gostando? — Quase posso ouvir seu sorriso.

— Hum.

Ele esfrega meus braços, depois vai para as axilas, lavando-as delicadamente. Ainda bem que Kate insistiu para que eu me raspasse. As mãos dele deslizam nos meus seios, e respiro fundo quando seus dedos os rodeiam e começam a massageá-los de maneira delicada, mas firme. Arqueio o corpo instintivamente, pressionando os seios nas mãos dele. Meus mamilos estão doloridos, muito doloridos, sem dúvida devido ao tratamento nada delicado que receberam ontem à noite. Ele não se demora muito e desliza as mãos para minha barriga. Minha respiração acelera e meu coração dispara. Sua ereção me pressiona por trás. Dá muito tesão saber que é meu corpo que faz com que ele se sinta assim. *Rá... não o seu cérebro*, desdenha meu inconsciente. Descarto o pensamento inoportuno.

Ele para e pega uma esponja enquanto ofego encostada nele, desejando-o... precisando dele. Minhas mãos descansam em suas coxas firmes e musculosas. Ele coloca mais sabonete na esponja e se inclina para lavar entre minhas pernas.

Prendo a respiração. Os dedos dele me estimulando através da trama da esponja, isso é divino, e meus quadris começam a mexer em seu próprio ritmo, pressionando a mão dele. À medida que as sensações tomam conta de mim, inclino a cabeça para trás, revirando os olhos, a boca entreaberta, e gemo. A pressão está aumentando lenta e inexoravelmente dentro de mim... *ai, meu Deus.*

— Assim, mesmo, baby. — Christian sussurra no meu ouvido, e com muita delicadeza, morde o lóbulo da minha orelha. — Faça assim para mim.

Minhas pernas estão imprensadas pelas dele na lateral da banheira, permitindo-lhe fácil acesso às minhas partes mais íntimas.

— Ah... por favor — suspiro. Tento esticar as pernas enquanto meu corpo se enrijece. Estou num estado de submissão sexual total, e ele não permite que eu me mexa.

— Acho que agora você já está suficientemente limpa — diz ele, e para.

O quê! Não! Não! Não! Minha respiração é entrecortada.

— Por que você parou? — suspiro.

— Porque tenho outros planos para você, Anastasia.

O quê... ai, meu Deus... mas... eu estava... isso não é justo.

— Vire-se para mim. Eu também preciso ser esfregado — murmura ele.

Ah! Virando-me, fico chocada ao ver que ele está segurando firme seu pau. Meu queixo cai.

— Quero que você conheça, que fique íntima da minha parte preferida e mais prezada do meu corpo. Sou muito ligado a ela.

É tão grande e ainda está aumentando. Ultrapassa a linha da água, que bate em seu quadril. Olho para ele e fico cara a cara com seu sorriso malicioso. Ele está se divertindo com minha expressão de espanto. Percebo que estou olhando fixo. Engulo em seco. *Isso estava dentro de mim!* Parece impossível. Ele quer que eu toque nele. *Hum...* tudo bem, vamos lá.

Sorrio, pego o sabonete líquido, e coloco um pouco na mão. Faço como ele fez, esfregando o líquido até ficar com as mãos cheias de espuma. Não tiro os olhos dele. Meus lábios estão entreabertos para respirar melhor... de propósito, mordo delicadamente o lábio inferior e corro a língua por ele, localizando o ponto que meus dentes apertavam. Seus olhos estão sérios e sombrios, e se arregalam à medida que passo a língua no lábio inferior. Estico o braço e envolvo-o com as mãos, imitando o jeito que ele segura. Ele fecha os olhos um instante. Nossa... está muito mais duro do que eu esperava. Aperto, e ele põe a mão em cima da minha.

— Assim — sussurra, e mexe a mão para cima e para baixo, pressionando com firmeza meus dedos, que o apertam com mais força. Ele fecha os olhos de novo, e sua respiração fica presa na garganta. Quando torna a abri-los, vejo um olhar abrasador. — Isso mesmo.

Ele solta minha mão, deixando que eu continue sozinha, e fecha os olhos; eu faço aquele movimento de vaivém nele todo. Ele mexe o quadril, pressionando ligeiramente minhas mãos, e eu automaticamente o aperto mais. Um gemido gutural escapa de dentro dele. *Foder a minha boca... hum.* Eu me lembro dele enfiando o polegar na minha boca e pedindo para eu chupar com força. Ele abre a boca quando sua respiração fica mais intensa. Inclino-me para a frente, enquanto ele ainda mantém os olhos fechados, envolvo-o com os lábios e chupo timidamente, passando a língua na pontinha.

— Hum... Ana.

Ele arregala os olhos, e eu chupo com mais força.

— Hum...

É duro e macio ao mesmo tempo, como aço revestido de veludo, e surpreendentemente gostoso. Salgado e suave.

— Nossa — geme ele, fechando os olhos de novo.

Eu me abaixo e o enfio na boca. Ele geme de novo. *Rá!* Minha deusa interior está elétrica. Posso fazer isso. Posso *fodê-lo* com a boca. Giro a língua pela pontinha de novo, e ele flexiona e levanta os quadris. Está com os olhos abertos agora, excitadíssimos. Seus dentes estão cerrados e ele continua o movimento de vaivém, eu o enfio mais ainda na boca, apoiando-me em suas coxas. Sinto suas pernas tensas embaixo das minhas mãos. Ele me agarra pelas marias-chiquinhas e começa a se mexer de verdade.

— Ai... que gostoso — murmura. Chupo com mais força, passando a língua pela cabeça de seu pau impressionante. Protegendo os dentes com os lábios, aperto a boca em volta dele. Ele sibila ao respirar com os dentes cerrados, e geme. Nossa. Até onde você aguenta? — pergunta.

Hum... Enfio o mais fundo ainda na boca, assim posso senti-lo até a garganta, e então novamente nos meus lábios. Minha língua gira em volta da cabeça. Ele é como um pirulito sabor Christian Grey, só meu e de mais ninguém. Chupo cada vez com mais força, enfiando-o mais e mais fundo, movimentando a língua em volta dele. *Hum...* Eu não tinha ideia que dar prazer podia provocar tanto tesão, vê-lo se contorcer sutilmente de desejo. Minha deusa interior está dançando merengue com passos de salsa.

— Anastasia, vou gozar na sua boca — seu tom ofegante é um sinal de alerta.

— Se não quiser que eu goze, pare agora.

Ele mexe os quadris de novo, com os olhos arregalados, cautelosos, cheios de lascívia e desejo — ele me deseja. Deseja a minha boca... *nossa.*

As mãos dele estão segurando meu cabelo. Posso fazer isso. Pressiono com mais força ainda, e, num momento de extraordinária confiança, mostro os dentes. Isso o derruba. Ele grita e fica imóvel, e sinto o líquido quente e salgado descendo pela minha garganta. Engulo depressa. Argh... Não estou segura quanto a isso. Mas basta olhar para ele, e não ligo — ele desmontou na banheira por minha causa. Sento-me e o observo, um sorriso triunfante de satisfação estampado no rosto. Sua respiração está entrecortada. Ele abre os olhos e me fita.

— Você não engasga? — pergunta ele, espantado. — Meu Deus, Ana... isso foi gostoso, muito gostoso. Embora inesperado. — Ele franze a testa. — Sabe, você está sempre me surpreendendo.

Sorrio, e conscientemente mordo o lábio. Ele me olha, especulando.

— Já fez isso antes?

— Não.

E não posso deixar de sentir uma pontinha de prazer com a negação.

— Ótimo — diz ele complacente e, acho eu, aliviado. — Mais uma primeira vez, Srta. Steele. — Ele me avalia — Bem, você ganhou a nota máxima em habilidades orais. Venha, vamos para a cama, estou lhe devendo um orgasmo.

Orgasmo! Mais um!

Rapidamente, ele sai da banheira, presenteando-me com minha primeira visão completa do Adônis, do deus grego que é Christian Grey. Minha deusa interior parou de dançar e está olhando também, boquiaberta e ligeiramente babando. Sua ereção está domada, mas ainda é substancial... Uau. Ele enrola uma pequena toalha na cintura, cobrindo o essencial, e me estende uma toalha maior e macia. Saindo da banheira, pego a mão que me estende. Ele me enrola na toalha, me puxa para seus braços, e me beija com força, enfiando a língua na minha boca, e fico com a sensação de que talvez esteja manifestando sua gratidão pelo meu primeiro boquete. *Uau.*

Ele se afasta, as mãos no meu rosto, olhando atentamente em meus olhos. Parece perdido.

— Aceite — sussurra com ardor.

Franzo a testa, sem entender.

— O quê?

— Nosso acordo. Ser minha. Por favor, Ana — murmura, implorando, enfatizando a última palavra e meu nome. Torna a me beijar com doçura e paixão antes de recuar e me olhar, piscando ligeiramente. Pega minha mão e me leva de novo para o quarto, e eu o sigo mansamente, trôpega. Pasma. *Ele quer mesmo isso.*

No quarto, ele me olha enquanto estamos parados ao lado da cama.

— Você confia em mim? — pergunta de repente.

Faço que sim com a cabeça, espantada ao me dar conta de que confio nele, sim. *O que ele vai fazer comigo agora?* Sinto uma onda de eletricidade me percorrer.

— Boa garota — diz, passando o polegar no meu lábio inferior.

Entra no closet e volta com uma gravata de jacquard de seda cinza prateada.

— Junte as mãos na frente do corpo — ordena ao tirar a toalha que me cobre e jogá-la no chão.

Faço o que ele pede, e ele amarra meus pulsos com a gravata, apertando bem. Seus olhos brilham de excitação. Ele puxa o nó. Está firme. *Deve ter sido escoteiro para ter aprendido esse nó.* E agora? Minha pulsação está lá nas alturas, meu coração palpitando num ritmo frenético. Ele corre os dedos pelas minhas marias--chiquinhas.

— Você parece uma garotinha com esse penteado — murmura, e se adianta.

Instintivamente, recuo até sentir a cama bater na dobra dos meus joelhos. Ele deixa cair sua toalha, mas não consigo tirar os olhos de seu rosto. A expressão dele é ardente, cheia de desejo.

— Ah, Anastasia, o que devo fazer com você? — pergunta ele ao me deitar na cama, deitando-se ao meu lado e levantando minhas mãos acima da cabeça. — Fique com as mãos nessa posição, sem abaixar, entendeu?

Seus olhos queimam os meus, e a intensidade me tira o fôlego. Este não é um homem que eu queira contrariar... nunca.

— Responda — exige ele, a voz macia.

— Não vou mexer as mãos. — Mal consigo respirar.

— Boa garota — murmura, e calculadamente lambe os lábios devagar.

Fico hipnotizada pela língua dele passando lentamente no lábio superior. Ele me olha nos olhos, observando, avaliando. Então se abaixa e me dá um beijo casto.

— Vou beijar você todinha, Srta. Steele — diz baixinho, e pega meu queixo, forçando-o para cima, o que lhe dá acesso ao meu pescoço. Seus lábios deslizam, beijando, chupando e mordendo de leve até a pequena depressão na base do pescoço. Meu corpo está alerta... todo ele. Aquela experiência do banho me deixou com a pele hipersensível. Meu sangue excitado se concentra no meu baixo ventre, entre as pernas, bem *ali embaixo*. Gemo.

Quero tocar nele. Mexo as mãos de um jeito um tanto canhestro, uma vez que estou amarrada, e sinto seu cabelo. Ele para de me beijar e me olha, balançando a cabeça, me repreendendo. Pega minhas mãos e as coloca de novo acima da minha cabeça.

— Não mexa as mãos, senão vamos ter que começar tudo de novo — adverte com suavidade.

Ah, ele é tão provocante...

— Quero tocar em você. — Minha voz está ofegante e descontrolada.

— Eu sei — concorda. — Mantenha as mãos acima da cabeça — ordena, a voz firme.

Ele torna a segurar meu queixo e começa a beijar meu pescoço como antes. Ah... é muito difícil me controlar. Suas mãos passeiam pelo meu corpo e pelos meus seios enquanto ele alcança com os lábios a base do meu pescoço. Rodeia-a com a ponta do nariz e inicia o cruzeiro preguiçoso de sua boca, rumo ao sul, seguindo a trilha de suas mãos, e descendo do pescoço até os seios. Cada parte é beijada e mordida delicadamente, e meus mamilos são chupados com suavidade. *Puta merda*. Meus quadris começam a se mexer por conta própria, seguindo o ritmo de sua boca em mim, e estou desesperadamente tentando me lembrar de manter as mãos acima da cabeça.

— Fique quieta — avisa ele, o hálito quente em minha pele. Atingindo meu umbigo, ele enfia a língua ali dentro, e passa os dentes com delicadeza na minha barriga. Arqueio o corpo, desencostando-o da cama.

— Hum. Você é muito gostosa, Srta. Steele.

Ele desliza o nariz pela linha entre minha barriga e meus pelos pubianos, mordendo-me com delicadeza, provocando-me com a língua. De repente, se senta e se ajoelha aos meus pés, segurando meus tornozelos e abrindo bem minhas pernas.

Puta merda. Ele pega meu pé esquerdo, dobra meu joelho e põe meu pé na boca. Observando e avaliando todas as minhas reações, beija ternamente cada um dos meus dedos, depois dá mordidas leves nas partes carnudas. Quando chega no dedo mindinho, morde com mais força, e eu estremeço, gemendo. Ele desliza a língua pela planta do meu pé — e não consigo mais olhar. É muito erótico. Vou entrar em combustão. Fecho os olhos com força e tento absorver e administrar todas as sensações que ele está criando. Beija meu tornozelo e vai deixando uma trilha de beijos da panturrilha até o joelho, parando logo acima. Aí começa no meu pé direito, repetindo todo o processo sedutor e enlouquecedor.

— Ah, por favor — gemo quando morde meu dedo mindinho, o que ressoa nas minhas entranhas.

— Que delícia, Srta. Steele — diz baixinho.

Dessa vez, ele não para no joelho, continua pela parte interna da minha coxa, abrindo minhas pernas. E sei o que ele vai fazer, e uma parte de mim quer empurrá-lo para longe porque estou mortificada e envergonhada. Vai me beijar *ali!* Eu sei. E uma parte de mim está se regozijando com a expectativa. Ele passa para minha outra perna e vai subindo pela coxa, lambendo, chupando e, ali, entre minhas pernas, passa o nariz de cima a baixo no meu sexo, bem devagar, com muita delicadeza. Contorço-me... *Nossa*.

Ele para, esperando que eu me controle. Acalmo-me e levanto a cabeça para olhar para ele, a boca aberta enquanto meu coração disparado se esforça para sossegar.

— Sabe quanto seu cheiro é embriagador, Srta. Steele? — murmura e, mantendo os olhos nos meus, enfia o nariz nos meus pelos pubianos e inspira.

Fico toda vermelha, sentindo-me fraca, e fecho os olhos na mesma hora. Não consigo olhar enquanto ele faz isso!

Christian vai chupando meu sexo em toda a sua extensão. *Ah, porra...*

— Gosto disso. — Ele puxa com delicadeza meus pelos. — Talvez possamos mantê-los.

— Ah... por favor — imploro.

— Hum, gosto quando você implora, Anastasia.

Gemo.

— Olho por olho não costuma ser meu estilo, Srta. Steele — sussurra ele, chupando-me delicadamente sem parar. — Mas você me deu prazer hoje e deve ser recompensada.

Ouço o tom malicioso de sua voz, e enquanto meu corpo vibra com aquelas palavras, começa a passar a língua em volta do meu clitóris, abaixando minhas coxas com as mãos.

— Ah! — gemo quando meu corpo se arqueia e estremece com o toque de sua língua.

Ele não para de mover a língua em círculos, mantendo a tortura. Estou perdendo toda a noção de identidade, cada átomo do meu ser concentrado naquele pequeno gerador potente entre minhas coxas. Minhas pernas se enrijecem, e ele enfia o dedo dentro de mim. Ouço seu gemido gutural.

— Oh, baby. Adoro ver você tão molhada para mim.

Ele roda o dedo num amplo círculo, alargando-me, puxando-me, e repete esses movimentos com a língua. Gemo. É demais... Meu corpo implora por alívio, que já não consigo lhe negar. Deixo-me ir, esquecendo todo o raciocínio, o orgasmo tomando conta de mim, em espasmos repetidos. *Puta merda.* Solto um gemido alto, e o mundo desaparece quando a força do meu clímax anula e esvazia tudo.

Estou arfando e ouço vagamente um ruído de papel laminado sendo rasgado. Bem devagar, ele me penetra e começa a se movimentar. Ai... nossa. A sensação é dolorida e doce, atrevida e delicada ao mesmo tempo.

— Está bom? — murmura ele.

— Sim. Ótimo — respondo.

E ele começa a se mexer depressa, duro e grande, metendo sem parar, implacável, empurrando, empurrando até eu estar de novo perto do limite. Gemo.

— Goza para mim, baby.

Sua voz é rouca, dura, áspera em meu ouvido, e explodo embaixo dele enquanto me penetra com estocadas rápidas.

— Trepada de agradecimento — diz ele, dando-me mais uma estocada firme e gemendo ao chegar ao clímax, entrando fundo em mim.

Então fica imóvel, o corpo rígido.

Christian desaba com todo o peso em cima de mim, e afundo no colchão. Abaixo as mãos atadas em volta da cabeça dele e o abraço como posso. Sei naquele momento que faria qualquer coisa por esse homem. Sou dele. O milagre que ele me apresentou ultrapassa qualquer coisa que eu poderia ter imaginado. E ele quer levar isso mais longe, bem mais longe, para um lugar que eu, na minha inocência, nem consigo imaginar. *Ah... o que fazer?*

Ele se apoia nos cotovelos e fica me olhando, os olhos cinzentos e intensos.

— Está vendo como somos bons juntos? — murmura. — Se você se entregar a mim, vai ser muito melhor. Confie em mim, Anastasia, posso levá-la a lugares que você nem sabe que existem.

Suas palavras ecoam em meus pensamentos. Ele esfrega o nariz no meu. Ainda estou atordoada com minha extraordinária reação física, e fico com o olhar perdido, tentando me agarrar a um pensamento coerente.

De repente, ambos escutamos vozes no corredor, do lado de fora do quarto. Custo um pouco a processar o que eu consigo ouvir.

— *Mas se ainda está deitado, deve estar doente. Ele nunca fica deitado até essa hora. Christian nunca dorme tanto.*

— *Sra. Grey, por favor.*

— *Taylor. Você não pode me impedir de ver meu filho.*

— *Sra. Grey, ele não está sozinho.*

— *Como assim, ele não está sozinho?*

— *Tem uma pessoa com ele.*

— *Ah...*

Até eu posso notar o tom de incredulidade na voz dela.

Christian pestaneja depressa, olhando para mim apavorado e achando graça.

— Merda! É minha mãe.

CAPÍTULO DEZ

Ele sai de dentro de mim de repente. Faço uma careta de dor. Senta-se na cama e joga a camisinha usada na lixeira.

— Vamos, precisamos nos vestir, isto é, se você quiser conhecer minha mãe.

Ele dá uma risadinha, pula da cama, e enfia a calça jeans — sem cueca! Faço força para me sentar, pois ainda estou amarrada.

— Christian, não consigo me mexer.

Ele abre mais o sorriso, e se abaixa para me desamarrar. A trama da gravata ficou marcada em volta de meus pulsos. É... sexy. Ele me olha. Está achando graça, os olhos dançando de alegria. Ele me dá um beijo rápido na testa e sorri radiante para mim.

— Outra primeira vez — admite, mas não sei do que está falando.

— Não tenho nenhuma roupa limpa aqui. — De repente, entro em pânico, e, considerando o que acabo de viver, estou achando o pânico avassalador. A mãe dele! *Puta merda.* Não tenho nenhuma roupa limpa, e ela praticamente nos pegou em flagrante. — Talvez eu deva ficar.

— Ah, não deve, não — ameaça Christian. — Você pode usar alguma roupa minha.

Ele veste uma camiseta branca e passa a mão naquele cabelo desgrenhado pós-foda. Apesar da ansiedade, perco o fio dos pensamentos. Sua beleza me desestabiliza.

— Anastasia, você podia vestir um saco e continuaria linda. Por favor, não se preocupe. Eu gostaria que conhecesse minha mãe. Vista-se. Vou lá acalmá-la.

— Sua boca se contrai. — Espero você na sala em cinco minutos, do contrário, venho pessoalmente arrastá-la daqui, do jeito que estiver vestida. As camisetas estão nesta gaveta. As camisas de tecido estão no armário. Sirva-se.

Ele me olha especulativamente por um momento, então sai do quarto.

Puta merda. A *mãe de Christian*. Isso é muito mais do que eu esperava. Talvez conhecê-la ajude a encaixar uma pecinha do quebra-cabeça. Poderia me ajudar a entender por que Christian é do jeito que é... De repente, quero conhecê-la. Pego minha blusa no chão, e fico feliz ao ver que sobreviveu bem à noite, praticamente sem nenhum amassado. Encontro o sutiã azul embaixo da cama e visto-o depressa. Mas se tem uma coisa que odeio é não usar uma calcinha limpa. Procuro na cômoda de Christian e encontro suas cuecas. Visto uma Calvin Klein cinza-escura, enfio a calça jeans e calço os tênis.

Pego a jaqueta, entro depressa no banheiro e dou de cara com meus olhos muito brilhantes, meu rosto afogueado e meu cabelo! Merda... Marias-chiquinhas pós-foda também não. Procuro uma escova na gaveta do banheiro e encontro um pente. Vai ter que servir. Prendo rapidamente o cabelo e me desespero com minhas roupas. Quem sabe eu devo aceitar as roupas que Christian ofereceu. Meu inconsciente contrai os lábios e pronuncia a palavra "prostituta". Finjo que não ouço. Vestindo a jaqueta, cujos punhos felizmente escondem as marcas reveladoras deixadas pela gravata dele, dou uma última olhada ansiosa no meu reflexo no espelho. Vai ter que servir. Dirijo-me à sala principal.

— Aí está ela.

Christian se levanta do sofá onde está recostado.

Sua expressão é carinhosa e agradecida. A mulher de cabelo ruivo ao lado dele sorri para mim, um sorriso luminoso. Ela se levanta também. Está impecavelmente arrumada, com um vestido de tricô bege e sapatos combinando. Ela é bem cuidada, elegante, linda, e eu morro um pouco por dentro, sabendo que estou um lixo.

— Mãe, esta é Anastasia Steele. Anastasia, esta é Grace Trevelyan-Grey. — A Dra. Trevelyan-Grey me estende a mão. T... *de Trevelyan? A inicial dele.*

— Que prazer em conhecê-la — murmura ela.

Se eu não estiver enganada, há um tom admirado e talvez até aliviado em sua voz, e um brilho caloroso em seus olhos cor de avelã. Seguro sua mão, e não posso evitar um sorriso, retribuindo sua simpatia.

— Dra. Trevelyan-Grey — cumprimento.

— Pode me chamar de Grace. — Ela sorri, e Christian franze a testa. — Normalmente me chamam de Dra. Trevelyan, e a Sra. Grey é minha sogra. — Ela dá uma piscadela. — Então, como vocês se conheceram?

Ela olha com um ar interrogativo para Christian, sem conseguir esconder a curiosidade.

— Anastasia me entrevistou para o jornal da WSU porque vou entregar os diplomas esta semana.

Puta merda. Eu tinha me esquecido disso.

— Então você se forma esta semana? — pergunta Grace.

— Sim.

Meu celular começa a tocar. *Kate, aposto.*

— Com licença.

O celular está na cozinha. Vou até lá e me debruço no balcão, sem olhar o número.

— Kate.

— *Dios mío, Ana!* — *Puta merda, é José.* Ele parece desesperado. — Onde você está? Ando tentando falar com você. Preciso encontrá-la, para me desculpar pelo meu comportamento na sexta-feira. Por que não retornou minhas ligações?

— Olha, José, agora não é uma boa hora.

Olho ansiosa para Christian, que me observa atentamente, o rosto impassível ao murmurar alguma coisa para a mãe. Viro de costas para ele.

— Onde você está? Kate está sendo muito evasiva — resmunga ele.

— Estou em Seattle.

— O que você está fazendo em Seattle? Está com ele?

— José, ligo para você depois. Não posso falar agora.

Desligo.

Volto despreocupadamente para Christian e sua mãe. Grace está no meio de uma frase.

— ...e Elliot ligou para dizer que você estava aqui. Não vejo você há duas semanas, querido.

— Ele ligou agora? — murmura Christian, observando-me, a expressão impenetrável.

— Achei que podíamos almoçar juntos, mas vejo que você tem outros planos, e não quero atrapalhar seu dia.

Ela pega o sobretudo creme e se vira para ele, oferecendo o rosto. Ele lhe dá um beijinho rápido, carinhoso. Ela não o toca.

— Tenho que levar Anastasia de volta para Portland.

— Claro, querido. Anastasia, foi um grande prazer. Espero que a gente torne a se encontrar.

Ela me estende a mão, os olhos brilhando, e nos cumprimentamos.

Taylor aparece de... *onde?*

— Sra. Grey? — pergunta ele.

— Obrigada, Taylor.

Ele a acompanha através das portas duplas até o hall. Taylor estava lá o tempo todo? Há quanto tempo? Por onde andava?

Christian me olha furioso.

— Então o fotógrafo ligou?

Merda.

— Ligou.

— O que ele queria?

— Só se desculpar. Por sexta-feira.

Ele franze o cenho.

— Entendi — diz simplesmente.

Taylor volta.

— Sr. Grey, há um problema com o carregamento de Darfur.

Christian faz um gesto seco de cabeça para ele.

— Charlie Tango voltou ao Campo da Boeing?

— Sim, senhor.

Taylor me cumprimenta com a cabeça.

— Srta. Steele.

Sorrio timidamente, e ele se retira.

— Ele mora aqui? Taylor?

— Mora.

Seu tom é entrecortado. *Qual é o problema?*

Christian pega o BlackBerry na cozinha e manda uns e-mails, presumo. Contrai os lábios e faz uma ligação.

— Ros, qual é o problema? — pergunta secamente.

Ele escuta, olhando para mim, que fico ali parada no meio da enorme sala, sem saber para onde ir, sentindo-me extraordinariamente inibida e deslocada.

— Não aceito colocar nenhum tripulante em risco. Não, cancele... Vamos jogar pelo ar em vez disso... Ótimo.

Ele desliga. A simpatia desapareceu de seus olhos. Parece ameaçador, e após me olhar rapidamente, entra no escritório e volta pouco depois.

— Este é o contrato. Leia-o, e vamos conversar sobre ele na semana que vem. Sugiro que faça algumas pesquisas, para saber no que está se envolvendo. — Faz uma pausa. — Isto é, se você concordar, e espero que concorde — acrescenta, o tom mais suave, ansioso.

— Pesquisas?

— Você vai ficar espantada com o que se pode encontrar na internet — murmura.

Internet! Não tenho um computador só meu, uso o laptop de Kate, e naturalmente não poderia usar o da Clayton's para esse tipo de "pesquisa".

— O que foi? — pergunta ele, inclinando a cabeça para o lado.

— Eu não tenho computador. Normalmente uso os computadores da faculdade. Vou ver se posso usar o laptop da Kate.

Ele me entrega um envelope pardo.

— Tenho certeza que posso... hã, emprestar um para você. Pegue suas coisas. Vamos de carro para Portland, e almoçamos no caminho. Preciso me vestir.

— Só vou dar um telefonema — digo.

Só quero ouvir a voz de Kate. Ele franze a testa.

— Para o fotógrafo? — Cerra os dentes com um olhar inflamado. Pestanejo.

— Eu não gosto de compartilhar, Srta. Steele. Lembre-se disso.

Seu tom calmo, gelado, é um aviso, e, com um olhar frio e demorado para mim, ele volta para o quarto.

Nossa. *Eu só queria ligar para Kate*, tenho vontade de gritar para ele, mas sua repentina atitude de afastamento me paralisou. O que aconteceu com o homem generoso, relaxado e sorridente que estava fazendo amor comigo meia hora atrás?

— PRONTA? — pergunta Christian enquanto estamos parados ao lado das portas duplas do hall.

Faço que sim com a cabeça sem convicção. Ele voltou a incorporar sua persona distante, educada e tensa, usando novamente a máscara. Está levando uma bolsa de couro transpassada no corpo. Por que precisa disso? Talvez vá ficar em Portland, e então me lembro da formatura. Ah, sim... ele estará lá na quinta-feira. Usa uma jaqueta de couro preta. Sem dúvida, não parece o multimultimilionário, bilionário ou seja lá o que for, com essa roupa. Parece um *bad boy*, talvez um astro de rock mal-comportado ou um modelo de passarela. Suspiro internamente, desejando ter um décimo da sua compostura. Ele é muito calmo e controlado. Franzo a testa, lembrando sua explosão por causa de José... Pelo menos aparentou ser.

Taylor está rondando por ali.

— Amanhã, então — diz ele a Taylor, que assente.

— Sim, senhor. Que carro vai usar?

Ele me olha rapidamente.

— O R8.

— Boa viagem, Sr. Grey. Srta. Steele. — Taylor me olha com simpatia, embora talvez haja uma pontinha de pena escondida no fundo de seus olhos.

Sem dúvida, ele pensa que sucumbi aos hábitos sexuais duvidosos do Sr. Grey. Ainda não, só a seus hábitos sexuais excepcionais, ou vai ver que o sexo é assim para todo mundo. Franzo as sobrancelhas para essa ideia. Não tenho com o que comparar, e não posso perguntar a Kate. Isso é um problema que vou ter que abordar com Christian. É normalíssimo eu falar com alguém — e não posso falar com ele se num momento é receptivo e em seguida fica distante.

Taylor segura a porta para nós e nos acompanha até a saída. Christian chama o elevador.

— O que foi, Anastasia? — pergunta. — Como sabe que estou remoendo uma coisa na cabeça? Ele pega o meu queixo. — Pare de morder o lábio, ou vou transar com você aqui no elevador, e nem quero saber se vai aparecer alguém.

Enrubesço, mas há um vestígio de sorriso em seus lábios. Finalmente, seu humor parece mudar.

— Christian, estou com um problema.

— O que é? — Tenho toda a sua atenção.

O elevador chega. Entramos, e Christian aperta o botão marcado com um "G".

— Bem... — Fico vermelha. *Como dizer isso?* — Preciso falar com Kate. Tenho muitas perguntas sobre sexo, e você está muito envolvido. Se quiser que eu faça essas coisas, como vou saber...? — Paro, tentando encontrar as palavras certas. — Eu simplesmente não tenho nenhuma referência.

Ele revira os olhos.

— Fale com ela, se precisar. — Parece exasperado. — Só não deixe que ela mencione nada para Elliot.

Irrito-me com a insinuação dele. *Kate não é assim.*

— Ela não faria isso, e eu não contaria nada que ela me contasse de Elliot, se ela contasse alguma coisa — acrescento depressa.

— Bem, a diferença é que eu não quero saber da vida sexual dele — murmura Christian secamente. — Elliot é um filho da mãe intrometido. Mas só fale a respeito do que já fizemos até agora — avisa ele. — Ela provavelmente me castraria se soubesse o que pretendo fazer com você — acrescenta num tom de voz tão baixo que não tenho certeza se era para eu ouvir.

— Ok — concordo prontamente, sorrindo para ele, aliviada.

A ideia de Kate castrando Christian não é algo em que eu queira pensar.

Ele contrai a boca para mim, e balança a cabeça.

— Quanto antes eu tiver sua submissão, melhor, e podemos parar com isso — diz ele.

— Parar com o quê?

— Com você me desafiando.

Ele pega meu queixo e me dá um beijo rápido e doce na boca. As portas do elevador se abrem. Oferece a mão, e me conduz para a garagem subterrânea.

Eu, desafiando-o... como?

Ao lado do elevador, vejo o Audi 4x4 preto, mas é de um modelo esportivo que soa o alarme, e as luzes se acendem quando Grey aponta a chave para ele. É um desses carros que devia ter uma loura de pernas muito compridas, vestida só de biquíni, esparramada no capô.

— Bonito carro — murmuro secamente.

Ele ergue os olhos e sorri.

— Eu sei — diz, e, por uma fração de segundo, o Christian meigo, jovem e descontraído está de volta.

Isso aquece meu coração. Ele está tão empolgado. *Os meninos e seus brinquedos.* Reviro os olhos para ele, mas não consigo deixar de sorrir. Abre a porta do carro para mim, e eu entro. Opa... É muito baixo. Ele dá a volta no carro com uma elegância natural, e se encaixa com graça lá dentro, apesar de toda a sua altura.

Como ele faz isso?

— Então, que tipo de carro é esse?

— É um Audi R8 Spyder. Está um dia lindo, podemos baixar a capota. Tem um boné aí dentro. — ele aponta para o porta-luvas — Na verdade, deve ter dois. E óculos escuros também, se você quiser.

Ele dá a partida, e o motor ronca atrás de nós. Coloca a bolsa de couro no espaço atrás dos assentos, aperta um botão, e o teto se retrai lentamente. Ao apertar outro botão, Bruce Springsteen nos envolve.

— Não dá para não gostar do Bruce.

Ele sorri para mim, tira o carro da vaga e sobe a rampa íngreme, onde para, esperando a cancela abrir.

Saímos na luminosa manhã de maio de Seattle. Pego os bonés no porta-luvas. Os Mariners. Christian gosta de beisebol? Passo-lhe um boné, e ele o coloca. Puxo o cabelo pela abertura na parte de trás do meu e abaixo a aba.

As pessoas nos olham ao passarmos pelas ruas. Por um instante, acho que é para ele... e aí, uma parte muito paranoica acha que todo mundo está me olhando porque sabe o que andei fazendo nas últimas doze horas, mas finalmente me dou conta de que é o carro. Christian parece alheio, absorto em seus pensamentos.

Há pouco tráfego, e logo estamos na Interestadual 5, sentido sul, o vento soprando acima de nossas cabeças. Bruce está cantando sobre estar em fogo e sobre seu desejo. Que apropriado. Enrubesço ouvindo a letra. Christian me olha. Ele pôs os óculos escuros e não posso ver o que está sentindo. Contrai ligeiramente a boca, e pousa a mão no meu joelho, apertando com delicadeza. O ar fica preso na minha garganta.

— Está com fome? — pergunta ele.

Não de comida.

— Não muita.

Sua boca se contrai, formando aquela linha tensa.

— Você precisa comer, Anastasia — repreende ele. — Conheço um restaurante ótimo perto de Olympia. Vamos parar lá.

Torna a apertar meu joelho, e leva de volta a mão ao volante ao pisar no acelerador. Estou comprimida no encosto do banco. Caramba, esse carro anda.

* * *

O RESTAURANTE É pequeno e íntimo, um chalé de madeira no meio de uma floresta. A decoração é rústica: cadeiras e mesas espalhadas aleatoriamente, cobertas com toalhas de algodão e decoradas com pequenos vasos de flores. CUISINE SAUVAGE, diz a placa na entrada.

— Faz tempo que não venho aqui. Eles preparam o que colheram ou capturaram.

Ele ergue as sobrancelhas como se estivesse horrorizado, e temos que rir. A garçonete nos traz a carta de vinhos. Cora ao ver Christian, evitando fazer contato visual, escondendo-se embaixo da comprida franja loura. Ela gosta dele! *Eu não sou a única!*

— Duas taças de Pinot Grigio — diz Christian com autoridade.

Contraio os lábios, exasperada.

— O que foi? — pergunta ele bruscamente.

— Eu queria uma Coca Zero — digo baixinho.

Ele aperta os olhos cinzentos e faz que não, balançando a cabeça.

— O Pinot Grigio daqui é um vinho honesto. Vai harmonizar bem com a refeição, seja ela qual for — diz com paciência.

— Seja ela qual for?

— Sim.

Ele dá aquele seu sorriso deslumbrante com a cabeça inclinada para o lado, e meu estômago dá um salto. Não posso deixar de retribuir o glorioso sorriso.

— Minha mãe gostou de você — diz ele secamente.

— É mesmo?

Aquelas palavras me fazem corar de prazer.

— Ah, sim. Ela sempre achou que eu fosse gay.

Fico boquiaberta, e me lembro *daquela pergunta... da entrevista. Ah, não.*

— Por que ela achou que você fosse gay? — sussurro.

— Porque nunca me viu com uma garota.

— Ah... nem com uma das quinze?

Ele ri.

— Você se lembra. Não, nenhuma das quinze.

— Ah.

— Você sabe, Anastasia, este foi um fim de semana de primeiras vezes para mim também — diz baixinho.

— Foi?

— Eu nunca dormi com ninguém, nunca fiz sexo na minha cama, nunca levei uma garota no Charlie Tango, nunca apresentei uma mulher à minha mãe. O que você está fazendo comigo? — Seus olhos ardem em chamas, com uma intensidade que me tira o fôlego.

A garçonete chega com nossas taças de vinho, e eu imediatamente dou um gole rápido. Será que ele está se abrindo ou só fazendo uma observação despretensiosa?

— Gostei muito deste fim de semana — murmuro.

Ele torna a apertar os olhos.

— Pare de morder esse lábio — reclama. — Eu também gostei — acrescenta.

— O que é sexo baunilha? — pergunto, pelo menos para não pensar naquele olhar intenso e sensual que ele está me dando. Ele ri.

— É sexo convencional, Anastasia. Nada de brinquedos nem acessórios. — Ele dá de ombros. — Bem... na verdade você não sabe a diferença, mas é o que significa.

— Ah.

Pensei que tivéssemos feito sexo brownie de chocolate com calda quente. Mas, afinal, o que é que eu sei?

A garçonete nos traz uma sopa. Ficamos olhando para ela um tanto inseguros.

— Sopa de urtiga — informa a moça antes de dar meia-volta e retornar bruscamente para a cozinha.

Acho que ela não gosta de ser ignorada por Christian. Provo um pouco da sopa. Está deliciosa. Christian e eu nos entreolhamos com alívio. Dou uma risadinha, e ele inclina a cabeça.

— Esse som é muito agradável — murmura.

— Por que você nunca tinha feito sexo baunilha? Sempre fez... hum, do jeito que faz? — pergunto intrigada.

Ele assente lentamente.

— Mais ou menos. — Sua voz é cautelosa. Ele fica sério, parecendo envolvido em algum tipo de luta interior. Depois ergue os olhos, decidido. — Uma das amigas da minha mãe me seduziu quando eu tinha quinze anos.

— Ah. — *Puta merda, ele era muito novo!*

— Ela tinha gostos muito especiais. Fui submisso a ela durante seis anos. — Ele encolhe os ombros.

— Ah. — Meu cérebro congelou, paralisado de espanto com essa confissão.

— Por isso sei exatamente o que isso envolve, Anastasia. — Seus olhos brilham com perspicácia.

Fico olhando para ele, sem conseguir dizer nada — até meu inconsciente está calado.

— Na verdade, não tive uma introdução normal ao sexo.

Minha curiosidade desperta.

— Então você não namorou ninguém na faculdade?

— Não. — Ele balança a cabeça para enfatizar a resposta.

A garçonete recolhe nossas tigelas, interrompendo-nos momentaneamente.

— Por quê? — pergunto quando ela se retira.

Ele sorri com ironia.

— Quer saber mesmo?

— Quero.

— Eu não quis. Ela era tudo o que eu queria, tudo de que eu precisava. E, além do mais, ela teria me dado uma surra.

Ele sorri com carinho ao se lembrar.

Ah, isso é muita informação — mas quero mais.

— Então, se ela era amiga da sua mãe, que idade tinha?

Ele ri.

— Idade suficiente para saber das coisas.

— Você ainda a vê?

— Sim.

— Ainda... hã...? — enrubesço.

— Não. — Ele balança a cabeça e me oferece um sorriso indulgente. — Ela é uma grande amiga.

— Sua mãe sabe?

Ele me lança um olhar do tipo "não seja boba".

— Claro que não.

A garçonete volta com um prato de carne de cervo, mas perdi o apetite. Que revelação. *Christian era submisso... Puta merda.* Dou um bom gole no Pinot Grigio — ele tem razão, claro, está delicioso. Nossa... essas revelações todas, é muita coisa para pensar. Preciso de tempo para processá-las, quando estiver sozinha, sem sua presença para me distrair. Ele é tão avassalador, tão prepotente, e agora vem com essa bomba. *Ele sabe como é.*

— Mas não deve ter sido sempre assim. — Estou confusa.

— Bem, foi, embora eu não a visse o tempo todo, era... difícil. Afinal, eu ainda estava no colégio e, depois, na faculdade. Coma, Anastasia.

— Não estou com muita fome, Christian. — *Estou muito atordoada com sua revelação.*

Sua expressão endurece.

— Coma. — O tom de voz é muito, muito baixo.

Olho para ele. Este homem — que sofreu abuso sexual na adolescência — tem um tom muito ameaçador.

— Só preciso de um minutinho — sussurro com calma.

Ele pisca algumas vezes.

— Tudo bem — murmura, e continua a refeição.

É assim que vai ser se eu assinar, ele me dando ordens. *Será que eu quero isso?* Pego a faca e o garfo, e timidamente corto a carne de cervo. É muito saborosa.

— É assim que nossa, hum... relação vai ser? — pergunto. — Você me dando ordens?

Não consigo me obrigar a olhar para ele.

— É — ele responde.

— Entendo.

— E você vai querer que eu faça isso — acrescenta ele, num tom grave.

Sinceramente, eu duvido. Corto outro pedaço de carne, levando-o até a boca.

— É um grande passo — digo baixinho, e então como.

— É. — Ele fecha os olhos rapidamente, e, ao abri-los, arregala-os numa expressão séria. — Anastasia, você tem que seguir sua intuição. Faça a pesquisa, leia o contrato. Terei muito prazer em discuti-lo com você. Estarei em Portland até sexta-feira, se quiser falar comigo sobre isso antes. — As palavras saem apressadas. — Ligue para mim. Quem sabe a gente pode jantar na quarta-feira? Eu quero muito fazer isso dar certo. Na verdade, nunca quis tanto uma coisa quanto quero isso.

Sua sinceridade ardente e seu desejo se refletem em seus olhos. Basicamente é isso que eu não entendo. *Por que eu?* Por que não uma das quinze? Ah, não... Será que vou ser isso — um número? A número dezesseis entre muitas outras?

— O que aconteceu com as quinze? — disparo.

Ele faz cara de surpresa, depois se resigna, balançando a cabeça.

— Várias coisas, mas tudo se resume a... Ele para, esforçando-se para encontrar as palavras, acho. — Incompatibilidade. — Dá de ombros.

— E acha que eu poderia ser compatível com você?

Acho.

— Então não está saindo com mais nenhuma delas?

— Não, Anastasia, não estou. Sou monogâmico nas minhas relações.

Ah... *isso é novidade.*

— Entendi.

— Faça a pesquisa, Anastasia.

Pouso o garfo e a faca. Não consigo mais comer.

— Acabou? Só vai comer isso?

Balanço a cabeça, assentindo. Ele me olha de cara feia, mas não diz nada. Dou um pequeno suspiro de alívio. Meu estômago está revirado com todas essas informações, e estou meio tonta por causa do vinho. Observo-o devorar o prato todo. Ele come feito um cavalo. Deve malhar para ficar tão em forma. A lembrança dele com aquela calça de pijama caída nos quadris me vem à mente espontaneamente. É uma imagem que desconcentra. Remexo-me desconfortável na cadeira. Ele me olha, e eu enrubesço.

— Eu daria tudo para saber no que você está pensando agora — murmura.

Enrubesço mais ainda.

Ele me dá aquele sorrisinho perverso.

— Posso adivinhar — provoca ele baixinho.

— Ainda bem que você não pode ler minha mente.

— Sua mente, não, Anastasia, mas seu corpo... *este* eu passei a conhecer muito bem desde ontem. — Sua voz é sugestiva. Como ele sai de um estado de espírito a outro tão depressa? É muito inconstante... Difícil de acompanhar.

Ele chama a garçonete com um gesto e pede a conta. Quando paga, se levanta e estende a mão.

— Venha...

Christian me dá a mão e me conduz ao carro. Esse contato, pele com pele, é o que é tão inesperado da parte dele, normal, íntimo. Não dá para conciliar esse gesto casual, terno, com o que ele quer fazer naquele quarto... O Quarto Vermelho da Dor.

Seguimos calados de Olympia a Vancouver, ambos absortos em nossos pensamentos. Quando ele estaciona em frente ao meu apartamento, são cinco da tarde. As luzes estão acesas — Kate está em casa. Empacotando as coisas, sem dúvida, a menos que Elliot ainda esteja lá. Christian desliga o motor, e me dou conta de que vou ter que deixá-lo.

— Quer entrar? — pergunto.

Não quero que ele vá embora. Quero prolongar nosso tempo juntos.

— Não. Tenho que trabalhar — diz ele simplesmente, olhando para mim, a expressão insondável.

Olho para as mãos, entrelaço os dedos. De repente, fico emotiva. Christian está indo embora. Ele estica o braço, pega uma das minhas mãos e, lentamente, a leva aos lábios, beijando-a com ternura, um gesto muito antiquado e meigo. Meu coração sai pela boca.

— Obrigado por este fim de semana, Anastasia. Foi... ótimo. Quarta-feira? Pego você no trabalho ou onde preferir — diz baixinho.

— Quarta-feira — confirmo.

Ele torna a beijar minha mão e a põe em meu colo. Sai do carro, dá a volta até meu lado e abre a porta. Por que me sinto tão desconsolada de repente? Estou com um nó na garganta. Não posso deixar que ele me veja assim. Com um sorriso forçado, saio do carro e sigo para casa, sabendo que vou ter que enfrentar Kate. Fico apavorada com a ideia. Viro-me no meio do caminho e olho para ele. *Cabeça erguida, Steele*, repreendo-me.

— Ah... a propósito, estou usando sua cueca.

Dirijo-lhe um sorrisinho e puxo o cós da Calvin Klein que estou usando para lhe mostrar. Ele fica boquiaberto, chocado. Que reação ótima. Meu estado de espírito muda imediatamente, e entro em casa toda faceira, uma parte de mim querendo saltar e dar um soco no ar. *isso!* Minha deusa interior está agitada.

Kate está na sala encaixotando os livros.

— Você voltou. Cadê o Christian? Como você está?

Sua voz está exaltada, aflita, e ela vem correndo me segurar pelos ombros para me examinar minuciosamente antes mesmo de eu dizer oi.

Que droga... preciso enfrentar a persistência e a tenacidade de Kate, e ainda tenho um documento legal assinado dizendo que não posso falar. Não é uma boa combinação.

— E aí? Como foi? Eu não conseguia parar de pensar em você, isto é, depois que Elliot foi embora. — Ela dá um sorriso malicioso.

Não posso deixar de sorrir diante de seu interesse e de sua curiosidade ardente, mas de repente fico tímida. Enrubesço. Aquilo foi muito íntimo. Aquilo tudo. Ver e descobrir o que Christian esconde. Mas tenho que lhe contar alguns detalhes, porque ela não vai me deixar em paz até eu falar.

— Foi ótimo, Kate. Muito bom, eu acho — digo baixinho, tentando disfarçar o sorriso envergonhado e revelador.

— Você acha?

— Não tenho nenhum termo de comparação, não é? — encolho os ombros me desculpando.

— Ele fez você gozar?

Puta merda. Ela é muito direta. Fico vermelha.

— Fez — murmuro, exasperada.

Kate me puxa para o sofá e nos sentamos. Segura minhas mãos.

— Isso é *ótimo.* — Ela me olha incrédula. — Foi sua primeira vez. Nossa, Christian deve realmente saber o que faz.

Ah, Kate, se você soubesse...

— Minha primeira vez foi horrível — continua ela, com uma expressão triste.

— É mesmo? — Isso me interessa, algo que ela nunca contou antes.

— Sim, Steve Patrone. Ensino médio, o maior babaca. — Dá de ombros. — Ele foi bruto. Eu não estava pronta. Estávamos os dois bêbados. Você sabe, aquele típico desastre adolescente pós-baile de formatura. Argh! Levei meses para decidir tentar de novo. E não com ele, aquele covarde. Eu era muito nova. Você estava certa em esperar.

— Kate, que horror.

Kate parece nostálgica.

— É, levei quase um ano para atingir meu primeiro orgasmo com penetração, e você aí... de primeira?

Balanço a cabeça timidamente. Minha deusa interior está sentada em posição de lótus com uma expressão serena, apesar do sorriso maroto de autofelicitação.

— Que bom que você perdeu a virgindade com alguém que não confunde cu com cotovelo. — Ela me dá uma piscadela. — Então, quando vai sair com ele de novo?

— Quarta-feira. Vamos jantar.

— Quer dizer que você ainda gosta dele?

— Gosto. Mas não sei quanto... ao futuro.

— Por quê?

— Ele é complicado, Kate. Sabe, vive num mundo muito diferente do meu.

Ótima desculpa. Convincente, também. Muito melhor que: *Ele tem um Quarto Vermelho da Dor e quer fazer de mim sua submissa.*

— Ah, por favor, não deixe que o dinheiro atrapalhe, Ana. Elliot disse que é muito raro Christian sair com alguém.

— Disse? — pergunto quase gritando.

Óbvio demais, Steele! Meu inconsciente me olha, balançando aquele dedo magro e comprido, depois se transforma na balança da justiça para me lembrar de que ele pode me processar se eu falar demais. *Rá... o que ele vai fazer? Tirar todo o meu dinheiro?* Tenho que me lembrar de procurar no Google *"pena por quebrar um termo de confidencialidade"* quando estiver fazendo minha "pesquisa". É como se tivessem me dado um trabalho escolar. Talvez eu ganhe uma nota. Enrubesço, lembrando-me da minha nota máxima durante o banho hoje de manhã.

— Ana, o que foi?

— Só estou me lembrando de uma coisa que o Christian disse.

— Você está diferente — diz Kate, carinhosa.

— Eu me sinto diferente. Dolorida — confesso.

— Dolorida?

— Um pouquinho.

Fico vermelha.

— Eu também. Homens! — diz ela, fingindo repugnância. — São uns animais. Ambas rimos.

— Você está dolorida! — exclamo.

— Estou... excesso de uso.

Dou uma risada.

— Conte-me sobre Elliot, o usuário — digo, quando paramos de rir.

Ah, estou relaxando pela primeira vez desde que estava na fila no bar... antes do telefonema que começou tudo isso — quando eu estava admirando o Sr. Grey de longe. Dias felizes e descomplicados.

Kate cora. *Nossa...* Katherine Agnes Kavanagh fica toda Anastasia Rose Steele. Ela me lança aquele olhar inocente. Nunca a vi reagir dessa maneira a um homem. Meu queixo cai.

Cadê a Kate? O que fizeram com ela?

— Ah, Ana — diz com entusiasmo. — Ele é muito... tudo. E quando estamos... ai... muito bom.

Ela mal consegue formar uma frase, não diz coisa com coisa.

— Acho que você está tentando me dizer que gosta dele.

Ela assente com a cabeça, sorrindo como uma maluca.

— E vou sair com ele sábado. Ele vai ajudar na nossa mudança.

Kate aperta as mãos, se levanta do sofá de um salto, e vai dando piruetas até a janela. Mudança. Que droga. Eu tinha me esquecido, mesmo com as caixas de papelão nos cercando.

— Muito prestativo — digo, agradecida. Posso conhecê-lo melhor, também. Talvez ele possa me ajudar a entender seu irmão estranho e perturbador. — Então, o que vocês fizeram ontem à noite? — pergunto.

Ela levanta a cabeça e as sobrancelhas para mim como quem diz: o que você acha, sua idiota?

— Mais ou menos a mesma coisa que você fez, só que jantamos antes. — Ela sorri. — Você está bem mesmo? Parece meio perturbada.

— Eu me sinto perturbada. Christian é muito intenso.

— É, deu para perceber. Mas ele foi legal com você?

— Foi — tranquilizo-a. — Estou com muita fome, quer que eu prepare alguma coisa?

Ela concorda e pega mais dois livros para embalar.

— O que quer fazer com os livros de quatorze mil dólares? — pergunta.

— Vou devolver para ele.

— É mesmo?

— É um presente totalmente estapafúrdio. Não posso aceitar, sobretudo agora — sorrio para Kate, e ela assente.

— Entendi. Chegaram duas cartas para você, e José está ligando de hora em hora. Parece desesperado.

— Vou ligar para ele — murmuro, evasiva.

Se eu contar a Kate sobre José, ela vai comê-lo vivo no café da manhã. Pego as cartas na mesa de jantar e as abro.

— Ei, tenho entrevistas! Daqui a duas semanas, em Seattle, para um estágio!

— Em que editora?

— Nas duas!

— Eu disse que suas notas abririam portas, Ana.

Kate, claro, já tem um estágio certo no *Seattle Times*. Seu pai tem conhecidos por lá.

— Como Elliot está se sentindo em relação a sua viagem? — pergunto.

Kate vai para a cozinha, e, pela primeira vez hoje, parece desconsolada.

— Ele é compreensivo. Uma parte de mim não quer ir, mas é tentador pegar um pouco de sol por umas semanas. Além do mais, mamãe está lá, achando que será nosso último fim de semana em família antes que Ethan e eu entremos no mundo do emprego assalariado.

Eu nunca saí dos Estados Unidos. Kate vai passar duas semanas inteiras em Barbados com os pais e o irmão, Ethan. Estarei sem ela no nosso apartamento novo. Vai ser estranho. Ethan está viajando pelo mundo desde que se formou, no ano passado. Será que vou vê-lo antes que saiam de férias? Ele é um amor de pessoa. O telefone toca, arrancando-me do meu devaneio.

— Deve ser o José.

Suspiro. Sei que tenho que falar com ele. Pego o telefone.

— Oi.

— Ana, você voltou! — José extravasa o alívio gritando para mim.

— É óbvio.

Meu tom é sarcástico, e reviro os olhos para o telefone. Ele fica calado um instante.

— Posso ver você? Quero pedir desculpas por sexta-feira à noite. Eu estava bêbado... e você... bem, Ana, me desculpe, por favor.

— Claro que desculpo, José. Só não faça isso de novo. Você sabe que eu não sinto o mesmo que você.

Ele suspira fundo, triste.

— Eu sei, Ana. Só achei que, se eu pudesse beijá-la, você talvez começasse a gostar de mim.

— José, gosto muito de você, você é muito importante para mim. É como o irmão que eu nunca tive. Isso não vai mudar. Você sabe disso.

É chato decepcioná-lo, mas é a verdade.

— Então você agora está com ele? — Seu tom é cheio de desdém.

— José, não estou com ninguém.

— Mas passou a noite com ele.

— Isso não é da sua conta!

— É o dinheiro?

— José! Como você se atreve! — grito, espantada com sua audácia.

— Ana — choraminga ele, se desculpando ao mesmo tempo.

Não consigo lidar com uma crise de ciúme neste momento. Sei que ele está magoado, mas pensar em Christian Grey já é o suficiente.

— Talvez a gente possa tomar um café ou qualquer outra coisa amanhã. Eu ligo para você. — Tento ser conciliadora. José é meu amigo, e gosto muito dele. Mas, no momento, não preciso disso.

— Então, amanhã. Você me liga? — Seu tom esperançoso me aperta o coração.

— Ligo... boa noite, José. — Desligo, sem esperar por resposta.

— O que foi isso? — pergunta Katherine, com as mãos nos quadris.

Decido que honestidade é a melhor política. Ela está mais intratável que nunca.

— Ele tentou me beijar na sexta-feira.

— José? E Christian Grey? Ana, seus feromônios devem estar fazendo hora extra. O que aquele idiota estava pensando? — Ela balança a cabeça com desgosto e volta a empacotar seus pertences.

Quarenta e cinco minutos depois, fazemos uma pausa no trabalho de embalagem para experimentar a especialidade da casa: minha lasanha. Kate abre uma garrafa de vinho, e nos sentamos em meio às caixas, comendo, bebendo vinho barato e assistindo a bobagens na tevê. Isso é a normalidade. Algo que dá muita segurança e é bem-vindo depois das últimas quarenta e oito horas de... loucura. Faço minha primeira refeição sem pressa, em paz e sem pressão nesse tempo todo. *Qual é o problema dele com a comida?* Kate tira os pratos, e acabo de embalar as coisas da sala. Sobrou o sofá, a tevê e a mesa de jantar. De que mais poderíamos precisar? Só falta embrulhar as coisas da cozinha e dos quartos, e temos o restante da semana.

O telefone toca de novo. É Elliot. Kate me lança uma piscadela e vai saltitante para o quarto, como se tivesse quatorze anos. Sei que ela devia estar redigindo o discurso de formatura, mas parece que Elliot é mais importante. O que esses Grey têm? O que os torna totalmente perturbadores, atraentes e irresistíveis? Bebo mais um gole de vinho.

Fico zapeando a tevê, mas, no fundo, sei que estou adiando. Piscando e soltando faíscas dentro da minha bolsa está aquele contrato. Será que tenho forças e condições de lê-lo hoje à noite?

Ponho as mãos na cabeça. José e Christian, ambos querem algo de mim. Com José é fácil de lidar. Mas Christian... Ele exige um tratamento e uma compreensão totalmente diferentes. Uma parte de mim quer fugir e se esconder. O que vou fazer? Visualizo aqueles olhos cinzentos e aquele olhar intenso e apaixonado, e meu corpo se contrai com a imagem. Suspiro. Ele nem está aqui e estou excitada. Não pode ser só sexo, não é? Lembro-me de sua brincadeira delicada hoje no café da manhã, de sua alegria pelo meu entusiasmo com a viagem de helicóptero, de como ele toca piano — aquela música doce, comovente e tão triste.

Ele é uma pessoa muito complicada. E agora começo a entender por quê. Um jovem privado da adolescência, abusado sexualmente por uma pervertida Mrs.

Robinson da vida... não admira que aparente ser mais velho do que é. Meu coração se enche de tristeza, imaginando as coisas pelas quais deve ter passado. Sou
muito ingênua para saber exatamente o quê, mas a pesquisa deve me dar alguma
luz. Será que quero mesmo saber? Será que quero explorar esse mundo sobre o
qual nada sei? É um passo muito grande.

Se não o tivesse conhecido, eu ainda estaria na doce e feliz ignorância. Minha
mente se deixa arrastar para ontem à noite e hoje de manhã... e a incrível e sensual
sexualidade que experimentei. Quero dizer adeus a isso? *Não!*, exclama meu inconsciente... minha deusa interior balança a cabeça concordando com ele num
silêncio zen.

Kate volta à sala, rindo de orelha a orelha. *Vai ver ela está apaixonada.* Olho-a
boquiaberta. Nunca agiu assim.

— Ana, vou me deitar. Estou bem cansada.

— Eu também, Kate.

Ela me abraça.

— Ainda bem que você voltou inteira. Christian tem alguma coisa estranha
— acrescenta ela baixinho, como quem pede desculpas. Lanço-lhe um sorriso
tranquilizador, o tempo todo pensando... *Como ela sabe, caramba?* É isso que a
tornará uma grande jornalista, sua intuição acurada.

Pego a bolsa e sigo desanimada para o quarto. Estou cansada dos esforços car-
nais do último dia e do dilema completo e absoluto que estou enfrentando. Sento-
-me na cama e, com extremo cuidado, retiro o envelope de papel pardo da bolsa,
virando-o e revirando-o nas mãos. Será que quero mesmo saber a extensão da
depravação de Christian? É muito intimidante. Respiro fundo e, com o coração
na boca, abro o envelope.

CAPÍTULO ONZE

Há vários papéis dentro do envelope. Com o coração ainda palpitando, sento-me na cama e começo a ler.

CONTRATO
Assinado hoje, ____ de 2011 ("O Início da Vigência")
ENTRE
SR. CHRISTIAN GREY, residente em 301 Escala, Seattle, WA 98889
("O Dominador")
SRTA. ANASTASIA STEELE, residente em 1114 SW Rua Green, Apartamento 7, Haven Heights, Vancouver, WA 98888
("A Submissa")
AS PARTES CONCORDAM COM OS TERMOS ABAIXO
1 Os termos a seguir são parte de um contrato vinculante entre o Dominador e a Submissa.
TERMOS FUNDAMENTAIS
2 O propósito fundamental do presente contrato é permitir à Submissa explorar de maneira segura sua sensualidade e seus limites, respeitando e considerando devidamente suas necessidades, suas restrições e seu bem-estar.
3 O Dominador e a Submissa concordam e confirmam que tudo que ocorra sob os termos do presente contrato será consensual, confidencial e sujeito aos limites acordados e aos procedimentos de segurança estabelecidos no presente contrato. Limites e procedimentos de segurança adicionais poderão ser acordados por escrito.
4 O Dominador e a Submissa garantem não sofrer de doenças de natureza sexual, séria, infecciosa ou que constitua uma ameaça à vida, incluindo, mas não apenas, aids, herpes e hepatite. Se, na vigência do presente

contrato (tal como definido acima), ou em qualquer extensão da vigência do presente contato, qualquer das partes for diagnosticada com ou tiver ciência de quaisquer dessas doenças, a parte em questão se encarregará de informar a outra parte imediatamente e antes de qualquer contato físico entre as partes.

5 A adesão às garantias, acordos e compromissos acima (e quaisquer limites e procedimentos de segurança acordados sob a cláusula 3) são fundamentais para a validade do presente contrato. Qualquer quebra o tornará imediatamente nulo e as partes concordam em assumir total responsabilidade uma perante a outra pela consequência de qualquer quebra.

6 Tudo no presente contrato deve ser lido e interpretado à luz do propósito fundamental e dos termos fundamentais estabelecidos nas cláusulas 2-5.

OBRIGAÇÕES

7 O Dominador se responsabilizará pelo bem-estar, pelo treinamento, pela orientação e pela disciplina adequados da Submissa. Ele decidirá a natureza dos referidos treinamento, orientação e disciplina e o tempo e o lugar de sua administração, sujeitos aos termos, limitações e procedimentos acordados no presente contrato ou previamente acordados, em consonância com a cláusula 3.

8 Se, em qualquer momento, o Dominador deixar de cumprir os termos, os limites e os procedimentos de segurança estabelecidos no presente contrato ou acordados em forma de aditamento sob a cláusula 3, a Submissa tem o direito de encerrar o presente contrato no ato e deixar de servir ao Dominador sem aviso prévio.

9 De acordo com esta condição e com as cláusulas 2-5, a Submissa deve servir e obedecer ao Dominador em tudo. De acordo com os termos, limitações e procedimentos de segurança estabelecidos no presente contrato ou acordados em forma de aditamento sob a cláusula 3, ela oferecerá sem questionar ou hesitar o prazer que ele solicitar e aceitará sem questionar o treinamento, a orientação e a disciplina do Dominador na forma que for.

VIGÊNCIA E TÉRMINO

10 O Dominador e a Submissa celebram o presente contrato no Início da Data de Vigência plenamente cientes de sua natureza e se comprometem a cumprir plenamente suas condições.

11 O presente contrato vigorará por um período de três meses a partir do Início do Contrato ("a Vigência"). Finda a Vigência, as partes discutirão se o contrato e os acordos que celebraram sob o presente contrato são satisfatórios e se as necessidades de cada parte foram atendidas. Cada parte pode

propor a extensão do presente contrato sujeita a ajustes de seus termos ou acordos que fizeram na vigência do mesmo. Não havendo acordo para tal extensão, o presente contrato terminará e ambas as partes serão liberadas para retomar suas vidas em separado.

DISPONIBILIDADE

12 A Submissa estará disponível para o Dominador das noites de sexta--feira até as tardes de domingo todas as semanas durante a Vigência em horas a serem especificadas pelo Dominador ("as Horas Designadas"). Mais Horas Designadas podem ser mutuamente acordadas *ad hoc*.

13 O Dominador se reserva o direito de destituir a Submissa de suas funções a qualquer momento e por qualquer razão. A Submissa pode solicitar sua liberação a qualquer momento, devendo tal solicitação ser concedida a critério do Dominador, sendo resguardados apenas os direitos da Submissa mencionados nas cláusulas 1-5 e 8, acima.

LOCAL

14 A Submissa se colocará à disposição durante as Horas Designadas e as horas adicionais acordadas em locais a serem determinados pelo Dominador. O Dominador assegurará que todos os custos de viagens incorridos pela Submissa para este propósito sejam cobertos pelo Dominador.

CLÁUSULAS DO SERVIÇO

15 As seguintes cláusulas do serviço foram discutidas e acordadas e receberão a adesão de ambas as partes durante a Vigência. Ambas as partes aceitam que possam surgir assuntos não cobertos pelos termos do presente contrato ou pelas cláusulas de serviço, ou que certos assuntos possam ser renegociados. Em tais circunstâncias, outras cláusulas podem ser propostas a título de emenda. Quaisquer cláusulas ou emendas adicionais devem ser acordadas, documentadas e assinadas por ambas as partes e serão sujeitas aos termos fundamentais estabelecidos sob as cláusulas 2-5, acima.

DOMINADOR

15.1 O Dominador tornará prioritárias a saúde e a segurança da Submissa em todos os momentos. O Dominador, em tempo algum, solicitará, exigirá, permitirá ou ordenará que a Submissa participe de atividades detalhadas no Apêndice 2 ou de qualquer ato que uma ou outra parte julgue inseguro. O Dominador não realizará nem permitirá que se realize qualquer ato que possa causar dano sério ou risco à vida da Submissa. As subcláusulas restantes da cláusula 15 deverão ser lidas e sujeitas à presente disposição e às questões fundamentais acordadas nas cláusulas 2-5, acima.

15.2 O Dominador aceita a Submissa como propriedade sua, para controlar, dominar e disciplinar durante a Vigência. O Dominador pode usar o corpo da Submissa a qualquer momento durante as Horas Designadas, ou em quaisquer horas adicionais acordadas, do modo que julgar apropriado, sexualmente ou de outra maneira qualquer.

15.3 O Dominador proporcionará à Submissa todos os treinamentos e orientações necessários de modo a permitir que ela sirva adequadamente ao Dominador.

15.4 O Dominador manterá um ambiente estável e seguro em que a Submissa possa cumprir suas obrigações no serviço do Dominador.

15.5 O Dominador pode disciplinar a Submissa conforme o necessário para assegurar que ela valorize plenamente seu papel de subserviência ao Dominador e para desencorajar condutas inaceitáveis. O Dominador pode açoitar, espancar, chicotear ou castigar fisicamente a Submissa como julgar apropriado, para fins de disciplina, para seu prazer pessoal, ou por qualquer outra razão, a qual não é obrigado a explicar.

15.6 No treinamento e na aplicação da disciplina, o Dominador assegurará que não sejam deixadas marcas permanentes no corpo da Submissa nem sejam provocados ferimentos que possam exigir cuidados médicos.

15.7 No treinamento e na aplicação da disciplina, o Dominador assegurará que a disciplina e os instrumentos usados para os fins disciplinares sejam seguros, e não usados de modo a causar danos sérios, e de modo algum excedam os limites definidos e detalhados no presente contrato.

15.8 Em caso de doença ou ferimento, o Dominador tratará da Submissa, cuidando de sua saúde e segurança, encorajando-a e, quando necessário, buscando cuidados médicos.

15.9 O Dominador manterá sua boa saúde e buscará cuidados médicos quando necessário para manter um ambiente livre de riscos.

15.10 O Dominador não emprestará sua Submissa a outro Dominador.

15.11 O Dominador poderá prender, algemar ou amarrar a Submissa a qualquer momento durante as Horas Designadas ou em quaisquer horas adicionais acordadas por qualquer razão e por períodos de tempo prolongados, tendo a devida consideração com a saúde e a segurança da Submissa.

15.12 O Dominador assegurará que todo equipamento usado para os fins de treinamento e disciplina serão mantidos sempre em perfeito estado de limpeza, higiene e segurança.

SUBMISSA

15.13 A Submissa aceita o Dominador como seu amo, com o entendimento de que é agora propriedade do Dominador, para ser usada como bem aprouver ao Dominador durante a Vigência em geral, mas especificamente durante as Horas Designadas e quaisquer horas adicionais acordadas.

15.14 A Submissa obedecerá às regras ("as Regras") estabelecidas no Apêndice 1 do presente contrato.

15.15 A Submissa servirá ao Dominador de qualquer maneira que o Dominador julgar adequada e se esforçará para agradar ao Dominador em todos os momentos, da melhor forma possível.

15.16 A Submissa tomará todas as medidas necessárias para conservar-se em boa saúde e solicitará ou buscará ajuda médica sempre que necessário, mantendo o Dominador informado de quaisquer problemas de saúde que venham a surgir.

15.17 A Submissa assegurará adquirir contraceptivos orais e assegurará fazer uso dos mesmos conforme o prescrito para evitar a gravidez.

15.18 A Submissa aceitará sem questionar todo e qualquer ato disciplinar que o Dominador julgue necessário e se lembrará sempre de sua condição e de suas obrigações em relação ao Dominador.

15.19 A Submissa não se tocará ou se dará prazer sexualmente sem a permissão do Dominador.

15.20 A Submissa deverá se submeter a qualquer atividade sexual exigida pelo Dominador, sem hesitar ou questionar.

15.21 A Submissa accitará ser chicoteada, açoitada, espancada, bengalada ou surrada ou receber quaisquer outros castigos que o Dominador decidir aplicar, sem hesitação, questionamento ou reclamação.

15.22 A Submissa não olhará diretamente nos olhos do Dominador salvo quando especificamente instruída a fazê-lo. A Submissa manterá os olhos baixos e conservará uma atitude respeitosa na presença do Dominador.

15.23 A Submissa sempre se conduzirá de maneira respeitosa para com o Dominador e só se dirigirá a ele como Senhor, Sr. Grey, ou outra forma de tratamento que o Dominador indicar.

15.24 A Submissa não tocará o Dominador sem a permissão deste para fazê-lo.

ATIVIDADES

16 A Submissa não participará de atividades ou quaisquer atos sexuais que uma parte ou outra julgue insegura ou de quaisquer atividades detalhadas no Apêndice 2.

17 O Dominador e a Submissa já discutiram as atividades estabelecidas no Apêndice 3 e registraram por escrito no Apêndice 3 seu acordo em relação às mesmas.

PALAVRAS DE SEGURANÇA

18 O Dominador e a Submissa reconhecem que o Dominador pode fazer exigências à Submissa que não podem ser satisfeitas sem que ocorram danos físicos, mentais, emocionais, espirituais ou outros na hora em que as

exigências forem feitas à Submissa. Em tais circunstâncias, a Submissa pode usar uma palavra de segurança ("a[s] Palavra[s]"). Duas palavras serão invocadas dependendo da gravidade das exigências.

19 A Palavra "Amarela" será usada para chamar a atenção do Dominador para o fato de que a Submissa chegou perto de seu limite suportável.

20 A Palavra "Vermelha" será usada para chamar a atenção do Dominador para o fato de que a Submissa não pode tolerar mais qualquer exigência. Quando esta palavra for dita, a ação do Dominador cessará completamente, com efeito imediato.

CONCLUSÃO

21 Nós, abaixo assinados, lemos e entendemos plenamente as disposições do presente contrato. E por estarmos assim justos e contratados, assinamos o presente instrumento.

_____

O Dominador: Christian Grey
Data

_____

A Submissa: Anastasia Steele
Data

_____

APÊNDICE 1
REGRAS
Obediência:
A Submissa obedecerá a quaisquer instruções dadas pelo Dominador imediatamente, sem hesitação ou reserva, e com presteza. A Submissa concordará com qualquer atividade sexual que o Dominador julgar adequada e prazerosa, salvo aquelas atividades que estão resumidas em limites rígidos (Apêndice 2). Ela fará isso avidamente e sem hesitação.
Sono:
A Submissa assegurará alcançar o mínimo de sete horas de sono por noite quando não estiver com o Dominador.
Alimentação:
A Submissa consumirá regularmente os alimentos previamente listados (Apêndice 4) para conservar a saúde. A Submissa não comerá nada entre as refeições, com a exceção de frutas.

Roupas:
Durante a Vigência deste contrato, a Submissa só usará roupas aprovadas pelo Dominador. O Dominador fornecerá à Submissa um orçamento para o vestuário, que a Submissa deverá usar. O Dominador acompanhará *ad hoc* a Submissa nas compras de vestuário. Se o Dominador solicitar, a Submissa usará durante a Vigência deste contrato quaisquer adornos solicitados pelo Dominador, na presença do Dominador e em qualquer outro momento que o Dominador julgar adequado.

Exercícios:
O Dominador fornecerá à Submissa um personal trainer para sessões de uma hora de exercícios, quatro vezes por semana, em horário a ser combinado de comum acordo entre o personal trainer e a Submissa. O personal trainer reportará ao Dominador o progresso da Submissa.

Higiene Pessoal/Beleza:
A Submissa se manterá sempre limpa e depilada. A Submissa visitará um salão de beleza à escolha do Dominador com frequência a ser decidida pelo Dominador e se submeterá aos tratamentos estéticos que o Dominador julgar adequados.

Segurança Pessoal:
A Submissa não se excederá na bebida, não fumará, não fará uso de drogas recreativas nem se colocará desnecessariamente em qualquer situação de risco.

Qualidades Pessoais:
A Submissa não se envolverá em quaisquer relações sexuais com qualquer outra pessoa senão o Dominador. A Submissa se apresentará sempre de forma respeitosa e recatada. Ela deve reconhecer que seu comportamento se reflete diretamente no Dominador. Ela será responsabilizada por qualquer transgressão, delito ou má conduta incorrido quando não estiver na presença do Dominador.

O não cumprimento de quaisquer das regras acima resultará em punição imediata, cuja natureza será determinada pelo Dominador.

APÊNDICE 2
Limites Rígidos
Nenhum ato envolverá brincadeiras com fogo.
Nenhum ato envolverá urinar, defecar ou os produtos destas ações.
Nenhum ato envolverá agulhas, facas, perfurações ou sangue.

Nenhum ato envolverá instrumentos médicos ginecológicos.

Nenhum ato envolverá crianças ou animais.

Nenhum ato poderá deixar quaisquer marcas permanentes na pele.

Nenhum ato envolverá controle respiratório.

Não haverá nenhuma atividade que requeira contato direto do corpo com corrente elétrica (seja alternada ou direta), fogo ou chamas.

APÊNDICE 3

Limites brandos

A serem discutidos e acordados entre ambas as partes:

A Submissa concorda com:

- Masturbação
- Cunilíngua
- Felação
- Deglutição de Sêmen

- Sexo vaginal
- Introdução de mão na vagina
- Sexo anal
- Introdução de mão no ânus

A Submissa aceita o uso de:

- Vibradores
- Plugues anais

- Consolos
- Outros brinquedos vaginais

A Submissa aceita:

- Bondage com corda
- Bondage com braceletes de couro
- Bondage com algemas, grilhões

- Bondage com fita adesiva
- Bondage com outros materiais

A Submissa aceita ser contida:

- Com as mãos amarradas à frente
- Com os tornozelos amarrados
- Com os cotovelos amarrados

- Com os pulsos amarrados aos tornozelos
- Atada a peças fixas, mobília etc.
- Atada a uma barra espaçadora

- Com as mãos atrás das costas
- Com os joelhos amarrados

- Por suspensão

A Submissa aceita ser vendada?

A Submissa aceita ser amordaçada?

Até que ponto a Submissa está disposta a sentir dor?

Sendo 1 no caso de gostar intensamente e 5 no caso de detestar intensamente:
1 — 2— 3— 4— 5

A Submissa consente em aceitar as seguintes formas de dor/punição/disciplina:

- Surras
- Chicotadas
- Mordidas
- Grampos genitais
- Cera quente

- Palmadas
- Surras de vara
- Grampos de mamilos
- Gelo
- Outros tipos/métodos de dor

Puta merda. Não consigo nem pensar na lista de alimentos. Engulo em seco, a boca ressecada, e releio o contrato.

Minha cabeça está zumbindo. Como posso concordar com tudo isso? E, aparentemente, é para meu bem, *para explorar minha sensualidade, meus limites, com segurança* — ah, tenha dó!, debocho irritada. *Servir e obedecer em tudo.* Tudo! Balanço a cabeça incrédula. Na verdade, os votos de casamento não usam essa palavra... *obedecer?* Isso me desconcerta. Os casais ainda dizem isso? Só três meses — será por isso que já houve tantos votos? Ele não os mantém por muito tempo? Ou será que enjoa depois de três meses? *Todo fim de semana?* É demais. Nunca verei Kate ou quaisquer amigos que eu possa fazer no emprego novo, se eu fizer algum. Talvez eu deva ter um fim de semana por mês para mim. Talvez quando eu estiver menstruada — isso parece... prático. Ele é meu amo! Pode me tratar como bem entender! *Puta merda.*

Estremeço só de pensar em ser açoitada ou chicoteada. Ser espancada talvez não fosse tão ruim, mas seria humilhante. E amarrada? Bem, ele amarrou minhas mãos. Isso foi... bem, excitante, muito excitante, então talvez não seja tão ruim. Ele não vai me emprestar para outro Dominador — não vai mesmo. Isso seria totalmente inaceitável. *Por que sequer estou pensando nisso?*

Não posso olhar nos olhos dele. *Isso é muito estranho.* O único jeito de eu ter alguma chance de ver o que ele está pensando. Na verdade, a quem estou enganando? Nunca sei o que ele está pensando, mas gosto de olhar nos olhos dele. Ele tem olhos lindos — cativantes, inteligentes, profundos e misteriosos, misteriosos com segredos dominadores. Lembro-me do seu olhar ardente e obscuro e aperto as coxas, contorcendo-me.

E não posso tocar nele. Bem, isso não é surpresa. E essas regras bobas... Não, não. Não posso fazer isso. Ponho as mãos na cabeça. Isso não é jeito de se relacionar. Preciso dormir. Estou um caco. As travessuras físicas todas que andei fazendo nas últimas vinte e quatro horas foram, francamente, exaustivas. E mentalmente... puxa vida, é muita coisa para resolver. Como diria José, é mesmo de foder a cabeça. Quem sabe, pela manhã, isso talvez não seja interpretado como uma piada de mau gosto.

Levanto-me de um salto e mudo de roupa depressa. Talvez eu devesse pegar emprestado o pijama de flanela rosa de Kate. Quero ter o corpo envolto em algo aconchegante e seguro. Vou ao banheiro escovar os dentes usando uma camisa de malha e meu short de dormir.

Fico me olhando no espelho. *Você não pode estar pensando seriamente nisso...* Meu inconsciente está ajuizado e racional, e não atrevido como sempre. Minha deusa interior está dando pulinhos, batendo palmas como uma criança de cinco anos. *Por favor, vamos fazer isso... do contrário, acabaremos sozinhas, na companhia de um monte de gatos e romances clássicos.*

O único homem por quem já senti atração, e ele vem com o raio de um contrato, um açoite, e um mundo inteiro de problemas. Bem, pelo menos eu fiz o que quis este fim de semana. Minha deusa interior para de pular e sorri para mim com serenidade. *Ah, sim...* pronuncia ela, fazendo um gesto de cabeça petulante. E coro com a lembrança da sua boca e das suas mãos, dele dentro de mim. Fechando os olhos, sinto aquele delicioso espasmo familiar dos músculos lá embaixo. Quero fazer isso de novo e de novo. Talvez eu assine só a parte do sexo... Será que ele aceitaria? Desconfio que não.

Será que sou submissa? Vai ver que dou essa impressão. Vai ver que o induzi a essa conclusão equivocada na entrevista. Sou tímida, sim... mas submissa? Aceito o *bullying* de Kate — será a mesma coisa? E esses limites brandos, minha nossa. Não consigo imaginar, mas o fato de estarem abertos a discussão me tranquiliza.

Volto para o quarto. Isso é muita coisa para pensar. Preciso ter a cabeça fresca — analisar o problema amanhã de manhã quando estiver descansada. Guardo o documento ofensivo na mochila. Amanhã... Amanhã é outro dia. Deito-me na cama, apago a luz e fico olhando para o teto. Ah, queria jamais tê-lo conhecido. Minha deusa interior faz que não com a cabeça para mim. Ela e eu sabemos que isso é mentira. Eu nunca me senti tão viva quanto me sinto agora.

Fecho os olhos e adormeço profundamente, sonhando de vez em quando com camas de quatro colunas, grilhões e olhos cinzentos intensos.

KATE ME ACORDA no dia seguinte.

— Ana, estava chamando você. Deve ter apagado.

Abro os olhos com relutância. Ela não só está de pé, como também já foi correr. Olho para o despertador. São oito da manhã. Meu Deus, dormi nove horas direto.

— O que foi? — resmungo sonolenta.

— Tem um homem aqui com uma encomenda para você. Você precisa assinar para receber.

— O quê?

— Anda. É um pacote grande. Parece interessante. — Ela pula com um pé de cada vez, empolgada, e volta saltitando para a sala. Levanto da cama e pego o robe pendurado atrás da porta. Um rapaz elegante de rabo de cavalo está em pé na nossa sala segurando uma caixa grande.

— Oi — murmuro.

— Vou fazer um chá para você. — Kate sai correndo para a cozinha.

— Srta. Steele?

E imediatamente sei quem enviou o pacote.

— Sim — respondo com cautela.

— Tenho um pacote aqui para a senhora, mas devo montar e lhe mostrar como usá-lo.

— É mesmo? A essa hora?

— Só estou seguindo ordens, madame. — Ele sorri de um jeito encantador, mas profissional, de quem não aceita receber não.

Ele acabou de me chamar de madame? Será que envelheci dez anos da noite para o dia? Se envelheci, foi aquele contrato. Torço a boca, nauseada.

— Tudo bem, o que é?

— É um MacBook Pro.

— Claro que é. — Reviro os olhos.

— Ainda não está disponível nas lojas, madame. É o último modelo da Apple.

Como é que isso não me surpreende? Suspiro profundamente.

— Pode montar na mesa de jantar ali.

Vou para a cozinha me juntar a Kate.

— O que é? — pergunta ela, os olhos brilhando, alerta.

Também dormiu bem.

— É um laptop que o Christian mandou.

— Por que ele enviou um laptop? Você sabe que pode usar o meu. — Ela franze a testa.

Não para o que ele tem em mente.

— Ah, é só emprestado. Ele queria que eu experimentasse.

Minha desculpa soa esfarrapada. Mas Kate balança a cabeça, assentindo. *Minha nossa.* Embromei Katherine Kavanagh. Uma novidade. Ela me entrega o chá.

O laptop Mac é brilhante, prateado e bem bonito. Tem uma tela grande. Christian Grey gosta de grandes dimensões — penso em sua sala de estar; na verdade, em seu apartamento todo.

— Tem o mais moderno Sistema Operacional e um pacote completo de programas, além de um disco rígido de um ponto cinco terabyte, então a senhora vai ter muito espaço, trinta e dois gigas de memória RAM. Para que está planejando usá-lo?

— Hã... e-mail.

— E-mail! — engasga ele, erguendo as sobrancelhas com uma ligeira expressão de nojo.

— E talvez pesquisas na internet? — dou de ombros como quem pede desculpas. Ele suspira.

— Bem, ele tem wireless, e já o configurei completamente para sua conta. Este bebê está pronto para ser usado em praticamente qualquer lugar do planeta. — Ele lança um olhar comprido para o aparelho.

— Conta?

— Seu novo endereço de e-mail.

Eu tenho um endereço de e-mail?

Ele aponta para um ícone na tela e continua falando comigo, mas é como ruído branco. Não tenho ideia do que ele está dizendo, e, honestamente, não estou interessada. *Só me diga como ligar e desligar isso* — o restante eu adivinho. Afinal, venho usando o computador de Kate há quatro anos. Kate assovia, impressionada quando o vê.

— Isso é tecnologia de última geração. — Ela ergue as sobrancelhas para mim. — A maioria das mulheres recebe flores ou joias — diz sugestivamente, tentando conter um sorriso.

Olho de cara feia para ela, mas ela fica impassível. Ambas temos um acesso de riso, e o homem do computador nos olha boquiaberto, desconcertado. Ele termina o que tinha de fazer e me pede para assinar o recibo de entrega.

Enquanto Kate o acompanha até a porta, eu me sento com minha xícara de chá, abro a caixa de entrada do meu e-mail, e, à minha espera, há uma mensagem de Christian. Meu coração sai pela boca. *Recebi um e-mail de Christian Grey.* Clico nele, nervosa.

De: Christian Grey
Assunto: Seu novo computador
Data: 22 de maio de 2011 23:15
Para: Anastasia Steele

Prezada Srta. Steele,
Creio que tenha dormido bem. Espero que faça bom uso deste laptop, como discutimos.

Aguardo ansioso o jantar de quarta-feira.

Responderei com prazer a quaisquer perguntas antes disso, por e-mail, se a senhorita assim o desejar.

Christian Grey
CEO, Grey Enterprises Holdings, Inc.

Clico em "responder".

De: Anastasia Steele
Assunto: Seu novo computador (emprestado)
Data: 23 de maio de 2011 8:20
Para: Christian Grey

Dormi muito bem, obrigada — por algum motivo estranho —, *Senhor.* Entendo que o computador é um empréstimo, portanto, não pertence a mim.

Ana

Quase instantaneamente, recebo uma resposta.

De: Christian Grey
Assunto: Seu novo computador (emprestado)

Data: 23 de maio de 2011 8:22
Para: Anastasia Steele

O computador é um empréstimo. Por tempo indeterminado, Srta. Steele.
Noto pelo seu tom que leu a documentação que lhe dei.

Já tem alguma pergunta?

Christian Grey
CEO, Grey Enterprises Holdings, Inc.

Não posso deixar de sorrir.

De: Anastasia Steele
Assunto: Mentes investigativas
Data: 23 de maio de 2011 8:25
Para: Christian Grey

Tenho muitas perguntas, mas não próprias para e-mail, e tem gente que trabalha para sobreviver.

Não preciso e nem quero um computador por tempo indeterminado.

Até mais, bom dia, *Senhor.*

Ana

A resposta dele é novamente instantânea e me faz sorrir.

De: Christian Grey
Assunto: Seu novo computador (repito, emprestado)
Data: 23 de maio de 2011 8:26
Para: Anastasia Steele

Até mais, baby.
P.S.: Eu também trabalho para sobreviver.

Christian Grey
CEO, Grey Enterprises Holdings, Inc.

Desligo o computador sorrindo como uma idiota. Como posso resistir ao Christian brincalhão? Vou me atrasar para o trabalho. Bem, é minha última semana — o Sr. e a Sra. Clayton provavelmente vão me dar uma folguinha. Corro para o chuveiro sem conseguir tirar o sorriso escancarado do rosto. *Ele me mandou um e-mail.* Estou toda boba, como uma criança. E toda a angústia do contrato desaparece. Lavo o cabelo, tento não pensar no que poderia perguntar a ele por e-mail. Naturalmente, sobre esses assuntos, é melhor conversar pessoalmente. Alguém pode hackear a caixa de mensagens dele. Enrubesço só de pensar nessa possibilidade. Visto-me depressa, grito um tchau apressado para Kate, e saio para minha última semana de trabalho na loja.

JOSÉ TELEFONA ÀS onze da manhã.

— Oi, vai rolar nosso café?

Ele fala com o jeito do velho José. O José meu amigo, e não... como foi que Christian disse? Alguém que me faz a corte. Argh.

— Claro. Estou no trabalho. Dá para você passar aqui por volta do meio-dia?

— Está marcado.

Ele desliga, e estou de novo repondo os pincéis e pensando em Christian Grey e no seu contrato.

José é pontual. Entra saltitante na loja como um cachorrinho de olhos escuros.

— Ana. — Ele dá aquele seu deslumbrante sorriso hispano-americano com todos os dentes à mostra, e não consigo mais ficar zangada com ele.

— Oi, José — abraço-o. — Estou morrendo de fome. Vou só avisar a Sra. Clayton que vou sair para almoçar.

Quando estamos indo para o café ali pertinho, dou o braço a José. Estou muito agradecida pela... pela normalidade dele. Alguém que eu conheço e entendo.

— Ei, Ana — murmura ele. — Você me perdoou mesmo?

— José, você sabe que nunca consegui ficar de mal com você por muito tempo.

Ele sorri.

MAL POSSO ESPERAR chegar em casa, a atração de mandar um e-mail para Christian, e talvez eu possa começar minha pesquisa. Kate saiu, então, ligo o laptop e abro minha caixa de mensagens. Claro, há uma mensagem de Christian na caixa de entrada. Estou quase pulando de alegria na cadeira.

De: Christian Grey
Assunto: Trabalhar para ganhar a vida

Data: 23 de maio de 2011 17:24
Para: Anastasia Steele

Cara Srta. Steele,
Espero que seu dia de trabalho tenha sido ótimo.

Christian Grey
CEO, Grey Enterprises Holdings, Inc.

Clico em "responder".

De: Anastasia Steele
Assunto: Trabalhar para ganhar a vida
Data: 23 de maio de 2011 17:48
Para: Christian Grey

Senhor... Meu dia de trabalho foi ótimo.
Grata,

Ana

De: Christian Grey
Assunto: Faça o trabalho!
Data: 23 de maio de 2011 17:50
Para: Anastasia Steele

Srta. Steele,
Encantado em saber que seu dia de trabalho foi ótimo.

Em vez de enviar e-mails, deveria estar pesquisando.

Christian Grey
CEO, Grey Enterprises Holdings, Inc.

De: Anastasia Steele
Assunto: Estorvo

Data: 23 de maio de 2011 17:53
Para: Christian Grey

Sr. Grey, pare de *me* enviar mensagens, e poderei começar meu trabalho. Gostaria de tirar outro A.

Ana

Envolvo-me em meus braços.

De: Christian Grey
Assunto: Impaciente
Data: 23 de maio de 2011 17:55
Para: Anastasia Steele

Srta. Steele,
Pare de *me* enviar e-mails — e faça seu trabalho.

Eu gostaria de lhe dar outro A.

O primeiro foi muito merecido. ;)

Christian Grey
CEO, Grey Enterprises Holdings, Inc.

Christian Grey acabou de me mandar uma carinha feliz dando uma piscadinha... *Ai, meu Deus.* Entro no Google.

De: Anastasia Steele
Assunto: Pesquisa na internet
Data: 23 de maio de 2011 17:59
Para: Christian Grey

Sr. Grey,
O que sugeriria que eu colocasse num mecanismo de busca?

Ana

De: Christian Grey
Assunto: Pesquisa na Internet
Data: 23 de maio de 2011 18:02
Para: Anastasia Steele

Srta. Steele,
Sempre comece pela Wikipédia.

Nada de outros e-mails até ter alguma pergunta.

Estamos entendidos?

Christian Grey
CEO, Grey Enterprises Holdings, Inc.

De: Anastasia Steele
Assunto: Mandão!
Data: 23 de maio de 2011 18:04
Para: Christian Grey

Sim... *Senhor.*
O senhor é muito mandão.

Ana

De: Christian Grey
Assunto: No controle
Data: 23 de maio de 2011 18:08
Para: Anastasia Steele

Anastasia, você nem imagina.
Bem, talvez já tenha uma vaga ideia.

Faça o trabalho.

Christian Grey
CEO, Grey Enterprises Holdings, Inc.

Digito "Submissa" na Wikipédia.

Meia hora depois, estou ligeiramente nauseada e francamente chocada até a alma. Será que quero mesmo esse negócio? Nossa... é isso que ele faz no Quarto Vermelho da Dor? Fico olhando para a tela, e uma parte de mim, uma parte muito essencial e úmida que só passei a conhecer há pouquíssimo tempo, está seriamente excitada. Nossa, algumas dessas informações EXCITAM. Mas será que isso é para mim? Merda... Será que eu poderia fazer isso? Preciso de um tempo. Preciso pensar.

CAPÍTULO DOZE

Pela primeira vez na vida, saio para correr sem ninguém me obrigar. Calço meu par de tênis nojento, que nunca uso, visto uma calça de moletom e uma camiseta. Faço marias-chiquinhas no cabelo, corando com a recordação que elas trazem, e ligo meu iPod. Não consigo mais ficar sentada na frente daquela maravilha tecnológica pesquisando material perturbador. Preciso gastar um pouco dessa energia excessiva e enervante. Para ser franca, pensei em correr até o Hotel Heathman e simplesmente exigir sexo do maníaco por controle. Mas são oito quilômetros, e acho que não serei capaz de correr nem um quilômetro, que dirá oito, e, claro, ele poderia me mandar voltar, o que seria bastante humilhante.

Kate está descendo do carro quando saio de casa. Ela quase deixa cair as sacolas de compras quando me vê. Ana Steele de tênis de corrida. Aceno e não paro para a inquisição. Preciso muito ficar sozinha. Com Snow Patrol aos berros em meus ouvidos, parto no crepúsculo azulado.

Atravesso o parque. *O que vou fazer?* Eu o quero, mas nos termos dele? Simplesmente não sei. Talvez eu deva negociar o que quero. Ler aquele contrato ridículo linha por linha e dizer o que é aceitável e o que não é. Em minha pesquisa, descobri que o contrato é legalmente inexequível. Ele deve saber disso. Imagino que assiná-la simplesmente estabeleça os parâmetros da relação. Ilustra o que posso esperar dele e o que ele espera de mim — a submissão total. Será que estou preparada para isso? Será que ao menos sou capaz?

Uma única pergunta me atormenta — por que ele é assim? Será porque foi seduzido quando ainda era tão jovem? Simplesmente não sei. Ele ainda é um grande mistério.

Paro ao lado de um pinheiro grande e ponho as mãos nos joelhos, ofegando, puxando o precioso ar para os pulmões. Ah, é uma sensação boa, catártica. Sinto minha determinação se fortalecer. Sim, preciso dizer a ele o que está bom e o que não está. Preciso lhe enviar por e-mail minhas ideias, e depois podemos discuti-

-las na quarta-feira. Respiro fundo, tomando um fôlego purificador, e volto correndo para o apartamento.

Kate andou comprando, como só ela é capaz, roupas para suas férias em
Barbados. Principalmente biquínis e cangas combinando. Ela vai ficar um
espetáculo com todos eles, mas mesmo assim, me deixa sentada, e desfila cada
look para que eu faça comentários. Não há muitas maneiras diferentes de dizer "Você está maravilhosa, Kate". Ela tem um corpo esguio e torneado, lindo. Não é de propósito que faz isso, eu sei, mas peço desculpas e vou para o
quarto toda suada com o pretexto de ter que embalar mais caixas. Será que eu
poderia me sentir mais inadequada? Levando comigo meu impressionante
aparelho tecnológico gratuito, coloco-o sobre minha mesa. Mando um e-mail
para Christian.

De: Anastasia Steele
Assunto: Chocada
Data: 23 de maio de 2011 20:33
Para: Christian Grey

Tudo bem, já vi o suficiente.
Foi legal conhecê-lo.

Ana

Aperto "enviar", abraçando-me, rindo da minha brincadeirinha. Será que ele
vai achar graça nela? *Ah, merda* — talvez não. Christian Grey não é conhecido
pelo senso de humor. Mas eu sei que o humor está lá, já vi. Talvez eu tenha ido
longe demais. Aguardo a resposta dele.

Espero... e espero. Olho meu despertador. Dez minutos se passaram.

Para me distrair da ansiedade que se manifesta em meu estômago, começo a
fazer o que disse a Kate que ia fazer — embalar minhas coisas. Começo encaixotando os livros. Nove da noite e nada ainda. *Talvez ele tenha saído.* Faço uma expressão petulante ao colocar os fones do iPod, ouço Snow Patrol, e me sento para
reler o contrato e fazer meus comentários.

Não sei bem por que, ergo os olhos, talvez tenha percebido com o canto do
olho um leve movimento, sei lá, mas, quando vejo, ele está parado à porta do meu
quarto, observando-me atentamente. Está com aquela calça de flanela cinza e
uma camisa branca, rodando com delicadeza as chaves do carro. Tiro os fones do
ouvido e fico paralisada. *Porra!*

— Boa noite, Anastasia. — Sua voz é fria, sua expressão, completamente contida e misteriosa. Perco a capacidade de falar. Xingo Kate por tê-lo deixado entrar aqui sem avisar. Vagamente, me dou conta de que ainda estou com a roupa de corrida, sem tomar banho, asquerosa, e ele está gloriosamente apetitoso, a calça caída daquele jeito nos quadris, e, ainda por cima, no meu quarto.

— Achei que seu e-mail merecia ser respondido pessoalmente — explica, seco.

Abro e fecho a boca duas vezes. O tiro saiu pela culatra. Nunca na vida esperei que ele largasse tudo e aparecesse aqui.

— Posso me sentar? — pergunta, os olhos agora cheios de humor. *Graças a Deus. Quem sabe ele vê o lado engraçado?*

Concordo balançando a cabeça. Ainda não recuperei a capacidade de falar. *Christian Grey está sentado na minha cama.*

— Eu me perguntava como seria seu quarto — diz ele.

Olho em volta, traçando uma rota de fuga. Não, só há a porta ou a janela. Meu quarto é simples, mas aconchegante — alguns móveis de vime e uma cama de casal de ferro branco com uma colcha de retalhos feita por minha mãe quando ela estava na fase de trabalho artesanal com tecido. Todo o restante é azul-claro e creme.

— É muito calmo e sossegado — murmura ele.

Não é mais... não com você aqui.

Finalmente, meu bulbo raquidiano se lembra de sua finalidade. Respiro.

— Como...?

Ele sorri para mim.

— Continuo no Heathman.

Sei disso.

— Quer beber alguma coisa?

A educação leva a melhor sobre tudo que eu gostaria de dizer.

— Não, obrigado, Anastasia. — Ele abre um deslumbrante sorriso irônico, a cabeça ligeiramente inclinada para o lado.

Bem, talvez eu precise de uma bebida.

— Então, foi *legal* me conhecer?

Droga, será que ele está *ofendido*? Baixo os olhos. Como vou sair dessa? Se eu disser que foi brincadeira, acho que ele não vai engolir.

— Achei que você fosse responder por e-mail. — Falo baixinho, com uma voz patética.

— Você está mordendo o lábio intencionalmente? — pergunta ele num tom sinistro.

Pisco para ele, engasgando, soltando o lábio.

— Não percebi que estava mordendo — murmuro.

Meu coração está disparado. Sinto aquela atração, aquela eletricidade deliciosa entre nós aumentar, enchendo o ar de estática. Ele está sentado bem perto de mim, os olhos cinzentos misteriosos, os cotovelos apoiados nos joelhos, as pernas abertas. Inclinando-se, lentamente desfaz uma das minhas marias-chiquinhas, os dedos soltando meu cabelo. Minha respiração está curta, não consigo me mexer. Observo hipnotizada sua mão indo para a outra maria-chiquinha, e, puxando a presilha, ele solta o restante do meu cabelo com aqueles dedos longos e habilidosos.

— Então você resolveu fazer um pouco de exercício — diz baixinho, a voz macia e melodiosa. Seus dedos delicadamente ajeitam meu cabelo atrás da orelha. — Por quê, Anastasia?

Contorna minha orelha com os dedos, puxando-a com ritmo e delicadeza. É muito sensual.

— Eu precisava de tempo para pensar — digo.

Estou paralisada, entregue, perigosamente atraída por ele... e ele sabe exatamente o que está fazendo comigo.

— Pensar em quê, Anastasia?

— Em você.

— E resolveu que foi legal me conhecer? Está querendo dizer no sentido bíblico?

Ah, que merda. Fico toda vermelha.

— Não pensei que você conhecesse a Bíblia.

— Eu frequentava a escola dominical, Anastasia. Isso me ensinou muito.

— Não me lembro de ter lido sobre grampos de mamilo na Bíblia. Talvez suas aulas usassem uma tradução moderna.

Seus lábios se contraem em um leve sorriso, e meus olhos são atraídos para sua boca.

— Bem, achei que devia vir até aqui para lembrá-la de como foi *legal* me conhecer.

Puta merda. Fico olhando para ele boquiaberta, e seus dedos vão da minha orelha para meu queixo.

— O que diz disso, Srta. Steele?

Seus olhos me olham inflamados, com uma expressão de desafio. Ele está com os lábios entreabertos, à espera, pronto para dar o bote. O desejo — agudo, líquido e apaixonante — me queima por dentro. Antecipo-me, e me atiro nele. Não sei como, ele se move, e num piscar de olhos estou na cama, sob o corpo dele, meus braços esticados, presos acima da minha cabeça por uma de suas mãos, enquanto a outra segura meu rosto e sua boca cobre a minha.

Sua língua está dentro da minha boca, exigente e possessiva, e eu me deleito com a força que ele usa. Sinto seu corpo todo em cima do meu. Ele *me* deseja, e isso tem um efeito delicioso sobre mim. Não a Kate com um daqueles biquínis pequenininhos, não uma das quinze, não a pervertida Mrs. Robinson. É a *mim*. Esse homem lindo me deseja. Minha deusa interior está tão acesa que poderia iluminar Portland inteira. Ele para de me beijar, eu abro os olhos, e vejo que está olhando para mim.

— Você confia em mim? — Sua voz é ofegante.

Faço que sim com a cabeça, os olhos arregalados, o coração saltando, o sangue latejando nas veias.

Ele põe a mão no bolso da calça e tira aquela gravata de seda cinza prateada... *aquela* gravata que deixou minha pele marcada. Com grande agilidade, monta em mim, já amarrando meus pulsos, mas, dessa vez, amarra a outra ponta da gravata numa das colunas da cabeceira da cama. Ele puxa o laço, verificando se está firme. Não posso sair do lugar. Estou presa, literalmente, à minha cama, e muito excitada.

Ele sai de cima de mim e fica parado ao lado da cama, me olhando, cheio de desejo. Tem uma expressão triunfante e aliviada.

— Assim é melhor — murmura, e dá um sorriso travesso.

Ele se abaixa e começa a desamarrar um dos meus tênis. Ah, não... não... meus pés. Não, acabei de correr.

— Não — protesto, tentando chutá-lo.

Ele para.

— Se você se debater, amarro seus pés também. Se fizer algum barulho, Anastasia, eu a amordaço. Fique quieta. Katherine agora deve estar lá fora ouvindo.

Amordaçar! Kate! Fico calada.

Ele tira meus sapatos e minhas meias com eficiência, despindo-me lentamente da calça de moletom. Ah... *que calcinha estou usando?* Ele me levanta e puxa a colcha e o edredom de baixo de mim, e me deita de novo, desta vez em cima do lençol.

— Agora, sim. — Lambe devagarinho o lábio inferior. — Você está mordendo o lábio, Anastasia. Você sabe o efeito que isso tem sobre mim.

Ele coloca o indicador sobre minha boca, um aviso.

Meu Deus. Mal consigo me conter, ali deitada, indefesa, vendo-o circular com elegância pelo meu quarto. Isso é um afrodisíaco inebriante. Lentamente, ele descalça os sapatos e as meias, desabotoa a calça, tira a camisa pela cabeça.

— Acho que você já viu muito — diz com uma risadinha safada.

Torna a montar em mim, puxa minha camiseta, e acho que vai tirá-la, mas a enrola até meu pescoço e puxa um pouco mais para cima, deixando-me com a boca e o nariz descobertos, mas os olhos tapados. E, como a camiseta está dobrada, não consigo enxergar nada através dela.

— Hum — sussurra, aprovando. — Isso está ficando cada vez melhor. Vou pegar alguma coisa para beber.

Ele se inclina e me beija, seus lábios macios contra os meus, e seu peso sai da cama. Ouço a porta do quarto rangendo. Pegar alguma coisa para beber? *Onde? Aqui? Em Portland? Em Seattle?* Esforço-me para escutá-lo. Consigo distinguir uns murmúrios, e sei que ele está falando com Kate — ah, não... *ele está praticamente nu.* O que ela vai dizer? Ouço baixinho alguma coisa espocando. O que é? A porta range, ele está de volta, e atravessa o quarto com passos leves. Ouço gelo tilintando dentro de um copo com líquido. Que tipo de bebida? Christian bate a porta e arrasta os pés pelo quarto, tirando a calça, que cai no chão, e sei que ele está nu. Torna a montar em mim.

— Está com sede, Anastasia? — pergunta, num tom provocante.

— Estou — sussurro, porque de repente fico com a boca seca.

Ouço o gelo tilintando no copo, e ele se inclina e me beija, enchendo minha boca com um líquido delicioso e geladinho. É vinho branco. Aquilo é tão inesperado, tão *quente*, apesar de estar gelado e os lábios de Christian estarem frios.

— Mais? — sussurra ele.

Balanço a cabeça. O vinho é mais divino ainda porque esteve em sua boca. Ele se debruça sobre mim, e bebo mais um gole do que sai dos seus lábios... *minha nossa.*

— Não vamos exagerar, você sabe que sua capacidade para bebida é limitada, Anastasia.

Não dá para evitar. Sorrio, e ele torna a se inclinar para me passar mais um delicioso gole, e se deita a meu lado, a ereção encostada na minha coxa. Ah, eu o quero dentro de mim.

— Isso é *legal*? — pergunta ele, mas noto a acidez de seu tom.

Fico tensa. Ele torna a movimentar o copo, e me beija, passando para minha boca uma pedrinha de gelo com um pouco de vinho. Sem pressa, ele vai me dando beijos gelados até chegar ao centro do meu corpo, começando na garganta, descendo por entre os seios, passando pelo torso até a barriga. Deixa um pedacinho de gelo em meu umbigo, numa poça gelada de vinho. Isso faz com que eu me sinta queimando por dentro, por todo o caminho, até lá embaixo. Uau.

— Agora, você tem que ficar quieta — murmura ele. — Se você se mexer vai molhar a cama toda de vinho.

Flexiono os quadris automaticamente.

— Ah, não. Se derramar o vinho, vou castigá-la, Srta. Steele.

Gemo e tento desesperadamente não mexer os quadris, puxando a gravata que me prende. Ah não... *por favor*.

Com um dedo, ele abaixa os bojos do meu sutiã, um de cada vez, levantando meus seios, expostos e vulneráveis. Inclinando-se, ele beija e puxa meus mamilos, um de cada vez, com os lábios gelados. Luto para não reagir arqueando o corpo.

— Até que ponto isso é *legal?* — pergunta, chupando um dos mamilos.

Ouço o gelo tilintar de novo, e então o sinto em volta do mamilo direito enquanto ele puxa o esquerdo com os lábios. Gemo, tentando não me mexer. É uma tortura doce e aflitiva.

— Se derramar o vinho, não deixo você gozar.

— Ah... por favor... Christian... Senhor... Por favor.

Ele está me deixando louca. *Ouço-o* sorrir.

O gelo no meu umbigo está derretendo. Estou para lá de quente — quente e gelada e querendo ele dentro de mim. Agora.

Seus dedos frios passeiam languidamente pela minha barriga. Minha pele está supersensível, meus quadris arqueiam automaticamente, e o líquido no meu umbigo, agora mais quente, escorre pela barriga. Christian o lambe rapidamente, me beijando, me mordendo de leve, me chupando.

— Anastasia, você se mexeu. O que vou fazer com você?

Estou arfando ruidosamente. A única coisa que consigo fazer é me concentrar em seu toque e em sua voz. Nada mais é real. Nada mais importa, nada mais é captado pelo meu radar. Seus dedos deslizam para dentro da minha calcinha, e sou recompensada com o gemido ruidoso que ele deixa escapar.

— Ah, Ana — murmura, e enfia dois dedos dentro de mim.

Suspiro.

— Já está pronta para mim tão cedo — diz ele.

Ele enfia e tira os dedos com uma lentidão tentadora, e levanto os quadris, me apertando contra ele.

— Você é uma garota voraz — adverte ele baixinho, passando o polegar em volta do meu clitóris e depois pressionando-o.

Solto um gemido alto e arqueio o corpo embaixo de seus dedos experientes. Ele estica o braço e puxa minha camiseta para eu poder vê-lo. Pisco com a claridade suave da luz da mesa de cabeceira. Quero muito tocá-lo.

— Quero tocar em você — sussurro.

— Eu sei — murmura ele.

Abaixa-se e me beija, ainda mexendo os dedos ritmadamente dentro de mim, rodando e pressionando o polegar. Ele me agarra pelo cabelo, impedindo que eu mexa a cabeça. Sua língua imita o que seus dedos fazem. Começo a tensionar as pernas, pressionando a mão dele. Ele relaxa a mão, obrigando-me a recuar quando já estou quase lá. Faz isso repetidas vezes. É muito frustrante... *Ah, por favor, Christian*, grito mentalmente.

— Esse é seu castigo, tão perto e, no entanto, tão longe. É *legal?* — sussurra no meu ouvido.

Gemo, exausta, esticando a amarra. Estou impotente, perdida num tormento erótico.

— Por favor — imploro, e ele finalmente tem pena de mim.

— Como vou te foder, Anastasia?

Ah... meu corpo começa a estremecer, depois para de novo.

— Por favor.

— O que você quer, Anastasia?

— Você... agora — imploro.

— Fodo você assim... assim... ou assim? As possibilidades são infinitas — sussurra ele em meus lábios.

Ele retira a mão e pega um envelopinho de papel laminado na mesa de cabeceira. Ajoelha-se entre minhas pernas, e, bem devagar, tira minha calcinha, olhando para mim, os olhos brilhando. Põe a camisinha. Observo fascinada, sem reação.

— Até que ponto isso é *legal?* — diz ele se acariciando.

— Eu falei de brincadeira — gemo. *Por favor, me fode, Christian.*

Ele ergue as sobrancelhas e sua mão vai e vem naquela extensão impressionante.

— De brincadeira? — Seu tom é ameaçadoramente meigo.

— Sim. Por favor, Christian — suplico.

— Está rindo agora?

— Não — choramingo.

Estou explodindo de tensão sexual. Ele me olha um instante, avaliando meu desejo, aí me agarra de repente e me vira. Isso me pega de surpresa e, por estar com as mãos atadas, tenho que me apoiar nos cotovelos. Ele empurra meus dois joelhos cama acima, me deixando com o traseiro no ar, e me dá uma palmada forte. Antes que eu possa reagir, ele me penetra. Grito — por causa da palmada e da súbita investida dele, gozo na mesma hora e torno a gozar de novo e de novo, desmontando embaixo dele enquanto continua a me penetrar deliciosamente. Ele não para. Estou exausta. Não aguento mais... e ele não para de meter... estou ficando excitada de novo... claro que não... não...

— Goza para mim, Anastasia, de novo — grunhe entre dentes, e, incrivelmente, meu corpo responde, estremecendo com outro orgasmo, e grito o nome dele. Torno a me estilhaçar em mil pedaços, e Christian para, finalmente se deixando ir, gozando calado. Ele desaba em cima de mim, ofegando.

— Até que ponto isso foi *legal?* — pergunta com os dentes cerrados.

Minha nossa.

Estou de olhos fechados estirada na cama, arquejante e exausta enquanto ele sai lentamente de dentro de mim. Ele se levanta imediatamente e se veste. Quando termina, volta para a cama e me desamarra delicadamente, tirando minha camiseta. Flexiono os dedos e esfrego os pulsos, sorrindo para a trama do tecido ali impressa. Ajeito o sutiã e ele puxa o edredom e a colcha para me cobrir. Fico olhando para ele completamente aturdida, e ele me lança um sorrisinho.

— Isso foi muito legal — sussurro, com um sorriso tímido.

— Lá vem de novo essa palavra.

— Você não gosta dela?

— Não, ela absolutamente não me atrai.

— Ah... não sei... parece que ela tem um efeito muito positivo em você.

— Agora sou um efeito positivo? Poderia ferir um pouco mais meu ego, Srta. Steele?

— Acho que não há nada de errado com seu ego.

Mas ao dizer isso, não sinto convicção em minhas palavras. Passa pela minha cabeça uma ideia tão fugaz que acaba se perdendo antes que consiga entendê-la.

— Acha?

A voz dele é suave. Ele está deitado a meu lado todo vestido, a cabeça apoiada no cotovelo, e eu só de sutiã.

— Por que você não gosta de ser tocado?

— Porque não. — Ele me dá um beijo carinhoso na testa. — Então aquele e-mail era o que você chama de brincadeira.

Sorrio para me desculpar e dou de ombros.

— Entendi. Então você continua considerando minha proposta?

— Sua proposta indecente... continuo, sim. Mas tenho umas questões.

Ele ri para mim parecendo aliviado.

— Eu ficaria desapontado se não tivesse.

— Eu ia mandá-las por e-mail, mas você meio que me interrompeu.

— *Coitus interruptus.*

— Viu? Eu sabia que você tinha algum senso de humor. — Sorrio.

— Só algumas coisas têm graça, Anastasia. Pensei que você estivesse dizendo não, sem discussão. — Sua voz some.

— Ainda não sei. Ainda não decidi. Você vai botar uma coleira em mim?

Ele ergue as sobrancelhas.

— Você andou pesquisando. Não sei, Anastasia. Ainda não botei uma coleira em ninguém.

Ah... será que isso devia me surpreender? Conheço tão pouco *do assunto*... Não sei.

— Alguém já colocou uma coleira em você? — murmuro.

— Já.

— Foi a Mrs. Robinson?

— Mrs. Robinson? — Ele dá uma boa gargalhada, e parece muito jovem e descontraído jogando a cabeça para trás naquela risada contagiosa.

Sorrio para ele também.

— Vou contar a ela que você disse isso. Ela vai adorar.

— Você ainda fala com ela?

Não consigo disfarçar o tom surpreso da minha voz.

— Falo. — Ele agora está sério.

Ah... uma parte de mim de repente fica louca de ciúme... estou perturbada com a profundidade do que sinto.

— Entendi. — Minha voz está tensa. — Então você tem uma pessoa com quem discute seu estilo de vida alternativo, mas eu não posso ter uma.

Ele franze a testa.

— Acho que nunca pensei nisso assim. Mrs. Robinson fazia parte desse estilo de vida. Eu lhe disse que agora ela é uma boa amiga. Se quiser, posso apresentar você a uma das minhas antigas submissas. Você poderia conversar com ela.

O quê? Ele está deliberadamente tentando me perturbar?

— É isso que *você* chama de brincadeira?

— Não, Anastasia.

Ele balança a cabeça, desconcertado.

— Não, vou fazer isso sozinha, muito obrigada — digo secamente, puxando o edredom até o queixo.

Ele me olha, confuso, admirado.

— Anastasia, eu... — Ele não sabe o que dizer. A princípio, acho eu. — Eu não tive intenção de ofendê-la.

— Não estou ofendida. Estou horrorizada.

— Horrorizada?

— Não quero falar com uma das suas ex-namoradas... escravas... submissas... seja lá como você as chame.

— Anastasia Steele, você está com ciúmes?

Fico vermelha como um pimentão.

— Você vai ficar aqui?

— Tenho um café da manhã de negócios amanhã no Heathman. Além do mais, já lhe disse, não durmo com namoradas, escravas, submissas nem com ninguém. Sexta-feira e sábado foram exceções. Isso não vai se repetir. — Dá para ouvir o tom de determinação em sua voz baixa e rouca.

Contraio os lábios.

— Bem, agora estou cansada.

— Você está me expulsando? — Ele ergue as sobrancelhas, achando graça e um pouco consternado.

— Estou.

— Bem, essa é mais uma novidade. — Ele me olha especulativamente. — Então, não há nada que queira discutir agora? Sobre o contrato?

— Não — respondo com petulância.

— Nossa, eu gostaria de dar uma boa surra em você. Você se sentiria muito melhor, e eu também.

— Você não pode dizer esse tipo de coisa... Eu ainda não assinei nada.

— Um homem pode sonhar, Anastasia. — Ele se inclina e segura meu queixo.

— Quarta-feira? — murmura, me dando um beijo de leve na boca.

— Quarta-feira — concordo. — Acompanho você até a porta. Se você me der um minuto.

Sento-me na cama e pego a camiseta, empurrando-o da minha frente. Com relutância, ele se levanta.

— Pode pegar minha calça de moletom, por favor?

Ele a recolhe do chão e me entrega.

— Sim, madame.

Está tentando em vão disfarçar o sorriso.

Aperto os olhos para ele ao vestir a calça. Meu cabelo está todo desgrenhado, e sei que terei de enfrentar a inquisição de Katherine Kavanagh depois que ele for embora. Pego uma presilha de cabelo e abro a porta do quarto, procurando Kate. Ela não está na sala. Tenho a impressão de ouvi-la falar ao telefone em seu quarto. Christian sai atrás de mim. No curto trajeto do meu quarto até a porta da frente, meus pensamentos e sentimentos se transformam. Já não estou com raiva dele. De repente, sinto uma vergonha insuportável. Não quero que vá embora. Pela primeira vez, desejo que ele fosse *normal* — queria uma relação normal, que não precisasse de um acordo de dez páginas, um açoite e mosquetões no teto de seu quarto de jogos.

Abro a porta para ele e fico olhando para minhas mãos. Foi a primeira vez que fiz sexo em casa, e, quanto ao sexo, acho que foi bom à beça. Mas agora tenho a sensação de ser um receptáculo, um vaso vazio a ser preenchido como ele quiser. Meu inconsciente balança a cabeça. *Você queria correr até o Heathman em busca de sexo... recebeu uma entrega expressa em domicílio.* Está de braços cruzados e bate o pé com aquela cara de quem pergunta "está se queixando de quê". Christian para no portal e segura meu queixo, obrigando-me a fitá-lo nos olhos. Ele franze a testa.

— Você está bem? — pergunta com ternura, acariciando meu lábio inferior com o polegar.

— Estou — respondo, embora, honestamente, não tenha certeza.

Sinto uma mudança de paradigma. Sei que se eu aceitar esse negócio dele, vou me machucar. Ele não tem capacidade, interesse nem disposição de oferecer mais nada... e eu quero mais. *Muito mais.* O ataque de ciúme que tive há pouco me diz que tenho sentimentos mais profundos por ele do que já confessei a mim mesma.

— Quarta-feira — ele confirma, e me dá um beijo delicado.

Algo muda enquanto está me beijando. Seus lábios ficam mais ansiosos colados nos meus, a mão que estava em meu queixo sobe e ele segura minha cabeça com as duas mãos, uma de cada lado. Sua respiração se acelera. O beijo fica mais intenso, e ele se aproxima mais. Ponho as mãos nos braços dele. Quero afagar seu cabelo, mas resisto, sabendo que ele não vai gostar disso. Ele encosta a testa na minha, olhos fechados, a voz embargada.

— Anastasia — sussurra. — O que você está fazendo comigo?

— Eu poderia fazer a mesma pergunta — retruco.

Respirando fundo, ele me beija na testa e sai. Anda decidido até o carro, passando a mão no cabelo. Olhando para cima ao abrir a porta do carro, dá aquele sorriso de tirar o fôlego. Retribuo com um sorriso fraco, completamente deslumbrado, e torno a me lembrar de Ícaro se aproximando demais do Sol. Fecho a porta de casa quando ele entra em seu carro esporte. Tenho uma vontade avassaladora de chorar, estou angustiada, e me sinto só e melancólica. Voltando depressa para o quarto, fecho a porta e me encosto nela, tentando racionalizar meus sentimentos. Não consigo. Escorrego para o chão, ponho as mãos na cabeça e deixo as lágrimas começarem a rolar.

Kate bate à porta com delicadeza.

— Ana? — murmura.

Abro a porta, ela me olha e me dá um abraço.

— O que houve? O que aquele filho da mãe nojento fez?

— Ah, Kate, nada que eu não quisesse que ele fizesse.

Ela me puxa para a cama, e nos sentamos.

— Você está com o cabelo horrível de quem acabou de trepar.

Apesar da tristeza pungente, acho graça.

— O sexo foi bom, não teve nada de horrível.

Kate sorri.

— Ainda bem. Por que está chorando? Você nunca chora.

Ela pega minha escova na mesa de cabeceira, senta-se atrás de mim e começa a escovar meu cabelo para desembaraçar os nós.

— Simplesmente acho que nossa relação não vai dar em nada.

Fico olhando para baixo.

— Pensei que você tivesse dito que ia sair com ele na quarta-feira.

— Eu vou. Esse era nosso plano original.

— Então, por que ele apareceu aqui hoje?

— Mandei um e-mail para ele.

— Pedindo para ele passar aqui?

— Não, dizendo que não queria mais sair com ele.

— E ele aparece? Ana, isso é genial.

— Na verdade, foi uma brincadeira.

— Ah. Agora estou realmente confusa.

Com paciência, explico a essência do meu e-mail, sem revelar nada.

— E você achou que ele fosse responder por e-mail.

— Achei.

— Mas em vez disso, ele apareceu aqui.

— É.

— Eu diria que ele está totalmente apaixonado por você.

Franzo a testa. *Christian apaixonado por mim? É difícil.* Ele só está procurando um brinquedo novo — um brinquedo conveniente que pode levar para a cama e com o qual pode fazer coisas atrozes.

— Ele veio aqui para me comer, só isso.

— Quem disse que o romance tinha morrido? — pergunta ela, horrorizada.

Eu choquei Kate. Achei que isso fosse impossível. Dou de ombros, pedindo desculpas.

— Ele usa o sexo como arma.

— Come você para torná-la submissa? — Ela balança a cabeça num gesto de desaprovação.

Pisco várias vezes, meu rosto completamente ruborizado. *Ah... acertou na mosca, Katherine Kavanagh, jornalista agraciada com o Prêmio Pulitzer.*

— Ana, eu não entendo, você simplesmente deixa ele fazer amor com você?

— Não, Kate, a gente não faz amor. A gente fode. É a terminologia de Christian. Ele não quer saber de amor.

— Eu sabia que ele tinha alguma coisa esquisita. Ele tem medo de compromisso.

Balanço a cabeça, concordando. Por dentro, definho. Ah, Kate... eu gostaria de poder contar tudo para você, tudo sobre esse cara estranho, triste e sacana, e queria que você me dissesse para tirá-lo da cabeça. Que não me deixasse ser uma idiota.

— Acho que isso tudo é um pouco demais — murmuro. *Esse é o maior eufemismo do ano.*

Porque não quero mais falar sobre Christian, pergunto a ela sobre Elliot, e ela se transforma ao ouvir o nome dele. Fica toda animada, rindo para mim.

Dou um abraço nela.

— Ah, quase esqueci. Seu pai ligou enquanto você estava, hã... ocupada. Aparentemente, Bob sofreu uma lesão, então sua mãe e ele não poderão vir à formatura. Mas seu pai chegará na quinta-feira. Quer que você ligue para ele.

— Ah, minha mãe não me ligou. Bob está bem?

— Está. Ligue para ela de manhã. Agora está tarde.

— Obrigada, Kate. Já estou bem. Vou ligar para o Ray de manhã, também. Acho que vou me deitar.

Ela sorri, mas franze o cenho, preocupada.

Depois que ela sai, me sento e releio o contrato, fazendo mais anotações à medida que avanço na leitura. Quando termino, ligo o laptop, pronta para responder.

Há um e-mail do Christian na minha caixa de entrada.

De: Christian Grey
Assunto: Hoje à noite
Data: 23 de maio de 2011 23:16
Para: Anastasia Steele

Srta. Steele,
Estou ansioso para receber suas anotações sobre o contrato.

Até lá, durma bem, baby.

Christian Grey
CEO, Grey Enterprises Holdings, Inc.

De: Anastasia Steele
Assunto: Questões
Data: 24 de maio de 2011 00:02
Para: Christian Grey

Prezado Sr. Grey,
Eis a minha lista de questões. Estou ansiosa para discuti-las melhor no jantar de quarta-feira.

Os números se referem às cláusulas:

2: Não tenho certeza de que isso é exclusivamente para o MEU bem — i.e., para explorar a MINHA sensualidade e os MEUS limites. Garanto que eu não precisaria de um contrato de dez páginas para fazer isso. Com certeza isso é para o SEU bem.

4: Como sabe, o senhor é meu único parceiro sexual. Eu não uso drogas, e não fiz nenhuma transfusão de sangue. É provável que eu seja segura. E o senhor?

8: Posso terminar a qualquer momento se achar que o senhor não está se atendo aos limites acordados. OK, gosto dessa.

9: Obedecê-lo em tudo? Aceitar sua disciplina sem hesitação? Precisamos conversar sobre isso.

11: Um mês de período de experiência. Não três.

12: Não posso assumir o compromisso de todo fim de semana. Tenho minha vida, ou terei. Quem sabe três fins de semana por mês?

15.2: Usar meu corpo da maneira que julgar apropriada, sexualmente ou de outra maneira qualquer. Por favor, defina "outra maneira qualquer".

15.5: Toda a cláusula de disciplina. Não sei se quero ser chicoteada, açoitada ou receber castigos corporais. Garanto que isso iria contra as cláusulas 2-5. E também "por qualquer outro motivo". Isso é maldade — e o senhor disse que não era sádico.

15.10: Como se me emprestar para outra pessoa fosse uma opção. Mas ainda bem que isso está aqui por escrito.

15.14: As Regras. Falarei mais sobre isso depois.

15.19: Tocar-me sem sua permissão. Qual é o problema? O senhor sabe que não faço isso, afinal.

15.21: Disciplina — queira ver cláusula 15.5 acima.

15.22: Não posso olhá-lo nos olhos? Por quê?

15.24: Por que não posso tocá-lo?

Regras:

Sono — Concordo com seis horas.

Alimentação — Não vou comer alimentos de uma lista específica. É a lista de alimentos ou eu — não tem negociação.

Roupas — contanto que eu só tenha que usar suas roupas quando estiver com você... tudo bem.

Exercícios — Concordamos com três horas, o contrato ainda menciona quatro.

Limites Brandos:

Podemos examinar todos eles? Nada de introduzir mão ou objetos de qualquer tipo. O que é suspensão? Grampos genitais — você deve estar brincando.

Queira por favor me informar dos planos para quarta-feira. Trabalho até as cinco da tarde nesse dia.

Boa noite.

Ana

De: Christian Grey
Assunto: Questões
Data: 24 de maio de 2011 00:07
Para: Anastasia Steele

Srta. Steele,
É uma longa lista. Por que ainda está acordada?

Christian Grey
CEO, Grey Enterprises Holdings, Inc.

De: Anastasia Steele
Assunto: Virando a noite
Data: 24 de maio de 2011 00:10
Para: Christian Grey

Senhor,
Se está lembrado, eu estava analisando esta lista quando fui distraída e levada para a cama por um maníaco por controle que apareceu de surpresa.

Boa noite.

Ana

De: Christian Grey
Assunto: Pare de virar a noite
Data: 24 de maio de 2011 00:12
Para: Anastasia Steele

VÁ SE DEITAR, ANASTASIA.

Christian Grey
CEO & Maníaco por Controle, Grey Enterprises Holdings, Inc.

Ah... *maiúsculas gritantes!* Desligo. Como ele pode me intimidar estando a dez quilômetros de distância? Balanço a cabeça. Ainda aborrecida, me deito e adormeço imediatamente, caindo num sono profundo, mas perturbado.

CAPÍTULO TREZE

No dia seguinte, ligo para minha mãe depois que chego em casa do trabalho. Foi um dia relativamente calmo na loja, o que me deu um bom tempo para pensar. Estou inquieta, nervosa com meu confronto com o Sr. Maníaco por Controle amanhã, e só fico pensando que talvez eu tenha sido muito negativa em minha reação ao contrato. Talvez ele cancele tudo.

Minha mãe está pesarosa, desculpando-se sem parar por não poder ir à minha formatura. Bob torceu uns ligamentos, o que quer dizer que está mancando por aí. Honestamente, ele é tão propenso a acidentes quanto eu. A expectativa é que se recupere plenamente, mas isso significa que está de repouso, e minha mãe tem que fazer tudo para ele.

— Ana, querida, lamento tanto — choraminga ela ao telefone.

— Mãe, tudo bem. Ray vai estar presente.

— Ana, você parece distraída... está tudo bem, querida?

— Tudo, mãe. — *Ah, se você soubesse.* Conheci um cara podre de rico e ele quer ter um relacionamento totalmente pervertido, no qual não poderei opinar em nada.

— Você conheceu alguém?

— Não, mãe.

Não vou entrar nesse assunto agora de jeito nenhum.

— Bem, querida, vou ficar pensando em você na quinta-feira. Eu amo você... você sabe disso, não é, amorzinho?

Fecho os olhos. Suas palavras preciosas me aquecem a alma.

— Também amo você, mãe. Mande um beijo para o Bob, espero que ele melhore logo.

— Mando, sim, querida. Tchau.

— Tchau.

Acabei entrando no meu quarto com o telefone. Despreocupadamente, ligo a máquina do mal e abro minha caixa de entrada. Tem um e-mail de Christian de ontem bem tarde, ou de hoje bem cedo, dependendo do ponto de vista. Meu coração dispara na mesma hora, e ouço o sangue latejando nos meus ouvidos. Puta merda... talvez ele tenha dito não, isto é, talvez tenha cancelado o jantar. A ideia dói muito. Descarto-a rapidamente e abro o e-mail.

De: Christian Grey
Assunto: Seus problemas
Data: 24 de maio de 2011 1:27
Para: Anastasia Steele

Cara Srta. Steele,
Após ter analisado mais detidamente os problemas que propôs, permita-me chamar a atenção para a definição de submisso.

submisso [sub-mis-so] — *adjetivo.*

1. propenso ou pronto a se submeter; que obedece humildemente sem resistir: *servos submissos.*

2. que denota ou envolve submissão: *uma resposta submissa.*

Origem: 1580-90 submiss + -ivo

Sinônimos: 1. afável, dócil, domável, maleável. 2. passivo, resignado, paciente, dócil, manso, controlado. *Antônimos:* 1. rebelde, desobediente.

Por favor, tenha isso em mente para o nosso encontro de quarta-feira.

Christian Grey
CEO, Grey Enterprises Holdings, Inc.

Minha primeira reação é de alívio. Ele está disposto a discutir minhas questões pelo menos, e ainda quer me ver amanhã. Após refletir um pouco, respondo.

De: Anastasia Steele
Assunto: Meus problemas... E os Seus Problemas?
Data: 24 de maio de 2011 18:29
Para: Christian Grey

Senhor,
Por favor, veja a data de origem: 1580-90. Eu gostaria de lembrar-lhe, respeitosamente, que estamos em 2011. Evoluímos muito desde então.

Permita-me apresentar uma definição para a *sua* consideração para nosso próximo encontro:

compromisso [kom-pro-mis-so] — *substantivo masculino*

1. acerto de diferenças por concessões mútuas; convenção ou comprometimento entre duas ou mais partes litigantes de se sujeitarem a um julgamento ou decisão arbitral. 2. obrigação assumida por uma ou diversas partes. 3. dívida a ser paga em dia combinado.

comprometido [kom-pro-me-ti-do]: — *adjetivo*

1. obrigado por compromisso. 2. dado como penhor de garantia, empenhado. 3. que se envolveu, enredado. 4. que foi prejudicado, danificado.

Ana

De: Christian Grey
Assunto: E os meus problemas?
Data: 24 de maio de 2011 18:32
Para: Anastasia Steele

Tem razão, como sempre, Srta. Steele. Passarei para pegá-la em sua casa amanhã às 19 horas.

Christian Grey
CEO, Grey Enterprises Holdings, Inc.

De: Anastasia Steele
Assunto: 2011 — As mulheres sabem dirigir
Data: 24 de maio de 2011 18:40
Para: Christian Grey

Senhor,
Tenho carro. Sei dirigir.

Eu preferiria encontrá-lo em algum lugar.

Onde o encontro?

Em seu hotel às 19 horas?

Ana

De: Christian Grey
Assunto: Jovens teimosas
Data: 24 de maio de 2011 18:43
Para: Anastasia Steele

Cara Srta. Steele,
Refiro-me ao meu e-mail datado de 24 de maio, enviado à 1h27, e à definição ali incluída.

Algum dia acha que será capaz de obedecer?

Christian Grey
CEO, Grey Enterprises Holdings, Inc.

De: Anastasia Steele
Assunto: Homens intratáveis
Data: 24 de maio de 2011 19:49
Para: Christian Grey

Sr. Grey,
Eu gostaria de ir no meu carro.

Por favor.

Ana.

De: Christian Grey
Assunto: Homens exasperados
Data: 24 de maio de 2011 18:52
Para: Anastasia Steele

Tudo bem.
No meu hotel às 19 horas.

Encontro-a no Marble Bar.

Christian Grey
CEO, Grey Enterprises Holdings, Inc.

Ele é ainda mais rabugento por e-mail. Será que não entende que posso precisar fugir depressa? Não que meu fusca seja rápido... mas mesmo assim — preciso de um meio de fuga.

De: Anastasia Steele
Assunto: Homens não tão intratáveis
Data: 24 de maio de 2011 18:55
Para: Christian Grey

Obrigada.

Bj
Ana

De: Christian Grey
Assunto: Mulheres exasperantes
Data: 24 de maio de 2011 18:59
Para: Anastasia Steele

De nada.

Christian Grey.
CEO, Grey Enterprises Holdings, Inc.

Ligo para Ray, que está indo assistir ao Sounders jogar contra um time de futebol de Salt Lake City, então nossa conversa felizmente é curta. Ele vem de carro na quinta-feira para a formatura. Quer me levar para jantar depois. Emociono-me ao falar com Ray, e fico com um nó na garganta. Ele foi meu porto seguro durante todos os altos e baixos românticos da mamãe. Temos uma ligação especial que eu valorizo muito. Apesar de ser meu padrasto, ele sempre me tratou como filha, e mal posso esperar para vê-lo. Já faz muito tempo. Sua força silenciosa é do que preciso agora, do que sinto falta. Talvez eu possa canalizar meu Ray interior para o encontro de amanhã.

Kate e eu nos concentramos em empacotar tudo, dividindo uma garrafa de vinho barato ao fazer isso. Quando finalmente vou me deitar, após quase embalar meu quarto inteiro, estou mais calma. A atividade física foi uma distração oportuna, e estou cansada. Quero uma boa noite de descanso. Aninho-me na cama e logo adormeço.

PAUL VOLTOU DE Princeton antes de ir para Nova York começar um estágio numa financeira. Ele passa o dia inteiro atrás de mim na loja pedindo para eu sair com ele. É irritante.

— Paul, pela centésima vez, eu tenho um compromisso hoje à noite.

— Não tem, não, só está dizendo isso para me evitar. Você vive me evitando.

É... parece que você entendeu.

— Paul, nunca achei que fosse uma boa ideia sair com o irmão do chefe.

— Sexta-feira é seu último dia aqui. Você não trabalha amanhã.

— E vou para Seattle no sábado e em breve você vai estar em Nova York. Nem que tentasse, a gente conseguiria ficar mais longe um do outro. Além do mais, vou sair com uma pessoa hoje à noite.

— Com o José?

— Não.

— Com quem, então?

— Paul... ah. — Meu suspiro é exasperado. Ele não vai desistir. — Christian Grey.

Não posso evitar o tom de irritação. Mas funciona. Paul fica boquiaberto, olhando para mim perplexo. Nossa, até o *nome* dele deixa as pessoas sem fala.

— Você vai sair com Christian Grey? — pergunta ele, afinal, depois de se recuperar do choque.

Seu tom de voz deixa claro que ele não está acreditando.

— Vou.

— Entendi.

Paul exibe uma expressão desapontada, até aturdida, e, lá no fundo, me incomoda o fato de ele se surpreender com isso. Incomoda a minha deusa interior também. Ela faz um gesto muito feio e vulgar com o dedo para ele.

Depois disso, ele me ignora o dia todo, e, às cinco da tarde, vou embora.

Kate me emprestou dois vestidos e dois pares de sapato, para hoje à noite e para a formatura amanhã. Eu gostaria de me interessar mais por roupas e faço um esforço extra, mas essa não é minha praia. *Qual é sua praia, Anastasia?* A pergunta de Christian feita com a voz suave me persegue. Sacudindo a cabeça e tentando me acalmar, decido pelo modelo justo cor de ameixa para hoje. É discreto e vagamente formal — afinal, estou indo negociar um contrato.

Tomo um banho, raspo as pernas e as axilas, lavo o cabelo, e passo uma boa meia hora secando-o, fazendo-o me envolver como um manto ondulado até a altura dos seios. Prendo-o para afastá-lo do rosto e passo rímel e brilho labial. Raramente uso maquiagem — fico intimidada. Nenhuma das minhas heroínas literárias teve que lidar com maquiagem. Talvez eu entendesse mais do assunto se tivessem tido. Calço os sapatos de salto agulha da mesma cor do vestido, e, às seis e meia, estou pronta.

— E aí? — pergunto a Kate.

Ela ri.

— Puxa, você caprichou, Ana. — Ela aprova com um gesto de cabeça. — Está gostosa.

— Gostosa! O meu objetivo é parecer discreta e formal.

— Também, mas está principalmente gostosa. Esse vestido fica muito bem em você, combina com seu tom de pele. Ficou bem justo.

Ela dá uma risadinha.

— Kate! — censuro.

— Só estou falando a verdade, Ana. Ficou tudo perfeito. Fique com o vestido. Você vai fazer com que ele coma na sua mão.

Contraio a boca. *Ah, você está invertendo as coisas.*

— Deseje-me sorte.

— Você precisa de sorte em um encontro? — Ela franze a testa, intrigada.

— Preciso, Kate.

— Pois então, boa sorte.

Ela me dá um abraço, e eu saio.

Tenho que dirigir descalça. Wanda, meu fusca azul-claro, não foi feito para ser dirigido por quem usa salto agulha. Paro em frente ao Heathman exatamente às seis e cinquenta e oito e entrego as chaves do carro para o manobrista estacionar. Ele olha torto para meu fusca, mas finjo que não vejo. Respiro fundo, preparando-me mentalmente para a batalha, e entro no hotel.

Christian está encostado displicentemente no bar, bebendo uma taça de vinho branco. Usa uma camisa de linho branco, como de praxe, calça jeans preta, gravata preta, e paletó preto. Seu cabelo está mais despenteado que nunca. Suspiro. Fico parada um instante na entrada do bar, olhando para ele, admirando a cena. Ele olha, nervoso, acho eu, para a entrada, e fica imóvel quando me vê. Pisca umas duas vezes, e então dá um sorriso lento, preguiçoso e sensual que me deixa sem fala e toda derretida por dentro. Fazendo um esforço supremo para não morder o lábio, me adianto, ciente de que eu, Anastasia Steele da Semjeitolândia, estou de salto agulha. Ele vem com elegância ao meu encontro.

— Você está maravilhosa — murmura ao se inclinar para me dar um beijo no rosto. — De vestido, Srta. Steele. Aprovo.

Oferecendo o braço, ele me conduz a uma mesa isolada e acena para o garçom.

— O que vai querer beber?

Meus lábios esboçam um sorriso maroto enquanto deslizo para me sentar à mesa — bem, pelo menos ele está me perguntando.

— Vou beber o mesmo que você, por favor.

Viu? Sei ser boazinha e me comportar. Achando graça, ele pede outro copo de Sancerre e desliza para o lugar à minha frente.

— Eles têm uma adega excelente aqui — comenta.

Colocando os cotovelos na mesa, ele junta as mãos na frente da boca, os olhos acesos com uma emoção intraduzível. E pronto... comecei a sentir aquela atração familiar e aquela energia vindo dele, acendendo-me por dentro. Fico me mexendo desconfortável, o coração disparado, enquanto ele me examina. Preciso manter a calma.

— Está nervosa? — pergunta ele delicadamente.

— Estou.

Ele se inclina para mim.

— Eu também — sussurra em tom conspiratório.

Meus olhos procuram depressa os dele. *Ele? Nervoso? Nunca.* Pisco, e Christian me dá aquele adorável sorriso torto. O garçom chega com meu vinho, um pratinho de frutas secas sortidas, e outro de azeitonas.

— Então, como vamos fazer isso? — pergunto. — Analisar meus argumentos um por um?

— Impaciente como sempre, Srta. Steele.

— Bem, eu poderia lhe perguntar o que achou do tempo hoje.

Ele sorri, e pega uma azeitona com aqueles dedos compridos. Joga-a na boca, e meus olhos ficam presos ali, naquela boca que já esteve em mim... em todas as partes do meu corpo. Enrubesço.

— Achei que o tempo esteve particularmente normal hoje.

Ele dá um sorrisinho.

— Está debochando de mim, Sr. Grey?

— Estou, Srta. Steele.

— Sabe que este contrato é legalmente inválido?

— Estou plenamente ciente desse fato, Srta. Steele.

— Ia comunicá-lo a mim em algum momento?

Ele franze a testa.

— Acha que eu a coagiria a fazer algo contra sua vontade, e depois fingiria ter poder legal sobre você?

— Bem... sim.

— Não me tem em muito alta conta, não é?

— O senhor não respondeu a minha pergunta.

— Anastasia, não importa se é legal ou não. O contrato representa um acordo que eu gostaria de fazer com você: o que eu espero de você e o que você pode esperar de mim. Se não lhe agrada, então não assine. Se assinar e depois achar que não lhe agrada, há cláusulas de salvaguarda suficientes para que possa cair fora. Mesmo se o contrato fosse legalmente vinculante, acha que eu iria arrastá-la para os tribunais se decidisse cancelá-lo?

Tomo um bom gole de vinho. Meu inconsciente me dá um tapa no ombro. Você precisa conservar a capacidade de raciocínio. *Não beba demais.*

— Relações como esta se baseiam em honestidade e confiança — prossegue ele. — Se não confiar em mim, confiar para saber como afeto você, até onde posso ir, até onde posso levá-la, se não puder ser honesta comigo, aí realmente não podemos fazer isso.

Nossa, fomos rápido ao que interessa. *Até onde ele pode me levar.* Puta merda. O que significa isso?

— Então é bem simples, Anastasia. Você confia em mim ou não?

Os olhos dele ardem, fervem.

— Teve discussões semelhantes com, hã... as quinze?

— Não.

— Por quê?

— Porque elas eram todas submissas estabelecidas. Sabiam o que queriam de uma relação comigo e o que eu esperava de modo geral. Com elas, era só uma questão de ajustar os limites brandos, esses detalhes.

— Você frequenta alguma loja? A Butique dos Submissos, ou algo assim?

Ele ri.

— Não exatamente.

— Então, como?

— É isso que você quer discutir? Ou vamos direto ao x da questão? Seus problemas, como você diz.

Engulo em seco. *Será que confio nele?* É a isso que tudo se resume? Confiança? É claro que isso deve ser um sentimento bilateral. Lembro-me da agitação dele quando liguei para José.

— Está com fome? — pergunta, interrompendo meus pensamentos.

Ah, não... comida.

— Não.

— Já comeu hoje?

Fico olhando para ele. *Honestamente...* Puta merda, ele não vai gostar da minha resposta.

— Não. — Minha voz quase some.

Ele franze o cenho.

— Você tem que comer, Anastasia. Podemos comer aqui ou na minha suíte. O que prefere?

— Acho que devemos ficar em terreno público e neutro.

Ele dá um sorriso irônico.

— Acha que isso me deteria? — sussurra, um aviso sensual.

Arregalo os olhos e torno a engolir em seco.

— Espero que sim.

— Venha, reservei uma sala de jantar privada. Nada de público.

Ele me lança um sorriso enigmático e sai da mesa, estendendo a mão para mim.

— Traga seu vinho — murmura.

Dando-lhe a mão, deslizo para sair e fico em pé ao lado dele. Ele solta minha mão, pega meu cotovelo e me conduz ao mezanino pela imponente escada em frente ao bar. Um rapaz de libré vem ao nosso encontro.

— Sr. Grey, por aqui.

Atravessamos com ele uma luxuosa área de estar até uma sala de jantar íntima. *Só uma mesa isolada.* A sala é pequena, mas suntuosa. Embaixo de um lustre cintilante, a mesa posta com uma toalha de linho branca, copos de cristal, talheres de prata e um ramo de rosas brancas. Há um encanto sofisticado do velho mundo impregnado na sala de lambris de madeira. O garçom puxa minha cadeira, e eu me sento. Ele coloca o guardanapo no meu colo. Christian senta-se em frente a mim. Olho para ele.

— Não morda o lábio — sussurra.

Franzo a testa. Droga. Nem sei o que estou fazendo.

— Eu já fiz os pedidos. Espero que não se importe.

Francamente, estou aliviada. Não tenho certeza se tenho capacidade de tomar mais nenhuma decisão.

— Não, está ótimo — concordo.

— É bom saber que você pode se resignar. Agora, onde estávamos?

— No x da questão.

Tomo mais um bom gole de vinho. É mesmo uma delícia. Christian Grey entende de vinho. Lembro-me do último gole que ele me deu, em minha cama. Coro com essa lembrança intrusiva.

— Sim, as suas questões.

Ele retira uma folha de papel do bolso interno do paletó. Meu e-mail.

— Cláusula 2. Aceita. Isso beneficia a nós dois. Redigirei de novo.

Pisco para ele. Puta merda... vamos examinar cada um desses pontos, um a um? Eu simplesmente não me sinto tão corajosa cara a cara. Ele parece muito sério. Preparo-me para o pior com mais um gole de vinho. Christian continua.

— Minha saúde sexual. Bem, todas as minhas parceiras anteriores fizeram exames de sangue, e eu faço exames regulares a cada seis meses para todos os riscos de saúde que você menciona. Todos os meus testes recentes estão bons. Nunca usei drogas. Na verdade, sou veementemente contra drogas. Tenho uma política rígida de não tolerância com relação a drogas para todos os meus empregados, e insisto em testes aleatórios.

Nossa... mania de controle levada à loucura. Pisco para ele, chocada.

— Nunca fiz nenhuma transfusão de sangue. Isso responde à sua pergunta?

Balanço a cabeça, impassível.

— Sua questão seguinte, eu já mencionei. Você pode ir embora a qualquer momento, Anastasia. Não vou impedi-la. Mas se for, acabou. Só para você saber.

— Tudo bem — respondo baixinho.

Se eu for embora, acabou. A ideia é surpreendentemente dolorosa.

O garçom chega com nosso primeiro prato. Como posso comer? Ai, meu Deus — ele pediu ostras frescas num leito de gelo.

— Espero que goste de ostra — diz ele com a voz macia.

— Nunca comi.

Jamais.

— É mesmo? Bem. — Ele pega uma. — Basta deixar escorregar e engolir. Acho que consegue fazer isso.

Ele me olha, e sei a que está se referindo. Fico vermelha. Ele sorri para mim, espreme um pouco de limão na sua ostra e deixa-a escorregar na boca.

— Hum, que delícia. Tem gosto de mar. — Ele me olha. — Coma — encoraja.

— Então, eu não preciso mastigar?

— Não, Anastasia, não precisa.

Seus olhos brilham, divertidos. Ele parece mais jovem assim.

Mordo o lábio, e sua expressão muda na mesma hora. Ele fecha a cara para mim. Estico o braço e pego a primeira ostra da minha vida. Tudo bem... lá vai. Espremo um pouco de limão nela e jogo-a na boca. Ela escorrega goela abaixo, um gostinho de água do mar, sal, a acidez do limão e uma consistência... aah. Lambo os lábios, e ele está me observando atentamente, o olhar dissimulado.

— E aí?

— Vou comer outra — digo secamente.

— Muito bem — diz ele orgulhoso.

— Você escolheu ostras de propósito? Elas são famosas pelas propriedades afrodisíacas, não são?

— Não, as ostras são o primeiro item do menu. Não preciso de afrodisíaco perto de você. Acho que sabe disso, e imagino que você tenha a mesma reação a meu lado — diz ele simplesmente. — Então, onde estávamos?

Ele olha meu e-mail enquanto pego outra ostra.

Ele tem a mesma reação. Eu o afeto... uau.

— Obedecer a mim em tudo. Sim, quero que você faça isso. Preciso que faça isso. Pense nisso como um teatrinho, Anastasia.

— Mas tenho medo de que você me machuque.

— Machuque como?

— Fisicamente.

E emocionalmente.

— Acha mesmo que eu faria isso? Passar de qualquer limite que você não possa suportar?

— Você disse que já machucou uma pessoa antes.

— É, machuquei. Foi há muito tempo.

— Como a machucou?

— Eu a suspendi no teto do quarto de jogos. Na verdade, essa é uma das suas questões. Suspensão. É para isso que servem os mosquetões no quarto. Brincadeiras com corda. Uma das cordas estava muito apertada.

Faço um gesto, implorando para que ele pare.

— Não preciso saber de mais nada. Então você não vai me suspender?

— Não se você realmente não quiser. Você pode tornar isso um limite rígido.

— Tudo bem.

— Obedecer, então. Acha que consegue fazer isso?

Ele me encara, o olhar intenso. Os segundos passam.

— Eu poderia tentar — sussurro.

— Ótimo. — Ele sorri. — Agora a vigência. Um mês em vez de três não é nada, especialmente se você quiser um fim de semana longe de mim por mês. Acho que não conseguirei ficar longe de você por todo esse tempo. Mal consigo agora. — Ele para.

Ele não consegue ficar longe de mim? O quê?

— Que tal você ter um dia de um fim de semana por mês, mas eu ganhar uma noite no meio dessa semana?

— Tudo bem.

— E por favor, vamos experimentar por três meses. Se não gostar, pode ir embora quando quiser.

— Três meses?

Estou me sentindo coibida. Tomo mais um bom gole de vinho e como outra ostra. Eu poderia aprender a gostar disso.

— A questão da posse, isso é só terminologia e remonta ao princípio da obediência. É para colocá-la no estado de espírito certo, para entender meu ponto de vista. E quero que saiba que tão logo você entre pela porta da minha casa como minha submissa, faço o que quiser com você. Você tem que aceitar isso, e de bom grado. Por isso precisa confiar em mim. Eu vou foder você, a qualquer momento, do jeito que eu quiser, onde eu quiser. Vou discipliná-la, porque você vai fazer besteira. Vou treiná-la para me satisfazer.

"Mas sei que você nunca fez isso. Vamos começar devagar, e eu vou ajudá-la. Vamos desenvolver vários cenários. Quero que você confie em mim, mas sei que tenho que conquistar sua confiança e vou conquistá-la. A frase 'ou de outra maneira qualquer' também é para ajudá-la a entrar no espírito; significa que vale tudo.

Ele está muito apaixonado, fascinado. Essa é claramente sua obsessão, o jeito que ele é... Não consigo tirar os olhos dele. Ele quer muito, muito, isso. Para de falar e me encara.

— Ainda está acompanhando? — murmura, a voz quente e sedutora. Bebe um gole de vinho, o olhar penetrante prendendo o meu.

O garçom aparece à porta, e Christian faz um sinal de cabeça sutil, autorizando-o a retirar o prato de ostras.

— Quer mais vinho?

— Tenho que dirigir.

— Então, água?

Assinto com a cabeça.

— Com ou sem gás?

— Com gás, por favor.

O garçom se retira.

— Você está muito calada — comenta Christian.

— Você está muito falante.

Ele sorri.

— Disciplina. Há uma linha muito tênue entre prazer e dor, Anastasia. São dois lados da mesma moeda, e não há um sem o outro. Posso lhe mostrar quão prazerosa pode ser a dor. Você não acredita em mim agora, mas é isso que eu quero dizer com confiança. Vai haver dor, mas nada que você não possa suportar. Mais uma vez, tudo é confiança. Você confia em mim, Ana?

Ana!

— Confio.

Respondo automaticamente, sem pensar... porque é verdade — *confio* nele.

— Muito bem — ele parece aliviado. — O resto são só detalhes.

— Detalhes importantes.

— Tudo bem. Vamos analisá-los.

Estou tonta com todas essas coisas que ele fala. Eu devia ter trazido o gravador digital da Kate para poder ouvir isso de novo depois. Tem muita informação, muita coisa para digerir. O garçom reaparece com nossos pratos: bacalhau negro, aspargos e batatas amassadas com molho holandês. Nunca estive tão sem vontade de comer.

— Espero que goste de peixe — diz Christian, amavelmente.

Belisco minha comida e tomo um gole da água com gás. Eu queria muito que fosse vinho.

— As regras. Vamos falar sobre elas. Comida pode inviabilizar o acordo?

— Pode.

— Posso modificar e dizer que você vai comer pelo menos três refeições por dia?

— Não.

Não vou voltar atrás nisso. Ninguém vai me dizer o que comer. Como eu trepo, sim, mas o que eu como... não, de jeito nenhum.

Ele contrai os lábios.

— Preciso saber que você não está com fome.

Franzo a testa. *Por quê?*

— Você vai ter que confiar em mim.

Ele me olha um instante, e relaxa.

— *Touché*, Srta. Steele — diz baixinho. — Concedo a alimentação e o sono.

— Por que não posso olhar para você?

— Isso é uma coisa entre dominador e submissa. Você vai se acostumar.

Vou?

— Por que não posso tocar em você?

— Por que não.

Ele aperta os lábios com força.

— É por causa da Mrs. Robinson?

Ele me olha intrigado.

— Por que acha isso? — E na mesma hora entende. — Você acha que ela me traumatizou?

Faço que sim com a cabeça.

— Não, Anastasia. Ela não é o motivo. Além do mais, Mrs. Robinson não aceitaria nenhuma dessas porcarias da minha parte.

Balanço a cabeça.

Ah... mas eu tenho que aceitar.

Faço uma expressão zangada.

— Então não tem nada a ver com ela?

— Não. E também não quero que você se toque.

O quê? Ah, sim, a cláusula proibindo a masturbação.

— Por curiosidade... por quê?

— Por que eu quero o seu prazer todo para mim.

A voz dele é grave, mas determinada.

Ah... Não tenho resposta para isso. Num momento, ele vem com "eu quero morder esse lábio"; em outro, com todo esse egoísmo. Franzo a testa e como um pedacinho do bacalhau, tentando pensar no que consegui. Comida, sono. Ele vai devagar, e ainda não discutimos os limites brandos. Mas não sei se consigo enfrentar isso durante o jantar.

— Já lhe dei muita coisa para pensar, não foi?

— Sim.

— Quer falar dos limites brandos agora?

— Não durante o jantar.

Ele sorri.

— Fica enjoada?

— Por aí.

— Você não comeu muito.

— Estou satisfeita.

— Três ostras, quatro garfadas de bacalhau e um talo de aspargo, nada de batata, nada de frutas secas, nada de azeitonas, e não comeu o dia inteiro. Você disse que eu podia confiar em você.

Nossa, ele fez um inventário.

— Christian, por favor, não é todo dia que preciso lidar com conversas como esta.

— Preciso de você em forma e saudável, Anastasia.

— Eu sei.

— E agora mesmo, quero tirar seu vestido.

Engulo em seco. *Tirar o vestido da Kate.* Sinto aquela tensão dentro de mim. Músculos com os quais agora já estou mais familiarizada se contraem diante dessas palavras. Mas não posso aceitar isso. Sua arma mais potente usada de novo contra mim. Ele é muito bom com sexo — até eu já entendi isso.

— Acho que não é uma boa ideia — digo baixinho. — Ainda não comemos a sobremesa.

— Você quer sobremesa? — bufa ele.

— Quero.

— Você podia ser a sobremesa — murmura ele sugestivamente.

— Não sei se sou doce o bastante.

— Anastasia, você é uma delícia de tão doce. Eu sei.

— Christian, você usa o sexo como uma arma. Isso realmente não é justo — afirmo, olhando para minhas mãos, e depois encarando-o.

Ele ergue as sobrancelhas, surpreso, e vejo que está considerando minhas palavras. Afaga o queixo, pensativo.

— Tem razão. Uso. Na vida, a gente usa o que pode, Anastasia. Isso não muda o quanto desejo você. Aqui. Agora.

Como ele pode me seduzir só com a voz? Já estou ofegante — o sangue fervendo em minhas veias, os nervos formigando.

— Eu gostaria de experimentar uma coisa — murmura ele.

Franzo as sobrancelhas. Ele acabou de me dar um monte de ideias para processar e agora isso.

— Se você fosse minha submissa, não teria que pensar sobre isso. Seria fácil. — A voz dele é macia, sedutora. — Todas essas decisões, todo o cansativo processo de raciocínio por trás disso. O "Será que é a coisa certa a fazer?"; "Será que isso devia acontecer aqui?"; "Pode acontecer agora?" Você não precisaria se preocupar com nenhum desses detalhes. Era o que eu faria como seu Dominador. E agora mesmo, eu sei que você me quer, Anastasia.

Franzo ainda mais a testa. Como ele sabe?

— Sei porque...

Puta merda, ele está respondendo à pergunta que não fiz. Será que também é vidente?

— ...seu corpo está entregando você. Está cruzando as pernas, com o rosto vermelho e a respiração alterada.

Tudo bem, isso é demais.

— Como sabe das minhas pernas? — Meu tom de voz é grave, descrente. Elas estão embaixo da mesa, caramba.

— Senti a toalha mexer, e é um palpite com base em anos de experiência. Estou certo, não estou?

Fico vermelha e baixo os olhos. É isso que me prejudica nesse jogo de sedução. Ele é o único que conhece e entende as regras. Sou simplesmente muito ingênua e inexperiente. Minha única referência é Kate, e ela não aceita desaforo de homem. Minhas outras referências são todas ficcionais; Elizabeth Bennet ficaria ultrajada. Jane Eyre, assustada demais, e Tess sucumbiria, assim como sucumbi.

— Ainda não terminei o bacalhau.

— Prefere bacalhau frio a mim?

Fito-o bruscamente, e vejo uma carência premente naquele brilho prateado de seu olhar ardente.

— Pensei que não gostasse que eu deixasse comida no prato.

— Neste momento, Srta. Steele, estou me lixando para sua comida.

— Christian. Você simplesmente não joga limpo.

— Eu sei. Nunca joguei.

Minha deusa interior franze as sobrancelhas para mim. Você pode fazer isso, ela tenta me persuadir, fazer o mesmo jogo desse deus do sexo. *Posso?* Tudo bem.

O que fazer? Minha inexperiência é um problema. Pego um talo de aspargo, olho para ele e mordo o lábio. Então, bem devagarinho, ponho a pontinha do aspargo frio na boca e chupo.

Christian arregala os olhos imperceptivelmente, mas eu percebo.

— Anastasia. O que está fazendo?

Mordo a pontinha.

— Comendo meu aspargo.

Christian se mexe na cadeira.

— Acho que está brincando comigo, Srta. Steele.

Faço-me de inocente.

— Só estou terminando de comer, Sr. Grey.

O garçom escolhe esse momento para bater e, sem ser chamado, entrar. Olha rapidamente para Christian, que fecha a cara para ele, mas depois balança a cabeça, e o garçom retira nossos pratos. A chegada do garçom quebrou o encanto. E aproveito esse precioso momento de lucidez. Tenho que ir. Se eu ficar, sei como nosso encontro vai acabar, e preciso de um tempo depois de uma conversa tão intensa. Por mais que meu corpo deseje seu toque, minha mente está se rebelando. Preciso de distância para pensar em tudo o que ele disse. Ainda não me decidi, e sua postura e suas proezas sexuais não facilitam as coisas.

— Quer uma sobremesa? — pergunta Christian, sempre cavalheiro, mas seus olhos ainda ardem.

— Não, obrigada. Acho que devo ir embora. — Baixo os olhos.

— Ir embora?

Ele não consegue disfarçar a surpresa.

O garçom sai apressadamente.

— Sim. — É a decisão certa. Se eu ficar aqui ele vai transar comigo. Levanto-me, determinada. — Nós dois temos a cerimônia de formatura amanhã.

Christian se levanta de imediato, revelando anos de cortesia arraigada.

— Não quero que você vá.

— Por favor... eu tenho que ir.

— Por quê?

— Porque você me deu muita coisa para pensar... e eu preciso de um pouco de distância.

— Eu poderia fazer você ficar — ameaça ele.

— Sim, poderia facilmente, mas eu não quero que você faça.

Ele passa a mão no cabelo, olhando-me com cautela.

— Sabe, quando você caiu na minha sala para me entrevistar, só dizia "sim, senhor", "não, senhor". Achei que fosse uma submissa nata. Mas, francamente, Anastasia, não sei ao certo se você tem algo de submisso nesse seu corpinho delicioso.

Ele se aproxima de mim lentamente enquanto fala, a voz tensa.

— Talvez você tenha razão — murmuro.

— Quero ter a chance de explorar essa possibilidade — sussurra ele, olhando para mim. Estica o braço e acaricia meu rosto, passando o polegar no meu lábio inferior. — Não conheço nenhuma outra maneira, Anastasia. Eu sou assim.

— Eu sei.

Ele se inclina para me beijar, mas para antes de encostar os lábios, os olhos procurando os meus, querendo, pedindo permissão. Levo meus lábios aos dele, e ele me beija, e, porque eu não sei se algum dia vou beijá-lo de novo, me deixo levar — minhas mãos se movendo por conta própria e se emaranhando no cabelo dele, puxando-o para mim, minha boca se abrindo, minha língua roçando na dele. Ele segura minha nuca conforme seu beijo vai ficando mais intenso, respondendo ao meu ardor. Sua outra mão desliza pelas minhas costas e se espalma na altura dos meus rins ao me apertar contra seu corpo.

— Não posso convencê-la a ficar? — pergunta ele entre beijos.

— Não.

— Passe a noite comigo.

— Sem tocar em você? Não.

Ele suspira.

— Garota impossível. — Ele recua, me olhando. — Por que acho que você está me dizendo adeus?

— Por que estou indo embora agora.

— Não foi isso que eu quis dizer, e você sabe.

— Christian, tenho que pensar. Não sei se quero o tipo de relação que você quer.

Ele fecha os olhos e cola a testa na minha, dando a nós dois a oportunidade de acalmar nossa respiração. Logo depois, beija minha testa, inspira profundamente, o nariz em meu cabelo, e depois me solta, dando um passo para trás.

— Como quiser, Srta. Steele — diz, o rosto impassível. — Acompanho-a até o saguão.

Ele estende a mão. Abaixo-me para pegar a bolsa e retribuo o gesto. *Puta merda, esse pode ser o fim.* Desço obedientemente ao lado dele pela escadaria imponente, minha cabeça formigando, o sangue latejando. Pode ser o último adeus se eu decidir dizer não. Fico com o coração apertado. Que reviravolta. Que diferença um momento de lucidez pode fazer para uma garota.

— Você está com o ticket do estacionamento?

Procuro na bolsa e entrego-lhe o ticket, que ele dá ao porteiro. Olho para ele enquanto esperamos.

— Obrigada pelo jantar — murmuro.

— Foi agradável como sempre, Srta. Steele — diz com educação, embora pareça estar pensando em outra coisa, completamente absorto.

Olhando para ele, memorizo seu belo perfil. A ideia de que poderei não tornar a vê-lo me persegue, inoportuna e muito triste para contemplar. Ele se vira de repente e me olha, a expressão intensa.

— Você vai se mudar este fim de semana para Seattle. Se tomar a decisão certa, posso vê-la no domingo?

Ele parece hesitante.

— Vamos ver. Quem sabe — respondo.

Ele parece aliviado, mas depois franze a testa.

— Agora está mais frio, você não tem um casaco?

— Não.

Ele balança a cabeça, irritado, e tira o blazer.

— Tome. Não quero você se resfriando.

Pisco para ele, enquanto ele segura o blazer, e eu abro os braços. Lembro-me da vez em que ele colocou a jaqueta nos meus ombros, no escritório — quando o conheci — e o efeito que isso me causou na época. Nada mudou: na verdade, está mais intenso. O blazer dele é quente, muito grande, e tem o cheiro dele... delicioso...

Meu carro chega. Christian fica boquiaberto.

— É isso que você dirige?

Ele está horrorizado. Oferece a mão e me leva para a rua. O manobrista sai do carro e me entrega as chaves, e Christian friamente lhe dá uma gorjeta.

— Isso está em condições de andar por aí?

Ele agora me olha furioso.

— Está

— Será que chega a Seattle?

— Chega, sim.

— Em segurança?

— Sim — digo secamente, exasperada. — Tudo bem, é velho. Mas é meu, e está em condições de andar por aí. Meu padrasto comprou para mim.

— Ah, Anastasia, acho que a gente pode melhorar isso.

— Como assim? — De repente entendo. — Você *não* vai comprar um carro para mim.

Ele me olha furioso, a mandíbula cerrada.

— Vamos ver — diz, determinado.

Ele faz uma careta ao abrir a porta do motorista e me ajuda a entrar. Tiro os sapatos e abro o vidro. Está me olhando, a expressão insondável, olhos sombrios.

— Dirija com cuidado — diz baixinho.

— Até logo, Christian.

Minha voz está rouca por causa das inoportunas lágrimas contidas — *não vou chorar.* Dou um sorrisinho.

Quando me afasto, sinto um aperto no peito, as lágrimas começam a brotar e engulo um soluço. Logo, elas estão escorrendo pelo rosto e eu realmente não entendo por que estou chorando. Eu estava me segurando. Ele explicou tudo. Foi claro. Ele me quer, mas a verdade é que preciso de mais. Preciso que ele me queira como eu o quero e preciso dele, e, no fundo, sei que isso é impossível. Só estou perturbada.

Nem sei em que categoria colocá-lo. Se eu aceitar isso... será que ele será meu namorado? Será que vou poder apresentá-lo a meus amigos? Ir a um bar, um cinema, até a um boliche com ele? A verdade é que acho que não. Ele não quer me deixar tocar nele nem dormir com ele. Sei que não tive essas coisas no passado, mas quero ter no futuro. E não é o futuro que ele imagina.

E se eu disser sim, e, daqui a três meses, ele terminar, estiver saturado de tentar me transformar em algo que eu não sou? Como vou me sentir? Vou ter investido emocionalmente três meses, fazendo coisas que não tenho certeza se quero fazer. E, se ele então terminar o contrato, como eu poderia enfrentar essa rejeição? Talvez seja melhor recuar agora com o que ainda me resta de autoestima.

Mas a ideia de não tornar a vê-lo é angustiante. Como ele virou uma obsessão para mim tão depressa? Não pode ser só o sexo... pode? Limpo as lágrimas. Não quero analisar meus sentimentos por ele. Tenho medo do que vou descobrir se fizer isso. *O que vou fazer?*

Paro em frente a nosso apartamento. Está tudo apagado. Kate deve ter saído. Fico aliviada. Não quero que ela me pegue chorando de novo. Enquanto tiro minha roupa, ligo a máquina do mal e, na minha caixa de entrada, há uma mensagem de Christian.

De: Christian Grey
Assunto: Hoje à noite
Data: 25 de maio de 2011 22:01
Para: Anastasia Steele

Não entendo por que você fugiu hoje à noite. Espero sinceramente ter respondido a todas as suas perguntas a contento. Sei que lhe dei muita coisa para pensar, e torço muito para que considere seriamente minha proposta. Quero muito fazer essa relação dar certo. Vamos devagar.
Confie em mim.

Christian Grey
CEO, Grey Enterprises Holdings, Inc.

O e-mail dele me faz chorar mais. Não sou uma fusão. Não sou uma aquisição. Lendo isso, é como se eu fosse. Não respondo. Simplesmente não sei o que dizer a ele. Visto o pijama, me enrolo no blazer dele e vou para a cama. Enquanto me deito olhando para o escuro, penso em todas as vezes que ele me avisou para ficar longe.

Anastasia, você deve se afastar de mim. Não sou homem para você.

Eu não namoro.

Não sou o tipo que manda flores.

Eu não faço amor.

Isso é tudo que eu sei.

E, chorando no travesseiro baixinho, é a essa última ideia que me aferro. Isso também é tudo que eu sei. Talvez juntos possamos planejar um novo rumo.

CAPÍTULO QUATORZE

Christian está em pé em cima de mim segurando um chicote de montaria de couro. Usa uma calça jeans velha, desbotada e rasgada, mais nada. Bate lentamente com o chicote na palma da mão enquanto olha para mim. Seu sorriso é triunfante. Não posso me mexer. Estou nua e algemada, de pernas e braços abertos numa cama grande de quatro colunas. Ele estica o braço e passa a ponta do chicote pela minha testa e pelo meu nariz, fazendo com que eu sinta o cheiro do couro, e desce por meus lábios entreabertos. Enfia a ponta na minha boca, para que eu sinta o gosto do couro macio e de boa qualidade.

— Chupe — ordena ele, com suavidade.

Seguro a ponta com a boca e obedeço.

— Chega — diz de repente.

Estou ofegante quando ele puxa o chicote da minha boca, passa-o embaixo do meu queixo, e vai descendo com o objeto pelo meu pescoço até o tórax. Gira-o lentamente ali e continua descendo pelo meu corpo, passando pelo esterno, entre os seios, pelo torso, até o umbigo. Estou arfando, me contorcendo, puxando as amarras que ferem meus pulsos e tornozelos. Ele gira a ponta em volta do meu umbigo, depois vai descendo, passando pelos meus pelos pubianos até o clitóris. Brande o chicote e acerta um golpe seco naquele meu ponto doce, e eu gozo, gloriosamente, com um grito de alívio.

Acordo de súbito, ofegante, toda suada e sentindo os efeitos do orgasmo. Que inferno. Estou completamente desorientada. *Que diabo acabou de acontecer?* Estou sozinha no meu quarto. Como? Por quê? Sento-me de repente na cama, chocada... uau. É de manhã. Olho o despertador — oito horas. Ponho as mãos na cabeça. Eu não sabia que podia sonhar com sexo. Será que foi alguma coisa que comi? Talvez tenham sido as ostras e minha pesquisa na internet se manifestando em meu primeiro sonho erótico. É incrível. Eu não sabia que podia ter um orgasmo dormindo.

Kate está saltitando pela cozinha quando entro, trôpega.

— Ana, você está bem? Está com uma cara estranha. Esse blazer que está usando é do Christian?

— Estou bem. — Droga, eu devia ter me olhado no espelho. Evito os olhos verdes penetrantes dela. Ainda estou atordoada com o acontecimento da manhã. — É o blazer dele, sim.

Ela franze a testa.

— Você dormiu?

— Não muito bem.

Encaminho-me para a chaleira. Preciso de um chá.

— Como foi o jantar?

Começou.

— Comemos ostras. Depois bacalhau, portanto, eu diria que não cheirou bem.

— Argh... odeio ostra, e não quero saber da comida. Como foi com ele? Sobre o que vocês conversaram?

— Ele foi atencioso.

Paro de falar. O que posso dizer? O teste de HIV dele deu negativo, ele curte um teatrinho, quer que eu obedeça a todas as suas ordens, machucou uma pessoa que amarrou no teto do quarto de jogos, e quis me comer em uma sala privativa do restaurante. Será que é um bom resumo? Tento desesperadamente me lembrar de algo do meu encontro com Christian que eu possa discutir com Kate.

— Ele não aprova o Wanda.

— Quem aprova, Ana? Isso é notícia velha. Por que está tão tímida? Conte tudo, amiga.

— Ah, Kate, falamos sobre um monte de coisas. Você sabe... sobre como ele é exigente em matéria de comida. Por sinal, ele gostou do seu vestido. — A água na chaleira ferveu, e preparo meu chá. — Aceita chá? Quer ler para mim o seu discurso de hoje?

— Sim, por favor. Trabalhei nele ontem à noite na casa da Becca. Vou buscar. E sim, eu adoraria um chá.

Kate sai correndo da cozinha.

Ufa, Katherine Kavanagh afastada. Coloco um bagel na torradeira. Enrubesço, lembrando-me daquele sonho intenso. Com o que foi mesmo, meu Deus?

Ontem à noite, tive dificuldade de dormir. Minha cabeça estava a mil com várias opções. Estou muito confusa. A ideia que Christian faz de uma relação mais parece uma oferta de emprego. Tem horários estabelecidos, uma descrição do cargo e um procedimento de resolução de conflitos bastante severo. Não foi como imaginei meu primeiro romance — mas, claro, Christian não quer saber de romance. Se eu lhe disser que quero mais, ele pode dizer não... e eu poderia colocar em risco o que já tenho com ele. E isso é o que mais me preocupa, porque não quero perdê-lo. Mas não sei se tenho estômago para ser submissa — no fundo, são as varas e os chicotes que me desanimam. Sou covarde fisicamente, e faço de tudo para evitar sentir dor. Penso no meu sonho... *seria assim?* Minha deusa interior está aos pulos com pompons de animadora de torcida gritando que sim.

Kate volta para a cozinha com o laptop. Concentro-me no bagel e escuto pacientemente todo o seu discurso de formatura.

Já ESTOU PRONTA quando Ray chega. Abro a porta de casa, e ele está parado no pórtico com aquele terno de corte ruim. Uma onda de gratidão e de amor por esse homem descomplicado me invade, e jogo os braços em volta dele numa rara demonstração de afeto. Ele leva um susto.

— Oi, Annie, que bom ver você — murmura ao me abraçar. Toma distância, as mãos nos meus ombros, e me olha de cima a baixo, as sobrancelhas franzidas.

— Você está bem, filha?

— Claro, pai. Será que uma menina não pode ficar feliz de ver o seu velho? Ele sorri, aqueles olhos escuros franzindo nos cantos, e me segue até a sala.

— Você está ótima — diz.

— É o vestido da Kate. — Olho para o vestido frente única de chiffon cinza. Ele franze a testa.

— Cadê a Kate?

— Ela já foi para o campus. Vai fazer o discurso, então tem que chegar cedo.

— Será que devemos ir andando?

— Pai, temos meia hora. Quer um chá? E você pode me contar como vai todo mundo lá em Montesano. Como foi a viagem?

RAY DEIXA O carro no estacionamento do campus, e acompanhamos o mar de gente pontilhado pelas onipresentes becas nas cores preta e vermelha a caminho do ginásio.

— Boa sorte, Annie. Você parece nervosíssima. Tem que fazer alguma coisa? *Puta merda... por que Ray resolveu ser observador logo hoje?*

— Não, pai. Hoje é um grande dia.

E vou vê-lo.

— Sim, minha filhinha está se formando. Estou orgulhoso de você, Annie.

— Oh... obrigada, pai.

Ah, eu adoro esse homem.

O ginásio está lotado. Ray senta-se com os outros pais e convidados na arquibancada, enquanto me encaminho para meu lugar. Estou usando a beca preta e o capelo, e me sinto protegida por esses acessórios, anônima. Ainda não tem ninguém no palco, mas não consigo ficar calma. Meu coração palpita, e sinto falta de ar. Ele está aqui, em algum lugar. Pergunto-me se Kate está falando com ele, interrogando-o, talvez. Vou para meu lugar entre os colegas cujos sobrenomes também começam com S. Estou na segunda fila, o que me proporciona um anonimato ainda maior. Olho para trás e vejo Ray no alto da arquibancada. Aceno para ele. Ele me responde sem jeito com um meio aceno e uma meia continência. Sento-me e aguardo.

O auditório enche depressa, e o burburinho de vozes empolgadas fica cada vez mais alto. A primeira fila de assentos se completa. À minha direita e à minha esquerda, estão duas meninas que não conheço, de outro curso. Claro que elas são muito amigas e ficam conversando animadamente por cima de mim.

Exatamente às onze horas, o reitor aparece vindo dos bastidores, com os três vice-reitores e os professores catedráticos, todos paramentados com seus trajes de gala em vermelho e preto. Nos levantamos e aplaudimos nosso corpo docente. Alguns catedráticos fazem um gesto de cabeça e acenam, outros parecem entediados. O professor Collins, meu orientador e professor preferido, parece ter acabado de cair da cama, como sempre. No canto do palco, estão Kate e Christian. Ele se destaca com aquele terno cinza feito sob medida, reflexos cor de cobre faiscando no cabelo sob as luzes do auditório. Parece muito sério e contido. Quando se senta, desabotoa o paletó de dois botões, e vejo sua gravata. *Puta merda... é aquela gravata!* Esfrego os pulsos por reflexo. Não consigo tirar os olhos dele. Está com aquela gravata de propósito, sem dúvida. Contraio os lábios. A plateia se senta e os aplausos cessam.

— Olhe para ele! — sibila uma das garotas ao meu lado com entusiasmo para a amiga.

— Ele é gostoso.

Fico rígida. Tenho certeza de que não estão falando do professor Collins.

— Deve ser Christian Grey.

— Ele é solteiro?

Fico irritada.

— Acho que não — digo.

— Ah.

As duas garotas me olham surpresas.

— Acho que ele é gay — murmuro.

— Que pena — resmunga uma delas.

O reitor dá início à cerimônia com seu discurso, e observo Christian examinar sutilmente o local. Afundo-me na cadeira, curvando os ombros, tentando me fazer notar o menos possível. Falho completamente e, um segundo depois, os olhos dele encontram os meus. Ele me fita, o rosto impassível, inescrutável. Remexo-me, desconfortável, hipnotizada por aquele olhar enquanto o rubor vai se espalhando lentamente no meu rosto. Sem querer, recordo meu sonho, e sinto aquele aperto no estômago. Respiro fundo. A sombra de um sorriso perpassa seus lábios, mas é fugaz. Ele fecha rapidamente os olhos e, ao abri-los, reassume aquela expressão indiferente. Depois de dar uma olhadinha para o reitor, ele se mantém de frente, focando o emblema da WSU pendurado acima da entrada. Não volta a olhar para mim. O reitor segue discursando, e Christian continua sem me dirigir os olhos. Limita-se a olhar para a frente.

Por que ele não me olha? Vai ver que mudou de ideia. Uma onda de mal-estar me invade. Vai ver que o fato de eu tê-lo deixado na mão ontem à noite tenha sido o fim para ele, também. Ele está farto de esperar que eu me decida. Ah, não, talvez eu tenha estragado tudo. Lembro-me do e-mail dele de ontem à noite. Será que está irritado porque não respondi?

De repente, os aplausos irrompem no ginásio quando a Srta. Katherine Kavanagh aparece no palco. O reitor se senta, e Kate joga para trás a linda cabeleira comprida ao colocar os papéis na tribuna. Ela não se apressa, nem se deixa intimidar pelas mil pessoas olhando para ela. Quando está pronta, sorri, ergue os olhos para a plateia cativada, e se lança com eloquência em seu discurso. É serena e engraçada, as meninas ao meu lado caem na gargalhada no instante exato em que ela faz a primeira piada. *Ah, Katherine Kavanagh, você sabe modular sua fala.* Fico muito orgulhosa dela nesse momento, deixando de lado os pensamentos sobre Christian. Embora já tenha ouvido o discurso, presto atenção. Ela domina o ambiente e comanda a plateia.

Seu tema é "O que vem depois da faculdade?" Sim, de fato, o que vem depois? Christian está observando Kate com ar de espanto, acho eu. Sim, poderia ter sido Kate a ir entrevistá-lo. E poderia ser para Kate que ele agora estivesse fazendo propostas indecentes. A bela Kate e o belo Christian juntos. Eu poderia ser uma das duas garotas ao meu lado, admirando-o de longe. Sei que Kate não lhe daria nem bom-dia. De que o chamou outro dia? Nojento. A ideia de um confronto entre Kate e Christian me deixa desconfortável. Devo dizer que não sei em qual dos dois eu apostaria.

Kate conclui o discurso com um floreio, e espontaneamente a plateia se levanta, aplaudindo e festejando, sua primeira ovação de pé. Sorrio para ela e a encorajo, e ela sorri de volta. *Mandou bem, Kate.* Ela se senta, assim como a plateia, e o reitor se levanta para apresentar Christian... *Puta merda*, Christian vai fazer um discurso. O reitor menciona rapidamente as realizações de Christian: CEO de sua própria companhia extraordinariamente bem-sucedida, um verdadeiro *self-made man.*

— ...e também um importante benemérito de nossa universidade. Por favor, uma salva de palmas para o Sr. Christian Grey.

O reitor o cumprimenta com um aperto de mão, e aplausos polidos ecoam pela plateia. Estou com o coração na boca. Ele se aproxima da tribuna e olha em volta. Parece tão seguro quanto Kate, ali parado diante de todos nós. As duas garotas a meu lado se inclinam para a frente, extasiadas. Na verdade, acho que quase todas as mulheres da plateia se inclinam um pouquinho, e alguns homens também. Ele começa, a voz macia, modulada e magnetizante.

— Agradeço imensamente a grande honra com que as autoridades da WSU me contemplaram hoje e que muito me comoveu. Isso me dá a rara oportunidade de falar do trabalho impressionante do departamento de ciência ambiental desta universidade. Nosso objetivo é desenvolver métodos agrícolas viáveis e ecologicamente sustentáveis para países do terceiro mundo. Nossa meta é ajudar a erradicar a fome e a pobreza do mundo. Algumas partes do planeta sofrem de uma disfunção agrícola, cuja consequência é a destruição da sociedade e da ecologia. Eu sei o que é passar fome. Esta é uma jornada muito pessoal para mim...

Meu queixo cai no chão. *O quê?* Christian já passou fome? *Puta merda.* Bem, isso explica muita coisa. E me lembro da entrevista. Ele realmente quer alimentar o mundo. Tento desesperadamente me lembrar do que Kate escreveu no artigo dela. Adotado aos quatro anos, acho eu. Não posso imaginar que Grace o tenha feito passar fome, portanto, isso deve ter sido antes, quando ele era mais novo ainda. Engulo em seco, o coração apertado com a ideia de um garotinho de olhos cinzentos que não saiu das fraldas passando fome. *Ah, não.* Que tipo de vida ele teve antes que os Grey o resgatassem?

Sou tomada por um sentimento de pura indignação. Pobre Christian, fodido, pervertido e filantropo — apesar de garantir que ele não se vê dessa maneira e repeliria quaisquer pensamentos de solidariedade ou piedade. De repente, todos aplaudem e se levantam. Acompanho, apesar de não ter ouvido metade do discurso. Ele está fazendo todas essas boas ações, dirigindo uma empresa enorme, e, ao mesmo tempo, me perseguindo. É perturbador. Lembro-me de breves trechos da conversa que ele teve sobre Darfur... tudo se encaixa. *Comida.*

Ele dá um sorriso rápido diante dos aplausos calorosos — até Kate está aplaudindo — depois volta a se sentar. Não olha na minha direção, e estou ficando doida tentando assimilar essas novas informações. Um dos vice-reitores se levanta, e começamos aquele processo longo e tedioso de entrega dos diplomas. Há mais de quatrocentos a entregar, e só mais de uma hora depois é que ouço meu nome. Dirijo-me até o palco entre as duas garotas risonhas. Christian se detém em mim com um olhar cordial, mas circunspecto.

— Parabéns, Srta. Steele — diz ao me cumprimentar, apertando com delicadeza minha mão. Sinto a eletricidade de sua pele na minha. — Seu laptop está com algum problema?

Franzo as sobrancelhas quando ele me entrega o diploma.

— Não.

— Então *está* ignorando meus e-mails?

— Só vi o de fusões e aquisições.

Ele me olha intrigado.

— Mais tarde — diz, e tenho que andar porque estou atrapalhando a fila.

Volto para meu lugar. E-mails? Ele deve ter mandado outro. O que dizia?

A cerimônia leva mais uma hora para se encerrar. É interminável. Finalmente, há mais uma salva de palmas quando o reitor, acompanhado pelo corpo docente, deixa o palco, precedido por Christian e Kate. Christian não olha para mim, embora eu esteja desejando com todas as forças que ele o faça. Minha deusa interior não está satisfeita.

Enquanto estou parada esperando nossa fila se dispersar, Kate me chama. Está vindo da parte de trás do palco, na minha direção.

— Christian quer falar com você — grita ela.

As duas garotas, que agora estão paradas a meu lado, se viram e me olham boquiabertas.

— Ele mandou eu vir aqui — continua ela.

Ah...

— Seu discurso foi o máximo, Kate.

— Foi mesmo, não foi? — Ela ri de uma orelha à outra. — Você vem? Ele pode ser muito insistente.

Ela revira os olhos, e eu sorrio.

— Você não tem ideia. Não posso deixar o Ray por muito tempo.

Olho para Ray lá em cima e faço um gesto indicando cinco minutos. Ele balança a cabeça, sinalizando que está tudo bem, e eu vou com Kate para o corredor atrás do palco. Christian está conversando com o reitor e dois membros do corpo docente. Ao me ver, ergue os olhos.

— Com licença, senhores — ouço-o murmurar.

Vem na minha direção e dá um sorriso rápido para Kate.

— Obrigado — diz, e antes que ela possa responder, pega o meu braço e me leva para dentro do que parece um vestiário masculino.

Verifica se está vazio, e depois tranca a porta.

Puta merda, o que ele tem em mente? Pisco para ele quando se volta contra mim.

— Por que não me mandou um e-mail? Ou me respondeu por mensagem de texto?

Seus olhos faíscam. Estou perplexa.

— Não olhei o computador hoje, nem o celular. — Merda, será que ele andou tentando me ligar? Tento a técnica da mudança de assunto que é tão eficaz com Kate. — Seu discurso foi maravilhoso.

— Obrigado.

— Explica seus problemas com comida.

Ele passa a mão no cabelo, exasperado.

— Anastasia, não quero falar disso agora. — Fecha os olhos, parecendo aflito. — Ando preocupado com você.

— Preocupado? Por quê?

— Porque você foi para casa naquele perigo que chama de carro.

— O quê? Não há perigo algum. É ótimo. José sempre leva na oficina para mim.

— José, o fotógrafo?

Christian estreita os olhos, a expressão gelada.

Ai, merda.

— Sim, o fusca era da mãe dele.

— Ah, e provavelmente da mãe dela e da mãe da mãe dela. Não é seguro.

— Já dirijo esse carro há mais de três anos. Sinto muito que você esteja preocupado. Por que não me ligou?

Nossa, a reação dele é totalmente exagerada.

Ele respira fundo.

— Anastasia, preciso de uma resposta sua. Essa expectativa está me deixando maluco.

— Christian, eu... olha, eu deixei meu padrasto sozinho.

— Amanhã. Quero uma resposta amanhã.

— Ok. Amanhã eu respondo, então.

Ele recua, me olhando com tranquilidade, e relaxa os ombros.

— Vai ficar para o coquetel? — pergunta.

— Não sei o que o Ray quer fazer.

— Seu padrasto? Eu gostaria de conhecê-lo.

Ah, não... por quê?

— Não sei bem se é uma boa ideia.

Christian destranca a porta, com uma expressão contrariada.

— Você tem vergonha de mim?

— Não! — É minha vez de falar com exasperação. — Apresentar você ao meu pai dizendo o quê? "Esse é o homem que me deflorou e quer que a gente comece uma relação BDSM?" Você não está usando tênis de corrida.

Christian me olha furioso, depois seus lábios se contraem num rápido sorriso. E, embora eu esteja irritada com ele, dou a contragosto um sorriso interrogativo.

— Só para você saber, posso correr bastante rápido. Diga-lhe simplesmente que sou seu amigo, Anastasia.

Ele abre a porta, e eu saio. Minha cabeça está totalmente confusa. O reitor, os três vice-reitores, quatro catedráticos e Kate ficam me olhando enquanto passo apressadamente por eles. *Merda*. Deixo Christian com o corpo docente e vou atrás de Ray.

Diga a ele que sou seu amigo.

Amizade colorida, repreende meu inconsciente com uma expressão mal-humorada. Eu sei, eu sei. Afasto a ideia desagradável. Como vou apresentá-lo a Ray? O ginásio ainda está com pelo menos metade da lotação, e Ray não saiu do lugar. Ele me vê, acena e desce.

— Oi, Annie. Parabéns.

Ele me envolve com o braço.

— Quer beber alguma coisa? — pergunto.

— Claro. É o seu dia. Vá na frente.

— A gente não precisa ir, se você não quiser.

Por favor, diga não...

— Annie, acabei de passar duas horas e meia sentado ouvindo só conversa fiada. Preciso de uma bebida.

Dou-lhe o braço, e saímos com a multidão no entardecer ameno. Passamos pela fila do fotógrafo oficial.

— Ah, isso me lembra de uma coisa — Ray tira uma câmera digital do bolso. — Uma para o álbum, Annie.

Reviro os olhos para ele quando me fotografa.

— Já posso tirar a beca e o capelo? Estou me sentindo meio idiota.

Você está meio idiota... Meu inconsciente está impertinente como nunca. *Então vai apresentar o Ray ao homem que está comendo você?* Ele me olha por cima dos óculos. *Ele ficaria muito orgulhoso.* Nossa, às vezes eu odeio meu inconsciente.

A tenda é imensa e está lotada — alunos, pais, professores e amigos, todos conversando satisfeitos. Ray me entrega uma taça de champanhe, ou vinho espumante barato, desconfio. Não está gelado e é doce. Meus pensamentos se voltam para Christian... *ele não vai gostar disso.*

— Ana!

Viro-me e Ethan Kavanagh me dá um abraço. Ele me rodopia sem derramar meu vinho — uma façanha.

— Parabéns! — Ele sorri para mim, os olhos verdes luminosos.

Que surpresa. Seu cabelo louro e sujo está despenteado e sexy. Ele é bonito como Kate. A semelhança entre os dois é espantosa.

— Ethan! Que bom ver você. Pai, esse é Ethan, irmão de Kate. Ethan, esse é o meu pai, Ray Steele.

Eles se cumprimentam, meu pai avaliando tranquilamente o Sr. Kavanagh.

— Quando voltou da Europa? — pergunto.

— Voltei há uma semana, mas queria fazer uma surpresa para minha irmãzi-
nha — diz em tom conspiratório.

— Que amor! — Dou um sorriso.

— Ela é a oradora, eu não poderia perder isso. — Ele parece sentir um imenso
orgulho da irmã.

— Ela fez um discurso maravilhoso.

— Fez mesmo — concorda Ray.

Ethan está com o braço em volta da minha cintura quando deparo com os
gelados olhos cinzentos de Christian Grey. Kate está ao lado dele.

— Olá, Ray. — Kate dá dois beijinhos em Ray, fazendo-o corar. — Já conheceu o namorado da Ana? Christian Grey.

Puta merda... Kate! Porra! O sangue foge do meu rosto.

— Sr. Steele, é um prazer conhecê-lo — diz Christian num tom suave e caloroso, sem se perturbar com a apresentação de Kate. Estende a mão, que Ray, é
preciso reconhecer, aceita sem demonstrar um pingo de surpresa com o que acabou de cair em cima dele.

Muito obrigada, Katherine Kavanagh, penso furiosa. Acho que meu inconsciente desmaiou.

— Sr. Grey — murmura Ray, a expressão indecifrável, a não ser talvez pelo
olhar ligeiramente arregalado de seus grandes olhos castanhos. Eles deslizam para
mim como se me perguntassem "quando pretendia me contar isso?" Mordo o lábio.

— E esse é meu irmão, Ethan Kavanagh — diz Kate a Christian.

Christian dirige seu olhar glacial para Ethan, que ainda está com o braço em
volta da minha cintura.

— Sr. Kavanagh.

Eles se cumprimentam. Christian me estende a mão.

— Ana, meu bem — murmura, e quase morro diante do termo carinhoso.

Saio do abraço de Ethan, enquanto Christian sorri com frieza para ele, e tomo
meu lugar a seu lado. Kate sorri para mim. Ela sabe exatamente o que está fazendo, a esperta!

— Ethan, mamãe e papai queriam falar com você.

Kate arrasta Ethan dali.

— Há quanto tempo vocês dois se conhecem? — Ray olha impassível de
Christian para mim.

A capacidade de falar me abandonou. Quero me enfiar no chão. Christian me
envolve com o braço, passando o polegar pelas costas para depois segurar meu
ombro.

— Há umas duas semanas mais ou menos — diz ele tranquilamente. — Nos
conhecemos quando Anastasia me entrevistou para o jornal da faculdade.

— Não sabia que você trabalhava no jornal da faculdade, Ana.

A voz de Ray tem um tom de censura discreto, revelando sua irritação. *Merda.*

— Kate estava doente — murmuro.

É só o que consigo falar.

— O senhor fez um ótimo discurso, Sr. Grey.

— Obrigado. Pelo que soube, o senhor é um bom pescador.

Ray ergue as sobrancelhas e sorri — um raro, autêntico e legítimo sorriso de Ray Steele. Os dois começam a falar sobre peixes. Na verdade, eu logo me sinto sobrando. Ele está jogando charme para cima do meu pai... *como fez com você,* diz secamente meu inconsciente. Seu poder não tem limites. Peço licença e vou procurar Kate.

Ela está conversando com os pais, que estão mais encantadores do que nunca e me cumprimentam com carinho. Trocamos breves amabilidades, principalmente sobre as férias em Barbados e sobre nossa mudança.

— Kate, como você pôde me entregar para o Ray? — sibilo na primeira oportunidade que temos a sós.

— Porque eu sabia que você não ia dizer nada, e queria ajudar Christian a lidar com os problemas de compromisso.

Kate sorri para mim com doçura.

Fecho a cara. *Sou eu que não quero compromisso com ele, boba!*

— Ele parece muito tranquilo em relação a isso, Ana. Não se preocupe. Olhe para ele agora. Christian não consegue tirar os olhos de você. — Dou uma olhada, e Ray e Christian estão me fitando. — Ele observa você como um falcão.

— É melhor eu ir acudir o Ray, ou o Christian. Não sei qual dos dois. Isso não vai ficar assim, Katherine Kavanagh! — Olho furiosa para ela.

— Ana, eu fiz um favor para você! — grita ela para mim.

— Oi — sorrio para os dois ao voltar.

Eles parecem bem. Christian está curtindo alguma piada particular, e meu pai parece incrivelmente relaxado, considerando que está numa situação social. *O que eles andaram discutindo além de peixes?*

— Ana, onde é o toalete?

— À esquerda da entrada da tenda.

— Já volto. Divirtam-se, crianças.

Ray sai. Olho nervosa para Christian. Fazemos uma breve pausa enquanto um fotógrafo tira uma foto nossa.

— Obrigado, Sr. Grey.

O fotógrafo sai depressa. Pisco por causa do flash.

— Então você conquistou meu pai também?

— Também? — Seus olhos queimam e ele faz uma expressão interrogativa. Enrubesço. Ele afaga meu rosto com os dedos.

— Ah, eu queria saber o que você está pensando, Anastasia — sussurra em tom sinistro, levantando meu queixo até estarmos com os olhos grudados um no outro.

O ar me falta. Como ele pode me afetar dessa maneira, até nessa tenda lotada de gente?

— Neste instante, estou pensando: "bonita gravata" — digo.

Ele sorri.

— Recentemente passou a ser minha favorita.

Fico vermelha.

— Você está linda, Anastasia. Esse vestido frente única lhe cai bem, e consigo acariciar suas costas, sentir sua pele macia.

De repente, é como se estivéssemos sozinhos ali. Só nós dois. Meu corpo inteiro se acende, cada terminação nervosa vibrando baixinho, aquela eletricidade me puxando para ele, tornando-se cada vez mais forte.

— Você sabe que vai ser bom, não sabe? — sussurra ele. Fecho os olhos e minhas entranhas se desenrolam e derretem.

— Mas eu quero mais — sussurro.

— Mais?

Ele me olha intrigado, taciturno. Faço que sim com a cabeça e engulo em seco. *Agora ele sabe.*

— Mais — repete ele baixinho. Testando a palavra, uma palavrinha simples mas tão cheia de promessas. Ele passa o polegar em meu lábio inferior. — Você quer flores e bombons.

Faço que sim novamente. Ele pisca para mim, e vejo sua luta interior estampada em seus olhos.

— Anastasia. — Sua voz é suave. — Isso não é algo que eu conheça.

— Nem eu.

Ele dá um leve sorriso.

— Você não conhece muita coisa — murmura.

— Você conhece tudo o que é errado.

— Errado? Não. — Ele balança a cabeça. Parece muito sincero. — Experimente — incita ele.

Um desafio provocador, e ele inclina a cabeça e dá aquele sorriso torto deslumbrante.

Suspiro, e sou Eva no Jardim do Éden, e ele é a serpente, e não consigo resistir.

— Tudo bem — murmuro.

— O quê?

Tenho a sua atenção plena, inteirinha. Engulo em seco.

— Tudo bem, vou experimentar.

— Está concordando? — Sua surpresa é evidente.

— Em relação aos limites brandos, sim. Vou experimentar. — Minha voz é muito baixa. Christian fecha os olhos e me puxa para seus braços.

— Nossa, Ana, você é muito surpreendente. Você me deixa sem ar.

Ele recua, e, de repente, Ray já voltou, e o barulho dentro da tenda vai aumentando e não dá para ouvir mais nada. Não estamos sozinhos. *Puta merda, acabei de concordar em ser a submissa dele.* Christian sorri para Ray com os olhos repletos de alegria.

— Annie, vamos pegar alguma coisa para comer?

— Tudo bem. — Pisco para Ray, tentando encontrar o equilíbrio. *O que você fez?*, grita meu inconsciente. Minha deusa interior está dando saltos mortais, numa coreografia digna de um ginasta olímpico russo.

— Gostaria de se juntar a nós, Christian? — pergunta Ray.

Christian! Fico olhando para ele, implorando para que recuse. Preciso de espaço para pensar... o que foi que eu fiz, porra?

— Obrigado, Sr. Steele, mas tenho outros planos. Foi muito bom conhecê-lo.

— Igualmente — responde Ray. — Tome conta da minha menina.

— Ah, pode deixar comigo.

Eles trocam um aperto de mãos. Estou enjoada. Ray não tem ideia de como Christian pretende tomar conta de mim. Ele pega minha mão e a leva aos lábios, beijando com ternura os nós dos meus dedos, me fitando com olhos ardentes.

— Até mais tarde, Srta. Steele — murmura, a voz cheia de promessas.

Sinto um aperto no estômago diante dessa ideia. *Aguentar... até mais tarde?*

Ray pega meu braço e me conduz em direção à entrada da tenda.

— Ele parece um rapaz sério. Bem de vida, também. Você podia arranjar algo muito pior, Annie. Mas por que fiquei sabendo dele pela Katherine? — reclama.

Encolho os ombros, pedindo desculpas.

— Bem, qualquer homem que goste e entenda de pescaria, para mim está ok. *Puta merda* — Ray aprova. Se ele soubesse...

Ray me deixa em casa à tardinha.

— Ligue para sua mãe — diz.

— Vou ligar. Obrigada por ter vindo, pai.

— Eu não perderia isso por nada, Annie. Tenho muito orgulho de você.

Ah, não. Eu não vou ficar emotiva. Sinto um nó na garganta e abraço-o com força. Ele me envolve em seus braços, perplexo, e não consigo evitar — fico com os olhos cheios d'água.

— Ei, Annie, querida — diz Ray num tom animado. — Grande dia... hein? Quer que eu entre para fazer um chazinho para você?

Rio, apesar das lágrimas. Chá sempre é a resposta, segundo Ray. Lembro-me da minha mãe reclamando dele, dizendo que quando se tratava de chá e simpatia, ele era sempre bom no chá e não tanto na simpatia.

— Não, pai, estou bem. Foi muito bom ver você. Farei uma visita assim que estiver instalada em Seattle.

— Boa sorte nas entrevistas. Dê notícias do andamento delas.

— Pode deixar, pai.

— Eu amo você, Annie.

— Também amo você, pai.

Ele sorri, os olhos castanhos carinhosos brilhando, e vai para o carro. Aceno um adeus enquanto ele parte no crepúsculo, e entro desanimada no apartamento.

A primeira coisa que faço é olhar o celular. Como está descarregado, tenho que caçar o carregador e plugá-lo antes de verificar as mensagens. Quatro chamadas perdidas, uma mensagem de voz e duas de texto. Três chamadas perdidas de Christian... nada de mensagem. Uma chamada perdida de José e uma mensagem de voz dele me desejando tudo de bom pela formatura.

Abro as mensagens de texto.

Está em casa em segurança?
Me liga

Ambas são de Christian. Por que ele não ligou para o telefone fixo? Entro no quarto e ligo a máquina do mal.

De: Christian Grey
Assunto: Hoje à noite
Data: 25 de maio de 2011 23:58
Para: Anastasia Steele

Torço para que chegue em casa nesse seu carro.
Avise-me que está bem.

Christian Grey
CEO, Grey Enterprises Holdings, Inc.

Droga... por que ele está tão preocupado com meu fusca? Ele me presta bons serviços há três anos, e José está sempre disponível para fazer a manutenção para mim. A mensagem seguinte é de hoje.

De: Christian Grey
Assunto: Limites brandos
Data: 26 de maio de 2011 17:22
Para: Anastasia Steele

O que posso dizer que já não tenha dito?
Feliz de discutir isso em detalhes quando você quiser.

Você estava linda hoje.

Christian Grey
CEO, Grey Enterprises Holdings, Inc.

Quero vê-lo. Clico em "responder".

De: Anastasia Steele
Assunto: Limites brandos
Data: 26 de maio de 2011 19:23
Para: Christian Grey

Posso ir até aí hoje à noite para discutirmos, se quiser.

Ana

De: Christian Grey
Assunto: Limites brandos
Data: 26 de maio de 2011 19:27
Para: Anastasia Steele

Vou até aí. Falei sério quando disse que não estava satisfeito em ver você dirigindo aquele carro.

Estarei com você em breve.

Christian Grey
CEO, Grey Enterprises Holdings, Inc.

Puta merda... ele está vindo para cá. Tenho que ter uma coisa pronta para ele — as primeiras edições dos livros de Thomas Hardy ainda estão na estante da sala. Não posso ficar com elas. Embrulho-as em papel pardo, e rabisco no embrulho uma citação de Tess do livro:

"Aceito as condições, Angel. Porque você sabe melhor que ninguém qual deveria ser meu castigo; apenas — apenas — não o torne maior do que posso suportar!"

CAPÍTULO QUINZE

— Oi. — Sinto uma timidez insuportável ao abrir a porta. Christian está parado no pórtico de calça jeans e casaco de couro.

— Oi — responde, e seu rosto se ilumina com aquele sorriso radiante. Aproveito um instante para admirar sua beleza. Nossa, ele fica gostoso usando couro.

— Entre.

— Se me dá licença — diz ele achando graça. Ergue uma garrafa de champanhe ao entrar. — Pensei em comemorar sua formatura. Uma boa Bollinger é de doer.

— Escolha de palavras interessante — comento secamente.

Ele ri.

— Ah, gosto da sua presença de espírito, Anastasia.

— Aqui só tem xícaras de chá. Já embalamos todos os copos.

— Xícaras de chá? Para mim, está bom.

Entro na cozinha. Estou toda tremendo por dentro, é como ter uma pantera ou um leão da montanha imprevisível e predador na minha sala.

— Quer os pires também?

— Basta as xícaras, Anastasia — responde Christian distraidamente da sala.

Quando volto, ele está olhando o pacote de papel pardo com os livros. Ponho as xícaras na mesa.

— Isso é para você — murmuro com ansiedade.

Merda... provavelmente vai dar briga.

— Hum, imaginei. Citação muito apropriada. — Seu indicador acompanha distraidamente a letra. — Achei que eu fosse d'Urberville, não Angel. Você decidiu pela degradação. — Ele dá um sorriso feroz. — É bem coisa sua encontrar uma frase que ecoe com tanta propriedade.

— É também um pedido — sussurro.

Por que estou tão nervosa? Minha boca está seca.

— Um pedido? Para eu pegar leve com você?

Balanço a cabeça assentindo.

— Comprei esses livros para você — diz ele calmamente, o olhar impassível. — Pego mais leve se você os aceitar.

Engulo convulsivamente.

— Christian, não posso aceitá-los, é um exagero.

— Está vendo, é disso que eu falava, você me desafiando. Quero que os livros sejam seus, e fim de papo. É muito simples. Você não precisa pensar sobre isso. Como submissa, se limitaria a ficar agradecida por eles. Você aceita o que eu compro porque me dá prazer que aceite.

— Eu não era submissa quando você os comprou para mim — sussurro.

— Não... mas você concordou, Anastasia.

Seu olhar fica cauteloso.

Suspiro. Não vou vencer esta, então vamos ao plano B.

— Então os livros são meus para eu fazer o que quiser?

Ele me olha desconfiado, mas concorda.

— Sim.

— Nesse caso, eu gostaria de doá-los para uma obra de caridade, uma de Darfur, já que esse lugar parece tocar seu coração. Eles podem ser leiloados.

— Se é o que você quer fazer.

Sua boca se contrai. Ele está desapontado. Eu coro.

— Vou pensar no assunto — murmuro.

Não quero desapontá-lo, e me lembro de suas palavras. *Quero que você queira me agradar.*

— Não pense, Anastasia. Não sobre isso.

Sua voz é calma e séria.

Como posso não pensar? *Você pode fingir ser um carro, como as outras posses dele.* Meu inconsciente faz um inoportuno comentário sarcástico. Finjo que não ouço. Ah, não podemos rebobinar a fita? O clima entre nós agora está tenso. Não sei o que fazer. Olho para baixo. Como saio dessa situação?

Ele põe a garrafa de champanhe na mesa e fica parado na minha frente. Levanta meu queixo, inclinando minha cabeça para trás, e me olha com uma expressão séria.

— Vou comprar muitas coisas para você, Anastasia. Vá se acostumando. Eu posso pagar por elas. Sou um homem muito rico. — Ele se inclina e me dá um beijo casto nos lábios. — Por favor.

Ele me solta.

Rá, meu inconsciente pronuncia para mim.

— Isso faz com que eu me sinta vulgar — digo.

Christian passa a mão no cabelo, exasperado.

— Não devia. Você está pensando demais, Anastasia. Não se julgue moralmente com base no que os outros podem pensar. Não desperdice sua energia. Isso é só porque você tem reservas quanto ao nosso acordo. É perfeitamente natural. Você não sabe onde está se metendo.

Franzo a testa, tentando processar as palavras dele.

— Ei, pare com isso — ordena ele baixinho, tornando a segurar meu queixo e puxando-o com delicadeza, fazendo-me parar de morder o lábio inferior. — Você não tem nada de vulgar, Anastasia. Não admito que pense isso. Eu simplesmente lhe comprei uns livros antigos que achei que podiam significar alguma coisa para você, só isso. Tome um champanhe. — Seus olhos ficam calorosos e meigos, e sorrio timidamente para ele. — Assim é melhor — murmura.

Ele pega o champanhe, tira o invólucro metálico e o prendedor de arame, sacode a garrafa e torce a rolha, abrindo-a com um estalo seco, e faz um floreio, sem derramar uma gota. Enche as xícaras pela metade.

— É rosa — percebo admirada.

— Bollinger Grande Année Rosé 1999, uma safra excelente — diz com deleite.

— Em xícaras.

Ele sorri.

— Em xícaras. Parabéns pela formatura, Anastasia.

Brindamos, e ele bebe um gole, mas não posso deixar de pensar que se trata realmente da minha rendição.

— Obrigada — murmuro, e tomo um gole. Claro que está delicioso. — Vamos analisar os limites brandos.

Ele sorri e eu coro.

— Impaciente como sempre.

Christian me pega pela mão e me leva para o sofá, onde se senta, puxando-me para seu lado.

— Seu padrasto é um homem muito calado.

Ah... então nada de limites brandos. Só quero tirar isso da minha frente, a ansiedade está me corroendo.

— Você conseguiu fazer com que ele comesse na sua mão. — Faço bico.

Christian acha graça.

— Só porque sei pescar.

— Como soube que ele gostava de pescar?

— Você me disse. Quando saímos para tomar café.

— Ah... disse? — Bebo outro gole. Nossa, ele se lembra dos detalhes. Humm... esse champanhe é mesmo ótimo. — Provou o vinho na recepção?

Christian faz uma careta.

— Provei. Estava horrível.

— Pensei em você quando bebi. Como você ficou tão entendido em vinho?

— Eu não sou entendido, Anastasia. Só sei do que gosto. — Seus olhos brilham, quase prateados, e isso me faz corar. — Mais um pouco? — pergunta, referindo-se ao champanhe.

— Por favor.

Christian se levanta com elegância e pega a garrafa. Enche minha xícara. Será que ele quer me embebedar? Olho para ele desconfiada.

— Esta casa está bem vazia. Está pronta para a mudança?

— Mais ou menos.

— Vai trabalhar amanhã?

— Vou. É meu último dia na Clayton's.

— Eu ajudaria na mudança, mas prometi buscar minha irmã amanhã no aeroporto.

Ah... isso é novidade.

— Mia chega de Paris sábado de manhã bem cedo. Vou voltar para Seattle amanhã, mas ouvi dizer que Elliot vai dar uma mãozinha a vocês.

— Sim, Kate está muito animada com isso.

Christian franze o cenho.

— Sim, Kate e Elliot, quem diria? — murmura ele, e, por alguma razão, não parece satisfeito. — Então, o que vai fazer com relação a trabalho em Seattle?

Quando vamos começar a discutir sobre os limites? Qual é o jogo dele?

— Tenho duas entrevistas para estágios.

— Quando ia me contar isso? — Ele ergue uma sobrancelha.

— Hã... Estou contando agora.

Ele estreita os olhos.

— Onde?

Não sei por que, talvez porque ele poderia usar sua influência, não quero lhe dizer.

— Em editoras.

— É isso que você quer fazer? Trabalhar em uma editora?

Balanço a cabeça concordando, cautelosa.

— E então?

Ele me olha pacientemente, esperando mais informações.

— E então o quê?

— Não seja boba, Anastasia, quais editoras? — censura ele.

— São pequenas — confesso.

— Por que não quer que eu saiba?

— Influência indevida.

Ele franze a testa.

— Ah, agora *você* está sendo bobo.

Ele ri.

— Bobo? Eu? Meu Deus, você é provocadora. Beba seu champanhe, vamos falar sobre esses limites.

Christian pega outra cópia do meu e-mail e da lista. Será que ele anda por aí com essas listas no bolso? Acho que tem uma naquele blazer que está comigo. Merda. É melhor eu não me esquecer disso. Esvazio meu copo. Ele me dá uma olhada.

— Mais?

— Por favor.

Grey dá aquele sorriso convencido, segura a garrafa de champanhe e para.

— Você comeu alguma coisa?

Ah, não... isso de novo, não.

— Sim. Comi três pratos no almoço com Ray. — Reviro os olhos para ele. O champanhe está me deixando ousada.

Ele se inclina e pega meu queixo, olhando bem nos meus olhos.

— Da próxima vez que você revirar os olhos para mim, eu lhe darei umas palmadas.

O quê?

— Ah — murmuro, e encontro seu olhar excitado.

— Ah — responde ele, imitando meu tom. — É assim que começa, Anastasia.

Meu coração dispara, e aquele frio na barriga está apertando minha garganta. *Por que isso excita?*

Ele enche minha xícara, e bebo quase tudo. Disciplinada, olho para ele.

— Agora eu tenho sua atenção, não é?

Concordo com a cabeça.

— Responda.

— Sim... você tem minha atenção.

— Ótimo. — Ele dá um sorriso cúmplice. — Então, atos sexuais. Já fizemos quase todos.

Chego mais para perto dele no sofá e olho a lista.

APÊNDICE 3

Limites brandos

A serem discutidos e acordados entre ambas as partes:

A Submissa concorda com:

- Masturbação
- Cunilíngua
- Felação
- Deglutição de sêmen

- Sexo vaginal
- Introdução de mão na vagina
- Sexo anal
- Introdução de mão no ânus

— Nada de introduzir mão, você disse. Mais alguma objeção? — pergunta ele com a voz macia.

Engulo em seco.

— Relação anal não é exatamente uma coisa que eu curta.

— Vou concordar no caso da mão, mas eu realmente gostaria de comer seu cu, Anastasia. Mas vamos esperar. Além do mais, isso não é algo em que a gente possa entrar de cara. — Ele dá um sorriso forçado. — Seu cu vai precisar de treino.

— Treino? — murmuro.

— Ah, sim. Vai precisar ser cuidadosamente preparado. A relação anal pode ser muito prazerosa, pode confiar em mim. Mas se tentarmos e você não gostar, não precisamos fazer de novo.

Ele ri para mim.

Pisco para ele. Ele acha que vou gostar? Como sabe que é prazeroso?

— Você já fez isso? — sussurro.

— Já.

Puta merda. Engasgo.

— Com um homem?

— Não. Eu nunca fiz sexo com homens. Não é a minha.

— Mrs. Robinson?

— Sim.

Puta que pariu... como?

Franzo a testa. Ele passa ao item seguinte da lista.

— E... deglutição de sêmen. Bom, nisso você tira nota máxima.

Enrubesço, e minha deusa interior estala a língua, toda orgulhosa.

— Então. — Ele me olha, sorrindo. — Tudo bem com engolir sêmen?

Faço que sim, sem conseguir olhá-lo nos olhos, e torno a esvaziar a xícara.

— Mais? — pergunta ele.

— Mais.

E me lembro da conversa que tivemos mais cedo enquanto ele enche minha xícara. Será que ele está se referindo àquilo ou só ao champanhe? Será que essa coisa toda de champanhe é demais?

— Brinquedos sexuais? — pergunta ele.

Dou de ombros, olhando a lista.

A Submissa aceita o uso de:

- Vibradores
- Plugues anais
- Consolos
- Outros brinquedos vaginais

— Plugues anais? Isso faz o que está escrito na embalagem? — Franzo o nariz com nojo.

— Sim — ele sorri. — E estou me referindo à relação anal da qual falei anteriormente. Treino.

— Ah... o que mais?

— Contas, ovos... esse tipo de coisa.

— Ovos? — Estou alarmada.

— Não ovos de verdade. — Ele dá uma gargalhada, sacudindo a cabeça. Contraio os lábios para ele.

— Ainda bem que você acha graça em mim. — Minha voz não consegue disfarçar quanto me sinto ofendida.

Ele para de rir.

— Peço desculpas. Srta. Steele, me perdoe — diz ele, tentando fazer uma expressão compungida, mas seu olhar continua brincalhão. — Algum problema com brinquedos?

— Não — digo secamente.

— Anastasia — ele tenta me agradar — sinto muito. Pode acreditar. Eu não tinha intenção de rir. Nunca tive essa conversa tão detalhadamente. Você simplesmente é muito inexperiente, só isso.

Seu olhar é sincero.

Amoleço um pouco e bebo outro gole de champanhe.

— Certo... bondage — diz ele, voltando à lista.

Examino a lista, e minha deusa interior fica pulando como uma criança esperando o sorvete.

A Submissa aceita:

- Bondage com corda
- Bondage com braceletes de couro
- Bondage com algemas e grilhões
- Bondage com fita adesiva
- Bondage com outros materiais

Christian ergue a sobrancelha.

— E aí?

— Tudo bem — murmuro e rapidamente olho a lista de novo.

A Submissa aceita ser contida:

- Com as mãos amarradas à frente
- Com os tornozelos amarrados
- Com os cotovelos amarrados
- Com as mãos atrás das costas
- Com os joelhos amarrados

- Com os pulsos amarrados aos tornozelos
- Atada a peças fixas, mobília etc.
- Atada a uma barra espaçadora
- Por suspensão

A Submissa aceita ser vendada?

A Submissa aceita ser amordaçada?

— Já falamos de suspensão. E tudo bem se você quiser estabelecer que isso seja um limite rígido. Toma muito tempo, e só terei você por curtos períodos, afinal. Mais alguma coisa?

— Não vá rir de mim, mas o que é uma barra espaçadora?

— Prometo não rir. Já pedi desculpas duas vezes. — Ele me olha furioso. — Não me faça fazer isso de novo — avisa. E acho que me encolho visivelmente... ah, ele é muito autoritário. — Uma barra espaçadora é uma barra com algemas para os tornozelos ou pulsos. É divertido.

— Tudo bem... Mas amordaçar-me. Eu ficaria preocupada achando que não conseguiria respirar.

— *Eu* ficaria preocupado se você não conseguisse respirar. Não pretendo sufocar você.

— E como vou usar os códigos estando amordaçada?

Ele para.

— Em primeiro lugar, espero que você nunca precise usá-los. Mas se estiver amordaçada, usamos gestos — diz ele simplesmente.

Pisco para ele. Mas se eu estiver amarrada, como isso vai funcionar? Meu cérebro começa a ficar enevoado... *humm, o álcool.*

— Estou aflita com a mordaça.

— Tudo bem. Vou anotar.

Olho para ele, começando a me dar conta.

— Você gosta de amarrar suas submissas para elas não poderem tocar em você?

Ele arregala os olhos para mim.

— Esse é um dos motivos — responde tranquilamente.

— Foi por isso que amarrou minhas mãos?

— Foi.

— Você não gosta de falar disso — murmuro.

— Não, não gosto. Quer mais um pouco de champanhe? A bebida está deixando você corajosa, e preciso saber como se sente em relação à dor.

Droga... essa é a parte difícil. Ele torna a encher minha xícara, e dou um gole.

— Então, como você se comporta normalmente quando sente dor? — Christian me olha na expectativa. — Você está mordendo o lábio — fala num tom sinistro.

Paro imediatamente, mas não sei o que dizer. Fico vermelha e baixo os olhos.

— Você recebia castigos físicos quando criança?

— Não.

— Então não tem nenhum parâmetro de referência?

— Não.

— Isso não é tão ruim quanto você pensa. Sua imaginação é sua pior inimiga nesse caso — sussurra ele.

— Você tem que fazer isso?

— Tenho.

— Por quê?

— Faz parte, Anastasia. É o que eu faço. Posso ver que você está nervosa. Vamos analisar os métodos.

Ele me mostra a lista. Meu inconsciente sai correndo aos gritos e se esconde atrás do sofá.

- Surras
- Chicotadas
- Mordidas
- Grampos genitais
- Cera quente

- Palmadas
- Surras de vara
- Grampos de mamilos
- Gelo
- Outros tipos/métodos de dor

— Bem, você recusou os grampos genitais. Tudo bem. O que machuca mais é a surra de vara.

Fico lívida.

— Podemos nos preparar para isso.

— Ou não fazer — sussurro.

— Isso faz parte do acordo, baby, mas podemos nos preparar para tudo isso. Anastasia, não vou forçá-la.

— Esse negócio de castigo é o que mais me preocupa. — Minha voz está por um fio.

— Bom, ainda bem que você me disse. Vamos deixar a surra de vara fora da lista por ora. E conforme você for ficando mais à vontade, aumentamos a intensidade. Vamos devagar.

Engulo em seco, e ele me dá um beijo nos lábios.

— Pronto, não foi muito ruim, foi?

Dou de ombros, de novo com o coração na boca.

— Olha, quero falar sobre mais uma coisa, depois vou levá-la para a cama.

— Cama?

Pestanejo depressa, e o sangue lateja em minhas veias, aquecendo lugares cuja existência eu desconhecia até muito pouco tempo.

— Vamos lá, Anastasia, depois dessa conversa toda, quero foder você até a semana que vem. Isso deve ter algum efeito em você, também.

Fico me retorcendo. Minha deusa interior está arfando.

— Viu? Além do mais, tem algo que quero experimentar.

— Algo doloroso?

— Não. Pare de ver dor em tudo. É principalmente prazer. Eu já machuquei você?

Enrubesço.

— Não.

— Pois então. Olha, há pouco você estava falando sobre querer mais — ele para de repente.

Puxa vida... o que ele está dizendo?

Ele segura minha mão.

— Fora do período em que você for minha submissa, quem sabe a gente pode experimentar. Não sei se vai dar certo. Não sei se consigo separar as coisas. Talvez não funcione. Mas estou disposto a tentar. Quem sabe uma noite por semana. Não sei.

Caramba... fico boquiaberta, meu inconsciente está em estado de choque. *Christian Grey está querendo mais!* Está disposto a tentar! Meu inconsciente espia de trás do sofá, ainda demonstrando espanto.

— Tenho uma condição.

Ele olha com cautela para minha expressão estarrecida.

— Qual? — sussurro.

Qualquer coisa. Dou qualquer coisa.

— Que você aceite meu presente de formatura.

— Ah.

E, no fundo, eu sei o que é. Fico apavorada.

Ele está me olhando, avaliando minha reação.

— Vamos — murmura, e se levanta, me arrastando.

Tira o casaco, pendura-o no ombro e se dirige à porta.

Estacionado na rua, há um Audi Hatch vermelho de duas portas, compacto.

— É para você. Parabéns — diz ele, me puxando para seus braços e beijando meu cabelo.

Ele comprou para mim o raio de um carro zero. Putz... Já tive problema suficiente com os livros. Olho para o carro ali parado, tentando desesperadamente determinar como eu me sinto em relação a isso. Por um lado estou apavorada, por outro, agradecida, estarrecida com o fato de ele ter feito isso, mas a emoção predominante é a raiva. Sim, estou irritada, especialmente depois de tudo o que eu lhe disse sobre os livros... mas o carro já está comprado. Ele me dá a mão e me conduz até a nova aquisição.

— Anastasia, aquele seu fusca é velho e, francamente, perigoso. Eu nunca me perdoaria se acontecesse alguma coisa com você quando é muito fácil fazer o que é certo...

Ele está me olhando mas, no momento, não consigo olhar para ele. Fico calada ali em pé, contemplando aquela incrível novidade vermelha e brilhante.

— Mencionei o presente para seu padrasto. Ele deu todo o apoio — murmura.

Olho-o indignada, boquiaberta.

— Você mencionou isso para o Ray? Como pôde?

Mal consigo proferir as palavras. *Como ele se atreve.* Pobre Ray. Sinto-me mal, estou mortificada pelo meu pai.

— É um presente, Anastasia. Você não pode simplesmente agradecer?

— Mas você sabe que é demais.

— Não, para mim, não é, não para minha paz de espírito.

Franzo o cenho para ele, sem saber o que dizer. Ele simplesmente não entende! Teve dinheiro a vida toda. Tudo bem, não a vida toda, não quando criança. E minha visão de mundo muda. A ideia me faz pensar, e amoleço em relação ao carro, sentindo-me culpada pelo chilique. Suas intenções são boas. Equivocadas, mas não de má-fé.

— Fico feliz em aceitar este empréstimo, como o do laptop.

Ele suspira profundamente.

Tudo bem. Um empréstimo. Por tempo indeterminado — diz, olhando-me com cautela.

— Não, não por tempo indeterminado, mas por enquanto. Obrigada.

Christian franze a testa. Estico-me e dou-lhe um beijo no rosto.

— Obrigada pelo carro, senhor — digo com toda a doçura que consigo.

Ele me agarra de repente e me puxa com força contra si, uma das mãos nas minhas costas, a outra me puxando pelo cabelo.

— Você é uma mulher desafiadora, Ana Steele.

Ele me beija com paixão, pressionando meus lábios com a língua para abri-los, agressivamente.

Meu sangue esquenta na mesma hora, e retribuo seu beijo com paixão. Eu o quero loucamente — apesar do carro, dos livros, dos limites brandos... da surra de vara... eu o quero.

— Estou usando todo meu autocontrole para não trepar com você no capô desse carro agora, só para você saber que é minha, e que, se eu quiser comprar a porra de um carro para você, eu compro — diz entre dentes. — Agora vamos lá para dentro, quero deixá-la nua.

Ele me beija bruscamente.

Caramba, ele está zangado. Agarra minha mão e me leva direto para o quarto... sem me dar chance de dizer não. Meu inconsciente está atrás do sofá de novo, tapando o rosto com as mãos. Christian para na entrada e se vira, me olhando.

— Por favor, não fique zangado comigo — sussurro.

Seu olhar é impassível, gelado e penetrante.

— Peço desculpas pelo carro e pelos livros — falo sem completar a frase.

Ele permanece calado, de cara fechada.

— Você me assusta quando está irritado — digo, olhando para ele.

Ele fecha os olhos e balança a cabeça. Ao abri-los, tem a expressão mais calma. Respira fundo e engole em seco.

— Vire de costas — sussurra. — Quero tirar esse vestido.

Mais uma mudança de ânimo repentina. Isso é muito difícil de acompanhar. Obediente, dou meia-volta, e meu coração está aos saltos, o desejo substituindo de imediato o constrangimento, correndo nas minhas veias e se instalando sinistro e persistente bem lá embaixo, no meu ventre. Ele afasta meu cabelo das costas, que cai para o lado direito, enroscando-se em meu seio. Encosta o indicador na minha nuca e, com uma lentidão de doer, vai deslizando até embaixo pela coluna, roçando minha pele com a unha.

— Gosto desse vestido — murmura. — Gosto de ver sua pele imaculada.

Seu dedo alcança o fecho do vestido e me puxa mais para perto, e então chego para trás, colando nele. Ele se abaixa e cheira meu cabelo.

— Você tem um cheiro muito bom, Anastasia. Muito doce.

Christian roça o nariz na minha orelha e vem descendo pelo pescoço, deixando uma trilha de beijos muito delicados no meu ombro.

Minha respiração muda, fica curta, rápida, cheia de expectativa. Ele está com os dedos no meu zíper. De novo com uma lentidão dolorosa, ele o desce, enquanto vai passeando com os lábios até meu outro ombro, lambendo, beijando e chupando. É irresistivelmente bom nisso. Meu corpo ressoa, e começo a me contorcer languidamente ao seu toque.

— Você. Vai. Ter. Que. Aprender. A. Ficar. Parada — sussurra, beijando-me a nuca entre cada palavra.

Ele puxa o fecho da frente única, e o vestido cai formando um círculo a meus pés.

— Sem sutiã, Srta. Steele. Gosto disso.

Ele envolve meus seios nas mãos, e meus mamilos se contraem a seu toque.

— Levante os braços e ponha-os em volta da minha cabeça — ordena ele, a boca colada em meu pescoço.

Obedeço imediatamente, e meus seios se empinam ao serem pressionados pelas mãos dele, meus mamilos se intumescendo. Passo os dedos por seu cabelo, e dou um puxão muito de leve naquelas mechas sedosas e sensuais. Inclino a cabeça para lhe facilitar o acesso ao meu pescoço.

— Hum... — murmura ele naquele espaço atrás da minha orelha ao começar a esticar meus mamilos com seus dedos compridos, imitando minhas mãos em seu cabelo.

Dou gemidos à medida que a sensação torna-se aguda e clara no meio das minhas pernas.

— Faço você gozar assim? — sussurra ele.

Arqueio as costas para forçar os seios naquelas mãos habilidosas.

— Você gosta disso, não é, Srta. Steele?

— Humm...

— Diga.

Ele continua aquela tortura lenta e sensual, puxando com delicadeza.

— Sim.

— Sim o quê?

— Sim... senhor.

— Muito bem.

Ele me belisca com força e meu corpo se contorce convulsivamente contra o dele.

Arquejo ao sentir aquele prazer e dor profundos. Eu o sinto colado em mim. Dou um gemido e agarro o cabelo dele, puxando com mais força.

— Acho que você ainda não está pronta para gozar — sussurra ele, imobilizando minhas mãos. Ele dá uma mordida leve no lóbulo da minha orelha e puxa.

— Além do mais, você me desagradou.

Ah... não, o que isso significa? Meu cérebro registra através da névoa de desejo imperioso, enquanto gemo.

— Talvez eu não permita que você goze.

Ele volta a atenção de seus dedos para meus mamilos, puxando, torcendo, amassando. Esfrego-me nele... movimentando-me de um lado para o outro.

Sinto seu sorriso no meu pescoço e suas mãos descem para meus quadris. Ele engancha os dedos na parte de trás da minha calcinha, rasga o tecido com os polegares e a joga na minha frente para eu ver... *puta merda.* Suas mãos descem para meu sexo, e, por trás, ele enfia o dedo lentamente.

— Ah, sim. Minha doce menina está pronta — sussurra ao me virar de frente para ele. Sua respiração se acelerou. Ele enfia o dedo na boca. — Você é gostosa, Srta. Steele. — Suspira.

Puta merda. O dedo dele está com um gosto salgado... de mim.

— Tire minha roupa — ordena ele tranquilamente, me encarando de cima a baixo, o olhar encoberto.

Só estou de sapatos — bem, o salto-agulha de Kate. Sou pega de surpresa. Nunca despi um homem.

— Você consegue fazer isso. — Ele tenta me convencer.

Pestanejo rapidamente. Por onde começar? Pego a camisa dele, e ele agarra minhas mãos, sorrindo maliciosamente para mim.

— Ah, não. — Ele balança a cabeça, rindo. — A camisa não. Talvez você tenha que tocar em mim para o que já planejei.

Os olhos dele brilham de excitação.

Ah... isso é novidade... posso tocar nele vestido. Ele pega uma das minhas mãos e a coloca em sua ereção.

— Este é o efeito que você causa em mim, Srta. Steele.

Arquejo e flexiono os dedos em volta da cintura dele, e ele sorri.

— Quero estar dentro de você. Tire minha calça. Você está no comando.

Puta merda... eu no comando. Meu queixo cai.

— O que você vai fazer comigo? — provoca ele.

Ah, as possibilidades... ruge minha deusa interior, e, em função de alguma frustração, necessidade e a pura coragem dos Steele, empurro-o na cama. Ele ri ao cair, e olho para ele, me sentindo vitoriosa. Minha deusa interior vai explodir. Arranco seus sapatos, depressa, desajeitadamente, e as meias. Ele está me olhando, achando graça, os olhos brilhando de desejo. Está... glorioso... e é *meu*. Subo na cama e monto nele para desabotoar sua calça, enfiando os dedos no cós, sentindo os pelos no caminho da felicidade. Ele fecha os olhos e levanta os quadris.

— Você vai ter que aprender a ficar parado — repreendo, e puxo os pelos embaixo do cós da calça.

Ele prende a respiração, e ri para mim.

— Sim, Srta. Steele — murmura, os olhos ardentes. — No meu bolso, camisinha — sussurra.

Procuro devagar em seu bolso, observando seu rosto enquanto tateio. Sua boca está aberta. Pego os dois invólucros de papel laminado que encontro e os coloco na cama ao lado de seus quadris. *Dois!* Meus dedos superansiosos desabotoam sua calça, titubeando um pouco. Estou muito excitada.

— Tão ávida, Srta. Steele — diz ele, a voz entremeada de humor.

Abaixo seu zíper, e agora estou diante do problema de lhe tirar a calça... *hum.* Eu a abaixo e puxo. Ela não sai do lugar. Franzo a testa. Como pode ser tão difícil?

— Não consigo ficar parado se você morder esse lábio — avisa ele, depois levanta a pélvis da cama para eu poder abaixar sua calça e a cueca ao mesmo tempo, ai... soltando-o. Ele chuta as roupas para o chão.

Minha nossa, ele é todinho meu para brincar, e de repente é Natal.

— Agora, o que vai fazer? — sussurra ele, sem mais um pingo de humor. Estico o braço e toco nele, observando sua expressão enquanto isso. Ele respira fundo, formando um O com os lábios. Sua pele é muito macia e aveludada... e dura... hum, que combinação deliciosa. Inclino-me para a frente, o cabelo me envolvendo, e ele está na minha boca. Chupo, com força. Ele fecha os olhos, mexendo os quadris embaixo de mim.

— Nossa, Ana, calma — geme ele.

Sinto-me muito poderosa. É uma sensação muito excitante, provocá-lo e testá-lo com a boca e a língua. Ele se enrijece embaixo de mim, à medida que subo e desço com a boca em volta dele, metendo-o até o fundo da garganta, apertando os lábios... para cima e para baixo.

— Para, Ana, para. Não quero gozar.

Sento-me, piscando para ele, arfando como ele, mas confusa. *Pensei que estivesse no comando.* A cara da minha deusa interior é a de quem teve o sorvete roubado.

— Sua inocência e seu entusiasmo são irresistíveis — arqueja. — Você por cima... é isso que a gente precisa fazer.

Ah.

— Põe isso aqui.

Ele me dá um invólucro de papel laminado.

Puta merda. Como? Abro o invólucro, e sinto o toque pegajoso do preservativo de borracha.

— Segure a ponta e depois desenrole. Você não quer deixar ar nenhum na ponta desse troço — diz ofegante.

E, bem lentamente, concentrando-me muito, obedeço.

— Nossa, você está me matando, Anastasia — geme ele.

Admiro meu trabalho e ele. É realmente um belo espécime de homem. Olhar para ele é muito, muito, excitante.

— Agora. Quero ser enterrado em você — murmura ele.

Fico olhando-o, intimidada, e ele se senta de repente, e ficamos nariz com nariz.

— Assim — sussurra, e pega nos meus quadris, me levantando, e, com a outra mão, se posiciona embaixo de mim e, bem devagarinho, me coloca sobre ele.

Gemo à medida que ele vai me abrindo, me preenchendo. Estou boquiaberta, surpresa com aquela sensação doce, sublime e torturante da penetração. *Ah... por favor.*

— Está certo, baby, me sinta inteiro — rosna ele, e fecha os olhos brevemente.

E está dentro de mim, inteiro, e me segura sem deixar que eu me mexa, por segundos... minutos... não tenho ideia, me fitando intensamente nos olhos.

— Assim, vai fundo — murmura.

Flexiona e gira os quadris num movimento só, e eu gemo... puxa vida — a sensação se irradia por toda a minha barriga... para todo canto. *Porra!*

— De novo — sussurro.

Ele dá um sorriso preguiçoso e faz o que eu peço.

Gemendo, empino a cabeça com o cabelo caindo nas costas, e ele, muito lentamente, se deixa afundar na cama.

— Mexa, Anastasia, mexa o quanto quiser. Segure minhas mãos — diz ele, a voz rouca e grave e muito sensual.

Agarro as mãos dele, me aferrando a elas com todas as forças. Suavemente, fico me remexendo com ele dentro de mim. Seus olhos ardem naquela expectativa selvagem. Sua respiração está entrecortada, como a minha, e ele levanta a pélvis quando eu abaixo, me impelindo para cima de novo. Pegamos o ritmo... para cima e para baixo, para cima e para baixo... sem parar de mexer... e é muito... gostoso. Entre um arquejo e outro, sinto-me totalmente preenchida... com aquela sensação intensa pulsando pelo meu corpo inteiro aumentando, observo-o, olhos nos olhos... e vejo assombro neles, assombro diante de mim.

Eu o estou fodendo. Estou no comando. Ele é meu, e eu sou dele. A ideia me leva, com toda a força, ao limite, e chego ao orgasmo... gritando coisas incoerentes. Ele agarra meus quadris, fecha os olhos, inclina a cabeça para trás, cerra os dentes e goza em silêncio. Desabo em cima dele, entorpecida, entre a realidade e a fantasia, num lugar onde não há limites rígidos nem brandos.

CAPÍTULO DEZESSEIS

A os poucos o mundo exterior invade meus sentidos e, minha nossa, que invasão. Estou flutuando, pernas e braços moles e lânguidos, absolutamente esgotada. Estou deitada por cima dele, a cabeça em seu peito, e ele tem um cheiro divino: um aroma de roupa de cama recém-lavada misturado com sabonete caro: o melhor e mais sedutor perfume do planeta... Christian. Não quero me mexer, quero respirar esse elixir para sempre. Esfrego o nariz nele, desejando não ter a barreira da sua camisa. E, à medida que o restante do meu corpo vai voltando à razão, ponho a mão em seu peito. É a primeira vez que o toco ali. É firme... forte. Ele automaticamente agarra minha mão, mas suaviza o golpe puxando-a até os lábios e beijando meus dedos com doçura. Vira-se, e fica me olhando.

— Não — murmura, e me dá um leve beijo.

— Por que você não gosta de ser tocado? — sussurro, olhando para seus meigos olhos cinzentos.

— Porque sou cinquenta vezes fodido, de cinquenta maneiras, cinquenta tons diferentes, Anastasia.

Ah... essa honestidade me desarma completamente. Pisco para ele.

— Tive um começo de vida muito duro. Não quero sobrecarregar você com os detalhes. Só não faça.

Ele esfrega o nariz no meu, sai de dentro de mim e se senta.

— Acho que já percorremos todos os pontos básicos. Que tal?

Christian parece totalmente satisfeito e, ao mesmo tempo, fala num tom impassível, como se tivesse acabado de riscar mais um item de uma lista. Continuo tonta com o comentário sobre o seu "começo de vida muito duro". É muito frustrante — estou louca para saber mais. Mas ele não vai me contar. Inclino a cabeça de lado, imitando o jeito dele, e faço um esforço enorme para esboçar um sorriso.

— Se você acha que acreditei que você me cedeu o controle, bem, então você não levou em conta minhas boas notas. — Sorrio timidamente para ele. — Mas obrigada pela ilusão.

— Srta. Steele, você não é só um rosto bonito. Você já teve seis orgasmos e todos eles pertencem a mim — gaba-se, de novo, com um gracejo.

Enrubesço e pisco ao mesmo tempo, enquanto ele me olha. *Ele está contando!* Ele franze as sobrancelhas.

— Você tem alguma coisa para me contar? — pergunta com a voz séria.

Franzo o cenho. *Droga.*

— Eu tive um sonho hoje de manhã.

— É? — Ele me olha espantado.

Puta merda. Será que arranjei problema?

— Gozei dormindo.

Tapo os olhos com o braço. Ele não diz nada. Olho para ele por baixo do braço, e ele parece achar graça.

— Dormindo?

— Quando gozei, acordei.

— Tenho certeza que acordou. Estava sonhando com o quê?

Droga.

— Com você.

— O que eu estava fazendo?

Torno a tapar os olhos com o braço. E, como uma criancinha, por um instante acho que, se não posso vê-lo, ele também não pode me ver.

— Anastasia, o que eu estava fazendo? Não vou perguntar de novo.

— Você estava com um chicote de montaria.

Ele se remexe e isso balança meu braço.

— É mesmo?

— É.

Estou completamente vermelha.

— Ainda há esperança para você — diz ele, baixinho. — Tenho vários chicotes de montaria.

— De couro marrom trançado?

Ele ri.

— Não, mas garanto que poderia arranjar um.

Ele se inclina e me dá um beijo rápido. Depois se levanta e pega a cueca. *Ah, não... ele está indo embora.* Lanço um olhar rápido para o relógio: são só nove e quarenta. Levanto-me depressa também, pego a calça de moletom e uma camiseta de alcinha, e aí torno a me sentar na cama, de pernas cruzadas, observando-o. Não quero que ele vá embora. O que posso fazer?

— Quando você vai ficar menstruada? — Ele interrompe meus pensamentos.
O quê?

— Odeio usar essas coisas — resmunga ele. Mostra a camisinha, depois a joga no chão e veste as calças. — Quando? — provoca quando não respondo, me olhando como se estivesse aguardando minha opinião sobre o tempo.

Puta merda... isso é assunto pessoal.

— Semana que vem.

Fico olhando para baixo.

— Você precisa arranjar um anticoncepcional.

Ele é muito autoritário. Fico olhando-o impassível. Ele se senta na cama de novo para calçar os sapatos e as meias.

— Você tem uma consulta médica marcada?

Balanço a cabeça, negando. Voltamos às fusões e aquisições — outra mudança de humor de cento e oitenta graus.

Ele franze a testa.

— Posso marcar para você na sua casa. Domingo de manhã, antes de você ir me ver. Ou pode ser na minha. O que prefere?

Nada de pressão, então. Mais uma coisa que ele está pagando... mas, na verdade, é para proveito dele.

— Na sua casa.

Isso significa que é garantido que eu saia com ele domingo.

— Tudo bem. Eu aviso o horário.

— Você está indo embora?

Não vá... fique comigo, por favor.

— Estou.

Por quê?

— Como você vai voltar? — sussurro.

— Taylor vem me pegar.

— Posso levá-lo de carro. Tenho um carro lindo.

Ele me olha com uma expressão carinhosa.

— Está melhorando. Mas acho que você bebeu demais.

— Você me deixou bêbada de propósito?

— Deixei.

— Por quê?

— Porque você pensa demais, e é reticente como seu padrasto. Com uma gota de vinho você já desanda a falar, e preciso que se comunique honestamente comigo. Do contrário, você se fecha e não tenho ideia do que está pensando. *In vino veritas*, Anastasia.

— E você acha que é sempre honesto comigo?

— Eu me esforço para ser. — Ele me olha com cautela. — Isso só vai funcionar se formos honestos um com o outro.

— Eu gostaria que você ficasse e usasse isto.

Mostro a outra camisinha.

Ele sorri, os olhos brilhando cheios de humor.

— Anastasia, já saí vezes demais da linha aqui hoje. Tenho que ir. Vejo você no domingo. Vou mandar preparar o contrato revisto, e aí a gente pode realmente começar a brincadeira.

— Brincadeira?

Puta merda. Meu coração vem parar na boca.

— Eu gostaria de fazer uma cena com você. Mas não quero que seja antes de você assinar, e eu saber que está preparada.

— Ah, então posso prolongar isso se não assinar?

Ele olha para mim, me avaliando, e sorri.

— Bem, acho que sim, mas talvez eu não aguente a pressão e estoure.

— Estoure? Como?

Minha deusa interior acordou e está alerta.

Ele balança a cabeça devagar, depois sorri, provocando.

— A coisa pode ficar muito feia.

Seu sorriso é contagioso.

— Feia como?

— Ah, você sabe, explosões, perseguição de carro, sequestro, cárcere privado.

— Você me sequestraria?

— Ah, sim.

Ele ri.

— E me prenderia contra minha vontade?

Nossa, isso é sexy.

— Ah, sim. — Ele balança a cabeça. — E estamos falando de TTP 24/7.

— Não estou entendendo — sussurro, o coração aos pulos...

Ele está falando sério?

— Total Troca de Poder, dia e noite.

Os olhos dele brilham, e sua excitação é palpável mesmo de onde estou.

Puta merda.

— Portanto, você não tem escolha — diz ele com sarcasmo.

— É claro. — Não consigo disfarçar o tom de ironia ao olhar para cima.

— Ah, Anastasia Steele, será que você acabou de revirar os olhos para mim?

Merda.

— Não — guincho.

— Acho que revirou. O que eu disse que faria com você se tornasse a revirar os olhos para mim?

Merda. Ele se senta na beira da cama.

— Vem cá — diz com a voz macia.

Fico lívida. Putz... ele fala sério. Sento-me olhando para ele, totalmente imóvel.

— Ainda não assinei — sussurro.

— Eu disse o que faria. Sou um homem de palavra. Vou lhe dar uma surra, e então vou foder você bem depressa e com bastante força. Parece que vamos precisar daquela camisinha, afinal.

A voz dele é muito macia, ameaçadora, e isso é *excitante para cacete.* Minhas entranhas praticamente se contorcem com um desejo forte, irreprimível, líquido. Ele me olha, aguardando, olhos inflamados. Timidamente, estico as pernas. *Será que eu devia fugir?* É isso aí. Nosso relacionamento está em suspenso, aqui, agora. Será que o deixo fazer isso ou digo não e acabou a história? Porque sei que tudo estará terminado se eu disser não. *Faça isso!,* minha deusa interior me implora. Meu inconsciente está tão paralisado quanto eu.

— Estou esperando — diz ele. — Não sou um homem paciente.

Ah, por tudo o que é mais sagrado. Estou ofegando, apavorada, excitada. Meu corpo todo lateja e estou com as pernas bambas. Lentamente, vou me arrastando até ficar ao lado dele.

— Muito bem — murmura ele. — Agora, levante-se.

Ah, merda... será que ele não pode acabar logo com isso? Não sei se aguento. Timidamente, fico em pé. Ele estende a mão, e coloco a camisinha em sua palma. De repente, ele me agarra, me fazendo cair por cima dele. Com um único movimento suave, posiciona-se de tal maneira que fico com o torso deitado na cama a seu lado. Ele joga a perna direita por cima das minhas e me prende com o braço, imobilizando-me. *Ai, porra.*

— Coloque as mãos na cabeça — ordena.

Obedeço na mesma hora.

— Por que estou fazendo isso, Anastasia? — pergunta.

— Porque revirei os olhos para você. — Mal consigo falar.

— Acha que essa é uma atitude educada?

— Não.

— Vai fazer de novo?

— Não.

— Vou lhe dar uma surra toda vez que fizer isso, entendeu?

Muito lentamente, ele abaixa minhas calças. Ai, como isso é degradante! Degradante, assustador e excitante. Ele está fazendo disso um bicho de sete cabeças. Estou com o coração na boca. Mal consigo respirar. *Merda, será que vai doer?*

Ele põe a mão na minha bunda nua, acariciando-me delicadamente, fazendo movimentos circulares com a palma da mão. De repente, retira a mão... e me bate — com força. *Ai!* Arregalo os olhos reagindo à dor, e tento me levantar, mas ele põe a mão entre as minhas escápulas, forçando-me para baixo. Torna a acariciar o local onde me bateu, e sua respiração muda — está mais ruidosa, mais forte. Ele me bate de novo e de novo, depressa e sem interrupção. *Puta merda, isso dói.* Não emito um som, o rosto contraído para aguentar a dor. Tento me contorcer para me esquivar das palmadas — estimulada pela descarga de adrenalina que me percorre o corpo.

— Fique quieta — grunhe ele —, senão não vou parar de bater.

Ele agora está me esfregando, e a palmada vem logo em seguida. Surge um padrão rítmico: carinho, afago, palmada. Tenho que me concentrar para enfrentar essa dor. Minha cabeça se esvazia enquanto me esforço para absorver aquela agonia. Ele não me bate duas vezes no mesmo lugar sucessivamente — está espalhando a dor.

— Aaai! — grito na décima palmada, e percebo que andei contando mentalmente os golpes.

— Só estou me aquecendo.

Ele me bate de novo, depois me afaga. A combinação da dor da palmada forte com o carinho é muito cansativa. Ele me bate de novo... isso está ficando mais difícil de aguentar. Meu rosto dói de tanta tensão. Ele me afaga com delicadeza e depois volta a bater. Grito de novo.

— Ninguém vai ouvir você, baby, só eu.

E me bate de novo e de novo. Do fundo da minha alma, quero implorar para que ele pare. Mas não faço isso. Não quero lhe dar esse prazer. Ele continua naquele ritmo sem trégua. Grito mais seis vezes. Dezoito tapas ao todo. Meu corpo está urrando, urrando por causa desse ataque impiedoso.

— Chega — sussurra ele asperamente. — Muito bem, Anastasia. Agora vou foder você.

Ele afaga com delicadeza minha bunda, que arde ao ser acariciada em movimentos circulares e descendentes. De repente, ele enfia dois dedos dentro de mim, pegando-me completamente desprevenida. Arquejo, este novo ataque quebrando o torpor que envolvia meu cérebro.

— Está sentindo? Está vendo quanto seu corpo gosta disso, Anastasia? Você está toda molhada só para mim.

Há um tom de assombro em sua voz. Ele mexe os dedos rapidamente num movimento de vaivém.

Gemo. *Não, claro que não.* E aí os dedos saem... e fico querendo que voltem.

— Da próxima vez farei você contar. Onde está aquela camisinha?

Ele pega a camisinha e me levanta delicadamente, colocando-me de bruços na cama. Escuto o zíper dele e o invólucro sendo aberto. Ele tira minha calça completamente e me põe ajoelhada, acariciando de leve minha bunda, agora muito dolorida.

— Vou comer você agora. Pode gozar — murmura ele.

O quê? Como se eu tivesse escolha.

E ele está dentro de mim, rapidamente me preenchendo. Solto um gemido forte. Ele mexe, me penetrando com força, um ritmo rápido e ardente na minha bunda dolorida. A sensação é bastante intensa, dura, degradante e alucinante. Meus sentidos estão devastados, desligados, concentrados apenas no que ele está fazendo comigo. Agora ele me faz sentir aquela tensão familiar apertando lá dentro, cada vez mais rápido. NÃO... e meu corpo traiçoeiro explode num orgasmo intenso e violento.

— Ah, Ana! — grita ele ao gozar, segurando-me ali ao se derramar em mim. Ele desaba, arfando ruidosamente ao meu lado, e me puxa para cima dele, enterrando o rosto nos meus cabelos, o corpo colado ao meu.

— Ah, baby — sussurra. — Bem-vinda ao meu mundo.

Ficamos ali deitados, os dois ofegantes, querendo que nossa respiração se estabilize. Ele afaga meu cabelo. Estou de novo em cima de seu peito. Mas dessa vez, não tenho forças para levantar a mão e tocar nele. *Nossa... sobrevivi.* Não foi tão ruim assim. Sou mais forte do que pensava. Minha deusa interior está prostrada... bem, pelo menos está calada. Christian torna a esfregar o nariz no meu cabelo, inspirando profundamente.

— Muito bem, baby — diz, num tom exultante.

Suas palavras me aconchegam como uma toalha macia e felpuda do Hotel Heathman, e estou muito feliz por ele estar satisfeito.

Ele puxa a alça da minha camiseta.

— É com isso que você dorme? — pergunta com delicadeza.

— É — sussurro sonolenta.

— Você devia estar vestida de seda e cetim, menina linda. Vou levá-la para fazer compras.

— Gosto do meu moletom — murmuro, tentando em vão soar irritada.

Ele me dá outro beijo na cabeça.

— Vamos ver — diz.

Ficamos ali deitados mais uns minutos, umas horas, quem sabe, e acho que cochilo.

— Tenho que ir — diz ele, e me dá um beijo na testa. — Você está bem?

Seu tom é meigo.

Penso na pergunta dele. Minha bunda está doendo. Bem, agora está ardendo, e, por incrível que pareça, apesar de exausta, estou radiante. A consciência disso é humilhante, inesperada. Não entendo.

— Estou bem — digo, baixinho. Não quero dizer mais que isso.

Ele se levanta.

— Onde é o banheiro?

— No fim do corredor à esquerda.

Ele pega a outra camisinha e sai do quarto. Levanto-me toda dura e visto a calça. Ela machuca um pouco minha bunda ainda ardida. Estou muito confusa com minha reação. Lembro que ele disse, não me lembro de quando — que eu iria me sentir muito melhor depois de uma boa surra. *Como pode?* Eu realmente não entendo. Mas, por estranho que pareça, é como eu me sinto. Não posso dizer que tenha gostado da experiência. Na verdade, eu ainda faria tudo para evitá-la, mas agora... tenho essa sensação estranha de segurança e saciedade que ficou do prazer. Ponho as mãos na cabeça. Simplesmente não entendo.

Christian volta para o quarto. Não consigo fitá-lo nos olhos. Olho para minhas mãos.

— Encontrei um óleo de bebê. Deixe eu passar um pouco em você.

O quê?

— Não. Vou ficar bem.

— Anastasia — avisa ele, e quero revirar os olhos, mas logo me detenho.

Fico em pé de frente para a cama. Ele senta ao meu lado e, com delicadeza, torna a abaixar minha calça. *Arriando e levantando feito roupa de puta,* comenta meu inconsciente com amargura. Mentalmente eu o mando para aquele lugar. Christian põe óleo na mão e me massageia de maneira terna e cuidadosa — de removedor de maquiagem a bálsamo calmante para uma bunda espancada, quem diria que aquele líquido era tão versátil.

— Gosto das minhas mãos em você — murmura ele, e tenho que concordar: eu também.

— Pronto — diz quando termina, e levanta minha calça de novo.

Olho o relógio. São dez e meia.

— Já vou indo.

— Acompanho você até a porta.

Ainda não consigo olhar para ele.

Ele pega minha mão e me conduz até a porta. Felizmente, Kate não está em casa. Ela deve estar jantando com os pais e Ethan. Ainda bem que não estava por perto para ouvir minha punição.

— Não tem que ligar para o Taylor? — pergunto, evitando contato visual.

— Taylor está aqui desde as nove. Olhe para mim — pede.

Esforço-me para fitá-lo nos olhos, mas, quando faço isso, ele está me olhando espantado.

— Você não chorou — murmura, e de repente me agarra e me beija apaixonadamente. — Domingo — diz, a boca colada na minha, e isso é uma promessa e uma ameaça.

Fico olhando-o descer os degraus e embarcar naquele Audi preto enorme. Não olha para trás. Fecho a porta e paro na sala de um apartamento onde só passarei mais duas noites, impotente. Uma casa onde vivi feliz por quase quatro anos... mas hoje, pela primeira vez na vida, me sinto só e desconfortável aqui, infeliz comigo mesma. Será que me afastei tanto assim de quem eu sou? Sei que ali à espreita, não muito longe do meu exterior bastante entorpecido, há um poço de lágrimas. O que estou fazendo? A ironia é que nem posso me sentar para chorar à vontade. Tenho que ficar em pé. Sei que é tarde, mas resolvo ligar para minha mãe.

— Querida, como você está? Como foi a formatura? — pergunta ela com entusiasmo do outro lado da linha.

Sua voz é um bálsamo calmante.

— Desculpe a hora — sussurro.

Ela faz uma pausa.

— Ana, o que houve? — Está toda séria agora.

— Nada, mãe, eu só queria ouvir sua voz.

Ela fica um instante calada.

— Ana, o que houve? Fale comigo, por favor.

Sua voz é meiga e reconfortante, e sei que ela está interessada. Espontaneamente, minhas lágrimas começam a escorrer. Já chorei muito nesses últimos dias.

— Por favor, Ana — diz ela, e sua angústia espelha a minha.

— Ah, mãe, é um homem.

— O que ele fez com você?

A preocupação dela é palpável.

— Não é isso.

Embora seja... Ah, merda. Não quero preocupá-la. Só quero que outra pessoa seja forte por mim agora.

— Ana, por favor, você está me preocupando.

Respiro fundo.

— Eu meio que me apaixonei por esse cara, e ele é muito diferente de mim, e não sei se devemos ficar juntos.

— Ah, querida, eu queria poder estar com você. Estou morrendo de pena de ter perdido sua formatura. Você se apaixonou por alguém, finalmente. Ah, querida, homens são muito difíceis. Pertencem a uma espécie diferente. Há quanto tempo você o conhece?

Christian definitivamente pertence a uma espécie diferente... um *planeta diferente.*

— Ah, há umas três semanas mais ou menos.

— Ana, querida, isso é praticamente nada. Como você pode conhecer alguém em tão pouco tempo? Pegue leve com ele e mantenha certa distância até decidir se ele é digno de você.

Nossa... me enerva quando minha mãe enxerga tanto as coisas, mas ela está muito atrasada nisso. Será que ele é *digno* de mim? Esse é um conceito interessante. Eu sempre me perguntei se eu era digna dele.

— Querida, sua voz está muito triste. Venha para casa visitar a gente. Sinto sua falta. Bob também ia adorar vê-la. Você pode se distanciar um pouco e talvez enxergar as coisas melhor. Você precisa de um tempo. Anda trabalhando muito.

Puxa vida, isso é tentador. Fugir para a Geórgia, pegar sol, tomar uns drinques. Aproveitar o bom humor da minha mãe... seus braços amorosos.

— Tenho duas entrevistas de estágio em Seattle na segunda-feira.

— Ah, que notícia boa!

A porta se abre, e Kate aparece, sorrindo para mim. Sua expressão muda quando vê que andei chorando.

— Mãe, tenho que desligar. Vou pensar em dar um pulo aí. Obrigada.

— Querida, por favor, não deixe um homem virar uma obsessão para você. Você é muito jovem. Aproveite a vida.

— Sim, mãe, te amo.

— Ah, Ana, eu também amo muito você. Não se arrisque, querida.

Desligo e encaro Kate, que me olha furiosa.

— Aquele fodedor podre de rico tornou a perturbar você?

— Não... mais ou menos... hã... sim.

— Manda ele ir passear, Ana. Você anda muito instável desde que o conheceu. Nunca vi você assim.

O mundo de Katherine Kavanagh é muito claro, todo preto e branco. Sem os vagos, intangíveis e misteriosos tons de cinza que colorem meu mundo. *Bem-vinda ao meu mundo.*

— Sente-se, vamos conversar. Vamos tomar um vinho. Ah, você bebeu champanhe. — Ela olha a garrafa. — E do bom.

Meu sorriso não convence, e olho com apreensão para o sofá. Aproximo-me dele com cautela. *Hum... sentar.*

— Você está bem?

— Eu caí sentada no chão.

Ela não pensa em questionar minha explicação, porque sou uma das pessoas mais desastradas do estado de Washington. Nunca pensei que iria enxergar isso como uma bênção. Sento cheia de dedos, e tenho a surpresa agradável de ver que estou bem. Volto a atenção para Kate, mas meus pensamentos retrocedem até o

Heathman — *Bem, se fosse minha, você ia passar uma semana sem conseguir se sentar depois do que aprontou ontem.* Ele disse isso e, na hora, eu não conseguia me concentrar em mais nada senão em ser dele. Todos os sinais de alerta estavam ali, eu só fui muito burra e estava muito apaixonada para não ver.

Kate volta para a sala com uma garrafa de vinho tinto e xícaras lavadas.

— Pronto.

Ela me dá uma xícara de vinho. Não vai ser tão gostoso quanto aquele champanhe.

— Ana, se ele é um babaca e tem medo de compromisso, largue ele. Embora eu realmente não entenda esse problema de compromisso. Ele não conseguia tirar os olhos de você na tenda, ficava vigiando feito um falcão. Eu diria que está perdidamente apaixonado, mas talvez ele tenha um jeito diferente de demonstrar isso.

Perdidamente apaixonado? Christian? Jeito diferente de demonstrar? Eu que o diga.

— Kate, é complicado. Como foi sua noite? — pergunto.

Não posso discutir isso com Kate sem revelar demais, mas pergunto sobre o dia dela, e ela embarca. É tranquilizador ficar sentada ouvindo uma conversa normal. A grande novidade é que Ethan pode vir morar com a gente depois das férias deles. Vai ser divertido. Ethan é engraçadíssimo. Franzo a testa. Acho que Christian não vai aprovar. *Bem... azar o dele.* Vai ter que engolir. Bebo umas xícaras de vinho e decido encerrar o expediente. Foi um dia muito longo. Kate me dá um abraço, e pega o telefone para ligar para Elliot.

Olho a máquina do mal depois de escovar os dentes. Tem um e-mail de Christian.

De: Christian Grey
Assunto: Você
Data: 26 de maio de 2011 23:14
Para: Anastasia Steele

Cara Srta. Steele,
Você é simplesmente perfeita. A mulher mais linda, inteligente, espirituosa e corajosa que já conheci. Tome um Advil — isso não é uma exigência. E não dirija mais seu fusca. Eu ficarei sabendo.

Christian Grey
CEO, Grey Enterprises Holdings, Inc.

Ah, não dirigir mais meu carro! Digito uma resposta.

De: Anastasia Steele
Assunto: Lisonjas
Data: 26 de maio de 2011 23:20
Para: Christian Grey

Caro Sr. Grey,
Lisonjas não vão levá-lo a lugar algum, mas já que o senhor está *em toda parte,* não adianta discutir.

Precisarei levar meu fusca a uma oficina para vendê-lo — portanto não aceitarei seus disparates sobre esse assunto.

Vinho tinto é sempre preferível a Advil.

Ana

P.S.: Surra de vara é um limite RÍGIDO para mim.

Teclo em "enviar".

De: Christian Grey
Assunto: Mulheres frustrantes que não conseguem aceitar elogios
Data: 26 de maio de 2011 23:26
Para: Anastasia Steele

Cara Srta. Steele,
Não a estou lisonjeando. Você devia ir se deitar.

Aceito seu acréscimo aos limites rígidos.

Não beba demais.

Taylor venderá seu carro e conseguirá um bom preço por ele, também.

Christian Grey
CEO, Grey Enterprises Holdings, Inc.

De: Anastasia Steele
Assunto: Taylor — Ele é o homem certo para a função?
Data: 26 de maio de 2011 23:40
Para: Christian Grey

Prezado Senhor,
Estou intrigada com o fato de que esteja disposto a correr o risco de deixar seu braço direito, mas não a mulher com quem você fode de vez em quando, dirigir meu carro. Como posso ter certeza de que Taylor é o homem que vai conseguir o melhor preço pelo referido carro? No passado, provavelmente antes de conhecê-lo, eu era famosa por conseguir me dar bem nos negócios.

Ana

De: Christian Grey
Assunto: Cuidado!
Data: 26 de maio de 2011 23:44
Para: Anastasia Steele

Cara Srta. Steele,
Estou presumindo que esta conversa seja efeito do VINHO TINTO, e que tenha tido um dia muito longo.

Mas estou tentado a voltar aí para garantir que passe a semana sem conseguir se sentar.

Taylor é ex-militar e sabe dirigir qualquer veículo, desde uma motocicleta até um tanque Sherman. Seu carro não oferece risco para ele.

Agora, por favor, não se refira à sua pessoa como "uma mulher com quem eu fodo de vez em quando", porque, com muita franqueza, isso me deixa LOUCO, e você realmente não iria gostar de mim quando estou zangado.

Christian Grey
CEO, Grey Enterprises Holdings, Inc.

De: Anastasia Steele
Assunto: Cuidado você
Data: 26 de maio de 2011 23:57
Para: Christian Grey

Prezado Sr. Grey,
Não sei ao certo se gosto do senhor, sobretudo no presente momento.

Srta. Steele

De: Christian Grey
Assunto: Cuidado você
Data: 27 de maio de 2011 00:03
Para: Anastasia Steele

Por que não gosta de mim?

Christian Grey
CEO, Grey Enterprises Holdings, Inc.

De: Anastasia Steele
Assunto: Cuidado você
Data: 27 de maio de 2011 00:09
Para: Christian Grey

Porque o senhor nunca fica comigo.

Pronto, isso lhe dá algo em que pensar. Desligo a máquina com um floreio que realmente não combina e vou para a cama. Apago a luz e fico olhando para o teto. Foi um dia longo, uma emoção atrás da outra. Foi gostoso passar umas horas com Ray. Ele estava com boa aparência, e, por incrível que pareça, aprovou Christian. Putz, Kate e aquela sua língua de trapo. Ouvir Christian mencionar que passou fome. Que diabo é isso? Nossa, e o carro. Nem contei a Kate sobre o carro. O que Christian estava pensando?

E depois, hoje à noite, ele me bateu mesmo. Nunca ninguém me bateu na vida. Onde é que fui me meter? Muito devagarinho, as lágrimas interrompidas pela chegada de Kate começam a escorrer pelo meu rosto e a entrar pelos ouvidos. Apaixonei-me por alguém tão fechado emocionalmente que só vou me machucar — no fundo, eu sei disso —, alguém que se confessa completamente fodido. *Por que ele é tão fodido?* Deve ser horrível ser tão marcado como ele é, e a ideia de que tenha sofrido alguma crueldade insuportável na primeira infância me faz chorar mais. *Quem sabe, se ele fosse mais normal, ele não quisesse você,* meu inconsciente contribui maliciosamente para minhas elucubrações... e, no fundo, sei que isso é verdade. Ponho o rosto no travesseiro, e a comporta se abre... e, pela primeira vez em muitos anos, estou soluçando incontrolavelmente.

Sou momentaneamente distraída do meu sofrimento pelos gritos de Kate.

— *O que você acha que está fazendo aqui, porra?*

— *Bem, você não pode!*

— *O que você fez com ela agora, porra?*

— *Desde que conheceu você, ela vive chorando.*

— *Você não pode entrar aqui!*

Christian invade meu quarto e, sem cerimônia, acende a luz, me fazendo apertar os olhos.

— Nossa, Ana — murmura.

Torna a apagar a luz, e logo está a meu lado.

— O que você está fazendo aqui? — digo entre soluços.

Merda. Não consigo parar de chorar.

Ele acende a luz da cabeceira, me fazendo apertar os olhos de novo. Kate chega e fica parada à porta.

— Quer que eu ponha esse babaca para fora? — pergunta ela, irradiando uma hostilidade termonuclear.

Christian ergue as sobrancelhas para ela, sem dúvida surpreso com aquele epíteto lisonjeiro e aquele antagonismo feroz. Faço que não com a cabeça, e ela revira os olhos para mim. *Ah... eu não faria isso perto do Sr. C.*

— Se precisar de mim, é só gritar — diz ela com mais delicadeza. — Grey, você está na minha lista negra e estou de olho em você — sibila ela.

Ele pisca para ela, que dá meia-volta e deixa a porta encostada. Christian me olha com uma expressão séria, o rosto pálido. Está com aquele blazer de risca de giz, de cujo bolso interno saca um lenço para me dar. Acho que ainda tenho aquele seu outro blazer em algum canto.

— O que está acontecendo? — pergunta ele baixinho.

— Por que você está aqui? — pergunto, sem responder-lhe.

Parei de chorar como que por milagre, mas ainda sou sacudida por soluços.

— Parte do meu papel é cuidar das suas necessidades. Você disse que queria que eu ficasse, portanto, estou aqui. E, no entanto, encontro você neste estado.

— Ele pisca para mim, realmente perplexo. — Tenho certeza de que sou responsável por isso, mas não faço ideia do motivo. Foi por que bati em você?

Levanto-me da cama, contraindo o rosto por causa da dor. Sento-me e o encaro.

— Você tomou o Advil?

Balanço a cabeça. Ele aperta os olhos, se levanta e sai do quarto. Ouço-o falando com Kate, mas não dá para escutar a conversa. Volta pouco depois com uns comprimidos e uma xícara de água.

— Tome esses comprimidos — ordena com delicadeza ao sentar-se na cama ao meu lado.

Obedeço.

— Fale comigo — murmura. — Você me disse que estava bem. Eu nunca teria ido embora se achasse que você estivesse desse jeito.

Fico olhando para baixo. O que posso dizer que ainda não tenha dito? Quero mais. Quero que ele fique porque *ele* quer ficar comigo, não porque eu esteja aos prantos, e não quero que ele bata em mim, será que isso é muito absurdo?

— Suponho que, quando disse que estava bem, você não estava.

Enrubesço.

— Achei que estivesse.

— Anastasia, você não pode me dizer o que acha que eu quero ouvir. Isso não é muito honesto — censura. — Como posso acreditar em qualquer coisa que você já me disse?

Olho para ele, e Christian está franzindo as sobrancelhas, com uma expressão triste. Passa as mãos no cabelo.

— Como você se sentiu enquanto eu batia em você e depois de eu ter batido?

— Não gostei. Eu preferiria que você não fizesse isso de novo.

— Você não deveria gostar.

— Por que você gosta disso?

Olho para ele. Minha pergunta o surpreende.

— Quer mesmo saber?

— Ah, pode acreditar, estou muito interessada.

E não consigo disfarçar o tom sarcástico.

Ele aperta os olhos de novo.

— Cuidado — avisa.

Fico lívida.

— Vai me bater de novo?

— Não, hoje não.

Ufa... meu inconsciente e eu damos um suspiro de alívio.

— Então? — provoco.

— Gosto do controle que isso me dá, Anastasia. Quero que você se comporte de um determinado jeito, e se você não se comportar, punirei você, e então aprenderá a se comportar do jeito que eu quero. Gosto de castigar. Quis dar uma surra em você desde que me perguntou se eu era gay.

Coro ao me lembrar disso. *Putz, eu queria me espancar depois de ter feito essa pergunta.* Então Katherine Kavanagh é a responsável por tudo isso, e se tivesse ido naquela entrevista e perguntado se ele era gay, ela estaria sentada aqui com a bunda doendo. Não gosto desse pensamento. Como tudo isso é confuso!

— Então você não gosta do jeito como eu sou.

Ele me olha, de novo perplexo.

— Acho você encantadora do jeito que é.

— Então por que está tentando me mudar?

— Não quero mudar você. Eu gostaria que você fosse gentil e seguisse as regras que lhe dei e não me desafiasse. Simples assim — diz ele.

— Mas você quer me castigar?

— Quero.

— É isso que eu não entendo.

Ele suspira e torna a passar a mão no cabelo.

— Eu sou assim, Anastasia. Preciso estar no controle. Preciso que você se comporte de determinada maneira, e, se você não fizer isso, adoro ver sua linda pele de alabastro ficar cor-de-rosa debaixo das minhas mãos. Isso me excita.

Puta que pariu. Agora sim estamos chegando em algum lugar.

— Então não é a dor que você me faz passar?

Ele engole em seco.

— Um pouco, para ver o que você aguenta, mas não é só isso. É também pelo fato de você ser minha para eu fazer o que achar conveniente. Controle máximo sobre outra pessoa. E isso me excita. Muito, Anastasia. Olha, não estou me explicando muito bem... Nunca tive que me explicar antes. Ainda não pensei nisso muito a fundo. Sempre estive com pessoas com a mesma mentalidade. — Ele encolhe os ombros, se desculpando. — E você ainda não respondeu à minha pergunta: como se sentiu depois?

— Confusa.

— Você ficou sexualmente muito excitada com isso, Anastasia.

Ele fecha os olhos rapidamente, e, ao tornar a abri-los e olhar para mim, eles estão em chamas.

Sua expressão afeta aquela parte obscura de mim, escondida nas minhas entranhas — minha libido, despertada e domada por ele mas, mesmo agora, insaciável.

— Não me olhe assim — murmura ele.

Franzo a testa. *Putz, o que eu fiz agora?*

— Não tenho camisinha, Anastasia, e você está transtornada. Ao contrário do que sua amiga pensa, não sou um monstro. Então, você ficou confusa?

Contorço-me sob aquele seu olhar intenso.

— Você não tem problema em ser sincera comigo por escrito. Seus e-mails sempre me dizem exatamente como se sente. Por que não pode fazer isso quando conversamos pessoalmente? Será que eu a intimido tanto assim?

Puxo um ponto imaginário da colcha azul e creme da minha mãe.

— Você me engana, Christian. Me perturba completamente. Sinto-me como Ícaro se aproximando muito do sol — sussurro.

Ele arqueja.

— Bem, acho que é o contrário — murmura.

— O quê?

— Ah, Anastasia, você me enfeitiçou. Não é óbvio?

Não, não para mim. *Enfeitiçou...* minha deusa interior está olhando boquiaberta. Nem ela acredita nisso.

— Você ainda não respondeu à minha pergunta. Me escreva um e-mail, por favor. Mas, no momento, eu realmente gostaria de dormir. Posso ficar aqui?

— Quer ficar?

Não consigo disfarçar o tom esperançoso da minha voz.

— Você me quis aqui.

— Você não respondeu à minha pergunta.

— Vou escrever um e-mail — retruca ele com petulância.

Ele se levanta, tira o BlackBerry, as chaves, a carteira e o dinheiro dos bolsos da calça. Puta merda, o homem carrega uma bagulhada danada nos bolsos. Ele tira também o relógio, os sapatos, as meias e a calça, e pendura o blazer na minha cadeira. Vai para o outro lado da cama e se deita.

— Deite-se — ordena.

Deslizo lentamente para debaixo das cobertas, contraindo o rosto, olhando para ele. Minha nossa... ele ficou. Acho que estou entorpecida com o choque eufórico. Ele se apoia no cotovelo, e olha para mim.

— Se vai chorar, chore na minha frente. Preciso saber.

— Quer que eu chore?

— Não especialmente. Só quero saber como você se sente. Não a quero escorregando por entre meus dedos. Apague a luz. Já é tarde, e nós dois temos que trabalhar amanhã.

Está aqui... e continua autoritário, mas não posso me queixar. Ele está na minha cama. Não entendo bem por que... talvez eu deva chorar com mais frequência na frente dele. Apago a luz da cabeceira.

— Deite-se de lado, de costas para mim — murmura ele no escuro.

Reviro os olhos sabendo perfeitamente que ele não pode me ver, mas obedeço. Sem jeito, ele se aproxima, passa o braço em volta de mim e me puxa para junto de si.

— Durma, baby — ordena, e sinto seu nariz nos meus cabelos enquanto ele inspira profundamente.

Puta merda. Christian Grey está dormindo comigo e, aninhada em seus braços, caio num sono tranquilo.

CAPÍTULO DEZESSETE

A chama da vela é muito quente. Bruxuleia e dança na brisa abafada, uma brisa que não traz alívio ao calor. Delicadas asas transparentes se agitam por todos os lados no escuro, pulverizando o círculo de luz com uma poeira de escamas. Tento resistir, mas sou arrastada. É uma luz muito forte, e estou voando muito perto do Sol, ofuscada pela claridade, fritando e derretendo com o calor, cansada de tanto me esforçar para permanecer no ar. Estou com muito calor. O calor... é sufocante, opressor, e me acorda.

Abro os olhos, e estou soterrada por Christian Grey. Ele está todo enrolado em mim. Dorme profundamente com a cabeça no meu peito, o braço por cima do meu corpo, segurando-me junto a ele, uma das pernas enganchada nas minhas. Está me sufocando com o calor do seu corpo, e é pesado. Custo um pouco a compreender que ele ainda está na minha cama, com o sono profundo, e lá fora o dia já raiou — é de manhã. Ele passou a noite inteira comigo.

Estou com o braço direito esticado, sem dúvida à procura de um pouco de ar fresco, e, ao processar o fato de ele continuar ali comigo, me ocorre a ideia de que posso tocar nele. Ele dorme. Timidamente, levanto a mao e passo os dedos em suas costas. Do fundo de sua garganta, sai um leve grunhido aflito, e ele se mexe. Esfrega o nariz no meu peito, inspirando fundo ao acordar. Olhos cinzentos e sonolentos encontram os meus por baixo daquela sua cabeleira desgrenhada.

— Bom dia — resmunga, e franze os olhos. — Nossa, você me atrai mesmo quando estou dormindo.

Com movimentos lentos, ele se desenrosca de mim enquanto se orienta. Percebo sua ereção encostada em minha coxa. Ele vê meu olhar de espanto, e dá um sorriso sensual.

— Humm... isso seria bom, mas acho que devíamos esperar até domingo.

Ele se inclina e esfrega o nariz na minha orelha.

Enrubesço, o calor dele já está me deixando toda vermelha.

— Você está muito quente — murmuro.

— Você também não está nada mal — sussurra ele, se encostando em mim sugestivamente.

Enrubesço mais ainda. *Não foi isso que eu quis dizer.* Ele se apoia no cotovelo e me olha, achando graça. Então se abaixa e, para minha surpresa, toca meus lábios com um delicado beijo.

— Dormiu bem? — pergunta.

Faço que sim com a cabeça, olhando para ele, e me dou conta de que dormi muito bem, a não ser talvez na última meia hora, quando fiquei com muito calor.

— Eu também. — Ele franze a testa. — Sim, muito bem. — Ergue as sobrancelhas, espantado. — Que horas são?

Olho o relógio.

— São sete e meia.

— Sete e meia... merda.

Ele pula da cama e veste a calça.

É minha vez de achar graça ao me sentar na cama. Christian Grey está atrasado e nervoso. Trata-se de algo inédito para mim. Depois de um tempo, me dou conta de que minha bunda já não dói.

— Você é uma péssima influência para mim. Tenho uma reunião. Preciso ir embora. Tenho que estar em Portland às oito. Está rindo de mim?

— Estou.

Ele ri.

— Estou atrasado, e nunca me atraso. Mais uma primeira vez, Srta. Steele.

Ele veste o blazer, depois se abaixa e segura minha cabeça com as mãos.

— Domingo — diz, e a palavra vem carregada de promessas subentendidas. Sinto um espasmo em todo o corpo numa expectativa deliciosa. A sensação é intensa.

Que inferno, se minha mente pudesse se limitar a acompanhar o ritmo do meu corpo...

Ele se inclina e me beija rapidamente. Pega suas coisas na mesa de cabeceira, e os sapatos, que não calça.

— Taylor virá resolver o caso do seu fusca. Eu estava falando sério. Não saia nele. Vejo você no domingo. Aviso o horário por e-mail.

E, como um pé de vento, ele se foi.

Christian Grey passou a noite comigo, e me sinto descansada. E não rolou sexo, só aconchego. Ele me disse que nunca dormiu com ninguém — mas já dormiu três vezes comigo. Sorrio e levanto da cama devagar. Estou mais otimista que ontem. Vou para a cozinha, precisando de uma xícara de chá.

Depois do desjejum, tomo uma ducha e me visto depressa para meu último dia na Clayton's. É o fim de uma era — adeus ao casal Clayton, à WSU, a Vancouver, ao meu apartamento, meu fusca. Olho para a máquina do mal — são só 7h52. Tenho tempo.

De: Anastasia Steele
Assunto: Ataque e agressão: As consequências
Data: 27 de maio de 2011 08:05
Para: Christian Grey

Caro Sr. Grey,
O senhor quis saber por que fiquei tão confusa depois que me — que eufemismo devemos usar? — espancou, puniu, bateu, atacou. Bem, durante todo o processo assustador, senti-me diminuída, degradada e abusada. E, para minha aflição, o senhor estava certo, fiquei excitada, e isso foi inesperado. Como bem sabe, tudo que se relaciona a sexo é novidade para mim — eu gostaria de ser mais experiente e, portanto, mais preparada. Fiquei chocada por ter ficado excitada.

O que realmente me preocupou foi como me senti depois. E isso é mais difícil de expressar. Fiquei satisfeita por tê-lo deixado feliz, e aliviada pelo fato de não ter sido tão doloroso quanto achei que seria. E, depois, deitada em seus braços, senti-me saciada. Mas fico muito incomodada, culpada até, por me sentir assim. Isso não combina comigo, e, portanto, estou confusa. Isso responde à sua pergunta?

Espero que o mundo das Fusões e Aquisições esteja mais estimulante que nunca... e que não tenha chegado muito atrasado.

Obrigada por ter ficado comigo.

Ana

De: Christian Grey
Assunto: Liberte seu espírito
Data: 27 de maio de 2011 08:24
Para: Anastasia Steele

Descrição interessante no assunto do e-mail... ainda que exagerada, Srta. Steele.

Respondendo às suas questões:

- Continuarei com as surras — essa é a palavra.

- Então, sentiu-se diminuída, degradada, abusada e atacada — isso é muito Tess Durbeyfield de sua parte. Creio que foi você que optou pela degradação, se bem me lembro. Você se sente realmente assim ou acha que deveria se sentir? Duas coisas muito diferentes. Se é assim que se sente, acha que poderia se limitar a tentar aproveitar esses sentimentos, enfrentá-los, por mim? É o que uma submissa faria.

- Estou agradecido pela sua inexperiência. Dou valor a ela, e ainda estou começando a entender o que significa. Simplificando... significa que você é minha em todos os aspectos.

- Sim, você ficou excitada, o que, por sua vez, foi muito excitante, não há nada de errado com isso.

- Feliz está longe de começar a dar a ideia de como eu me senti. Êxtase arrebatador chega perto.

- Uma surra de castigo dói mais do que uma surra sensual — portanto não vai ser muito mais forte que isso, a menos, claro, que você cometa uma transgressão importante, e, nesse caso, usarei algum implemento para puni-la. Minha mão ficou muito dolorida. Mas gosto disso.

- Eu também me senti saciado — mais do que você jamais poderia imaginar.

- Não gaste sua energia com culpa, remorso etc. Somos maiores de idade e o que fazemos entre quatro paredes fica entre nós. Você precisa libertar seu espírito e ouvir seu corpo.

- O mundo das F&A não é nem de longe tão estimulante quanto você, Srta. Steele.

Christian Grey
CEO, Grey Enterprises Holdings, Inc.

Puta merda... *minha em todos os aspectos.* Respiro com dificuldade.

De: Anastasia Steele
Assunto: Maiores de idade!
Data: 27 de maio de 2011 08:26
Para: Christian Grey

Não está em reunião?
Muito bem feito que tenha ficado com a mão doendo.

E, se eu ouvisse meu corpo, agora eu estaria no Alasca.

Ana

P.S.: Vou pensar em aproveitar esses sentimentos.

De: Christian Grey
Assunto: Você não chamou a polícia
Data: 27 de maio de 2011 08:35
Para: Anastasia Steele

Srta. Steele,
Estou numa reunião discutindo o mercado futuro, se está mesmo interessada.

Para que fique registrado, você ficou ao meu lado sabendo o que eu ia fazer.

Em nenhum momento me pediu para parar — não usou nenhum dos códigos.

Você é maior de idade — tem opções.

Com muita franqueza, estou ansioso para ficar de novo com a mão ardendo.

Você obviamente não está ouvindo a parte certa do seu corpo.

O Alasca é muito frio, e não é lugar para fugir. Eu encontraria você.

Posso rastrear seu celular — lembra?

Vá para o trabalho.

Christian Grey
CEO, Grey Enterprises Holdings, Inc.

Fecho a cara para a tela. Ele tem razão, claro. A opção é minha. Humm. Será que ele fala sério sobre ir atrás de mim? Será que eu devia resolver fugir por uns tempos? Penso rapidamente no convite da minha mãe.

Teclo em "responder".

De: Anastasia Steele
Assunto: Perseguidor
Data: 27 de maio de 2011 08:38
Para: Christian Grey

Já procurou terapia para sua propensão a perseguir os outros?

Ana

De: Christian Grey
Assunto: Perseguidor? Eu?
Data: 27 de maio de 2011 08:38
Para: Anastasia Steele

Pago ao eminente Dr. Flynn uma pequena fortuna por minha propensão a perseguição e outras tendências.
Vá para o trabalho.

Christian Grey
CEO, Grey Enterprises Holdings, Inc.

De: Anastasia Steele
Assunto: Charlatães caros
Data: 27 de maio de 2011 08:40
Para: Christian Grey

Permita-me humildemente sugerir que busque uma segunda opinião. Não sei ao certo se o Dr. Flynn é muito eficiente.

Srta. Steele

De: Christian Grey
Assunto: Segundas opiniões
Data: 27 de maio de 2011 08:43
Para: Anastasia Steele

Não que isso seja da sua conta, mas o Dr. Flynn é a segunda opinião.

Você terá que correr, no carro novo, arriscando-se desnecessariamente — acho que isso é contra as regras.

VÁ PARA O TRABALHO.

Christian Grey
CEO, Grey Enterprises Holdings, Inc.

De: Anastasia Steele
Assunto: MAIÚSCULAS GRITANTES
Data: 27 de maio de 2011 08:47
Para: Christian Grey

Na qualidade de objeto de suas tendências perseguidoras, considero isso da minha conta, na verdade.

Ainda não assinei. Portanto, que se danem as regras! E só entro às 9h30.

Srta. Steele

De: Christian Grey
Assunto: Linguística descritiva
Data: 27 de maio de 2011 08:49
Para: Anastasia Steele

"Que se danem?" Não é uma expressão muito educada.

Christian Grey
CEO, Grey Enterprises Holdings, Inc.

De: Anastasia Steele
Assunto: Linguística descritiva
Data: 27 de maio de 2011 08:52
Para: Christian Grey

Para maníacos por controle e perseguidores, está ótimo.
E linguística descritiva é um limite rígido para mim.

Quer parar de me aborrecer agora?

Eu gostaria de ir para o trabalho no carro novo.

Ana

De: Christian Grey
Assunto: Moças difíceis mas divertidas
Data: 27 de maio de 2011 08:58
Para: Anastasia Steele

Minha mão está começando a coçar.
Dirija com cuidado, Srta. Steele.

Christian Grey
CEO, Grey Enterprises Holdings, Inc.

É uma alegria dirigir o Audi. Tem direção hidráulica. A direção do Wanda, o meu fusca, é um chumbo, portanto, meu exercício diário, que era dirigi-lo, vai acabar. Ah, mas vou ter um personal trainer para enfrentar, de acordo com as regras de Christian. Franzo as sobrancelhas. Odeio fazer exercício.

Enquanto estou dirigindo, tento analisar nossa troca de e-mails. Ele às vezes é um filho da puta paternalista. E aí, penso em Grace e me sinto culpada. Mas, claro, ela não é a mãe biológica dele. *Humm*, há toda uma história de dor de causa desconhecida. Bem, filho da puta paternalista então funciona bem. Sim, sou maior de idade, obrigada por me lembrar disso, Christian Grey, e a opção é minha. O problema é que só quero o Christian, não toda a... bagagem... dele — e, no momento, a bagagem dele enche o compartimento de carga de um 747. Será que eu poderia simplesmente relaxar e aceitar isso? Como uma submissa? Eu disse que tentaria. Isso é uma tarefa que não tem mais tamanho.

Deixo o carro no estacionamento da Clayton's. Ao entrar, mal posso acreditar que seja meu último dia. Felizmente, o movimento da loja é grande e o tempo passa depressa. Na hora do almoço, o Sr. Clayton me chama ao estoque. Está parado ao lado de um motoboy.

— Srta. Steele? — pergunta o motoboy.

Faço uma cara interrogativa para o Sr. Clayton, que dá de ombros, tão intrigado quanto eu. Fico aflita. O que Christian mandou agora? Assino o recibo do pequeno embrulho e o abro imediatamente. É um BlackBerry. Fico mais aflita ainda. Ligo-o.

De: Christian Grey
Assunto: BlackBerry EMPRESTADO
Data: 27 de maio de 2011 11:15
Para: Anastasia Steele

Preciso ter a possibilidade de entrar em contato com você a qualquer hora, e, uma vez que esta é sua forma de comunicação mais honesta, calculei que você precisava de um BlackBerry.

Christian Grey
CEO, Grey Enterprises Holdings, Inc.

De: Anastasia Steele
Assunto: Consumismo levado à loucura
Data: 27 de maio de 2011 13:22
Para: Christian Grey

Acho que precisa ligar já para o Dr. Flynn.
Sua propensão à perseguição está desenfreada.

Estou no trabalho. Escreverei quando chegar em casa.

Obrigada por mais um aparelho.

Eu não estava errada quando disse que você era o consumidor supremo.

Por que faz isso?

Ana

De: Christian Grey
Assunto: Sagacidade de alguém tão jovem
Data: 27 de maio de 2011 13:24
Para: Anastasia Steele

Bom argumento, como sempre, Srta. Steele.
O Dr. Flynn está de férias.

E faço isso porque posso.

Christian Grey
CEO, Grey Enterprises Holdings, Inc.

Ponho aquele negócio no bolso de trás da calça, já com ódio dele. Mandar e-mails para Christian vicia, mas preciso trabalhar. O telefone toca uma vez no meu traseiro... *Que apropriado*, penso com ironia, mas, usando toda minha força de vontade, ignoro esse pensamento.

Às quatro da tarde, o Sr. e a Sra. Clayton reúnem todos os outros funcionários da loja e, durante um discurso de arrepiar de tão constrangedor, me presenteiam com um cheque de trezentos dólares. Naquele momento, todos os acontecimentos das últimas três semanas me vêm à cabeça: as provas, a formatura, um bilionário intenso e fodido, a perda da virgindade, limites brandos e rígidos, quartos de jogos sem mesas, viagens de helicóptero e o fato de que vou me mudar amanhã. O incrível é que me controlo. Meu inconsciente está assombrado. Dou um abraço forte nos Clayton. Eles foram patrões bondosos e generosos, e sentirei falta deles.

KATE ESTÁ SAINDO do carro quando chego em casa.

— O que é isso? — pergunta em tom de acusação, apontando para o Audi. Não resisto.

— É um carro — brinco. Ela aperta os olhos, e, por um instante, me pergunto se também vai me dar umas palmadas. — Meu presente de formatura.

Tento agir como se não fosse nada demais. *Sim, todo dia me dão um carro caro.* Ela fica boquiaberta.

— O filho da mãe é generoso e exagerado, não é?

Balanço a cabeça, concordando.

— Tentei não aceitar, mas francamente, não vale a briga.

Kate contrai os lábios.

— Não me admira que você esteja perturbada. Vi que ele ficou lá em casa.

— É — sorrio com nostalgia.

— Vamos terminar de embalar as coisas?

Faço que sim com a cabeça, e entro atrás dela, lendo o e-mail de Christian.

De: Christian Grey
Assunto: Domingo
Data: 27 de maio de 2011 13:30
Para: Anastasia Steele

Vejo você às 13h no domingo?
A consulta médica está agendada para as 13h30 no Escala.

Estou indo agora para Seattle.

Espero que sua mudança corra bem, e estou ansioso para domingo chegar.

Christian Grey
CEO, Grey Enterprises Holdings, Inc.

Nossa, ele poderia estar falando do tempo. Decido enviar-lhe um e-mail quando tivermos acabado de embalar tudo. Ele pode ser muito divertido numa hora e muito formal e metido a besta na outra. É difícil acompanhar. Honestamente, parece um e-mail para um empregado. Reviro os olhos para aquilo com uma expressão de desafio e me junto a Kate para organizar a mudança.

Kate e eu estamos na cozinha quando alguém bate à porta. Taylor está parado no pórtico, impecável naquele terno dele. Vejo vestígios de uma antiga carreira militar no cabelo cortado à máquina, no físico enxuto e no olhar gelado.

— Srta. Steele — diz ele. — Vim buscar seu carro.

— Ah, sim, claro. Pode entrar, vou buscar as chaves.

Com certeza ele não foi contratado para isso. Pergunto-me de novo qual é a função de Taylor. Entrego-lhe as chaves, e nos encaminhamos num silêncio que, para mim, é desconfortável, até o fusca azul-claro. Abro a porta e retiro a lanterna do porta-luvas. Pronto. Não tenho mais nada no Wanda que seja pessoal. *Adeus, Wanda. Obrigada.* Acaricio seu teto ao fechar a porta do carona.

— Há quanto tempo trabalha para o Sr. Grey? — pergunto.

— Quatro anos, Srta. Steele.

De repente, sinto uma necessidade premente de bombardeá-lo com perguntas. O que este homem deve saber sobre Christian, sobre todos os seus segredos? Mas, provavelmente, ele assinou um termo de confidencialidade. Olho nervosa para ele. Vejo a mesma expressão taciturna de Ray, e um indício de simpatia brota em mim.

— Ele é um homem bom, Srta. Steele — diz Taylor com um sorriso.

Então, oferece um pequeno aceno de cabeça, entra no meu carro e vai embora. O apartamento, o fusca, a loja, a mudança agora é total. Entro de novo em casa balançando a cabeça. E a maior mudança de todas é Christian Grey. Taylor o acha um *homem bom*. Será que posso acreditar nele?

JOSÉ SE JUNTA a nós às oito da noite trazendo comida chinesa. Já terminamos de empacotar. Está tudo embalado, e estamos prontas para partir. Ele traz várias garrafas de cerveja, e Kate e eu nos sentamos no sofá enquanto ele se acomoda no chão entre nós. Assistimos a umas porcarias na tevê, bebemos cerveja e, à medida que a noite vai passando e a cerveja vai fazendo efeito, rememoramos com carinho e estardalhaço a nossa convivência. Foram quatro anos muito bons.

O clima entre José e eu já voltou ao normal, esquecido o beijo roubado. Bem, isso foi varrido para debaixo do tapete onde minha deusa interior está deitada, comendo uvas e tamborilando os dedos, esperando impacientemente pelo domingo. Ouço uma batida na porta, e fico aflita. Será...?

Kate abre a porta e quase cai para trás ao ver Elliot. Ele a agarra num abraço hollywoodiano que logo se transforma num beijo de filme clássico europeu. *Sinceramente... vão para um quarto.* José e eu nos entreolhamos. Estou horrorizada com a falta de recato deles.

— Vamos até o bar? — convido José, que balança a cabeça freneticamente, concordando.

Estamos muito constrangidos com a excitação sexual desenfreada se desenrolando diante de nós. Kate me olha, ruborizada e com os olhos brilhando.

— José e eu vamos sair para beber alguma coisa rapidinho.

Reviro os olhos para ela. Rá! Ainda posso revirar os olhos à vontade.

— Tudo bem — diz ela com um sorriso.

— Oi, Elliot. Tchau, Elliot.

Ele pisca aqueles enormes olhos azuis para mim, e José e eu já estamos na rua, rindo feito adolescentes.

A caminho do bar, dou o braço a José. Graças a Deus, ele é descomplicado — eu ainda não tinha dado o devido valor a isso.

— Você vem mesmo para a abertura da minha exposição, não vem?

— Claro, José, quando vai ser?

— Dia nove de junho.

— Que dia cai?

De repente me apavoro.

— Numa quinta-feira.

— Sim, devo conseguir vir... e você vai nos visitar em Seattle?

— Tente me impedir.

Ele sorri.

É TARDE QUANDO volto do bar. Kate e Elliot podem não estar sendo vistos, mas, caramba, podem ser ouvidos. *Puta merda.* Espero que eu não faça tanto barulho. Sei que Christian não faz. Enrubesço ao pensar nisso, e fujo para meu quarto. Depois de um abraço breve e felizmente nada constrangido, José foi embora. Não sei quando vou tornar a vê-lo, provavelmente na sua exposição de fotografias, e, mais uma vez, fico impressionada com o fato de ele finalmente fazer uma exposição. Vou sentir falta dele e daquele seu encanto infantil. Não consegui lhe contar sobre o fusca. Sei que vai ter um chilique quando descobrir, e só consigo lidar com um homem de cada vez tendo chilique comigo. Uma vez no meu quarto, verifico a máquina do mal e, claro, há um e-mail de Christian.

De: Christian Grey
Assunto: Cadê você?
Data: 27 de maio de 2011 22:14
Para: Anastasia Steele

"Estou no trabalho. Escreverei quando chegar em casa."
Você ainda está no trabalho ou já colocou o telefone, o BlackBerry e o MacBook na mala?

Ligue para mim, ou serei obrigado a ligar para Elliot.

Christian Grey
CEO, Grey Enterprises Holdings, Inc.

Droga... *José... Que merda.*

Pego o telefone. Cinco ligações perdidas e uma mensagem de voz. Timidamente, ouço a mensagem. É de Christian.

"Acho que você precisa aprender a lidar com minha expectativa. Não sou um homem paciente. Se diz que vai entrar em contato comigo quando sair do trabalho, você deveria ter a decência de fazer isso. Do contrário, fico preocupado, e preocupação não é uma emoção que me seja familiar, e não a tolero muito bem. Ligue para mim."

Puta que pariu. Será que ele algum dia vai me dar um tempo? Fecho a cara para o telefone. Christian está me sufocando. Com um medo profundo me dando um frio na barriga, rolo a tela para o número dele e aperto em "ligar". Com o coração na boca, aguardo até ele atender. Provavelmente vai me dar uma bronca. A ideia é deprimente.

— Oi — diz ele com voz macia, e a resposta me desarma porque estou esperando raiva, mas, em todo caso, ele parece aliviado.

— Oi — murmuro.

— Eu estava preocupado com você.

— Eu sei. Me desculpe por não ter respondido, mas estou bem.

Ele fica em silêncio um instante antes de falar.

— Sua noite foi agradável? — pergunta com uma polidez seca.

— Foi. Terminamos de embalar tudo e Kate e eu jantamos comida chinesa com José.

Fecho os olhos com força ao dizer o nome de José. Christian não fala nada.

— E você? — pergunto para encher o repentino abismo de silêncio ensurdecedor. Não vou deixá-lo me fazer sentir culpada por causa de José.

Finalmente, ele suspira.

— Fui a um jantar beneficente. Foi mortalmente chato. Saí assim que pude.

Ele está com uma voz muito triste e resignada. Fico com o coração apertado. Visualizo-o naquela noite, sentado ao piano em sua sala enorme, e a insuportável melancolia doce e amarga da música que ele tocava.

— Eu queria que você estivesse aqui — sussurro, porque sinto uma necessidade urgente de abraçá-lo. Tranquilizá-lo. Embora ele não vá permitir. Quero estar perto dele.

— Queria? — murmura ele em tom morno.

Puta merda. Esse tom não é dele, e fico apreensiva, sentindo o couro cabeludo formigar.

— Queria — digo.

Depois de uma eternidade, ele suspira.

— Então até domingo?

— É, até domingo — murmuro, sentindo um arrepio.

— Boa noite.

— Boa noite, senhor.

Minha forma de tratamento o pega desprevenido. Vejo pela expiração brusca que ele deu.

— Boa sorte com sua mudança amanhã, Anastasia.

A voz dele é doce. E estamos como dois adolescentes na hora de desligar o telefone, nenhum deles querendo fazer isso.

— Desliga você — sussurro.

Finalmente, noto o sorriso dele.

— Não, desliga você.

E sei que ele abriu o sorriso.

— Não quero.

— Nem eu.

— Você ficou muito zangado comigo?

— Fiquei.

— Ainda está?

— Não.

— Então não vai me castigar?

— Não. Sou de reagir na hora.

— Já notei.

— Pode desligar agora, Srta. Steele.

— Quer que eu faça isso mesmo, senhor?

— Vá se deitar, Anastasia.

— Sim, senhor.

Ambos permanecemos na linha.

— Algum dia acha que conseguirá fazer o que lhe mandam?

Ele está achando graça e ao mesmo tempo exasperado.

— Pode ser. Vamos ver depois de domingo.

E aperto em "finalizar" no telefone.

Elliot fica em pé admirando seu trabalho. Ele reconectou nossa tevê ao sistema de satélite no apartamento da Pike Place Market. Kate e eu nos deixamos cair no sofá dando risadinhas, impressionadas com suas proezas com a furadeira. A tela plana está estranha na parede de tijolos do armazém transformado em apartamento, mas, sem dúvida, vou me acostumar com isso.

— Está vendo, baby? É fácil!

Ele dá um largo sorriso para Kate, e ela quase literalmente se dissolve no sofá.

Reviro os olhos para a dupla.

— Eu adoraria ficar, baby, mas minha irmã chegou de Paris. Hoje temos um jantar de família obrigatório.

— Dá para você vir aqui depois? — pergunta Kate timidamente, toda meiga, de um jeito que não é dela.

Levanto e me dirijo à cozinha com o pretexto de desembalar uma das caixas. Eles vão ficar melosos.

— Vou ver se posso fugir — promete ele.

— Eu desço com você.

Kate sorri.

— Tchau, Ana.

Eliot sorri.

— Tchau, Elliot. Diga "oi" para o Christian por mim.

— Só "oi"? — pergunta ele, erguendo sugestivamente as sobrancelhas.

— Só.

Enrubesço. Ele pisca para mim, e fico vermelha quando ele sai atrás de Kate.

Elliot é adorável e muito diferente de Christian. É caloroso, extrovertido, sensual, muito sensual, sensual demais, com Kate. Eles mal conseguem ficar sem se tocar — para ser franca, é constrangedor — e estou verde de inveja.

Kate volta uns vinte minutos depois com uma pizza, e nos sentamos, cercadas de caixas, em nosso novo espaço aberto, comendo direto da caixa. O pai de Kate nos deixou orgulhosas. O apartamento não é grande, mas tem um bom tamanho, três quartos e uma grande área de estar que dá para o Pike Place Market. É todo de assoalho de madeira e tijolos aparentes, e as bancadas da cozinha são de cimento queimado, muito utilitário, muito contemporâneo. Estamos adorando o fato de estar no coração da cidade.

Às oito, o interfone toca. Kate se levanta de um salto — e fico com o coração na boca.

— Entrega, Srta. Steele, Srta. Kavanagh.

Inesperadamente, o sentimento de decepção toma conta de mim. Não é Christian.

— Segundo andar, apartamento dois.

Kate abre a porta para o entregador. O rapaz fica de queixo caído ao ver Kate ali de calça jeans justa, camiseta e cabelo preso num coque no alto da cabeça deixando uns cachinhos escaparem. Ela deixa os homens assim. Ele segura uma garrafa de champanhe que tem amarrado um fio com um balão em forma de helicóptero. Ela dá um sorriso deslumbrante para despachar o rapaz e começa a ler o cartão para mim.

> *Senhoritas,*
> *Boa sorte no novo lar.*
> *Christian Grey*

Kate balança a cabeça num gesto de reprovação.

— Por que ele não pode escrever simplesmente "Christian"? E esse balão esquisito em forma de helicóptero?

— Charlie Tango.

— O quê?

— Christian me trouxe para Seattle no helicóptero dele — digo encolhendo os ombros.

Kate me olha boquiaberta. Devo dizer que adoro essas ocasiões — Katherine Kavanagh calada e embasbacada — são muito raras. Permito-me o luxo de me dar um breve instante para usufruir disso.

— É, ele tem um helicóptero, que ele mesmo pilota — afirmo com orgulho.

— Claro que o filho da mãe podre de rico tem um helicóptero. Por que não me contou?

Kate me olha com uma expressão acusadora, mas está rindo, balançando a cabeça, incrédula.

— Ando com muita coisa na cabeça ultimamente.

Ela franze a testa.

— Você vai ficar bem enquanto eu estiver fora?

— Claro — respondo num tom tranquilizador. *Cidade nova, trabalho novo, namorado pirado.*

— Deu nosso endereço a ele?

— Não, mas me perseguir é uma das suas especialidades — reflito friamente.

Kate franze mais a testa.

— De certa forma, não me surpreende. Ele me preocupa, Ana. Pelo menos é um bom champanhe e está gelado.

Claro. Só Christian mandaria um champanhe gelado, ou mandaria a secretária fazer isso... ou talvez Taylor. Abrimos a garrafa e pegamos nossas xícaras — elas foram os últimos artigos a serem embalados.

— Bollinger Grande Année Rosé 1999, uma excelente safra — sorrio para Kate, e fazemos tim-tim com as xícaras.

Acordo cedo numa manhã cinzenta de domingo depois de uma noite de um sono surpreendentemente reparador e fico na cama olhando para minhas caixas. *Você devia estar desembalando essas caixas,* reclama meu inconsciente, contraindo aqueles lábios de gavião. *Não... hoje é o dia.* Minha deusa interior não cabe em si, saltitando de um pé para o outro. A expectativa paira pesada e portentosa sobre minha cabeça como a nuvem negra de uma tempestade tropical. Sinto um frio na barriga — assim como uma dor mais sombria, carnal e cativante ao tentar imaginar o que ele fará comigo... e claro, tenho que assinar aquele maldito contrato, ou não? Ouço o tilintar da caixa de entrada da máquina do mal no chão ao lado da minha cama.

De: Christian Grey
Assunto: Minha vida em números
Data: 29 de maio de 2011 08:04
Para: Anastasia Steele

Se vier de carro, você precisará deste código de acesso à garagem subterrânea do Escala: 146963.
Estacione na vaga 5 — é uma das minhas.

Código do elevador: 1880

Christian Grey
CEO, Grey Enterprises Holdings, Inc.

De: Anastasia Steele
Assunto: Uma safra excelente
Data: 29 de maio de 2011 08:08
Para: Christian Grey

Sim, senhor. Entendido.
Obrigada pelo champanhe e pelo Charlie Tango inflável, que está agora amarrado na minha cama.

Ana

De: Christian Grey
Assunto: Inveja
Data: 29 de maio de 2011 08:11
Para: Anastasia Steele

De nada.
Não se atrase.

Charlie Tango sortudo.

Christian Grey
CEO, Grey Enterprises Holdings, Inc.

Reviro os olhos diante de sua tirania, mas sua última linha me faz sorrir. Vou para o banheiro, me perguntando se Elliot conseguiu voltar ontem à noite e me esforçando muito para controlar os nervos.

CONSIGO DIRIGIR O Audi de salto alto! Ao meio-dia e cinquenta e cinco minutos, precisamente, entro na garagem do Escala e estaciono na vaga cinco. Quantas vagas ele possui? O Audi SUV e o R8 estão aqui, ao lado de dois Audis SUVs menores... humm. Confiro no espelho luminoso do quebra-sol o rímel que raramente uso. Eu não tinha um espelho desses no fusca.

Vai, garota! Minha deusa interior está de pompons em punho — está no modo animadora de torcida. Na infinidade de espelhos do elevador, confiro meu vestido cor de ameixa — bem, o vestido cor de ameixa de Kate. Da última vez que o usei, ele quis me despir. Meu corpo reage ao pensar nisso. A sensação é simplesmente intensa, e relaxo. Estou usando a roupa de baixo que Taylor comprou para mim. Coro pensando naquele cabelo cortado à máquina rondando pelos corredores da Agent Provocateur ou onde quer que tenha feito a compra. As portas se abrem, e estou diante do saguão do apartamento número um.

Taylor está parado à porta quando saio do elevador.

— Boa tarde, Srta. Steele — diz.

— Ah, por favor, me chame de Ana.

— Ana — Ele sorri. — O Sr. Grey está à sua espera.

Aposto que sim.

Christian está sentado no sofá da sala lendo os jornais de domingo. Ergue os olhos enquanto Taylor me guia para a área de estar. A sala é exatamente como me lembro dela — parece que faz uma semana que estive aqui, mas já passou muito mais tempo. Christian tem um aspecto tranquilo e calmo — na verdade, está divino. Descalço, com uma camisa branca de linho solta e calça jeans. Tem o cabelo revolto, e os olhos brilham com malícia. Ele se levanta e vem ao meu encontro, um sorriso divertido de avaliação nos belos lábios desenhados.

Fico imóvel na entrada da sala, paralisada com sua beleza e a doce expectativa do que está por vir. A familiar eletricidade entre nós está presente, se acendendo lentamente na minha barriga, atraindo-me para ele.

— Humm... esse vestido — aprova, olhando-me. — Seja bem-vinda mais uma vez, Srta. Steele — murmura e, segurando meu queixo, abaixa-se e me dá um beijo delicado nos lábios.

O contato de sua boca com a minha reverbera por todo o meu corpo. Quase paro de respirar.

— Oi — sussurro ruborizada.

— Você chegou na hora. Gosto de pontualidade. Venha. — Ele me pega pela mão e me leva ao sofá. — Queria mostrar uma coisa para você — diz quando nos sentamos.

Ele me entrega o *Seattle Times*. Na página oito, há uma fotografia de nós dois juntos na cerimônia de formatura. *Puta merda.* Saí no jornal. Olho a legenda.

Christian Grey e uma amiga na cerimônia de formatura
na WSU Vancouver.

Rio.

— Então agora sou sua "amiga".

— É o que parece. E está no jornal, portanto deve ser verdade — diz com ironia.

Sentado a meu lado, tem o corpo todo virado para mim, com uma das pernas dobrada embaixo da outra. Ele arruma meu cabelo para trás da orelha com aquele seu indicador comprido. Fico toda acesa com esse toque, aguardando e carente.

— Então, Anastasia, você tem uma ideia muito melhor das minhas intenções desde a última vez que esteve aqui.

— Sim.

Aonde ele quer chegar com isso?

— E, no entanto, voltou.

Assinto timidamente, e seus olhos brilham. Ele balança a cabeça como se estivesse lutando contra a ideia.

— Já comeu? — pergunta do nada.

Merda.

— Não.

— Está com fome? — Ele está realmente tentando não parecer irritado.

— Não de comida — sussurro, e suas narinas se dilatam.

Ele se inclina e sussurra no meu ouvido.

— Você está mais ansiosa que nunca, Srta. Steele, e só para deixá-la a par de um segredinho, eu também. Mas a Dra. Greene deve chegar daqui a pouco. — Ele se endireita no sofá. — Eu gostaria que você tivesse comido — censura ele brandamente.

Meu sangue, que já estava quente, esfria. Puxa vida — a consulta. Eu tinha me esquecido.

— O que pode me dizer sobre a Dra. Greene? — pergunto para mudar de assunto.

— Ela é a melhor ginecologista e obstetra de Seattle. O que mais posso dizer? — pergunta e encolhe os ombros.

— Pensei que fosse me consultar com o seu médico, e não me diga que você na verdade é uma mulher, porque eu não acreditaria.

Ele me olha como quem diz "não seja ridícula".

— Acho que é mais apropriado você se consultar com um especialista. Não concorda? — diz ele em tom cordial.

Balanço a cabeça concordando. Meu Deus, ela é a melhor ginecologista e obstetra da cidade e ele marcou uma consulta para mim num domingo — na hora do almoço! Nem quero imaginar quanto deve custar isso. Christian franze a testa de repente, como se recordasse algo desagradável.

— Anastasia, minha mãe gostaria que você jantasse com ela hoje. Acho que Elliot vai convidar a Kate, também. Não sei como se sente em relação a isso. Vai ser estranho para mim apresentar você à minha família.

Estranho? Por quê?

— Você tem vergonha de mim? — Não consigo disfarçar o tom magoado.

— Claro que não — diz ele revirando os olhos.

— Por que é estranho?

— Porque nunca fiz isso antes.

— Por que você pode revirar os olhos, e eu não?

Ele pisca para mim.

— Eu não percebi que estava fazendo isso.

— Eu também não percebo, em geral — retruco secamente.

Christian me fuzila com os olhos, sem palavras. Taylor aparece à porta.

— A Dra. Greene está aqui, senhor.

— Acompanhe-a até o quarto da Srta. Steele.

Quarto da Srta. Steele!

— Preparada para algum método anticoncepcional? — pergunta ele ao se levantar e me estende a mão.

— Você não vem também, não é? — arquejo, chocada.

Ele ri.

— Eu pagaria um bom dinheiro para olhar, pode acreditar, Anastasia, mas acho que a médica não aprovaria.

Pego a mão dele, e ele me puxa para seus braços e me beija intensamente. Seguro-o, surpresa. A mão dele está em meus cabelos, segurando minha cabeça, e ele me puxa de encontro a si, a testa encostada na minha.

— Estou muito feliz que você esteja aqui — murmura. — Mal posso esperar para deixá-la nua.

CAPÍTULO DEZOITO

D ra. Greene é alta, loura e impecável, e usa um tailleur azul-royal. Ela me lembra daquelas mulheres que trabalham no escritório de Christian. Parece uma caricatura — mais uma loura perfeita. Seu cabelo longo está preso num coque elegante. Deve ter uns quarenta e poucos anos.

— Sr. Grey.

Ela aperta a mão que Christian lhe estende.

— Obrigado por atender a este chamado tão em cima da hora — diz Christian.

— Obrigada por fazer com que ele valha a pena para mim, Sr. Grey. Srta. Steele.

Ela sorri, o olhar frio e avaliador.

Apertamos as mãos, e noto que ela é uma dessas mulheres que não tem paciência para gente boba. Como Kate. Gosto dela de cara. Ela lança um olhar para Christian, e após um instante esquisito, ele se dá conta.

— Vou estar lá embaixo — resmunga, e se retira do que será meu quarto.

— Bem, Srta. Steele. O Sr. Grey está me pagando uma pequena fortuna para atendê-la. O que posso fazer por você?

Após um exame minucioso e uma conversa demorada, a Dra. Greene e eu optamos pela pílula. Ela redige uma receita e me dá instruções de como devo proceder. Adoro sua atitude séria — ela me fez um sermão sobre a necessidade de tomar a pílula todos os dias à mesma hora. E posso dizer que está morta de curiosidade sobre minha relação com o Sr. Grey. Não lhe dou detalhe algum. De alguma forma, acho que ela não ficaria tão calma e serena se tivesse visto o Quarto Vermelho da Dor. Enrubesço ao passarmos por sua porta fechada e descemos para a galeria de arte que é a sala de Christian.

Christian está lendo, sentado no sofá. Uma ária impressionante está tocando, envolvendo-o, aconchegando-o, preenchendo a sala com uma música doce e comovente. Por um momento, ele parece sereno. Vira-se e olha para nós quando entramos, sorrindo com carinho para mim.

— Terminaram? — pergunta como se estivesse realmente interessado.

Aponta o controle remoto para uma caixa branca lisa embaixo da lareira que abriga seu iPod, e a melodia intensa perde força mas continua ao fundo. Ele se levanta e vem até nós.

— Sim, Sr. Grey. Tome conta dela. Ela é uma mulher linda e inteligente.

Christian fica desconcertado, como eu. Que coisa imprópria para uma médica dizer. Será que ela está lhe dando algum tipo de aviso não muito sutil? Christian se recupera.

— Pretendo fazer isso — murmura, perplexo.

Olhando para ele, dou de ombros, encabulada.

— Vou lhe mandar a conta — diz ela secamente ao cumprimentá-lo. — Bom dia e boa sorte para você, Ana.

Ela sorri, estreitando os olhos enquanto nos cumprimentamos.

Taylor aparece para acompanhá-la até o elevador. Como ele faz isso? Onde ele fica à espreita?

— Como foi? — pergunta Christian.

— Bem, obrigada. Ela disse que eu tinha que me abster completamente de atividades sexuais por quatro semanas.

Christian fica boquiaberto, chocado. Não consigo mais me manter séria e sorrio para ele feito uma idiota.

— Peguei você!

Ele estreita os olhos, e paro de rir na mesma hora. Na verdade, ele parece bastante severo. *Ah, merda.* Meu inconsciente se encolhe no canto e o sangue me foge do rosto; imagino-o de novo me dando palmadas.

— Peguei você! — diz, e ri. Ele me agarra pela cintura e me puxa para si. — Você é incorrigível, Srta. Steele — murmura, olhando nos meus olhos enquanto enfia os dedos nos meus cabelos, prendendo-me ali. Ele me beija com força, e eu me apoio em seus braços musculosos para me equilibrar.

— Por mais que eu queira comer você aqui e agora, precisamos nos alimentar. Não quero você desmaiada em cima de mim depois — ele fala baixo, com a boca encostada na minha.

— Isso é tudo que você quer de mim: meu corpo? — sussurro.

— Seu corpo e essa sua boca rápida — fala, ofegante.

Ele me beija de novo com paixão, depois me solta bruscamente, pega minha mão e me leva para a cozinha. Estou atordoada. Num momento estamos brincando e no outro... abano meu rosto quente. Ele só pensa em sexo, e neste momento preciso recuperar o equilíbrio e comer alguma coisa. A ária continua tocando ao fundo.

— Que música é essa?

— Villa-Lobos, uma ária das *Bachianas Brasileiras*. Ótima, não é?

— É — murmuro, inteiramente de acordo.

O balcão da cozinha tem dois lugares postos e Christian pega uma tigela de salada na geladeira.

— Que tal salada caesar com frango?

Ah, graças a Deus, nada muito pesado.

— Sim, está ótimo, obrigada.

Observo-o movimentar-se com elegância na cozinha. Ele se sente bastante à vontade com seu corpo, embora não goste de ser tocado... bem, talvez não se sinta tão à vontade assim. Nenhum homem é uma ilha, reflito — exceto, talvez, Christian Grey.

— Em que está pensando? — pergunta, tirando-me de meu devaneio.

Enrubesço.

— Eu só estava olhando seu jeito de andar.

Ele ergue uma sobrancelha, achando graça.

— É? — diz secamente.

Enrubesço mais ainda.

— Você é muito elegante.

— Ora, obrigado, Srta. Steele — murmura. Ele se senta a meu lado segurando uma garrafa de vinho. — Chablis?

— Por favor.

— Pode se servir de salada — diz ele, a voz macia. — Agora me diga, por qual método você optou?

Fico por um momento desconcertada com a pergunta quando me dou conta de que ele está falando da consulta com a Dra. Greene.

— Pílula.

Ele franze a testa.

— E vai se lembrar de tomar regularmente, na hora certa, todos os dias?

Meu Deus... claro que vou. Como ele sabe? Coro com a ideia — provavelmente soube por uma ou mais de uma das quinze.

— Tenho certeza de que você vai me lembrar — murmuro secamente.

Ele me olha entre divertido e condescendente.

— Vou colocar um alarme em meu celular. — Ele dá um sorriso afetado. — Coma.

A salada está deliciosa. Para minha surpresa, estou faminta e, pela primeira vez, termino a refeição antes dele. O vinho é correto e frutado.

— Mais ansiosa que nunca, Srta. Steele? — Ele sorri para meu prato vazio.

Lanço um olhar enviesado para ele.

— Sim — murmuro.

Ele engasga. E, enquanto olha para mim, o clima entre nós vai mudando lentamente, evoluindo... se intensificando. Seu olhar passa de sombrio a apaixonado, e me leva com ele. Christian se levanta, diminuindo a distância entre nós, e me puxa do banco para seus braços.

— Quer fazer isso? — sussurra ele, me examinando com um olhar intenso.

— Ainda não assinei nada.

— Eu sei... mas estou quebrando todas as regras ultimamente.

— Vai me bater?

— Vou, mas não vai ser para machucar. Neste momento, não quero punir você. Se tivesse me encontrado ontem à noite, bem, aí seria outra história.

Que droga. Ele *quer* me machucar... como lido com isso? Não consigo disfarçar a expressão horrorizada.

— Não deixe ninguém tentar convencê-la do contrário, Anastasia. Uma das razões pelas quais pessoas como eu entram nessa é o fato de gostarmos de sofrer ou de causar sofrimento. É muito simples. Você não gosta, então passei um bom tempo ontem pensando sobre isso.

Ele me puxa de encontro a seu corpo, e sua ereção pressiona minha barriga. Eu devia fugir, mas não consigo. Sou atraída por ele em algum nível profundo e primitivo que nem consigo começar a entender.

— Chegou a alguma conclusão? — murmuro.

— Não, e, neste momento, só quero amarrar e foder você até que perca os sentidos. Está preparada para isso?

— Estou — digo baixinho e sinto um aperto em todas as entranhas ao mesmo tempo... *nossa*.

— Ótimo. Venha. — Deixando a louça suja no balcão da cozinha, ele pega minha mão, e nos dirigimos à escada.

Meu coração começa a disparar. Pronto. Vou realmente fazer isso. Minha deusa interior está girando como uma bailarina profissional, fazendo uma pirueta atrás da outra. Ele abre a porta do quarto de jogos, dando um passo atrás para eu passar, e estou mais uma vez no Quarto Vermelho da Dor.

Está igual, o cheiro de couro, a cera de aroma cítrico e a madeira escura, tudo muito sensual. O sangue corre quente e assustado por minhas veias — uma mistura de adrenalina, luxúria e desejo. É uma combinação embriagadora e forte. A postura de Christian é outra, sutilmente alterada, mais dura e mais cruel. Ele me olha, e seus olhos estão excitados, lascivos... hipnóticos.

— Quando está aqui dentro, você é totalmente minha — diz em tom baixo, medindo cada palavra pronunciada lentamente. — Para fazer o que eu quiser. Entendeu?

O olhar dele é tão intenso que balanço a cabeça concordando, a boca seca, o coração parecendo que vai pular para fora do peito.

— Tire os sapatos — ordena ele num tom doce.

Engulo em seco e, muito sem jeito, me descalço. Ele se abaixa, pega os sapatos e os deixa ao lado da porta.

— Ótimo. Não hesite quando eu pedir para fazer algo. Agora vou tirar seu vestido. Ando querendo fazer isso há alguns dias. Quero que você se sinta confortável com seu corpo, Anastasia. Você tem um corpo lindo, e gosto de olhar para ele. É um prazer observá-lo. Na verdade, eu poderia passar o dia inteiro olhando para você, e não quero que fique constrangida e envergonhada com sua nudez. Entendeu?

— Sim.

— Sim o quê?

Ele se inclina sobre mim, o olhar irritado.

— Sim, senhor.

— Está falando sério? — diz ele secamente.

— Sim, senhor.

— Ótimo. Levante os braços acima da cabeça.

Faço o que me foi ordenado, ele se abaixa e pega a barra do vestido. Lentamente, vai subindo com ele e descobre minhas coxas, os quadris, a barriga, os seios, os ombros, até tirá-lo pela cabeça. Dá um passo atrás para me examinar e distraidamente dobra o vestido, sem tirar os olhos de mim. Coloca-o na cômoda grande ao lado da porta. Estica o braço e puxa meu queixo, o toque dele me queima.

— Você está mordendo o lábio — murmura. — Sabe o que isso faz comigo — acrescenta num tom sinistro. — Vire-se de costas.

Viro-me imediatamente, sem hesitar. Ele desabotoa meu sutiã e, então, segurando as alças, vai deslizando lentamente pelos meus braços, roçando minha pele com os dedos e, com a ponta dos polegares, retira-o. Seu toque me dá um calafrio na espinha, despertando todas as terminações nervosas do meu corpo. Está parado atrás de mim, tão perto que sinto o calor irradiando do corpo dele, me aquecendo, me aquecendo toda. Ele puxa meu cabelo, que se solta e cai nas costas, agarra uma mecha na altura da nuca, e inclina minha cabeça para um lado. Vai deslizando o nariz pelo meu pescoço descoberto, inspirando profundamente, depois retorna até minha orelha. Sinto um aperto dentro de mim, carnal e cheio de desejo. Minha nossa, ele mal me tocou e eu o quero.

— Seu cheiro está divino como sempre, Anastasia — sussurra ao me dar um beijo doce embaixo da orelha.

Gemo.

— Quieta — sussurra. — Não faça nenhum ruído.

Ele puxa meu cabelo para trás, e, para minha surpresa, começa a entrelaçá-lo com dedos ágeis e habilidosos, formando uma trança única. Amarra-a com uma presilha invisível quando termina, e lhe dá um puxão seco, forçando-me a encostar nele.

— Gosto do seu cabelo trançado — sussurra.

Humm... por quê?

Ele larga meu cabelo.

— Vire-se — ordena.

Obedeço, a respiração entrecortada, com um misto de medo e desejo. É uma mistura embriagadora.

— Quando eu disser para vir aqui, é assim que você vai se vestir. Só de calcinha. Entendeu?

— Sim.

— Sim, o quê?

Ele me olha furioso.

— Sim, senhor.

Um indício de sorriso se esboça no canto da sua boca.

— Boa garota. — Seus olhos queimam os meus. — Quando eu disser para vir aqui, quero que você se ajoelhe ali. — Ele aponta para um ponto ao lado da porta. — Faça isso agora.

Pisco, processando as palavras dele, então me viro e, de um jeito meio desajeitado, ajoelho-me, como fui instruída.

— Pode se sentar sobre os calcanhares.

Sento-me.

— Pouse as mãos e os antebraços nas coxas. Ótimo. Agora afaste os joelhos. Mais. Mais um pouco. Perfeito. Olhe para o chão.

Ele vem até mim, e posso ver seus pés e suas canelas. Pés descalços. Eu devia estar anotando se ele quiser que eu me lembre. Ele se abaixa e pega de novo minha trança, depois puxa minha cabeça para trás, fazendo-me olhar para ele. Dói só um pouquinho.

— Vai se lembrar dessa posição, Anastasia?

— Sim, senhor.

— Ótimo. Fique aí, não se mexa.

Ele sai do quarto.

Estou ajoelhada, esperando. Aonde ele foi? O que vai fazer comigo? O tempo se altera. Não tenho ideia de quanto tempo ele me deixa assim... alguns minutos, cinco, dez? Minha respiração fica mais acelerada, a expectativa está me devorando por dentro.

E, de repente, ele volta — e fico mais calma e mais excitada ao mesmo tempo. *Será que eu poderia ficar mais excitada?* Posso ver seus pés. Ele mudou de calça. Esta é mais velha, rasgada, macia, e superdesbotada. Merda. A calça jeans é sexy. Ele fecha a porta e pendura alguma coisa atrás.

— Boa garota, Anastasia. Você está adorável assim. Ótimo. Levante-se.

Levanto-me, mas fico de cabeça baixa.

— Pode olhar para mim.

Olho para ele, que está me fitando com atenção, avaliando. Porém, sua expressão é mais doce. Está sem camisa. Nossa... quero tocar nele. Sua calça jeans tem o botão aberto.

— Vou acorrentá-la agora, Anastasia. Me dê a mão direita.

Dou-lhe a mão direita. Ele vira a palma para cima e, quando vejo, já a acertou bem no meio com um chicote de montaria que eu não tinha percebido em sua mão direita. Isso acontece tão depressa que a surpresa nem se registra. E o que é mais espantoso — não dói. Bem, não muito, só arde um pouco.

— Que tal isto? — pergunta ele.

Pisco para ele, confusa.

— Responda.

— Ok. — Franzo a testa.

— Não franza a testa.

Pisco e tento ficar impassível. Consigo.

— Doeu?

— Não.

— Isso não vai machucar. Entendeu?

— Entendi.

Meu tom de voz é inseguro. *Será que não vai machucar mesmo?*

— Estou falando sério — diz ele.

Nossa, minha respiração está muito acelerada. Será que ele sabe o que estou pensando? Ele me mostra o chicote. É de couro marrom trançado. Ergo os olhos de repente para encará-lo, e ele tem o olhar ardente e levemente divertido.

— Nosso objetivo é satisfazer, Srta. Steele — murmura. — Venha.

Ele pega meu braço, coloca-me embaixo da grade e se estica para pegar algemas de couro preto.

— Esta grade é desenhada para que as algemas possam correr por ela.

Olho para cima. *Puta merda* — parece um mapa de metrô.

— Vamos começar aqui, mas quero foder você em pé. Então vamos acabar perto daquela parede.

Ele aponta com o chicote para o grande X de madeira na parede.

— Ponha as mãos acima da cabeça.

Obedeço imediatamente, com a sensação de estar saindo do corpo — como se eu fosse uma observadora casual dos acontecimentos à medida que eles se desenrolam à minha volta. Isso é mais que fascinante, mais que erótico. É a coisa mais excitante e mais assustadora que já fiz na vida. Estou confiando num homem lindo, que, segundo ele mesmo confessa, foi fodido em cinquenta tons diferentes. Sufoco o breve estremecimento de medo. Kate e Elliot sabem que estou aqui.

Ele fica bem próximo de mim ao colocar as algemas. Olho para seu peito. Sua proximidade é divina. Seu cheiro é uma mistura inebriante de sabonete com odor natural, e isso me arrasta de volta para o momento presente. Quero passar o nariz e a língua nos pelos desse peito. Bastaria eu me inclinar para a frente...

Ele dá um passo para trás e me olha, a expressão velada, sacana, sensual, e estou impotente, as mãos amarradas, mas só de olhar para seu belo rosto, ver a sua carência e seu desejo por mim, posso sentir a umidade entre minhas pernas. Ele anda lentamente a meu redor.

— Você fica maravilhosa atada assim, Srta. Steele. E com essa boca rápida calada por ora. Gosto disso.

Parado de novo à minha frente, ele engancha os dedos na minha calcinha e a abaixa sem a menor pressa, despindo-me dela com uma lentidão de doer, até terminar ajoelhado diante de mim. Sem desgrudar os olhos dos meus, amassa a calcinha, leva-a ao nariz e inspira profundamente. *Puta merda. Ele acabou de fazer isso mesmo?* Sorri com malícia para mim e mete a calcinha no bolso da calça.

Levantando-se do chão preguiçosamente como um gato selvagem, aponta a extremidade do chicote para meu umbigo, rodeando-o sem pressa — me tentando. Ao sentir o toque do couro, estremeço e arquejo. Ele me rodeia de novo, arrastando o chicote em movimentos circulares pela minha barriga. Na segunda volta, empunha o chicote repentinamente, e me golpeia por baixo... acertando meu sexo. Grito surpresa, todas as terminações nervosas em alerta. Estico as correntes. O choque me percorre, e a sensação de prazer é doce e estranha.

— Quieta — murmura, rondando-me de novo, o chicote ligeiramente mais alto na minha barriga. Dessa vez, quando torna a me bater no mesmo lugar, antecipo o golpe. Meu corpo se contorce com a doce aguilhoada.

Ao me rodear, ele volta a brandir o chicote, dessa vez acertando meu mamilo, e jogo a cabeça para trás enquanto minhas terminações nervosas vibram. Ele acerta o outro... um castigo rápido e doce. O ataque faz meus mamilos se intumescerem, e eu gemo, puxando as algemas de couro.

— Isso é gostoso? — pergunta ele.

— Sim.

Ele me bate de novo nas nádegas. Dessa vez dói.

— Sim o quê?

— Sim, senhor — choramingo.

Ele para... mas já não consigo vê-lo. Estou de olhos fechados tentando absorver a miríade de sensações percorrendo meu corpo. Muito devagar, ele desfere uma grande quantidade de pequenas chicotadas pela minha barriga. Sei aonde isso vai dar e tento me preparar psicologicamente — mas quando ele atinge meu clitóris, dou um grito.

— Ah... por favor! — gemo.

— Quieta — ordena ele, e torna a me bater nas nádegas.

Eu não esperava que isso fosse assim... estou perdida. Perdida num mar de sensações. E de repente, ele está arrastando o chicote no meu sexo, dos pelos pubianos até a entrada da vagina.

— Está vendo como você fica molhada com isso, Anastasia? Abra os olhos e a boca.

Obedeço, completamente seduzida. Ele enfia a ponta do chicote na minha boca, como em meu sonho. *Puta merda.*

— Sinta seu gosto. Chupe. Chupe com força.

Fecho a boca em volta do chicote e fico com os olhos grudados nos dele. Sinto o gosto do couro e o sabor salgado da minha excitação. Os olhos dele estão em chamas. Está muito satisfeito.

Ele puxa o chicote da minha boca, fica diante de mim e me agarra e me beija violentamente, sua língua invadindo minha boca. Depois me abraça e me aperta contra seu corpo. Seu peito esmaga o meu, e estou louca para tocar nele, mas não posso, as mãos inúteis presas no alto.

— Ah, Anastasia, você é muito gostosa — sussurra ele. — Faço você gozar?

— Por favor — suplico.

Levo uma chicotada nas nádegas. *Ai!*

— Por favor o quê?

— Por favor, senhor — choramingo.

Ele sorri para mim, triunfante.

— Com isso? — Ele segura o chicote para eu ver.

— Sim, senhor.

— Tem certeza? —Ele me olha severo.

— Sim senhor, por favor.

— Feche os olhos.

Deixo de ver o quarto, ele... o chicote. Ele começa de novo a me dar aquelas chicotadas na barriga. Descendo um pouco, elas golpeiam de leve meu clitóris, uma, duas, três vezes, e de novo e de novo até afinal, pronto — eu não aguento mais — e gozo gloriosa e escandalosamente, relaxando. Os braços dele me envolvem e minhas pernas viram gelatina. Dissolvo em seus braços, a cabeça encostada em seu peito, e estou miando e gemendo enquanto as réplicas do meu orgasmo me consomem. Ele me levanta do chão, e, de repente, estamos andando, eu com os braços ainda amarrados no alto. Sinto a madeira fria e encerada do X em minhas costas, ele desabotoa a calça e me coloca no chão encostada na estrutura ao botar a camisinha, e então me segura pelas coxas e me levanta de novo.

— Levante as pernas e enrosque-se em mim.

Sinto-me muito fraca, mas obedeço enquanto ele põe minhas pernas em volta de seus quadris e se posiciona embaixo de mim. Com um tranco, ele está dentro de mim, e grito de novo, escutando o gemido abafado dele no meu ouvido. Descanso os braços em seus ombros ao ser penetrada. Nossa, está metendo muito fundo. Ele mete de novo, e de novo, o rosto no meu pescoço, a respiração áspera na minha garganta. Sinto novamente a sensação crescendo. Não... de novo, não... Acho que meu corpo não vai aguentar outro tranco. Mas não tenho escolha... e, com a inevitabilidade que já está ficando familiar, relaxo e gozo mais uma vez, e é uma agonia doce e intensa. Perco toda a noção de identidade. Christian acompanha, gritando de alívio entre dentes cerrados, me abraçando com força.

Ele se retira de mim rapidamente e me coloca sentada no X, com seu corpo me apoiando. Desafivela as algemas, solta minhas mãos, e nós dois afundamos no chão. Ele me puxa para seu colo, me aconchegando, e encosto a cabeça em seu peito. Se tivesse forças, eu tocaria nele, mas não tenho. Com um pouco de atraso, noto que ainda está usando a calça.

— Muito bem — murmura. — Doeu?

— Não — sussurro.

Mal consigo manter os olhos abertos. *Por que estou tão cansada?*

— Esperava que doesse? — pergunta ele ao me envolver mais para perto, tirando do meu rosto uns cachos que se soltaram.

— Sim.

— Está vendo? O medo está na sua cabeça, Anastasia. — Ele faz uma pausa. — Você faria isso de novo?

Penso um instante, o cansaço turvando minha mente... *De novo?*

— Sim. — Minha voz é doce.

Ele me abraça apertado.

— Ótimo. Eu também — murmura ele, depois se inclina e me dá um beijo macio no alto da cabeça.

— E ainda não acabei com você.

Ainda não acabou comigo. Deus do céu. Não tenho condições de continuar. Estou absolutamente exausta e lutando contra um desejo avassalador de dormir. Estou encostada em seu peito, os olhos fechados, e ele está enroscado em mim — com os braços e as pernas — e me sinto... segura, e muito confortável. Será que ele vai me deixar dormir, quem sabe, sonhar? Sorrio diante dessa ideia boba, e, encostando o rosto no peito dele, inspiro aquele perfume único e esfrego o nariz nele, mas na mesma hora ele fica tenso... ai, merda. Abro os olhos para olhá-lo. Está me encarando.

— Não — avisa baixinho.

Enrubesço e olho de novo para o peito dele, cheia de desejo. Quero passar a língua em seus pelos, beijá-lo e, pela primeira vez, vejo que ele tem o peito salpicado de pequeninas cicatrizes redondas. *Catapora? Sarampo?*, penso distraidamente.

— Ajoelhe-se ao lado da porta — ordena ao se sentar, colocando as mãos nos joelhos, finalmente me soltando.

Já não está carinhoso, a temperatura de sua voz caiu vários graus.

Levanto-me desajeitadamente, corro até a porta e me ajoelho conforme fui instruída. Estou trêmula e cansadíssima, bastante confusa. Quem diria que eu poderia encontrar tamanha satisfação neste quarto? Quem diria que isso seria tão *exaustivo?* Meus braços e minhas pernas estão pesados, saciados. Minha deusa interior colocou um aviso de NÃO PERTURBE do lado de fora do quarto.

Christian está andando na periferia do meu campo visual. Minhas pálpebras começam a se fechar.

— Eu a estou aborrecendo, Srta. Steele?

Desperto com um sobressalto, e Christian está em pé na minha frente, braços cruzados, me fuzilando com os olhos. Ai, merda, fui pega cochilando — isso não vai ser bom. Seu olhar suaviza quando olho para ele.

— Levante-se — ordena.

Ponho-me de pé com cautela. Ele fica me olhando e esboça um sorriso.

— Você está um caco, não é?

Balanço a cabeça concordando, timidamente, e fico vermelha.

— Força, Srta. Steele. — Ele franze os olhos para mim — Ainda não estou satisfeito. Fique de mãos postas como se estivesse rezando.

Pisco para ele. *Rezando! Rezando para você pegar leve comigo.* Obedeço. Ele pega uma braçadeira de plástico e a prende bem apertada em volta dos meus pulsos. Que inferno. Meus olhos voam para os dele.

— Está reconhecendo? — pergunta, sem conseguir disfarçar o sorriso.

Putz... as braçadeiras. *Ele estava se reabastecendo* na Clayton's! Tudo se esclarece. Olho para ele boquiaberta, sentindo uma nova descarga de adrenalina. Tudo bem — isso me chamou a atenção — já estou acordada.

— Tenho uma tesoura aqui — ele a segura para eu ver. — Posso cortar a braçadeira e soltá-la imediatamente.

Tento separar os pulsos, testando a braçadeira, e o plástico afunda na minha carne quando faço isso. Dói, mas se eu relaxar os pulsos, não incomoda — o fio não corta minha pele.

— Venha.

Ele pega minhas mãos e me conduz para a cama de quatro colunas. Vejo agora que está arrumada com lençóis vermelhos e tem uma algema em cada canto.

Ele se abaixa e murmura no meu ouvido:

— Quero mais. Muito mais.

E meu coração dispara de novo. *Caramba.*

— Mas vou ser rápido. Você está cansada. Segure a coluna.

Franzo a testa. *Então não é na cama?* Descubro que posso separar as mãos ao segurar a coluna de madeira entalhada.

— Mais embaixo — ordena ele. — Ótimo. Não solte. Se soltar, apanha. Entendeu?

— Sim, senhor.

— Ótimo.

Ele fica em pé atrás de mim, agarra meus quadris e me levanta, fazendo com que eu fique inclinada para a frente, segurando a coluna.

— Não solte, Anastasia — avisa. — Vou foder você com força por trás. Segure a coluna para se apoiar. Entendeu?

— Sim.

Ele me dá uma palmada na bunda. *Ai...* dói.

— Sim, senhor — digo depressa.

— Abra as pernas.

Ele põe a perna entre as minhas, e, segurando meus quadris, empurra minha perna direita para o lado.

— Assim é melhor. Depois disso, deixo você dormir.

Dormir? Estou ofegante. Não estou pensando em dormir agora. Ele estica o braço e me afaga as costas suavemente.

— Você tem uma pele linda, Anastasia — sussurra, abaixando-se e cobrindo minhas costas de beijos leves como plumas ao longo da coluna.

Ao mesmo tempo, traz as mãos para a frente do meu corpo, apalpando meus seios, e, ao fazer isso, prende meus mamilos entre os dedos e os puxa com delicadeza.

Abafo um gemido ao sentir o corpo todo responder, se acendendo de novo para ele.

Ele me morde e me chupa delicadamente na cintura, puxando meus mamilos, e minhas mãos apertam a coluna finamente entalhada. Suas mãos se afastam, e ouço o agora familiar ruído de papel laminado sendo rasgado, e ele se desvencilha das calças.

— Você tem uma bunda muito atraente e sensual, Anastasia Steele. O que eu gostaria de fazer com ela?

Suas mãos alisam e moldam cada uma das minhas nádegas, então seus dedos descem, e ele enfia dois deles dentro de mim.

— Tão molhadinha. Você nunca me decepciona, Srta. Steele — murmura ele, e percebo seu tom de assombro. — Se segure bem... vai ser rápido, baby.

Ele agarra meus quadris e se posiciona, e eu me preparo para o ataque, mas ele estica o braço e agarra a ponta da minha trança, enrolando-a no pulso até minha nuca, firmando minha cabeça. Muito lentamente, ele me penetra, puxando meu cabelo ao mesmo tempo. *Ah, a sensação de preenchimento.* Ele sai de mim lentamente, e sua outra mão segura meus quadris com firmeza, e então ele me penetra com força, me sacudindo para a frente.

— Segure-se, Anastasia! — grita entre dentes.

Agarro a coluna com mais força, me movendo de encontro a ele enquanto continua aquela acometida impiedosa, de novo e de novo, os dedos deixando sua marca em meus quadris. Meus braços doem, minhas pernas estão bambas, meu couro cabeludo começa a arder de tanto que ele puxa meu cabelo... e sinto algo crescendo dentro de mim. Ah, não... e, pela primeira vez, tenho medo do meu orgasmo... se eu gozar... vou desmaiar. Christian continua movimentando o corpo com brutalidade contra o meu, a respiração áspera, gemendo, grunhindo. Meu corpo está respondendo... *como?* Sinto um espasmo. Mas, de repente, Christian para, cravando fundo para valer.

— Vamos, Ana, goze para mim — grunhe ele, e meu nome em seus lábios me leva à loucura, e me transformo na vertiginosa sensação física e no doce orgasmo, perdendo total e completamente os sentidos.

Quando volto à razão, estou deitada em cima dele. Ele está de costas no chão e eu estou olhando para o teto, exultante naquela exaustão pós coito. *Ah... os meus quetões,* penso distraidamente — eu tinha me esquecido deles. Christian esfrega o nariz na minha orelha.

— Levante as mãos — diz ele baixinho.

Meus braços parecem de chumbo, mas eu os levanto. Ele pega a tesoura e passa uma lâmina sob o plástico.

— Eu a declaro inaugurada — sussurra, ao cortar o plástico.

Rio, e esfrego os pulsos depois que são soltos. Sinto a satisfação dele.

— Que som encantador — diz nostalgicamente.

Senta-se de repente, me levando junto, e fico outra vez em seu colo.

— A culpa é minha — diz ele, e me leva para a frente para poder massagear meus ombros e braços. Delicadamente, ele ativa a circulação dos meus membros.

O quê?

Olho-o atrás de mim, tentando entender o que quer dizer.

— Por você não rir com mais frequência.

— Não sou de ficar rindo à toa — resmungo sonolenta.

— Ah, mas quando isso acontece, Srta. Steele, é um deleite para os sentidos.

— Muito lisonjeiro, Sr. Grey — murmuro, tentando ficar de olhos abertos.
Ele relaxa e sorri.

— Eu diria que você está muito fodida e precisa dormir.

— Isso não foi nada lisonjeiro — resmungo jovialmente.

Ele sorri e me retira delicadamente de cima dele ao se levantar, gloriosamente
nu. Desejo por um instante estar mais desperta para poder realmente apreciá-lo.
Ele pega a calça e a veste, sem cueca.

— Não quero assustar o Taylor, nem a Sra. Jones quanto a isso — diz.

Humm... eles devem saber que filho da mãe sacana ele é. A ideia me preocupa.

Ele se abaixa para me ajudar a ficar em pé e me conduz até a porta, atrás da
qual está pendurado um roupão atoalhado cinza. Pacientemente, me veste como
se eu fosse uma criancinha. Não tenho forças para levantar os braços. Quando
estou coberta e respeitável, ele se abaixa e me dá um beijo delicado, a boca se
abrindo num rápido sorriso.

— Para a cama — diz ele.

Ah... não...

— Para dormir — acrescenta ao ver minha expressão.

De repente, me levanta e me carrega encolhida no colo para o quarto mais
adiante no corredor onde a Dra. Greene me examinou hoje. Vou com a cabeça
caída em seu peito. Estou exausta. Não me lembro de já ter estado tão cansada.
Ele afasta o edredom, me deita na cama e, o que é mais surpreendente, se deita
ao meu lado e me abraça.

— Agora durma, linda menina — murmura, beijando meu cabelo.

E antes de poder fazer um comentário divertido, já adormeci.

CAPÍTULO DEZENOVE

S into lábios macios deixando um rastro de beijos doces na minha têmpora, e uma parte de mim quer virar e corresponder, mas o que eu mais quero é continuar dormindo. Dou um gemido e me aninho no travesseiro.

— Anastasia, acorde. — A voz de Christian é doce, tentando me convencer.

— Nao — gemo.

— Temos que sair em meia hora para jantar na casa dos meus pais. — Ele está achando graça.

Abro os olhos com relutância. Anoitece lá fora. Christian está debruçado na cama, olhando-me com atenção.

— Vamos, dorminhoca. Levante-se.

Ele se abaixa e torna a me beijar.

— Trouxe algo para você beber. Estarei lá embaixo. Não volte a dormir ou vai estar encrencada — ameaça, mas num tom afável.

Ele me dá um beijo rápido e sai, deixando-me sonolenta naquele quarto frio e austero.

Estou descansada, mas, de repente, fico nervosa. Caramba, vou conhecer os pais dele! Ele acabou de me dar uma surra de chicote de montaria e de me amarrar com uma braçadeira de plástico que eu lhe vendi, pelo amor de Deus — e vou conhecer os pais dele. Será também a primeira vez que Kate estará com eles — pelo menos ela estará lá para me apoiar. Giro os ombros. Estão tensos. A exigência dele para que eu tenha um personal trainer agora não parece bizarra. Na verdade, um personal trainer é indispensável se eu quiser ter alguma esperança de acompanhar esse ritmo.

Levanto-me da cama devagar e vejo que meu vestido está pendurado do lado de fora do armário e meu sutiã está em cima da cadeira. Cadê minha calcinha? Olho embaixo da cadeira. Nada. Então, me lembro — ele a guardou no bolso da calça. A lembrança me faz corar, depois que ele... nem consigo pensar nisso, ele foi muito... bárbaro. Franzo o cenho. *Por que ele não devolveu minha calcinha?*

Entro furtivamente no banheiro, desconcertada com a ausência da calcinha. Enquanto me seco após uma ducha agradável mas rápida demais, percebo que fez isso de propósito. Quer que eu fique constrangida e peça a calcinha de volta, e ele vai dizer sim ou não. Minha deusa interior sorri para mim. *Diabo... esse jogo é para dois.* Nesse momento, resolvo não lhe perguntar pela peça íntima e não lhe dar essa satisfação. Vou conhecer os pais dele sem calcinha. *Anastasia Steele!*, meu inconsciente me repreende, mas não lhe dou ouvidos — quase me abraço de contentamento porque sei que isso vai deixá-lo louco.

Volto para o quarto, ponho o sutiã, coloco o vestido e calço os sapatos. Solto a trança e escovo o cabelo às pressas, depois olho para a bebida que ele deixou. É rosa-claro. O que é isso? Cranberry e água com gás. Humm.. é uma delícia e mata minha sede.

Entro rapidamente no banheiro para me ver no espelho: olhos brilhantes, rosto ligeiramente corado, um ligeiro ar de complacência por causa do plano da calcinha, e então desço. Quinze minutos. Nada mal, Ana.

Christian está parado junto à janela panorâmica, usando a calça de flanela cinza que eu adoro, aquela que cai nos quadris daquele jeito incrivelmente sensual, e, claro, camisa de linho branco. Será que ele não tem nenhuma de outra cor? Saindo das caixas de som, a voz macia de Frank Sinatra. Christian se vira e sorri quando entro. Ele me olha com expectativa.

— Oi — digo baixinho, e meu sorriso enigmático encontra o dele.

— Oi — diz ele. — Como se sente? — pergunta com um olhar divertido.

— Bem, obrigada. E você?

— Me sinto superbem, Srta. Steele.

Ele está louco para que eu diga alguma coisa.

— Sinatra. Nunca imaginei que fosse fã dele.

Ele ergue as sobrancelhas para mim, o olhar curioso.

— Gosto eclético, Srta. Steele — murmura, e vem andando na minha direção feito uma pantera até parar na minha frente. Seu olhar é tão intenso que me tira o fôlego.

Sinatra começa a cantar... uma canção antiga, uma das preferidas de Ray, "Witchcraft". Christian passa devagarinho os dedos no meu rosto, e imediatamente sinto o efeito lá *embaixo*.

— Dance comigo — diz, a voz rouca.

Ele tira o controle remoto do bolso, aumenta o volume e me estende a mão, aquele olhar cinzento cheio de promessa, desejo e humor. Ele é totalmente sedutor, e estou enfeitiçada. Dou-lhe a mão. Ele sorri preguiçosamente para mim, me puxa para junto de si e me envolve pela cintura.

Ponho uma mão em seu ombro e sorrio para ele, surpreendida por seu bom humor contagiante. Ele dá um passo para o lado, e começamos a dançar. Nossa, como ele dança! Evoluímos pela casa toda, da janela até a cozinha e voltando, rodopiando e girando no compasso da música. E, do jeito que ele conduz, é muito fácil acompanhar.

Deslizamos ao redor da mesa de jantar, chegamos até o piano, recuamos e avançamos diante da parede de vidro. Seattle piscando lá fora, um mural escuro e mágico para nossa dança. Não consigo evitar de ficar rindo à toa. Ele sorri para mim quando a música termina.

— Não há feiticeira mais bela que você — murmura, e me beija com doçura.

— Bem, dançar deu uma corzinha ao seu rosto, Srta. Steele. Obrigado pela dança. Pronta para conhecer meus pais?

— Não há de quê, e sim, mal posso esperar para conhecê-los — respondo esbaforida.

— Tem tudo de que precisa?

— Ah, sim — respondo docemente.

— Tem certeza?

Balanço a cabeça do jeito mais descontraído que consigo sob aquele seu exame minucioso e divertido. Ele abre um sorriso de orelha a orelha, e balança a cabeça.

— Tudo bem. Se é este o jogo que quer fazer, Srta. Steele.

Ele me dá a mão, pega o casaco que está pendurado num dos bancos do bar, e me leva para o elevador. Ah, as muitas facetas de Christian Grey. *Será que algum dia conseguirei entender este homem volúvel?*

Olho para ele no elevador. Está achando graça em alguma piada particular, um sorriso se esboçando naquela boca encantadora. Receio que seja à minha custa. *Onde eu estava com a cabeça?* Vou conhecer os pais dele e não estou usando calcinha. Meu inconsciente me dá aquele olhar de "eu te disse" que não ajuda nada. Na relativa segurança do apartamento dele, a ideia parecia engraçada, provocante. Agora, estou quase na rua *sem calcinha!* Ele me olha, e lá está a eletricidade aumentando entre nós. Seu olhar divertido desaparece, e ele fica com uma expressão enigmática, um olhar misterioso... *ai, meu Deus.*

As portas do elevador se abrem no térreo. Christian balança a cabeça, como se quisesse clarear as ideias, e faz um gesto me convidando a sair antes dele, demonstrando cavalheirismo. *Quem ele está enganando?* Ele não é nada cavalheiro. Está com minha calcinha.

Taylor chega no Audi. Christian abre a porta traseira para mim, entro com toda a elegância possível, considerando meu estado de nudez descarada. Ainda bem que o vestido cor de ameixa de Kate é muito justo e o comprimento é na altura do joelho.

Vamos em alta velocidade pela Interestadual 5, ambos calados, sem dúvida inibidos com a presença de Taylor. O estado de espírito de Christian é quase tangível e parece mudar, o bom humor se dissipando lentamente no caminho. Ele está pensativo, olhando pela janela, e sei que está se afastando de mim. Em que está pensando? Não posso lhe perguntar. O que posso falar na frente de Taylor?

— Onde aprendeu a dançar? — pergunto hesitante.

Ele se vira para mim, os olhos misteriosos no clarão intermitente dos postes de luz que passam.

— Quer saber mesmo? — responde baixinho.

Fico aflita, e agora não quero porque posso adivinhar.

— Quero — murmuro com relutância.

— Mrs. Robinson gostava de dançar.

Ah, minha pior suspeita confirmada. Ela lhe ensinou bem, e esse pensamento me deprime — não há nada que eu possa lhe ensinar. Não tenho nenhuma habilidade especial.

— Ela deve ter sido uma boa professora.

— Ela foi.

Meu couro cabeludo formiga. Será que ela teve o que ele tinha de melhor? Antes de ele se tornar tão fechado? Ou será que ela o fez desabrochar? Ele tem um lado tão divertido, tão brincalhão. Sorrio sem querer ao lembrar que estive em seus braços enquanto ele rodopiava comigo pela sala, algo tão inesperado, e que ele está com minha calcinha em algum lugar.

E aí tem o Quarto Vermelho da Dor. Esfrego os pulsos num ato reflexo — braçadeiras de plástico fazem isso com uma garota. Ela lhe ensinou tudo isso, também, ou o estragou, dependendo do ponto de vista. Ou talvez ele fosse assim com ou sem ela. Neste momento me dou conta de que a odeio. Espero nunca encontrá-la porque não me responsabilizo pelos meus atos se isso acontecer. Não me lembro de ter tanta raiva de uma pessoa, sobretudo de alguém que não conheço. Olhando pela janela sem enxergar nada, alimento meu ódio e meu ciúme irracionais.

Meu pensamento se deixa levar para a tarde de hoje. Pelo que percebi das preferências dele, acho que pegou leve comigo. *Será que eu faria isso de novo?* Nem sequer posso fingir criar caso por causa disso. Claro que faria, se ele me pedisse — desde que não me machucasse e que essa fosse a única maneira de estar com ele.

Essa é a moral da história. Quero estar com ele. Minha deusa interior suspira aliviada. Chego à conclusão de que ela raramente usa o cérebro para pensar, usa antes outra parte de sua anatomia, e, no momento, trata-se de uma parte bastante exposta.

— Não — murmura ele.

Estranho, e o encaro.

— Não o quê?

Não encostei nele.

— Não pense demais, Anastasia. — Ele pega minha mão, leva-a aos lábios e beija delicadamente os nós dos meus dedos. — Tive uma tarde maravilhosa. Obrigado.

E está de novo comigo. Pisco para ele e sorrio timidamente. Ele é muito complicado. Faço uma pergunta que anda me incomodando.

— Por que você usa braçadeira de plástico?

Ele sorri para mim.

— É rápido, fácil, e é algo que deixa você experimentar uma sensação diferente. Sei que essas braçadeiras são um pouco brutas, e gosto disso nos dispositivos de contenção. — Ele me dá um sorriso doce. — Muito eficientes para botar você em seu lugar.

Enrubesço e olho agitada para Taylor, que permanece impassível, olhos na estrada. *O que devo dizer a respeito disso?* Christian dá de ombros inocentemente.

— Faz parte do meu mundo, Anastasia.

Ele aperta e solta minha mão, olhando pela janela de novo.

O mundo dele, de fato, e quero que meu lugar seja ali, mas nesses termos? Simplesmente não sei. Ele não mencionou aquele maldito contrato. Minhas reflexões não me animam nem um pouco. Olho pela janela, e a paisagem mudou. A noite escura reflete meu estado de espírito introspectivo, fechado, sufocado.

Vejo que Christian está me olhando.

— Dou um doce para saber o que você tem na cabeça — diz.

Suspiro e fecho a cara.

— É ruim assim? — pergunta.

— Eu queria saber o que você estava pensando.

Ele dá um sorrisinho.

— Idem — diz, e Taylor segue veloz no meio da noite em direção a Bellevue.

São quase oito horas quando o Audi pega o caminho de acesso de uma mansão em estilo colonial. É de tirar o fôlego, até no que diz respeito às rosas em volta da porta. Uma pintura perfeita.

— Está preparada? — pergunta Christian enquanto Taylor estaciona diante da impressionante porta de entrada.

Confirmo com a cabeça, e ele torna a apertar minha mão, tranquilizando-me.

— Primeira vez para mim também — sussurra, depois dá um sorriso malicioso. — Aposto que você queria estar de calcinha agora — provoca.

Enrubesço. Eu tinha me esquecido da calcinha. Felizmente, Taylor já está abrindo minha porta, e não pode ouvir nosso diálogo. Franzo as sobrancelhas para Christian, que dá um sorriso largo quando saio do carro.

A Sra. Grace Trevelyan-Grey está à porta nos esperando. O vestido de seda azul-claro lhe dá um visual elegante e sofisticado. Atrás dela, vejo o Sr. Grey, presumo, alto, louro e tão bonito quanto Christian.

— Anastasia, você já conheceu minha mãe, Grace. Este é meu pai, Carrick.

— Sr. Grey, muito prazer em conhecê-lo. — Sorrio e aperto a mão que ele me estende.

— O prazer é meu, Anastasia.

— Me chame de Ana, por favor.

Seus olhos azuis são meigos e gentis.

— Ana, que bom ver você de novo. — Grace me dá um abraço carinhoso. — Entre, querida.

— Ela está aí? — Ouço uma gargalhada vindo do interior da casa. Olho nervosamente para Christian.

— Deve ser Mia, minha irmã caçula — diz ele quase irritado, mas não exatamente.

Há uma corrente de afeto em suas palavras, em seu jeito mais suave de falar, estreitando os olhos ao mencionar o nome dela. Christian naturalmente a adora. Isso é uma revelação, e ela vem correndo pelo hall, cabelos negros, alta e curvilínea. Tem mais ou menos minha idade.

— Anastasia! Já ouvi falar muito de você.

Ela me dá um abraço apertado.

Caramba. Não posso deixar de sorrir diante de seu entusiasmo sem limites.

— Ana, por favor — murmuro ao ser arrastada para o vasto hall. É todo de assoalho de madeira escura e tapetes, com uma ampla escadaria para o segundo andar.

— Ele nunca trouxe nenhuma garota aqui em casa — diz Mia toda animada, os olhos escuros brilhando.

Vejo Christian revirando os olhos, e ergo as sobrancelhas para ele. Ele estreita os olhos para mim.

— Calma, Mia — Grace censura com doçura. — Olá, querido — diz ela ao dar dois beijinhos em Christian.

Ele sorri com carinho para ela, e depois cumprimenta o pai.

Todos damos meia-volta e nos dirigimos para a sala. Mia ainda não soltou minha mão. A sala é espaçosa, mobiliada com bom gosto em tons de creme, marrom e azul-claro — confortável, discreta e cheia de estilo. Kate e Elliot estão agarrados num sofá, taças de champanhe em punho. Kate se levanta para me abraçar, e finalmente Mia solta minha mão.

— Oi, Ana! — Ela sorri. — Christian — cumprimenta-o com um gesto de cabeça seco.

— Kate. — Ele é igualmente formal com ela.

Franzo a testa para aquele diálogo. Elliot me dá um abraço exagerado. O que é isso, a Semana de Abraçar a Ana? Essa manifestação excessiva de afeto... simplesmente não estou acostumada com isso. Christian está parado a meu lado, o braço em volta de mim. Com a mão nos meus quadris, ele abre os dedos e me puxa para junto dele. Todo mundo está nos olhando. É aflitivo.

— O que querem beber? — O Sr. Grey parece se recuperar. — Prosecco?

— Por favor — Christian e eu respondemos em uníssono.

Ah... isso está muito esquisito. Mia bate palmas.

— Vocês estão até falando a mesma coisa. Eu pego. — Ela sai depressa da sala.

Fico vermelha e, ao ver Kate sentada com Elliot, ocorre-me que Christian só me convidou porque Kate está aqui. Elliot provavelmente convidou Kate espontaneamente para conhecer os pais. Christian ficou encurralado — sabendo que eu descobriria isso por Kate. Franzo a testa ao pensar nisso. Ele me convidou por obrigação. Essa percepção é triste e deprimente. Meu inconsciente balança a cabeça sabiamente, com aquela cara de "até que enfim você sacou, sua burra".

— O jantar está quase pronto — diz Grace ao sair com Mia da sala.

Christian franze a testa e olha para mim.

Sente-se ordena, apontando para o sofá de veludo, e obedeço, cruzando as pernas com cuidado. Ele se senta a meu lado, mas não encosta em mim.

— Estávamos falando sobre férias, Ana — diz o Sr. Grey com simpatia. — Elliot resolveu ir passar uma semana com Kate e a família dela em Barbados.

Olho para Kate, e ela ri, arregalando os olhos brilhantes. Está exultante. Katherine Kavanagh, mostre um pouco de dignidade!

— Vai descansar um pouco agora que se formou? — pergunta-me o Sr. Grey.

— Estou pensando em passar uns dias na Geórgia — respondo.

Christian me olha boquiaberto, piscando umas duas vezes, a expressão indecifrável. *Ah, merda.* Não tinha falado disso com ele.

— Geórgia? — murmura.

— Minha mãe mora lá, e não a vejo faz tempo.

— Quando pretende ir? — Seu tom é grave.

— Amanhã, no fim da tarde.

Mia volta para a sala e nos entrega um prosecco rosé servido em taças de champanhe.

— À nossa saúde! — O Sr. Grey ergue a taça. O brinde adequado partindo do marido de uma médica me faz sorrir.

— Por quanto tempo? — pergunta Christian, a voz enganosamente suave.

Puta merda... ele está zangado.

— Não sei ainda. Vai depender das entrevistas de amanhã.

Ele cerra as mandíbulas, e Kate faz aquela cara de intrometida. Dá um sorriso carinhoso forçado.

— Ana merece um descanso — diz enfaticamente para Christian.

Por que é tão hostil a ele? Qual é o problema dela?

— Você tem entrevistas? — pergunta o Sr. Grey.

— Sim, amanhã, para estágio em duas editoras.

— Desejo-lhe muito boa sorte.

— O jantar está servido — anuncia Grace.

Todos nos levantamos. Kate e Elliot saem da sala com o Sr. Grey e Mia. Começo a acompanhá-los, mas Christian segura meu braço, detendo-me bruscamente.

— Quando ia me contar da viagem? — pergunta, apressado. Seu tom de voz é terno, mas ele está disfarçando a raiva.

— Não vou viajar. Vou visitar minha mãe, e ainda estava planejando ir.

— E nosso acordo?

— Ainda não temos um acordo.

Ele aperta os olhos, e depois parece se lembrar. Solta minha mão, me dá o braço e me conduz para a outra sala.

— Esta conversa ainda não terminou — sussurra ameaçadoramente ao entrarmos na sala de jantar.

Ah, droga. Deixe de ser tão esquentadinho... *e devolva minha calcinha.* Fuzilo-o com os olhos.

A sala de jantar me lembra o nosso jantar íntimo no Heathman. Há um lustre de cristal sobre a mesa de madeira escura, e um imenso espelho com uma bela moldura entalhada na parede. A mesa, coberta com uma toalha de linho branca engomada, tem como centro um vaso de peônias rosa-claro. É espetacular.

Tomamos nossos lugares. O Sr. Grey está à cabeceira, eu, à sua direita, e Christian, ao meu lado. O Sr. Grey pega a garrafa aberta de vinho tinto e serve Kate. Mia senta-se ao lado de Christian, segura a mão dele e aperta-a com força. Christian sorri com carinho para ela.

— Onde conheceu a Ana? — pergunta-lhe Mia.

— Ela me entrevistou para o jornal da WSU.

— Editado pela Kate — acrescento, esperando afastar a conversa da minha pessoa.

Mia sorri para Kate, sentada à sua frente ao lado de Elliot, e elas começam a falar sobre o jornal da faculdade.

— Vinho, Ana? — pergunta o Sr. Grey.

— Por favor.

Sorrio para ele. O Sr. Grey se levanta para servir as demais taças.

Olho para Christian, e ele se vira para mim, a cabeça inclinada.

— O quê? — pergunta.

— Por favor, não fique zangado comigo — sussurro.

— Não estou zangado com você.

Fico olhando para ele. Ele suspira.

— Estou zangado com você, sim.

Ele fecha os olhos por um instante.

— Muito zangado? — pergunto inquieta.

— Sobre o que vocês dois estão cochichando? — interrompe Kate.

Enrubesço, e Christian lhe lança um olhar furioso como quem diz "não se meta nisso, Kavanagh". Até Kate murcha sob o olhar dele.

— Sobre minha viagem à Geórgia — digo docemente, esperando desarmar a hostilidade mútua deles.

Kate sorri, com um brilho malicioso nos olhos.

— Como estava o José na sexta-feira quando você foi com ele ao bar?

Puta que pariu, Kate. Arregalo os olhos para ela. O que está fazendo? Ela arregala os olhos para mim, e vejo que está tentando deixar Christian enciumado. *Ela não sabe de nada.* Pensei que tivesse me safado dessa.

— Estava bem — murmuro.

Christian se inclina para o meu lado.

— Muito zangado — sussurra. — Especialmente agora.

Seu tom é calmo e mortal.

Ah, não. Contorço-me.

Grace ressurge trazendo dois pratos, acompanhada de uma jovem loura de maria-chiquinha. A jovem está elegantemente vestida de azul-claro, e vem com uma bandeja de pratos. Seus olhos imediatamente encontram os de Christian na sala. Ela cora e olha para ele sob umas pestanas compridas cobertas de rímel. *O quê?*

Em algum lugar da casa um telefone toca.

— Com licença.

O Sr. Grey torna a se levantar e se retira.

— Obrigada, Gretchen — diz Grace com delicadeza, franzindo as sobrancelhas quando o Sr. Grey se retira. — Deixe a bandeja no aparador.

Gretchen balança a cabeça e sai, dando outra olhadinha furtiva para Christian.

Então os Grey têm uma empregada, e a empregada está despindo com os olhos o *meu* aspirante a Dominador. Será que essa noite pode ficar pior ainda? Cruzo os braços e fecho a cara, os olhos baixos.

O Sr. Grey volta.

— É para você, querida. Do hospital — diz ele a Grace.

— Por favor, comecem todos.

Grace sorri ao me entregar um prato e sai.

A comida tem um cheiro delicioso — vieiras com linguiça, pimentões vermelhos e cebola, salpicadas de salsa. E, apesar de estar com um nó na barriga por causa das ameaças veladas de Christian, dos olhares furtivos da bonitinha Srta. Maria-Chiquinha e do desastre da calcinha desaparecida, estou faminta. Coro ao me dar conta de que foi o esforço físico de hoje à tarde que me deu tanta fome.

Momentos depois, Grace volta, com um ar preocupado. O Sr. Grey inclina a cabeça... como Christian.

— Tudo bem?

— Mais um caso de sarampo. — Grace suspira.

— Ah, não.

— É, uma criança. O quarto caso este mês. Se ao menos as pessoas vacinassem os filhos. — Ela balança a cabeça com tristeza, e depois sorri. — Ainda bem que nossos filhos nunca passaram por isso. Nunca pegaram nada pior que catapora, graças a Deus. Coitado do Elliot — diz ao se sentar, sorrindo com indulgência para o filho. Elliot franze o cenho com a comida na boca, constrangido. — Christian e Mia tiveram sorte. Pegaram uma catapora muito branda, cada um só teve meia feridinha.

Mia sorri e Christian revira os olhos.

— Então, pegou o jogo dos Mariners, pai?

Elliot visivelmente quer muito mudar de assunto.

Os *hors d'oeuvres* estão deliciosos, e me concentro em comer enquanto Elliot, o Sr. Grey e Christian falam de beisebol. Christian parece relaxado e calmo conversando com os familiares. Minha cabeça está a mil. Maldita Kate, que jogo ela está fazendo? *Será que ele vai me castigar?* Encolho-me de medo só de pensar nisso. Ainda não assinei aquele contrato. Talvez não assine. Talvez eu fique na Geórgia, onde ele não pode me alcançar.

— Está se adaptando ao apartamento novo, querida? — pergunta Grace educadamente.

Fico agradecida pela pergunta dela, que me distrai dos meus pensamentos disparatados, e lhe conto tudo sobre nossa mudança.

Quando terminamos o primeiro prato, Gretchen aparece, e, mais uma vez, eu gostaria de ter a liberdade de tocar em Christian à vontade só para mostrar a ela — ele pode ter sido fodido em cinquenta tons, mas é meu. Ela começa a retirar os pratos, chegando muito perto de Christian para o meu gosto. Felizmente, ele parece alheio a ela, mas minha deusa interior está soltando fumaça e de um jeito que não é bom.

Kate e Mia estão conversando animadamente sobre Paris.

— Você conhece Paris, Ana? — pergunta Mia inocentemente, tirando-me do meu devaneio enciumado.

— Não, mas adoraria conhecer.

Sei que sou a única da mesa que nunca saiu dos Estados Unidos.

— Passamos a lua de mel em Paris.

Grace sorri para o Sr. Grey, que retribui o sorriso.

É quase embaraçoso de ver. Está na cara que eles se amam muito, e eu me pergunto por um instante como seria crescer com os dois pais *in situ*.

— É uma cidade linda — concorda Mia. — Apesar dos parisienses. Christian, você devia levar Ana a Paris — declara Mia com determinação.

— Acho que a Anastasia iria preferir Londres — diz Christian com doçura.

Ah... ele se lembrou. Ele põe a mão em meu joelho — os dedos subindo pela minha coxa. Meu corpo inteiro se retesa em resposta. *Não... aqui não, agora não.* Coro e mudo de posição, tentando me afastar dele. Ele agarra minha coxa, me imobilizando. Em desespero, pego o meu vinho.

A Srta. Maria-Chiquinha Europeia volta, toda dengosa, com nossos pratos: filé à Wellington, acho eu. Felizmente, ela nos serve e sai, embora hesite ao entregar o de Christian. Ele me olha intrigado enquanto eu a observo fechar a porta da sala de jantar.

— Então, qual é o problema dos parisienses? — pergunta Elliot à irmã. — Eles não gostaram do seu jeito encantador?

— Não gostaram, não. E o Monsieur Floubert, o ogro para quem eu trabalhava, era um tirano dominador.

Tusso na taça de vinho.

— Anastasia, você está bem? — pergunta Christian solícito, largando minha coxa.

Seu tom bem-humorado voltou. *Ah, ainda bem.* Quando faço que sim, ele bate nas minhas costas com delicadeza e só tira a mão quando vê que me refiz.

A carne está deliciosa e é servida com batata-doce, cenoura, nabo e vagem assados. E fica ainda mais saborosa quando percebo que Christian consegue conservar o bom humor pelo restante do jantar. Desconfio que seja pelo fato de eu estar comendo com tanto apetite. A conversa flui com facilidade entre os Grey, carinhosos e afetuosos, fazendo brincadeiras simpáticas uns com os outros. Durante a sobremesa de creme de limão, Mia nos regala com suas proezas em Paris, a certa altura falando em francês sem perceber. Ficamos todos olhando para ela, que olha para nós sem entender, até Christian lhe dizer, num francês igualmente fluente, o que ela acabou de fazer, ao que ela cai na gargalhada. Ela tem uma risada muito contagiante, e logo estamos todos morrendo de rir.

Elliot discorre sobre seu último projeto imobiliário, uma nova comunidade ecologicamente correta ao norte de Seattle. Olho para Kate, e ela está prestando atenção em cada palavra de Elliot, os olhos brilhando de volúpia ou amor. Ainda não decidi muito bem o quê. Ele ri para ela, e é como se trocassem uma promessa tácita. *Até mais, baby*, ele está dizendo, e isso é excitante, muito excitante. Coro só de olhar para eles.

Suspiro e olho para Christian, o meu Cinquenta Tons. Eu poderia ficar olhando eternamente para ele. Sua barba está começando a crescer, e estou louca para passar os dedos nesse queixo e senti-lo roçando no meu rosto, nos meus seios... entre as minhas pernas. Enrubesço ao constatar a direção de meus pensamentos. Ele me olha e levanta a mão para puxar meu queixo.

— Não morda o lábio — murmura num tom rouco. — Eu quero fazer isso.

Grace e Mia retiram as taças de sobremesa e se dirigem para a cozinha, enquanto o Sr. Grey, Kate e Elliot discutem os méritos dos painéis solares no estado de Washington. Fingindo interesse na conversa, Christian põe de novo a mão no meu joelho, e seus dedos começam a subir pela minha coxa. Perco o ar e fecho as pernas, tentando impedir seu avanço. Vejo-o dar uma risadinha.

— Quer que eu a leve para conhecer a casa? — pergunta ele francamente.

Sei que devo dizer sim, mas não confio nele. Antes que eu consiga responder, porém, ele está de pé, estendendo a mão para mim. Seguro a mão dele, e sinto todos os músculos se contraírem no fundo do meu ventre, em resposta àquele seu olhar sinistro e faminto.

— Com licença — digo ao Sr. Grey, e saio da sala com Christian.

Ele me conduz pelo corredor até a cozinha, onde Mia e Grace estão empilhando a louça. A Maria-Chiquinha Europeia sumiu.

— Vou mostrar o jardim à Anastasia — diz Christian inocentemente à mãe. Ela nos dá um adeusinho e sorri enquanto Mia volta para a sala de jantar.

Saímos num pátio de lajes cinzentas iluminado por luzes embutidas na pedra. Há arbustos em tinas de pedra cinzenta e, a um canto, uma mesa com cadeiras de aço chiques. Christian passa por elas, sobe alguns degraus e chega num vasto gramado que vai até a baía... uau — é lindo. Seattle pisca no horizonte, e o luar do fresco e claro mês de maio cria uma trilha efervescente e prateada na água em direção a um quebra-mar onde há dois barcos ancorados. Ao lado do quebra-mar, ergue-se um ancoradouro. É muito pitoresco, muito sossegado. Fico parada um instante, olhando boquiaberta.

Christian vai à frente, me puxando, mas meu salto afunda na grama macia.

— Pare, por favor. — Estou tropeçando atrás dele.

Ele para e olha para mim, a expressão insondável.

— Meu salto. Preciso tirar os sapatos.

— Não se incomode — diz ele, e se abaixa, me pega e me joga sobre o ombro. Espantada, dou um grito bem alto, e ele dá uma palmada na minha bunda.

— Não levante a voz — resmunga.

Ah, não... isso não está bom. Meu inconsciente está de perna bamba. Ele está zangado por algum motivo — poderia ser o José, a viagem à Geórgia, o fato de eu morder o lábio, de estar sem calcinha. Que droga, ele se irrita à toa.

— Aonde vamos? — sussurro.

— Ao ancoradouro — diz ele secamente.

Seguro-me nos quadris dele, pois estou pendurada de cabeça para baixo, e ele vai andando com determinação no gramado ao luar.

— Por quê?

Quicando no ombro dele, minha voz sai ofegante.

— Preciso ficar sozinho com você.

— Para quê?

— Porque vou te dar uma surra e depois te foder.

— Por quê? — digo choramingando baixinho.

— Você sabe por quê — sibila ele.

— Pensei que você fosse o tipo que reage na hora — suplico esbaforida.

— Anastasia, a hora é agora, confie em mim.

Puta merda.

CAPÍTULO VINTE

Christian atravessa a porta de madeira do ancoradouro como um foguete e se detém para ligar alguns interruptores. Ouço as lâmpadas fluorescentes estalando e zumbindo em sequência enquanto uma claridade dura inunda a ampla construção de madeira. De cabeça para baixo, noto um iate impressionante flutuando docemente na água escura da doca, mas só o vejo de relance, pois ele logo sobe uma escada de madeira me carregando para o andar de cima.

Ele para no portal e liga outro interruptor — acendendo agora lâmpadas halógenas, que são mais suaves, com regulador de intensidade — e estamos em um sótão de teto inclinado. A decoração é em estilo náutico da Nova Inglaterra: combinação de azul-marinho e creme com traços de vermelho. Há poucos móveis, dois sofás e é tudo o que consigo ver.

Christian me coloca de pé no chão de madeira. Não tenho tempo de examinar o ambiente — meus olhos não conseguem desgrudar dele. Estou fascinada... observando-o como alguém faria com um predador raro e perigoso, esperando o bote. Ele está ofegante, acabou de atravessar o gramado e subir um lance de escada me carregando nas costas. Os olhos cinzentos estão inflamados de raiva, desejo e pura e legítima volúpia.

Puta merda. Eu poderia entrar em combustão espontânea só com o olhar dele.

— Por favor, não me bata — sussurro, implorando.

Ele fecha a cara, arregalando os olhos. Pisca duas vezes.

— Não quero apanhar de você, aqui, agora. Por favor, não me bata.

Ele fica boquiaberto, surpreso. Num rasgo de coragem, estico o braço hesitantemente e toco seu rosto, correndo os dedos pela borda da sua costeleta até a barba crescida em seu queixo. É uma mistura curiosa de maciez com aspereza. Ele fecha os olhos lentamente, encosta o rosto na minha mão e fica com a respiração presa na garganta. Levanto a outra mão e corro os dedos pelo seu cabelo. Ele solta

um gemido quase inaudível e, quando abre os olhos, está com o olhar desconfiado, como se não entendesse o que estou fazendo.

Adianto-me, ficando mais perto dele, puxo-o delicadamente pelo cabelo, trazendo sua boca até a minha, e beijo-o, enfiando a língua em sua boca por entre
seus lábios. Ele geme e me abraça, puxando-me para junto de seu corpo. Suas
mãos encontram meu cabelo, e, forte e possessivo, ele retribui meu beijo. Nossas
línguas se enroscam, consumindo-se mutuamente. O gosto dele é divino.

De repente, ele recua, nossas respirações ofegantes se misturando. Deixo cair
as mãos em seus braços, e ele me olha furioso.

— O que está fazendo comigo? — sussurra, confuso.

— Beijando você.

— Você disse não.

— O quê?

Não para quê?

— Na mesa de jantar, com suas pernas.

Ah... então é tudo por causa disso.

— Mas estávamos na mesa de jantar dos seus pais. — Olho para ele completamente perplexa.

— Ninguém jamais me disse não antes. E isso é muito... excitante.

Seus olhos se arregalam, cheios de espanto e desejo. É uma mistura embriagadora. Engulo em seco instintivamente. Suas mãos descem para minha bunda. Ele
me puxa com força contra seu corpo, contra sua ereção.

Minha nossa...

— Você ficou zangado e excitado porque eu disse não? — suspiro espantada.

— Estou zangado porque você nunca me falou da Geórgia. Estou zangado
porque você foi beber com aquele cara que tentou seduzi-la quando estava bêbada
e a largou com uma pessoa praticamente desconhecida quando você estava passando mal. Que tipo de amigo faz isso? E estou zangado e excitado porque você
fechou as pernas para mim.

Seus olhos têm um brilho perigoso, e ele está levantando minha saia devagarinho.

— Eu quero você, e quero agora. E se não vai me deixar bater em você, que é
o que merece, vou trepar com você nesse sofá agora mesmo, para o meu prazer,
não o seu.

Meu vestido mal cobre meu traseiro nu. De repente ele faz um movimento, envolve meu sexo com a mão e enfia o dedo devagarinho dentro de mim.
Com o outro braço em volta da minha cintura, ele me imobiliza. Sufoco o
gemido.

— Isso é meu — sussurra ele, agressivo. — Todo meu. Entendeu?

Ele fica tirando e enfiando o dedo enquanto me olha, avaliando minha reação, o olhar pegando fogo.

— Sim, seu — sussurro, sentindo aquele tsunami de desejo se propagando pela minha corrente sanguínea, afetando tudo. Minhas terminações nervosas, minha respiração. Meu coração dispara, tentando sair do peito, e o sangue lateja em meus ouvidos.

Com um movimento brusco, ele faz várias coisas ao mesmo tempo: retira os dedos de dentro de mim, fazendo com que eu fique querendo mais, abre a braguilha, me empurra para o sofá e se deita por cima de mim.

— Mãos na cabeça — ordena, dentes cerrados ao se ajoelhar para afastar mais minhas pernas.

Olhando para mim com uma cara sinistra, põe a mão no bolso do paletó e saca um envelopinho de papel laminado antes de se desvencilhar do blazer que cai no chão. Ele coloca a camisinha naquela extensão impressionante.

Ponho as mãos na cabeça, e sei que isso é para eu não tocar nele. Estou muito excitada. Sinto meus quadris já se mexendo ao encontro dele — querendo-o dentro de mim — bruto e duro. Ah... a expectativa.

— Não temos muito tempo. Isso vai ser rápido, e é para mim, não para você. Entendeu? Não goze, ou vai apanhar — diz entre dentes.

Puta que pariu... como eu paro?

Com uma estocada rápida, ele está dentro de mim. Dou um gemido gutural, e exulto ao ser possuída dessa forma tão plena. Ele põe as mãos sobre as minhas no alto da minha cabeça, força meus braços com os cotovelos, abaixando-os e abrindo-os, e me imprensa com as pernas. Estou presa. Ele me preenche por inteiro, esmagando-me, quase me sufocando. Mas isso também é divino. É a minha força, é o que eu quero que ele faça, é uma sensação hedonística. Ele se mexe com rapidez e fúria dentro de mim, a respiração áspera em meu ouvido, e meu corpo responde, derretendo em volta dele. *Não posso gozar.* Não. Mas estou indo e vindo ao encontro de cada investida dele, um contraponto perfeito. Bruscamente, e muito depressa, ele arremete com força e para ao chegar ao orgasmo, sibilando entre dentes. Relaxa por um instante, e sinto todo o seu peso gostoso em cima de mim. Não estou pronta para deixá-lo se retirar, meu corpo deseja muito um orgasmo, mas ele é muito pesado, e, naquele momento, não consigo me mexer. Aí, ele sai, me deixando com sede de mais. Ele me olha com raiva.

— Não se masturbe. Quero você frustrada. É isso que você me provoca ao não falar comigo, ao me negar o que é meu.

Seus olhos estão de novo pegando fogo, zangados.

Balanço a cabeça, arfando. Ele se levanta, tira a camisinha, amarra-a na ponta e a põe no bolso da calça. Olho para ele, a respiração ainda irregular, e, sem querer, aperto as coxas, tentando me aliviar um pouco. Christian fecha a braguilha e passa a mão no cabelo ao pegar o blazer. Volta os olhos para mim, a expressão mais suave.

— É melhor a gente voltar para lá.

Sento-me, sem muita firmeza, aturdida.

— Tome. Pode vestir isso.

Do bolso interno, ele saca minha calcinha. Não sorrio ao pegá-la da mão dele, mas, no fundo, eu sei — fui punida com essa trepada, mas tive uma pequena vitória com a calcinha. Minha deusa interior balança a cabeça concordando, um sorriso de satisfação no rosto.

Você não precisou pedi-la.

— *Christian!* — grita Mia do térreo.

Ele se vira e levanta as sobrancelhas para mim.

— Bem na hora. Nossa, às vezes ela é muito irritante.

Olho para ele do mesmo jeito, visto a calcinha às pressas, devolvendo-a a seu devido lugar, e me levanto com toda a dignidade que consigo reunir no estado de pós-foda. Rapidamente, tento ajeitar meu cabelo de quem acabou de trepar.

— Aqui em cima, Mia — grita ele. — Bem, Srta. Steele, sinto-me melhor por isso, mas ainda quero espancar você — diz ele baixinho.

— Acho que não mereço isso, Sr. Grey, especialmente depois de tolerar seu ataque a troco de nada.

— A troco de nada? Você me beijou.

Ele faz de tudo para parecer magoado.

Contraio os lábios.

— Foi um ataque como a melhor forma de defesa.

— Defesa contra o quê?

— Você e sua mão descontrolada.

Ele inclina a cabeça e sorri para mim enquanto Mia está subindo a escada.

— Mas foi tolerável? — pergunta ele baixinho.

Enrubesço.

— Muito pouco — sussurro, mas não consigo evitar o sorriso.

— Ah, vocês estão aí.

Ela sorri para nós.

— Eu estava mostrando a propriedade a Anastasia.

Christian me estende a mão, os olhos intensos.

— Kate e Elliot já vão embora. Aqueles dois não são incríveis? Não conseguem ficar sem se tocar. — Mia finge estar aborrecida com isso e olha de Christian para mim. — O que andaram fazendo aqui?

Nossa, ela é direta. Fico vermelha.

— Estava mostrando a Anastasia meus troféus de remo — diz Christian sem titubear, com cara de paisagem. — Vamos nos despedir de Kate e Elliot.

Troféus de remo? Ele me puxa delicadamente para sua frente e, quando Mia se vira para sair, dá uma palmada na minha bunda. Arquejo com a surpresa.

— Vou fazer isso de novo, Anastasia, e logo — ameaça ele serenamente no meu ouvido, depois me abraça por trás e beija meu cabelo.

NA CASA, KATE e Elliot estão se despedindo de Grace e do Sr. Grey. Kate me dá um abraço apertado.

— Preciso falar com você sobre sua hostilidade em relação ao Christian — sibilo baixinho no ouvido dela.

— Ele precisa ser hostilizado, só assim você pode ver como ele realmente é. Cuidado, Ana. Ele é muito controlador — murmura ela. — Até logo.

EU SEI COMO ELE É, VOCÊ NÃO!, grito mentalmente para ela. Sei muito bem que ela quer meu bem, mas, às vezes, ela simplesmente passa dos limites, e neste momento já ultrapassou tanto que chegou ao Estado vizinho. Olho de cara feia para ela, e ela me mostra a língua, fazendo-me rir a contragosto. A Kate brincalhona é novidade, deve ser influência de Elliot. Despedimo-nos deles à porta, e Christian se vira para mim.

— A gente devia ir embora também. Você tem entrevistas amanhã.

Mia me dá um abraço carinhoso e nos despedimos.

— Nunca pensamos que ele encontraria alguém! — diz com um entusiasmo exagerado.

Enrubesço e Christian revira os olhos de novo. Contraio os lábios. Por que ele pode fazer isso e eu não? Quero revirar os olhos para ele também, mas não me atrevo, não depois da ameaça no ancoradouro.

— Cuide-se, Ana, querida — diz Grace com simpatia.

Christian, constrangido ou frustrado pela atenção generosa que estou recebendo dos Grey remanescentes, pega minha mão e me puxa para seu lado.

— Não vamos assustá-la nem estragá-la com excesso de carinho — resmunga.

— Christian, pare de provocar — Grace o censura com indulgência, os olhos brilhando de amor e carinho por ele.

De alguma maneira, não acho que ele esteja provocando. Observo disfarçadamente a interação deles. É evidente que Grace o adora com um amor incondicional de mãe. Ele se abaixa e a beija sem naturalidade.

— Mãe — diz, e há um tom subjacente em sua voz, talvez de reverência.

— Sr. Grey, até logo e obrigada. — Estendo a mão para ele e ele me abraça, também!

— Por favor, me chame de Carrick. Espero que a gente se veja de novo muito em breve, Ana.

Feitas as despedidas, Christian me conduz para o carro, onde Taylor está esperando. *Será que ele ficou o tempo todo ali?* Taylor abre a porta para mim, e me instalo no banco traseiro do Audi.

Sinto um peso saindo de meus ombros. Nossa, que dia. Estou exausta, física e emocionalmente. Depois de falar rapidamente com Taylor, Christian se instala no carro a meu lado e se vira para mim.

— Bem, parece que minha família também gosta de você — murmura.

Também? O deplorável pensamento sobre o motivo de eu ter sido convidada salta na minha cabeça, espontânea e inoportunamente. Taylor dá a partida no carro e sai da área iluminada do acesso à casa para a escuridão da rua. Olho para Christian e ele está me olhando.

— O que foi? — pergunta num tom calmo.

Por um instante, fico me questionando. Não. Vou contar. Ele vive reclamando de que não falo com ele.

— Acho que você acabou se sentindo obrigado a me trazer para conhecer seus pais. — Minha voz é doce e hesitante. — Se o Elliot não tivesse convidado a Kate, você nunca teria me convidado.

Não enxergo seu rosto no escuro, mas ele inclina a cabeça para mim, boquiaberto.

— Anastasia, estou satisfeito que você tenha conhecido meus pais. Por que é tão insegura? Isso sempre me espanta. Você é uma mulher muito forte e independente, mas tem ideias muito negativas sobre si mesma. Se eu não quisesse apresentá-la a eles, você não estaria aqui. Foi assim que se sentiu o tempo todo enquanto esteve lá?

Ah! Ele me queria lá — e isso é uma revelação. Ele não parece constrangido como estaria se estivesse me escondendo a verdade. Parece verdadeiramente satisfeito com minha presença... Sinto uma sensação quente se espalhar devagar pelas minhas veias. Ele balança a cabeça e pega minha mão. Olho nervosamente para Taylor.

— Não se preocupe com o Taylor. Fale comigo.

Encolho os ombros.

— Sim. Pensei isso. E outra coisa, eu só mencionei a Geórgia porque Kate estava falando em Barbados. Ainda não me decidi.

— Você quer ir ver sua mãe?

— Quero.

Ele me olha de um jeito estranho, como se estivesse travando uma luta interna.

— Posso ir com você? — acaba perguntando.

O quê?

— Hã... Acho que não é uma boa ideia.

— Por quê?

— Eu estava esperando uma trégua dessa... intensidade toda, para colocar meus pensamentos em ordem.

Ele me olha.

— Eu sou muito intenso?

Caio na gargalhada.

— Bota intenso nisso!

No clarão dos postes de luz que passam, vejo-o esboçar um sorriso.

— Está rindo de mim, Srta. Steele?

— Eu não me atreveria, Sr. Grey — respondo me fazendo de séria.

— Acho que se atreveria, e acho que ri de mim com frequência.

— Você é bem engraçado.

— Engraçado?

— Ah, é.

— Engraçado estranho ou engraçado rá-rá-rá?

— Ah... muito de um e um pouco do outro.

— O que predomina?

— Deixo para você decidir isso.

— Não sei se consigo decidir alguma coisa perto de você, Anastasia — diz ele com sarcasmo, depois continua baixinho: — Sobre o que você precisa pensar na Geórgia?

— Sobre nós — murmuro.

Ele me olha, impassível.

— Você disse que tentaria — retruca.

— Eu sei.

— Está reconsiderando?

— Talvez.

Ele se mexe, como se estivesse desconfortável.

— Por quê?

Puta merda. Como isso de repente virou uma conversa tão séria e importante? Fui pega de surpresa, como uma prova para a qual não estou preparada. O que digo? Porque acho que estou apaixonada, e você só me vê como um brinquedo? Porque eu não posso tocar em você, porque estou muito assustada para fazer qualquer demonstração de afeto caso você vacile ou me dê uma bronca ou pior — me bata? O que posso dizer?

Olho por um instante pela janela. O carro está passando pela ponte. Ambos estamos mergulhados na escuridão, disfarçando nossos pensamentos e sentimentos, mas não precisamos da noite para isso.

— Por quê, Anastasia? — Christian me pressiona para responder.

Encolho os ombros, encurralada. Não quero perdê-lo. Apesar de todas as suas exigências, de sua necessidade de controle, de seus vícios assustadores, nunca me senti tão viva quanto agora. É emocionante estar sentada aqui ao lado dele. Ele é muito imprevisível, sensual, inteligente e engraçado. Mas seu humor... ah — e ele quer me machucar. Diz que vai pensar a respeito das minhas reservas, mas isso ainda me assusta. Fecho os olhos. O que posso dizer? No fundo, eu só queria mais, mais afeto, mais o Christian brincalhão, mais... amor.

Ele aperta minha mão.

— Fale comigo, Anastasia. Não quero perder você. Essa última semana...

Estamos quase chegando ao fim da ponte, e a luz dos postes torna a iluminar a rua, de modo que seu rosto está ora iluminado, ora no escuro. E essa é uma metáfora muito adequada. Este homem, que já considerei um herói romântico, um corajoso cavaleiro valente — ou o cavaleiro das trevas, como ele disse. Ele não é um herói. É um homem com sérios e profundos problemas emocionais, e está me arrastando para a escuridão. Será que não posso guiá-lo para a luz?

— Eu ainda quero mais — sussurro.

— Eu sei — diz ele. — Vou tentar.

Pisco para ele, e ele larga minha mão e puxa meu queixo, soltando meu lábio mordido.

— Por você, Anastasia, eu vou tentar.

Está irradiando sinceridade.

E essa é a minha deixa. Solto o cinto de segurança e vou para o colo dele, pegando-o completamente de surpresa. Envolvo sua cabeça em meus braços e o beijo com vontade, e, em uma fração de segundo, ele está correspondendo.

— Fique comigo esta noite — sussurra. — Se for embora, vou passar a semana toda sem ver você. Por favor.

— Sim — aquiesço. — Eu também vou tentar. Vou assinar seu contrato.

E essa é uma decisão repentina.

Ele olha para mim.

— Assine depois da Geórgia. Pense sobre isso. Pense bem, baby.

— Vou pensar.

E seguimos calados por uns dois ou três quilômetros.

— Você realmente devia colocar o cinto de segurança — sussurra Christian colado em meu cabelo, em tom de censura, mas não se mexe para me tirar de seu colo.

De olhos fechados, esfrego o nariz no pescoço dele, absorvendo aquela sensual fragrância picante e almiscarada de Christian e sabonete líquido, com a cabeça em seu ombro. Deixo a mente divagar e me permito fantasiar que ele me ama. Ah, e isso é muito real, quase tangível, e uma pequena parte de meu desagradável inconsciente age de uma forma nada típica e *se atreve a ter esperança*. Tomo cuidado para não tocar em seu peito e só me aninho em seus braços com ele bem agarradinho a mim.

— Chegamos em casa — murmura Christian, e esta é uma frase muito tentadora, cheia de potencial.

Em casa, com Christian. Só que o apartamento dele é uma galeria de arte, não um lar.

Taylor abre a porta para nós e eu lhe agradeço timidamente, ciente de que dava para ele ouvir nossa conversa, mas seu sorriso simpático é tranquilizador e não demonstra nada. Depois que saímos do carro, Christian me avalia de maneira crítica. *Ah, não... o que eu fiz agora?*

— Por que você não trouxe um casaco? — pergunta espantado, tirando seu paletó e colocando-o em meus ombros.

Sinto uma onda de alívio.

— Deixei no carro novo — respondo sonolenta, bocejando.

Ele dá uma risadinha.

— Cansada, Srta. Steele?

— Sim, Sr. Grey. — Fico tímida sob seu exame minucioso e provocador. Mesmo assim, sinto que uma explicação se impõe. — Hoje fui solicitada de formas que eu nunca tinha considerado possíveis.

— Bem, se você realmente estiver sem sorte, posso solicitar um pouco mais — promete ao pegar minha mão e me conduzir para o prédio. *Puta merda... de novo!*

Olho para ele no elevador. Presumi que ele queria que eu dormisse com ele, depois me lembro que ele não dorme com ninguém, embora tenha dormido comigo algumas vezes. Franzo a testa, e, bruscamente, a expressão dele muda. Ele segura meu queixo, soltando o lábio que estou mordendo.

— Um dia, vou foder você neste elevador, Anastasia, mas agora você está cansada, então acho que devíamos nos ater a uma cama.

Ele segura meu lábio inferior com os dentes e puxa delicadamente. Derreto-me toda, e paro de respirar ao sentir aquele desejo despertando dentro de mim. Retribuo, mordendo seu lábio superior, provocando-o, e ele geme. Quando as portas do elevador se abrem, ele segura minha mão e me puxa para dentro do apartamento.

— Quer água ou alguma coisa?

— Não.

— Ótimo. Vamos para a cama.

Faço uma cara espantada.

— Vai se conformar com o simples e velho sexo baunilha?

Ele inclina a cabeça.

— Baunilha não tem nada de simples e velho. É um sabor muito intrigante — diz ele baixinho.

— Desde quando?

— Desde sábado passado. Por quê? Estava torcendo por algo mais exótico?

Minha deusa interior estica o pescoço.

— Ah, não. Para mim, já chega de exotismo por hoje.

Minha deusa interior faz bico, sem conseguir esconder o desapontamento.

— Tem certeza? Temos todos os sabores aqui, ou pelo menos trinta e um. — Ele sorri para mim sensualmente.

— Já reparei — respondo secamente.

Ele balança a cabeça.

— Vamos, Srta. Steele, você tem um grande dia amanhã. Quanto antes for para a cama, mais cedo vou te foder, e mais cedo poderá dormir.

— Sr. Grey, você é muito romântico.

— Srta. Steele, você é uma piadista. Talvez eu tenha que controlar esse seu lado de alguma forma. Venha.

Ele me conduz para o quarto e fecha a porta com o pé.

— Mãos para cima — ordena.

Obedeço, e, como num passe de mágica, ele tira meu vestido pela cabeça, pegando-o pela barra e puxando-o com um movimento rápido e preciso.

— Ta-rã! — diz brincalhão.

Rio e aplaudo educadamente. Ele se inclina com elegância, sorrindo. *Como posso resistir a ele quando está assim?* Ele põe meu vestido na cadeira solitária ao lado da cômoda.

— Qual seu próximo truque? — provoco.

— Ah, minha cara Srta. Steele. Vá para minha cama — resmunga — e eu mostro.

— Acha que pela primeira vez eu devo bancar a difícil? — pergunto sedutora.

Ele arregala os olhos espantado, e vejo um brilho de entusiasmo.

— Bem... a porta está fechada. Não sei como você vai me evitar — diz ele com sarcasmo. — Acho que não tem saída.

— Mas sou boa negociadora.

— Eu também. — Ele me olha, mas aí sua expressão muda, ele fica confuso e o clima no quarto muda bruscamente, ficando tenso. — Não quer foder? — pergunta.

— Não — sussurro.

— Ah. — Ele franze a testa.

Tudo bem, lá vai... respiro fundo.

— Quero que você faça amor comigo.

Ele para e fica me olhando com o olhar perdido. Sua expressão sombria. Ah, merda, isso não está com a cara boa. *Dê um minuto a ele!*, diz meu inconsciente.

— Ana, eu... — Ele passa as mãos no cabelo. As duas. Nossa, ele está realmente espantado. — Pensei que a gente tivesse feito — diz afinal.

— Quero tocar em você.

Instintivamente, ele dá um passo para trás, primeiro com uma expressão assustada, mas depois se controla.

— Por favor — sussurro.

Ele se recupera.

— Ah, não, Srta. Steele, você já teve muitas concessões da minha parte por hoje. Então não.

— Não?

— Não.

Ah... não posso discutir isso... posso?

— Olha, você está cansada. Vamos só nos deitar — diz ele, observando-me com cuidado.

— Então o toque é um limite rígido para você?

— É. Isso não é novidade.

— Por favor, então me diga por quê.

— Ah, Anastasia, por favor. Deixe isso para lá por enquanto — resmunga ele exasperado.

— É importante para mim.

Ele passa as mãos no cabelo novamente e diz um palavrão baixinho. Vira-se, vai até a cômoda, pega uma camiseta e a atira em mim. Pego-a, perplexa.

— Vista isso e vá para a cama — diz irritado.

Fecho a cara, mas decido agradá-lo. Viro de costas, tiro o sutiã e visto a camiseta o mais depressa que posso para cobrir minha nudez. Não tiro a calcinha. Passei a maior parte da noite sem ela.

— Preciso ir ao banheiro. — Minha voz é um sussurro.

Ele franze a testa, sem entender.

— Agora você está pedindo licença?

— Hã... não.

— Anastasia, você sabe onde é o banheiro. Hoje, a essa altura desse nosso acordo estranho, você não precisa da minha permissão para usá-lo.

Ele não consegue esconder a irritação. Tira a camisa, e corro para o banheiro.

Fico me olhando no imenso espelho, chocada ao ver que continuo com a mesma cara. Depois de tudo que fiz hoje, ainda é a mesma garota normal que me olha dali. *O que esperava — ter criado chifres e um rabo pontudo?*, diz meu inconsciente. *E que diabo está fazendo? O toque é o limite rígido dele. Você está se precipitando. Ele tem que se preparar para isso.* Meu inconsciente está furioso, parece a Medusa, o cabelo desgrenhado, com as mãos na cabeça igual à figura de *O Grito*, de Edvard Munch. Não dou atenção, mas ele não volta para o lugar. *Você está deixando o homem louco — pense em tudo que ele disse, em todas as concessões que fez.* Faço cara feia para minha imagem. Preciso ser capaz de demonstrar carinho — aí, talvez, ele possa retribuir.

Balanço a cabeça, resignada, e pego a escova de dentes de Christian. Meu inconsciente tem razão, claro. Estou querendo apressá-lo. Ele ainda não está pronto, nem eu. Estamos tentando equilibrar a delicada gangorra que é nosso acordo — em lados diferentes, oscilando, e a gangorra balança entre nós. Precisamos os dois chegar mais para o meio. Só espero que nenhum de nós caia ao tentar fazer isso. É tudo muito rápido. Quem sabe eu precise de um distanciamento. A Geórgia parece mais atraente que nunca. Quando começo a escovar os dentes, ele bate à porta.

— Pode entrar — digo com a boca cheia de pasta de dente.

Christian está parado à porta, o pijama caído nos quadris daquele jeito que deixa cada célula do meu corpo em posição de sentido. Tem o peito nu, e eu o bebo como se estivesse louca de sede e ele fosse uma água fresca de nascente. Ele me olha impassível, depois dá um sorrisinho e vem para o meu lado. Nossos olhos se encontram no espelho, os cinzentos com os azuis. Termino de usar a escova de dentes dele, enxáguo-a e a entrego a ele, sempre olhando em seus olhos. Sem dizer nada, ele pega a escova e a põe na boca. Dou um sorrisinho de volta para ele, e vejo seu olhar dançar, bem-humorado.

— Fique à vontade para usar minha escova de dente — diz ele em tom de gozação.

— Obrigada, senhor.

Dou um sorriso doce e saio, indo para a cama.

Minutos depois, ele se junta a mim.

— Você sabe que não foi assim que imaginei que essa noite acabaria — resmunga petulante.

— Imagine se eu dissesse que você não podia tocar em mim.

Ele se senta de pernas cruzadas na cama.

— Anastasia, eu já disse. Cinquenta vezes. Tive um começo de vida difícil... e você não vai querer saber dessa merda. Por que iria?

— Porque quero conhecer você melhor.

— Você já me conhece o suficiente.

— Como pode dizer isso?

Fico de joelhos, de frente para ele. Ele revira os olhos para mim, frustrado.

— Você está revirando os olhos. Da última vez que fiz isso, acabei no seu colo levando umas palmadas.

— Ah, eu gostaria de botar você de novo nessa posição.

Inspiro subitamente.

— Conte, e pode botar.

— O quê?

— Você me ouviu.

— Está barganhando comigo?

Seu tom é de espanto e incredulidade.

Balanço a cabeça. *Sim... este é o caminho.*

— Negociando.

— Isso não funciona assim, Anastasia.

— Tudo bem. Conte, e eu reviro os olhos para você.

Ele ri, e tenho um raro vislumbre do Christian descontraído. Já não o vejo assim faz tempo. Ele fica sério.

— Sempre tão ávida por informações. — Ele me olha com curiosidade. Logo depois, desce da cama com elegância. — Não vá embora — diz, e sai do quarto.

Fico na maior aflição, e me abraço. O que ele está fazendo? Será que tem um plano cruel? *Merda.* Suponhamos que ele volte com uma vara, ou algum implemento esquisito de sacanagem. *Puta merda, o que vou fazer?* Quando ele volta, traz uma coisa pequena na mão. Não consigo ver o que é, mas estou morta de curiosidade.

— A que horas é sua primeira entrevista amanhã? — pergunta ele com doçura.

— Às duas.

Um sorriso malicioso se estampa lentamente em seu rosto.

— Ótimo.

E, diante dos meus olhos, ele muda sutilmente. Está mais duro, intratável... excitado. Este é o Christian Dominador.

— Saia da cama. Venha até aqui. — Ele aponta para o lado da cama, e eu me levanto e obedeço rapidamente. Vejo promessa em seu olhar intenso para mim.

— Confia em mim? — pergunta.

Balanço a cabeça. Ele estende a mão, e, ali, há duas bolas de prata ligadas por um grosso fio preto.

— São novas — diz enfaticamente.

Olho intrigada para ele.

— Vou botar isso dentro de você, e depois vou bater em você, não para castigá-la, mas para o seu prazer e o meu.

Ele faz uma pausa, avaliando minha reação de espanto.

Dentro de mim! Arquejo, e todos os músculos se comprimem em minhas entranhas. Minha deusa interior está fazendo a dança dos sete véus.

— Depois, a gente fode, e, se você ainda estiver acordada, darei algumas informações sobre meus anos pregressos. De acordo?

Ele está me pedindo permissão! Esbaforida, balanço a cabeça. Não consigo falar.

— Boa garota. Abra a boca.

Boca?

— Abra mais.

Com muita delicadeza, ele põe as bolas na minha boca.

— Elas precisam de lubrificação. Chupe — ordena, com a voz macia.

As bolas são frias, lisas, surpreendentemente pesadas, e de sabor metálico. Minha boca seca se enche de saliva enquanto minha língua explora os objetos estranhos. O olhar de Christian não deixa o meu. Que diabo, isso está me excitando. Estremeço.

— Não se mexa, Anastasia — adverte ele. — Pare.

Ele tira as bolas da minha boca e se senta na beirada da cama depois de jogar o edredom para o lado.

— Venha até aqui.

Fico parada na frente dele.

— Agora vire-se, abaixe-se e segure os tornozelos.

Pisco para ele, e sua expressão fica sinistra.

— Não hesite — adverte-me num tom doce encobrindo não sei o quê, e joga as bolas na boca.

Porra, isso é mais sensual que a escova de dentes. Sigo suas ordens imediatamente. Putz, será que consigo tocar os tornozelos? Vejo que consigo, com facilidade. A camiseta sobe, expondo minha bunda. Ainda bem que fiquei de calcinha, mas desconfio que não vou ficar por muito tempo.

Ele coloca a mão com reverência no meu traseiro e o acaricia muito delicadamente com a mão toda. De olhos abertos, dá para eu ver suas pernas atrás das minhas, mais nada. Fecho bem os olhos quando ele puxa minha calcinha para o lado, enfia o dedo na minha vagina e puxa devagar. Meu corpo se prepara com um misto embriagador de expectativa e excitação. Ele enfia o dedo dentro de mim e o gira vagarosamente de um jeito delicioso. Ah, é gostoso. Gemo.

Sua respiração se interrompe e ele arqueja ao repetir o movimento. Retira o dedo e, muito lentamente, enfia os objetos, uma bola deliciosa de cada vez. *Minha nossa.* Elas estão da temperatura do corpo, aquecidas por nossas bocas. É uma sensação curiosa. Uma vez dentro de mim, eu não sinto as bolas realmente, mas sei que estão *lá.*

Ele endireita minha calcinha, inclina-se à frente, e seus lábios macios beijam minha bunda.

— Levante-se — ordena, e fico em pé, bamba.

Ah! Agora dá para sentir... mais ou menos. Ele segura meus quadris para me firmar enquanto recupero o equilíbrio.

— Você está bem? — pergunta, severo.

— Estou.

— Vire-se.

Fico de frente para ele.

As bolas descem com o peso e, instintivamente, contraio os músculos em volta delas. A sensação me sobressalta, mas não de uma maneira ruim.

— Como se sente? — pergunta ele.

— Estranha.

— No bom ou no mau sentido?

— No bom — confesso, corando.

— Ótimo.

Há um vestígio de humor à espreita em seus olhos.

— Quero um copo d'água. Vá pegar para mim, por favor.

Ah.

— E, quando você voltar, vou te dar umas palmadas. Pense nisso, Anastasia.

Água? Ele quer água... agora... por quê?

Saio do quarto, e fica mais que evidente por que ele quer que eu ande pela casa — quando faço isso, as bolas descem com o peso lá dentro, me massageando. É uma sensação muito estranha e não de todo desagradável. Na verdade, o ritmo da minha respiração se acelera quando me estico para pegar um copo no armário da cozinha, e arquejo. *Minha nossa...* Talvez eu queira ficar com essas bolas. Elas me deixam com vontade de sexo.

Ele está me observando atentamente quando volto.

— Obrigado — diz ao pegar o copo.

Lentamente, dá um gole, depois coloca o copo na mesa de cabeceira. Há um envelope de papel laminado ali, à espera. Como eu. E sei que ele está fazendo isso para aumentar a expectativa. Meu coração começa a bater mais rápido. Ele direciona aqueles seus brilhantes olhos cinzentos para mim.

— Venha. Fique em pé a meu lado. Como da última vez.

Coloco-me do lado dele, o sangue latejando nas veias, e dessa vez... estou excitada. Com tesão.

— Peça — diz ele baixinho.

Pedir o quê?

— Peça — fala num tom um pouco mais duro.

O quê? Licença para saber como estava a água dele? O que ele quer?

— Peça, Anastasia. Não vou repetir.

E há uma ameaça tão grande em suas palavras que a ficha cai. Ele quer que eu lhe peça para me bater.

Puta merda. Ele está me olhando na expectativa, a expressão esfriando. *Merda.*

— Me bata, por favor... senhor — murmuro.

Ele fecha os olhos por um instante, e, saboreando minhas palavras, me puxa pela mão esquerda para cima dos seus joelhos. Caio na mesma hora, e ele me firma quando aterrisso em seu colo. Fico apavorada quando sua mão encosta delicadamente na minha bunda. Estou novamente atravessada em seu colo, o torso deitado na cama. Dessa vez, ele não joga as pernas por cima das minhas, mas afasta o cabelo do meu rosto e o prende atrás da minha orelha. Feito isso, agarra meu cabelo na nuca para me prender. Dá um pequeno puxão, e minha cabeça vai para trás.

— Quero ver seu rosto enquanto bato em você, Anastasia — murmura ele, o tempo todo esfregando delicadamente minha bunda.

Sua mão desce por entre minhas nádegas, e ele faz pressão no meu sexo, e a sensação toda é... gemo. Ah, a sensação é intensa.

— Isso é para nosso prazer, Anastasia — sussurra ele.

Levanta a mão e dá uma palmada sonora na junção entre as coxas, a bunda e a vagina. As bolas são impelidas para a frente dentro de mim, e fico perdida num atoleiro de sensações. A ardência em meu traseiro, o volume das bolas dentro de mim e o fato de ele estar me segurando ali deitada. Levanto o rosto enquanto tento absorver todas essas sensações estranhas. Registro em algum lugar do cérebro que ele não me bateu com tanta força quanto da última vez. Ele acaricia de novo minha bunda, correndo a mão pela minha pele e por cima da calcinha.

Por que ele não tirou minha calcinha? Então, sua mão some, e ele torna a descê-la, eu gemo quando a sensação se espalha. Ele inicia um padrão: da esquerda para a direita e desce. O melhor é quando desce. Tudo vindo para a frente, lá dentro de mim... e, entre uma palmada e outra, ele me acaricia, me apalpa — e sou massageada de dentro para fora. Trata-se de uma sensação muito erótica e estimulante, e, por alguma razão, porque isso está nos meus termos, não me importo com a dor. Assim não dói — bem, dói, mas não é insuportável. É de alguma forma administrável e, sim, prazeroso... até. *Sim, posso fazer isso.*

Ele faz uma pausa ao tirar lentamente minha calcinha. Contorço-me em suas pernas, não por querer escapar das palmadas, mas eu quero mais... alívio, alguma coisa. O toque dele na minha pele sensibilizada deixa um formigamento sensual. É esmagador, e ele recomeça. Umas palmadas leves, depois mais fortes, da esquerda para a direita e desce. Ah, quando desce. Gemo.

— Boa garota, Anastasia — grunhe ele, ofegante.

Ele me bate mais duas vezes, e aí pega o pequeno fio preso às bolas e dá um puxão repentino, tirando-as de dentro de mim. Quase chego ao orgasmo — a sensação é do outro mundo. Com agilidade, ele delicadamente me vira. Escuto mais do que enxergo o invólucro de papel sendo rasgado, e então ele se deita por cima de mim. Segura minhas mãos, levanta-as acima da minha cabeça e me penetra devagarinho, ocupando o lugar onde estiveram as bolas de prata. Dou um gemido alto.

— Ah, baby — murmura ele num vaivém com aquele ritmo sensual, me saboreando, me sentindo.

Ele nunca foi tão delicado, e não demoro nada a chegar ao limite e cair vertiginosamente num orgasmo delicioso e violento. Quando me contraio em volta dele, provoco seu gozo, e ele entra deslizando em mim, depois para, chamando meu nome com desespero e espanto.

— *Ana!*

Ele está calado, arquejando em cima de mim, as mãos ainda entrelaçadas com as minhas acima da minha cabeça. Finalmente, se inclina para trás e me olha.

— Gostei disso — murmura, e depois me beija com doçura.

Não se demora para mais beijos doces. Levanta-se, me cobre com o edredom e vai para o banheiro. Quando volta, vem com o vidro de uma loção branca. Senta ao meu lado na cama.

— Vire de bruços — ordena, e, a contragosto, faço isso.

Honestamente, esse alvoroço todo. Estou muito sonolenta.

— A cor da sua bunda está maravilhosa — diz ele em tom de aprovação, e massageia ternamente a loção refrescante em meu traseiro cor-de-rosa.

— Desembucha, Grey.

Bocejo.

— Srta. Steele, você sabe como acabar com um clima.

— A gente fez um acordo.

— Como está se sentindo?

— Enganada.

Ele suspira, deita-se ao meu lado e me abraça. Com cuidado para não encostar no meu traseiro ardido, estamos de conchinha de novo. Ele me beija com muita delicadeza atrás da orelha.

— A mulher que me botou no mundo era uma prostituta viciada em crack, Anastasia. Agora durma.

Puta merda... o que significa isso?

— Era?

— Ela morreu.

— Há quanto tempo?

Ele suspira.

— Ela morreu quando eu tinha quatro anos. Não me lembro muito dela. Carrick me deu alguns detalhes. Só lembro de algumas coisas. Por favor, agora durma.

— Boa noite, Christian.

— Boa noite, Ana.

Caio num sono confuso e exausto, sonhando com um garotinho de quatro anos de olhos cinzentos num lugar assustador e miserável.

CAPÍTULO VINTE E UM

Há luz por todo lado. Uma luz clara, quente, penetrante, e me esforço para mantê-la a distância por mais uns preciosos minutos. Quero me esconder, só mais um pouco. Mas a claridade é muito forte e finalmente sucumbo ao estado de vigília. Uma manhã gloriosa de Seattle me recebe — o sol entra pelas janelas até o teto e inunda o quarto com uma claridade muito forte. Por que não fechei as cortinas ontem à noite? Estou na vasta cama de Christian Grey sem Christian Grey.

Fico deitada um instante olhando pelas janelas para a vista soberba da silhueta de Seattle. A vida nas nuvens com certeza parece irreal. Uma fantasia — um castelo no ar, desgarrado do chão, a salvo das realidades da vida. Longe do descaso, da fome e de mães prostitutas viciadas em crack. Estremeço ao pensar no que ele passou quando criança, e entendo por que mora aqui, isolado, cercado de obras de arte belas e preciosas, tão distante do lugar de onde veio... Uma declaração de propósito, de fato. Estranho, porque isso ainda não explica por que não posso tocar nele.

Ironicamente, também sinto-me assim aqui nesta torre. Estou desgarrada da realidade. Estou neste apartamento de fantasia, tendo sexo de fantasia com meu namorado de fantasia, quando a triste realidade é que ele quer um acordo especial, embora tenha dito que vai tentar mais. O que isso realmente significa é o que preciso esclarecer entre nós para ver se ainda estamos em lados opostos da gangorra ou se aos poucos nos aproximamos.

Levanto da cama sentindo-me rígida e, na falta de uma expressão melhor, bem usada. *Sim, é assim que deveria se sentir, depois desse sexo todo.* Meu inconsciente contrai os lábios, desaprovando. Reviro os olhos para ele, agradecida pelo fato de não ter no quarto um maníaco por controle com a mão descontrolada, e decido lhe perguntar pelo personal trainer. Quer dizer, se eu assinar. Minha deusa interior me olha desesperada. *Claro que você vai assinar.* Não faço caso nem de um nem de outro, e depois de uma ida rápida ao banheiro, saio à procura de Christian.

Ele não está na galeria de arte, mas há uma elegante mulher de meia-idade fazendo faxina na cozinha. A visão dela me paralisa. Ela é loura, tem o cabelo curto e olhos azuis. Está vestindo uma camisa branca e uma saia justa azul-marinho. Ao me ver, sorri.

— Bom dia, Srta. Steele. Gostaria de tomar café?

Seu tom é caloroso, mas profissional, e estou perplexa. Quem é essa loura atraente na cozinha de Christian? Só estou usando a camisa dele. A falta de roupa me deixa inibida e constrangida.

— Acho que estou em desvantagem em relação a você.

Falo baixo, sem conseguir esconder a ansiedade.

— Ah, desculpe-me, sou a Sra. Jones, a governanta do Sr. Grey.

Ah.

— Como vai? — consigo dizer.

— Gostaria de tomar o café da manhã, madame?

Madame!

— Só um chazinho seria ótimo, obrigada. Sabe onde está o Sr. Grey?

— No escritório.

— Obrigada.

Saio correndo para o escritório, mortificada. Por que Christian só tem louras atraentes trabalhando para ele? E uma ideia desagradável me ocorre instintivamente: *Será que são todas suas ex-submissas?* Recuso-me a alimentar essa ideia medonha. Meto a cabeça timidamente pela porta. Ele está ao telefone, virado para a janela, de calça preta e camisa branca. Tem o cabelo ainda molhado do banho, e isso me distrai completamente de meus pensamentos negativos.

— A menos que o P&L dessa companhia melhore, não me interessa, Ros. Não vamos carregar peso morto... não preciso de mais desculpas esfarrapadas. Mande o Marco me ligar, é dá ou desce... Sim, diga ao Barney que o protótipo está com uma cara boa, mas não tenho certeza quanto à interface... Não, simplesmente falta alguma coisa... Quero me reunir com ele hoje à tarde para discutir... Na verdade, com ele e a equipe dele, podemos fazer um *brainstorm*... Tudo bem, transfira-me para a Andrea... — Ele aguarda, olhando pela janela, mestre do seu universo, olhando do alto desse castelo no céu para os desprivilegiados lá embaixo. — Andrea...

Erguendo os olhos, ele me vê à porta. Um sorriso lento e sensual se abre naquele rosto encantador, e fico sem palavras, derretendo-me toda por dentro. Ele é, sem dúvida, o homem mais lindo do planeta, lindo demais para os desprivilegiados lá de baixo, lindo demais para mim. *Ele é mais ou menos meu*, por enquanto. A ideia me faz estremecer e dissipa minha insegurança irracional.

Ele continua a conversa, sem tirar os olhos de mim.

— Cancele minha agenda de hoje de manhã, mas mande o Bill me ligar. Estarei no escritório às duas. Preciso falar com o Marco hoje à tarde, isso vai levar pelo menos meia hora... Marque o Barney e a equipe dele depois do Marco, ou talvez amanhã, e arranje tempo para eu estar com o Claude todos os dias dessa semana... Diga a ele para esperar... Ah... Não, não quero publicidade por Darfur. Diga ao Sam para tratar disso... Não... Que evento?... Isso é sábado que vem?... Um momento.

— Quando você volta da Geórgia? — pergunta.

— Sexta-feira.

Ele continua a conversa telefônica.

— Vou precisar de mais uma passagem porque tenho uma namorada... Sim, Andrea, foi o que eu disse, uma namorada, a Srta. Anastasia Steele vai me acompanhar... É só isso.

Ele desliga.

— Bom dia, Srta. Steele.

— Sr. Grey. — Sorrio timidamente.

Ele dá a volta na mesa com aquela graça habitual e para à minha frente. Afaga delicadamente meu rosto com as costas dos dedos.

— Eu não quis acordá-la, você estava com uma expressão muito tranquila. Dormiu bem?

— Estou bem descansada, obrigada. Só vim dar bom-dia antes de tomar um banho.

Olho para ele, absorvendo-o. Ele se inclina e me dá um beijo delicado, e eu não resisto. Jogo os braços em volta de seu pescoço, e enrolo os dedos em seu cabelo ainda molhado. Encostando o corpo no dele, retribuo o beijo. Eu o quero. Meu ataque o pega de surpresa, mas logo depois ele responde, com um gemido gutural. Suas mãos deslizam pelo meu cabelo e pelas minhas costas abaixo para envolver minha bunda nua, e sua língua explora minha boca. Ele recua, os olhos velados.

— Parece que dormir lhe faz bem — murmura. — Sugiro que vá tomar seu banho, ou será que devo deitá-la na minha mesa agora?

— Escolho a mesa — digo temerária, sentindo uma onda de desejo como uma descarga de adrenalina, despertando tudo ao passar.

Ele me olha perplexo por uma fração de segundo.

— Você realmente está tomando gosto por isso, não é, Srta. Steele? Está ficando insaciável — murmura.

— Só estou tomando gosto por você — sussurro.

Os olhos dele se arregalam e ficam sombrios enquanto suas mãos apalpam minha bunda.

— É isso mesmo, só por mim — rosna e, de repente, com um único movimento fluido, limpa a mesa jogando tudo no chão, me pega nos braços e me deita na extremidade, de modo que minha cabeça quase ultrapassa a beirada.

— Se você quer, você vai ter — murmura, sacando um envelopinho de papel laminado do bolso e abrindo o zíper da calça. *Ah, Sr. Escoteiro.* Ele veste a camisinha no pênis ereto e olha para mim. — Espero que esteja pronta — sussurra, um sorriso lascivo no rosto. E, num instante, está me preenchendo, segurando meus pulsos com força de cada lado do meu corpo, e me penetrando fundo.

Gemo... *ah, sim.*

— Nossa, Ana. Você está prontíssima — elogia com veneração.

Enroscando as pernas na cintura dele, seguro-o do único jeito que posso já que ele está em pé, me olhando, os olhos cinzentos brilhando, apaixonado e possessivo. Ele começa a mexer, mexer para valer. Isso não é fazer amor, é foder — e estou adorando. Gemo. É muito primitivo, muito carnal, e me deixa excitadíssima. Sinto imenso prazer em ser possuída por ele, em ter meu desejo saciado pelo dele. Ele se move com desenvoltura, se deleitando comigo, se deliciando, os lábios entreabertos enquanto sua respiração se acelera. Mexe os quadris de um lado para o outro, e a sensação é deliciosa.

Fecho os olhos, sentindo aquele delicioso arrebatamento crescer lentamente. Levando-me para as alturas, lá para o castelo no ar. Ah, sim... o ataque dele aumenta ligeiramente. Gemo alto. Sou toda sensação... toda dele, aproveitando cada golpe, cada estocada que me preenche. Ele pega o ritmo, investindo mais depressa, com mais força... e meu corpo inteiro se mexe no ritmo dele, e sinto minhas pernas se retesarem, os estremecimentos internos e as contrações.

— Goze, baby, goze para mim — diz ele entre dentes, e o desejo ardente em sua voz, a tensão, levam-me ao clímax.

Grito sem palavras uma súplica apaixonada ao encostar no Sol e me queimar, caindo sob ele, caindo, voltando a um ápice intenso e claro na Terra. Ele me penetra e para bruscamente ao chegar ao clímax, puxando meus pulsos e depois desabando com graça e sem dizer uma palavra em cima de mim.

Nossa... essa foi inesperada. Lentamente, torno a me materializar na Terra.

— Que diabo você está fazendo comigo? — diz ele baixinho, esfregando o nariz no meu pescoço. — Você me seduz completamente, Ana. Você faz uma mágica poderosa.

Ele solta meus pulsos, e eu passo os dedos em seu cabelo, saindo do êxtase. Aperto as pernas em volta dele.

— Eu é que estou sendo seduzida — murmuro.

Ele olha para mim. Tem uma expressão desconcertada, até alarmada. Colocando as mãos em cada lado do meu rosto, imobiliza minha cabeça.

— Você. É. Minha — diz, cada palavra um *staccato*. — Entendeu?

Ele está muito sério, muito apaixonado — um maníaco. A força do seu pedido é muito inesperada e irresistível. Pergunto-me por que ele está se sentindo assim.

— Sim, sua — murmuro, perturbada com seu ardor.

— Tem certeza que tem que ir à Geórgia?

Balanço a cabeça, lentamente assentindo. E, neste breve momento, vejo sua expressão mudar, e as venezianas descerem. Ele sai de mim bruscamente, fazendo-me contrair o rosto.

— Está dolorida? — pergunta, debruçando-se em cima de mim.

— Um pouco — confesso.

— Gosto de você dolorida. — Seus olhos ardem. — Me faz lembrar onde eu estive, e só eu.

Ele pega meu queixo e me beija com violência, depois se levanta e estende a mão para me ajudar a descer da mesa. Olho para a embalagem de papel laminado a meu lado.

— Sempre preparado — digo.

Ele me olha confuso ao fechar a braguilha. Seguro o invólucro vazio.

— Um homem pode ter esperança, Anastasia, até sonhar, e às vezes nossos sonhos se realizam.

Ele parece muito estranho, os olhos ardentes. Simplesmente não entendo. Meu arrebatamento pós-coito está esvaindo-se depressa. *Qual é o problema dele?*

— Então, na sua mesa, isso foi um sonho? — pergunto secamente, tentando usar o humor para tornar mais leve o clima entre nós.

Ele dá um sorriso enigmático que não chega a seus olhos, e sei imediatamente que não é a primeira vez que ele fez sexo na mesa de trabalho. É um pensamento inoportuno. Contorço-me desconfortável enquanto meu êxtase desaparece.

— Seria melhor eu ir tomar um banho. — Levanto-me e passo por ele.

Ele franze a testa e passa a mão no cabelo.

— Tenho que dar mais uns telefonemas. Vou tomar café com você quando sair do banho. Acho que a Sra. Jones lavou suas roupas de ontem. Elas estão no armário.

O quê? Quando é que ela fez isso? Droga, será que ela nos ouviu? Enrubesço.

— Obrigada — murmuro.

— Não há de quê — retruca ele maquinalmente, mas sua voz está estranha.

Não estou dizendo obrigada pela trepada. Embora tenha sido muito...

— O que foi? — pergunta ele, e me dou conta de que estou de cara fechada.

— Qual é o problema? — pergunto com doçura.

— Como assim?

— Bem... você está mais estranho que o normal.

— Você me acha estranho? — Ele tenta conter um sorriso.

— Às vezes.

Ele me olha um instante, curioso.

— Como sempre, estou surpreso com você, Srta. Steele.

— Surpreso como?

— Vamos nos limitar a dizer que isso foi um presente inesperado.

— Nosso objetivo é satisfazer, Sr. Grey. — Inclino a cabeça como ele sempre faz e devolvo as palavras a ele.

— E você satisfaz, você me satisfaz — diz ele, mas parece inquieto. — Pensei que estivesse indo tomar banho.

Ah, ele está me mandando embora.

— Sim... hã, até já.

Saio depressa da sala, completamente pasma.

Ele parecia confuso. *Por quê?* Devo dizer que, em termos de experiência física, essa foi muito satisfatória. Mas, emocionalmente — bem, estou desconcertada com a reação dele, e isso foi tão enriquecedor emocionalmente quanto algodão doce é nutritivo.

A Sra. Jones ainda está na cozinha.

— Quer seu chá agora, Srta. Steele?

— Vou tomar um banho primeiro — resmungo e saio correndo dali com meu rosto em chamas.

No chuveiro, tento imaginar o que há de errado com Christian. Ele é a pessoa mais complicada que conheço, e não entendo seu humor instável. Parecia bem quando entrei no escritório. Transamos... e ele já não estava mais ali. Não, eu não entendo. Olho para meu inconsciente. Ele está assobiando com as mãos atrás das costas, olhando para tudo menos para mim. Ele nem faz ideia, e minha deusa interior ainda está curtindo um resto de ardor pós-coito. É... estamos todos sem saber de nada.

Seco o cabelo com a toalha, penteio-o com o único instrumento capilar de Christian, e faço um coque. O vestido cor de ameixa de Kate está lavado e passado, pendurado no armário com meu sutiã e minha calcinha limpos. A Sra. Jones é uma maravilha. Calço os sapatos de Kate, endireito o vestido, respiro fundo e volto para a sala.

Christian sumiu, e a Sra. Jones está conferindo o conteúdo da despensa.

— O chá agora, Srta. Steele? — pergunta.

— Por favor.

Sorrio para ela. Sinto-me ligeiramente mais confiante agora que estou vestida.

— Gostaria de comer alguma coisa?

— Não, obrigada.

— Claro que você vai comer alguma coisa — diz Christian bruscamente, com um olhar furioso. — Ela gosta de panqueca, ovos e bacon, Sra. Jones.

— Sim, Sr. Grey. E o que o senhor vai querer?

— Uma omelete, por favor, e frutas. — Ele não tira os olhos de mim, com uma expressão misteriosa. — Sente-se — ordena, apontando para um dos bancos do balcão.

Obedeço, e ele se senta ao meu lado, enquanto a Sra. Jones se ocupa do café da manhã. Nossa, é desagradável ter outra pessoa ouvindo nossa conversa.

— Já comprou sua passagem aérea?

— Não, vou comprar quando chegar em casa, pela internet.

Ele se apoia nos cotovelos, esfregando o queixo.

— Tem dinheiro?

Ah, não.

— Tenho — digo, fingindo paciência como se estivesse falando com uma criancinha.

Ele me lança um olhar de censura. *Merda.*

— Tenho, sim, obrigada — emendo rapidamente.

— Eu tenho um jato. Não está programado para ser usado nos próximos três dias. Está à sua disposição.

Olho boquiaberta para ele. Claro que ele tem um jato, e preciso resistir à propensão natural do meu corpo de revirar os olhos para ele. Tenho vontade de rir. Mas não rio, já que não consigo interpretar seu estado de espírito.

— Já abusamos seriamente da frota aérea da sua companhia. Eu não gostaria de fazer isso de novo.

— É minha companhia, é meu jato.

Ele parece quase magoado. *Ah, os garotos e seus brinquedos!*

— Obrigada pela oferta. Mas eu ficaria mais feliz pegando um voo regular.

Ele dá a impressão de querer discutir mais, porém decide não fazê-lo.

— Como quiser. — Suspira. — Tem que se preparar muito para sua entrevista?

— Não.

— Ótimo. Não vai me contar mesmo para quais editoras?

— Não.

Ele esboça um sorriso relutante.

— Sou um homem de posses, Srta. Steele.

— Estou perfeitamente ciente disso, Sr. Grey. Vai grampear meu telefone? — pergunto inocentemente.

— Na verdade, como estarei bastante ocupado hoje à tarde, mandarei outra pessoa fazer isso. — Ele dá uma risadinha.

Será que está brincando?

— Se tem uma pessoa sobrando para fazer isso, obviamente tem excesso de funcionários.

— Vou mandar um e-mail para a chefe de recursos humanos e mandá-la fazer a contagem dos funcionários. — Ele contrai os lábios para disfarçar o sorriso.

Ah, graças a Deus, ele recuperou o senso de humor.

A Sra. Jones nos serve o café da manhã e comemos em silêncio por alguns minutos. Após lavar as panelas, ela discretamente se retira. Olho para ele.

— O que foi, Anastasia?

— Sabe, você não me contou por que não gosta de ser tocado.

Ele fica lívido, e sua reação faz com que eu me sinta culpada por ter perguntado.

— Já contei mais coisas a você do que a qualquer outra pessoa.

Ele fala com calma e me olha impassível.

E fica óbvio para mim que ele nunca se abriu com ninguém. Será que não tem nenhum amigo íntimo? Talvez tenha contado a Mrs. Robinson. Quero perguntar a ele, mas não posso. Não posso ser tão invasiva. Balanço a cabeça ao me dar conta disso. Ele realmente é uma ilha.

— Vai pensar em nosso acordo enquanto estiver fora? — pergunta.

— Vou.

— Vai sentir minha falta?

Olho para ele, surpresa com a pergunta.

— Vou — respondo sinceramente.

Como ele pode significar tanto para mim em tão pouco tempo? Ele realmente mexe comigo... literalmente. Ele sorri, e seus olhos se iluminam.

— Também vou sentir sua falta. Mais do que você imagina — murmura.

Essas palavras aquecem meu coração. Christian realmente está se esforçando. Acaricia meu rosto, inclina-se e me dá um beijo doce.

É fim de tarde, estou nervosa e agitada sentada no saguão, esperando pelo Sr. J. Hyde da Seattle Independent Publishing. É minha segunda entrevista de hoje, e a que me deixou mais ansiosa. A minha primeira foi boa, mas era para um conglomerado maior, com filiais por todos os Estados Unidos, e eu seria uma das muitas assistentes editoriais ali. Posso imaginar ser engolida e cuspida bem depressa em uma máquina corporativa dessas. A SIP é onde quero estar. É pequena e pouco convencional, promove autores locais, e tem uma lista de clientes interessante e original.

O ambiente que me cerca é despojado, mas acho que esse despojamento é antes uma declaração de estilo do que um sinal de frugalidade. Estou sentada em um dos dois sofás de couro verde-escuro estilo Chesterfield — parecidos com o sofá que Christian tem no quarto de jogos. Acaricio o couro com aprovação e me pergunto o que Christian faz naquele sofá. Minha mente divaga enquanto penso nas possibilidades... não. Não posso entrar nessa agora. Coro diante dos meus pensamentos rebeldes e impróprios. A recepcionista é uma jovem negra com enormes brincos de prata e cabelos compridos alisados. Tem um visual boêmio, o tipo da mulher de quem eu poderia ser amiga. A ideia é tranquilizadora. De vez em quando, ela tira os olhos do computador, olha para mim e me dá um sorriso tranquilizador. Timidamente, sorrio de volta.

Meu voo está reservado, minha mãe está no sétimo céu com minha visita, estou de malas prontas e Kate concordou em me levar de carro ao aeroporto. Christian ordenou que eu levasse o BlackBerry e o Mac. Reviro os olhos ao me lembrar daquele seu autoritarismo despótico, mas vejo agora que este é simplesmente o jeito dele. Ele gosta de controlar tudo, inclusive a mim. No entanto, também é muito imprevisível, agradável e irresistível. Pode ser gentil, bem-humorado, até meigo. E quando demonstra essas qualidades, faz isso de forma inesperada e repentina. Insistiu em me acompanhar até meu carro na garagem. Minha nossa, só vou passar uns dias fora e ele está agindo como se eu fosse passar semanas. Ele sempre me pega desprevenida.

— Ana Steele?

Uma mulher de longos cabelos negros ondulados parada na recepção me distrai da minha introspecção. Ela tem o mesmo visual boêmio da recepcionista. Deve ter uns trinta e muitos ou uns quarenta e poucos anos. É muito difícil saber a idade de mulheres mais velhas.

— Sim — respondo, levantando-me desajeitada.

Ela me lança um sorriso educado, avaliando-me com seus olhos frios cor de avelã. Estou usando uma roupa de Kate, uma jardineira preta sobre uma blusa branca, e meus escarpins pretos. Estilo entrevista, acho eu. Meu cabelo está contido num coque apertado, e, pela primeira vez, os cachinhos estão comportados. Ela me estende a mão.

— Olá, Ana, meu nome é Elizabeth Morgan. Sou a gerente de recursos humanos aqui da SIP.

— Como vai? — Aperto a mão dela. Parece muito descontraída para ser a gerente do RH.

— Acompanhe-me, por favor.

Entramos pelas portas duplas atrás da área da recepção numa ampla sala sem divisórias com decoração alegre, e dali nos dirigimos a uma pequena sala de reuniões. As paredes são verde-claras, cobertas de capas de livros. Sentado à cabeceira da mesa de conferência de madeira há um homem ruivo de rabo de cavalo. Pequenas argolas de prata brilham em suas duas orelhas. Ele está com uma camisa azul-clara, sem gravata, e calças de brim desbotadas. Quando me aproximo, levanta-se e me olha com misteriosos olhos azul-escuros.

— Ana Steele, sou Jack Hyde, o editor de aquisições aqui na SIP, e é um grande prazer conhecê-la.

Cumprimentamo-nos, e sua expressão é misteriosa, embora bastante simpática.

— Você mora longe? — pergunta amavelmente.

— Não, acabei de me mudar para a área do Pike Street Market.

— Ah, então mora pertinho. Por favor, sente-se.

Sento-me, e Elizabeth se senta ao lado dele.

— Então, porque gostaria de estagiar aqui conosco na SIP, Ana? — pergunta.

Diz meu nome com doçura, e inclina a cabeça, como uma pessoa que conheço — é aflitivo. Fazendo o possível para ignorar a cautela irracional que ele me inspira, começo meu discurso cuidadosamente preparado, consciente do rubor que se espalha por minhas bochechas. Olho para os dois, lembrando-me da aula de Técnica da Entrevista Bem-Sucedida de Katherine Kavanagh. *Mantenha contato visual, Ana!* Nossa, Kate também pode ser mandona, às vezes. Jack e Elizabeth ouvem com atenção.

— Você tem um CR muito impressionante. A que atividades extracurriculares você se entregava na WSU?

Entregava? Pisco para ele. Que escolha de palavras estranha. Começo a entrar nos detalhes da minha atividade de bibliotecária na biblioteca central do campus e da minha única experiência de entrevistar um déspota podre de rico para o jornal da faculdade. Toco de passagem no fato de que não escrevi verdadeiramente o artigo. Menciono as duas sociedades literárias a que pertenci e concluo com meu trabalho na Clayton´s e todo o conhecimento inútil que agora possuo sobre ferragens e bricolagem. Os dois riem, o que é a reação pela qual eu torcia. Lentamente, relaxo e começo a aproveitar.

Jack Hyde faz perguntas agudas e inteligentes, mas não me atrapalho — acompanho o ritmo, e quando discutimos minhas preferências de leitura e meus livros favoritos, acho que me saio bem. Jack, por outro lado, parece só gostar da literatura Americana de 1950 em diante. Nada mais. Nada de clássicos — nem mesmo Henry James nem Upton Sinclair nem F. Scott Fitzgerald. Elizabeth não diz nada, só acena com a cabeça de vez em quando e toma notas. Jack, embora goste de discutir, é encantador a seu modo, e quanto mais ele fala, mais minha desconfiança inicial se dissipa.

— E onde você se vê daqui a cinco anos? — pergunta.

Com Christian Grey, a ideia me vem instintivamente à cabeça. Minha mente errática me faz franzir as sobrancelhas.

— Editora de textos, talvez? Quem sabe trabalhando como agente literária, não sei ao certo. Estou aberta a oportunidades.

Ele ri.

— Muito bem, Ana. Não tenho mais perguntas. Quer perguntar alguma coisa? — ele dirige a palavra a mim.

— Quando gostaria que a pessoa começasse? — pergunto.

— Tão logo possível — diz Elizabeth alto e bom som. — Quando você poderia começar?

— Estou disponível a partir da semana que vem.

— É bom saber disso — diz Jack.

— Se ninguém tiver mais nada a dizer — Elizabeth olha para nós dois —, acho que isso encerra a entrevista.

Ela sorri com simpatia.

— Foi um prazer conhecê-la, Ana — diz Jack com gentileza apertando minha mão, e eu pestanejo olhando para ele ao me despedir.

Vou para o carro me sentindo inquieta sem saber por quê. Acho que a entrevista correu bem, mas é muito difícil dizer. As entrevistas parecem situações muito artificiais. Todo mundo agindo da melhor maneira que pode, tentando desesperadamente se esconder por trás de uma fachada profissional. Será que minha postura foi apropriada? Vou ter que esperar para ver.

Entro no meu Audi A3 e volto para casa, mas sem pressa. Meu voo é o último do dia, com escala em Atlanta, e só embarco às dez e vinte e cinco, de modo que tenho muito tempo.

Kate está desembalando caixas na cozinha quando volto.

— Como foram as entrevistas? — pergunta, empolgada.

Só Kate pode ficar deslumbrante com uma camisa de um tamanho bem acima do dela, calça jeans esfarrapada e uma bandana azul-marinho.

— Bem, obrigada, Kate. Não sei se essa roupa estava suficientemente descolada para a segunda entrevista.

— Hã?

— Um visual *boho chic* talvez tivesse resolvido.

Kate ergue uma sobrancelha.

— Você e seu *boho chic*. — Ela inclina a cabeça de lado — Ai! Por que todo mundo está me lembrando do meu Cinquenta Tons preferido? — Na verdade, Ana, você é uma das poucas pessoas que poderiam usar este visual.

Sorrio.

— Eu realmente gostei do segundo lugar. Acho que poderia me encaixar ali. O sujeito que me entrevistou era enervante, mas...

Deixo a frase no ar — merda, estou falando aqui com a Kavanagh Megafone. *Cala a boca, Ana!*

— Ah?

O radar Katherine Kavanagh para uma informação apetitosa entra em ação — uma informação que só virá à tona em algum momento inoportuno e constrangedor, o que me lembra alguma coisa.

— Por falar nisso, quer fazer o favor de parar de provocar Christian? Seu comentário sobre José ontem à noite foi descabido. Christian é um cara ciumento. Isso não leva a nada, você sabe.

— Olha, se ele não fosse irmão do Elliot, eu diria coisa muito pior. Ele é um verdadeiro maníaco por controle. Não sei como você aguenta. Eu estava tentando provocar ciúmes nele, dar uma mãozinha para ele resolver os tais problemas de compromisso. — Ela levanta as mãos na defensiva. — Mas se você não quer que eu me meta, não me meto — diz ela precipitadamente diante da minha cara fechada.

— Ótimo. A vida com o Christian já é suficientemente complicada, pode acreditar.

Putz, estou falando igual a ele.

— Ana. — Ela faz uma pausa, olhando para mim. — Você está bem, não está? Não está indo para a casa da sua mãe para fugir?

Enrubesço.

— Não, Kate. Foi você que disse que eu precisava de descanso.

Ela reduz a distância entre nós e pega minha mão — um gesto nada típico dela. *Ah não...* as lágrimas ameaçam correr.

— Você está, sei lá... diferente. Espero que esteja bem, e sejam quais forem os problemas que esteja tendo com o Sr. Ricaço, pode falar comigo. E vou tentar não provocá-lo, embora, francamente, provocá-lo seja a coisa mais fácil do mundo. Olha, Ana, se há algum problema, me conte, não vou julgar. Vou tentar entender.

Contenho as lágrimas.

— Ah, Kate. — Dou um abraço apertado nela. — Estou começando a achar que realmente me apaixonei por ele.

— Ana, qualquer um pode ver isso. E ele se apaixonou por você. Ele está louco por você. Não consegue desgrudar os olhos.

Rio, insegura.

— Você acha?

— Ele não disse?

— Não com tantas palavras.

— Você disse a ele?

— Não com tantas palavras.

Dou de ombros como quem pede desculpas.

— Ana! Alguém tem que dar o primeiro passo, do contrário vocês não vão a lugar nenhum.

Mas... dizer a ele como eu me sinto?

— Tenho medo de que ele se assuste com isso e fuja.

— E como sabe que ele não está sentindo a mesma coisa?

— Christian, assustado? Não consigo imaginá-lo assustado com nada.

Ao dizer isso, imagino-o quando criança. Vai ver que, naquela época, o temor era o único sentimento que ele conhecia. Essa ideia me deixa com o coração apertado.

— Vocês dois precisam sentar e conversar.

— A gente não anda conversando muito ultimamente.

Enrubesço. Temos feito outras coisas. Comunicação não verbal, e isso é bom. Bem, muito mais que bom. Ela sorri.

— Mas estão transando! Se isso está indo bem, então é meio caminho andado, Ana. Vou comprar comida chinesa. Está pronta para partir?

— Quase. Só temos que sair daqui a umas duas horas mais ou menos.

— Volto em vinte minutos.

Ela pega o casaco e sai, esquecendo de fechar a porta, que bato depois que ela passa. Vou para o quarto, ruminando as palavras dela.

Será que Christian tem medo do que sente por mim? Será que chega a sentir algo por mim? Ele parece muito interessado, diz que sou dele, mas isso simplesmente faz parte daquele seu eu Dominador maníaco por controle que precisa ter tudo que deseja, com certeza. Percebo que, enquanto estiver fora, terei que recapitular todas as nossas conversas e ver se consigo identificar sinais reveladores.

Também vou sentir sua falta... mais do que você imagina...

Você me seduziu totalmente.

Balanço a cabeça. Não quero pensar nisso agora. Deixei o BlackBerry carregando, e, portanto, não o tive comigo a tarde inteira. Aproximo-me dele com cautela e fico desapontada por não encontrar nenhuma mensagem. Ligo a máquina do mal, e também não encontro nada ali. *É o mesmo endereço de e-mail, Ana* — meu inconsciente revira os olhos para mim, e, pela primeira vez, entendo por que Christian quer me bater quando faço isso.

Tudo bem. Bom, vou escrever para ele.

De: Anastasia Steele
Assunto: Entrevistas
Data: 30 de maio de 2011 18:49
Para: Christian Grey

Prezado Senhor,
Minhas entrevistas de hoje correram bem.

Pensei que poderia se interessar.

Como foi o seu dia?

Ana

Sento-me e fico olhando para a tela. As respostas de Christian em geral são instantâneas. Espero... e espero, e, finalmente, ouço o ruído bem-vindo da minha caixa de entrada.

De: Christian Grey
Assunto: Meu dia
Data: 30 de maio de 2011 19:03
Para: Anastasia Steele

Prezada Srta. Steele,

Tudo o que você faz me interessa. Você é a mulher mais fascinante que conheço.

Gostei de saber que suas entrevistas correram bem.

Minha manhã superou todas as expectativas.

Em comparação, minha tarde foi muito aborrecida.

Christian Grey
CEO, Grey Enterprises Holdings, Inc.

De: Anastasia Steele
Assunto: Manhã ótima
Data: 30 de maio de 2011 19:05
Para: Christian Grey

Prezado Senhor,

A manhã foi exemplar para mim, também, embora eu tenha me assustado com sua atitude depois do impecável sexo na mesa. Não pense que não reparei.

Agradeço pelo café da manhã. Ao senhor ou à Sra. Jones.

Eu gostaria de lhe fazer umas perguntas sobre ela — sem que o senhor volte a ficar esquisitérrimo.

Ana.

Meu dedo paira sobre o botão "enviar", e o fato de que amanhã a essa hora estarei do outro lado do país me tranquiliza.

De: Christian Grey
Assunto: O mercado editorial e você?
Data: 30 de maio de 2011 19:10
Para: Anastasia Steele

Anastasia,

"Esquisitérrimo" não é uma expressão que deva ser usada por alguém que queira entrar no mercado editorial. Impecável? Comparado a quê? Esclareça, por favor. E o que precisa perguntar sobre a Sra. Jones? Estou intrigado.

Christian Grey
CEO, Grey Enterprises Holdings, Inc.

De: Anastasia Steele
Assunto: Você e a Sra. Jones
Data: 30 de maio de 2011 19:17
Para: Christian Grey

Prezado Senhor,

A língua é dinâmica e evolui. Trata-se de uma coisa orgânica. Não está presa em uma torre de marfim com um heliporto no teto e dominando quase toda Seattle, cheia de obras de arte caras penduradas nas paredes.

Impecável em comparação com as outras vezes em que... qual é sua palavra... ah, sim... fodemos. Na verdade a foda foi impecável, ponto, em minha humilde opinião. Mas, como sabe, minha experiência é muito limitada.

A Sra. Jones é uma ex-sub sua?

Ana

Meu dedo paira mais uma vez sobre o botão "enviar", e aperto-o.

De: Christian Grey
Assunto: Língua. Cuidado com o que fala!
Data: 30 de maio de 2011 19:22
Para: Anastasia Steele

Anastasia,

A Sra. Jones é uma funcionária valiosa. Nunca tive qualquer relação com ela além da profissional. Não emprego ninguém com quem eu tenha tido relações sexuais. Fico chocado que você pense isso. A única pessoa para quem eu abriria uma exceção é você — porque é uma moça inteligente com extraordinárias habilidades de negociação. Contudo, se continuar a usar tal palavreado, posso reconsiderar admiti-la aqui. Ainda bem que tem experiência limitada. Sua experiência continuará sendo limitada — só para mim. Considerarei impecável um elogio, embora, com você, eu nunca tenha certeza se isso é o que quer dizer ou se sua ironia levou a melhor — como sempre.

Christian Grey
CEO, Grey Enterprises Holdings, Inc., de sua Torre de Marfim.

De: Anastasia Steele
Assunto: Nem por todo o chá da China
Data: 30 de maio de 2011 19:27
Para: Christian Grey

Prezado Sr. Grey,

Acho que já manifestei minhas reservas quanto a trabalhar em sua empresa. Minha opinião em relação a isso não mudou, não está mudando nem mudará nunca. Tenho que deixá-lo, pois Kate já voltou com a comida. Minha ironia e eu lhe desejamos uma boa noite.

Entrarei em contato com o senhor quando chegar à Geórgia.

Ana

De: Christian Grey
Assunto: Nem o chá Twinings English Breakfast?
Data: 30 de maio de 2011 19:29
Para: Anastasia Steele

Boa noite, Anastasia.
Espero que você e sua ironia façam uma boa viagem.

Christian Grey
CEO, Grey Enterprises Holdings, Inc.

Kate e eu paramos em frente à área de desembarque do terminal do Aeroporto Sea-Tac. Ela me dá um abraço.

— Aproveite Barbados, Kate. Ótimas férias para você.

— Até a volta. Não deixe o velho ricaço consumi-la.

— Não vou deixar.

Tornamos a nos abraçar — e então fico sozinha. Dirijo-me ao check-in e fico na fila, esperando com minha bagagem de mão. Não me preocupei com mala, só trouxe a mochila que Ray me deu em meu último aniversário.

— A passagem, por favor.

O jovem entediado atrás do balcão estende a mão sem me olhar.

Espelhando seu tédio, entrego a passagem e minha carteira de motorista como identificação. Estou torcendo por um lugar na janela se for possível.

— Tudo bem, Srta. Steele. A senhora teve um *upgrade* para a primeira classe.

— O quê?

— Se a senhora quiser ir para a sala da primeira classe e aguardar lá o voo...

Parece que ele acordou e está sorrindo para mim como se eu fosse o Papai Noel ou o Coelhinho da Páscoa.

— Com certeza há algum engano.

— Não, não. — Ele torna a olhar a tela do computador. — Anastasia Steele: *upgrade*. Ele dá um sorriso forçado.

Epa. Aperto os olhos. Ele me entrega o cartão de embarque, e me dirijo à sala da primeira classe resmungando baixinho. Maldito Christian Grey, maníaco por controle intrometido — ele simplesmente não consegue deixar ninguém em paz.

CAPÍTULO VINTE E DOIS

aço as unhas, uma massagem e já tomei duas taças de champanhe. A sala da primeira classe tem muitas vantagens. A cada gole de Moët, sinto-me ligeiramente mais propensa a perdoar Christian e sua intervenção. Abro o MacBook, esperando testar a teoria de que ele funciona em qualquer lugar do planeta.

De: Anastasia Steele
Assunto: Gestos excessivamente extravagantes
Data: 30 de maio de 2011 21:53
Para: Christian Grey

Prezado Sr. Grey,

O que realmente me deixa alarmada é como soube em que voo eu estava.

Sua perseguição não conhece limites. Esperemos que o Dr. Flynn já tenha voltado das férias.

Fiz as unhas, uma massagem nas costas e tomei duas taças de champanhe — uma forma muito agradável de começar minha viagem.

Obrigada.

Ana

De: Christian Grey
Assunto: Não há de quê
Data: 30 de maio de 2011 21:59
Para: Anastasia Steele

Cara Srta. Steele,

O Dr. Flynn já voltou, e tenho uma consulta esta semana.

Quem fez a massagem nas suas costas?

Christian Grey
CEO com amigos nos lugares certos,
Grey Enterprises Holdings, Inc.

A-há! Tempo de recuperação do investimento. Nosso voo foi chamado, então tenho que lhe mandar um e-mail do avião. Será mais seguro. Quase me abraço com uma alegria travessa.

A PRIMEIRA CLASSE é muito espaçosa. Com um coquetel de champanhe em punho, instalo-me na suntuosa poltrona de couro ao lado da janela enquanto a cabine vai enchendo devagar. Ligo para Ray para lhe contar onde estou — uma ligação curta, felizmente, pois é muito tarde para ele.

— Te amo, pai — murmuro.
— Boa noite.
Desligo.
Ray parece estar bem. Fico olhando para o meu Mac, e, com a mesma alegria infantil crescendo, abro o laptop e acesso meu e-mail.

De: Anastasia Steele
Assunto: Mãos fortes e competentes
Data: 30 de maio de 2011 22:22
Para: Christian Grey

Prezado Senhor,
Um rapaz muito agradável massageou minhas costas. Sim. Muito agradável mesmo. Eu não teria conhecido Jean-Paul na sala de embarque normal — portanto, obrigada mais uma vez por este presente. Não sei se é permitido enviar e-mails depois da decolagem, e preciso do meu sono de beleza, já que não ando dormindo muito bem ultimamente.

Durma bem, Sr. Grey.
Pensando no senhor,

Ana

Ah, ele vai ficar uma fera — e eu estarei no ar e inalcançável. Bem-feito. Se eu estivesse na sala de embarque normal, Jean-Paul não teria posto as mãos em mim. Ele era um rapaz muito simpático, louro e com um bronzeado artificial — francamente, quem é bronzeado em Seattle? Simplesmente não dá. Acho que ele era gay — mas vou guardar esse detalhe só para mim. Fico olhando para meu e-mail. Kate tem razão. Com ele, não precisa de muito. Meu inconsciente me olha de cara feia. *Quer mesmo provocá-lo? Ele foi um amor com você, você sabe! Ele gosta de você e quer que você viaje com estilo.* Sim, mas poderia ter me perguntado ou me avisado. Não me deixar com cara de idiota no check-in. Aperto "enviar" e aguardo, sentindo-me uma garota muito má.

— Srta. Steele, a senhora vai precisar guardar seu laptop para a decolagem — diz educadamente a comissária supermaquiada. Ela me dá um susto. Minha consciência culpada está em ação.

— Ah, sinto muito.

Merda. Agora vou ter que esperar para ver se ele respondeu. A comissária me entrega uma manta e um cobertor macios, mostrando os dentes perfeitos. Coloco a manta nos joelhos. Às vezes é bom a gente se sentir mimada.

A primeira classe encheu, a não ser por um lugar ao meu lado, que continua desocupado. *Ah, não...* uma ideia perturbadora me passa pela cabeça. *Vai ver que a poltrona é do Christian.* Ah, merda... não... ele não faria isso. Faria? Eu lhe disse que não queria que viesse comigo. Olho aflita para o relógio, e aí a voz impessoal da cabine de comando anuncia: "Tripulação, portas em automático, preparar para a decolagem."

O que significa isso? Estão fechando as portas? Fico na expectativa, o couro cabeludo formigando e o coração disparado. A poltrona ao meu lado é a única desocupada na cabine de dezesseis lugares. O avião sacode ao se afastar do portão de embarque, e suspiro aliviada mas um pouco decepcionada também... nada de Christian durante quatro dias. Dou uma olhada no BlackBerry.

De: Christian Grey
Assunto: Aproveite enquanto pode
Data: 30 de maio de 2011 22:25
Para: Anastasia Steele

Cara Srta. Steele,
Sei o que está tentando fazer — e pode acreditar, conseguiu. Da próxima vez, você estará no porão de carga, amarrada e amordaçada dentro de um caixote.

Acredite em mim quando digo que tê-la nesse estado me dará muito mais prazer do que simplesmente fazer um *upgrade* na sua passagem.

Aguardo ansioso a sua volta.

Christian Grey
CEO Com Coceira na Mão
Grey Enterprises Holdings, Inc.

Puta merda. Esse é o problema com o humor de Christian — nunca posso ter certeza se ele está brincando ou se está zangado de verdade. Desconfio neste momento que ele esteja zangado de verdade. Disfarçadamente, para a comissária não ver, digito uma resposta embaixo da manta.

De: Anastasia Steele
Assunto: Brincadeira?
Data: 30 de maio de 2011 22:30
Para: Christian Grey

Não sei se está brincando — e, se não estiver, acho que ficarei na Geórgia. Caixotes são limites rígidos para mim. Desculpe por tê-lo irritado. Diga que me perdoa.

A

De: Christian Grey
Assunto: Brincadeira
Data: 30 de maio de 2011 22:31
Para: Anastasia Steele

Como pode estar mandando e-mail? Está colocando em risco a vida de todo mundo a bordo, inclusive a sua, usando o BlackBerry? Acho que isso infringe uma das regras.

Christian Grey
CEO Com Coceira nas Duas Mãos
Grey Enterprises Holdings, Inc.

Duas mãos! Guardo o BlackBerry, endireito-me na poltrona enquanto o avião taxia para a pista de decolagem, e pego meu exemplar em frangalhos de *Tess* —

uma leitura leve para a viagem. Uma vez no ar, inclino a poltrona, e logo estou dormindo.

A comissária me acorda quando iniciamos a descida para Atlanta. A hora local cinco e quarenta e cinco da manhã, mas só dormi mais ou menos umas quatro horas... Estou grogue, porém agradecida pelo copo de suco de laranja que ela me entrega. Olho aflita para o BlackBerry. Não há mais e-mails de Christian. Bem, são quase três da manhã em Seattle, e ele provavelmente quer me impedir de atrapalhar os equipamentos eletrônicos do avião ou seja o que for que impeça os aviões de voarem se houver telefones celulares ligados.

A ESPERA EM ATLANTA é só de uma hora. E, mais uma vez, estou me deleitando na sala da primeira classe. Fui tentada a me deitar encolhida num dos sofás fofos e convidativos que afundam sob meu peso. Mas não vai dar tempo. Para me manter acordada, começo a escrever no laptop um longo e-mail para Christian deixando fluir tudo o que me vem à cabeça.

De: Anastasia Steele
Assunto: Você gosta de me assustar?
Data: 31 de maio de 2011 06:52 LESTE
Para: Christian Grey

Você sabe o quanto eu não gosto que você gaste dinheiro comigo. Sim, você é muito rico, mas mesmo assim isso me deixa constrangida, como se você estivesse me pagando pelo sexo. No entanto, gosto de viajar de primeira classe, é muito mais civilizado do que de econômica. Então, obrigada. Estou sendo sincera — e gostei, sim, da massagem do Jean-Paul. Ele era muito gay. Omiti isso no meu e-mail para provocá-lo, porque estava irritada com você, e sinto muito por isso.

Mas, como sempre, sua reação é exagerada. Você não pode escrever coisas assim para mim — amarrada e amordaçada dentro de um caixote. (Você falou sério ou era brincadeira?) Isso me assusta... você me assusta... estou completamente envolvida por seu encanto, considerando um estilo de vida com você que eu nem sabia que existia até a semana passada, e aí você escreve uma coisa assim e quero fugir aos gritos para as montanhas. Não vou fazer isso, claro, porque sentiria sua falta. Sentiria mesmo. Quero que a gente dê certo, mas estou apavorada com a profundidade do sentimento que tenho por você e com o caminho escuro para onde você está me levando. O que está oferecendo é erótico e sensual, e tenho curiosidade, mas também tenho medo de que você me machuque — física e emocionalmente. Depois de três meses, você poderia dizer adeus, e como é que vou ficar se você fizer isso? Embora tenha de admitir que esse risco existe em qualquer relacionamento. Este não é o tipo de relação que algum dia imaginei ter, especialmente para a primeira. Isso é um enorme passo para mim.

Você tinha razão ao dizer que eu não possuía um único osso submisso no corpo... e concordo com você agora. Tendo dito isso, quero estar com você, e se isso for o que tenho que fazer, eu gostaria de tentar, mas acho que não vai dar certo e vou acabar toda roxa — não fico nem um pouco entusiasmada com essa ideia.

Gostei muito de você ter dito que se esforçará mais. Só preciso pensar no que "mais" significa para mim, e essa é uma das razões pelas quais eu queria um pouco de distância. Você me deslumbra tanto que tenho dificuldade de pensar com clareza quando estamos juntos.

Estão chamando meu voo. Tenho que ir.

Depois continuo.

Sua Ana.

Aperto "enviar" e me dirijo sonolenta ao portão de embarque para tomar o outro avião. Este só tem seis lugares na primeira classe, e, quando estamos no ar, me encolho embaixo da manta macia e adormeço.

Mais cedo do que eu gostaria, sou acordada pela comissária me oferecendo mais suco de laranja ao iniciarmos a aproximação do Aeroporto Internacional de Savannah. Bebo lentamente, para lá de cansada, e me permito sentir um mínimo de excitação. Não vejo minha mãe há seis meses. Dando outra olhada disfarçada no BlackBerry, me lembro vagamente de ter enviado um e-mail longo e desconexo a Christian — mas não há resposta. São cinco da manhã em Seattle. Tomara que ele ainda esteja dormindo e não tocando lamentos tristes ao piano.

A PARTE BOA de viajar só com bagagem de mão é que é possível sair despreocupadamente do aeroporto sem esperar a vida inteira pelas malas nas esteiras. A parte boa de viajar de primeira classe é que deixam a gente desembarcar primeiro.

Minha mãe está esperando com Bob, e é muito bom vê-los. Não sei se é por causa da exaustão, da viagem longa ou de toda a situação com Christian, mas assim que minha mãe me abraça começo a chorar.

— Ah, Ana, querida. Você deve estar muito cansada.

Ela olha aflita para Bob.

— Não, mãe, é só que... estou muito feliz em ver você.

Dou um abraço apertado nela, e é um contato gostoso e acolhedor, como o lar. Com relutância, solto-a, e Bob me abraça sem jeito com um braço só. Ele parece meio trôpego, e me lembro que machucou a perna.

— Seja bem-vinda, Ana. Por que está chorando? — pergunta.

— Ai, Bob, só estou feliz em ver você também.

Olho para seu bonito rosto quadrado e seus brilhantes olhos azuis que me fitam com carinho. Gosto desse marido, mãe. Pode ficar com ele. Ele pega minha mochila.

— Nossa, Ana, o que você tem aí?

Deve ser o Mac, e vamos os três abraçados para o estacionamento.

Sempre me esqueço do calor insuportável que faz em Savannah. Saindo dos limites refrigerados do terminal de desembarque, entramos no calor da Geórgia como se o estivéssemos vestindo. *Ufa!* Ele mina tudo. Preciso me desvencilhar do abraço de mamãe e de Bob para tirar o casaco de capuz. Ainda bem que trouxe uns shorts. Às vezes sinto falta do calor seco de Las Vegas, onde morei com mamãe e Bob aos dezessete anos, mas custo a me acostumar com este calor úmido, mesmo às oito e meia da manhã. Quando estou no banco traseiro do utilitário esportivo Tahoe maravilhosamente refrigerado, sinto-me fraca, e meu cabelo já iniciou um protesto frisado diante do calor. Ali no Tahoe, rapidamente envio uma mensagem de texto para Ray, Kate e Christian:

> *Cheguei bem em Savannah. Λ :)*

Penso rapidamente em José ao apertar "enviar", e, através da névoa do meu cansaço, lembro-me de que a exposição é semana que vem. Será que eu devia convidar Christian, sabendo como ele se sente em relação a José? Será que Christian ainda vai querer me ver depois daquele e-mail? Estremeço ao pensar nisso, e então tiro o assunto da cabeça. Vou tratar disso depois. No momento, vou aproveitar a companhia de minha mãe.

— Querida, você deve estar cansada. Vai querer dormir quando chegar em casa?

— Não, mãe. Eu queria ir à praia.

Estou com meu maiô frente-única azul, tomando uma Coca Diet, numa espreguiçadeira de frente para o Oceano Atlântico. E pensar que ontem mesmo eu estava contemplando o Estuário na direção do Pacífico. Minha mãe está instalada a meu lado com um chapéu absurdamente grande à la Jackie O, bebendo a Coca dela. Estamos na Praia da Ilha Tybee, só a três quarteirões lá de casa. Ela segura minha mão. Meu cansaço desapareceu, e ali tostando ao sol, sinto-me confortável, segura, aquecida. Pela primeira vez em séculos, começo a relaxar.

— Então, Ana... me conte sobre esse homem que está deixando você nessa confusão toda.

Confusão! Como ela pode saber? O que vou dizer? Não posso entrar em maiores detalhes sobre Christian por causa do termo de confidencialidade, mas, apesar disso, será que eu escolheria falar com minha mãe sobre isso? Fico lívida com essa ideia.

— E então? — provoca ela, e aperta minha mão.

— O nome dele é Christian. Ele é muito bonito. É rico... rico demais. É muito complicado e instável.

Sim — estou felicíssima com minha síntese precisa e acurada. Viro de lado para ficar de frente para ela, na hora que ela faz o mesmo movimento. Ela me olha com aqueles olhos azul-claros.

— Complicado e instável são duas informações sobre as quais quero me concentrar, Ana.

Ah, não...

— Ah, mãe, as oscilações de humor dele me deixam tonta. Ele teve uma criação triste, e é muito fechado, difícil de avaliar.

— Você gosta dele?

— Gosto demais dele.

— É mesmo?

Ela me olha boquiaberta.

— Sim, mãe.

— Os homens são muito complicados, Ana, querida. São criaturas muito simples e literais. Normalmente o que eles falam é o que pensam mesmo. E a gente passa horas tentando analisar o que falaram, quando está na cara. Se eu fosse você, eu o tomaria ao pé da letra. Isso poderia ajudar.

Olho para ela pasma. Parece um bom conselho. Tomar Christian ao pé da letra. Na mesma hora, me vêm à cabeça umas coisas que ele disse.

Não quero perder você...

Você me enfeitiçou...

Você me seduziu completamente...

Vou sentir sua falta, também... mais do que você pensa.

Olho para minha mãe. Ela *está* no quarto casamento. Talvez saiba alguma coisa sobre os homens afinal de contas.

— Quase todos os homens são mal-humorados, querida, uns mais que outros. Pense no seu pai, por exemplo...

Ela fica com um olhar meigo e tristonho sempre que pensa em meu pai. Meu pai verdadeiro, esse homem mítico que não conheci, arrebatado da gente de forma tão cruel num acidente de treino de combate quando era da marinha. Uma parte minha acha que minha mãe anda procurando meu pai esse tempo todo... talvez finalmente tenha encontrado o que procura em Bob. Pena que não conseguiu encontrar com Ray.

— Eu achava que seu pai era mal-humorado. Mas quando olho para trás, só acho que ele estava muito envolvido com o trabalho dele e tentando nos sustentar. — Ela suspira. — Era muito jovem, nós dois éramos. Talvez a questão fosse essa.

Humm... Christian não é exatamente velho. Sorrio com carinho para ela. Ela é capaz de ficar muito emotiva falando do meu pai, mas tenho certeza de que ele não tinha nada dos maus humores de Christian.

— Bob quer nos levar para jantar fora hoje. No clube de golfe dele.

— Ah, não! O Bob começou a jogar golfe?

Debocho incrédula.

— Nem me fale — reclama minha mãe, revirando os olhos.

Após um almoço leve em casa, começo a desfazer a mala. E vou me dar o capricho de um cochilo. Minha mãe desapareceu para moldar umas velas ou o que quer que ela faça com elas, e Bob está no trabalho, de modo que tenho tempo de botar o sono em dia. Ligo o Mac. São duas da tarde na Geórgia, onze da manhã em Seattle. Pergunto-me se tenho uma resposta de Christian. Com agitação, abro meu e-mail.

De: Christian Grey
Assunto: Finalmente!
Data: 31 de maio de 2011 07:30
Para: Anastasia Steele

Anastasia,
Estou aborrecido porque, assim que a gente se afasta um pouco, você se comunica aberta e honestamente comigo. Por que não pode fazer isso quando estamos juntos?

Sim, eu sou rico. Vá se acostumando com isso. Por que eu não deveria gastar dinheiro com você? Já contamos a seu pai que sou seu namorado, pelo amor de Deus. Não é o que os namorados fazem? Como seu Dominador, eu esperaria que você aceitasse sem discutir o que quer que eu gaste com você. Por falar nisso, conte a sua mãe, também.

Não sei como responder a seu comentário sobre se sentir uma puta. Sei que não foi isso que escreveu, mas é o que sugere. Não sei o que posso dizer ou fazer para erradicar esses sentimentos. Eu gostaria que você tivesse tudo do melhor. Dou um duro extraordinário para poder gastar meu dinheiro como achar melhor. Eu poderia lhe comprar o que você quisesse, Anastasia, e quero comprar. Chame isso de redistribuição de riqueza, se quiser. Ou saiba simplesmente que eu não pensaria, nem jamais poderia pensar em você do jeito que você descreveu, e fico furioso por ser esta a maneira como você se vê. Para uma moça tão inteligente, espirituosa e bonita, você tem alguns autênticos problemas de autoestima, e me dá vontade de marcar uma consulta para você com o Dr. Flynn.

Peço desculpas por tê-la assustado. Acho abominável a ideia de lhe causar medo. Acha mesmo que eu iria deixá-la viajar no porão? Ofereci-lhe meu jato particular, por favor. Sim, foi uma brincadeira, de mau gosto, é óbvio. No entanto, o fato é que pensar em você amarrada e amordaçada me excita (isso não é brincadeira — é verdade). Posso ficar sem o caixote: não ligo para caixotes. Sei que você tem problemas com amordaçamento, já falamos sobre isso, e se/ou quando eu amordaçá-la, vamos discutir antes. O que acho que você não percebe é que, em relações Dom/sub, é a sub que tem todo o poder. Não eu. No ancoradouro você disse não. Não posso tocar em você se você disser não; por isso temos um contrato — o que você fará e o que não fará. Se experimentarmos coisas e você não gostar, podemos rever o contrato. Isso é com você, não comigo. E se você não quiser ser amarrada e amordaçada dentro de um caixote, então isso não vai acontecer.

Quero compartilhar meu estilo de vida com você. Eu nunca quis tanto uma coisa. Francamente, estou assombrado com você, com o fato de uma pessoa tão inocente estar disposta a tentar. Isso me diz mais do que você jamais poderia imaginar. Você não consegue ver que estou envolvido pelo seu encanto, também, embora eu já tenha lhe dito isso inúmeras vezes. Não quero perdê-la. Estou aflito por você ter viajado quase cinco mil quilômetros para se afastar de mim por uns dias, porque não consegue pensar com clareza perto de mim. É a mesma coisa comigo, Anastasia. Perco o juízo quando estamos juntos — esta é a profundidade do meu sentimento por você.

Entendo seu nervosismo. Tentei, sim, ficar longe de você. Eu sabia que você não tinha experiência, embora eu jamais a tivesse perseguido se soubesse exatamente quão inocente você era — e no entanto você ainda consegue me desarmar completamente de um jeito que ninguém conseguiu antes. Seu e-mail, por exemplo: Li-o e reli-o inúmeras vezes tentando entender seu ponto de vista. Três meses é uma quantidade de tempo arbitrária. Poderíamos estabelecer seis meses, um ano? Quanto tempo quer que seja? O que a deixaria confortável? Diga.

Entendo que se trate de um grande passo para você. Tenho que ganhar sua confiança, mas, do mesmo modo, você tem que me avisar quando eu não estiver conseguindo fazer isso. Você parece muito forte e independente, e aí eu leio o que você escreveu aqui, e vejo outro lado seu. Temos que guiar um ao outro, Anastasia, e só você pode me dar as deixas. Você tem que ser honesta comigo, e temos que encontrar um jeito de fazer este acordo funcionar.

Você se preocupa em não ser submissa. Bem, talvez isso seja verdade. Dito isso, você só assume a atitude correta de uma sub no quarto de jogos. Parece que é o único lugar em que me deixa exercer um controle adequado sobre você e é o único lugar em que você obedece. "Exemplar" é o termo que me ocorre. E eu nunca bateria em você para deixá-la roxa, meu objetivo é o cor--de-rosa. Fora do quarto de jogos, gosto que você me desafie. Trata-se de uma experiência muito nova e revigorante, e eu não iria querer mudar isso. Portanto, sim, me diga o que quer em termos de mais. Vou me esforçar para conservar a mente aberta, e tentarei lhe dar o espaço de que precisa e ficar longe de você enquanto estiver na Geórgia. Aguardo com ansiedade seu próximo e-mail.

Enquanto isso, divirta-se. Mas não exagere.

Christian Grey
CEO, Grey Enterprises Holdings, Inc.

Puta merda. Ele escreveu uma redação, como se estivéssemos de novo na escola — *e a maior parte dela é boa.* Releio apavorada a sua epístola, e me encolho na cama extra praticamente abraçada com o Mac. Estabelecer o prazo de um ano para nosso acordo? Tenho esse poder? Putz, vou ter que pensar nisso. *Tomar suas palavras ao pé da letra,* é o que minha mãe diz. Ele não quer me perder. Já disse isso duas vezes! Quer fazer com que isso dê certo. *Ah, Christian, eu também!* Ele vai tentar ficar longe! Será que isso significa que poderia não conseguir ficar? De repente, torço para que não consiga. Quero vê-lo. Estamos afastados há menos de vinte e quatro horas, e, sabendo que vou ficar quatro dias sem poder vê-lo, percebo o quanto sinto sua falta. O quanto o amo.

— Ana, querida.
A voz é meiga e carinhosa, cheia de amor e doces lembranças do passado.

Sinto uma mão delicada passando em meu rosto. Minha mãe me acorda, e estou agarrada com o laptop.

— Ana, meu amor — continua ela com aquela voz macia e musical enquanto pisco sonolenta na claridade rosada do crepúsculo.

— Oi, mãe.

Espreguiço-me e sorrio.

— Vamos sair para jantar em meia hora. Você quer vir? — pergunta ela de maneira amável.

— Ah, sim, mãe, claro.

Tento, mas não consigo conter um bocejo.

— É um objeto impressionante.

Ela aponta para o laptop.

Ah, merda.

— Ah... isso? — digo buscando um tom displicente e surpreso.

Será que mamãe vai notar? Ela parece ter ficado mais esperta depois que arranjei um "namorado".

— Christian me emprestou. Acho que eu poderia pilotar um ônibus espacial com isso, mas só uso para mandar e-mails e ter acesso à internet.

Realmente, não é nada. Olhando desconfiada para mim, ela se senta na cama e coloca atrás da minha orelha um cacho de cabelo que se soltou.

— Ele escreveu para você?

Ah, puta merda.

— Escreveu.

Minha displicência está minguando, e enrubesço.

— Vai ver que ele está sentindo sua falta, não é?

— Espero que sim, mãe.

— O que ele diz?

Droga. Tento freneticamente pensar em alguma parte daquele e-mail que eu possa contar a minha mãe. Tenho certeza de que ela não quer ouvir sobre Dominadores nem sobre seu hábito de amarrar e amordaçar, mas não posso mesmo lhe contar porque existe o Termo de Confidencialidade.

— Ele disse para eu me divertir mas não exagerar.

— Isso é razoável. Vou deixar você se aprontar, querida. — Ela se inclina e beija minha testa. — Estou muito feliz por estar aqui, Ana. É ótimo ver você.

E com essa declaração de amor, ela se retira.

Hum, Christian e razoável... dois conceitos que julguei serem mutuamente excludentes, mas depois do e-mail dele, talvez tudo seja possível. Vou precisar de tempo para digerir suas palavras. Provavelmente depois do jantar — e posso lhe responder então. Levanto da cama, tiro depressa a camiseta e o short e vou para o chuveiro.

Trouxe o vestido frente única de Kate que usei na formatura. É a única peça formal que tenho. Uma vantagem do calor é que a roupa desamassa, então acho que vai dar para ir com esse vestido ao clube de golfe. Enquanto me visto, abro o laptop. Não há novidade nenhuma de Christian, e fico decepcionada. Muito rapidamente, digito um e-mail para ele.

De: Anastasia Steele
Assunto: Loquaz?
Data: 31 de maio de 2011 19:08 LESTE
Para: Christian Grey

Senhor, o senhor é um escritor muito prolixo. Tenho que ir jantar no clube de golfe de Bob, e, só para sua informação, estou revirando os olhos para a ideia. Mas como sua pessoa e sua mão coçando estão muito longe de mim, meu traseiro está seguro, por ora. Adorei seu e-mail. Responderei quando puder. Já sinto sua falta.

Aproveite a tarde.

Sua Ana

De: Christian Grey
Assunto: Seu traseiro
Data: 31 de maio de 2011 16:10
Para: Anastasia Steele

Prezada Srta. Steele,
O título deste e-mail está me distraindo. Não é preciso dizer que ele *está* seguro — por ora.

Aproveite o jantar, e eu também sinto sua falta, especialmente do seu traseiro e das suas gracinhas.

Minha tarde será monótona, animada apenas pelos meus pensamentos em você e em seu hábito de revirar os olhos. Acho que foi você que tão acertadamente me mostrou que eu também tenho esse costume desagradável.

Christian Grey
CEO e Revirador de Olhos
Grey Enterprises Holdings, Inc.

De: Anastasia Steele
Assunto: Revirar os olhos
Data: 31 de maio de 2011 19:14 LESTE
Para: Christian Grey

Caro Sr. Grey,
Pare de me enviar e-mails. Estou tentando me aprontar para o jantar. Você me distrai muito, mesmo quando está do outro lado do país. E, sim — quem bate em você quando revira os olhos?

Sua Ana

Aperto em "enviar", e imediatamente a imagem daquela bruxa má da Mrs. Robinson me vem à cabeça. Simplesmente não consigo imaginar. Christian apanhando de uma pessoa da idade da minha mãe, simplesmente não dá. De novo me pergunto se isso lhe causou muitos danos. Minha boca se contrai numa expressão triste. Preciso de uma boneca de vodu para espetar uns alfinetes, talvez assim eu possa descarregar um pouco da raiva que sinto dessa mulher estranha.

De: Christian Grey
Assunto: Seu traseiro
Data: 31 de maio de 2011 16:18
Para: Anastasia Steele

Cara Srta. Steele,
Ainda prefiro meu título ao seu, em vários aspectos. Ainda bem que sou o mestre do meu próprio destino e ninguém me castiga. A não ser minha mãe, às vezes, e o Dr. Flynn, claro. E você.

Christian Grey
CEO, Grey Enterprises Holdings, Inc.

De: Anastasia Steele
Assunto: Castigar... Eu?
Data: 31 de maio de 2011 19:22 LESTE
Para: Christian Grey

Prezado senhor,
Quando já tive coragem de castigá-lo? Acho que está me confundindo com outra pessoa... o que é muito preocupante. Realmente tenho que me aprontar.

Sua Ana

De: Christian Grey
Assunto: Seu traseiro
Data: 31 de maio de 2011 16:25
Para: Anastasia Steele

Cara Srta. Steele,
Você faz isso o tempo todo por escrito. Posso fechar o zíper do seu vestido?

Christian Grey
CEO, Grey Enterprises Holdings, Inc.

Por algum motivo desconhecido, as palavras dele saltam da tela e me fazem arquejar. Ah... ele quer fazer um joguinho.

De: Anastasia Steele
Assunto: Conteúdo adulto
Data: 31 de maio de 2011 19:28 LESTE
Para: Christian Grey

Eu preferiria que você o abrisse.

De: Christian Grey
Assunto: Cuidado com o que deseja...

Data: 31 de maio de 2011 16:31
Para: Anastasia Steele

EU TAMBÉM.

Christian Grey
CEO, Grey Enterprises Holdings, Inc.

De: Anastasia Steele
Assunto: Arfando
Data: 31 de maio de 2011 19:33 LESTE
Para: Christian Grey

Devagarinho...

De: Christian Grey
Assunto: Gemendo...
Data: 31 de maio de 2011 16:35
Para: Anastasia Steele

Eu queria estar aí.

Christian Grey
CEO, Grey Enterprises Holdings, Inc.

De: Anastasia Steele
Assunto: Gemendo
Data: 31 de maio de 2011 19:37 LESTE
Para: Christian Grey

EU TAMBÉM...

— Ana! — Minha mãe me chama, sobressaltando-me. *Merda.* Por que me sinto tão culpada?
— Já vou, mãe.

De: Anastasia Steele
Assunto: Gemendo
Data: 31 de maio de 2011 19:39 LESTE
Para: Christian Grey

Tenho que ir.

Até mais, baby.

Entro correndo no hall, onde Bob e minha mãe aguardam. Minha mãe tem uma expressão preocupada.

— Querida, está se sentindo bem? Está com o rosto vermelho.

— Mãe, estou bem.

— Você está linda, querida.

— Ah, esse vestido é da Kate. Gostou?

Ela faz uma expressão ainda mais preocupada.

— Por que está usando o vestido da Kate?

Ah... não.

— Bom, eu gosto dele e ela não — improviso depressa.

Ela me olha com malícia enquanto Bob destila impaciência com uma cara triste e faminta.

— Amanhã levo você para fazer compras — diz ela.

— Ah, mãe, não precisa. Tenho muita roupa.

— Será que não posso fazer nada pela minha filha? Vamos, Bob está morrendo de fome.

— Estou mesmo — geme Bob, esfregando a barriga e fazendo cara de sofrimento.

Rio e ele revira os olhos, e saímos de casa.

MAIS TARDE, QUANDO estou no banho me refrescando embaixo da água fresca, penso no quanto minha mãe mudou. Pelo que vi no jantar, ela estava na dela: engraçada e sedutora e entre muitos amigos do clube de golfe. Bob estava carinhoso e atencioso... eles parecem fazer muito bem um ao outro. Estou muito feliz por ela. Isso significa que posso parar de me preocupar, de criticar suas decisões e esquecer os dias sombrios do Marido Número Três. Bob é protetor. E ela está me dando bons conselhos. *Desde quando?* Desde que conheci Christian. *Por quê?*

Quando termino, seco-me rapidamente, com muita vontade de voltar para Christian. Há um e-mail à minha espera, enviado logo depois que saí para jantar.

De: Christian Grey
Assunto: Plágio
Data: 31 de maio de 2011 16:41
Para: Anastasia Steele

Você roubou minha fala.

E me deixou louco.

Bom jantar.

Christian Grey
CEO, Grey Enterprises Holdings, Inc.

De: Anastasia Steele
Assunto: Quem é você para gritar pega ladrão?
Data: 31 de maio de 2011 22:18 LESTE
Para: Christian Grey

Senhor, creio que vai descobrir que a fala originalmente era de Elliot.
Louco?

Sua Ana

De: Christian Grey
Assunto: Assunto inacabado
Data: 31 de maio de 2011 19:22
Para: Anastasia Steele

Srta. Steele,
Você voltou. Saiu tão de repente — logo na hora em que as coisas estavam ficando interessantes.

Elliot não é muito original. Deve ter roubado essa fala de alguém.

Como foi o jantar?

Christian Grey
CEO, Grey Enterprises Holdings, Inc.

De: Anastasia Steele
Assunto: Assunto inacabado?
Data: 31 de maio de 2011 22:26 LESTE
Para: Christian Grey

O jantar foi farto — você vai gostar de saber que comi demais.

Ficando interessante? Como?

De: Christian Grey
Assunto: Assunto inacabado — Definitivamente
Data: 31 de maio de 2011 19:30
Para: Anastasia Steele

Está sendo deliberadamente obtusa? Pensei que tivesse simplesmente me pedido para abrir seu zíper.

E eu estava ansioso para fazer exatamente isso. Também gostei de saber que você comeu bem.

Christian Grey
CEO, Grey Enterprises Holdings, Inc.

De: Anastasia Steele
Assunto: Bem... Sempre há o fim de semana
Data: 31 de maio de 2011 22:36 LESTE
Para: Christian Grey

Claro que comi... É só a insegurança que sinto a seu lado que me tira o apetite.

E eu nunca seria obtusa sem querer, Sr. Grey.

Com certeza já deve ter entendido isso. ;)

De: Christian Grey
Assunto: Não posso esperar
Data: 31 de maio de 2011 19:40
Para: Anastasia Steele

Vou me lembrar disso, Srta. Steele, e, sem dúvida, usar essa informação a meu favor.

Lamento saber que lhe tiro o apetite. Julguei provocar um efeito mais concupiscente em você. É o efeito que ando experimentando, e é muito prazeroso, também.

Aguardo com muita ansiedade a próxima vez.

Christian Grey
CEO, Grey Enterprises Holdings, Inc.

De: Anastasia Steele
Assunto: Linguística ginasta
Data: 31 de maio de 2011 22:36 LESTE
Para: Christian Grey

Anda brincando com o dicionário de novo?

De: Christian Grey
Assunto: No flagra
Data: 31 de maio de 2011 19:40
Para: Anastasia Steele

Você me conhece muito bem, Srta. Steele.

Vou sair para jantar com uma velha amiga agora, portanto estarei dirigindo.

Até mais, baby©.

Christian Grey
CEO, Grey Enterprises Holdings, Inc.

Que velha amiga? Não pensei que Christian tivesse alguma velha amiga, a não ser... ela? Por que ele ainda tem que falar com ela? De repente, fico roxa de ciúmes. Quero bater em alguma coisa, de preferência na Mrs. Robinson. Desligo o laptop mal-humorada e vou me deitar.

Eu deveria realmente responder ao longo e-mail dele de hoje de manhã, mas, de repente, fiquei muito zangada. Por que ele não consegue vê-la pelo que ela é — uma molestadora de crianças? Apago a luz, espumando, olhando para o escuro. Como ela se atreve? Como ela se atreve a se meter com um adolescente vulnerável? Ela ainda está fazendo isso? Por que eles pararam? Vários cenários me passam pela cabeça: se ele tinha ficado farto, então por que ainda é amigo dela? Idem para ela — será que ela é casada? Divorciada? Putz — será que tem filhos? *Será que teve filhos com Christian?* Meu inconsciente empina a cabeça feia, lasciva, e fico chocada e nauseada com essa ideia. Será que o Dr. Flynn sabe sobre ela?

Levanto com esforço da cama e torno a ligar a máquina do mal. Estou numa missão. Tamborilo os dedos com impaciência enquanto a tela azul não aparece. Seleciono o Google Images e digito "Christian Grey" no mecanismo de busca. A tela subitamente se enche de imagens de Christian: de traje a rigor, de terno, putz — as fotos de José do Heathman, de camisa branca e calça de flanela. Como essas fotos chegaram na internet? Nossa, ele está bem.

Passo adiante rapidamente: algumas imagens com sócios em empreendimentos, depois uma foto atrás da outra do homem mais fotogênico que conheço intimamente. *Intimamente? Será que conheço Christian intimamente?* Conheço-o sexualmente, e imagino que há muito mais a descobrir. Sei que ele é instável, difícil, engraçado, frio, caloroso... minha nossa, o homem é uma contradição ambulante. Clico na página seguinte. Ele continua sozinho em todas as fotografias, e me lembro de Kate mencionar não ter conseguido encontrar nenhuma fotografia dele com uma figura feminina, o que suscitou sua pergunta sobre ele ser gay. Então, na terceira página, há uma foto minha, com ele, na minha formatura. A única foto dele com uma mulher, e sou eu.

Caramba! Estou no Google! Fico olhando para nós dois juntos. Olho admirada para a câmera, nervosa, espantada. Isso foi justo antes de eu ter aceitado tentar. Da parte dele, Christian está lindíssimo, calmo e sereno, e está com *aquela gravata.* Olho para ele, um rosto tão lindo, um rosto lindo que pode estar olhando para a Mrs. Robinson Maldita neste exato momento. Salvo a foto em meus favoritos e clico em todas as dezoito páginas de resultados de busca... nada. Não acharei a Mrs. Robinson no Google. Mas tenho que saber se ele está com ela. Digito um rápido e-mail para Christian.

De: Anastasia Steele
Assunto: Companhias apropriadas para um jantar
Data: 31 de maio de 2011 23:58 LESTE
Para: Christian Grey

Espero que você e sua amiga tenham tido um jantar muito agradável.

Ana

P.S.: Era a Mrs. Robinson?

Aperto em "enviar" e volto desanimada para a cama, resolvida a perguntar a Christian sobre sua relação com aquela mulher. Uma parte de mim está desesperada para saber mais, e outra parte quer esquecer que ele algum dia me contou. E minha menstruação começou, portanto, preciso me lembrar de tomar a pílula de manhã. Rapidamente programo um alarme na agenda do BlackBerry. Ponho-o na mesa de cabeceira, deito-me e acabo caindo num sono agitado, desejando que estivéssemos na mesma cidade, não a quatro mil quilômetros de distância um do outro.

Após uma manhã de compras e mais uma tarde na praia, minha mãe decretou que devíamos passar a noite num bar. Deixamos Bob com a tevê e vamos ao elegante bar do hotel mais exclusivo de Savannah. Estou no segundo Cosmopolitan. Minha mãe, no terceiro. Ela está me permitindo entender um pouco mais o frágil ego masculino. É muito desconcertante.

— Está vendo, Ana, os homens acham que tudo que sai da boca de uma mulher é um problema a ser resolvido. Não uma vaga ideia que a gente gostaria de lançar e discutir um pouco e depois esquecer. Os homens preferem ação.

— Mãe, por que está me dizendo isso? — pergunto, sem conseguir esconder a exasperação.

Ela anda assim o dia inteiro.

— Querida, você parece muito perdida. Nunca levou um garoto lá em casa. Nunca teve um namorado quando estávamos em Vegas. Pensei que poderia rolar alguma coisa com aquele rapaz que você conheceu na faculdade, o José.

— Mãe, José é só um amigo.

— Eu sei, querida. Mas há alguma coisa, e acho que você não está me contando tudo. — Ela me olha, a preocupação de mãe estampada no rosto.

— Eu só precisava me afastar um pouco de Christian para botar a cabeça no lugar... mais nada. Ele tende a me perturbar.

— Perturbar?

— É. Mas eu sinto falta dele.

Franzo a testa. Passei o dia inteiro sem notícias de Christian. Nada de e-mails, nada. Estou tentada a ligar para ele para saber como está. Meu maior receio é que ele tenha sofrido um acidente de carro. O meu segundo maior receio é que Mrs. Robinson esteja de novo exercendo sua influência maligna sobre ele. Sei que isso é irracional, mas no que diz respeito a ela, parece que perdi toda a noção de objetividade.

— Querida, tenho que ir ao toalete.

A breve ausência de minha mãe me dá mais uma chance de olhar meu Black-Berry. Andei o dia inteiro tentando ver disfarçadamente meus e-mails. Finalmente, uma resposta de Christian!

De: Christian Grey
Assunto: Companhias para jantar
Data: 1 de junho de 2011 21:40 LESTE
Para: Anastasia Steele

Sim, jantei com Mrs. Robinson. Ela é apenas uma velha amiga, Anastasia. Estou ansioso para tornar a vê-la. Sinto sua falta.

Christian Grey
CEO, Grey Enterprises Holdings, Inc.

Ele estava jantando com ela. Meu couro cabeludo formiga e a adrenalina e o ódio percorrem meu corpo quando vejo meus piores receios se confirmarem. *Como ele pôde?* Estou fora há dois dias, e ele corre para a peste daquela cachorra.

De: Anastasia Steele
Assunto: VELHAS companhias para jantar
Data: 1 de junho de 2011 21:42 LESTE
Para: Christian Grey

Ela não é só uma velha amiga.

Ela já encontrou outro adolescente para comer?

Será que você ficou muito velho para ela?

Foi por isso que a relação de vocês terminou?

Aperto em "enviar" quando minha mãe volta.

— Ana, você está muito pálida. O que aconteceu?

Balanço a cabeça.

— Nada. Vamos tomar mais um Cosmopolitan — murmuro emburrada.

Ela franze as sobrancelhas, mas olha para um dos garçons e aponta para nossos copos. O garçom compreende, conhece a linguagem universal do "mais uma rodada, por favor". Assim como ela. Dou uma olhadinha no meu BlackBerry.

De: Christian Grey
Assunto: Cuidado...
Data: 1 de junho de 2011 21:45 LESTE
Para: Anastasia Steele

Isso não é um assunto que eu queira discutir por e-mail.
Quantos Cosmopolitans mais você vai beber?

Christian Grey
CEO, Grey Enterprises Holdings, Inc.

Puta merda, ele está aqui.

CAPÍTULO VINTE E TRÊS

orro os olhos nervosamente pelo bar mas não consigo vê-lo.

— Ana, o que é? Parece que você viu um fantasma.

— É o Christian, ele está aqui. .

— O quê? É mesmo? — Ela também corre os olhos pelo bar.

Deixei de mencionar para minha mãe a propensão de Christian a perseguir as pessoas.

Eu o vejo. Meu coração dá um salto e entra num ritmo histérico enquanto ele vem em nossa direção. *Ele está mesmo aqui — por mim.* Minha deusa interior se levanta pulando da *chaise longue,* batendo palmas. Ele atravessa a sala calmamente, e os reflexos cor de cobre de seu cabelo ficam realçados embaixo das lâmpadas halógenas embutidas. Seus olhos cinzentos brilham. De raiva? Tensão? Sua boca está contraída, a mandíbula cerrada. *Ah, puta merda... não.* Estou tão irritada com ele agora, e aqui está ele. Como posso ficar com raiva na frente da minha mãe?

Ele se aproxima da nossa mesa, e me olha desconfiado. Está com a camisa de linho branco e a calça jeans de praxe.

— Oi — digo, sem conseguir disfarçar o choque e o assombro ao vê-lo em carne e osso.

— Oi — responde ele, e me dá um beijo, pegando-me de surpresa.

— Christian, essa é minha mãe, Carla.

Meus bons modos arraigados prevalecem.

Ele cumprimenta minha mãe.

— Sra. Adams, muito prazer em conhecê-la.

Como ele sabe o nome dela? Ele lhe dá aquele sorriso irresistível com a marca registrada Christian Grey. Ela não tem defesa. O queixo de minha mãe praticamente bate na mesa. *Por favor, controle-se, mãe.* Ela pega a mão que ele estende, e os dois se cumprimentam. Minha mãe não responde. Ah, emudecer completamente é uma característica genética — eu não tinha ideia.

— Christian — ela consegue dizer afinal, ofegante.

Ele lhe sorri com cumplicidade, os olhos faiscando. Estreito os olhos para os dois.

— O que está fazendo aqui?

Minha pergunta soa mais crispada do que eu pretendia, e seu sorriso é substituído por uma expressão cautelosa. Estou elétrica mas também completamente confusa com a presença dele, a ponto de explodir de raiva da Mrs. Robinson. Não sei se quero gritar com ele ou me atirar em seus braços — mas acho que ele não iria gostar nem de uma coisa nem de outra — e quero saber por quanto tempo ele ficou nos observando. Também estou meio aflita com o e-mail que acabei de lhe enviar.

— Vim para ver você, claro. — Ele me olha impassível. *Ah, o que ele está pensando?* — Estou hospedado neste hotel.

— Está hospedado aqui? — Falo como uma caloura sob o efeito de anfetaminas, num tom muito estridente até para os meus ouvidos.

— Bem, ontem você disse que queria que eu estivesse aqui. — Ele faz uma pausa, tentando avaliar minha reação. — Nosso objetivo é satisfazer, Srta. Steele. — A voz dele é calma, sem vestígio de humor.

Merda — ele está zangado? Será que foram os comentários sobre a Mrs. Robinson? Ou o fato de eu estar no terceiro, prestes a ir para o quarto, Cosmopolitan? Minha mãe está olhando aflita para nós dois.

— Não quer beber alguma coisa conosco, Christian?

Ela acena para o garçom, que está a seu lado em uma fração de segundo.

— Vou tomar um gim tônica — diz Christian. — Hendricks, se tiver, ou Bombay Saphire. Pepino com o Hendricks, limão com o Bombay.

Caramba... só Christian poderia gastar tanta energia para pedir uma bebida.

— E mais dois Cosmopolitans, por favor — acrescento, olhando aflita para ele. Estou bebendo com minha mãe, ele não pode ficar zangado por causa disso.

— Puxe uma cadeira, Christian.

— Obrigado, Sra. Adams.

Christian puxa uma cadeira próxima e se senta com elegância a meu lado.

— Então coincidiu de você estar hospedado no hotel onde viemos tomar um drinque? — pergunto, fazendo um grande esforço para manter um tom de voz leve.

— Ou coincidiu de vocês terem vindo tomar um drinque no hotel em que estou hospedado — responde Christian. — Eu tinha acabado de jantar, entrei aqui e vi vocês. Estava distraído, pensando no seu último e-mail, de repente olho e vejo você. Uma coincidência e tanto, não é?

Ele inclina a cabeça, e vejo um esboço de sorriso. *Graças a Deus* — talvez a gente consiga salvar a noite, afinal de contas.

— Minha mãe e eu saímos para fazer compras de manhã e fomos à praia à tarde. À noite, decidimos vir tomar um drinque — murmuro, sentindo que lhe devo algum tipo de explicação.

— Você comprou esta blusa? — Ele aponta para minha blusa de alcinha de seda verde nova. — Você fica bem com essa cor. E pegou sol. Está linda.

Coro, sem palavras diante do elogio.

— Bem, eu ia lhe fazer uma visita amanhã. Mas cá está você.

Ele pega minha mão e a aperta com delicadeza, passando o polegar para lá e para cá nos nós dos meus dedos... e sinto aquela tensão familiar. A eletricidade correndo embaixo da minha pele sob a pressão suave de seu polegar, passando para minha corrente sanguínea e palpitando no meu corpo todo, me deixando em fogo. Eu já não o vejo há mais de dois dias. *Nossa*... eu o quero. Fico sem ar. Pisco para ele, sorrindo timidamente, e vejo um sorriso brincar em seus lábios.

— Achei que fosse surpreendê-la. Mas, como sempre, Anastasia, você me surpreende estando aqui.

Olho rapidamente para mamãe, que está contemplando Christian... sim! contemplando! *Pare com isso, mãe.* Como se ele fosse uma criatura exótica, nunca vista antes. Quer dizer, sei que eu nunca tive namorado, e Christian só pode ser classificado como tal para facilitar a referência, mas será que é tão incrível o fato de eu ter podido atrair um homem? *Este homem? Sim, francamente! Olhe para ele!*, diz meu inconsciente. Ah, cale a boca! Quem convidou você para essa festa? Olho carrancuda para minha mãe, mas ela parece não notar.

— Não quero interromper os momentos que você tem com sua mãe. Vou tomar um drinque rápido e me retirar. Tenho que trabalhar — declara ele todo formal.

— Christian, adorei conhecê-lo — interrompe mamãe, afinal conseguindo falar. — Ana fala de você com muito carinho.

Ele sorri para ela.

— É mesmo?

Ergue uma sobrancelha para mim, achando graça, e coro de novo.

O garçom chega com nossas bebidas.

— Hendricks, senhor — anuncia com um floreio triunfante.

— Obrigado — agradece Christian.

Bebo nervosamente meu Cosmopolitan.

— Quanto tempo vai ficar na Geórgia, Christian? — pergunta mamãe.

— Até sexta-feira, Sra. Adams.

— Quer jantar conosco amanhã? E me chame de Carla, por favor.

— Seria um prazer, Carla.

— Ótimo. Se vocês me dão licença, preciso ir ao toalete.

Mãe... você acabou de ir. Olho desesperada para ela enquanto ela se levanta e sai, deixando-nos a sós.

— Então, você está zangada comigo porque jantei com uma velha amiga.

Christian volta seu olhar ardente e desconfiado para mim, leva minha mão aos lábios e beija com ternura todos os nós dos meus dedos.

Putz, ele quer fazer isso agora?

— Estou — murmuro, e o sangue corre quente em minhas veias.

— Nosso caso terminou há muito tempo, Anastasia — murmura ele. — Não quero ninguém a não ser você. Ainda não entendeu isso?

Pisco para ele.

— Penso nela como uma molestadora de crianças, Christian.

Prendo a respiração, esperando a reação dele.

Christian fica lívido.

— Essa ideia é muito sentenciosa. Não foi assim — murmura, chocado, e solta minha mão.

Sentenciosa?

— Ah, então como foi? — pergunto.

Os Cosmopolitans estão me tornando corajosa.

Ele me olha espantado. Continuo.

— Ela se aproveitou de um garoto vulnerável de quinze anos. Se você fosse uma garota de quinze anos e a Mrs. Robinson fosse um homem, aliciando você para um estilo de vida BDSM, isso seria correto? Se fosse com a Mia, por exemplo?

Ele arqueja e me olha sério.

— Ana, não foi assim.

Olho furiosa para ele.

— Tudo bem, para mim, não dava impressão de ser assim — prossegue ele calmamente. — Ela era uma força do bem. Aquilo de que eu precisava.

— Não entendo.

É a minha vez de fazer cara de espanto.

— Anastasia, sua mãe já vai voltar. Não me sinto bem de falar nisso com você agora. Depois, talvez. Se não me quiser, eu tenho um avião à minha espera em Hilton Head. Posso ir embora.

Ele está zangado comigo... não.

— Não, não vá. Por favor. Estou muito feliz por você estar aqui. Só estou tentando fazer com que entenda. Estou zangada porque, assim que viajei, você foi jantar com ela. Pense em como você fica quando eu chego perto do José. José é um grande amigo. Nunca tive um caso com ele. Ao passo que você e ela...

Deixo a frase no ar, sem querer levar a ideia adiante.

— Está com ciúmes? — Ele me olha, perplexo, e seu olhar fica ligeiramente mais suave, afetuoso.

— Estou, e com raiva do que ela fez com você.

— Anastasia, ela me ajudou. É só o que vou dizer sobre isso. E, quanto ao seu ciúme, ponha-se no meu lugar. Eu não tive que justificar meus atos para ninguém nos últimos sete anos. Ninguém. Faço o que quero, Anastasia. Gosto da minha autonomia. Não saí com a Mrs. Robinson para irritar você. Saí porque jantamos juntos de vez em quando. Ela é minha amiga e minha sócia.

Sócia? Merda. Isso é novidade.

Ele me olha, avaliando minha expressão.

— Sim, somos sócios. Nosso caso já terminou. Há muitos anos.

— Por que o caso de vocês terminou?

Ele contrai a boca, com os olhos brilhando.

— O marido dela descobriu.

Puta merda!

— Será que a gente pode falar sobre isso outra hora, num local mais reservado? — murmura ele.

— Acho que você nunca vai conseguir me convencer de que ela não é uma espécie de pedófila.

— Eu não penso nela assim. Nunca pensei. Agora chega! — corta ele.

— Você a amava?

— Como vocês vão indo?

Minha mãe voltou, sem que nós reparássemos.

Dou um sorriso forçado enquanto Christian e eu nos endireitamos depressa, numa atitude culpada. Ela olha para mim.

— Bem, mãe.

Christian toma seu gim, observando-me com atenção, a expressão cautelosa. O que está pensando? Será que a amou? Acho que, se amou, vou perder feio.

— Bem, senhoras, vou deixar vocês.

Não... não... ele não pode me deixar no ar assim.

— Por favor, ponham essas bebidas na minha conta, quarto 612. Eu telefono pela manhã, Anastasia. Até amanhã, Carla.

— Ah, é muito bom ouvir alguém chamar a gente pelo nome.

— Belo nome para uma bela mulher — murmura Christian, apertando a mão que ela estende, e ela realmente dá um sorriso sem graça.

Ah, mãe... Até tu, Brutus? Levanto-me, olhando para ele, implorando para que responda à minha pergunta, e ele me dá um beijo casto no rosto.

— Até mais, baby — sussurra em meu ouvido, e sai.

Maldito filho da mãe maníaco por controle. Minha raiva volta com força total. Deixo-me cair na cadeira e me viro para minha mãe.

— Bem, estou de quatro, Ana. Ele é um bom partido. Não sei o que está havendo entre vocês. Acho que precisam conversar. Ufa, que tensão sexual não resolvida aqui! É insuportável.

Ela se abana de um modo teatral.

— MÃE!

— Vá falar com ele.

— Não posso. Vim aqui para ver você.

— Ana, você veio aqui porque estava confusa por causa desse rapaz. É óbvio que vocês são loucos um pelo outro. Você precisa falar com ele. Ele acabou de fazer uma viagem de avião de cinco mil quilômetros para ver você, pelo amor de Deus. E você sabe como é horrível viajar de avião.

Enrubesço. Ainda não lhe contei sobre o avião particular dele.

— O quê? — pergunta ela.

— Ele tem um avião particular — murmuro, encabulada. — E são só quatro mil quilômetros, mãe.

Por que estou encabulada? Ela faz uma cara espantada.

— Nossa — murmura. — Ana, está acontecendo alguma coisa entre vocês dois. Ando tentando sondar isso desde que você chegou aqui. Mas o único jeito de você resolver o problema, seja ele qual for, é discuti-lo com Christian. Pode pensar à vontade, mas só vai chegar a algum lugar depois que realmente conversar.

Franzo as sobrancelhas para minha mãe.

— Ana, querida, você sempre teve propensão a analisar demais tudo. Siga seu instinto. O que acha disso tudo, querida?

Baixo os olhos.

— Acho que estou apaixonada por ele — murmuro.

— Eu sei, querida. E ele por você.

— Não!

— Sim, Ana. Do que mais você precisa? Um letreiro luminoso piscando na testa dele?

Olho boquiaberta para ela e lágrimas me ardem nos cantos dos olhos.

— Ana, querida. Não chore.

— Não acho que ele goste de mim.

— Por mais rica que a pessoa seja, ela não larga tudo e embarca num avião particular para atravessar um país inteiro só para o chá da tarde. Vá até ele! Este lugar é lindo, muito romântico. É também território neutro.

Fico sem jeito sob o olhar dela. Quero e não quero ir.

— Querida, não sinta que tem que voltar comigo. Quero você feliz, e, no momento, acho que a chave para a sua felicidade está lá em cima no quarto 612. Se precisar ir para casa depois, a chave está embaixo do vaso de planta na entrada. Se ficar, bem... você já é adulta. Só pense na sua segurança.

Fico vermelha como um pimentão. *Putz, mãe.*

— Vamos primeiro acabar nossos Cosmopolitans.

— É assim que eu gosto, Ana.

Ela sorri.

BATO TIMIDAMENTE NO quarto 612 e aguardo. Christian abre a porta. Está no celular. Pisca para mim espantadíssimo e me faz sinal para entrar no quarto.

— Todas as indenizações concluídas?... E o custo?... — Christian assobia entre dentes. — Xiii... esse foi um erro caro... E o Lucas?...

Passo os olhos pelo quarto. Ele está numa suíte, como a do Heathman. Os móveis aqui são ultramodernos. Tudo em tons apagados de roxo-escuro e dourado, com resplendores de bronze nas paredes. Christian vai até um módulo de madeira escura e abre a porta, revelando uma pequena geladeira. Faz sinal para que eu me sirva, depois entra no quarto. Presumo que seja para eu não poder mais ouvir a conversa. Dou de ombros. Ele não interrompeu a ligação quando entrei em seu escritório daquela vez. Ouço água correndo... ele está enchendo uma banheira. Sirvo-me de suco de laranja. Ele volta para o quarto.

— Mande Andrea me enviar o esquema. Barney disse que tinha resolvido o problema... — Christian ri. — Não, sexta-feira... Tem um terreno aqui que me interessa... É, mande o Bill ligar... Não, amanhã... quero ver o que a Geórgia vai oferecer se viermos para cá. Christian não tira os olhos de mim.

Ele me entrega um copo e aponta para um balde de gelo.

— Se os incentivos deles forem suficientemente atraentes... acho que devíamos considerar, embora eu não tenha certeza quanto ao maldito calor daqui... Concordo, Detroit tem suas vantagens, também, e é mais fresco...

Ele franze o cenho por um instante. *Por quê?*

— Mande o Bill ligar. Amanhã... não muito cedo.

Ele desliga e fica me olhando com uma expressão misteriosa, e o silêncio se estende entre nós.

Tudo bem... minha vez de falar.

— Você não respondeu à minha pergunta — murmuro.

— Não — diz ele calmamente, com uma expressão cautelosa, olhos arregalados.

— Não, você não respondeu à minha pergunta, ou não, você não a amava?

Ele cruza os braços e se encosta na parede, esboçando um sorriso.

— O que está fazendo aqui, Anastasia?

— Acabei de dizer.

Ele respira fundo.

— Não. Eu não a amava.

Ele olha intrigado para mim, mas achando graça.

Não posso acreditar que eu esteja prendendo a respiração. Ao soltá-la, relaxo, aliviada. *Bem, graças a Deus.* Como eu me sentiria se ele realmente amasse a bruxa?

— Você é uma deusa *sexy*, Anastasia. Quem diria?

— Está debochando de mim, Sr. Grey?

— Eu não me atreveria.

Ele balança a cabeça solenemente, mas tem um brilho malicioso no olhar.

— Ah, acho que se atreveria, e acho que se atreve, quase sempre.

Ele dá uma risadinha quando lhe devolvo as palavras que ele já me disse antes. Seu olhar muda.

— Por favor, pare de morder o lábio. Você está no meu quarto, não estamos juntos há quase três dias e vim de longe para encontrá-la.

Agora ele fala num tom doce, sensual. Seu BlackBerry toca, distraindo-nos, e ele o desliga sem olhar para ver quem é. Fico sem ar. Sei aonde isso vai dar... *mas devíamos conversar.* Ele dá um passo na minha direção, com aquele olhar predador sensual.

— Eu quero você, Anastasia. Agora. E você me quer. Por isso está aqui.

— Eu realmente queria saber — sussurro como uma defesa.

— Bem, agora que sabe, você vem ou não?

Coro quando ele para na minha frente.

— Vou — murmuro, olhando aflita para ele.

— Ah, espero que sim. — Ele me olha. — Você ficou muito zangada comigo — sussurra.

— Sim.

— Não me lembro de ninguém já ter ficado zangado comigo a não ser meus familiares. Gosto disso.

Ele afaga meu rosto com a ponta dos dedos. *Nossa*, a proximidade dele, aquele seu cheiro delicioso. Devíamos estar conversando, mas estou com o coração palpitando, o sangue martelando nas veias, o desejo aumentando, desabrochando... em toda parte. Christian se abaixa e passa o nariz em meu ombro, subindo até a base da minha orelha, os dedos deslizando pelo meu cabelo.

— A gente devia conversar — murmuro.

— Depois.

— Tem muita coisa que eu quero falar.

— Eu também.

Ele me dá um beijo delicado no lóbulo da orelha e segura meu cabelo. Puxando minha cabeça para trás, expõe meu pescoço aos seus lábios. Seus dedos roçam meu queixo, e ele beija meu pescoço.

— Quero você — murmura.

Gemo e seguro seus braços.

— Você está menstruada?

Ele continua me beijando.

Puta merda.

Será que nada lhe escapa?

— Estou — sussurro, encabulada.

— Tem cólicas?

— Não.

Coro. *Putz...*

Ele para e olha para mim.

— Tomou a pílula?

— Sim.

Que situação vexaminosa!

— Vamos tomar um banho.

Ah?

Ele pega minha mão e me conduz para o quarto. O quarto é dominado por uma enorme cama king size com drapeados elaborados. Mas não paramos ali. Ele me leva para o banheiro, que tem dois ambientes, todos em tons de água-marinha e mármore branco. É enorme. No segundo, uma banheira rebaixada no piso com acesso por degraus de mármore e espaço suficiente para quatro tomarem banho está se enchendo devagar. O vapor sobe delicadamente acima da espuma, e vejo um banco de pedra que corre em volta da banheira toda. Há velas acesas ao lado. Nossa... ele fez tudo isso enquanto estava ao telefone.

— Você tem um prendedor de cabelo?

Pisco para ele, enfio a mão no bolso da calça e puxo um elástico de cabelo.

— Prenda o cabelo no alto — ordena ele docemente.

Obedeço.

Está quente e abafado ao lado da banheira, e minha blusa começa a colar no corpo. Ele se inclina, fecha a torneira, me leva de volta ao primeiro ambiente do banheiro e para atrás de mim, nós dois de frente para a parede de espelho acima das duas pias de vidro.

— Tire as sandálias — murmura, e obedeço depressa, largando-as no chão de pedra.

— Levante os braços — sussurra.

Faço o que ele manda, e ele tira minha blusa pela cabeça, deixando-me com os seios nus na frente dele. Sem tirar os olhos dos meus, ele se vira e desabotoa minha calça e abre o zíper.

— Vou comer você no banheiro, Anastasia.

Abaixando-se, ele beija meu pescoço. Inclino a cabeça de lado para lhe facilitar o acesso. Ele engancha os polegares na minha calça e a desce devagarinho pelas minhas pernas, abaixando-se atrás de mim ao puxá-la junto com a calcinha até o chão.

— Tire a calça.

Seguro na beirada da pia, e faço isso. Agora estou nua, me olhando, e ele está ajoelhado atrás de mim. Ele beija, e depois morde delicadamente minha bunda, fazendo-me arquejar. Esforço-me para ficar parada, ignorando minha tendência natural para me cobrir. Ele estende a mão sobre minha barriga, seu palmo indo quase de um quadril ao outro.

— Olha só. Você é muito bonita — murmura. — Veja como fica. — Ele segura minhas duas mãos, encostando as palmas das suas no dorso das minhas, os dedos entre os meus, que, então, ficam abertos. Coloca minhas mãos na minha barriga. — Sinta como sua pele é macia. — Sua voz é doce e grave. Ele faz movimentos circulares com minhas mãos, depois sobe com elas para meus seios. — Sinta a fartura dos seus seios.

Ele faz minhas mãos envolverem meus seios. Fica esfregando delicadamente meus mamilos com os polegares.

Gemo com os lábios entreabertos e empino o corpo, de modo que meus seios enchem minhas mãos. Ele aperta meus mamilos entre nossos polegares, puxando-os delicadamente e esticando-os mais. Olho fascinada para a criatura sensual se contorcendo na minha frente. *Ah, isso é gostoso.* Gemo fechando os olhos, já sem querer ver aquela mulher libidinosa no espelho desmontando sob suas próprias mãos... as mãos dele... sentindo minha pele como ele sentiria, experimentando quão excitante isso é — só o toque e seus comandos calmos e doces.

— Isso mesmo, baby — murmura ele.

Ele guia minha mão pelos meus flancos, descendo da cintura para os quadris e chegando a meus pelos pubianos. Desliza a perna entre as minhas, deixando-as mais abertas, e passa minhas mãos no meu sexo, uma de cada vez, estabelecendo um ritmo. É muito erótico. Sou mesmo uma marionete e ele é o titereiro.

— Como você está quente, Anastasia — murmura ele ao beijar e morder meu ombro. Gemo. De repente, ele me solta.

— Continue — ordena, e se afasta para me observar.

Eu me acaricio. *Não.* Quero que ele faça isso. A sensação não é igual. Estou perdida sem ele. Ele despe a camisa pela cabeça e rapidamente tira a calça.

— Prefere que eu faça isso?

O olhar dele queima o meu no espelho.

— Sim... por favor — sussurro.

Ele me envolve de novo nos braços e torna a pegar minhas mãos, continuando com as carícias sensuais no meu sexo, no meu clitóris. Os pelos do seu peito roçam em mim, seu pênis ereto cola em mim. *Ah, depressa... por favor.* Ele morde minha nuca, e fecho os olhos, curtindo a miríade de sensações: meu pescoço, minha virilha... a pele dele atrás de mim. Ele para bruscamente, me vira, e, com uma das mãos, me segura pelos pulsos e prende minhas mãos nas costas, enquanto, com a outra, puxa meu rabo de cavalo. Estou encostada nele, e ele me beija furiosamente, arrasando minha boca com a sua. Fico imobilizada.

Sua respiração está ofegante, no mesmo ritmo da minha.

— Quando começou sua menstruação, Anastasia? — pergunta ele de repente, olhando para mim.

— Hã... ontem — resmungo em meu alto estado de excitação.

— Ótimo.

Ele me solta e me vira.

— Segure-se na pia — ordena, e arrasta meus quadris para trás de novo, como fez no quarto de jogos, e eu fico dobrada.

Ele põe a mão entre minhas pernas e puxa o fio azul — *o quê?!* — e delicadamente tira meu absorvente interno e o joga na privada ali ao lado. *Puta que pariu. Nossa mãe... Putz.* E aí, ele está dentro de mim... ah! Pele contra pele... mexendo devagarinho... me testando, me pressionando... *puxa vida.* Seguro-me na pia, arfando, pressionando meu corpo no dele, sentindo-o dentro de mim. Ah, a doce agonia suas mãos agarram meus quadris. Ele entra num ritmo punitivo — indo e vindo, e passa o braço para a frente, acha meu clitóris e me massageia ah, nossa. Sinto os primeiros espasmos.

— Isso mesmo, baby — diz ele me penetrando, inclinando os quadris, e isso é suficiente para me levar às alturas.

Ai... e eu gozo, alto, agarrada com todas as forças à pia enquanto caio na vertigem do orgasmo, tudo girando e se contraindo ao mesmo tempo. Ele acompanha, me segurando com força, de costas para mim, ao chegar ao clímax e dizer meu nome como se fosse uma ladainha ou uma oração.

— *Ah, Ana!* Sua respiração está ofegante em meu ouvido, em perfeita sintonia com a minha. — Ah, será que algum dia vou me fartar de você? — murmura.

Nos deixamos cair devagarinho no chão, e ele me envolve nos braços, me aprisionando. Será que vai ser sempre assim? Uma coisa tão acachapante, tão devoradora, tão desconcertante e sedutora. Eu queria falar, mas agora estou esgotada e atordoada com o jeito dele de fazer amor e me perguntando se algum dia *eu* vou me fartar *dele.*

Estou encolhida em seu colo, a cabeça encostada em seu peito, enquanto nos acalmamos. Muito sutilmente, aspiro aquele seu cheiro doce e embriagador. *Não posso esfregar o nariz. Não posso esfregar o nariz.* Repito mentalmente o mantra — embora esteja muito tentada a fazer isso. Estamos calados, perdidos em nossos pensamentos. Estou perdida nele... perdida para ele.

Lembro que estou menstruada.

— Estou menstruada — murmuro.

— Isso não me incomoda — responde ele.

— Eu reparei.

Não consigo dissipar a secura da minha voz.

Ele se retesa.

— Você se incomoda? — pergunta com doçura.

Será que me incomodo? Talvez devesse me incomodar... será? Não, não incomodo. Olho para ele, e ele olha para mim, os olhos de um cinza doce e nebuloso.

— Não, de modo algum.

Ele dá um sorriso sem vontade.

— Bom. Vamos tomar banho.

Ele se desenrosca de mim, colocando-me no chão ao se levantar. Aí, vejo de novo as pequenas cicatrizes brancas redondinhas em seu peito. Não são de catapora, reflito distraidamente. Grace disse que ele quase não foi afetado. *Puta merda*... devem ser queimaduras. Queimaduras de quê? Fico lívida ao me dar conta, chocada e repugnada. De cigarro? Provocadas pela Mrs. Robinson, por sua mãe biológica, por quem? Talvez haja uma explicação plausível, e eu esteja exagerando — uma esperança brota espontaneamente em meu peito, esperança de estar errada.

— O que é?

Christian está com uma cara alarmada.

— Suas cicatrizes — sussurro. — Não são de catapora.

Observo-o fechar-se numa fração de segundo, passando da atitude relaxada e à vontade para a defensiva — até zangada. Ele amarra a cara, a boca contraída.

— Não, não são — diz secamente, mas não dá mais explicações.

Levanta-se, estende a mão para mim, e me ajuda a levantar.

— Não me olhe assim. — Sua voz está mais fria e severa quando ele larga minha mão.

Coro, os olhos baixos, e compreendo que alguém apagou cigarros em Christian. Fico enjoada.

— Ela fez isso? — murmuro antes de conseguir me conter.

Como ele fica quieto, sou obrigada a olhar para ele. Está me fuzilando com os olhos.

— Ela? A Mrs. Robinson? Ela não é um bicho, Anastasia. Claro que não fez. Não entendo por que você tem que demonizá-la.

Ele está ali parado, gloriosamente nu, com meu sangue no corpo... e finalmente estamos tendo essa conversa. E eu também estou nua — nenhum de nós tem onde se esconder, a não ser, talvez, dentro da banheira. Respiro fundo, passo por ele, e entro na água. Está uma delícia, morna, calmante. Dissolvo-me na espuma perfumada e olho para ele, escondendo-me entre as bolhas.

— Fico só me perguntando como você seria se não a tivesse conhecido. Se ela não tivesse apresentado você ao seu... hã, estilo de vida.

Ele suspira, e entra na banheira de frente para mim, a mandíbula cerrada, os olhos gelados. Ao afundar o corpo na água, ele tem o cuidado de não encostar em mim. *Droga, será que o deixei tão zangado assim?*

Ele me olha impassível, a expressão misteriosa, sem dizer nada. Mais uma vez o silêncio se estende entre nós, mas guardo minha opinião. É sua vez, Grey — não estou cedendo agora. Meu inconsciente está nervoso, roendo as unhas aflito — isso poderia ir para um lado ou para o outro. Christian e eu nos olhamos, mas não recuo. Afinal, depois do que parece um milênio, ele balança a cabeça e dá um sorriso.

— Eu provavelmente teria ido pelo mesmo caminho da minha mãe biológica se não fosse a Mrs. Robinson.

Ah! Pisco para ele. Viciado em crack ou garoto de programa? Possivelmente as duas coisas.

— Ela me amou de um jeito que achei... aceitável — acrescenta encolhendo os ombros.

Que diabo isso quer dizer?

— Aceitável? — sussurro.

— Sim. — Ele me olha com atenção. — Ela me desviou do caminho destrutivo que eu estava seguindo. É muito difícil crescer numa família perfeita quando você não é perfeito.

Ah, não. Fico com a boca seca ao digerir as palavras dele. Ele me olha, a expressão insondável. Não vai me contar mais nada. Que frustração. Por dentro, estou atordoada — ele parece tão repugnado. E a Mrs. Robinson o amava. *Puta merda...* será que ainda ama? Tenho a sensação de ter levado um soco na boca do estômago.

— Ela ainda ama você?

— Acho que não, não desse jeito. — Ele franze a testa como se não tivesse cogitado essa ideia. — Continuo dizendo que isso foi há muito tempo. Já é passado. Eu não poderia mudar o que aconteceu nem se quisesse, e não quero. Ela me salvou de mim mesmo. — Ele está exasperado e passa a mão molhada pelo cabelo. — Eu nunca discuti isso com ninguém. — Faz uma pausa. — A não ser o Dr.

Flynn, claro. E é só por causa dele que estou tocando nesse assunto com você agora, porque quero que você confie em mim.

— Eu confio em você, mas quero, sim, conhecê-lo melhor, e sempre que tento conversar, você me desvia. Tem muita coisa que quero saber.

— Ah, pelo amor de Deus, Anastasia. O que você quer saber? O que tenho que fazer?

Os olhos dele estão inflamados, e embora ele não levante a voz, sei que está tentando se conter.

Olho para as minhas mãos visíveis embaixo da água; as bolhas já começaram a se dispersar.

— Só estou tentando entender. Você é um enigma. Diferente de qualquer pessoa que já conheci. Ainda bem que está me contando o que eu quero saber.

Putz — talvez sejam os Cosmopolitans me dando coragem, mas, de repente, não consigo suportar a distância entre nós. Vou para o lado dele na banheira, me encosto nele, pele com pele. Ele se contrai e me olha desconfiado, como se eu pudesse morder. *Bem, isso é uma reviravolta.* Minha deusa interior lhe lança um olhar admirado e curioso.

— Por favor, não fique zangado comigo — murmuro.

— Não estou zangado com você, Anastasia. Só não estou acostumado com esse tipo de conversa, esse interrogatório. Só falo disso com o Dr. Flynn e com...

Ele para e franze o cenho.

— Com ela. Mrs. Robinson. Você conversa com ela? — provoco, tentando me conter.

— Sim.

— Sobre o quê?

Ele fica de frente para mim na banheira, fazendo a água transbordar ao mudar de posição. Passa o braço em volta de mim, descansando na borda da banheira.

— Persistente, não é? — murmura ele, um vestígio de irritação na voz. — A vida, o universo, negócios. Anastasia, a Mrs. R. e eu nos conhecemos há muito tempo. Podemos discutir qualquer coisa.

— A meu respeito? — murmuro.

— Sim.

Olhos cinzentos me observam com atenção.

Mordo o lábio inferior, tentando controlar a súbita onda de raiva que vem à tona.

— Por que você fala de mim? — Faço força para não soar magoada e petulante, mas não consigo. Sei que devia parar. Estou pressionando-o demais. Meu inconsciente está de novo com aquela cara de *O grito* de Munch.

— Eu nunca conheci ninguém como você, Anastasia.

— O que significa isso? Alguém que não assinou sua papelada sem fazer perguntas?

Ele balança a cabeça.

— Preciso de conselhos.

— E você se aconselha com a Sra. Pedófila? — pergunto.

O poder sobre meu mau humor é mais vacilante do que eu pensava.

— Anastasia, chega — corta ele num tom severo, apertando os olhos.

Estou patinando em gelo fino, e rumando para o perigo.

— Ou vou lhe dar umas palmadas. Não tenho nenhum interesse sexual ou romântico por ela. Ela é uma grande amiga que prezo muito e minha sócia. Só isso. Temos um passado, uma história em comum, que foi enormemente proveitosa para mim, embora tenha fodido com o casamento dela, mas esse lado da nossa relação acabou.

Nossa, outra parte que eu simplesmente não consigo entender. Ela também era casada. Como eles conseguiram passar tanto tempo impunes?

— E seus pais nunca descobriram?

— Não — resmunga ele —, eu já disse.

E sei que o assunto está encerrado. Não posso lhe perguntar mais nada sobre ela porque ele vai perder a cabeça comigo.

— Terminou? — pergunta secamente.

— Por enquanto.

Ele respira fundo e relaxa visivelmente na minha frente, como se tivessem lhe tirado um peso enorme dos ombros.

— Certo, minha vez — murmura, ficando com um olhar duro, curioso. — Você não respondeu ao meu e-mail.

Coro. Ah, odeio o foco das atenções em mim, e parece que ele vai ficar zangado todas as vezes que discutirmos. Balanço a cabeça. Talvez seja assim que ele se sinta em relação às minhas perguntas. Não está acostumado a ser desafiado. A ideia reveladora me distrai e me irrita.

— Eu ia responder. Mas agora você está aqui.

— Preferia que eu não estivesse? — sussurra ele, a expressão de novo impassível.

— Não, estou contente — murmuro.

— Ótimo. — Ele dá um suspiro sincero de alívio. — Estou contente de estar aqui, também, apesar do seu interrogatório. Então, embora seja aceitável me encher de perguntas, acha que pode reivindicar um tipo de imunidade diplomática só porque eu vim até aqui para ver você? Não caio nessa, Srta. Steele. Quero saber como se sente.

Ah, não...

— Já disse. Estou contente por você estar aqui. Obrigada por ter vindo — digo debilmente.

— Não há de quê.

Seus olhos brilham quando ele se abaixa e me beija com delicadeza. Sinto-me reagir na mesma hora. A água ainda está quente, o banheiro, enfumaçado. Ele para e recua, olhando-me.

— Não. Acho que quero algumas respostas antes de fazermos algo mais.

Mais? De novo essa palavra. E ele quer respostas... respostas a quê? Não tenho um passado secreto, não tenho uma infância angustiante. O que ele poderia querer saber sobre mim que já não saiba?

Suspiro, resignada.

— O que quer saber?

— Bem, como você se sente em relação ao nosso pretenso acordo, para começar.

Pisco para ele. Hora de verdade ou consequência — meu inconsciente e minha deusa interior se entreolham nervosamente. *Diabo, vamos pela verdade.*

— Acho que não consigo fazer isso por um período de tempo muito longo. Um fim de semana inteiro fingindo ser uma pessoa que eu não sou.

Coro e abaixo os olhos.

Ele levanta meu queixo e está rindo para mim, achando graça.

— Não, também acho que não consegue.

E uma parte de mim se sente ligeiramente afrontada e desafiada.

— Está debochando de mim?

— Sim, mas de uma forma positiva — diz com um sorrisinho.

Ele se inclina e me dá um beijinho rápido.

— Você não é uma grande submissa — sussurra ao segurar meu queixo, o olhar bem-humorado.

Olho para ele, chocada, depois caio na gargalhada, e ele me acompanha.

— Talvez eu não tenha tido um bom professor.

Ele bufa.

— Talvez. Vai ver que eu devo ser mais rígido com você.

Ele inclina a cabeça de lado e me dá um sorriso artificial.

Engulo em seco. Putz, não. Mas ao mesmo tempo, meus músculos se contraem deliciosamente lá dentro de mim. Esta é sua maneira de mostrar que ele dá importância. Talvez a única maneira de ele poder mostrar que dá importância — percebo isso. Ele está me olhando, avaliando minha reação.

— Foi tão ruim quando bati em você da primeira vez?

Olho para ele, piscando. *Foi tão ruim?* Lembro-me de ter ficado confusa com minha reação. Pensando bem, doeu, mas não muito. Ele já disse várias vezes que isso é mais psicológico. E da segunda vez... Bem, foi gostoso... sexy.

— Não, não muito — sussurro.

— É mais a ideia da coisa — provoca ele.

— Acho que sim. Sentir prazer, quando supõe que não é para sentir.

— Lembro de ter a mesma sensação. Leva um tempo para entendermos isso.

Puxa vida. Isso foi quando ele era garoto.

— Você sempre pode usar a palavra de segurança, Anastasia. Não se esqueça disso. E, desde que siga as regras, que suprem uma profunda necessidade que tenho de controle e de preservá-la, talvez a gente consiga achar um caminho.

— Por que precisa me controlar?

— Porque isso satisfaz uma necessidade minha que não foi satisfeita em meus anos de formação.

— Então é uma forma de terapia?

— Nunca pensei nisso dessa maneira, mas sim, acho que sim.

Isso eu posso entender. Isso vai ajudar.

— Mas tem aquilo. Você diz "não me desafie", e, no minuto seguinte, diz que gosta de ser desafiado. É muito complicado.

Ele me olha um instante, depois franze a testa.

— Eu enxergo isso. Mas parece que você está se dando bem até agora.

— Mas a que preço? Estou toda tensa.

— Gosto de você toda tensa.

Ele dá uma risadinha.

— Não foi isso que eu quis dizer!

Jogo água nele, exasperada.

Ele me olha, arqueando uma sobrancelha.

— Será que você acabou de jogar água em mim?

— Sim.

Puta merda... aquele olhar.

Ah, Srta. Steele. — Ele me agarra e me puxa para seu colo, jogando água no chão todo. — Acho que já falei muito por ora.

Ele segura minha cabeça com as duas mãos e me beija. Profundamente. Possuindo minha boca. Controlando minha cabeça... me controlando. Gemo nos lábios dele. É disso que ele gosta. É nisso que ele é bom. Tudo se acende dentro de mim, e meus dedos estão no cabelo dele, prendendo-o a mim, e estou retribuindo o beijo dele e dizendo quero você, também, da única maneira que sei. Ele geme e me faz montar nele, ajoelhada, em seu pênis ereto. Ele recua e olha para mim, os olhos velados, brilhantes e lascivos. Quando vou segurar a borda da banheira, ele agarra meus dois pulsos e puxa minhas mãos para trás, prendendo-as com uma mão só.

— Vou comer você agora — sussurra, e me levanta, de modo que fico pairando acima dele. — Pronta?

— Sim — murmuro, e ele me move para se encaixar em mim, devagarinho, muito devagarinho... me preenchendo... me observando enquanto me possui.

Gemo e fecho os olhos, extasiada com aquela sensação intensa de preenchimento. Ele flexiona os quadris, e eu arquejo, inclinando-me à frente, descansando a testa na dele.

— Por favor, solte minhas mãos — sussurro.

— Não me toque — implora ele, soltando meus pulsos e agarrando meus quadris.

Apoiada na borda da banheira, fico subindo e descendo lentamente, abrindo os olhos para vê-lo. Ele me observa, a boca aberta, a respiração ofegante, forçada — a língua entre os dentes. Ele parece muito... excitado. Estamos molhados e escorregadios indo e vindo colados um ao outro. Inclino-me e beijo-o. Ele fecha os olhos. Timidamente, levo as mãos à cabeça dele e corro os dedos pelo seu cabelo, sem descolar os lábios dos seus. Isso é permitido. Ele gosta. Eu gosto. E sincronizamos o nosso movimento. Puxo seu cabelo, inclinando sua cabeça para trás e beijando mais fundo, montando nele — mais depressa, aumentando o ritmo. Gemo, a boca colada à dele. Ele começa a me levantar mais depressa, mais depressa... me segurando pelos quadris. Retribuindo meu beijo. Somos bocas e línguas úmidas, cabelos emaranhados e quadris em vaivém. Pura sensação... pura sofreguidão de novo. Estou perto... estou começando a reconhecer essa tensão... esses espasmos deliciosos. E a água... está agitada em volta de nós, cheia de redemoinhos, nossa própria voracidade, um turbilhão acompanhando a velocidade cada vez mais frenética de nossos movimentos... espirrando para todo lado, espelhando o que está acontecendo dentro de mim... e não estou nem ligando.

Amo este homem. Amo a paixão dele, o efeito que provoco nele. Amo o fato de ele ter vindo de tão longe para me ver. Amo o fato de ele gostar de mim... ele gosta. É tão inesperado, tão gratificante. Ele é meu, e eu sou dele.

— Isso mesmo, baby — sussurra ele.

E eu gozo, o orgasmo me percorrendo num espasmo, um clímax turbulento e apaixonado que me devora inteira. E de repente Christian me amassa... num abraço apertado ao chegar ao auge.

— Ana! — grita, e é uma invocação selvagem que me comove e me toca no fundo da alma.

Estamos deitados nos olhando, os olhos cinzentos colados nos azuis, cara a cara, na cama super king size, cada um abraçando seu travesseiro na testa. Nus. Sem nos tocarmos. Só olhando e admirando, cobertos com o lençol.

— Quer dormir? — pergunta Christian, a voz macia e solícita.

— Não, não estou cansada.

Sinto-me estranhamente energizada. Foi muito bom conversar — não quero parar.

— O que quer fazer? — pergunta ele.

— Conversar.

Ele sorri.

— Sobre o quê?

— Coisas.

— Que coisas?

— Você.

— O quê exatamente?

— Qual é seu filme preferido?

Ele ri.

— Hoje é *O Piano*.

O sorriso dele é contagioso.

— Claro. Sou boba. Uma trilha sonora tão triste e envolvente, que, sem dúvida, você aprendeu a tocar? Tem muitas conquistas, Sr. Grey.

— E a maior delas é você, Srta. Steele.

— Então sou a número dezessete.

Ele me olha intrigado, sem entender.

— Dezessete?

— O número de mulheres com quem você, hum... fez sexo.

Ele sorri com um olhar incrédulo.

— Não exatamente.

— Você disse quinze.

Minha confusão é óbvia.

— Eu estava me referindo ao número de mulheres no meu quarto de jogos. Achei que você estivesse se referindo a isso. Você não me perguntou com quantas mulheres eu já tinha feito sexo.

— Ah. — *Puta merda... tem mais... Mais quantas?* Olho para ele. — Sexo baunilha?

— Não. Você é minha única conquista nessa modalidade.

Ele balança a cabeça sorrindo para mim.

Por que ele acha graça nisso? E por que estou rindo para ele também, feito uma idiota?

— Não posso estimar um número. Não fiz marcas na parede nem nada.

— De que estamos falando? Dezenas, centenas... milhares?

Vou arregalando os olhos conforme os números crescem.

— Dezenas. Estamos nas dezenas, pelo amor de Deus.

— Todas submissas?

— Sim.

— Pare de rir de mim — censuro-o em tom brando, tentando em vão manter o rosto impassível.

— Não consigo. Você é engraçada.

— Engraçada estranha ou engraçada rá-rá-rá?

— Um pouco dos dois, acho eu.

Suas palavras imitam as minhas.

— Isso é um atrevimento danado, partindo de você.

Ele se debruça e beija a ponta do meu nariz.

— Isso vai chocar você, Anastasia. Está pronta?

Balanço a cabeça, olhos arregalados, ainda com aquele sorriso idiota no rosto.

— Todas submissas em treinamento, quando eu estava treinando. Há lugares em Seattle e nos arredores da cidade onde se pode praticar. Aprender a fazer o que eu faço — diz ele.

O quê?

— Ah. — Pisco para ele.

— Sim. Já paguei para fazer sexo, Anastasia.

— Isso não é nenhum motivo de orgulho — murmuro altiva. — E tem razão... estou profundamente chocada. E irritada por não poder chocar você.

— Você usou minha cueca.

— Isso chocou você?

— Chocou.

Minha deusa interior dá um salto com vara sobre a barra de quatro metros e meio.

— Você foi sem calcinha conhecer meus pais.

— Isso chocou você?

— Chocou.

A barra sobe para quatro metros e noventa.

— Parece que só consigo chocar você no departamento de lingerie.

— Você me disse que era virgem. Esse foi o maior choque que já tive.

— Sim, a sua cara foi inesquecível — rio.

— Você deixou que eu lhe desse uma surra de chicote de montaria.

— Isso chocou você?

— Sim.

Sorrio.

— Bem, talvez eu deixe você fazer isso de novo.

— Ah, estou torcendo muito para isso, Srta. Steele. Este fim de semana?

— Tudo bem — concordo timidamente.

— Tudo bem?

— É. Vou voltar ao Quarto Vermelho da Dor.

— Você diz meu nome.

— Isso choca você?

— O fato de eu gostar me choca.

— Christian.

Ele ri.

— Quero fazer uma coisa amanhã.

Seus olhos brilham de empolgação.

— O quê?

— Uma surpresa. Para você.

A voz dele é grave e doce.

Ergo uma sobrancelha e contenho um bocejo ao mesmo tempo.

— Eu a entedio, Srta. Steele? — pergunta ele com sarcasmo.

— Nunca.

Ele me dá um beijo meigo na boca.

— Durma — ordena, depois apaga a luz.

E, neste instante de calma enquanto fecho os olhos, exausta e saciada, penso que estou no olho da tempestade. E, apesar de tudo que ele disse e de tudo que não disse, acho que nunca fui tão feliz.

CAPÍTULO VINTE E QUATRO

Christian está em pé numa jaula de barras de aço, com aquela calça jeans rasgada e macia, de peito nu e pés descalços, o que me dá água na boca, e está olhando para mim. Tem aquele sorriso insolente estampado em seu lindo rosto e seus olhos de um cinza líquido. Segura uma tigela de morangos nas mãos. Aproxima-se com elegância atlética até a frente da jaula, olhando-me atentamente. Segurando um morango carnudo e maduro, ele estende a mão através da grade.

— Coma — diz voluptuosamente.

Tento andar em direção a ele, mas estou amarrada, presa pelo pulso por uma força invisível que me segura. *Deixe eu ir.*

— Venha, coma — diz ele, com aquele delicioso sorriso torcido.

Puxo, puxo... *deixe eu ir!* Quero gritar e berrar, mas não sai som nenhum. Estou muda. Ele se estica mais um pouco, e o morango está encostado nos meus lábios.

— Coma, Anastasia. — Sua boca forma meu nome, demorando sensualmente em cada sílaba.

Abro a boca e mordo, a jaula desaparece e minhas mãos estão livres. Estico o braço para tocar nele, passo os dedos nos pelos de seu peito.

— Anastasia.

Não, gemo.

— Vamos lá, baby.

Não. Quero tocar em você.

— Acorde.

Não. Por favor. Abro os olhos a contragosto por uma fração de segundo. Estou na cama e alguém está esfregando o nariz na minha orelha.

— Acorde — sussurra ele, e o efeito de sua voz doce se espalha feito caramelo quente por minhas veias.

É Christian. Ainda está escuro, e as imagens dele em meu sonho persistem, desconcertantes e tentadoras em minha cabeça.

— Ah... não — gemo.

Quero voltar para seu peito, voltar para o sonho. Por que ele está me acordando? É noite alta, ou assim parece. *Puta merda.* Será que ele quer sexo — agora?

— Hora de levantar, baby. Vou acender a luz.

Ele fala baixo.

— Não — gemo.

— Quero acordar com você — diz ele, beijando meu rosto, as pálpebras, a ponta do nariz, a boca, e abro os olhos. A luz está acesa. — Bom dia, bela adormecida — murmura ele.

Gemo, e ele sorri.

— Você não é uma pessoa matinal — sussurra.

Ofuscada pela claridade, aperto os olhos e vejo Christian debruçado sobre mim, sorrindo. Achando graça. Achando graça em mim. Vestido! De preto.

— Pensei que você quisesse sexo — resmungo.

— Anastasia, sempre quero sexo com você. É reconfortante saber que você sente a mesma coisa — diz ele secamente.

Olho para ele enquanto os meus olhos se adaptam à claridade, mas ele ainda está com a expressão alegre... graças a Deus.

— Claro que quero, só não quando é tão tarde.

— Não é tarde, é cedo. Vamos, levante. Vamos sair. Vou aceitar um vale para o sexo.

— Eu estava tendo um sonho muito bom — choramingo.

— Sonhava com o quê? — pergunta com paciência.

— Com você — digo, corando.

— O que eu estava fazendo dessa vez?

— Tentando me dar morangos para comer.

Ele esboça um sorriso.

— O Dr. Flynn adoraria saber disso. Levante, vista-se. Não precisa tomar banho, podemos fazer isso depois.

Nós!

Sento-me na cama, e o lençol desce para minha cintura, revelando meu corpo. Ele se levanta para me dar espaço, os olhos sombrios.

— Que horas são?

— Cinco e meia da manhã.

— Parece três da madrugada.

— Não temos muito tempo. Deixei você dormir o máximo possível. Venha.

— Não posso tomar uma chuveirada?

Ele suspira.

— Se você tomar, vou querer tomar com você, e você e eu sabemos o que vai acontecer. Vamos perder a hora. Venha.

Ele está animado, irradiando expectativa e entusiasmo, como um garotinho. Isso me faz sorrir.

— O que vamos fazer?

— É surpresa. Eu avisei.

Não posso deixar de rir para ele.

— Tudo bem.

Levanto da cama e procuro minhas roupas. Claro que elas estão bem dobradinhas ao lado da cama. Ele estendeu também uma das suas cuecas de malha — Ralph Lauren, nada menos. Visto-a, e ele sorri para mim. Humm, mais uma cueca de Christian Grey — um troféu para acrescentar à minha coleção, ao lado do carro, do BlackBerry e do Mac, do seu blazer preto e de valiosos livros em primeira edição. Balanço a cabeça diante da generosidade dele, e franzo a testa quando uma cena de *Tess* me passa pela cabeça: a cena do morango. Ela evoca meu sonho. Para o diabo com o Dr. Flynn — Freud adoraria saber disso — e então provavelmente morreria tentando lidar com Christian.

— Vou deixá-la à vontade agora que você se levantou.

Ele sai do quarto, e vou para o banheiro. Tenho necessidades a satisfazer, e quero me lavar rapidamente. Sete minutos depois, estou na área de estar, limpa, penteada, de calça jeans, blusa e com a cueca de Christian Grey. Ele dá uma olhada da mesinha de jantar onde está tomando o café da manhã. Café da manhã! Putz, a essa hora.

— Coma — diz ele.

Puta que pariu... meu sonho. Olho para ele boquiaberta, pensando no jeito que ele disse coma. *Humm, jeito de quem sabe comer.*

— Anastasia — diz ele severo, tirando-me do meu devaneio.

Realmente é muito cedo para mim. Como lidar com isso?

— Vou tomar um chá. Posso comer um croissant mais tarde?

Ele me olha desconfiado, e sorrio com muita doçura para ele.

— Não estrague minha festa, Anastasia — avisa ele com a voz suave.

— Vou comer mais tarde, quando meu estômago acordar. Lá pelas sete e meia... tudo bem?

— Tudo bem.

Ele me olha.

Sinceramente. Tenho que me concentrar muito para não fazer uma careta para ele.

— Quero revirar os olhos para você.

— Claro, faça isso, e vou ganhar o dia — diz ele severo.

Olho para o teto.

— Bem, uma surra me acordaria, eu acho.

Contraio os lábios, na expectativa.

Christian fica boquiaberto.

— Por outro lado, não quero deixar você nem esquentado nem preocupado. De quente, já basta o clima daqui. — Dou de ombros com displicência.

Christian fecha a boca e se esforça para fazer uma expressão contrariada, mas não consegue. Dá para perceber o bom humor escondido no fundo dos seus olhos.

— Você é implicante, como sempre, Srta. Steele. Tome seu chá.

Vejo o rótulo Twinings, e meu coração pula de alegria. *Está vendo, ele se importa, sim,* pronuncia meu inconsciente para mim. Sento-me e o encaro, absorvendo sua beleza. Será que algum dia vou me fartar desse homem?

QUANDO SAÍMOS DO quarto, Christian joga um casaco de moletom para mim.

— Vai precisar disso.

Olho para ele, intrigada.

— Pode confiar em mim.

Ele sorri, inclina-se e me beija rapidamente nos lábios, depois pega minha mão e saímos.

Na rua, no frio relativo do lusco-fusco do alvorecer, o manobrista entrega a Christian um jogo de chaves de um chamativo carro esporte conversível. Faço uma cara espantada para Christian, que me dá um sorriso.

— Sabe, às vezes é ótimo ser eu — diz ele com um sorriso conspiratório, mas petulante, que simplesmente não posso deixar de emular.

Ele é absolutamente adorável quando está alegre e descontraído. Abre a porta do carro para mim com uma mesura exagerada, e entro. Ele está de muito bom humor.

— Aonde vamos?

— Você vai ver.

Ele sorri ao colocar o carro em movimento, e pegamos a Savannah Parkway. Ele programa o GPS, depois pressiona um botão no volante, e uma música clássica preenche o carro.

— O que é isso? — pergunto quando o som doce de cem cordas de violino nos assalta.

— É de *La Traviata*. Uma ópera de Verdi.

Nossa... é lindo.

— *La Traviata?* Já ouvi falar. Não lembro onde. O que significa?

Christian me olha e dá um sorriso.

— Bem, literalmente, "a mulher perdida". É baseada no livro de Alexandre Dumas, *A dama das camélias.*

— Ah. Já li.

— Achei que talvez já tivesse lido.

— A cortesã condenada. — Remexo-me desconfortável no assento de couro macio. *Será que ele está tentando me dizer algo?* — Humm, é uma história deprimente — murmuro.

— Muito deprimente? Quer escolher alguma música? Estão no meu iPod.

Christian está de novo com aquele sorriso misterioso.

Não vejo o iPod dele em lugar nenhum. Ele toca na tela no console entre nós, e pasmem, tem uma lista de músicas.

— Pode escolher.

Ele sorri, e sei que isso é um desafio.

O iPod de Christian Grey, isso deve ser interessante. Rolo a tela e encontro a canção perfeita. Aperto "play". Eu não o imaginaria sendo um fã de Britney. A batida techno club-mix nos assalta, e Christian abaixa o volume. Talvez seja muito cedo para isso: Britney no máximo da sua sensualidade.

— "Toxic", hein?

Christian sorri.

— Não sei o que você quer dizer — faço-me de inocente.

Ele abaixa mais um pouco a música, e, no íntimo, estou me abraçando. Minha deusa interior está em pé no pódio esperando sua medalha de ouro. Ele abaixou a música. Vitória!

— Eu não botei essa música no meu iPod — diz afinal, e acelera, fazendo com que eu fique colada no banco enquanto o carro corre na autoestrada.

O quê? Ele sabe o que está fazendo, o filho da mãe. *Quem botou?* E tenho que escutar Britney cantando. *Quem... quem?*

A música termina e o iPod passa para Damien Rice cantando desolado. *Quem? Quem?* Olho pela janela, o estômago revirado. *Quem?*

— Foi a Leila — responde ele aos meus pensamentos. *Como ele faz isso?*

— Leila?

— Uma ex, que botou a música no meu iPod.

Fico perplexa, tendo como música de fundo as modulações de Damien. Uma ex... ex-submissa? Uma ex...

— Uma das quinze? — pergunto.

— Sim.

— O que aconteceu com ela?

— Terminamos.

— Por quê?

Ai, droga. É muito cedo para esse tipo de conversa. Mas ele está com uma expressão relaxada, até feliz e, ainda por cima, está falante.

— Ela queria mais.

Sua voz é grave, chegando a ser introspectiva, e ele deixa a frase no ar em suspenso entre nós, terminando-a de novo com aquela palavrinha poderosa.

— E você não? — pergunto antes que possa usar meu filtro do cérebro para a boca. Merda, será que eu quero saber?

Ele balança a cabeça.

— Eu nunca quis mais até conhecer você.

Arquejo, encantada. Não é isso que eu quero? Ele quer mais. *Ele também quer!* Minha deusa interior deu um salto mortal do pódio e agora está dando cambalhotas pelo estádio. Não sou só eu.

— O que aconteceu com as outras quatorze? — pergunto.

Putz, ele está falando — aproveite.

— Quer uma lista? Divorciadas, decapitadas, mortas?

— Você não é Henrique VIII.

— Tudo bem. Sem nenhuma ordem especial, só tive relações longas com quatro mulheres, à parte Elena.

— Elena?

— Mrs. Robinson para você.

Ele dá aquele seu sorriso indolente.

Elena! Puta merda. A maligna tem nome e, pelo jeito, deve ser estrangeira. A visão de uma vamp gloriosa de pele clara, cabelos negros e lábios vermelhos me vem à mente, e sei que ela é linda. *Não devo ficar pensando nisso. Não devo ficar pensando nisso.*

— O que aconteceu com as quatro? — pergunto para me distrair.

— Muito perguntadora, muito ansiosa por informações, Srta. Steele — censura ele em tom jovial.

— Acha mesmo, Sr. Quando Deve Ficar Menstruada?

— Anastasia, um homem precisa saber dessas coisas.

— Precisa?

— Eu preciso.

— Por quê?

— Porque não quero que você engravide.

— Nem eu! Bem, só daqui a alguns anos.

Christian pisca, espantado, depois relaxa visivelmente. Tudo bem. Christian não quer filhos. Agora ou nunca? Estou encantada com esse seu súbito e inédito ataque de sinceridade. Quem sabe é a hora? Algo na água da Geórgia? O ar da Geórgia? O que mais quero saber? *Carpe diem.*

— Então as outras quatro, o que houve? — pergunto.

— Uma conheceu outra pessoa. As outras três queriam mais. Eu não estava a fim de mais na época.

— E as outras? — pressiono.

Ele me olha rapidamente e se limita a balançar a cabeça.

— Simplesmente não deu certo.

Ih, um monte de informações para digerir. Olho no espelho lateral do carro, e vejo os tons suaves de azul e rosa se espraiando no céu atrás do carro. A aurora está nos seguindo.

— Para onde estamos indo? — pergunto, perplexa, olhando para a Interestadual 95. Estamos indo para o sul, é só o que sei.

— Um campo de aviação.

— Não estamos voltando para Seattle, estamos?

Arquejo alarmada. Não me despedi de minha mãe. Ela está nos esperando para jantar.

Ele ri.

— Não, Anastasia, vamos nos distrair com meu segundo passatempo favorito.

— Segundo?

Franzo as sobrancelhas para ele.

— É.. Contei do meu favorito hoje de manhã.

Olho para seu perfil glorioso, intrigada, quebrando a cabeça.

— É me distrair com você, Srta. Steele. Isso está no topo da minha lista. Do jeito que for.

Ah.

— Bem, isso também ocupa um dos primeiros lugares na minha lista de prioridades divertidas e bizarras — murmuro, corando.

— Gostei de ouvir isso — diz ele secamente.

— Então, campo de aviação?

Ele sorri para mim.

— Planar.

O termo diz vagamente alguma coisa. Ele já mencionou isso.

— Vamos atrás da aurora, Anastasia.

Ele se vira e sorri para mim enquanto o GPS o manda entrar à direita no que parece um complexo industrial. Para em frente a um vasto prédio com um letreiro que diz ASSOCIAÇÃO DE PLANADORES DE BRUNSWICK.

Planar! Vamos andar de planador?

Ele desliga o carro.

— Você topa? — pergunta ele.

— Você vai voar?

— Vou.

— Sim, por favor. — Não hesito. Ele sorri e me dá um beijo.

— Outra primeira, Srta. Steele — diz ele ao saltar do carro.

Primeira vez? Que tipo de primeira vez? Voar de planador pela primeira vez... merda! Não — ele disse que já fez isso. Relaxo. Ele dá a volta e abre minha porta. O céu agora está opalescente, irisado com um brilho suave por trás das esporádicas nuvens. Já amanheceu.

Christian pega minha mão e dá a volta no prédio, levando-me para uma longa pista onde há vários aviões estacionados. Ao lado dos aviões, um homem de cabeça raspada e olhar selvagem aguarda com Taylor.

Taylor! Será que Christian vai a algum lugar sem esse homem? Sorrio para ele, e ele sorri para mim com simpatia.

— Sr. Grey, este é seu piloto rebocador, Sr. Mark Benson — diz Taylor.

Christian e Benson trocam cumprimentos e dão início a uma conversa que parece extremamente técnica sobre velocidade, direções dos ventos e coisas assim.

— Olá, Taylor — murmuro timidamente.

— Srta. Steele. — Ele faz um aceno de cabeça ao me cumprimentar, e eu faço cara feia. — Ana — corrige-se. — Ele anda infernal esses últimos dias. Ainda bem que você está aqui — diz em tom conspiratório.

Ah, isso é novidade. Por quê? Com certeza não por minha causa! Quinta-feira de revelações! Deve ser alguma coisa na água de Savannah que faz esses homens se descontraírem um pouco.

— Anastasia — chama Christian. — Venha.

Ele estende a mão.

— Até logo.

Sorrio para Taylor, e, com uma rápida continência para mim, ele volta para o estacionamento.

— Sr. Benson, esta é minha namorada, Anastasia Steele.

— Muito prazer — murmuro ao apertarmos as mãos.

Benson me lança um sorriso deslumbrante.

— O prazer é meu — diz ele, e vejo pelo sotaque que é inglês.

Pego a mão de Christian empolgada, sentindo o frio na barriga aumentar. *Nossa... planar!* Atravessamos o pátio com Mark Benson a caminho da pista. Ele e Christian mantêm uma conversa constante. Capto o teor. Estaremos num Blanik L-23, que aparentemente é melhor que o L-13, embora isso esteja aberto a discussão. Benson vai voar um Piper Pawnee. Ele já é piloto rebocador de faixas há uns cinco anos. Isso não significa nada para mim, mas vejo Christian tão animado, tão confortável, que dá prazer.

O avião é comprido, elegante e branco com listras laranja. Tem uma cabine pequena com dois assentos, um na frente do outro. Está preso por um longo cabo branco a um aviãozinho convencional monomotor. Benson abre a grande cúpula transparente que forma a cabine para que possamos entrar.

— Primeiro precisamos colocar seu paraquedas.

Paraquedas!

— Eu faço isso — interrompe-o Christian e pega a mochila de Benson, que sorri solicitamente para ele.

— Vou buscar um lastro — diz Benson, e se dirige ao avião.

— Você gosta de me amarrar — observo secamente.

— Srta. Steele, você não tem ideia. Venha, coloque os tirantes.

Obedeço, apoiando o braço em seu ombro. Christian se retesa ligeiramente mas não se mexe. Quando estou com os pés dentro das alças, ele puxa o paraquedas para cima, e coloco os tirantes dos braços. Com habilidade, ele afivela a mochila e ajusta todos os tirantes.

— Bom, está bem assim — diz com suavidade, mas seus olhos estão brilhando. — Você tem o prendedor de cabelo de ontem?

Balanço a cabeça.

— Quer que eu prenda o cabelo?

— Quero.

Obedeço depressa.

— Vá entrando — ordena Christian.

Ele continua muito autoritário. Dirijo-me ao banco de trás.

— Não, na frente. O piloto fica atrás.

— Mas você não vai conseguir ver!

— Vou ver muito.

Ele sorri.

Acho que nunca o vi tão feliz — autoritário, mas feliz. Subo e me instalo no assento de couro. É surpreendentemente confortável. Christian vem, se debruça, suspende a mochila nos meus ombros, pega o cinto inferior entre minhas pernas e o passa pela fivela que está encostada na minha barriga. Aperta todos os tirantes.

— Hum, duas vezes em uma manhã, sou um homem de sorte — murmura ele, e me beija rapidamente. — Isso não vai demorar, vinte, trinta minutos no máximo. A essa hora da manhã, as termais não são lá essas coisas, mas é muito impressionante lá em cima. Espero que você não esteja nervosa.

— Empolgada. — Sorrio.

De onde vem esse sorriso ridículo? Na verdade, uma parte de mim está apavorada. Minha deusa interior está embaixo de uma manta atrás do sofá.

— Ótimo.

Ele sorri também, acariciando meu rosto, depois some de vista.

Ouço e sinto seus movimentos quando ele sobe no avião atrás de mim. Claro que ele me apertou tanto que não consigo me virar para vê-lo... típico! Estamos muito perto do chão. Na minha frente, há um painel de mostradores e alavancas e um bastão grande. Não mexo em nada.

Mark Benson aparece com um sorriso alegre para verificar meus tirantes e se inclina para conferir o chão da cabine. Acho que é o lastro.

— É, está seguro. É a primeira vez? — pergunta.

— É.

— Vai adorar.

— Obrigada, Sr. Benson.

— Pode me chamar de Mark. — Vira-se para Christian. — Tudo bem?

— Sim. Vamos.

Ainda bem que não comi nada. Estou bastante empolgada, e acho que não teria estômago para comida, empolgação e deixar o solo. Mais uma vez, estou me colocando nas mãos habilidosas desse belo homem. Mark fecha a cúpula da cabine, vai até o avião em frente e embarca.

A hélice única do Piper dá a partida, e meu estômago vem parar na garganta. *Putz... estou fazendo isso mesmo.* Mark taxia lentamente na pista, e, quando o cabo estica, avançamos subitamente. Partimos. Ouço a conversa no rádio atrás de mim. Acho que é Mark falando com a torre — mas não consigo entender o que dizem. Conforme o Piper vai ganhando velocidade, nós também ganhamos. A pista é muito esburacada, e, na nossa frente, o monomotor continua no solo. Putz, será que vamos decolar alguma hora? E, de repente, meu estômago desce vertiginosamente — estamos no ar.

— Lá vamos nós! — grita Christian atrás de mim. E estamos dentro de nossa bolha, só nós dois. Só ouço o barulho do vento passando e o zumbido distante do motor do Piper.

Vou agarrada com as duas mãos na poltrona, apertando tanto que os nós dos meus dedos ficam brancos. Rumamos para oeste, para o interior, nos afastando do nascente, ganhando altura, atravessando campos e bosques e casas e a Interestadual 95.

Puxa vida. Isso é incrível, só o céu acima da gente. A luz é extraordinária, com o tom difuso e quente, e me lembro de José divagando sobre a "hora mágica", uma hora do dia que os fotógrafos adoram — é essa... justo depois do alvorecer, e estou nela, com Christian.

De repente, lembro-me da exposição de José. Hum. Preciso dizer a Christian. Pergunto-me por um instante como ele vai reagir. Mas não vou me preocupar com isso agora — estou curtindo o passeio. Meus ouvidos estalam à medida que ganhamos altura, e o solo fica cada vez mais longe. Isso é tão calmo. Entendo perfeitamente por que ele gosta de estar aqui em cima. Longe do seu BlackBerry e de todas as pressões do trabalho.

O rádio estala, e Mark menciona três mil pés. Putz, isso parece alto. Olho o solo, e já não consigo distinguir mais nada com clareza lá embaixo.

— Largue — diz Christian no rádio, e, de repente o Piper desaparece e a sensação de tração proporcionada pelo aviãozinho cessa. Estamos flutuando, flutuando sobre a Geórgia.

Puta merda — é empolgante. O avião aderna e vira, obedecendo a inclinação da asa, e subimos em espiral em direção ao Sol. *Ícaro. É isso.* Estou voando perto do Sol, mas ele está comigo, conduzindo-me. Arquejo ao me dar conta disso. Ficamos subindo em espiral, e a vista com essa luz matinal é espetacular.

— Segure firme! — grita ele, e tornamos a mergulhar, só que desta vez ele não para. De repente, estou de cabeça para baixo, olhando para o solo pela cúpula da cabine.

Dou um grito estridente, abrindo os braços instintivamente, espalmando as mãos no material transparente para me segurar. Escuto sua risada. *Filho da mãe!* Mas sua alegria é contagiante, e estou rindo também, enquanto ele endireita o avião.

— Foi bom eu não ter tomado café! — grito para ele.

— É, foi bom, porque vamos fazer isso de novo.

Ele mergulha de novo o avião até estarmos de cabeça para baixo. Dessa vez, porque estou preparada, me seguro na mochila, mas acho isso engraçado e fico rindo feito uma idiota. Ele torna a endireitar o avião.

— Lindo, não é? — grita ele.

— É.

Voamos, dando piquês majestosos no ar, ouvindo o vento e o silêncio, na luz da manhã. Será que poderíamos pedir mais?

— Está vendo o controle na sua frente? — grita ele de novo.

Olho para a alavanca sacolejando entre minhas pernas. *Ah, não,* aonde ele vai com isso?

— Pegue.

Ai, merda. Ele vai me fazer pilotar o avião. *Não!*

— Vai, Anastasia, pegue — insiste com veemência.

Hesitantemente, seguro o controle e sinto o movimento e a guinada do que presumo serem lemes e pás que mantêm o avião no ar.

— Segure firme... não deixe mexer. Está vendo o mostrador do meio na frente? Mantenha a agulha no centro.

Estou apavorada. *Puta merda.* Estou pilotando um planador... Estou planando.

— Muito bem — diz Christian encantado.

— Estou impressionada que você me deixe assumir o controle — grito.

— Você ficaria espantada com o que posso deixar você fazer, Srta. Steele. Agora é comigo de novo.

Sinto o controle mexer subitamente, e solto enquanto descemos em parafuso vários metros, e meus ouvidos estalam de novo. O solo está se aproximando, e parece que já, já, vamos bater lá. É assustador.

— BMA, aqui é BG N Papa Três Alfa, entrando pista esquerda a sotavento sete para a grama, BMA.

Christian fala daquele seu jeito autoritário de sempre. A torre dá uma resposta cheia de chiados pelo rádio, mas não entendo o que dizem. Tornamos a dar uma volta ampla, nos aproximando lentamente do solo. Posso ver o aeroporto, as pistas de pouso, e estamos de novo sobrevoando a Interestadual 95.

— Segure-se. Às vezes isso sacode.

Após outra volta, descemos, e, de repente, estamos no solo com um baque rápido, correndo na grama — *puta merda.* Bato o queixo ao sacolejarmos lá dentro a uma velocidade alarmante, até finalmente pararmos. O avião balança, depois cai para a direita. Respiro fundo e Christian se debruça e abre a cúpula da cabine, saltando e se alongando.

— Como foi? — pergunta, os olhos com um brilho prateado deslumbrante.

Ele vem me soltar.

— Foi sensacional. Obrigada — sussurro.

— Isso é mais? — pergunta ele, a voz esperançosa.

— Muito mais — respondo, e ele sorri.

— Venha.

Ele me estende a mão, e salto da cabine.

Assim que salto, ele me agarra bem colada nele. De repente, está puxando minha cabeça para trás pelos cabelos com uma das mãos, enquanto a outra desce até a cintura. Ele me dá um beijo demorado e apaixonado, explorando minha boca com a língua. Sua respiração está se acelerando, seu ardor... *Puta merda* — seu pênis ereto... estamos num campo. Mas não quero saber. Meus dedos se enroscam em seu cabelo, ancorando-o a mim. Eu o quero aqui, agora, no chão. Ele se afasta e me olha, os olhos misteriosos e luminosos na luz da manhã, cheios de sensualidade pura e arrogante. Nossa. Ele me tira o fôlego.

— Café — sussurra ele, falando como se essa refeição fosse algo deliciosamente erótico.

Como ele consegue fazer uma refeição de ovos com bacon soar como se fosse o fruto proibido? É um talento extraordinário. Ele se vira, me dá a mão, e voltamos para o carro.

— E o planador?

— Alguém vai cuidar disso — diz ele sem dar importância. — Vamos comer agora.

Seu tom é inequívoco.

Comida! Ele está falando de comida, quando realmente tudo que eu quero é ele.

— Venha.

Ele sorri.

Nunca o vi assim, e é uma alegria ver. De repente estou a seu lado, de mãos dadas, com um sorriso abobalhado no rosto. Isso me lembra quando eu tinha dez anos e passei o dia na Disneylândia com Ray. Foi um dia perfeito, e este com certeza está prometendo ser igual.

No carro, quando estamos na Interestadual 95 voltando para Savannah, o alarme do meu celular toca. Ah, sim... minha pílula.

— O que é isso? — pergunta Christian, curioso, olhando para mim.

Procuro a caixa na bolsa.

— O alarme para a pílula — murmuro, enrubescendo.

Ele sorri.

— Ótimo, muito bem. Odeio camisinha.

Fico mais vermelha ainda. Ele está mais paternalista que nunca.

— Gostei de você ter me apresentado ao Mark como sua namorada — murmuro.

— Não é o que você é?

Ele ergue uma sobrancelha.

— Sou? Pensei que você quisesse uma submissa.

— Eu também, Anastasia, e quero. Mas já disse. Eu também quero mais.

Minha nossa. Ele está caindo em si, e uma onda de esperança me invade, deixando-me ofegante.

— Estou muito feliz por você querer mais — murmuro.

— Nosso objetivo é satisfazer, Srta. Steele.

Ele dá um sorrisinho ao estacionarmos na International House of Pancakes.

Panquecas. Sorrio para ele também. Não acredito. Quem diria... Christian Grey na IHOP.

*   *   *

São oito e meia, mas o restaurante está calmo. Cheira a massa doce, fritura e desinfetante. *Humm... não é um cheiro muito tentador.* Christian me conduz a uma mesa.

— Eu nunca teria imaginado você aqui — digo ao nos sentarmos.

— Meu pai nos trazia a um desses restaurantes sempre que minha mãe viajava para um congresso de medicina. Era nosso segredo.

Ele sorri para mim, todo alegre, e pega um cardápio, passando a mão pelo cabelo revolto.

Ah, quero passar as mãos nesse cabelo. Pego um cardápio e o examino. Vejo que estou faminta.

— Sei o que eu quero — sussurra ele, a voz grave e rouca.

Olho para ele, que está me olhando daquele jeito misterioso e ardente que me deixa com todos os músculos da barriga contraídos e me tira o fôlego. *Puta merda.* Meu sangue canta nas veias, respondendo a seu chamado.

— Eu quero o que você quiser — sussurro.

Ele suspira.

— Aqui? — pergunta sugestivamente, levantando uma sobrancelha para mim, com um sorriso malicioso, os dentes prendendo a pontinha da língua.

Nossa... sexo na IHOP. A expressão dele muda, ficando mais misteriosa.

— Não morda o lábio — ordena. — Aqui, não, agora, não. — Seu olhar fica mais duro, e, por um instante, ele parece deliciosamente perigoso. — Se não posso comer você aqui, não me tente.

— Oi, meu nome é Leandra. O que vocês vão querer... hã... gente... hoje...?

Ela deixa a frase inacabada, tropeçando nas palavras ao encher os olhos com o Sr. Lindo à minha frente. Fica toda vermelha, e percebo, contrariada, que estou sentindo um pouquinho de pena dela, porque ele ainda faz isso comigo. A presença dela me permite escapar por um instante do olhar sensual dele.

— Anastasia? — ele me dá a palavra, sem fazer caso da moça, e acho que ninguém poderia pôr tanta sensualidade no meu nome como ele faz naquele momento.

Engulo em seco, rezando para não ficar da mesma cor que a pobre Leandra.

— Eu já disse, quero o que você quiser.

Falo com a voz doce, grave, e ele me olha sequioso. Minha deusa interior se derrete. *Será que estou preparada para o jogo dele?*

Leandra olha de mim para ele e dele para mim. Está praticamente da mesma cor do seu luzidio cabelo ruivo.

— Será que dou mais um tempinho para vocês decidirem?

— Não. Já sabemos o que queremos.

Christian dá um sorrisinho sensual.

— Vamos querer duas porções da panqueca tradicional de leite com *maple syrup* e bacon à parte, dois copos de suco de laranja, um café preto com leite desnatado e um chá preto, se você tiver — diz Christian, sem tirar os olhos de mim.

— Obrigada, senhor. Mais alguma coisa? — sussurra Leandra, olhando para tudo menos para nós dois.

Olhamos para ela, e ela fica de novo toda vermelha e vai saindo depressa.

— Sabe, isso realmente não é justo.

Olho a mesa de fórmica e sigo com o indicador o desenho, tentando soar displicente.

— O que não é justo?

— Como você desarma as pessoas. As mulheres. A mim.

— Desarmo você?

Sorrio com desdém.

— O tempo todo.

— É só impressão, Anastasia — diz ele afável.

— Não, Christian, é muito mais que isso.

Ele franze a testa.

— Você me desarma totalmente, Srta. Steele. A sua inocência. O fato de ir direto ao ponto.

— Foi por isso que você mudou de ideia?

— Mudei de ideia?

— É... sobre... hã... a gente?

Ele afaga o queixo pensativamente com aqueles dedos habilidosos.

— Acho que não mudei de ideia propriamente. Só precisamos redefinir nossos parâmetros, redesenhar nossas linhas de batalha, se quiser. Podemos fazer isso dar certo, tenho certeza. Quero você submissa no meu quarto de jogos. Vou punir você quando desobedecer às regras. Estas são as minhas exigências, Srta. Steele. O que diz disso?

— Então eu vou dormir com você? Na sua cama?

— É o que você quer?

— É.

— Então concordo. Além do mais, durmo muito bem quando você está na minha cama. Eu não sabia.

Ele fica sério e sua voz some.

— Achei que você me deixaria se eu não concordasse com tudo isso — sussurro.

— Eu não vou a lugar nenhum, Anastasia. Além do mais... — ele deixa a frase inacabada e, depois de pensar um pouco, acrescenta: — estamos seguindo o seu conselho, a sua definição: compromisso. Você me mandou essa definição num e-mail. E, até agora, está dando certo para mim.

— Adoro que você queira mais — murmuro timidamente.

— Eu sei.

— Como sabe?

— Pode confiar em mim. Eu simplesmente sei.

Ele dá um sorrisinho. Está escondendo alguma coisa. *O quê?*

Nesse momento, Leandra chega com os pratos e nossa conversa termina. Minha barriga ronca, lembrando-me de quão faminta estou. Christian observa com um olhar de aprovação irritante eu devorar a comida toda do prato.

— Posso fazer um convite? — pergunto a Christian.

— Um convite?

— Para esse café da manhã. Deixe que seja por minha conta.

Christian bufa.

— Acho que não — debocha.

— Por favor. Eu quero.

Ele amarra a cara.

— Está tentando me emascular completamente?

— Este talvez seja o único restaurante que vou poder pagar.

— Anastasia, agradeço a intenção. Mesmo. Mas, não.

Contraio os lábios.

— Não fique emburrada — ameaça ele, com um brilho sinistro nos olhos.

CLARO QUE ELE não me pergunta o endereço de minha mãe. Ele já sabe, perseguidor que é. Quando estaciona em frente à casa, não comento. Para quê?

— Quer entrar? — pergunto timidamente.

— Preciso trabalhar, Anastasia, mas estarei de volta à noite. A que horas?

Não faço caso da inoportuna pontada de decepção. Por que quero passar cada minuto com esse deus do sexo controlador? Ah, sim, eu me apaixonei por ele, e ele sabe voar.

— Obrigada... pelo mais.

— De nada, Anastasia.

Ele me beija, e aspiro aquele seu cheiro sensual.

— Até logo.

— Tente me deter — murmura ele.

Dou adeus enquanto ele sai com o carro para encarar o sol forte da Geórgia. Ainda estou usando o moletom e a cueca dele, e estou muito agasalhada.

Na cozinha, minha mãe está histérica. Não é todo dia que tem que receber um multiziliardário, e está estressada com isso.

— Como você está, querida? — pergunta, e coro porque ela sabe o que eu fiz ontem à noite.

— Tudo bem. Christian me levou para voar de planador hoje de manhã. Espero que a informação nova a distraia.

— Voar de planador? Tipo num aviãozinho sem motor? É isso?

Faço que sim com a cabeça.

— Nossa.

Ela está sem fala — um conceito novo para minha mãe. Olha para mim boquiaberta, mas acaba se recuperando e retoma a linha de interrogatório original.

— Como foi ontem à noite? Vocês conversaram?

Putz. Fico vermelha como um pimentão.

— A gente conversou, ontem à noite e hoje. Está melhorando.

— Ótimo.

Ela volta a atenção de novo para os quatro livros de culinária que tem abertos na mesa da cozinha.

— Mãe... se quiser, eu faço o jantar.

— Ah, querida, é muita gentileza sua, mas eu quero fazer.

— Tudo bem.

Faço uma careta, sabendo muito bem que a comida de minha mãe nem sempre presta. Talvez ela tenha melhorado desde que se mudou para Savannah com Bob. Houve uma época em que eu não sujeitaria ninguém ao que ela cozinha... nem — quem eu odeio? Ah, sim — a Mrs. Robinson, Elena. Bem, talvez ela. *Será que algum dia vou conhecer essa mulher desprezível?*

Decido mandar um agradecimento rápido a Christian.

De: Anastasia Steele
Assunto: Planar, e não pagar
Data: 2 de junho de 2011 10:20 LESTE
Para: Christian Grey

Às vezes você sabe fazer uma moça se divertir.

Obrigada.

Bj, Ana

De: Christian Grey
Assunto: Planar versus pagar
Data: 2 de junho de 2011 10:24 LESTE
Para: Anastasia Steele

Prefiro fazer as duas coisas a ouvir seu ronco. Também me diverti muito.

Eu sempre me divirto com você.

Christian Grey
CEO, Grey Enterprises Holdings, Inc.

De: Anastasia Steele
Assunto: Roncar
Data: 2 de junho de 2011 10:26 LESTE
Para: Christian Grey

EU NÃO RONCO. E se roncasse, seria muito grosseiro de sua parte assinalar isso.

Você não é nada cavalheiro, Sr. Grey! E está no Extremo Sul, também!

Ana

De: Christian Grey
Assunto: Sonilóquio
Data: 2 de junho de 2011 10:28 LESTE
Para Anastasia Steele

Nunca pretendi ser cavalheiro, Anastasia, e acho que já lhe demonstrei este ponto em várias ocasiões. Não me intimido com suas maiúsculas GRITAN-TES. Mas confesso uma mentirinha: não, você não ronca, mas fala. E isso é fascinante.

O que aconteceu com meu beijo?

Christian Grey
CEO, Grey Enterprises Holdings, Inc.

Puta merda. Sei que falo dormindo. Kate já me disse isso várias vezes. O que eu disse? *Ah, não.*

De: Anastasia Steele
Assunto: Entregar o ouro
Data: 2 de junho de 2011 10:32 LESTE
Para: Christian Grey

Você é um calhorda e um patife — definitivamente não um cavalheiro.
Então, o que eu disse?

Nada de beijos até você falar!

De: Christian Grey
Assunto: Bela adormecida falante
Data: 2 de junho de 2011 10:35 LESTE
Para Anastasia Steele

Seria muito grosseiro de minha parte dizer, e já fui castigado por isso.

Mas se você se comportar, talvez eu lhe conte hoje à noite. Preciso entrar em reunião agora.

Até mais, baby.

Christian Grey
CEO, Calhorda e Patife, Grey Enterprises Holdings, Inc.

Certo! Manter silêncio até a noite. Estou possessa. *Droga.* Suponhamos que eu tenha dito dormindo que o odeio, ou pior ainda, que o amo. Ah, espero que não. Não estou pronta para dizer isso a ele, e tenho certeza de que ele não está pronto para ouvir, se é que algum dia vai querer ouvir. Olho de cara feia para meu computador e decido que, seja o que for que mamãe prepare, vou fazer pão para descarregar minhas frustrações enquanto sovo a massa.

Minha mãe decidiu por um gaspacho e depois filés grelhados marinados em azeite, alho e limão. Christian gosta de carne, e isso é simples de fazer. Bob se ofereceu para tomar conta da churrasqueira. *O que há em relação aos homens e o fogo?*, reflito ao me arrastar com o carrinho de compras atrás de minha mãe pelo supermercado.

Enquanto olhamos a gôndola de carnes cruas, meu telefone toca. Procuro-o com pressa, achando que pode ser Christian. Não reconheço o número.

— Alô? — respondo ofegante.

— Anastasia Steele?

— Sim.

— É Elizabeth Morgan, da SIP.

— Ah, oi.

— Estou ligando para lhe oferecer o cargo de assistente do Sr. Jack Hyde. Gostaríamos que começasse na segunda-feira.

— Nossa. Que maravilha. Obrigada!

— Sabe os detalhes do salário?

— Sim. Sim... é... quero dizer, eu aceito a oferta. Eu adoraria ir trabalhar para vocês.

— Excelente. Então até segunda-feira às oito e meia?

— Até segunda. Até logo. E obrigada.

Abro um sorriso rasgado para minha mãe.

— Está empregada?

Balanço a cabeça com alegria, e ela dá gritinhos e me abraça no meio do supermercado.

— Parabéns, querida! Temos que comprar champanhe!

Ela está saltitante, batendo palmas. *Será que tem quarenta e dois ou doze anos?*

Olho para meu telefone e fico intrigada. Há uma ligação perdida de Christian. Ele nunca me liga. Ligo para ele na mesma hora.

— Anastasia — ele atende imediatamente.

— Oi — murmuro tímida.

— Tenho que voltar a Seattle. Aconteceu um imprevisto. Estou indo para Hilton Head agora. Por favor, peça desculpas a sua mãe, não vai dar para eu ir ao jantar.

Ele fala num tom profissional.

— Nada sério, espero.

— Estou com um problema que preciso resolver. Vejo você amanhã. Mando o Taylor buscá-la no aeroporto se eu não puder ir.

Sua voz é fria. Até zangada. Mas, pela primeira vez, não vou logo pensando que é por minha causa.

— Tudo bem. Espero que resolva seu problema. Boa viagem.

— Para você também, baby — sussurra ele e, com essas palavras, meu Christian está de volta. E então desliga.

Ah, não. O último "problema" que ele teve foi minha virgindade. *Espero que não seja nada parecido com isso.* Olho para minha mãe. Sua alegria de há pouco se transformou em preocupação.

— É o Christian. Ele teve que voltar para Seattle. Pede desculpas.

— Ah! Que pena, querida. Podemos assim mesmo fazer nosso churrasco, e agora temos uma coisa para comemorar: seu emprego novo! Você tem que me contar tudinho a respeito.

É FIM DE TARDE, e mamãe e eu estamos deitadas à beira da piscina. Minha mãe está tão relaxada que está literalmente na horizontal agora que o Sr. Ricaço não vem jantar. Estirada ao sol, esforçando-me para perder a brancura, penso em ontem à noite e no café da manhã de hoje. Penso em Christian, e meu sorriso ridículo se recusa a desaparecer. Ele fica se insinuando para mim, inoportuno e desconcertante, quando me lembro de nossas várias conversas e no que fizemos... no que ele fez.

A atitude de Christian parece ter mudado radicalmente. Ele nega isso, mas admite estar se esforçando por mais. O que poderia ter mudado? O que mudou desde aquele seu longo e-mail e desde ontem? O que ele fez? Sento-me de repente, quase derramando o refrigerante. Ele jantou com... ela. Elena.

Puta merda!

A ideia me deixa de cabeça quente. Será que ela lhe disse alguma coisa? Ah... eu queria ser uma mosca durante o jantar deles. Eu poderia ter pousado na sopa ou no copo de vinho dela e a sufocado.

— O que é, Anastasia, querida? — pergunta mamãe, sobressaltada daquele seu torpor.

— Só um instantinho, mãe. Que horas são?

— Umas seis e meia, querida.

Hum... ele ainda não deve ter pousado. Será que posso perguntar a ele? Será que devo? Ou vai ver que ela não tem nada a ver com isso. Espero realmente que nao tenha. O que eu disse dormindo? *Merda*... algum comentário imprudente enquanto sonhava com ele, aposto. Seja o que for, ou tenha sido, espero que a mudança parta dele, não que seja causada por ela.

Estou sufocando nesse calor desgraçado. Preciso dar outro mergulho na piscina.

ENQUANTO ME PREPARO para dormir, ligo o computador. Não tenho nenhuma notícia de Christian. Nem uma palavra dizendo que chegou bem.

De: Anastasia Steele
Assunto: Chegou bem?
Data: 2 de junho de 2011 22:32 LESTE
Para: Christian Grey

Prezado Senhor,

Queira me informar se chegou bem. Começo a ficar preocupada. Pensando em você.

Bj,

Sua Ana

Três minutos depois, ouço o tilintar da minha caixa de entrada.

De: Christian Grey
Assunto: Perdão
Data: 2 de junho de 2011 19:36
Para: Anastasia Steele

Prezada Srta. Steele,

Cheguei bem, e queira aceitar minhas desculpas por não informá-la disso. Não quero lhe causar nenhuma preocupação. É reconfortante saber que me quer bem. Estou pensando em você, e, como sempre, ansioso para vê-la amanhã.

Christian Grey
CEO, Grey Enterprises Holdings, Inc.

Suspiro. Christian está formal de novo.

De: Anastasia Steele
Assunto: O problema
Data: 2 de junho de 2011 22:40 LESTE
Para: Christian Grey

Prezado Sr. Grey,

Acho que está muito claro que lhe quero muito bem. Como poderia duvidar disso?

Espero que seu "problema" esteja sob controle.

Bjs,

Sua Ana

P.S.: Vai contar o que eu disse dormindo?

De: Christian Grey
Assunto: Direito de permanecer calado
Data: 2 de junho de 2011 19:45
Para: Anastasia Steele

Prezada Srta. Steele,
Fico muito feliz por você me querer bem. O "problema" ainda não foi resolvido.

Quanto ao seu P. S., a resposta é não.

Christian Grey
CEO, Grey Enterprises Holdings, Inc.

De: Anastasia Steele
Assunto: Alegação de insanidade
Data: 2 de junho de 2011 22:48 LESTE
Para: Christian Grey

Espero que tenha sido divertido. Mas você tem que saber que não me responsabilizo por nada que saia da minha boca quando estou inconsciente. Na verdade, você provavelmente me ouviu mal.

Um homem com sua idade avançada com certeza é um pouco surdo.

De: Christian Grey
Assunto: Declaro-me culpado
Data: 2 de junho de 2011 19:52
Para: Anastasia Steele

Prezada Srta. Steele,
Perdão, poderia falar mais alto? Não consigo ouvi-la.

Christian Grey
CEO, Grey Enterprises Holdings, Inc.

De: Anastasia Steele
Assunto: Alegação de insanidade de novo
Data: 2 de junho de 2011 22:54 LESTE
Para: Christian Grey

Você está me enlouquecendo.

De: Christian Grey
Assunto: Espero que sim...
Data: 2 de junho de 2011 19:59
Para: Anastasia Steele

Prezada Srta. Steele,

É exatamente o que pretendo fazer sexta-feira à noite. Aguardo este momento com ansiedade.

;)

Christian Grey
CEO, Grey Enterprises Holdings, Inc.

De: Anastasia Steele
Assunto: Grrrrr
Data: 2 de junho de 2011 23:02 LESTE
Para: Christian Grey

Estou oficialmente puta com você.

Boa noite.

Srta. A. R. Steele

De: Christian Grey
Assunto: Gata selvagem
Data: 2 de junho de 2011 20:05
Para: Anastasia Steele

Está rosnando para mim, Srta. Steele?

Tenho o meu gato para rosnar.

Christian Grey
CEO, Grey Enterprises Holdings, Inc.

Gato dele? Nunca vi gato no apartamento dele. Não, não vou lhe responder. Ah, às vezes ele consegue ser muito irritante. Irritante em Cinquenta Tons. Vou para a cama e fico olhando para o teto enquanto minha vista se adapta ao escuro. Ouço o computador tilintar de novo. Não vou olhar. Não, definitivamente não. Não, eu não vou olhar. Droga! Idiota que sou, não consigo resistir à atração das palavras de Christian Grey.

De: Christian Grey
Assunto: O que você disse dormindo
Data: 2 de junho de 2011 20:20
Para: Anastasia Steele

Anastasia,

Eu preferiria ouvir você dizer as palavras que disse dormindo quando está consciente, por isso não vou lhe contar. Vá dormir. Com o que tenho em mente para você amanhã, precisará estar descansada.

Christian Grey
CEO, Grey Enterprises Holdings, Inc.

Ah, não... O que eu disse? É tão ruim quanto imagino, tenho certeza.

CAPÍTULO VINTE E CINCO

Minha mãe me dá um abraço apertado.

— Faça o que seu coração mandar, querida, e, por favor, por favor, tente não pensar demais nas coisas. Relaxe e aproveite a vida. Você é muito jovem, querida. Ainda tem muito que viver, simplesmente deixe rolar. Você merece o melhor de tudo — cochicha ela em meu ouvido, suas palavras sinceras soando reconfortantes, e beija meu cabelo.

— Ah, mãe.

Lágrimas quentes e inoportunas irritam meus olhos enquanto nos abraçamos.

— Querida, você conhece o ditado. A pessoa tem que beijar um monte de sapos antes de encontrar seu príncipe.

Dou-lhe um sorrisinho torto, agridoce.

— Acho que beijei um príncipe, mãe. Espero que ele não vire sapo.

Ela dá aquele seu sorriso mais carinhoso e maternal de amor absolutamente incondicional, e me assombro com o amor que sinto por essa mulher quando nos abraçamos mais uma vez.

— Ana, estão chamando seu voo — diz Bob aflito.

— Você vem me ver, mãe?

— Claro, querida, em breve. Te amo.

— Eu também.

Ela tem os olhos vermelhos por causa do choro contido ao me soltar. Odeio deixá-la. Abraço Bob e me encaminho para o portão de embarque — hoje não tenho tempo para a sala da primeira classe. Apelo para toda a minha força de vontade para não olhar para trás. Mas olho... e Bob está abraçado com minha mãe, e as lágrimas escorrem pelo rosto dela. Não consigo mais conter as minhas.

Abaixo a cabeça e prossigo para o portão de embarque, fitando o piso branco reluzente, fora de foco em meio ao meu pranto.

Uma vez a bordo, no luxo da primeira classe, encolho-me na poltrona e tento me recompor. Deixar mamãe é sempre doloroso para mim... ela é dispersa, desorganizada, mas tornou-se perspicaz, e me adora. Amor incondicional — o que todo filho merece dos pais. Franzo a testa para meus pensamentos rebeldes, pego o BlackBerry e olho para ele desanimada.

O que Christian sabe sobre o amor? Parece que não recebeu o amor incondicional a que tinha direito na primeira infância. Fico com o coração apertado, e as palavras da minha mãe chegam como o sopro de Zéfiro em minha mente. *Sim, Ana. Do que mais você precisa? Um letreiro luminoso piscando na testa dele?* Ela acha que Christian me ama, mas ela é minha mãe, claro que acharia isso. Acha que mereço o melhor de tudo. É verdade, e, num momento de lucidez surpreendente, entendo. É muito simples. Quero o amor dele. *Preciso* que Christian Grey me ame. Por isso sou tão reticente no que diz respeito à nossa relação — porque, no fundo, reconheço em mim uma compulsão arraigada para ser amada e prezada.

E por causa de seus Cinquenta Tons, estou me guardando. O BDSM constitui um desvio da verdadeira questão. O sexo é incrível, ele é rico, lindo, mas isso tudo não significa nada sem seu amor, e o que mata mesmo é eu não saber se ele é capaz de amar. Ele nem sequer gosta dele mesmo. Lembro-me do seu autodesprezo, o amor *dela* sendo a única forma que ele considerava *aceitável*. Punido — chicoteado, surrado, o que quer que a relação dele acarretasse — ele acha que não merece ser amado. Por que se sente assim? Como pode se sentir assim? Suas palavras me perseguem: *É muito difícil crescer numa família perfeita quando você não é perfeito.*

Fecho os olhos, imaginando a dor dele, e não consigo compreender isso. Estremeço ao lembrar que talvez eu tenha revelado muito. O que confessei a Christian enquanto dormia? Que segredos revelei?

Fico olhando para o BlackBerry na vaga esperança de que ele me dê algumas respostas. Não surpreende que ele não seja muito comunicativo. Uma vez que ainda não decolamos, resolvo enviar um e-mail para o meu Cinquenta Tons.

De: Anastasia Steele
Assunto: Indo para casa
Data: 3 de junho de 2011 12:53 LESTE
Para: Christian Grey

Prezado Sr. Grey,

Mais uma vez, estou acomodada na primeira classe, e lhe agradeço por isso. Estou contando os minutos para vê-lo hoje à noite e talvez conseguir extrair de você sob tortura as minhas confissões noturnas.

Bj,
Sua Ana

De: Christian Grey
Assunto: Indo para casa
Data: 3 de junho de 2011 9:58
Para: Anastasia Steele

Anastasia, estou ansioso para ver você.

Christian Grey
CEO, Grey Enterprises Holdings, Inc.

Acho estranha a resposta dele. Soa cortada e formal, não aquele seu estilo espirituoso e conciso.

De: Anastasia Steele
Assunto: Indo para casa
Data: 3 de junho de 2011 13.01 LESTE
Para: Christian Grey

Caríssimo Sr. Grey,
Espero que tudo esteja bem em relação ao "problema". O tom de seu e-mail é preocupante.

Bj,
Ana

De: Christian Grey
Assunto: Indo para casa
Data: 3 de junho de 2011 10:04
Para: Anastasia Steele

Anastasia,

O problema poderia estar mais bem encaminhado. Já decolou? Nesse caso, não devia enviar e-mails. Está se arriscando, infringindo a regra que diz respeito à sua segurança pessoal. Falei sério quanto aos castigos.

Christian Grey
CEO, Grey Enterprises Holdings, Inc.

Merda. Tudo bem. O que o está preocupando? Talvez "o problema"? Talvez Taylor tenha se ausentado sem licença, talvez ele tenha perdido alguns milhões na bolsa — pode ser qualquer coisa.

De: Anastasia Steele
Assunto: Reação exagerada
Data: 3 de junho de 2011 13:06 LESTE
Para: Christian Grey

Caro Sr. Grey,
As portas da aeronave ainda estão abertas. O voo está atrasado, mas apenas dez minutos. Meu bem-estar e o dos passageiros à minha volta estão assegurados. Talvez, por ora, você queira recolher a mão que coça.

Srta. Steele

De: Christian Grey
Assunto: Desculpas — recolhida a mão que coça
Data: 3 de junho de 2011 10:08
Para: Anastasia Steele

Sinto sua falta e das suas gracinhas, Srta. Steele.

Quero você em segurança em casa.

Christian Grey
CEO, Grey Enterprises Holdings, Inc.

De: Anastasia Steele
Assunto: Desculpas aceitas
Data: 3 de junho de 2011 13:10 LESTE
Para: Christian Grey

Estão fechando as portas. Você não vai ouvir mais nenhum pio meu, especialmente se considerarmos sua surdez.

Tchau.

Bj,
Ana

Desligo o BlackBerry, sem conseguir me livrar da ansiedade. Há alguma coisa
com Christian. Talvez "o problema" tenha fugido ao controle. Recosto-me na
poltrona olhando para o bagageiro onde estão guardadas minhas malas. Hoje de
manhã consegui, com a ajuda de minha mãe, comprar um presentinho para
Christian para agradecer pela primeira classe e pelo voo de planador. Sorrio ao
lembrar do voo — foi incrível. Ainda não sei se lhe darei meu presente bobo. Talvez ele o considere infantil. E se ele estiver de mau humor, talvez eu não dê. Estou
ansiosa para voltar e ao mesmo tempo apreensiva com o que me espera no fim da
viagem. Imaginando todos os cenários que poderiam constituir "o problema", percebo que, mais uma vez, o único lugar vazio é ao meu lado. Balanço a cabeça
quando me ocorre que Christian poderia ter comprado o lugar adjacente para eu
não poder falar com ninguém. Rejeito a ideia por achá-la absurda — ninguém
poderia ser tão controlador, tão ciumento, com certeza. Fecho os olhos enquanto
o avião taxia em direção à pista.

Emerjo no terminal de chegadas do Sea-Tac oito horas depois para encontrar
Taylor à minha espera segurando um cartaz onde se lê srta. a. steele. *Francamente!* Mas é bom vê-lo ali.

— Olá, Taylor.
— Srta. Steele — ele me cumprimenta formalmente, mas vejo o esboço de
um sorriso em seus olhos castanhos perspicazes. Está impecável como sempre:
terno preto elegante, camisa branca e gravata preta.
— Eu o conheço, Taylor, você não precisa de cartaz, e quero, sim, que me
chame de Ana.
— Ana. Posso pegar suas malas, por favor?
— Não. Eu aguento. Obrigada.

Sua boca se contrai de modo perceptível.

— M-mas, você se sentiria melhor se pegasse — gaguejo.

— Obrigado. — Ele pega minha mochila e minha recém-comprada mala de rodinhas para as roupas que minha mãe comprou para mim. — Por aqui, madame.

Suspiro. Ele é muito educado. Eu me lembro, embora queira apagar isso da memória, que este homem comprou lingerie para mim. Na verdade — e a ideia me inquieta —, ele é o único homem que já comprou lingerie para mim. Nem Ray teve de se submeter a esse martírio. Caminhamos em silêncio para o Audi SUV preto no estacionamento do aeroporto, e ele abre a porta. Entro no carro, perguntando-me se escolher uma saia tão curta para usar na viagem de volta à Seattle foi boa ideia. Saia curta era legal e ficava bem na Geórgia. Aqui eu me sinto exposta. Depois que Taylor guarda minha bagagem no porta-malas, partimos para o Escala.

A viagem é lenta no tráfego da hora do rush. Taylor mantém os olhos na estrada à sua frente. Taciturno é um termo que nem começa a descrevê-lo.

Não consigo mais suportar o silêncio.

— Como vai Christian, Taylor?

— O Sr. Grey está preocupado, Srta. Steele.

Ah, deve ser o "problema". Estou explorando um filão de ouro.

— Preocupado?

— É, madame.

Olho intrigada para Taylor, e ele olha para mim pelo retrovisor, nossos olhos se encontrando. Ele não fala mais. Putz, consegue ser tão fechado quanto o maníaco por controle.

— Ele está bem?

— Acho que sim, madame.

— Você se sente mais à vontade me chamando de Srta. Steele?

— Sim, madame.

— Ah, tudo bem.

Bem, isso limita nossa conversa, e continuamos em silêncio. Começo a pensar que o lapso recente de Taylor, quando me disse que Christian estava infernal, foi uma anomalia. Talvez esteja sem jeito por causa disso, receando ter sido desleal. O silêncio é sufocante.

— Poderia pôr uma música, por favor?

— Claro, madame. O que gostaria de ouvir?

— Algo relaxante.

Vejo um sorriso brincar nos lábios de Taylor quando nossos olhos tornam a se encontrar rapidamente no espelho.

— Sim, madame.

Ele aperta uns botões no volante, e os acordes suaves do Cânon de Pachelbel preenchem o espaço entre nós. *Ah, sim...* é disso que preciso.

— Obrigada. — Recosto-me enquanto seguimos em uma velocidade constante pela Interestadual 5 até Seattle.

VINTE E CINCO minutos depois, ele me deixa em frente à fachada impressionante que é a entrada do Escala.

— Pode entrar, madame — diz, abrindo a porta para mim. — Levo suas malas lá para cima.

Sua expressão é doce, carinhosa, como a de um tio, até.

Putz... Tio Taylor, que ideia.

— Obrigada por ter ido me buscar.

— Foi um prazer, Srta. Steele.

Ele sorri, e entro no prédio. O porteiro acena com a mão e com a cabeça.

Subo para o trigésimo andar sentindo um frio na barriga. *Por que estou tão nervosa?* E sei que é porque não faço ideia de como estará o humor de Christian quando eu chegar. Minha deusa interior está torcendo por um tipo de humor. Meu inconsciente, como eu, está nervosíssimo.

As portas do elevador se abrem, e estou no hall. É muito estranho não ser recebida por Taylor. Claro, ele está estacionando o carro. Na sala, Christian está no BlackBerry, falando calmamente, olhando pelas janelas enormes para a silhueta de Seattle ao entardecer. Usa um terno cinza, com o paletó aberto, e desliza a mão pelo cabelo. Está agitado, tenso até. *Ah, não — o que houve?* Agitado ou não, ele ainda é um colírio. Como pode ser tão... fascinante?

— Nenhum vestígio... Ok... Sim.

Ele se vira e me vê, e sua atitude muda totalmente. Passa da tensão ao alívio depois outra coisa: um olhar que fala diretamente à minha deusa interior, um olhar de sensualidade lasciva, apaixonado.

Minha boca fica seca e o desejo desabrocha em meu corpo... *nossa.*

— Mantenha-me informado — diz, e desliga o telefone ao se encaminhar decidido para mim. Fico paralisada enquanto ele se aproxima, devorando-me com os olhos. *Puta merda...* Algo vai mal: a tensão em sua mandíbula, a ansiedade em volta de seus olhos. Ele tira o paletó e a gravata, e os pendura no sofá no caminho. Então, seus braços me envolvem, e ele está me puxando de encontro a ele, com força, depressa, puxando meu rabo de cavalo e me fazendo inclinar a cabeça para trás, beijando-me como se sua vida dependesse disso. *O que é isso?* Ele tira sem dó nem piedade o elástico do meu cabelo, mas não ligo para a dor. Seu beijo tem um quê de desespero, de primitivo. Ele precisa de mim, seja por

qual motivo, exatamente agora, e eu nunca me senti tão desejada nem tão cobi-
çada. É uma sensação ao mesmo tempo sinistra, sensual e alarmante. Beijo-o
com a mesma paixão, meus dedos enrolando e segurando seu cabelo. Nossas
línguas se enroscam, nossa paixão e nosso ardor irrompendo entre nós. O gosto
dele é divino, quente e sensual, e o cheiro — de sabonete e de Christian — excitante. Ele afasta a boca da minha, e me olha, tomado por uma emoção não
especificada.

— O que foi? — sussurro.

— Estou muito feliz por você ter voltado. Venha tomar uma ducha comigo...
agora.

Não consigo decidir se isso é um pedido ou uma ordem.

— Sim — sussurro, e ele me leva pela mão para o banheiro da suíte.

Uma vez lá, ele me solta e abre o chuveiro daquele boxe colossal. Depois, olha
para mim, a expressão velada.

— Gostei da sua saia. É curta — diz, num tom grave. — Você tem pernas
maravilhosas.

Ele tira os sapatos e se abaixa para tirar as meias, sempre me olhando, com
uma avidez que me deixa sem fala. *Nossa...* ser desejada assim por esse deus
grego. Imito-o e descalço a sapatilha preta. De repente, ele me pega, me encosta na parede e começa a me beijar toda, no rosto, no pescoço, na boca... deslizando as mãos pelos meus cabelos. Sinto o revestimento liso e frio da parede
nas costas enquanto ele me imprensa, e fico espremida entre seu calor e o frio
da cerâmica. Timidamente, seguro seus braços, e ele geme quando aperto com
força.

— Quero você agora. Aqui... depressa, com força — sussurra, e suas mãos estão nas minhas coxas, levantando minha saia. — Ainda está menstruada?

— Não.

Coro.

— Ótimo.

Ele engancha os polegares na minha calcinha branca de algodão e se ajoelha
bruscamente, tirando-a. Minha saia agora está lá em cima, e estou nua da cintura
para baixo, arfando de desejo. Ele agarra meus quadris, imprensando-me de novo
contra a parede, e me beija no vértice das coxas antes de me abrir as pernas. Dou
um gemido alto, sentindo sua língua rodear meu clitóris. *Nossa.* Automaticamente, inclino a cabeça para trás, gemendo enquanto meus dedos procuram o cabelo
dele.

Sua língua é incansável, forte e insistente, golpeando-me— rodando, rodando,
sem parar. É uma delícia — a intensidade da sensação quase chega a doer. Começo a estremecer, e ele me solta. *O quê? Não!* Estou ofegante, arfando, olhando

para ele numa expectativa deliciosa. Ele segura firme meu rosto com as duas mãos e me beija com força, enfiando a língua em minha boca para eu saborear minha excitação. Então, abre a braguilha, se solta e me levanta pelas coxas.

— Enrosque as pernas em mim — ordena, a voz urgente, tensa.

Faço isso e abraço seu pescoço, e, com um movimento rápido e certeiro, ele me penetra. *Ah!* Ele arqueja e eu gemo. Segura minhas nádegas, apertando a pele macia com os dedos, e começa a mexer, primeiro devagar — num ritmo regular... mas à medida que desenvolve o controle, vai acelerando... mais e mais. *Ahhh!* Inclino a cabeça para trás e me concentro na sensação divina de ser invadida, castigada, empurrada... para a frente, cada vez mais para cima... e quando não aguento mais explodo, caindo na voracidade de um orgasmo intenso e devorador. Ele relaxa com um grunhido fundo e enterra a cabeça no meu pescoço ao se enterrar dentro de mim, gemendo coisas sem nexo durante o gozo.

Sua respiração está irregular, mas ele me beija com ternura, ainda dentro de mim, e pisco olhando os olhos dele, sem enxergar nada. Quando entra em foco, ele sai de dentro de mim com delicadeza, segurando-me firme até eu botar os pés no chão. O banheiro agora está todo enfumaçado... e quente. Sinto-me vestida demais.

— Você parece satisfeito em me ver — murmuro com um sorriso tímido.

Ele dá um sorriso.

— Sim, Srta. Steele. Acho que meu prazer é bastante óbvio. Venha, deixe eu botar você no chuveiro.

Ele desabotoa os outros três botões da camisa, tira as abotoaduras, puxa a camisa pela cabeça e a joga no chão. Então, tira a calça e a cueca e as chuta para o lado. Começa a desabotoar minha blusa enquanto o observo, louca para acariciar seu peito, mas me contenho.

— Como foi a viagem? — pergunta com simpatia. Parece muito mais calmo agora, aquela apreensão desapareceu, diluída na relação sexual.

— Ótima, obrigada — murmuro, ainda ofegante. — Obrigada mais uma vez pela primeira classe. É mesmo uma maneira muito mais agradável de viajar. — Dou um sorriso tímido. — Tenho uma novidade — acrescento nervosamente.

— Ah?

Ele me fita, enquanto acaba de desabotoar minha blusa, tirá-la e jogá-la em cima das suas roupas.

— Arranjei um emprego.

Ele fica imóvel, depois sorri para mim, o olhar meigo e carinhoso.

— Parabéns, Srta. Steele. Agora vai me dizer onde? — brinca.

— Você não sabe?

Ele balança a cabeça, franzindo a testa.

— Por que eu saberia?

— Com as suas habilidades persecutórias, achei que talvez pudesse saber... — deixo a frase inacabada quando seu rosto desaba.

— Anastasia, eu nem sonharia em interferir em sua carreira, a menos que me pedisse, claro. — Ele parece magoado.

— Então você não tem ideia de qual é a empresa?

— Não. Sei que há quatro editoras em Seattle, então imagino que seja uma delas.

— A SIP.

— Ah, a pequena, ótimo. Muito bem. — Ele se inclina e me dá um beijo na testa. — Moça inteligente. Quando começa?

— Segunda-feira.

— Tão cedo, hein? É melhor eu aproveitar você enquanto posso. Vire-se de costas.

Fico perplexa com aquela ordem descontraída, mas obedeço, e ele desabotoa meu sutiã e puxa o zíper da minha saia. Ao tirá-la, envolve minhas nádegas com as mãos e beija meu ombro. Encostado em mim, esfrega o nariz em meu cabelo e aspira, apertando minhas nádegas.

— Você me embriaga, Srta. Steele, e me acalma. Que combinação emocionante!

Ele beija meu cabelo, me pega pela mão e me puxa para dentro do chuveiro.

— Ai — grito.

A água está praticamente escaldante. Christian sorri para mim enquanto a água cai em cascata sobre ele.

— É só água quente.

E, na verdade, ele tem razão. A água está divina, lavando o melado que a manhã da Geórgia e o amor que fizemos deixaram em minha pele.

— Vire de costas — ordena ele, e obedeço, virando para a parede. — Quero lavar você — murmura, e pega o sabonete líquido, espremendo uma dose na mão.

— Tenho mais uma coisa para contar — murmuro, e ele começa a passar as mãos nos meus ombros.

— Ah, é? — pergunta ele, afável.

Preparo-me respirando fundo.

— A exposição de fotografias do meu amigo José começa na quinta-feira em Portland.

Ele fica imóvel, as mãos pairando sobre meus seios. Enfatizei a palavra "amigo".

— Sim, o que é que tem? — pergunta, sério.

— Eu disse que iria. Quer vir comigo?

Após o que parece uma quantidade de tempo monumental, ele recomeça lentamente a me lavar.

— A que horas?

— Começa às sete e meia.

Ele beija meu ouvido.

— Tudo bem.

Dentro de mim, meu inconsciente relaxa e depois desmonta, afundando numa poltrona velha e surrada.

— O fato de você me convidar a deixou nervosa?

— Sim. Como sabe?

— Anastasia, seu corpo todo simplesmente relaxou — diz ele secamente.

— Bem, parece que você é mais para, hã... ciumento.

— Sim, sou — diz ele num tom misterioso. — E você faz bem em lembrar disso. Mas obrigada pelo convite. Vamos no Charlie Tango.

Ah, o helicóptero, claro, que bobagem. Mais um voo... legal! Sorrio.

— Posso lavar você? — pergunto.

— Acho que não — murmura ele, e me beija delicadamente no pescoço para tornar sua recusa menos traumática.

Fico amuada contra a parede enquanto ele acaricia minhas costas com sabão.

— Vai deixar eu tocar em você algum dia? — pergunto atrevida.

Ele torna a ficar parado, a mão na minha bunda.

— Ponha as mãos na parede, Anastasia. Vou comer você de novo — murmura ele no meu ouvido ao agarrar meus quadris, e sei que a discussão terminou.

MAIS TARDE, ESTAMOS sentados no balcão da cozinha, vestidos com roupões de banho, depois de comer o esplêndido espaguete ao vôngole da Sra. Jones.

— Mais vinho? — pergunta Christian, os olhos cinzentos brilhando.

— Um pouco, por favor.

O Sancerre está geladinho e delicioso. Christian serve uma taça para mim e outra para ele.

— Como vai o, hã... problema que trouxe você a Seattle? — pergunto hesitante.

Ele fecha a cara.

— Fora de controle — murmura ele com amargura. — Mas nada com que você tenha que se preocupar, Anastasia. Tenho planos para você esta noite.

— Ah?

— Sim. Quero você pronta me esperando no quarto de jogos em quinze minutos.

Ele se levanta e olha para mim.

— Pode se preparar no seu quarto. Por falar nisso, o closet agora está cheio de roupas para você. Não quero nenhuma discussão a respeito.

Ele aperta os olhos, desafiando-me a dizer alguma coisa. Quando não digo, ele vai todo empertigado para o escritório.

Eu! Discutir? Com você, Cinquenta Tons? Isso é mais do que vale meu traseiro. Sento-me no banco do balcão, estupefata, tentando assimilar essa informação. Ele comprou roupas para mim. Reviro os olhos de um jeito exagerado, sabendo perfeitamente bem que ele não pode me ver. Carro, telefone, computador... roupas, a próxima coisa vai ser o raio de um apartamento, e aí eu serei sua amante.

Ei! Meu inconsciente está com aquela cara sarcástica. Finjo que não vejo e vou subindo para o *meu* quarto. Então, o quarto ainda é meu... por quê? Pensei que ele tivesse concordado em me deixar dormir com ele. Suponho que ele não esteja acostumado a dividir seu espaço com ninguém, mas eu também não estou. Consolo-me com a ideia de que pelo menos tenho para onde fugir dele.

Examino a porta e vejo que tem fechadura mas não tem chave. Pergunto-me se a Sra. Jones tem uma chave extra. Vou perguntar a ela. Abro a porta do closet e a fecho depressa. *Puta merda — ele gastou uma fortuna.* Parece o armário da Kate — tantas roupas penduradas com capricho. No íntimo, sei que todas elas me servem. Mas não tenho tempo para pensar nisso — tenho que me pôr de joelhos no Quarto Vermelho da... Dor... ou do Prazer, tomara — hoje à noite.

AJOELHADA AO LADO da porta, estou só de calcinha. Apavorada. Putz, pensei que, depois do banheiro, ele estivesse satisfeito. O homem é insaciável, ou talvez todos os homens sejam como ele. Não tenho ideia, ninguém com quem possa compará-lo. Fechando os olhos, tento me acalmar, me conectar com minha submissa interior. Ela está ali em algum lugar, escondida atrás da minha deusa interior.

A expectativa fervilha em minhas veias. O que ele vai fazer? Respiro fundo, controlando a respiração, mas, não posso negar, estou com tesão, excitada, já molhada. Isso é muito... quero pensar, *errado*, mas de alguma forma, não é. É certo para Christian. É o que ele quer — e depois dos últimos dias... de tudo que ele fez, tenho que atender e aceitar o que quer que ele resolva desejar, o que quer que julgue precisar.

A lembrança de seu olhar quando entrei hoje à noite, sua expressão de desejo, o jeito resoluto como veio andando para mim, como se eu fosse um oásis no deserto. Eu faria qualquer coisa para ver essa expressão de novo. Aperto as coxas pensando na recordação deliciosa, e isso me lembra que preciso abrir as pernas. Abro. Quanto tempo ele vai me deixar esperar? A espera está acabando comigo enchendo-me de um desejo sinistro e tentador. Olho rapidamente ao redor do quarto com aquela iluminação sutil: o X, a mesa, o sofá, o banco... aquela cama.

Ela tem muita relevância, e está feita com lençóis de cetim vermelhos. Que aparato ele vai usar?

A porta abre e Christian entra despreocupado, sem me dar a menor bola. Baixo os olhos rapidamente, olhando para minhas mãos, posicionadas com cuidado nas minhas coxas afastadas. Ele coloca algo na cômoda grande ao lado da porta e se encaminha displicentemente para a cama. Permito-me o prazer de dar uma olhadinha nele, e quase tenho uma síncope. Ele está vestido só com aquele jeans macio e rasgado, por acaso com o último botão aberto. *Está muuuito gostoso.* Meu inconsciente se abana furiosamente, e minha deusa se requebra toda ao som de um ritmo primitivo e sensual. Ela está prontinha. Passo instintivamente a língua nos lábios. Meu sangue lateja nas veias, grosso e pesado com uma fome lasciva. O *que ele vai fazer comigo?*

Ele se vira despreocupadamente e vai de novo até a cômoda. Abre uma das gavetas e vai tirando dali de dentro itens que coloca em cima do móvel. Estou ardendo de curiosidade, chego até a queimar, mas resisto à tentação avassaladora de dar uma olhadinha furtiva. Quando termina o que está fazendo, ele vem se postar à minha frente. Vejo seus pés descalços e quero beijar cada centímetro deles... lamber o peito do pé, chupar todos os dedinhos. *Puta merda.*

— Você está linda — sussurra ele.

Continuo de cabeça baixa, consciente de que ele está me olhando enquanto estou praticamente nua. Sinto o rubor se espalhar lentamente pelo meu rosto. Ele se abaixa e apanha meu queixo, forçando-me a olhar para ele.

— Você é uma mulher linda, Anastasia. E é toda minha — murmura. — Levante-se.

A ordem é doce, carregada de sensualidade e promessa.

Trêmula, fico em pé.

— Olhe para mim — sussurra ele, e fito seus olhos ardentes. É seu olhar Dominador — frio e sensual como o diabo, o pecado em último grau em uma única mirada tentadora. Fico com a boca seca e sei que farei qualquer coisa que ele pedir. Há um sorriso quase cruel brincando em seus lábios.

— Não temos um contrato assinado, Anastasia. Mas já discutimos limites. E quero reiterar que temos palavras de segurança, tudo bem?

Puta merda... o que ele tem planejado que eu precise de palavras de segurança?

— Quais são? — pergunta ele em tom autoritário.

Estranho a pergunta, e sua expressão endurece visivelmente.

— Quais são as palavras de segurança, Anastasia? — diz ele devagar e com determinação.

— Amarelo — murmuro.

— E? — ajuda ele, contraindo a boca.

— Vermelho — suspiro.

— Lembre-se delas.

E, é mais forte que eu... faço cara de surpresa para ele e estou prestes a lembrá-lo de minhas notas, mas o súbito brilho gelado em seus olhos cinzentos me detém.

— Não comece com suas gracinhas aqui, Srta. Steele. Senão vou te foder ajoelhada. Entendeu?

Engulo em seco instintivamente. *Tudo bem.* Pisco depressa, arrependida. Na verdade, é antes seu tom de voz do que a ameaça que me intimida.

— E então?

— Sim, senhor — murmuro depressa.

— Muito bem — ele faz uma pausa, fitando-me. — Minha intenção não é você usar a palavra de segurança por estar em sofrimento. O que pretendo fazer com você vai ser intenso. Muito intenso, e você tem que me orientar. Entendeu? *Mais ou menos. Intenso. Nossa.*

— Envolverá tato, Anastasia. Você não poderá me ver nem me ouvir. Mas poderá sentir meu toque.

Acho estranho — *não poderei ouvi-lo.* Como isso vai funcionar? Ele se vira, e eu não tinha reparado que, em cima da cômoda, há uma caixa preta fosca lisa e chata. Quando ele faz um gesto com a mão na frente da caixa, ela se abre ao meio: duas portas corrediças se abrem revelando um tocador de CD e uma grande quantidade de botões. Christian aperta vários deles em sequência. Nada acontece, mas ele parece satisfeito. Estou estupefata. Quando ele torna a virar de frente para mim, tem aquele sorrisinho de quem diz "eu tenho um segredo".

— Vou amarrar você àquela cama, Anastasia. Mas primeiro vou vendar seus olhos — revela ele, o iPod em punho — e você não vai poder me ouvir. Só vai ouvir a música que vou tocar para você.

Tudo bem. Um interlúdio musical. Não era o que eu estava esperando. Será que ele alguma hora faz o que espero? *Tomara que não seja rap.*

— Venha.

Ele me dá a mão e me leva até a cama antiga de quatro colunas. Há grilhões presos a cada coluna, finas correntes de metal com argolas de couro, brilhando no cetim vermelho.

Puxa vida, acho que meu coração vai pular de dentro do peito, e estou derretendo de dentro para fora, o desejo me percorrendo toda. Seria possível eu estar mais excitada?

— Fique em pé aqui.

Estou de frente para a cama. Ele se abaixa e sussurra em meu ouvido.

— Espere aí. Mantenha os olhos na cama. Imagine que está deitada aí, amarrada e totalmente à minha mercê.

Ih, caramba.

Ele se afasta um instante, e escuto-o indo buscar alguma coisa perto da porta. Todos os meus sentidos estão hiperalertas, minha audição mais aguçada. Ele pegou uma coisa na estante de palmatórias ao lado da porta. *Caramba. O que vai fazer?*

Sinto-o atrás de mim. Ele apanha meu cabelo e começa a trançá-lo.

— Apesar de gostar das suas marias-chiquinhas, Anastasia, estou impaciente para comer você agora mesmo. Então uma trança só vai ter que servir.

Seu tom de voz é baixo, suave.

Seus dedos habilidosos roçam minhas costas de vez em quando ao trançar meu cabelo, e cada toque casual é como um doce choque elétrico em minha pele. Ele prende a ponta com um elástico de cabelo, depois puxa a trança com delicadeza, obrigando-me a dar um passo atrás e ficar encostada nele. Ele puxa de novo para o lado, inclinando minha cabeça, facilitando seu acesso a meu pescoço. Esfrega o nariz ali, passando os dentes e a língua da base da minha orelha até meu ombro, cantarolando baixinho ao fazer isso, e o som repercute em todo o meu corpo. Até ali embaixo... *ali*, dentro de mim. Instintivamente, gemo baixinho

— Silêncio, agora — suspira ele colado na minha pele. Levanta as mãos na minha frente, os braços encostando nos meus. Na mão direita, segura um açoite. Lembro-me do nome da primeira vez que estive neste quarto.

— Toque nisso — sussurra, soando como o diabo em pessoa.

Fico em fogo em resposta. Hesitante, estico o braço e toco nas fitas compridas. O instrumento tem muitas tiras compridas, todas de camurça macia arrematadas com continhas na ponta.

— Vou usar isto. Não vai doer, mas vai fazer o sangue aflorar à pele e deixar você muito sensível.

Ah, ele diz que não vai doer.

— Quais são as palavras de segurança, Anastasia?

— Hum... "amarelo" e "vermelho", senhor — sussurro.

— Boa garota. Lembre-se, o medo está na sua cabeça.

Ele deixa o açoite na cama, e suas mãos vêm para minha cintura.

— Você não vai precisar disso — murmura, enganchando os dedos na minha calcinha e descendo-a pelas minhas pernas. Desvencilho-me dela, sem firmeza, apoiando-me na coluna enfeitada da cama.

— Fique parada — ordena ele, e beija meu traseiro, e depois me dá duas mordidinhas, deixando-me tensa. — Agora deite-se, de costas — acrescenta ao me dar uma palmada forte no traseiro, fazendo-me dar um pulo.

Arrasto-me depressa para a cama e me deito no colchão duro, olhando para ele. Sinto o cetim do lençol macio e fresco na pele. A expressão dele é impassível, a não ser pelos olhos, que brilham com uma excitação apenas contida.

— Mãos acima da cabeça — ordena, e obedeço.

Nossa, meu corpo tem fome dele. Já o quero.

Ele vira, e, de soslaio, observo-o ir de novo até a cômoda e voltar com o iPod e o que parece uma máscara para dormir semelhante à que usei no voo para Atlanta. A ideia me dá vontade de rir, mas não consigo fazer meus lábios cooperarem. Estou muito aflita com a expectativa. Só sei que não movo um só músculo do rosto e tenho os olhos arregalados ao olhar para ele.

Sentando na beira da cama, ele me mostra o iPod. O aparelho tem uma antena estranha e fones de ouvido. Que esquisito. Franzo a testa tentando entender.

— Isso transmite o que está tocando no iPod para o sistema de som do quarto — Christian responde à minha indagação tácita ao dar tapinhas na pequena antena. — Posso ouvir o que você está ouvindo e tenho um controle remoto para isso.

Ele dá aquele seu sorriso indolente e segura um pequeno dispositivo chato que parece uma calculadora muito moderna. Debruça-se sobre mim, inserindo os fones delicadamente nos meus ouvidos, e coloca o iPod em algum lugar na cama acima da minha cabeça.

— Levante a cabeça — ordena, e faço isso imediatamente.

Devagarinho, ele põe a máscara em mim, puxando o elástico na parte de trás, e estou cega. O elástico segura os fones no lugar. Ainda posso ouvi-lo, embora o som esteja abafado quando ele se levanta da cama. Fiquei surda com minha própria respiração — ela é curta e irregular, refletindo minha excitação. Christian pega meu braço esquerdo, estica-o delicadamente para o canto esquerdo, e prende a argola de couro em meu pulso. Quando termina, afaga meu braço inteiro com aqueles dedos compridos. *Ah!* Seu toque provoca um estremecimento delicioso. Ouço-o andar de mansinho para o outro lado, onde ele pega meu braço direito e coloca a algema. Mais uma vez, passa lentamente aqueles dedos pelo meu braço. *Ai nossa...* já estou a ponto de explodir. Por que isso é tão erótico?

Ele vai para o pé da cama e pega meus dois tornozelos.

— Levante a cabeça de novo — ordena.

Obedeço, e ele me arrasta para baixo, de modo que fico com os braços abertos e quase forçando as algemas. Caramba, não dá para mexer os braços. Um estremecimento de inquietação combinado com um entusiasmo tentador percorre meu corpo, deixando-me mais molhada. Gemo. Abrindo minhas pernas, ele algema primeiro meu tornozelo direito, depois o esquerdo, de modo que estou paralisada, pernas e braços abertos, e totalmente vulnerável a ele. É muito aflitivo eu não poder vê-lo. Esforço-me para ouvir... o que ele está fazendo? E não escuto nada, só minha respiração e as batidas do meu coração enquanto o sangue me lateja furiosamente nos tímpanos.

Bruscamente, o chiado do iPod se transforma em música. De dentro da minha cabeça, uma voz angélica canta sem acompanhamento uma longa nota doce, e quase imediatamente uma outra voz se junta a ela, e depois mais vozes — Caramba, um coro celestial — cantando *a cappella* em minha cabeça, um hinário antiquíssimo. *O que é isso meu Deus?* Nunca ouvi nada parecido. Algo quase insuportavelmente macio roça meu pescoço, descendo languidamente por ele, devagarinho pelo peito, nos meus seios, acariciando-me... puxando meus mamilos, é muito macio, passa roçando. É muito *inesperado. É de pele! Uma luva de pele?*

Christian passa a mão, sem pressa e com determinação, na minha barriga, rodeando meu umbigo, depois de um lado do quadril ao outro, e tento prever onde ele vai em seguida... mas a música está em minha cabeça... me transportando... a pele, na linha dos meus pelos pubianos... entre minhas pernas, em minhas coxas, descendo por uma perna... subindo pela outra... quase faz cócegas... mas não propriamente... mais vozes entram... o coro celestial todo cantando em várias vozes alegres e doces, misturadas numa harmonia melódica que está além de tudo que já ouvi. Capto uma palavra e me dou conta de que estão cantando em latim. E a pele continua descendo pelos meus braços e em volta da cintura... e torna a subir por meus seios. Meus mamilos se intumescem sob o toque suave... e estou arfando, perguntando-me aonde a mão dele vai em seguida. De repente, a pele some, e sinto as tiras do açoite no corpo, fazendo o mesmo caminho da pele, e é muito difícil me concentrar com a música na cabeça — parece um coro de cem vozes, tecendo uma tapeçaria etérea de fios de ouro e prata com fibra de seda, misturado com a sensação da camurça macia na minha pele... passando no meu corpo... *ai, caramba...* desaparece bruscamente. Então, com força, as tiras batem na minha barriga.

— Aaai — grito.

Sou pega de surpresa, mas não dói exatamente: fica formigando, e ele me bate de novo. Com mais força.

— Aaah!

Quero me mexer, me contorcer... fugir, ou acolher, cada golpe... não sei — isso é muito avassalador... não consigo puxar os braços... estou com as pernas presas... completamente imobilizada... e, de novo, ele golpeia meus seios — grito. E é uma agonia doce, suportável, apenas... agradável... não, não na mesma hora, mas a cada golpe que estala em minha pele, num contraponto perfeito com a música em minha cabeça, sou arrastada para uma parte obscura do meu espírito que se rende a esta sensação mais erótica que há. *Sim — entendo isso.* Ele me bate nos quadris, depois vai me dando golpes rápidos nos pelos pubianos, nas coxas, e descendo pela parte interna delas... e tornando a subir por meu corpo... pelos quadris.

Ele continua enquanto a música chega ao clímax, e aí, a música para de repente. E ele também. Então, o coro recomeça... mais forte, mais forte, e ele me dá uma saraivada de golpes... e gemo e me contorço. Mais uma vez, o coro cessa e tudo fica em silêncio... a não ser minha respiração descontrolada... e meu desejo descontrolado. Por... ah... o que está acontecendo? O que ele vai fazer agora? A excitação é quase insuportável. Entrei num lugar muito obscuro, muito físico.

A cama balança e se mexe e eu o sinto deitar em cima de mim; a música recomeça. Ele colocou no *repeat*... dessa vez, são o nariz e os lábios dele que fazem as vezes de pele... me descendo pelo pescoço, beijando e chupando... indo para meus seios... Ah! Estimulando cada um dos meus mamilos... a língua girando em volta de um enquanto os dedos brincam sem cessar com o outro... Gemo, alto, acho eu, embora não consiga ouvir. Estou perdida. Perdida nele... perdida nas vozes exaltadas, sublimes... perdida para todas as sensações de que não consigo fugir... Estou inteiramente à mercê do toque experiente dele.

Ele desce para minha barriga — a língua rodeando meu umbigo — pelo mesmo caminho do açoite e da pele... gemo. Ele está beijando e chupando e mordendo... descendo... e, então, está com a língua *ali*. No encontro das minhas coxas. Jogo a cabeça para trás e grito quando estou quase chegando à explosão do orgasmo. Estou quase lá, e ele para.

Não! A cama se mexe, e ele ajoelha entre minhas pernas. Chega para o lado da coluna da cama, e a algema do meu tornozelo de repente some. Puxo a perna para o meio da cama... descansando-a nele. Ele chega para o outro lado e solta a outra perna. Pega depressa minhas duas pernas, e começa a manipulá-las e massageá-las, reativando a circulação. Então, me levanta pelos quadris e me tira da cama. Estou dobrada, deitada de lado. *O quê?* Ele está se ajoelhando entre minhas pernas... e, com um movimento ágil e certeiro, está dentro de mim... ah... *porra*... e grito de novo. O estremecimento do meu orgasmo iminente começa, e ele fica imóvel. O estremecimento passa... *ah, não*... ele vai me torturar mais.

— Por favor! — choro.

Ele me segura com mais força... para me alertar? Não sei. Seus dedos comprimem a carne do meu traseiro enquanto estou ali arfando... então, fico deliberadamente imóvel. Muito devagarinho, ele recomeça a se movimentar... saindo e entrando... numa lentidão agonizante. *Puta merda, por favor!* Estou gritando por dentro... e ele vai aumentando o ritmo, acompanhando a intensidade da peça coral com uma precisão infinitesimal — é muito controlado... está totalmente no compasso da música. E não consigo suportar mais.

— Por favor — imploro, e, com um único movimento preciso, ele me deita de novo na cama, e está em cima de mim, apoiado com as mãos na cama ao lado dos meus seios, e me penetra. Quando a música chega ao clímax, eu caio... em queda livre... no orgasmo mais intenso e agonizante que já tive, e Christian me acompanha... me penetrando com força mais três vezes... e afinal parando, depois desabando em cima de mim.

Quando minha consciência volta de onde quer que tenha estado, Christian sai de dentro de mim. A música parou, e posso senti-lo se esticar por cima do meu corpo ao soltar a algema em meu pulso direito. Gemo quando minha mão é libertada. Ele rapidamente solta minha outra mão, retira a máscara dos meus olhos e os fones de ouvido. Pisco naquela claridade suave e contemplo seus intensos olhos cinzentos.

— Oi — murmura ele.

— Oi — suspiro timidamente em resposta. Seus lábios se contraem num sorriso, ele se abaixa e me dá um beijo delicado.

— Muito bem — sussurra ele. — Vire-se de bruços.

Puta merda — o que ele vai fazer agora? Seu olhar fica mais doce.

— Só vou esfregar seus ombros.

— Ah... tudo bem.

Rolo de bruços com rigidez. Estou muito cansada. Christian monta em cima de mim e começa a massagear meus ombros. Dou um gemido alto — ele tem dedos muito fortes e experientes. Abaixa-se e beija minha cabeça.

— Que música era aquela? — murmuro quase sem articular as palavras.

— Chama-se "Spem in Alium", um moteto para quarenta vozes de Thomas Tallis.

— Foi... um assombro.

— Eu sempre quis foder ao som dessa música.

— Outra primeira vez, Sr. Grey?

— Com certeza, Srta. Steele.

Gemo de novo quando seus dedos fazem sua mágica em meus ombros.

— Bem, também é a primeira vez que fodo ao som dessa música — murmuro sonolenta.

— Humm... você e eu estamos sempre tendo primeiras vezes juntos.

Sua voz é sem emoção.

— O que eu disse dormindo, Chris, hã, senhor?

Suas mãos interrompem por um instante o trabalho.

— Você disse um monte de coisas, Anastasia. Falou em jaulas e morangos... que queria mais... e que sentia minha falta.

Ah, graças a Deus por isso.

— Só? — Meu tom de alívio é evidente.

Christian para aquela massagem divina e se deita a meu lado, a cabeça apoiada no cotovelo. Está franzindo as sobrancelhas.

— O que achou que tivesse dito?

Ah, merda.

— Que eu achava você feio, presunçoso, e que era um caso perdido na cama. Ele franze mais as sobrancelhas.

— Bem, naturalmente, sou isso tudo, e agora você me deixou muito intrigado. O que está escondendo de mim, Srta. Steele?

Pisco para ele com inocência.

— Não estou escondendo nada.

— Anastasia, você é uma negação para mentir.

— Pensei que você fosse me fazer rir depois do sexo. Isso não está funcionando. Ele sorri.

— Não sei contar piada.

— Sr. Grey! Uma coisa que você não sabe fazer?

Rio para ele, e ele ri para mim.

— Não, sou uma negação para contar piada.

Ele parece tão orgulhoso de si que começo a rir.

— Eu também sou uma negação para contar piada.

— Como é bom ouvir isso — murmura ele, e me dá um beijo. — Está me escondendo alguma coisa, Anastasia. Talvez eu tenha que arrancar isso de você sob tortura.

CAPÍTULO VINTE E SEIS

Acordo com um sobressalto. Penso que acabei de cair escada abaixo num sonho, e me sento depressa, momentaneamente desorientada. Está escuro, e estou sozinha na cama de Christian. Algo me despertou, um pensamento ruim. Olho para o despertador na mesa de cabeceira dele. São cinco da manhã, mas me sinto descansada. Por quê? Ah — é a diferença de fuso horário — são oito da manhã na Geórgia. *Puta merda... preciso tomar a pílula.* Levanto-me da cama, agradecida por seja lá o que tenha me despertado. Ouço notas ao longe no piano. Christian está tocando. Isso eu preciso ver. Adoro vê-lo tocar. Nua, pego o roupão de banho na cadeira e o visto andando pelo corredor ao som mágico do lamento melódico que vem da sala.

Envolto na escuridão, Christian toca sentado numa bolha de luz, e seu cabelo brilha com reflexos acobreados. Parece nu, embora eu saiba que está com a calça do pijama. Está concentrado, tocando lindamente, absorto na melancolia da música. Hesito, observando-o da penumbra, sem querer interrompê-lo. Quero abraçá-lo. Ele parece perdido, triste até, e dolorosamente só — ou talvez seja apenas a música, impregnada de uma tristeza muito pungente. Ele termina a peça, para por uma fração de segundo, depois repete-a. Vou me encaminhando com cautela para ele, como a mariposa atraída pela chama... a ideia me faz sorrir. Ele ergue os olhos para mim e franze a testa antes de tornar a olhar para as mãos.

Ah, merda, será que ele está puto pelo fato de eu o estar perturbando?

— Você devia estar dormindo — censura num tom afável.

Dá para ver que ele está preocupado com alguma coisa.

— Você também — retruco num tom não tão afável.

Ele torna a erguer os olhos, esboçando um sorriso.

Está me repreendendo, Srta. Steele?

— Estou sim, Sr. Grey.

— Bem, não consigo dormir.

Ele torna a franzir a testa e vejo em seu rosto um sinal de irritação ou raiva. De mim? Com certeza, não.

Ignoro sua expressão e, numa atitude muito corajosa, sento-me a seu lado no banco do piano, encostando a cabeça em seus ombros nus para observar seus dedos ágeis e habilidosos acariciarem as teclas. Ele faz uma pausa quase imperceptível e depois continua a peça até o fim.

— O que estava tocando? — pergunto baixinho.

— Chopin. "Prelúdio opus vinte e oito, número quatro em mi menor", se lhe interessar — murmura ele.

— Sempre me interesso pelo que você faz.

Ele se vira e pressiona docemente os lábios em meus cabelos.

— Eu não tinha intenção de acordá-la.

— Não acordou. Toque aquela outra.

— Outra?

— A peça de Bach que tocou na primeira noite em que estive aqui.

— Ah, "Marcello".

Ele começa a tocar lentamente e com determinação. Sinto o movimento de suas mãos e seus ombros ali encostada nele de olhos fechados. As notas tristes e sentidas se irradiam num compasso lento e melancólico à nossa volta, ecoando nas paredes. É uma peça de uma beleza assombrosa, mais triste ainda que a de Chopin, e me perco na beleza do lamento. Até certo ponto, ela reflete como me sinto. O desejo pungente que tenho de conhecer melhor esse homem, de tentar entender a tristeza dele. Antes do que eu gostaria, a peça termina.

— Por que só toca essas músicas tristes?

Endireito-me no banco e vejo-o encolher os ombros em resposta à minha pergunta com uma expressão desconfiada.

— Então você só tinha seis anos quando começou a tocar? — provoco.

Ele balança a cabeça, com uma expressão mais desconfiada ainda. Passado um instante, fala.

— Eu me dediquei a aprender piano para agradar minha mãe.

— Para se encaixar na família perfeita?

— Sim, por assim dizer — responde evasivo. — Por que está acordada? Não precisa se recuperar dos esforços de ontem?

— São oito da manhã para mim. E preciso tomar a pílula.

Ele ergue as sobrancelhas, surpreso.

— Bem lembrado — murmura, e dá para ver que está impressionado. — Só você começaria a usar uma pílula que tenha hora certa para ser tomada numa região de fuso horário diferente. Talvez deva esperar meia hora e depois mais meia hora amanhã de manhã. Aí, acabará chegando a um horário razoável.

— Ótimo plano — suspiro. — Então o que faremos em meia hora? — pisco inocentemente para ele.

— Posso pensar em algumas coisas.

Ele sorri lascivamente. Olho impassível para ele, com as entranhas derretendo sob seu olhar cúmplice.

— Poderíamos conversar — sugiro calmamente.

Ele fica amuado.

— Prefiro o que tenho em mente.

Ele me põe no colo.

— Você sempre prefere fazer sexo a conversar.

Rio, e me seguro nele para me equilibrar.

— É verdade. Especialmente com você. — Ele esfrega o nariz em meu cabelo e começa a deixar uma trilha de beijos do meu ouvido até meu pescoço. — Talvez no piano — sussurra.

Ai, nossa. Meu corpo todo se contrai diante dessa ideia. *Piano. Nossa.*

— Quero esclarecer uma coisa — sussurro, enquanto minha pulsação começa a acelerar, e minha deusa interior fecha os olhos, deleitando-se com a sensação dos lábios dele nos meus.

Ele para um pouco antes de prosseguir com aquele ataque sensual.

— Sempre muito ansiosa por informações, Srta. Steele. O que precisa de esclarecimento? — suspira colado em minha nuca, continuando a trilha de beijos doces.

— Nós — sussurro fechando os olhos.

— Hum. O que tem nós?

Ele interrompe os beijos em meu ombro.

— O contrato.

Ele levanta a cabeça para me olhar, a expressão divertida, e suspira, acariciando minha bochecha com a ponta dos dedos.

— Bem, acho que o contrato é irrelevante, você não acha? — Sua voz é grave e rouca, seus olhos, meigos.

— Irrelevante?

— Irrelevante.

Ele sorri. Olho para ele curiosa.

— Mas você estava tão entusiasmado.

— Bem, isso foi antes. Enfim, as Regras não são irrelevantes, ainda estão de pé. Sua expressão fica ligeiramente mais dura.

— Antes? Antes de quê?

— Antes do... — Ele para, e a expressão desconfiada volta. — Mais. — Encolhe os ombros.

— Ah.

— Além disso, já estivemos duas vezes no quarto de jogos, e você não fugiu gritando.

— Esperava que eu fugisse?

— Nada que você faz é esperado, Anastasia — diz ele secamente.

— Então vou ser clara. Você só quer que eu siga a parte das Regras do contrato o tempo todo mas não o restante do contrato?

— Menos no quarto de jogos. Quero que siga o espírito do contrato no quarto de jogos, e sim, quero que você siga as Regras, o tempo todo. Então saberei que estará segura, e eu poderei ter você sempre que quiser.

— E se eu infringir uma das Regras?

— Aí eu vou puni-la.

— Mas não vai precisar da minha permissão?

— Vou, sim.

— E se eu não der?

Ele me olha um instante, com uma expressão confusa.

— Se você não der, vou ter que encontrar um jeito de persuadi-la.

Eu me afasto dele e me levanto. Preciso me distanciar. Ele fecha a cara e olha para mim. Parece intrigado e desconfiado de novo.

— Então o lado da punição permanece.

— Sim, mas só se você infringir as Regras.

— Vou precisar relê-las — digo, tentando recordar o detalhe.

— Vou buscá-las para você.

O tom dele de repente fica profissional.

Puxa. O assunto ficou sério muito depressa. Ele se levanta do piano e vai num passo ágil até o escritório. Meu couro cabeludo comicha. Preciso de um chá. O futuro de nossa assim chamada relação está sendo discutido às cinco e quarenta e cinco da manhã quando ele está preocupado com outra coisa — será que isso é prudente? Vou para a cozinha, que continua às escuras. Cadê os interruptores de luz? Encontro-os, acendo-os, e ponho água na chaleira. *Minha pílula!* Procuro dentro da bolsa, que deixei no balcão da cozinha, e logo encontro a caixa. Um gole e pronto. Quando termino, Christian está de volta, sentado num dos bancos, observando-me com atenção.

— Aqui está.

Ele empurra uma folha impressa na minha direção, e vejo que riscou umas coisas.

REGRAS
Obediência:
A Submissa obedecerá a quaisquer instruções dadas pelo Dominador ime-
diatamente, sem hesitação ou reserva, e com presteza. A Submissa concor-

dará com qualquer atividade sexual que o Dominador julgar adequada e prazerosa salvo aquelas atividades que estão resumidas em limites rígidos (Apêndice 2). Ela fará isso avidamente e sem hesitação.

Sono:

A Submissa assegurará alcançar um mínimo de sete horas de sono por noite quando não estiver com o Dominador.

Alimentação:

A submissa consumirá regularmente os alimentos previamente listados (Apêndice 4) para conservar a saúde. A Submissa não comerá nada entre as refeições, com a exceção de frutas.

Roupas:

Durante a Vigência, a Submissa só usará roupas aprovadas pelo Dominador. O Dominador fornecerá à Submissa um orçamento para o vestuário, que a Submissa deverá usar. O Dominador acompanhará _ad hoc_ a Submissa nas compras de vestuário. Se o Dominador solicitar, a Submissa usará, durante a Vigência deste contrato, quaisquer adornos solicitados pelo Dominador, na presença do Dominador e em qualquer outra hora que o Dominador julgar adequado.

Exercícios:

O Dominador fornecerá à Submissa um personal trainer para sessões de uma hora de exercícios, ~~quatro~~ três vezes por semana, em horário a ser combinado de comum acordo entre o personal trainer e a Submissa. O personal trainer reportará ao Dominador o progresso da Submissa.

Higiene pessoal/Beleza:

A Submissa se manterá sempre limpa e com os pelos raspados e/ou depilados. A Submissa visitará um salão de beleza à escolha do Dominador com frequência a ser decidida pelo Dominador e se submeterá a tratamentos que o Dominador julgar adequados.

Segurança pessoal:

A Submissa não se excederá na bebida, não fumará, não fará uso de drogas recreativas nem se colocará desnecessariamente em qualquer situação de risco.

Qualidades pessoais:

A Submissa não se envolverá em quaisquer relações sexuais com qualquer outra pessoa senão o Dominador. A Submissa se conduzirá sempre de forma respeitosa e recatada. Ela deve reconhecer que seu comportamento se reflete diretamente no Dominador. Ela será responsabilizada por quaisquer crimes, delitos e má conduta incorridos quando não na presença do Dominador.

O não cumprimento de quaisquer das regras acima resultará em punição imediata, cuja natureza será determinada pelo Dominador.

— Então o negócio da obediência continua de pé?

— Sim. — Ele sorri.

Balanço a cabeça, achando graça, e, antes que eu me dê conta, reviro os olhos para ele.

— Você revirou os olhos para mim, Anastasia? — sussurra ele.

Ai, porra.

— É possível, depende de qual seja sua reação.

— A mesma de sempre — diz ele, balançando a cabeça, os olhos acesos.

Engulo em seco instintivamente e um estremecimento de excitação me percorre.

— Então... — *Puta merda. O que vou fazer?*

— Sim? — Ele passa a língua no lábio inferior.

— Quer me bater agora?

— Quero. E vou.

— Ah, é mesmo, Sr. Grey? — desafio, rindo para ele. É um jogo a dois.

— Vai me impedir?

— Primeiro você vai ter que me pegar.

Ele arregala os olhos um pouquinho e sorri, levantando-se devagar.

— Ah, é mesmo, Srta. Steele?

O balcão da cozinha está entre nós. Nunca agradeci tanto a sua existência quanto neste momento.

— E você está mordendo o lábio — suspira ele, chegando devagarinho para a sua esquerda enquanto chego para a minha.

— Você não faria isso — provoco. — Afinal, você revira os olhos.

Tento raciocinar com ele. Ele continua a chegar para sua esquerda, como eu.

— Sim, mas você acaba de estabelecer um padrão de excitação mais alto com esse jogo. — Seus olhos ardem, sôfregos.

— Sou muito ágil, você sabe. — Experimento demonstrar displicência.

— Eu também.

Ele está me perseguindo em sua própria cozinha.

— Você vem caladinha? — pergunta ele.

— Vou?

— Srta. Steele, como assim? — Ele dá uma risadinha. — Vai ser pior para você se eu tiver que ir pegá-la.

— Só se você me pegar, Christian. E, no momento, não pretendo deixar você fazer isso.

— Anastasia, você pode cair e se machucar. E com isso vai estar infringindo a regra número sete, agora, seis.

— Ando em perigo desde que conheci você, Sr. Grey, com ou sem regras.

— Sim, é verdade.

Ele para, e fecha a cara.

De repente, avança sobre mim, fazendo-me gritar e correr para a mesa da sala de jantar. Consigo fugir, colocando a mesa entre nós. Meu coração está disparado e já senti uma descarga de adrenalina... puxa... isso é emocionante. Voltei a ser criança, embora isso não esteja certo. Observo-o com cautela vir andando decidido para mim. Vou me afastando aos poucos.

— Você sabe mesmo distrair um homem, Anastasia.

— Nosso objetivo é satisfazer, Sr. Grey. Distraí-lo de quê?

— Da vida. Do universo. — Ele faz um gesto vago com uma das mãos.

— Você pareceu, sim, muito preocupado quando estava brincando.

Ele para e cruza os braços, a expressão divertida.

— Podemos passar o dia inteiro fazendo isso, baby, mas eu vou pegá-la, e simplesmente vai ser pior para você quando isso acontecer.

— Você não me pega, não.

Não posso ser excessivamente confiante. Repito isso como um mantra. Meu inconsciente achou os tênis, e está em posição de largada.

— Qualquer pessoa acharia que você não quer que eu te pegue.

— Eu não quero. A questão é essa. Sinto-me em relação à punição do mesmo jeito que se sente ao ser tocado por mim.

A atitude dele muda numa fração de segundo. O Christian brincalhão desaparece, e ele fica olhando para mim como se eu o tivesse esbofeteado. Está lívido.

— É esse o seu sentimento? — sussurra ele.

Essas cinco palavras, e a forma como ele as pronuncia, dizem muito.

Ah, não. Elas me dizem muito mais sobre ele e sobre como ele se sente. Falam do seu medo e de sua aversão. Franzo as sobrancelhas. Não, o que eu sinto não é tão forte. De jeito nenhum. É?

— Não. Isso não me afeta tanto, mas dá uma ideia — murmuro, fitando-o com ansiedade.

— Ah — diz ele.

Merda. Ele parece completa e absolutamente perdido, como se eu tivesse puxado o tapete de debaixo dos pés.

Respirando fundo, dou a volta na mesa até estar parada na frente dele, fitando seus olhos apreensivos.

— Você odeia tanto isso? — suspira ele, horrorizado.

— Bem... não — tranquilizo-o. *Nossa, é isso que ele sente em relação a ser tocado?* — Não. Tenho um sentimento ambivalente em relação a isso. Não gosto, mas não odeio.

— Mas ontem à noite, no quarto de jogos, você...

— Faço isso por você, Christian, porque você precisa. Eu não. Você não me machucou ontem à noite. Aquilo foi num contexto diferente, e consigo racionalizar isso internamente, e confio em você. Mas quando você quer me punir, fico com medo de que me machuque.

Seus olhos escurecem como uma tempestade turbulenta. Passa um bom tempo até ele responder docemente.

— Quero machucar você. Mas não além do que você é capaz de aguentar.

Porra!

— Por quê?

Ele passa a mão pelo cabelo, e dá de ombros.

— Eu simplesmente preciso disso. — Faz uma pausa, olhando angustiado para mim, fecha os olhos e balança a cabeça. — Não sei dizer.

— Não sabe ou não quer?

— Não quero.

— Então sabe por quê.

— Sei.

— Mas não quer me dizer.

— Se eu disser, você vai sair correndo dessa sala para nunca mais voltar. — Ele me olha desconfiado. — Não posso correr esse risco, Anastasia.

— Quer que eu fique?

— Mais do que você pensa. Eu não suportaria perdê-la.

Nossa.

Ele me olha, e, de repente, me puxa para seus braços e está me beijando, beijando-me com paixão. Isso me pega completamente desprevenida, e sinto seu pânico e sua carência desesperada naquele beijo.

— Não me deixe. Dormindo, você disse que não me deixaria, e me implorou para que eu não a deixasse — murmura ele em meus lábios.

Ah... as minhas confissões noturnas.

— Eu não quero ir embora.

E fico com o coração apertado, virado pelo avesso.

Este é um homem carente. Seu medo é óbvio, mas ele está perdido... em algum lugar em sua escuridão. Seus olhos estão arregalados, tristes e torturados. Posso tranquilizá-lo, juntando-me a ele por um instante na escuridão e trazê-lo para a luz.

— Mostre — sussurro.

— Mostrar?

— Mostre o quanto isso pode doer.

— O quê?

— A punição. Quero saber até que ponto pode ser doloroso.

Christian recua, completamente confuso.

— Você experimentaria?

— Sim. Eu disse que experimentaria.

Mas tenho outro motivo. Se eu fizer isso por ele, talvez ele me deixe tocá-lo. Ele pisca.

— Ana, você é muito confusa.

— Eu estou confusa. Estou tentando entender. E você vai saber, de uma vez por todas, se eu consigo fazer isso. Se eu conseguir lidar com isso, então talvez você...

As palavras me faltam, e seus olhos tornam a se arregalar. Ele sabe que estou me referindo à questão do toque. Por um momento, ele parece dilacerado, mas depois uma determinação ferrenha se instala em suas feições, e ele aperta os olhos, olhando-me com curiosidade, como se estivesse ponderando alternativas.

Bruscamente, ele me segura firme pelo braço, e sobe comigo para o quarto de jogos. Prazer e dor, recompensa e punição — suas palavras de muito tempo atrás ecoam em minha mente.

— Vou mostrar o quanto pode machucar — e você pode tomar sua decisão. — Ele para ao lado da porta. — Está preparada?

Balanço a cabeça, já decidida, e fico vagamente atordoada, sentindo o sangue me fugir do rosto.

Ele abre a porta e, ainda segurando meu braço, pega o que parece um cinto da estante ao lado da porta, depois me leva para o banco de couro vermelho na outra ponta do quarto.

— Debruce no banco — murmura com doçura.

Tudo bem, dá para eu fazer isso. Debruço-me no couro liso e macio. Ele me deixou de roupão. Numa parte sossegada do meu cérebro, estou vagamente surpresa por ele não ter me obrigado a despi-lo. *Puta merda, isso vai doer... eu sei.*

— Estamos aqui porque você disse sim, Anastasia. E fugiu de mim. Vou bater seis vezes, e você vai contar comigo.

Por que ele simplesmente não bate logo? Ele sempre complica tanto a ação de me punir. Reviro os olhos, sabendo perfeitamente bem que ele não me vê.

Ele levanta a barra do meu roupão, e, por alguma razão, isso dá uma sensação de intimidade maior do que a nudez. Acaricia delicadamente minha bunda, passando as mãos quentes nas duas nádegas e descendo até o alto das coxas.

— Estou fazendo isso para você se lembrar de não fugir de mim, e, por mais excitante que isso seja, eu não quero nunca que você fuja de mim — sussurra ele.

E não deixo de perceber a ironia. Eu estava fugindo para evitar isso. Se ele tivesse aberto os braços, eu teria corrido para ele, não dele.

— E você revirou os olhos para mim. Você sabe o que eu acho disso.

De repente, aquele tom aflito e assustado em sua voz desaparece. Ele voltou de onde quer que tenha estado. Ouço isso em sua voz, no jeito que ele põe os dedos nas minhas costas, me segurando — e o clima no quarto muda.

Fecho os olhos, preparando-me para o golpe. Ele vem com força, batendo no meu traseiro, e o impacto da correada é tudo que eu temia. Grito automaticamente e aspiro uma enorme tragada de ar.

— Conte, Anastasia — ordena ele.

— Um! — grito para ele, e a palavra soa como um expletivo.

Ele torna a me bater, e a dor lateja e ecoa ao longo da correada. *Puta merda... isso arde.*

— Dois! — grito.

A sensação de gritar é muito boa.

A respiração dele está ofegante e áspera, e a minha é quase inexistente enquanto tento me concentrar para encontrar um pouco de força mental. Levo mais uma correada.

— Três!

As lágrimas brotam em meus olhos, inoportunas. Isso é pior do que eu pensava, muito pior do que espancamento. Ele não está pegando leve.

— Quatro! — grito, e a correia torna a estalar, e agora as lágrimas me escorrem pelo rosto.

Não quero chorar. Fico com raiva de estar chorando. Ele me bate de novo.

— Cinco!

Minha voz é mais um soluço engasgado, estrangulado, e, neste momento, penso que o odeio. Mais uma, não aguento mais. Meu traseiro está pegando fogo.

— Seis — sussurro, sentindo de novo na pele a dor abrasadora, e escuto-o largar a correia atrás de mim, e ele está me puxando para seus braços, todo ofegante e compassivo... e eu não quero nada com ele.

— Solte-me... não...

E me dou conta de que estou me debatendo para me desvencilhar dele, empurrando-o. Lutando com ele.

— Não me toque! — sibilo.

Endireito-me e olho para ele, e ele está me observando como se eu pudesse sair correndo, olhos arregalados, desconcertado. Limpo as lágrimas com as costas da mão, irritada, fuzilando-o com os olhos.

— É disso que você realmente gosta? De mim, assim? — Uso a manga do roupão para secar o nariz.

Ele me olha desconfiado.

— Bem, você é um filho da puta.

— Ana — apela ele, chocado.

— Não se atreva a apelar para mim! Você precisa se resolver, Grey!

E, com isso, dou meia-volta com firmeza e saio do quarto de jogos, fechando a porta calmamente ao passar.

Segurando a maçaneta, fico um instante encostada na porta atrás de mim. Aonde ir? Será que fujo? Será que fico? Estou muito furiosa, lágrimas escaldantes me escorrem pelo rosto, e eu as afasto com um gesto violento. Só quero ficar encolhida. Ficar encolhida e me recuperar de algum modo. Recompor minha fé abalada. Como pude ser tão idiota? Claro que isso dói.

Timidamente, esfrego minha bunda. Aah! Está doendo. Aonde ir? Não para o quarto dele. Para o meu quarto, ou para o quarto que será meu, não, *é meu... era meu*. Era por isso que ele queria que eu ficasse com esse quarto. Ele sabia que eu precisaria ficar longe dele.

Corro para lá toda rígida, consciente de que Christian pode me seguir. Ainda está escuro no quarto, a aurora é apenas um fiapo no horizonte. Ajeito-me desajeitada na cama, tomando cuidado para não me sentar sobre a parte dolorida. Não tiro o roupão e me enrolo nele, encolhida, e desabo — soluçando violentamente no travesseiro.

O que eu estava pensando? Por que deixei que ele fizesse isso comigo? Eu queria o lado escuro, explorar quão ruim poderia ser — mas é muito escuro para mim. Não posso fazer isso. No entanto, é o que ele faz. É assim que ele tem prazer.

Que toque monumental para me acordar. E, para ser justa com ele, ele me avisou várias vezes. Ele não é normal. Tem carências que não posso satisfazer. Vejo isso agora. Não quero que torne a me bater assim, jamais. Penso nas duas vezes em que me bateu, e em quão afável foi comigo em comparação a hoje. Será que isso lhe basta? Soluço com mais força no travesseiro. Vou perdê-lo. Ele não vai querer estar comigo se eu não lhe der isso. Por que, por que, por que me apaixonei por ele? Por quê? Por que não posso amar José, ou Paul Clayton, ou alguém feito eu?

Ah, o olhar desconsolado dele quando fui embora. Fui muito cruel, chocada com a selvageria... será que ele vai me perdoar?... será que eu vou perdoá-lo? Meus pensamentos estão todos malucos e confusos, ecoando e ricocheteando no interior do meu crânio. Meu inconsciente balança a cabeça, e minha deusa interior sumiu. Ah, esta é uma manhã de alma negra para mim. Estou só. Quero minha mãe. Eu me lembro de suas palavras de despedida no aeroporto.

Faça o que seu coração mandar, querida, e, por favor, por favor, tente não pensar demais. Relaxe e aproveite a vida. Você é muito jovem, querida. Ainda tem muito que viver, simplesmente deixe rolar. Você merece o melhor de tudo.

Fiz, sim, o que meu coração mandou, e fiquei com a bunda doendo e o espírito abatido por causa disso. Tenho que ir. Chega... Tenho que ir embora. Ele não serve para mim, e eu não sirvo para ele. Como podemos fazer isso dar certo? E a ideia de não tornar a vê-lo praticamente me sufoca... meu Cinquenta Tons.

Ouço a porta abrir. *Ah não — ele está aqui.* Ele põe uma coisa na mesa de cabeceira, e sinto a cama mexer com seu peso quando ele se deita atrás de mim.

— Quieta — suspira, e quero me afastar dele, chegar para o outro lado da cama, mas estou paralisada. Não consigo me mexer e fico ali, rígida, inflexível.

— Não brigue comigo, Ana, por favor — diz docemente, puxando-me para seus braços, enterrando o nariz no meu cabelo, beijando-me o pescoço. — Não me odeie — diz baixinho, colado em mim, a voz tristíssima. Sinto outra vez um aperto no coração e desabafo com uma onda de soluços mudos. Ele continua me dando beijos ternos, mas eu continuo alheia e ressabiada.

Ficamos séculos deitados assim sem dizer palavra. Ele se limita a me abraçar, e, aos pouquinhos, vou relaxando e paro de chorar. A aurora chega e vai embora, e a luminosidade suave vai aumentando à medida que amanhece, e continuamos ali calados.

— Trouxe um Advil e um creme de arnica para você — diz ele muito tempo depois.

Viro-me muito devagar para ficar de frente para ele. Estou com a cabeça deitada em seu braço. Seu olhar duro é cauteloso.

Olho para aquele rosto lindo. Ele não está revelando nada, mas continua me fitando, sem piscar. Ah, ele é tão impressionantemente lindo... Em pouquíssimo tempo, tornou-se uma pessoa tão querida para mim. Levanto o braço para afagar seu rosto, passando as pontas dos dedos naquela barba por fazer. Ele fecha os olhos e solta a respiração.

— Eu sinto muito — murmuro.

Ele abre os olhos e me olha intrigado.

— Por quê?

— Pelo que eu disse.

— Você não me disse nada que eu não soubesse. — E seu olhar aliviado fica mais suave. — Sinto muito por ter machucado você.

Encolho os ombros.

— Eu pedi.

E agora sei. Engulo em seco. Lá vai. Preciso dizer a minha parte.

— Acho que não posso ser tudo que você quer que eu seja.

Ele arregala os olhos e pisca, de novo com aquele olhar ressabiado.

— Você é tudo que eu quero que seja.

O quê?

— Não entendo. Eu não sou obediente e você pode ter certeza que não vou deixar você fazer *aquilo* comigo de novo. E é disso que você precisa, você disse.

Ele torna a fechar os olhos, e vejo milhares de emoções passando pelo seu rosto. Quando os abre, sua expressão é de desalento. *Ah, não.*

— Tem razão. Eu devo deixar você ir embora. Não sirvo para você.

Meu couro cabeludo comicha e fico toda arrepiada, e o mundo me foge, deixando um abismo imenso à minha frente para eu cair. *Ah, não.*

— Não quero ir — sussurro.

Porra, é isso aí. Dá ou desce. Mais uma vez, meus olhos ficam marejados.

— Também não quero que vá — sussurra ele, a voz rouca. Afaga meu rosto com doçura e limpa uma lágrima com o polegar. — Fiquei cheio de vida desde que conheci você.

Seu polegar traça o contorno do meu lábio inferior.

— Eu também — sussurro. — Eu me apaixonei por você, Christian.

Ele torna a arregalar os olhos, mas, agora, de puro e autêntico medo.

— Não — sussurra ele como se eu tivesse lhe dado um soco.

Ah, não.

— Você não pode me amar, Ana. Não... é um erro.

Ele está apavorado.

— Errado? Errado por quê?

— Bem, olha só pra você. Não posso fazer você feliz.

A voz dele é angustiada.

— Mas você me faz feliz.

Fico séria.

— Não no momento, não fazendo o que quero fazer.

Puta merda. É isso aí mesmo. Tudo se resume a isso — incompatibilidade — e penso em todas aquelas pobres submissas.

— A gente nunca vai superar isso, não é? — pergunto, apavorada.

Ele balança a cabeça, desanimado. Fecho os olhos. Não aguento olhar para ele.

— Bem... é melhor eu ir, então — murmuro, fazendo uma careta ao me sentar na cama.

— Não, não vá.

Ele parece em pânico.

— Não adianta eu ficar.

De repente, sinto-me cansada, cansadíssima mesmo, e quero ir embora já. Levanto da cama, e Christian me acompanha.

— Vou me vestir. Gostaria de um pouco de privacidade — digo, num tom monótono e vazio ao deixá-lo em pé ali no quarto.

Ao descer as escadas, olho a grande sala, pensando em como, há apenas algumas horas, eu descansara a cabeça em seu ombro enquanto ele tocava piano. Tanta coisa aconteceu desde então. Abri os olhos e entrevi a extensão de sua depravação, e agora sei que ele não tem capacidade de amar — de dar e receber amor. O que eu mais temia aconteceu. E o estranho é que isso me torna livre.

A dor é tamanha que me recuso a reconhecê-la. Sinto-me anestesiada. De certa forma, saí do meu corpo e sou agora uma mera observadora dessa tragédia que vem pela frente. Tomo tranquilamente uma ducha rápida, focando apenas em cada um dos momentos seguintes. Apertar o vidro de sabonete líquido. Colocar o sabonete líquido de volta na prateleira. Esfregar a bucha no rosto, nos ombros... e no corpo todo, só ações simples, exigindo apenas pensamentos simples e mecânicos.

Termino o banho — e, como não lavei a cabeça, posso me secar depressa. Visto o roupão e pego a calça jeans e a camisa na minha mala. A calça arranha meu traseiro, mas, sinceramente, é uma dor que acho positiva, pois me distrai do que está acontecendo com meu coração despedaçado.

Abaixo-me para fechar a mala e bato o olho na sacola com o presente de Christian, o kit de um planador Blanik L23, um aeromodelo para ele montar. As lágrimas ameaçam. *Ah, não...* tempos mais felizes, quando havia esperança de mais. Tiro o kit da caixa, sabendo que preciso dar o presente a ele. Arranco uma folha do meu caderno, escrevo às pressas um bilhete para ele e o deixo em cima da caixa.

Isso me faz lembrar uma época feliz.
Obrigada.

Ana.

Olho-me no espelho. Um fantasma pálido e atormentado olha para mim. Faço um coque e não tomo conhecimento de quão inchadas estão minhas pálpebras de tanto chorar. Meu inconsciente aprova com um aceno de cabeça. Até ele sabe não ser debochado agora. Não posso acreditar que meu mundo esteja desmoronando e virando um monte estéril de cinzas à minha volta, todos os meus sonhos e as minhas esperanças desfeitos. Não, não, não pense nisso. Agora não, ainda não. Respirando fundo, pego a mala, e, depois de deixar o kit do planador com o bilhete no travesseiro dele, vou para a sala.

Christian está ao telefone, de calça jeans preta e camisa de malha, descalço.

— Ele disse o quê? — grita, sobressaltando-me. — Bem, ele poderia ter nos dito a verdade, porra. Qual é o telefone dele? Preciso ligar para ele... Welch, isso é uma verdadeira cagada. — Ele não tira aqueles olhos escuros e sorumbáticos de mim. — Encontre-a — diz secamente e desliga.

Vou até o sofá e pego a mochila, fazendo o possível para ignorá-lo. Tiro o Mac dali de dentro e volto para a cozinha, colocando o laptop cuidadosamente no balcão, junto com o BlackBerry e a chave do carro. Quando me viro, ele está me olhando estupefato e horrorizado.

— Preciso do dinheiro que o Taylor conseguiu com meu fusca.

Minha voz está clara e calma, sem emoção... *extraordinário*.

— Ana, eu não quero essas coisas, elas são suas — diz ele incrédulo. — Leve--as com você.

— Não, Christian. Eu só aceitei como empréstimo, e não as quero mais.

— Ana, seja sensata — até agora ele me censura.

— Não quero nada que me lembre de você. Só preciso do dinheiro que Taylor conseguiu com meu carro.

Minha voz é bem monótona.

Ele arqueja.

— Está realmente tentando me magoar?

— Não. — Fico séria, olhando para ele. Claro que não... eu te amo. — Não estou. Estou tentando me proteger — sussurro. Porque você não me quer do jeito que eu quero você.

— Por favor, Ana, leve essas coisas.

— Christian, eu não quero brigar. Só preciso do dinheiro.

Ele estreita os olhos, mas já não me intimida. Bem, só um pouquinho. Olho impassível para ele, sem pestanejar nem recuar.

— Aceita cheque? — pergunta ele, ácido.

— Aceito. Acho que você tem crédito para isso.

Ele não sorri, apenas se vira e vai para o estúdio. Corro os olhos demoradamente uma última vez pelo apartamento dele — pelas obras de arte nas paredes — todas abstratas, serenas, plácidas... frias, até. *Combina*, penso distraidamente. Meus olhos se deixam ir para o piano. Putz — se eu tivesse ficado de boca fechada, teríamos feito amor em cima do piano. Não, teríamos fodido, fodido em cima do piano. Bem, eu teria feito amor. A ideia me pesa na mente e no que me resta de coração. Ele nunca fez amor comigo, não é? Para ele, fazer amor sempre foi foder.

Christian volta e me entrega um envelope.

— Taylor conseguiu um bom preço. É um carro clássico. Pode perguntar a ele. Ele leva você para casa.

Faz um sinal de cabeça indicando um ponto atrás de mim. Viro-me, e Taylor está parado à porta, impecável como sempre naquele seu terno.

— Não precisa. Posso ir sozinha para casa, obrigada.

Viro-me de novo para Christian, e vejo a fúria mal contida em seus olhos.

— Vai me desafiar a cada vez?

— Por que mudar um hábito da vida inteira?

Encolho ligeiramente os ombros para ele, como um pedido de desculpas. Ele fecha os olhos frustrado e passa a mão no cabelo.

— Por favor, Ana, deixe o Taylor levar você em casa.

— Vou buscar o carro, Srta. Steele — anuncia Taylor com autoridade.

Christian faz um sinal de cabeça para ele, e, quando olho, já se foi.

Viro-me para Christian. Estamos a um metro um do outro. Ele dá um passo à frente, e, instintivamente, recuo. Ele para, e a angústia em sua expressão é palpável, seus olhos cinzentos inflamados.

— Não quero que você vá — murmura, a voz cheia de desejo.

— Não posso ficar. Sei o que quero e você não pode me dar isso, e não posso dar o que você precisa.

Ele dá mais um passo à frente, e levanto as mãos.

— Não, por favor. — Recuo. Não há condição de eu tolerar ser tocada por ele agora, isso vai me matar. — Não posso fazer isso.

Pego a mala e a mochila, e me encaminho para o hall. Ele me segue, mantendo uma distância cautelosa. Aperta o botão do elevador, e as portas se abrem. Entro.

— Adeus, Christian — murmuro.

— Ana, adeus — diz ele baixinho, parecendo um homem absolutamente alquebrado, num sofrimento agonizante, refletindo como eu me sinto por dentro. Desvio o olhar dele antes que eu mude de ideia e tente consolá-lo.

As portas do elevador se fecham e lá vou eu descendo a toda para as entranhas do subsolo e para meu inferno pessoal.

TAYLOR ABRE A porta para mim, e entro no banco traseiro do carro. Evito o contato visual. Estou totalmente sem jeito e envergonhada. Sou um fracasso absoluto. Eu tinha esperado trazer o meu Cinquenta Tons para a luz, mas isso provou ser uma tarefa além das minhas parcas habilidades. Desesperadamente, tento refrear minhas emoções. Ao entrarmos na Quarta Avenida, estou olhando pela janela com o olhar perdido, e a enormidade do que fiz me submerge. *Merda — eu o deixei*. O único homem que já amei. O único homem com quem já dormi. Arquejo, sentindo uma dor dilacerante, e a represa se rompe. Lágrimas incontidas me escorrem pelo rosto, e eu as enxugo apressadamente com os dedos, catando os óculos escuros na bolsa. Quando paramos num sinal, Taylor me passa um lenço. Não diz nada, não olha para mim, e eu aceito agradecida.

— Obrigada — murmuro, e este pequeno e discreto ato de bondade é a minha perdição. Recosto-me no luxuoso banco de couro e choro.

O APARTAMENTO VAZIO e estranho me angustia. Ainda não moro ali tempo suficiente para me sentir em casa. Vou direto para meu quarto, e ali, murchinho, pendurado no pé da minha cama, está um balão triste em forma de helicóptero. Charlie Tango é meu retrato em todos os sentidos. Puxo-o com irritação da grade, arrebentando o fio, e me abraço a ele. *Ah — o que foi que eu fiz?*

Caio na cama, de sapato e tudo, e dou um grito de tristeza. A dor é indescritível... física, mental... metafísica... está em tudo, vai se entranhando em minha medula. Tristeza. Isso é tristeza — e fui eu mesma que busquei. Lá bem no meu íntimo, um pensamento desagradável vem da minha deusa interior, com aquele seu sorrisinho debochado... a dor física provocada por uma correada não é nada comparada a essa desolação. Fico encolhida ali, segurando com desespero o balão murcho e o lenço de Taylor, e me entrego à minha dor.

Não perca a irresistível sequência
de *Cinquenta tons de cinza*

Cinquenta tons mais escuros

CAPÍTULO UM

Sobrevivi ao terceiro dia pós-Christian, e ao primeiro dia de trabalho. Tem sido uma distração bem-vinda. O tempo voou numa névoa de rostos novos, trabalho a fazer e a presença do Sr. Jack Hyde. O Sr. Jack Hyde... ele sorri para mim, os olhos azuis cintilantes, e se recosta contra minha mesa.

— Bom trabalho, Ana. Acho que vamos formar um belo time.

De alguma forma, dou um jeito de curvar os lábios para cima num arremedo de sorriso.

— Acho que já vou indo, se estiver tudo bem por você — murmuro.

— Claro, são cinco e meia. Vejo você amanhã.

— Boa noite, Jack.

— Boa noite, Ana.

Pego minha bolsa, enfio-me no casaco e caminho até a porta. Lá fora, no ar do início de noite de Seattle, respiro fundo. Ele não chega nem perto de encher o vazio em meu peito, um vazio que tem estado ali desde a manhã de sábado, um lembrete oco e doloroso de minha perda. Caminho de cabeça baixa em direção ao ponto de ônibus, olhando os pés e contemplando a vida sem meu amado Wanda, meu Fusca antigo... ou sem o Audi.

Imediatamente bloqueio esses pensamentos. Não. Não pense nele. É claro que posso comprar um carro — um belo carro novo. Suspeito que ele tenha sido generoso demais no pagamento, e a ideia deixa um gosto amargo em minha boca, mas eu a afasto e tento manter a cabeça tão vazia e entorpecida quanto possível. Não posso pensar nele. Não quero começar a chorar de novo, não na rua.

O apartamento está vazio. Tenho saudade de Kate, e a imagino deitada numa praia em Barbados, tomando um coquetel. Ligo a tevê de tela plana para que o ruído preencha o vazio e proporcione uma sensação de companhia, mas não a escuto, nem olho para ela. Sento e encaro a parede de tijolos com um olhar vazio. Estou apática. Não sinto nada além de dor. Por quanto tempo vou suportar isso?

A campainha me acorda da prostração, e meu coração dispara. Quem será? Atendo o interfone.

— Entrega para a Srta. Steele — responde uma voz entediada e distante, e a decepção me atinge em cheio.

Entorpecida, desço até o térreo e vejo um jovem recostado contra a porta da frente, mascando ruidosamente um chiclete e segurando uma grande caixa de papelão. Assino para receber o pacote e subo com ele. A caixa é enorme e surpreendentemente leve. Dentro dela, duas dúzias de rosas brancas de caule comprido e um cartão.

Parabéns pelo primeiro dia no novo trabalho.
Espero que tudo tenha corrido bem.
E obrigado pelo planador. Foi muito gentil da sua parte.
Reservei um lugar especial para ele em minha mesa.
Christian

Encaro o cartão digitado, o buraco em meu peito se expandindo. Sem dúvida foi enviado pelo assistente. Christian provavelmente não tem nada a ver com isso. É doloroso demais pensar a respeito. Examino as rosas — são lindas, não consigo jogá-las no lixo. Obediente, vou até a cozinha procurar um vaso.

E ASSIM UM PADRÃO se estabelece: acordar, trabalhar, chorar, dormir. Bem, tentar dormir. Não consigo fugir dele nem em meus sonhos. Os olhos ardentes de Grey, seu olhar perdido, o cabelo e brilhoso me perseguem. E a música... tanta música. Não suporto ouvir música alguma. Tenho o cuidado de evitar a todo custo. Mesmo os jingles em comerciais de tevê me deixam trêmula.

Não falei com ninguém, nem mesmo minha mãe ou Ray. Não estou com cabeça para conversa fiada agora. Não, não quero nada disso. Eu me tornei minha própria ilha. Uma terra destruída e devastada onde nada cresce e os horizontes são sombrios. Sim, essa sou eu. Sou capaz de interagir no trabalho, mas é só. Se eu conversar com minha mãe, sei que vou me machucar ainda mais e não tenho mais onde me machucar.

TENHO TIDO DIFICULDADE de comer. No almoço de quarta, consegui tomar um copo de iogurte, a primeira coisa que comi desde sexta-feira. Estou sobrevivendo numa recém-descoberta tolerância a café com leite e coca diet. É a cafeína que me faz seguir em frente, mas isso está me deixando ansiosa.

Jack começou a pairar sobre mim, ele me irrita, fazendo perguntas pessoais. O que ele quer? Sou educada, mas preciso mantê-lo a distância.

Eu me sento lá e fico vasculhando a pilha de cartas endereçadas a ele, a distração do trabalho servil me satisfaz. Meu e-mail pisca, e rapidamente verifico quem é. *Puta merda. Um e-mail de Christian. Ah não, aqui não... não no trabalho.*

De: Christian Grey
Assunto: Amanhã
Data: 8 de junho de 2011 14:05
Para: Anastasia Steele

Querida Anastasia,

Desculpe essa intromissão em seu trabalho. Espero que ele esteja correndo bem. Você recebeu minhas flores?

Queria lembrar que amanhã é a noite de estreia da exposição do seu amigo. Tenho certeza de que você não teve tempo de comprar um carro, e a viagem é longa. Eu ficaria mais que feliz em levá-la — se você quiser.

Avise-me.

Christian Grey
CEO, Grey Enterprises Holdings Inc.

Lágrimas enchem meus olhos. Deixo minha mesa apressada e corro até uma das cabines do banheiro. A exposição do José. Merda. Eu tinha esquecido completamente. E eu prometi a ele que iria. Merda, Christian tem razão; como vou chegar lá?

Pressiono minhas têmporas. Por que o José não me ligou? Agora que penso no assunto, por que ninguém me ligou? Tenho andado tão distraída, nem reparei que meu celular não tem tocado.

Merda! Que idiota! As ligações ainda estão sendo desviadas para o BlackBerry. Que inferno. Christian está recebendo todas as minhas chamadas — a menos que tenha jogado o BlackBerry fora. Como ele conseguiu meu e-mail?

Ele sabe quanto eu calço, duvido que um e-mail seja um problema para ele.

Posso vê-lo de novo? Será que vou suportar? Quero vê-lo de novo? Fecho os olhos e inclino a cabeça para trás, a mágoa e o desejo tomando conta de mim. É claro que quero.

Talvez... talvez eu pudesse dizer a ele que mudei de ideia... Não, não e não. Não posso ficar com alguém que tem prazer em me infligir dor, alguém incapaz de me amar.

Memórias torturantes invadem minha mente: o planador, as mãos dadas, os beijos, a banheira, a gentileza dele, o humor e o olhar sombrio, taciturno e sexy. Sinto falta dele. Já se passaram cinco dias, cinco dias de agonia que foram como uma eternidade. Choro todas as noites antes de dormir, desejando que não tivesse desistido, desejando que ele fosse diferente, desejando que estivéssemos juntos. Por quanto tempo essa sensação esmagadora e horrível vai durar? Estou no purgatório.

Envolvo meu corpo com os braços, apertando-me com força, mantendo-me firme. Sinto falta dele. Eu realmente sinto falta dele... Eu o amo. Simples assim.

Anastasia Steele, você está no trabalho! Preciso ser forte, mas eu quero ir à exposição do José, e, lá no fundo, a masoquista em mim quer ver Christian de novo. Respiro fundo e volto para minha mesa.

De: Anastasia Steele
Assunto: Amanhã
Data: 8 de junho de 2011 14:25
Para: Christian Grey

Oi, Christian,

Obrigada pelas flores; elas são lindas.

Sim, eu gostaria de uma carona.

Obrigada.

Anastasia Steele
Assistente de Jack Hyde, Editor, Seattle Independent Publishing

Verifico meu telefone e vejo que ainda está ativado para desviar as chamadas. Jack está em reunião, então ligo para José.

— Oi, José. É a Ana.

— Olá, mocinha — ele é tão caloroso e acolhedor, que quase me empurra de volta para o precipício.

— Não posso demorar muito. A que horas devo chegar amanhã na exposição?

— Você ainda vai poder vir? — ele parece animado.

— Sim, claro — sorrio meu primeiro sorriso sincero em cinco dias ao imaginar sua expressão de alegria.

— Lá pelas sete e meia.

— Vejo você amanhã. Tchau, José.
— Tchau, Ana.

De: Christian Grey
Assunto: Amanhã
Data: 8 de junho de 2011 14:27
Para: Anastasia Steele

Querida Anastasia,
A que horas devo buscá-la?

Christian Grey
CEO, Grey Enterprises Holdings Inc.

De: Anastasia Steele
Assunto: Amanhã
Data: 8 de junho de 2011 14:32
Para: Christian Grey

A exposição abre às 19h30. Que horas você sugere?

Anastasia Steele
Assistente de Jack Hyde, Editor, Seattle Independent Publishing

---

De: Christian Grey
Assunto: Amanhã
Data: 8 de junho de 2011 14:34
Para: Anastasia Steele

Querida Anastasia,

Portland fica a certa distância. Devo buscá-la às 17h45.

Estou ansioso para vê-la.

Christian Grey
CEO, Grey Enterprises Holdings Inc.

De: Anastasia Steele
Assunto: Amanhã
Data: 8 de junho de 2011 14:38
Para: Christian Grey

Vejo você amanhã.

Anastasia Steele
Assistente de Jack Hyde, Editor, Seattle Independent Publishing

Ai, meu Deus. Vou encontrar Christian e, pela primeira vez em cinco dias, meu estado de espírito se eleva uma fração, e imagino como ele tem passado.

Será que sentiu minha falta? Provavelmente não do jeito como senti a dele. Será que arrumou uma escrava nova de sabe-se lá onde elas vêm? A imagem é tão dolorosa que a dispenso imediatamente. Olho para a pilha de correspondências que preciso organizar para Jack e volto a trabalhar, tentando afastar Christian de meus pensamentos uma vez mais.

Naquela noite, na cama, me viro de um lado para o outro, tentando dormir. É a primeira vez em dias que não choro até adormecer.

Em minha cabeça, visualizo o rosto de Christian na última vez em que o vi, quando deixei seu apartamento. Sua expressão aflita me persegue. Lembro que ele não queria que eu fosse embora, o que era estranho. Por que motivo eu ficaria quando as coisas chegaram ao ponto em que chegaram? Ambos tentávamos fugir de nossos próprios problemas: meu medo da punição, o medo dele... de quê? Do amor?

Virando-me de lado, abraço o travesseiro, tomada por uma tristeza esmagadora. Ele acha que não merece ser amado. Por quê? Será que tem a ver com sua criação? Sua mãe biológica, a prostituta do crack? Meus pensamentos me atormentam até de madrugada, quando enfim mergulho num sono agitado e exausto.

O DIA SE ARRASTA, e Jack está especialmente atencioso. Suspeito que seja por causa do vestido ameixa de Kate e das botas pretas de salto alto que peguei no armário dela, mas não perco muito tempo pensando a respeito. Decido que preciso usar meu primeiro salário para fazer compras. O vestido está mais folgado em mim do que de costume, mas finjo não reparar.

Enfim, são cinco e meia; pego meu casaco e a bolsa, tentando acalmar meus nervos. *Vou vê-lo!*

— Vai sair com alguém hoje? — pergunta Jack ao passar por minha mesa a caminho da saída.

— Vou. Não. Não exatamente.

Ele ergue uma sobrancelha, seu interesse obviamente despertado.

— Namorado?

Fico vermelha.

— Não, um amigo. Ex-namorado.

— Talvez amanhã a gente pudesse tomar um drinque depois do trabalho. Você teve uma primeira semana fantástica, Ana. A gente devia comemorar — ele sorri e seu rosto é tomado por expressões estranhas, o que me deixa desconfortável.

Com as mãos nos bolsos, ele passa pelas portas duplas. Faço uma careta ao vê-lo ir embora. Beber com o chefe, será que é uma boa ideia?

Balanço a cabeça. Primeiro preciso enfrentar uma noite com Christian Grey. Como vou fazer isso? Corro para o banheiro para os últimos retoques.

Dou uma olhada longa e severa no rosto do outro lado do grande espelho na parede. Sou eu, em meu estado pálido de sempre, olheiras escuras ao redor dos olhos grandes demais. Pareço magra e assustada. Queria muito saber usar maquiagem. Passo um pouco de rímel e delineador e aperto as bochechas, na esperança de ressaltar um pouco a cor delas. Arrumo o cabelo para que ele caia bonito pelas minhas costas, e respiro fundo. É o melhor que posso fazer.

Nervosa, atravesso o saguão de entrada com um sorriso e um aceno para Claire, na recepção. Acho que poderíamos nos tornar amigas. Jack está conversando com Elizabeth enquanto caminho na direção das portas. Com um largo sorriso, ele se apressa em abri-las para mim.

— Depois de você, Ana — murmura.

— Obrigada — sorrio, envergonhada.

Lá fora, Taylor me espera junto da calçada. Ele abre a porta traseira do carro. Olho hesitante para Jack, que saiu depois de mim. Ele está encarando o Audi SUV, consternado.

Viro-me e entro no carro, e lá está ele, Christian Grey, em seu terno cinza, sem gravata, a camisa branca aberta no colarinho. Os olhos cinzentos brilhando.

Minha boca fica seca. Ele está lindo, só que está fazendo cara feia para mim. *Por quê?*

— Quando foi a última vez que você comeu? — pergunta, assim que Taylor fecha a porta atrás de mim.

Merda.

— Oi, Christian. Bom ver você também.

— Nada de bancar a espertinha. Responda.

Seus olhos estão em chamas.

Puta merda.

— Hum... Comi um iogurte na hora do almoço. Ah, e uma banana.

— Quando foi a última vez que você fez uma refeição de verdade? — pergunta ele friamente.

Taylor se senta no banco do motorista, liga o carro e começa a dirigir.

Olho para fora e Jack está acenando para mim, embora eu não tenha ideia de como ele consegue me ver através dos vidros escuros. Aceno de volta.

— Quem é? — pergunta Christian.

— Meu chefe. — Dou uma olhada de relance no belo homem a meu lado, e seus lábios estão sérios, pressionados numa linha rígida.

— E então? Sua última refeição?

— Christian, isso não é da sua conta — murmuro, sentindo-me surpreendentemente corajosa.

— O que quer que você faça é da minha conta. Fale logo.

Não, não é. Solto um gemido de frustração, revirando os olhos para cima. Christian faz uma cara feia. E pela primeira vez em muito tempo, tenho vontade de rir. Esforço-me para sufocar o riso que ameaça brotar em mim. Christian suaviza o rosto, e tento manter uma expressão séria; vejo um esboço de um sorriso roçar de leve os lábios maravilhosamente esculpidos.

— E então? — pergunta ele num tom mais suave.

— *Pasta alla vongole,* sexta passada — sussurro.

Ele fecha os olhos; raiva e arrependimento, quem sabe, tomam conta de seu rosto.

— Entendo — diz ele, a voz inexpressiva. — Parece que, desde então, você perdeu pelo menos uns dois quilos, talvez mais. Por favor, Anastasia, volte a comer — ele me repreende.

Olho para baixo, para os dedos entrelaçados em meu colo. Por que ele sempre me faz me sentir feito uma criança insolente?

Ele se ajeita no banco do carro, virando-se para mim.

— Como você está? — pergunta, a voz ainda suave.

Bem, eu estou uma merda... Engulo em seco.

— Se dissesse que estou bem, estaria mentindo.

Ele respira fundo.

— Eu também — ele murmura e segura a minha mão. — Sinto sua falta.

Ah, não. Pele contra pele.

— Christian, eu...

— Ana, por favor. Nós precisamos conversar.

Eu vou chorar. Não.

— Christian, eu... por favor... Eu chorei muito — sussurro, tentando manter minhas emoções sob controle.

— Ah, baby, não — ele puxa minha mão, e antes que eu me dê conta, estou em seu colo. Ele passa os braços ao meu redor, seu nariz está em meu cabelo. — Tenho sentido tanto a sua falta, Anastasia — ele suspira.

Quero me soltar de seu abraço, manter a distância, mas os braços dele me envolvem. Ele me aperta contra o peito. Eu me derreto. Ah, é aqui que quero estar.

Descanso a cabeça nele, e ele beija meus cabelos várias vezes. Sinto-me em casa. Ele cheira a amaciante de roupas, loção de banho e, meu cheiro favorito, Christian. Por um momento, deixo-me iludir que tudo vai ficar bem, e isso alivia minha alma devastada.

Alguns minutos depois, Taylor encosta o carro no meio-fio, embora ainda estejamos dentro da cidade.

— Vamos — Christian me tira de seu colo —, chegamos.

O quê?

— Heliporto, no alto deste edifício — Christian lança um olhar de explicação em direção ao prédio.

Claro. *Charlie Tango*. Taylor abre a porta e eu salto do carro. Ele me lança um sorriso acolhedor e paternal que me transmite segurança. Sorrio de volta.

— Eu precisava devolver seu lenço.

— Fique com ele, Srta. Steele, com meus melhores cumprimentos.

Fico vermelha à medida que Christian dá a volta no carro e pega minha mão. Ele olha curioso para Taylor, que o olha de volta impassível, sem revelar nada.

— Nove? — pergunta Christian.

— Sim, senhor.

Christian acena com a cabeça, vira-se e me conduz pelas portas duplas até o suntuoso saguão. Eu me deleito ao sentir a mão grande e os dedos longos e habilidosos entrelaçados aos meus. Sinto o puxão familiar — sou atraída como Ícaro é atraído por seu Sol. Eu já me queimei antes, e ainda assim aqui estou de novo.

Chegamos aos elevadores, e ele aperta o botão. Dou uma olhada nele, que está exibindo seu meio-sorriso enigmático. Quando as portas se abrem, solta minha mão e me conduz para dentro.

As portas se fecham, e arrisco uma segunda olhadela. Ele me olha de volta, os olhos cinzentos vivos, e lá está de novo, no ar entre nós, aquela mesma eletricidade. Chega a ser palpável. Quase posso senti-la, pulsando entre nós, nos atraindo um para o outro.

— Meu Deus... — arquejo, deleitando-me na intensidade dessa atração visceral e primitiva.

— Também posso sentir — diz ele, o olhar soturno e intenso.

O desejo se concentra, sombrio e mortal, em minha virilha. Ele aperta minha mão, roça meus dedos com o polegar, e, dentro de mim, todos os músculos se enrijecem deliciosamente.

Como ele ainda pode fazer isso comigo?

— Por favor, Anastasia, não morda o lábio — sussurra.

Levanto o olhar para ele, soltando o lábio. Eu o quero. Aqui, agora, no elevador. Como não poderia?

— Você sabe como me deixa quando faz isso — murmura.

Ah, então ainda posso afetá-lo. Minha deusa interior desperta de sua letargia de cinco dias.

De repente, as portas se abrem, quebrando o feitiço, e estamos no telhado. Está ventando, e, apesar do casaco preto, sinto frio. Christian passa o braço em volta de mim, puxando-me para junto de si, e nós nos apressamos até Charlie Tango, que está no centro do heliporto, as hélices girando lentamente.

Um homem alto, louro, de queixo quadrado e usando um terno escuro salta do helicóptero, abaixa-se e corre em nossa direção. Ele aperta as mãos de Christian e grita por sobre o ruído do motor.

— Tudo pronto, senhor. Ele é todo seu!

— Já fez todas as verificações?

— Sim, senhor.

— Você pode pegá-lo lá pelas oito e meia?

— Sim, senhor.

— Taylor está esperando por você lá embaixo.

— Obrigado, Sr. Grey. Tenha um bom voo até Portland. Senhora — ele me cumprimenta.

Sem soltar minha mão, Christian acena, abaixa-se e me leva até a porta do helicóptero. Uma vez lá dentro, ele prende meu cinto, apertando bem as tiras, e me lança um olhar cúmplice, além de seu sorriso misterioso.

— Isso deve mantê-la segura — murmura. — Tenho que admitir que gosto de ver você presa assim. Não toque em nada.

Fico profundamente vermelha, e ele corre o indicador ao longo de minha bochecha antes de me entregar os fones de ouvido. *Eu também queria tocar você, mas você não me deixaria.* Faço uma cara feia pra ele. Além do mais, ele apertou tanto as tiras que mal posso me mover.

Ele se senta e afivela o próprio cinto, em seguida, começa a executar as checagens de segurança. É tão competente. Isso é muito sedutor. Ele coloca os fones de ouvido e liga um interruptor, os motores se aceleraram, ensurdecendo-me.

Ele se vira para mim:

— Pronta? — sua voz ecoa pelos fones.

— Pronta.

Ele sorri seu sorriso de menino. Nossa, há quanto tempo não vejo esse sorriso.

— Torre, aqui é *Charlie Tango* G-GEH, pronto para decolagem, destino Portland, via Aeroporto Internacional de Portland. Por favor, confirme, câmbio.

O controlador de tráfego aéreo responde, emitindo instruções numa voz distante.

— Aqui é a torre, Roger falando; *Charlie Tango* está liberado.

Christian vira dois botões, segura o manche, e o helicóptero sobe lentamente pelo anoitecer. Seattle e meu estômago caem lá embaixo; há tanto para ver.

— Nós já perseguimos o amanhecer, Anastasia, agora vamos atrás do crepúsculo — sua voz me vem pelos fones de ouvido. Viro-me para ele, boquiaberta.

O que isso quer dizer? Como ele consegue dizer as coisas mais românticas? Ele sorri, e não consigo não lhe retribuir um sorriso tímido.

— Assim como o sol da tarde, há mais para ser visto desta vez — diz.

Na última vez em que voamos até Seattle estava escuro, mas, esta noite, a vista é espetacular, realmente extraordinária. Estamos em meio aos prédios mais altos, subindo cada vez mais.

— Ali fica o Escala — ele aponta um edifício. — Ali é a Boeing, e, lá atrás, dá pra ver o Space Needle.

Viro a cabeça.

— Nunca fui lá.

— Eu levo você, a gente podia comer lá.

— Christian, nós terminamos.

— Eu sei. Mas ainda posso levar você lá e oferecer um jantar — ele me olha.

Balanço a cabeça e fico vermelha, antes de seguir por um caminho menos agressivo.

— É muito bonito aqui, obrigada.

— Impressionante, não é?

— É impressionante que você possa fazer isso.

— Elogios vindos de você, Srta. Steele? Sou um homem de muitos talentos.

— Tenho total consciência disso, Sr. Grey.

Ele se vira e sorri para mim. Pela primeira vez em cinco dias, relaxo um pouco. Talvez isso não vá ser tão ruim.

— Como vai o novo emprego?

— Bem, obrigada. É interessante.

— E como é seu chefe?

— Ah, ele é legal — como poderia dizer a Christian que Jack me deixa desconfortável?

— Qual é o problema? — pergunta ele, virando-se para mim.

— Fora o óbvio, nada.

— O óbvio?

— Ah, Christian, às vezes você é tão burro.

— Burro? Eu? Não sei se gosto do seu tom, Srta. Steele.

— Bem, o problema é seu.

— Senti saudade do seu atrevimento — ele molda os lábios num sorriso.

Suspiro, e minha vontade é gritar bem alto: *E eu senti saudade de você por inteiro, e não apenas do seu atrevimento!* Mas fico calada, olhando pelas janelas de vidro de Charlie Tango ao seguirmos em direção ao sul. O crepúsculo está a nossa direita, o sol está baixo no horizonte, enorme, flamejante e laranja; e, mais uma vez, eu sou Ícaro, voando perto demais dele.

O ENTARDECER NOS seguiu desde Seattle, e o céu está tomado de tons de opala, rosa e azul-marinho, perfeitamente entrelaçados de um jeito que só a Mãe Natureza sabe fazer. A noite está clara e nítida, as luzes de Portland brilham, acolhendo-nos à medida que Christian pousa o helicóptero. Estamos no topo do estranho prédio de tijolos marrons do qual saímos há três semanas.

Meu Deus, faz tão pouco tempo. No entanto, sinto como se conhecesse Christian a vida toda. Ele aperta vários botões, desligando os motores de *Charlie Tango*, até que tudo o que ouço é o som de minha própria respiração nos fones de ouvido. Hum. Por um instante, isso me faz lembrar Thomas Tallis. Fico pálida. Realmente, não quero pensar nisso agora.

Christian solta seu cinto e se inclina para abrir o meu.

— Fez boa viagem, Srta. Steele? — pergunta ele, a voz suave, os olhos cinzentos reluzindo.

— Sim, obrigada, Sr. Grey — respondo, educada.

— Bem, vamos lá ver as fotos daquele garoto — ele me estende a mão e, apoiando-me nele, desço do *Charlie Tango*.

Um homem de barba e cabelos grisalhos caminha até nós, com um largo sorriso no rosto. Eu o reconheço como o mesmo senhor da última vez em que estivemos aqui.

— Joe — Christian sorri e solta minha mão para apertar a de Joe calorosamente.

— Tome conta dele para Stephan. Ele vai chegar lá pelas oito ou nove.

— Certo, Sr. Grey. Senhora — diz ele, acenando para mim. — Seu carro está esperando lá embaixo, senhor. Ah, e o elevador está quebrado, o senhor vai ter que usar a escada.

— Obrigado, Joe.

Christian pega minha mão, e seguimos até a escada de emergência.

— Nesses saltos, sorte sua serem só três andares — resmunga ele, em desa-provação.

Não brinca.

— Não gostou das botas?

— Gostei muito, Anastasia — seu olhar escurece. Acho que vai dizer mais al-guma coisa, mas ele para. — Vamos com calma. Não quero que você caia e que-bre o pescoço.

Nos sentamos em silêncio, enquanto o motorista nos leva até a galeria. Minha ansiedade voltou com força total, e percebo que o tempo passado dentro de *Charlie Tango* foi o olho do furacão.

Christian está quieto e taciturno... apreensivo até, nosso bom humor de pou-cos instantes atrás se dissipou. Tem tanta coisa que quero dizer, mas a viagem é muito curta.

Pensativo, Christian olha para fora da janela.

— José é só um amigo — murmuro.

Christian vira-se para mim, os olhos escuros e cautelosos não deixam transpa-recer nada. Sua boca — ah, essa boca é uma distração incontrolável. Eu fico me lembrando dela em mim, em todos os lugares. Minha pele fica quente. Ele se ajeita em seu assento e franze a testa.

— Esses lindos olhos estão grandes demais no seu rosto, Anastasia. Por favor, me prometa que você vai comer.

— Prometo que vou comer, Christian — respondo automaticamente, numa espécie de clichê.

— Estou falando sério.

— Ah, é? — não consigo evitar o tom de desdém em minha voz. Sério, a au-dácia desse cara, esse homem que durante os últimos dias me fez passar por um inferno. Não, não foi isso. Fui eu que me fiz passar por um inferno. Não. Foi ele. Balanço a cabeça, confusa.

— Não quero brigar com você, Anastasia. Quero você de volta, e quero você saudável — diz ele, suavemente.

— Mas nada mudou.

Você ainda é o Cinquenta Tons.

— Chegamos. Na volta a gente conversa.

O carro para na frente da galeria, e Christian desce, deixando-me muda. Ele abre a porta para mim, e salto do carro.

— Por que você faz isso? — minha voz sai mais alta do que eu esperava.

— Isso o quê? — pergunta Christian, surpreso.

— Você fala uma coisa e depois para.

— Anastasia, nós chegamos. No lugar em que você queria estar. Agora nós vamos entrar, e depois a gente conversa. Eu realmente não quero fazer uma cena no meio da rua.

Olho ao redor. Ele está certo. É público demais. Aperto os lábios enquanto ele olha para mim.

— Certo — resmungo, de mau humor.

Segurando minha mão, ele me conduz para dentro do prédio. Estamos em um armazém convertido: paredes de tijolo, piso de madeira escura, teto branco e encanamento branco. É moderno e arejado, e várias pessoas caminham ao longo da galeria, bebendo vinho e admirando o trabalho de José. Por um momento, meus problemas se dissipam à medida que me dou conta de que José realizou um sonho. *Parabéns, cara!*

— Boa noite e bem-vindos à exposição de José Rodriguez — somos recebidos por uma jovem vestida de preto, o cabelo castanho muito curto, batom vermelho e grandes brincos de argola.

Ela me olha de relance, então encara Christian muito mais do que o estritamente necessário, depois volta o olhar para mim, piscando, e suas faces ficam de um vermelho vivo.

Minha testa se franze. *Ele é meu.* Ou era. Tento não fazer cara feia para ela. Assim que seu olhar me focaliza de novo, ela pisca mais uma vez.

— Ah, Ana, é você. Nós também vamos querer sua opinião a respeito disso aqui — sorrindo, ela me entrega um folheto e me conduz a uma mesa com bebidas e aperitivos.

— Você a conhece? — Christian fecha a cara.

Nego com a cabeça, igualmente intrigada.

Ele dá de ombros, distraído.

— Vai beber o quê?

— Vinho branco, obrigada.

Ele franze a testa, mas fica quieto e caminha até o bar.

— Ana!

Abrindo caminho entre as pessoas, José vem em minha direção.

Caramba! Ele está de terno. Está bonito, além de radiante. Abraça-me com força. E faço tudo o que posso para não irromper em lágrimas. Meu amigo, meu único amigo agora que Kate não está aqui. Meus olhos se enchem d'água.

— Ana, que bom que você veio — sussurra ele em meu ouvido, em seguida, faz uma pausa e me segura à distância de um braço, encarando-me.

— O que foi?

— Ei, você está bem? Você parece, não sei, estranha. *Dios mío*, você emagreceu?

Pisco com força, para espantar as lágrimas — *merda, ele também*.

— Estou bem, José. Estou tão feliz por você. Parabéns pela exposição — minha voz oscila à medida que percebo a preocupação em seu rosto tão familiar, mas tenho que segurar a onda.

— Como você chegou aqui? — pergunta ele.

— Christian me trouxe — digo, apreensiva de uma hora para outra.

— Ah — a expressão no rosto dele desmorona, e ele me solta. — Cadê ele? — seu olhar escurece.

— Foi buscar as bebidas — aponto na direção de Christian com a cabeça e vejo que está conversando com alguém na fila. Ele se vira na minha direção e nossos olhares se cruzam. E naquele breve instante, fico paralisada, encarando o homem absurdamente lindo que me olha de volta com alguma emoção insondável. Seu olhar é quente e me queima por dentro, e ficamos ali, perdidos por um momento, olhando um para o outro.

Deus meu... Esse homem maravilhoso me quer de volta, e, lá no fundo, uma alegria gostosa lentamente se desenrola como uma linda manhã ensolarada.

— Ana! — José me distrai, e sou arrastada de volta para o presente. — Estou muito feliz que você tenha vindo. Mas, ouça, preciso avisar você...

De repente, a Srta. Cabelinho Curto e Batom Vermelho o interrompe.

— José, a jornalista do *Portland Printz* chegou. Vamos lá? — ela me dá um sorriso educado.

— Isso não é tão legal? Ah, a fama! — Ele sorri, e eu sorrio de volta. Ele está tão feliz. — Falo com você mais tarde, Ana. — Ele beija minha bochecha, e eu o vejo caminhar na direção de uma jovem que está de pé, ao lado de um fotógrafo alto e magro.

As fotografias de José estão por toda parte, e, em alguns casos, ampliadas em telas enormes. Umas em preto e branco, outras a cores. Muitas das paisagens transmitem uma beleza etérea. Uma delas é a foto do entardecer no lago de Vancouver, as nuvens cor-de-rosa se refletem no espelho d'água. De repente, sou transportada pela paz e pela tranquilidade da imagem. É impressionante.

Christian se aproxima, e respiro fundo e engulo em seco, tentando recuperar um pouco do equilíbrio de antes. Ele me entrega a taça de vinho branco.

— Presta? — minha voz soa mais normal.

Ele me olha intrigado.

— O vinho.

— Não. Raramente presta neste tipo de evento. O garoto é bom, não é? — Christian está admirando a foto do lago.

— Por que outro motivo você acha que pedi a ele para fotografar você? — não consigo esconder o orgulho em minha voz. Seus olhos deslizam impassíveis da fotografia para mim.

— Christian Grey? — o fotógrafo do *Portland Printz* aproxima-se de Christian. — Posso tirar uma foto, senhor?

— Claro — Christian disfarça o mau humor. Dou um passo para trás, mas ele segura minha mão e me puxa para junto de si. O fotógrafo olha para nós dois e não consegue esconder a surpresa.

— Obrigado, Sr. Grey — ele tira duas fotos. — Senhorita...? — pergunta.

— Ana Steele — respondo.

— Obrigado, Srta. Steele. — E desaparece.

— Procurei na internet por fotos suas com outras mulheres, e não existe nenhuma. É por isso que Kate achava que você era gay.

Christian contrai a boca num sorriso.

— Isso explica a pergunta indecorosa. Não, eu não saio com qualquer uma, Anastasia, só com você. Mas você sabe disso. — Seus olhos ardem de sinceridade.

— Então, você nunca saiu com as suas... — olho nervosa ao redor, para me certificar de que ninguém pode nos ouvir — submissas?

— Às vezes. Mas nunca para um encontro. Pra fazer compras, você sabe — ele dá de ombros, os olhos fixos nos meus.

Ah, então é tudo restrito ao seu quarto de jogos — o Quarto Vermelho da Dor — e ao apartamento dele. Não sei o que pensar a respeito disso.

— Só você, Anastasia — sussurra ele.

Eu coro e encaro meus próprios dedos. À sua maneira, ele se preocupa comigo.

— Seu amigo parece mais um cara de paisagens do que de retratos. Vamos dar uma olhada. — Ele estende a mão, e eu a seguro.

Caminhamos diante de mais algumas fotos, e percebo um casal acenando para mim, com um largo sorriso de quem acaba de me reconhecer. Deve ser porque estou com Christian. Um rapaz, no entanto, encara-me descaradamente. *Que estranho.*

Entramos na sala seguinte, e eu entendo o porquê dos olhares esquisitos. Na parede oposta a nós vejo sete retratos enormes. Meus.

Encaro as imagens, estupefata, o sangue descendo todo do meu rosto até o pé. Lá estou: fazendo beicinho, rindo, fazendo cara feia, séria, compenetrada. Tudo em super close-up, tudo em preto e branco.

Puta merda! Lembro-me de José brincando com a câmera em algumas das vezes em que me visitou e quando trabalhei com ele como motorista e assistente de fotógrafo. Ele tirou umas fotos, ou assim eu pensava. Não estes retratos invasivos.

Arrisco uma olhadela para Christian, que está encarando, paralisado, as imagens, uma de cada vez.

— Parece que não sou o único — resmunga, enigmático, a boca franzindo-se rispidamente.

Acho que está com raiva.

— Com licença — diz ele, fitando-me por um momento com seu olhar cinzento e reluzente. Ele se vira e segue até a recepção.

Qual é o problema agora? Hipnotizada, eu o observo conversar animadamente com a Srta. Cabelinho Curto e Batom Vermelho. Ele abre a carteira e puxa o cartão de crédito.

Merda. Deve ter comprado um dos quadros.

— Oi? Você é a musa. Estas fotos estão fantásticas. — Levo um susto ao ser abordada por um rapaz com uma mecha de cabelo louro e brilhoso. Sinto um toque em meu cotovelo e percebo que Christian está de volta. — Você é um cara de sorte. — O Sr. Cabelo Louro dá uma risadinha para Christian, que lhe devolve um olhar gelado.

— É o que sou — resmunga ele, sombrio, ao me puxar para um canto.

— Você acabou de comprar uma das fotos?

— Uma das fotos? — bufa ele, sem tirar os olhos das imagens.

— Você comprou mais de uma?

Ele revira os olhos.

— Comprei todas, Anastasia. Não quero estranho nenhum cobiçando você na privacidade de sua casa.

Minha primeira reação é rir.

— E você prefere que seja você? — zombo.

Ele me encara, surpreendido por minha ousadia, acho, mas contendo o riso.

— Pra falar a verdade, sim.

— Pervertido — gesticulo com a boca para ele e mordo o lábio inferior para conter um sorriso.

Ele fica boquiaberto, e, agora, seu divertimento é óbvio. Então, acaricia o queixo, pensativo.

— Taí algo que não posso negar, Anastasia. — Ele balança a cabeça, e seu olhar se suaviza com um toque de humor.

— Eu poderia desenvolver mais o assunto, mas assinei um termo de confidencialidade.

Ele suspira, olhando para mim com seus olhos escuros.

— As coisas que eu gostaria de fazer com essa sua boca atrevida... — murmura.

Suspiro, sei muito bem o que ele quer dizer.

— Que grosseria. — Tento parecer chocada, e consigo. Será que ele não tem limites?

Ele ri para mim, divertindo-se, e, em seguida, franze a testa.

— Você parece muito descontraída nessas fotografias, Anastasia. Normalmente não vejo você assim.

O quê? Uau! Isso é o que eu chamo de desviar o foco da conversa — de brincalhão a sério num instante.

Fico vermelha e olho minhas mãos. Ele inclina a cabeça para trás, e eu inspiro profundamente ao sentir o contato de seus longos dedos.

— Queria que você se sentisse descontraída desse jeito quando está comigo — sussurra. Todo resquício de humor se foi.

Dentro de mim aquela sensação de alegria se agita novamente. *Como pode? Temos tantos problemas.*

— Você precisa parar de me intimidar se é isso que quer — rebato.

— E você precisa aprender a se comunicar e a me dizer como se sente — revida ele, os olhos brilhando.

Respiro fundo.

— Christian, você queria que eu fosse uma das suas submissas. É aí que está o problema. Na própria definição de submissa, que você chegou até a me mandar por e-mail uma vez — fiz uma pausa, tentando lembrar as palavras exatas —, acho que os sinônimos eram, abre aspas: dócil, agradável, passiva, dominável, paciente, amável, inofensiva, subjugada. Eu não podia olhar pra você. Não podia falar, a menos que você me desse permissão. O que você espera? — resmungo para ele.

Ele pisca e franze ainda mais a testa à medida que continuo.

— É muito confuso estar com você. Você não aceita que eu o desafie, mas você gosta do meu atrevimento. Você quer obediência, exceto quando não quer, para que possa me punir. Eu simplesmente não sei como me portar quando estou com você.

Ele aperta os olhos.

— Boa resposta, como sempre, Srta. Steele — sua voz está gélida. — Venha, vamos comer.

— Mas nós chegamos há meia hora.

— Você já viu as fotos e já falou com seu amiguinho.

— O nome dele é José.

— Você já falou com José, o sujeito que, na última vez em que o vi, estava tentando enfiar a língua em sua boca hesitante enquanto você caía de bêbada e passava mal — rosna ele.

— Ele nunca me bateu — revido.

Christian fecha a cara para mim, a fúria emanando de cada poro.

— Golpe baixo, Anastasia — sussurra, ameaçadoramente.

Fico pálida, Christian passa as mãos pelos cabelos, arrepiando-se de raiva mal contida. Fito seus olhos.

— Vou levar você para comer alguma coisa. Você está prestes a desaparecer na minha frente. Ande, vá se despedir daquele garoto.

— Por favor, não podemos ficar um pouco mais?

— Não. Vá se despedir dele. Agora.

Eu o encaro, o sangue fervendo. Maldito Senhor Maníaco por Controle. Raiva é bom. Raiva é melhor do que lágrimas.

Afasto os olhos dele e dou uma olhada ao redor, à procura de José. Ele está conversando com um grupo de jovens mulheres. Saio pisando duro, aproximando-me dele e afastando-me do meu Cinquenta Tons. Só porque me trouxe aqui, sou obrigada a fazer o que ele quer? Quem ele pensa que é?

As meninas estão atentas a cada palavra de José. Uma delas se assusta ao me ver. Sem dúvida, me reconheceu dos retratos.

— José.

— Ana. Com licença, meninas — ele sorri para elas e passa o braço ao meu redor. De certa forma, fico feliz: o José dando uma de galã, impressionando as mulheres.

— Você parece nervosa — diz ele.

— Tenho que ir — murmuro, obstinada.

— Mas você acabou de chegar.

— Eu sei, mas Christian precisa voltar. As fotos estão lindas, José. Você é muito bom.

Ele sorri.

— Foi muito bom ver você.

José vira meu corpo e me aperta num longo abraço, de forma que consigo ver Christian do outro lado da galeria. Está de cara feia, e percebo que é porque estou nos braços de José. Então, num movimento bastante calculista, passo as mãos ao redor de sua nuca. Acho que Christian está prestes a ter um ataque. Seu olhar torna-se tenebroso, e, lentamente, ele caminha até nós.

— Obrigada por me falar das fotos — murmuro.

— Merda. Foi mal, Ana. Eu devia ter avisado. Você gostou?

— Hum... Não sei — respondo com sinceridade, momentaneamente surpreendida pela pergunta.

— Bem, foram todas vendidas, então alguém gostou. Não é legal? Você é praticamente uma modelo — ele me aperta ainda mais à medida que Christian chega, de cara feia, embora, por sorte, José não possa vê-lo.

Ele me solta.

— Vê se não desaparece, Ana. Ah, Sr. Grey, boa noite.

— Sr. Rodriguez, muito impressionante — Christian soa friamente educado. — Uma pena que nós precisemos voltar para Seattle. Anastasia? — ele salienta sutilmente o *nós* ao pegar na minha mão.

— Tchau, José. Parabéns de novo. — Dou-lhe um beijo rápido na bochecha, e, antes que eu perceba, Christian me arrasta para fora do prédio. Sei que ele está fervendo de raiva silenciosa, mas eu também.

Ele olha rapidamente para um lado e para o outro da rua, então vai para a esquerda e, de repente, puxa-me para um beco, empurrando-me com força contra a parede. Segura meu rosto entre as mãos, forçando-me a encarar seus determinados olhos em chamas.

Eu suspiro, sua boca investe rapidamente contra a minha. Está me beijando, violentamente. Nossos dentes se batem por um instante, em seguida, sua língua está dentro de minha boca.

O desejo explode dentro de mim feito fogos de artifício, e eu o beijo de volta com o mesmo fervor, passando as mãos por entre seus cabelos, puxando-os com força. Ele geme, um som baixo e sexy que vem do fundo de sua garganta e reverbera em mim. As mãos dele movem-se por meu corpo até o alto de minha coxa, os dedos cravando a carne através do vestido ameixa.

Derramo toda a angústia e todo o sofrimento dos últimos dias nesse beijo, atando-o a mim, até que me dou conta — no meio daquele momento de paixão cega — que ele está fazendo o mesmo, ele sente o mesmo que eu.

Ele interrompe o beijo, ofegante. Seus olhos estão inundados de desejo, o que desperta o já aquecido sangue que corre em meu corpo. Minha boca está entreaberta, e tento levar um pouco de ar para meus pulmões.

— Você. É. Minha — rosna, enfatizando cada palavra. Ele se afasta de mim e se agacha, mantendo as mãos nos joelhos como se tivesse acabado de correr uma maratona. — Pelo amor de Deus, Ana.

Eu me recosto contra a parede, ofegante, tentando controlar a desordem que toma conta de meu corpo, tentando encontrar meu ponto de equilíbrio de novo.

— Sinto muito — sussurro assim que recupero o fôlego.

— Acho bom. Eu sei o que você estava fazendo. Você quer aquele fotógrafo, Anastasia? Ele obviamente sente algo por você.

Fico vermelha e nego com a cabeça.

— Não. Ele é só um amigo.

— Passei toda a minha vida adulta tentando evitar emoções extremas. Mas você... você desperta sentimentos em mim que me são completamente desconhecidos. É muito... — ele franze a testa, procurando a palavra certa. — Perturbador.

Ele se levanta.

— Eu gosto de ter controle, Ana, mas com você isso... — seu olhar é intenso — desaparece... — Ele acena vagamente com a mão, passa os dedos por entre os cabelos e respira fundo.

Por fim, ele segura minha mão:

— Venha, nós precisamos conversar, e você precisa comer.

Pólen® é o papel do livro.

Sua cor reflete menos luz e
deixa a leitura muito mais confortável.

Quanto mais confortável a leitura,
mais livros você consegue ler.

Quanto mais livros, mais conhecimento.

Quanto mais conhecimento,
melhor para você e todo mundo.

**Pólen®.
Você pode ler mais.**

www.vocepodelermais.com.br

1ª edição	AGOSTO DE 2012
impressão	IMPRENSA DA FÉ
papel de miolo	PÓLEN SOFT 70G/M²
papel de capa	PAPELCARTÃO SUPREMO ALTA ALVURA® 250G/M²
tipografias	ELECTRA LT STD